当代中国学术思想史丛书

编委会主任 谢伏瞻　总主编 赵剑英

当代中国文艺理论研究

A Study of the Literary and Artistic Theory in Contemporary China

(1949-2019)

下　卷

高建平　主编

中国社会科学出版社

目 录

下 卷

下 编

第十九章 马克思主义文艺理论研究的当代发展 ……………（625）
 第一节 马克思主义文论研究概述 ………………………（625）
 第二节 马克思主义文论研究的若干问题 ………………（630）
 第三节 新时代马克思主义文艺理论的新发展 …………（650）

第二十章 新中国文艺政策的建构、演变和发展 …………（685）
 第一节 第一次"文代会"与新中国文艺政策的建构 ……（686）
 第二节 《纪要》与新中国文艺政策的挫折 ………………（689）
 第三节 20世纪80年代文艺政策的调整 ………………（693）
 第四节 20世纪90年代文艺政策的转型 ………………（696）
 第五节 21世纪前10年文艺政策的深化与拓展 ………（699）
 第六节 新时代文艺政策的融通与完善 …………………（710）

第二十一章 中国当代美学的发展与文学理论研究 ………（727）
 第一节 从世纪初的草创到20世纪前50年中国美学的
    两条主线 ……………………………………………（728）

第二节　从 50 年代到 60 年代前期的美学大讨论及其意义 …… (733)
　　第三节　70 年代末至 80 年代前期的"美学热" ……………… (740)
　　第四节　美学的复兴与新的做美学的方式 …………………… (747)

第二十二章　外国文学理论的译介与中国文学理论的建构 ……… (752)
　　第一节　50—60 年代:全面借鉴苏联文艺理论………………… (752)
　　第二节　80 年代:西方文论的大规模输入……………………… (764)
　　第三节　新世纪:走向多元与对话 ……………………………… (783)

第二十三章　文学理论教学与教材建设 ……………………………… (792)
　　第一节　1949 年以前文学概论教学概述 ……………………… (792)
　　第二节　中华人民共和国成立初期到"文化大革命"期间的文学
　　　　　　理论教学和教材建设(1949—1976) ………………… (796)
　　第三节　"新时期"文学理论教学与教材建设(1976—1992) … (804)
　　第四节　"面向 21 世纪"的文学理论教材建设(1993 年至今) … (813)

第二十四章　台湾当代文学思潮 ………………………………………… (819)
　　第一节　旧范式的衰微 …………………………………………… (819)
　　第二节　新范式的兴起 …………………………………………… (831)
　　第三节　左翼与本土/后殖民论的角力 ………………………… (844)
　　第四节　文学场域的阐释与延展 ………………………………… (863)

第二十五章　香港、澳门中国文学理论与评论 ……………………… (878)
　　第一节　中国古代文论研究 ……………………………………… (879)
　　第二节　中国现当代文学评论 …………………………………… (903)
　　第三节　港澳本土文学探索 ……………………………………… (917)

第二十六章　当代中国文论话语体系建设的历史、演变及路径 …… (937)
　　第一节　"苏联模式"的改造与突破:共和国早期特色文论
　　　　　　话语体系建设 …………………………………………… (938)

第二节 身份危机与内在要求:九十年代中后期的民族
　　　理论话语重构 ………………………………………（952）
第三节 "强制阐释"批判与新时代中国特色文论
　　　话语体系建设 ………………………………………（961）

第二十七章 中华人民共和国成立以来文艺人民观的发展 ………（972）
　第一节 共和国前30年的人民观 ………………………………（972）
　第二节 新时期以来的人民观 …………………………………（981）
　第三节 新时代以来的人民观 …………………………………（987）

结语 资源分层、内外循环、理论何为
　　　——中国文论70年三题 ……………………………（994）

附录一 中国大陆文学理论大事记(1949—2018) ……………（1014）

附录二 香港、澳门、台湾文学理论大事记(1949—2018) ………（1104）

后记 ……………………………………………………………（1149）

下 编

第十九章

马克思主义文艺理论研究的当代发展

丁国旗

马克思主义文艺思想能够在我国占据领导地位，既是中国新民主主义革命选择的结果，也是中国社会主义建设实践选择的结果，同时也是我国一代代文艺家刻苦探索、不断进取的结果。虽然在过去的文艺实践中，遇到过很多困难，经历了各种考验，但经过70年的不断求索、探讨和建设，我们已经取得了巨大的成就。70年的经验教训与辉煌成就使我们认识到：我们要始终坚持运用马克思主义文艺理论指导我们的文艺实践，巩固马克思主义文艺理论的领导地位；要善于根据不断变化的文艺现实，拓展马克思主义文艺理论；同时，还要善于在实践中，处理好马克思主义文艺理论同我国丰富的古代文艺理论思想，以及来自西方的各种文艺理论的关系，做到亦此亦彼。只有这样，才能更好地促进我国文艺事业的健康发展。

第一节 马克思主义文论研究概述

我国马克思主义文艺理论研究的起步与发展，与马克思主义经典文论在中国的译介直接相关。虽然马克思的名字早在20世纪初的1902年，就已经出现在梁启超的文章中，但马克思主义经典作家关于文学问题的论述直到第二次国内革命战争时期才被译介过来。① 就现在已知的情况来看，到1949年以前，我国翻译或介绍马克思主义文艺理论方面的著作比较成熟的主要有三本。一本是1940年5月由新华书店出版的《马克思、恩格斯、列宁论艺术》，该书由曹葆华、天蓝合译，具体由延安鲁艺翻译处组织，内容主要是马恩关于艺术的书信和列宁论托尔斯泰的论文等。"它是延安出版的第一本马列文论译著，具有开创和奠基意义。"② 第二本是1943年4月由读者出版社出版的《列宁论文化与艺术》，由萧三翻译，该书内容涉及列宁论文化与文化遗产、列宁论艺术的阶级性及党性，以及几篇回忆"列宁与艺术"的文章等。第三本是1949年3月由解放社出版的《马克思主义与文艺》，由周扬编选，主要选录了以上两本译著中的文字，除马恩列之外，该书还收入了斯大林、普列汉诺夫、高尔基、鲁迅、毛泽东有关文艺的评论和意见。该书后来一再重印，成为人们了解马克思主义经典作家文艺思想的重要文献。除此之外，延安时期，《解放日报》还发表了一些马列文论的单篇译文，主要有列宁的《党的组织与党的文学》《恩格斯论现实主义》《列宁论文学》等。

  1949年至"文化大革命"前这一段时间里，由于客观条件的日益改善，马克思、恩格斯、列宁、斯大林等经典马克思主义文艺理论家的文艺著作更多地被引介到国内。这其中除了1953年2月成立中共中央马克思恩格斯列宁斯大林著作编译局，开始有计划、有系统地翻译马克思列宁主义经典著作外，一些学者也在有选择性地翻译介绍马恩等经典文艺理论家的文艺理论著作。从延安时期以来，我国文艺界就有着极好的重视民歌的传统，在这一阶段翻译出版了《马克思、恩格斯收集的民歌》③一书，翻译了恩格斯的《德国的民间故事书》④一文。另外，苏联学者编选的相关著作也开始被介绍进来，如苏联当代美学家里夫希茨主编的《马克思恩格斯论浪漫主义》《马克思恩格斯论艺术》等，都是在这一时

---

① 参见张允侯《马克思恩格斯著作在中国的出版和传播》，《历史教学》1963年第7期。
② 艾克恩：《延安文艺史》，河北教育出版社2009年版，第259页。
③ 《马克思、恩格斯收集的民歌》，人民文学出版社1958年版。
④ 《德国的民间故事书》，《民间文学》1961年1月号。

期翻译出版的。① 由于马克思主义经典作家的文艺论著被大量地翻译介绍进来，这一阶段的马克思主义文艺理论研究也呈现良好势头。学者们或根据现有的中文译本或根据手中的俄文版本，对马克思主义文艺理论展开了较为全面的学术研究，成绩斐然。其中涉及的理论问题主要有：文学艺术与经济基础的关系、世界观与创作方法、现实主义与浪漫主义、艺术生产与物质生产的不平衡关系、戏剧冲突、文学的党性原则、关于民间文艺、作家评论等。如 1960—1966 年，随着里夫希茨主编的《马克思恩格斯论艺术》的出版发行，马恩的文艺通信有了比较集中的中译本，这时的学术界对马克思、恩格斯关于艺术问题的几封通信开展了深入的学习与研究，从而厘清了一些过去有些分辨不清的问题，马恩的"现实主义"理论、关于文学倾向性与真实性的关系等问题都得到了很好的学习讨论。

大体说来，在"文化大革命"前，对马克思主义经典作家的文艺思想探讨，主要还是以介绍和学习为主，许多问题还未得到深入研究；马恩的文艺论著也多以单篇形式被一些有见识的学者翻译出来或汇译成书，但数量仍十分有限，大部分的学术研究仍需借用俄文版的"马恩"论著，而由中共中央马恩列斯著作编译局组织翻译的《马克思恩格斯全集》只有部分出版，且并没有流行开来。② 这些都限制了我国马克思主义文艺理论研究的进一步发展。"文化大革命"期间，由于政治运动频繁，大部分知识分子在运动中受到牵连，被打成"右"派或被扣上"反动学术权威"的帽子，真正从事学术研究的条件几近丧失，因此，这一时期，关于马克思主义文艺理论的研究成果不多。而这有限的文章或者与政治话语比较接近，或者以政治的视角、套用马列的理论来阐释与政治本来可能毫不相干的作品，留下了十分明显的"文革"印迹。

新时期以后，中外文化交流日渐深入，为文艺理论界展开对马克思主义经典理论的译介与研究提供了优越的条件。这既有利于纠正此前对马列

---

① 《马克思恩格斯论浪漫主义》一书，1958 年由人民文学出版社出版，《马克思恩格斯论艺术》（共四册）一书由人民文学出版社 1960 年开始出版。

② 中文版《马克思恩格斯全集》第 1 卷于 1956 年出版，其他各卷陆陆续续到 1985 年底才全部出齐。

著作理解上的某些片面、失误或错误，又有利于全面、深入地理解和把握经典马克思主义文艺理论，为发展和建设有中国特色的马克思主义文艺理论奠定基础。为此，20世纪80年代以后，在马克思主义经典文艺理论的整理与研究方面，形成了一批高质量的研究成果。如，《马克思恩格斯列宁斯大林论文艺》（人民文学出版社1980年版）、《马克思主义文艺论著选讲》（中国人民大学出版社1982年版）等[①]，这对普及马克思主义文艺经典理论，促进人们对马克思主义经典文艺理论的学习与研究发挥了巨大的作用。

伴随西方文艺理论与研究方法的不断引入，20世纪80年代以后，国内研究者还围绕马克思主义文艺思想的基本概念、基本原理、重要命题和对一些文艺现象的基本看法进行了一系列的专题性研究，出版了一大批相关研究著作。如，中国社会科学院文学研究所编的《马克思哲学美学思想论集》、《马列文论百题》编辑委员会主编的《马列文论百题》、蔡仪等著的《马克思哲学美学思想研究》、董学文的《马克思与美学问题》、陈辽的《马克思主义文艺思想史稿》、吴元迈的《现实的发展与现实主义的发展》、狄其骢主编的《马克思恩格斯艺术哲学》、李中一的《马克思恩格斯文艺学体系》、王善忠主编的《马克思主义美学思想史》等，都是这方面的突出代表。一些以马克思主义文艺理论为研究对象的学术辑刊也开始出现，主要有中国艺术研究院外国文艺研究所编的《马克思主义文艺理论研究》、全国马列文艺论著研究会主编的《马列文论研究》、中国社会科学院文学研究所文艺理论研究室编的《美学论丛》、刘纲纪主编的《马克思主义美学研究》等，这些丛刊以发表研究马克思主义文艺理论文章为主，对深入研究经典马克思主义文艺理论发挥了重要作用。目前这些辑刊大部分仍然存在，并已经成为展示我国马克思主义文艺理论研究成果的重要阵地。

[①] 另外，还有一些相关研究成果得以出版，如：[苏联] 里夫希茨：《马克思论艺术和社会理想》，吴元迈等译，人民文学出版社1983年版；[苏联] 乔·米·弗里德连杰尔：《马克思恩格斯和文学问题》，郭值京、雪原、程代熙等译，上海译文出版社1984年版；董立武、张耳：《列宁文艺思想论集》，中国社会科学出版社1986年版。

随着对经典马克思主义文艺理论研究的深入探讨，以及西方马克思主义文艺理论的引介与研究的持续升温，从20世纪80年代末直至21世纪初，试图建立富有中国特色的当代形态的马克思主义文艺理论体系成为中国学界的自觉追求，涌现出了一批重要的马克思主义文艺理论研究的最新成果。如钱中文的《文学原理——发展论》（社会科学文献出版社1989年版），何国瑞主编的《艺术生产原理》（人民文学出版社1989年版），李益荪的《马克思主义文学社会学原理》（四川文艺出版社1992年版），邢煦寰的《艺术掌握论》（中国青年出版社1996年版），谭好哲的《文艺与意识形态》（山东大学出版社1997年版），董学文主编的《文艺学当代形态论——"有中国特色马克思主义文艺学"研究》（北京大学出版社1998年版），陆贵山、周忠厚主编的《马克思主义文艺学概论》（花山文艺出版社1999年版），王杰的《马克思主义与现代美学问题》（人民文学出版社2000年版），等等。这些研究涉及文艺的上层建筑性质、文艺的意识形态性质、艺术的本质、艺术的审美属性、艺术与政治的关系、马克思主义文艺理论体系，以及艺术反映论、艺术本体论、艺术价值论、艺术主体性、艺术的作用等一系列根本问题。学者们在对这些问题进行系统的、富有成效的探索的基础上，提出了一些既符合马克思主义精神，又有创新意识的理论思想，为建设有中国特色的当代形态的马克思主义文艺理论做出了贡献。

进入21世纪以后，反思与重构是文艺理论学界的主要目标，在具体的探索上更是多线并进。一方面，在从单向度借鉴苏联文艺理论，朝着全面研究国外马克思主义文论中，对经典马克思主义文艺理论进行反思。比如，对《1844经济学哲学手稿》的讨论、对文艺学学科的反思、对传统文学史写作的反思、对"审美意识形态"的讨论，都有着承前启后的关键作用。另一方面，随着对西方文艺理论的持续译介，和国内社会经济的迅速发展，对西方马克思主义文艺理论的译介和研究更加具体细致，针对法兰克福学派、英国文化唯物主义，以及美国的媒介文化研究等学派和学者，都有许多翻译和研究著作产生，而文化研究、网络文学、全球化消费社会中的文学现象等新问题也随之进入学界的视野。与时代的发展相适应，学术界在学习西方理论的同时，也更加注重对西方理论的反思与扬弃，将文艺理论研究工作与中国的具体文艺实践相结合，在诸多方面取得了成果。

在 21 世纪的两个十年中，尤其是进入新时代之后，"马克思主义文艺理论的中国化"越来越受到学界的重视，在反思和继承从"左翼"时期以来的马克思主义中国化成果，以及毛泽东的《在延安文艺座谈会上的讲话》等一系列文艺理论的基础上，新时代文艺理论更加强调与文学实践相结合、文艺创作和文艺理论的大众化的道路，并提出以马克思主义文论对中国传统美学进行现代性重构等新目标。

整体而言，我国的马克思主义文论仍处于需要不断探索的进程之中，70 年中虽历经波折，但已结出不少硕果，而时代发展，前路未已，学界仍需在继往开来中砥砺前行。

第二节　马克思主义文论研究的若干问题

在过去 70 年中，我国马克思主义文艺理论研究经历了一些挫折与困难，甚至走了一些弯路，但以今天的眼光回头去看，可以发现，在艰难的理论跋涉中，我们取得的成绩也是巨大的，以往的研究不仅几乎涉及马克思主义经典理论家的所有文艺思想与观点，而且其中有许多问题都得到了深入的探索与研究，取得了丰硕的成果。因此，要想在有限的篇幅内对此做出全面而又详尽的介绍实在是不可能的事情，本文只能有所选择，通过对一些问题的粗浅论述，以点带面，希望能给读者展示出我国马克思主义文艺理论研究的大致风貌。本节将依据时间顺序，对以下问题进行探讨：前 30 年马克思主义文艺理论经典的初步研究、中华人民共和国成立初期的斯大林文艺思想研究、新时期初期马克思主义文艺"体系论"论争，以及新时期以来"西方马克思主义"文艺理论在我国研究的基本情况等。

一　马恩文论经典的译介与初步研究

如前所述，中华人民共和国成立前，马克思主义文艺经典作家的一些文艺理论论著就已经被介绍了进来，中华人民共和国成立之后，这方面的译介有了更大的发展。不仅如此，一些国外学者的研究成果也被介绍了进来。这些翻译作品，在中华人民共和国成立之初，国家尚未组织大规模的马恩列斯著作译介的情况下，对促进国内学者开展学术研究发挥了重要作用。

除已在前面"概述"中提到的对原有马恩文艺著作的翻译，以及苏联当代美学家里夫希茨的作品在国内得到翻译出版外，王道乾等翻译家，在最初的马恩文艺论著译介中做出了很大贡献。1950年7—8月间，《文汇报》连续发表了王道乾翻译的《恩格斯论海涅》①《恩格斯论歌德》②《恩格斯论卡莱尔》③等文章。这些文章中既有马克思恩格斯对海涅的赞赏和对其过失与错误的批判，较早地介绍了恩格斯对文学作品"美学""历史"的评价标准，也将恩格斯对卡莱尔的评价、对无产阶级历史使命的基本精神带给了读者。1951年，上海平明出版社出版了由法国学者弗莱维勒（J. Freville）编辑、王道乾翻译的《马克思、恩格斯论文学与艺术》一书，该书比较系统地介绍了马恩的文艺思想。除王道乾的译介外，1954年"电影艺术译丛"第1号上发表了由邵牧君翻译的《马克思论戏剧中的冲突》④一文，这是一篇较早地将国外学者研究马克思主义文艺思想成果介绍进来的文章，内容涉及"对剧本'济金根'的批判""典型""党性""个别现象和普遍现象""冲突论"等多方面的问题，比较集中地展示了马、恩、列、斯等有关戏剧冲突方面的文艺观点。所有这些论著的译介与出版，为中华人民共和国成立初期中国学者研究马克思主义文艺思想提供了基本的资料保证。正是由于许多翻译家们的辛苦努力，加上1953年成立的中共中央马克思恩格斯列宁斯大林著作编译局已经开始工作，并于1956年出版了《马克思恩格斯全集》第1卷，马克思主义经典作家的文艺理论著作在较大范围内得到了传播，从而给学者们的理论研究奠定了基础。

---

① 《恩格斯论海涅》，王道乾译，《文汇报》1950年7月13日。
② 《恩格斯论歌德》，王道乾译，《文汇报》1950年7月15日。
③ 《恩格斯论卡莱尔》，王道乾译，《文汇报》1950年8月8日、9日。
④ 本文译自1953年6月23日《新德意志报》，原文由W. 贝逊勃鲁赫所写。

中华人民共和国成立后直至"文化大革命"前，我国马克思主义文艺理论经典研究涉及马克思主义文艺思想的诸多方面。尤其是随着马克思和恩格斯关于文艺问题的几封信为人们所了解，关于艺术的真实性、文学的倾向性、文艺作品的评价与批评，以及对一些论点的理解与认识等问题，在这一阶段都得到了比较深入的研究。这些研究对于中华人民共和国成立后处理文艺与政治的关系、真实性与艺术性的关系，以及如何开展文艺批评等都提供了良好的理论依据。

"生活真实"与"艺术真实"问题从艺术理论上来说，或许并不是什么太难理解区分的问题，但在实际创作中如何恰当地把握它们，并不是件容易的事情。作品中人物形象的塑造，以及文学作品所必然表现出来的作家的倾向与立场，都与创作者对于"真实"的理解密切相关。中华人民共和国成立初期，人们在对恩格斯相关信件（恩格斯在致拉萨尔、致明娜·考茨基、致哈克奈斯的信中，对此都有比较精辟的论述）的学习与思考中，针对这些问题展开了讨论与研究，不同的观点之间甚至也出现了一些交锋。如，程代熙就历史剧的"真"与艺术作品的"真"作了辨析，他认为，历史剧要做到历史生活的真实，真实地再现历史生活。当然，在他看来，历史剧在创作中也可以有想象与虚构，但想象和虚构同样必须与历史生活相吻合。[①] 必须强调历史剧的历史真实，这是程代熙对历史剧创作提出的基本要求。现实主义文学作品既要强调真实，也要有倾向性，恩格斯在致明娜·考茨基的信中提出了这一点。但倾向性究竟该怎样表现出来，恩格斯并未给予更多的讨论，这引来了一些学者的探讨。如樊篱在《读恩格斯〈给明娜·考茨基的信〉》中提出："应从文学的特点和工人阶级的战斗需要出发来解决文学的倾向性问题。"[②] 解驭珍也从斗争的角度，表达了他对文学倾向性的理解。他认为，"一切否定文学的倾向性的论调，都可能导致文学回避当代的重大政治斗争，耽溺于主观主义的空想或自然主义的琐屑的描写。其结果不只丧失无产阶级艺术的战斗作用，实质

[①] 程代熙：《重读马克思和恩格斯给拉萨尔的信——读书札记》，《中国戏剧》1962年第11期。

[②] 樊篱：《读恩格斯〈给明娜·考茨基的信〉》，《湖南文学》1961年第11期。

上就是为资产阶级的政治服务，损害无产阶级革命利益"。① 而蒋培坤对于文学倾向性的理解是与作品的真实性关联起来的，他认为，恩格斯在那段话中②所阐明的，不仅是关于艺术的特征，还包含有一个更重要的内容，即进步的现实主义文学所必须遵循的一条根本原则：文学的倾向性和真实性的辩证统一，同时，还是对一种主观唯心主义错误创作倾向的批判。文章认为，"只有当作家描写他所深刻理解的生活时，他的主观倾向才能得到真实有力的表现，因为这种倾向性，亦即对人物事件的一定政治态度和感情倾向是深深地扎根于对生活的真实体验的"。③ 在恩格斯那里，文学的倾向性和文学的真实性虽然是两个不同的概念，二者确是辩证的统一，不可割裂开来。将文学的倾向性与文学的真实性联系起来进行论述，反映出当时对于这一问题的理解达到了较高的程度。

在整个这一阶段的讨论中，除真实性、倾向性等之外，人们还针对一些具体问题进行了讨论，澄清了很多模糊不清的观念。如，关于恩格斯对哈克奈斯的批评问题，勇征之撰文认为，《城市姑娘》通过一个"陈旧又陈旧的故事"揭示了资本主义社会深刻的阶级矛盾，暴露了资产阶级与无产阶级不可调和的利益冲突，所以恩格斯才称这部作品是"除了现实主义的真实性以外，最使我注意的是它表现了真正的艺术家的勇敢"。④对于此种看法，昭文、凌柯则发表文章予以商榷，认为勇征之对于《城市姑娘》这部作品本身的评价是存在问题的，所做出的判断是错误的。虽然恩格斯在信的开头谈了《城市姑娘》的优点，但"这封信的重点是在于对这本书所作的批评"，恩格斯指出了哈克奈斯的一个最根本的毛病：她只写出了"细节的真实"，而没有"真实地再现典型环境中的典型

---

① 解驭珍：《关于文学的倾向性——重读恩格斯关于文艺问题的几封通信》，《文艺报》1960年第6期。

② 这段话指："我决不是这种倾向诗的反对者……但是我认为倾向应当是不要特别地说出，而要让它自己从场面和情节中流露出来，同时作家不必把他所描写的社会冲突的将来历史上的解决硬塞给读者。"该译文为原文中引文，与后来通常译文略有不同，现通常译文可见《马克思恩格斯选集》第4卷，人民出版社1995年版，第673页。

③ 蒋培坤：《读恩格斯给明娜·考茨基的一封信》，《长春》1963年1月号。

④ 勇征之：《不许假恩格斯之名来反对塑造无产阶级的英雄人物》，《学术月刊》1965年第4期。

性格"。① 再如，郝孚逸在《拉萨尔的〈弗朗茨·封·西金根〉和马克思恩格斯对他的批判——学习马克思恩格斯致拉萨尔信的笔记》一文中指出："马克思主义美学是马克思主义世界观和思想体系的一个组成部分，它是对资产阶级思想进行斗争的一个领域，也是在斗争中不断前进和发展的。"为此，只有联系特定形势下阶级斗争的条件，比较全面地就马克思主义创始人和拉萨尔之间争论的有关材料加以研究分析，了解马克思、恩格斯在信中指出来的主要分歧点，才能够确切地理解其中所阐述的若干美学原则的基本观点和深刻含义。② 对于马克思主义文艺理论基本问题的这些讨论，对于当时人们理解与掌握马克思主义文艺理论的基本思想起到了很好的促进作用。

这一阶段，颇值得一提的还有学者们关于"艺术生产与物质生产发展不平衡规律"的一场争论。1959 年，周来祥发表文章，提出了"在社会主义制度下，历史上长期存在的艺术生产与物质生产发展的不平衡现象，已被艺术生产适应于物质生产的新现象所代替"的观点，③ 引起了一些学者的反对。张怀瑾针对周文的观点提出了商榷意见，认为周文把马克思关于艺术生产与物质生产发展不平衡规律的两个基本含义——即"在艺术领域内各个部门之间发展的不平衡性""整个艺术领域和社会的一般发展的不适应性"——并列起来显得重点模糊，与马克思的原意不一致。另外，周文对马克思的"把希腊人或者甚至把莎士比亚同现代人相比"这句话不仅作了不正确的解释，又机械地分为两个不同的类型：没有阶级的原始公社的类型和阶级社会的类型。④ 文章以马克思主义文艺发展的基本事实批驳了这种"过时论"思想，认为这只能说是"发展"了而不是

---

① 昭文、凌柯：《怎样理解恩格斯对〈城市姑娘〉的评价——学习马克思、恩格斯论文学艺术笔记》，《学术月刊》1965 年第 10 期。

② 郝孚逸：《拉萨尔的〈弗朗茨·封·西金根〉和马克思恩格斯对他的批判——学习马克思恩格斯致拉萨尔信的笔记》，《复旦大学学报》1963 年第 1 期。

③ 周来祥：《马克思关于艺术生产与物质生产发展的不平衡规律是否适用于社会主义文学》，《文艺报》1959 年第 2 期。

④ 张怀瑾：《马克思关于艺术生产与物质生产发展不平衡规律是过时了吗?》，《文艺报》1959 年第 4 期。

"过时"了。除张怀谨外，李基凯、梁一儒也发表文章对周文的观点提出了商讨意见[①]。这场关于"艺术生产与物质生产发展不平衡规律"问题的讨论，对于中华人民共和国成立后认识我国文学发展的性质与文学创作实践是有意义的，这也是我国文艺理论界关于"艺术生产与物质生产发展不平衡规律"开展的最早的讨论，这场讨论为20世纪70年代末至80年代初的继续讨论埋下了伏笔。

二 斯大林（1879—1953）文艺思想研究

中华人民共和国初期，由于先是庆祝斯大林七十大寿（1949年），后是纪念斯大林的去世（1953年），加上中华人民共和国成立初期我国文艺理论发展同苏联的密切关联，对斯大林文艺思想的介绍与研究在这一时期形成一股热潮，前后持续五年之久。所形成的主要成果包括发表斯大林给几位作家的信及其《马克思主义与语言学问题》等，涉及的内容有"社会主义现实主义"创作原则、文学艺术的"竞赛"原则、关于民族文化问题、语言的非阶级性问题，以及关于作家创作的相关论述等。

1949年11月6日，《光明日报》发表了苏联学者娃娜克玛的《斯大林论民间艺术》一文，重点介绍了斯大林关于民间文艺的一些基本观点，文章指出，"社会主义的艺术创造，应该是为了人民，并应以人民自己的艺术为基础，这是斯大林一切有关艺术的言论的精义"。[②] 文章还谈到斯大林对电影、舞蹈，对俄罗斯各民族诗歌的精通与熟悉，尤其是对俄罗斯抒情诗歌的独特喜爱，在他的演说与著述中，经常涉及民间谚语、格言、传说、歌曲等。1949年12月21日，《人民日报》发表了茅盾与萧三谈论斯大林文学观的一篇短文《斯大林论文学》。茅盾认为："'民族的形式，社会主义的内容'，这是斯大林在文艺上最正确的指示。"萧三从三个方面分析了斯大林对于全世界进步文化与文艺的伟大贡献：一是提出"作

---

① 李基凯、梁一儒：《马克思关于艺术生产与物质生产发展的不平衡问题》，《山东大学学报》1959年第1期。
② ［苏联］Г. 娃娜克玛：《斯大林论民间艺术》，引之节译，《光明日报》1949年11月6日。

家是人类心灵的工程师"的论断;二是提出"社会主义现实主义"创作原则;三是提出"内容是社会主义的,无产阶级的,形式是民族的"观点。1950年1月15日《光明日报》发表杨晦的文章《斯大林与文艺》,这是一篇长文,比较详细地论述了斯大林与文艺的关系,以及作为一个政治家的斯大林对于文艺理论与批评的主要观点。1950年2月12日,《人民日报》发表了由伊凡诺夫作、王金陵翻译、出自《苏维埃文学》1949年12月号的《斯大林——作家的朋友与导师》一文。该文扼要地论述了斯大林关于文学的党性原则、文学创作的社会主义的现实主义方法、文学表现中的乐观主义等问题。特别值得注意的是,在这篇文章中,还介绍了过去没有发表过的斯大林关于发展无产阶级文艺的"竞赛原则"以及"大胆地、放手地培养与提拔青年作家干部"的观点,反映出斯大林对作家与艺术创作规律的尊重。① 以上这些文章较早地介绍了斯大林关于民间艺术及文学问题的一些基本思想,这对学者们进一步了解与把握斯大林文艺思想发挥了重要作用。

为了更多地介绍斯大林的文艺思想,1950年《人民日报》分次发表了斯大林给几位作家的信。分别是(1)《给高尔基的信》②,该文主要分析了如何看待青年、关于创办刊物以及如何看待战争小说等问题;(2)《给比尔-别洛采尔科夫斯基的回信》③,在这封信中,斯大林认为,"左倾分子""右倾分子"在苏联是党的概念,严格来说是党内的概念,因此,将"左倾分子""右倾分子"这些概念"应用于像文艺、戏剧等这样非党的和无比广大的领域",那就奇怪了。另外,就是在这封信中斯大林提出了"竞赛"原则。他认为,"'批评'和要求禁止非无产阶级的文学是很容易的。但是最容易的不能认为就是最好的。问题不在于禁止,而在于用竞赛的方式,用创造能够取而代之的、真正的、有趣的、富于艺术性的、具有

---

① [苏联]伊凡诺夫:《斯大林——作家的朋友与导师》,王金陵译,《人民日报》1950年2月12日。
② [苏联]斯大林:《给高尔基的信》,曹葆华、毛岸青译,《人民日报》1950年6月11日。
③ [苏联]斯大林:《给比尔-别洛采尔科夫斯基的回信》,曹葆华、毛岸青译,《人民日报》1950年6月4日。

苏维埃性质的剧本,去一步一步地把新的和旧的非无产阶级的低劣作品从舞台上驱逐出去"。(3)《给费里克斯·康同志给伊万诺伏-伏兹涅森斯克省中央局书记柯洛季洛夫同志的副本》①,在这封信中,斯大林批评了文学上"名人"压制青年人的现象,认为"现在应当抛弃那把本来已经提拔起来的文学'名人'加以提拔的贵族习惯,这些文学'名人'的伟大使我们年轻的没有谁知道而且被大家所忘记的文学力量处于不断呻吟之中"。(4)《给别塞勉斯基同志》②,在这封信中,斯大林纠正了一些同志将诗人的作品看成反党作品的过于敏感与错误之处。从这些书信中,可以明显地看出斯大林对艺术规律与艺术家是极其尊重的,也表现了斯大林极高的艺术批评修养。(5)《给季谟央·别德讷衣的信》③,这封书信是北京文艺界整风学习的文件之一,《文艺报》第52期(1951年12月10日)转载了这封信。杰米扬在自己的创作中对苏联生活缺点的批评逐渐变成了对整个苏联的诽谤,而表露出了明显的反爱国主义的倾向,斯大林对此进行了严厉的批评,并强调指出:"共产党员作家必须服从党的决议,领会党的决议的实质并改正自己的错误。共产党员作家必须谦虚。"虽然这封信主要是针对党员作家而谈的,但所提出的基本原则对于所有的作家,应该说都是有指导意义的。

除了大量译介斯大林关于文学创作的基本观点外,斯大林的语言学思想在中华人民共和国成立初期也被译介进来,这对当时中国学者树立马克思主义语言观以及我国的语言文字改革都产生了很大的影响。《马克思主义与语言学问题》(斯大林于1949年完成此书)于1950年由解放社出版

---

① [苏联]斯大林:《给费里克斯·康同志给伊万诺伏-伏兹涅森斯克省中央局书记柯洛季洛夫同志的副本》,曹葆华、毛岸青译,《人民日报》1950年7月2日。

② [苏联]斯大林:《给别塞勉斯基同志》,曹葆华、毛岸青译,《人民日报》1950年7月2日。

③ [苏联]斯大林:《给季谟央·别德讷衣的信》,曹葆华、毛岸青译,《人民日报》1950年10月15日。对于此文的发表,《人民日报》加编者按说:"本刊第五十一、五十二、五十五期登载了第一次刊印于苏联国家政治书籍出版局出版的《斯大林全集》第十一、十二卷中的斯大林给高尔基等苏维埃文学家的四封信。本期继续刊载同书第六卷中给讽刺诗人季谟央·别德讷衣的信。这些信不但是马列主义文艺理论的文献,而且对于其他革命工作,也是具有很大的教育意义的。"季谟央·别德讷衣也译作杰米扬·别德讷衣。

发行，引起了国内学人的极大关注。金轮海的《从斯大林论语言学派到中国语言的改造和发展》①、胡绳的《斯大林关于语言学的论文对中国学术工作的意义》②、罗常培的《从斯大林的语言学说谈中国语言学上的几个问题》③ 等都是这方面很有影响的研究成果。如金轮海认为，《斯大林论马克思主义在语言学中的问题》发表以后，对中国的语言问题有原则性的启示，中国学者从中获得了一些基本认识：一是，语言不是经济基础的上层建筑，与上层建筑根本不同；二是，语言是全民性的不是阶级性的；三是关于语言的特征问题。文章认为：语言是历史的，随社会的产生发展灭亡而产生发展灭亡，语言的主要东西是词语，但词语本身还不成为语言，语言有巨大的稳固性和拒绝强迫同化的极大的抵抗性，语言从旧质到新质的转变不是突变（爆发）而是新旧慢慢变化的，等等。该文由此出发，论述了中国的语言文字改革问题。胡绳在文章中则认为"斯大林同志的著作发挥了关于上层建筑和基础的辩证关系的马克思主义理论，从而根本肃清了在这些问题上把马克思主义庸俗化的各种错误观点"。罗常培认为，斯大林的论文从理论上给中国语言学解决了许多问题，并且启示了中国语言学的新任务和新方向。

斯大林在民间文艺、语言学方面的贡献，对作家的创作、艺术规律的尊重，社会主义现实主义创作方法的提出，所有这些对于当时中国文艺理论界的影响是深远的，国内学者李梁从五个方面总结了斯大林对于文艺的主要贡献：一是"马克思主义与语言学问题"中的文艺思想；二是社会主义现实主义理论；三是在斯大林的教导下，苏联民族文化获得了巨大的繁荣；四是斯大林十分亲切地关怀文学家、艺术家的成就；五是斯大林同志重视古典文学遗产。④ 毋庸讳言，中华人民共和国成立初期对于斯大林文艺诸问题的译介与研究，对中华人民共和国成立后正在探索中的我国文

---

① 金轮海：《从斯大林论语言学派到中国语言的改造和发展》，《文汇报》1951 年 4 月 25 日。
② 胡绳：《斯大林关于语言学的论文对中国学术工作的意义》，《人民日报》1952 年 6 月 20 日。
③ 罗常培：《从斯大林的语言学说谈中国语言学上的几个问题》，《科学通报》1952 年第 7 期。
④ 李梁：《斯大林与文学艺术》，《文艺报》1954 年 2 月 28 日。

艺理论的建设与发展具有重要的指导意义。

三 "体系论"之争

"文化大革命"十年，马克思主义文艺理论的基本立场、方法、基本传统几乎荡然无存。1978年12月，中国共产党第十一届三中全会胜利召开，从此中国社会开始进入新的历史阶段，也就是我们通常所说的"新时期"。新时期的社会变革，既带来了从经济生活、政治生活到文化生活的全面而深刻的社会变化，同时也带来了人们在生活方式、思维方式以及人生价值观念方面的巨大变化。中国马克思主义文艺理论研究也在"解放思想、实事求是"思想路线引领下开始活跃起来。进入新时期之初，关于马克思主义文艺理论主要有两次比较大的讨论，一次是马克思主义文艺理论是不是有体系的讨论，一次是关于《手稿》是不是成熟的马克思主义的讨论。这里，我们重点介绍一下"体系论"之争。

新时期以前，马克思主义文艺理论是有完整体系的，文艺理论家们对此从不怀疑，然而，新时期伊始，却有学者对马克思主义文艺理论的科学体系性提出了质疑，声言"马克思主义文艺学不成体系"，马克思主义的经典作家也没有太多的关于文艺的论述，而只有一些散见于他们哲学经济学著作中的只言片语、"断简残篇"。这种观点在文艺理论界引起了强烈反响，许多文艺理论工作者不同意这种看法，纷纷撰文商榷。就这样，围绕"马克思主义文艺理论的体系问题"展开了一场大讨论。这场讨论从1980年直至1986年，前后有七年之久，争论吸引了当时许多文艺理论家，讨论的问题几近涉及马克思主义文艺理论的所有方面。

关于"体系论"的讨论主要是围绕刘梦溪的一篇文章展开的，1980年，刘梦溪在《关于发展马克思主义文艺学的几点意见》[①]中提出了三点与通常说法不尽相同的意见，作为对如何发展马克思主义文艺学问题的一种探讨。这三点意见是：一、马克思、恩格斯、列宁、斯大林以及毛泽东同志，并没有建立起马克思主义文艺学的完整的理论体系，我们今后应当把建立完整的理论体系作为发展马克思主义文艺学的一个现实目标；二、

[①] 刘梦溪：《关于发展马克思主义文艺学的几点意见》，《文学评论》1980年第1期。

由于教条主义的影响,我们的文艺理论工作,迄今为止,大都是在通过分析各种文艺现象来证实经典作家早已提出来的一些观点和结论,这在理论上是原地踏步,并没有真正前进;三、中国马克思主义文艺学的建立,必须以系统总结我们民族丰富的美学遗产为条件,它的生命在于对不断发展变化的文艺状况作出新的解释,并进行科学的理论概括。据刘梦溪本人事后回忆,他当时写这篇文章,原是想提出几个发展马克思主义文艺学迫切需要解决的问题,以引起讨论,因此出现不同意见乃至反对意见,他是早有思想准备的。但文章发表后反应那样强烈,遭致那么多非议,受到那么多关注,却是始料不及的。① 刘文提出了三个方面的问题,但争论主要围绕第一个问题展开,涉及对马克思主义经典作家留下的文艺理论遗产的具体评价问题。

针对刘梦溪的观点,汪裕雄在《江淮论坛》连续撰文提出商榷意见,较早地批驳了刘文的观点。汪裕雄认为,刘文的"断简残篇"说是有问题的,他在论证中对普列汉诺夫的过高评价也是不妥的。我国马克思主义文艺学的理论建设,既要敢于解放思想,用创造性的态度对待马克思主义文艺观,又要重视对其基本原理的学习与研讨。② 马恩对艺术本质的看法,贯穿在他们有关文艺史和现实主义的论述之中,并且在对文艺史、作家作品、现实主义问题的进一步论述中得到发挥和充实。因此,"尽管马恩没有完成他们计划中有关艺术和美学问题的专门著作,他们对文艺问题的论述具有片断的分散性质,但却以艺术本质论为核心,组成了一个文艺观点的科学整体,提供了文艺史上从未有过的新的文艺理论体系"。③ 当然,作者在肯定马恩的文艺观点是一个科学体系的同时,也认为马克思主义经典作家并没有穷尽文艺的本质和规律,第二代的马克思主义者梅林、拉法格、普列汉诺夫等人在文艺上的贡献,加上列宁、毛泽东等的丰富和发展也仍然没有穷尽。与汪裕雄从整体上着眼进行分析有所不同,李贵仁

---

① 刘梦溪:《文艺学:历史与方法》"前记",上海文艺出版社1986年版,第4页。
② 汪裕雄:《"断简残篇"、普列汉诺夫及其他——与刘梦溪同志讨论马克思主义文艺学建设问题》,《江淮论坛》1980年第2期。
③ 汪裕雄:《从艺术本质论看马恩的文艺观点体系》,《江淮论坛》1983年第5期。

针对刘文所提出的"马克思、恩格斯、列宁、斯大林以及毛泽东同志,并没有建立起马克思主义文艺学的完整的理论体系"这一观点,从"完整的"三个字入手分析,认为刘文用这个词是有些讨巧的,"完整的"三个字没有什么实际意义。他认为,"马克思、恩格斯、列宁、斯大林以及毛泽东同志,事实上已经把马克思主义文艺学的理论体系建立起来了,而且是个相对完整的理论体系"。[①]

针对理论界围绕刘文所展开的讨论,引发讨论的《文学评论》1980年第 3 期和第 5 期也发文章加入这场讨论之中。梁超然以给编辑部去信的形式,谈了对刘文的两点"原则性"意见:一、"一个极不严肃的论断",作者认为,把马恩的文艺论著贬斥为"断简残篇"是不严肃的;二、"科学是没有国界的",作者认为,文艺学是社会科学的一种,而科学是没有国界的,刘文的"中国的马克思主义文艺学"这种叫法是有问题的。[②] 如果说梁超然的文章仅仅是针对刘文提出了自己的反对意见,并未充分展开论证的话,那么,魏理的文章则比较全面而有针对性地反驳了刘文马克思主义文艺理论的无体系主张。魏理认为,对待任何问题,"都要用辩证的方法,历史的观点,实事求是的精神去进行分析、考察,否则就不能达到事物的本质面,揭示它的真相",刘文"由于不从联系看问题,因而也没有说明任何问题"。作者认为,整体的联系是多方面的,马克思主义关于经济基础上层建筑的学说,是历史唯物主义的基本内容,体现了整体联系。另外,整体联系还表现在马克思主义经典作家文艺理论的不断发展与完善方面。同时,马克思主义文艺理论不仅涉及了文艺的外部规律而且涉及了文艺的内部规律,并不如刘文所否定的那样,只有外部规律没有内部规律。[③]

随着争论的进一步深入,各种观点的交锋越来越激烈。张弼将刘梦溪

---

① 李贵仁:《〈关于发展马克思主义文艺学的几点意见〉质疑——与刘梦溪同志商榷》,《人文杂志》1980 年第 5 期。
② 梁超然:《两点意见》,《文学评论》1980 年第 3 期。
③ 魏理:《马克思主义经典作家的文艺理论体系和文艺科学的发展》,《文学评论》1980 年第 5 期。

与魏理争论的焦点概括为两个问题：一是，马克思主义经典作家的文艺问题原著可不可以和文艺学原理相比较？二是，马克思主义经典作家是否建立了文艺科学的完整理论体系？针对这两个问题，张弼的看法比较折中，他认为，马克思主义经典作家是建立了理论体系的，但从文艺学要涉及文艺理论、文艺史、文艺批评这一角度看，这个体系是不完整的。另外，他还指出，没有专门论证其体系的著作也的确是马克思主义文艺理论不完整的一个理由。① 对于有无专门性著作，董学文在讨论中认为，说马克思主义创始人没有系统、完整的理论体系的观点早在19世纪后期20世纪初期就有了，但没有专门性的著作并不能说明没有完整的理论体系。马克思、恩格斯的文艺学体系形成了这样一些特征："在精神素质上，它是高度科学性与革命性的统一，是理论和实践的统一；在逻辑结构上，它是纵的人类社会艺术发展规律与横的艺术同上层建筑其他部分、同经济基础相互关系规律的紧密交织；在表述上，它更多的是从宏观领域出发的，整个人类艺术运动的图景，像一幅壁画，清晰地呈现在我们眼前。这些特征综合起来，令人看到一个完整的文艺理论体系的轮廓。"② 文章还从"文艺理论体系"与"马克思主义学说的不太吻合"、完整理论体系的应有样子、"外部规律"与"内部规律"的分析，以及一些论据方面的问题等入手批驳了刘文的"无体系"观点。

在这场关于"体系论"的论争中，既有直接针对刘文观点展开的针锋相对的驳论性文章，也有避开论点本身，在一个更广泛的层面上通过对马克思主义文艺理论所展开的研究，从而论证马克思主义文艺理论的体系性问题。程代熙从历史发生学的视角，具体分析了造成一些人认为马克思主义文艺思想没有体系的历史原因。他认为，苏联卢那察尔斯基等人之所以认为马克思主义文艺理论没有完整的体系，是因为在20世纪20年代，马克思、恩格斯的著作被介绍到苏联的比较少所造成的。实际上，到里夫

---

① 张弼：《对于马克思主义文艺学理论体系及其发展问题的看法——兼与刘梦溪、魏理同志商榷》，《学习与探索》1981年第2期。
② 董学文：《怎样看待马克思的文艺理论体系——与刘梦溪同志商榷》，《北方论丛》1984年第1期。

希兹与希里尔合作编辑世界上第一本俄文版《马克思恩格斯论艺术》时,马克思、恩格斯文艺理论的科学体系就已经被初步揭示出来了;而卢卡契在20世纪30年代就批驳过认为马克思、恩格斯的艺术理论没有形成体系的看法,并第一次真正意义上阐释了马克思主义艺术学的"体系性"问题。程代熙认为:"马克思、恩格斯文艺思想是建立在历史唯物主义的基础之上的一个全新的科学体系。"[①] 与程代熙看法一致,陆梅林指出:有人认为马克思主义不曾写过专门的美学著作,便以为马克思主义美学没有一个完整的体系是不对的,写过或没有写过美学专著,和有没有完整的美学体系并不是一回事。马克思主义创始人没有写过美学专著,这是事实。说因此就没有一个完整的美学体系,这却不是事实。实际上,马克思主义美学体系比起过去任何美学大师(从柏拉图、亚里士多德到康德、黑格尔和克罗齐)所构成的任何体系都更宏大、更完整,而且有更结实的物质基础和历史发展线索。[②] 陆梅林的这一论断并非空穴来风,早在"文化大革命"期间,他就编辑了《毛泽东论文艺》《鲁迅论文艺》和《马恩论文艺》三部手稿,这使他能够对马克思主义关于文学艺术的经典论述有着较为透彻的学习与理解,正是有了这些切实的经历使他认识到马克思、恩格斯的文艺理论也和整个马克思主义学说一样,都是为无产阶级和广大劳动人民的,是为无产阶级革命,为最终实现人类崇高的共产主义理想服务的。马克思主义文艺理论是无产阶级的具有高度党性的文艺科学,是无产阶级革命文艺运动和社会主义文艺工作须臾不可偏离的指针。马克思、恩格斯的文艺思想博大精深、辩证法贯穿始终。[③] 朱光潜也从马克思的哲学体系入手,谈了自己的看法,他认为:"辩证唯物主义和历史唯物主义是一切科学的共同的理论基础,马克思和恩格斯从这个共同基础出发,检查了从古希腊到近代的一些文艺名著,从此可以看出一套史论结合的完整体

---

① 参见程代熙《海棠集》,重庆出版社1986年版,第117—120页。
② 陆梅林关于马克思主义文艺学体系论的相关论述,可参见《体系和精神——马克思恩格斯文艺思想初探》、《从整体上把握马克思主义美学思想——纪念马克思逝世一百周年》等文章,见陆梅林《唯物史观与美学》,光明日报出版社1991年版。
③ 陆梅林:《唯物史观与美学》"写在集子之前",光明日报出版社1991年版,第2—3页。

系，为文艺史和文艺批评树立了光辉典范。"① 除此之外，在马克思主义文艺学有无科学体系的讨论中，郑伯农、李思孝、张国民、鲍昌、李中一、曾簇林等理论家都撰写了文章②，对社会上流行的"无体系"论进行了反驳，为马克思主义文艺理论在中国的传播和发展做出了重要贡献。

这场关于"体系论"的讨论之所以可以如此深入与持久地展开，一方面与理论界长期以来并未厘清这一问题相关；另一方面也与问题的提出者刘梦溪自始至终的积极参与和应对分不开。针对学术界开展的相关讨论，作为问题肇始者的刘梦溪从 1980 年到 1986 年又连续撰写了 11 篇文章，对自己的观点和他人的批驳作进一步的论证和辩解。这些文章是：《再论马克思主义文艺学的发展问题——答魏理同志》③《三论马克思主义文艺学的发展问题——答李贵仁同志》(《人文杂志》1981 年第 2 期)、《四论马克思主义文艺学的发展问题》(《江淮论坛》1981 年第 6 期)、《五论马克思主义文艺学的发展问题》(《北方论丛》1982 年第 3 期)、《六论马克思主义文艺学的发展问题——与程代熙、陆梅林同志商榷》、《七论马克思主义文艺学的发展问题——答董学文同志》(《北方论丛》1984 年第 5 期)、《释文艺规律——八论马克思主义文艺学的发展问题》(《文艺研究》1984 年第 6 期)、《九论马克思主义文艺学的发展问题——要重视文艺学的理论建设》、《十论马克思主义文艺学的发展问题——文艺学的方法和学派》《十一论马克思主义文艺学的发展问题——评五、六十年代流行的几种文艺学教科书》(《学习与探索》1985 年第 6 期)、《十二论马克思主义文艺学的发展问题——关于建立具有中国民族特色的文艺

---

① 朱光潜：《对"马克思恩格斯论文学和艺术"编译的意见》，《武汉大学学报》1980 年第 5 期。

② 另外，杨柄编辑的《马克思恩格斯论文艺和美学》(文化艺术出版社 1982 年版)、陆梅林辑注的《马克思恩格斯论文学与艺术》(人民文学出版社 1982 年版)等也都试图从不同的角度建构马克思主义文艺理论的思想体系。

③ 《再论马克思主义文艺学的发展问题——答魏理同志》与下文《六论马克思主义文艺学的发展问题——与程代熙、陆梅林同志商榷》《九论马克思主义文艺学的发展问题——要重视文艺学的理论建设》《十论马克思主义文艺学的发展问题——文艺学的方法和学派》等，见刘梦溪《文艺学：历史与方法》，上海文艺出版社 1986 年版。

学理论体系》(《文艺争鸣》1986年第1期)。通过这些文章，刘梦溪在坚持马克思主义文艺理论"无体系"观点的基础上，从不同的角度对自己的观点进行了补充论证与说明。如，在《五论马克思主义文艺学的发展问题》一文中，他主要从方法论的角度探讨对马克思主义经典作家留下的文艺理论遗产究竟应该如何评价的问题。他认为，一、"从马克思和恩格斯关于理论体系的思想来看，说马克思主义经典作家建立了文艺学的完整的理论体系，并不是对革命导师留下的文艺观点和文艺理论遗产的高估，恰恰相反，在一定程度上倒是对他的创立的学说的一种贬低"；二、理论体系应该是以完整和系统的面貌出现的、经过深入论证的、建立在长期知识积累基础上的理论形态；三、中外历史上有许多提出了观点而称不上体系的文艺理论家，如中国古代的诸多文艺理论家，如国外的普列汉诺夫、车尔尼雪夫斯基、柏拉图等；四、从马恩的实际贡献来看也说明了"无体系"性；五、思想体系与理论体系不同，"当我们说马克思主义经典作家留下的文艺理论遗产还没有形成文艺的完整的理论体系时，却不能否认经典作家的文艺观点在思想上是有一定体系性的"。在《七论马克思主义文艺学的发展问题——答董学文同志》一文中，除了批驳董学文在论证上存在的逻辑问题之外，他提出，马恩并未"从根本上反对建立社会科学具体学科的理论体系，如果这样看问题，也是对马克思主义学说的一种误解。马恩所反对的，是把学科理论体系的建立庸俗化，反对像当时德国的一些青年学者那样，用贫乏的历史知识'尽速构成体系'"。作者再次明确了在《五论马克思主义文艺学的发展问题》中所提到的体系的五个条件：要有系统性；要经过严密论证和发挥；要提出新的概念和新的理解范畴；要有相应的表述概念和范畴的逻辑结构；要提出新的研究方法。在《释文艺规律——八论马克思主义文艺学的发展问题》一文中，在区分了"文艺的一般规律和特殊规律""文艺本身的规律和文艺发展的规律"的基础上，刘梦溪探讨了"文艺的内部规律和外部规律"的真正区分问题，并由此指出："从马克思主义文艺学的发展状况来看，迄今为止，我们对文艺的特殊规律、本身的规律、内部规律，研究得更不够一些，并且有用一般规律、发展规律、外部规律取代的倾向，因此影响了文艺学的理论建设，应当引起我们的重视和注意。"在其他诸论中，作者还就发展文艺学的方法和不同学派问题、建立具有中国民族特色的文艺学理论体系等问题提出了自己的看法与建议。

这次关于马克思主义文艺理论有无体系的讨论是深入而有意义的，这不仅反映了新时期以后理论研究进入活跃时期，而且在讨论中，人们对马克思主义经典作家的基本理论有了全面而深入的学习机会，过去关于马克思主义文艺思想的诸多模糊认识都在这次讨论中得到了清理，许多似非而是、似是而非的问题在这次讨论中得以澄清，可以说这是自马克思主义文艺理论引入我国以来关于马克思主义文艺思想最集中、最广泛的一次就整体思想所进行的专题性讨论。这次讨论不仅是对过去我国马克思主义文艺理论的一次总结与展示，同时也为新时期以后有关马克思主义文艺理论其他问题的讨论奠定了良好的基础，从而掀开了马克思主义文艺理论研究崭新的一页。

四 关于"西马"问题研究

以今天的判断来看，"西马"研究是在新时期以后的事情。因为，新时期以前，对于"西马"在介绍方面的成果甚至都少得可怜。这其中的原因，不仅因为"西马"的发展与影响主要在第二次世界大战之后，尤其是六七十年代，而且也与"冷战"时期，中西方文化交流长期不畅有关，还有就是国内对政治意识形态领域问题比较谨慎，对于源自西方的东西一直持有抵触的态度，对除马恩等经典作家之外的任何外国理论抱有本能的排斥情绪。就现有的资料来看，新时期之前，理论界能介绍进来的主要有卢卡契，还有为数不多的"西马"理论家，像亨利·列斐伏尔等，而且仅限于介绍，没有什么研究。[①]

[①] 20世纪60年代，卢卡契思想比较早地被介绍进来，如他的《作家与世界观》发表在《国外社会科学文摘》1960年第7期、《一篇美学专论的序论》发表在《国外社会科学文摘》1964年第12期。同时，研究性的论文，如斯太因勒的《卢卡契的文艺思想》发表在《国外社会科学文摘》1960年第7期、叶封的《乔治·卢卡契：〈美学的特点〉》发表在《国外社会科学文摘》1964年第12期、耀辉的《齐塔：〈乔治·卢卡契的马克思主义：异化、辩证法、革命〉》发表在《国外社会科学文摘》1965年第5期等；亨利·列斐伏尔的文章《关于结构主义和历史的几点思考》较早出现在《国外社会科学文摘》1964年第9期上。这些说明国内学者对于西方马克思主义学者的了解是比较零星的，尚未形成一种自觉的意识。

改革开放以后，随着中西方交往的不断加强，大量西方文艺理论家的著述开始引入我国，国外研究马克思主义文艺理论的著作也被介绍进来，西方马克思主义理论开始真正走进人们的视线。1983 年，为了使中国学者从中"可以了解到当前西方研究和阐述马克思主义文艺理论方面的一些观点、动向及存在的问题"，《国外社会科学》第 1 期刊登两篇译文，介绍了当代西方两位重要的文学批评家——英国的特里·伊格尔顿与法国的皮埃尔·马歇雷。在介绍伊格尔顿的文学批评的文章中，作者首先叙述了国外马克思主义美学与文学批评领域十年内出现的一些研究作品，为阐述伊格尔顿的文学批评思想提供了背景。然后，具体分析了伊格尔顿文学批评的基本特征，认为"伊格尔顿作品的巨大力量主要在于，他坚持文学与意识形态有关系"。同时作者还分析了伊格尔顿既"想同'文学'的整个意识形态机构进行挑战，但又维护对传统文学批评的既定评价"的矛盾所在。[①] 在论述马歇雷与马克思主义文学理论一文中，作者认为，马歇雷"是当代最敢于挑战并具有真正创新精神的马克思主义批评家"，马歇雷一开始就大胆地将阿尔都塞的认识论用于探究批评，并认为了解作品，不是倾听或翻译事先存在的对话，而是要意识到，作品本身在生产一种新的对话，使作品的沉默"说话"。[②] 该文对马歇雷的文学作品理论进行了比较详细的介绍与梳理，使国内学者对马歇雷的文学批评理论有了初步而又比较完整的认识与理解。西方马克思主义文艺理论家在国外的产生发展情况整体性地在国内得以介绍，比较早的算是美国学者 R. 韦勒克的《西方马克思主义文学批评》一文。该文认为，马克思主义文学批评是在19 世纪现实主义批评的基础上发展起来的，它基于马恩所建树的少数论断，到 19 世纪 90 年代之前才形成一种系统的学说。文章从梅林、普列汉诺夫说起，分别又论及托洛茨基、布哈林、波亚伏佐夫、沃隆斯基、日丹

---

① ［英］I. 伯查尔：《伊格尔顿与马克思主义文学批评》，戴侃摘译，《国外社会科学》1983 年第 1 期。

② ［英］特里·伊格尔顿：《马歇雷与马克思主义文学理论》，戴侃摘译，《国外社会科学》1983 年第 1 期。韦勒克和沃伦合著的《文学理论》一书，1984 年由生活·读书·新知三联书店出版发行。

诺夫、马林科夫、卡尔沃顿、E.威尔逊、考德威尔、高尔德曼、葛兰西、卢卡契、本杰明、阿多诺等人，以及欧美一些国家的研究者，给马克思主义文学批评理出了一条比较清晰的传承线索。① 这种略带梳理意味的研究对当时中国学者急于了解国外马克思主义文艺理论的发展状况，无疑是极有帮助的。80年代以后，国内对西方马克思主义的译介越来越多，翻译出版了一些国外学者的马克思主义文艺理论研究专著，还编选了一批西方马克思主义文艺理论论文集。主要有《马克思和世界文学》（柏拉威尔著，梅绍武等译，生活·读书·新知三联书店1980年版）、《西方马克思主义探讨》（佩里·安德森著，高铦等译，人民出版社1981年版）、《西方马克思主义美学文选》（陆梅林选编，漓江出版社1988年版）、《马克思主义与艺术》（梅·所罗门编，杜章智、王以铸等译，文化艺术出版社1989年版）、《现代美学新维度——西方马克思主义美学论文精选》（董学文、荣伟编，北京大学出版社1990年版）等，这些著述几乎涉及了今天我们所熟知的所有西方马克思主义文艺理论家，有力推动了中国学者对于国外马克思主义文艺理论思想的了解与研究。

20世纪90年代以后直至20世纪末，西方马克思主义的研究与介绍达到了高潮。这其中的重要收获就是由徐崇温主编、重庆出版社出版的"国外马克思主义和社会主义研究丛书"，该丛书几乎横跨整个90年代，分四批出版，第一批1989年出版完成，第四批1997年出版完成，共42部。该丛书大量译介西方马克思主义理论家的重要著作，同时也使一些国内学人研究西方马克思主义哲学、文化、美学的优秀成果得以面世。这套丛书深深影响着90年代以后国内的西方马克思主义理论研究，成为国内学者认识与研究西方马克思主义理论的重要资源，将我国西方马克思主义理论研究推向了一个新的阶段。除这套丛书之外，这一阶段，还出现了朱立元主编的《法兰克福学派美学思想论稿》（复旦大学出版社1997年版）、马驰的《"新马克思主义"文论》（山东教育出版社1998年版）、陆俊的《理想的界限——"西方马克思主义"现代乌托邦社会主义理论

---

① 本文译自《20世纪世界文学百科全书》，发表于《文科教学》1984年第4期，张敏译、宋启安校。

研究》（社会科学文献出版社 1998 年版）、杨小滨的《否定的美学——法兰克福学派的文艺理论和文化批评》（上海三联书店 1999 年版）等其他从不同角度研究西方马克思主义文艺理论的理论著作。这些研究成果，开阔了我国马克思主义文艺理论研究的理论视野，深化了对西方马克思主义文论的理论研究。同时，更为重要的是，由于学术界的努力，越来越多的人开始以宽容的态度、客观的眼光来看待西方马克思主义文论，并在认识其理论局限与不足的同时，看到了"西马"理论中所闪耀的理论与智慧的光辉和他们研究问题与发展马克思主义文艺理论的独特方法。

从新时期以来直到今天，我们清楚地看到，西方马克思主义研究在 90 年代进入了鼎盛时期。这不仅因为介绍性的著作在这一时期得到了集中的翻译出版，同时，还因为中国学者在这一阶段对"西马"研究有了更大的热情，有了更多、更深入的思考，产生了一些颇有创建的研究成果。如冯宪光的《论"西方马克思主义"文艺理论的四种模式》[①]、汪培基的《西方马克思主义文艺理论研究初探》[②]、王杰的《关于马克思主义文学理论的中国特色问题》[③]、余虹的《个体启蒙与艺术自主——法兰克福学派的艺术之思》[④] 等都对"西马"文论作了比较深入的探讨与研究，而冯宪光的《"西方马克思主义"美学研究》（重庆出版社 1997 年版）、谭好哲的《文艺与意识形态》（山东大学出版社 1997 年版）则成为这一阶段"西马"文论研究最重要的代表性著作。应该说，90 年代以后，国内对于西方马克思主义的理论探讨已经从最初简单的唯物、唯心二元批判转变为真正的学术研究，对于"西马"的评价也已经发生了转变，抛弃了先前认为其"反马克思主义"的观点，并已基本能够接受将其作为马克思主义文艺理论中的重要一元，承认其在马克思主义文艺理论研究中的合法地位。承认"西马"也是"马"，走过了一段漫长的历程。要知道，

[①] 冯宪光：《论"西方马克思主义"文艺理论的四种模式》，《四川大学学报》1985 年第 2 期。
[②] 汪培基：《西方马克思主义文艺理论研究初探》，《文艺理论与研究》1987 年第 1、2 期。
[③] 王杰：《关于马克思主义文学理论的中国特色问题》，《文史哲》1993 年第 5 期。
[④] 余虹：《个体启蒙与艺术自主——法兰克福学派的艺术之思》，《外国文学研究》2000 年第 2 期。

甚至在 90 年代初，学者们对于"西马"的态度主要还是排斥的、批判的，认为其是"非马"的。① 进入 21 世纪，西方马克思主义文艺理论研究又走过了近 20 年的路程。我们看到，在经历了 30 多年国际化的引介与研究之后，针对不同学派的理论的研究和译介也更加具体，"西马"提出的许多新问题，更是不断受到学界的重视。但"西马"的研究也在经历着由热变冷的局面，这一半是由于理论本身在进入 21 世纪以后所面临的尴尬处境；另一半则是由于"西马"自身的理论话题也在面临着从未有过的挑战。虽然在这 21 世纪的 20 年中，詹姆逊与伊格尔顿的理论思想曾一度受到人们的追捧与爱戴，"西方马克思主义文艺学"作为重要内容，已经出现在正规的大学文科教材中，② 一些西方马克思主义研究著作继续出版面世，③ 但所有这些理论成果的出现都无法改变这样一个事实，即理论的产生必扎根于实践的土壤，"西马"理论必定不会全然适应中国的社会现实，因而"西马"研究越来越强调在启发性中寻求反思性。西方马克思主义理论在中国，需要寻找一个新的支点与起点，在总结过去成功经验的基础上，在应对现实问题与文艺实践中，焕发新的辉煌与魅力。

第三节　新时代马克思主义文艺理论的新发展

21 世纪的第二个十年中，我国的马克思主义文艺理论迎来新时代的新发展，这主要体现在以下几个方面：首先，是习近平总书记十八大以来的一系列讲话，如在 2014 年"文艺工作座谈会"与 2016 年"哲学社会科学工作座谈会"的讲话，在讲话中，习近平提出了一系列具有时效性

---

① 这基本是当时学界比较一致的看法，如张凌就以《"西马"非马》为题撰写文章，比较有代表性地表达了这种意见，见《美与时代》1992 年第 6 期。

② 潘天强：《新编马克思主义文艺学》，复旦大学出版社 2005 年版。

③ 如四册本的《二十世纪国外马克思主义文艺理论本体论形态研究》于 2008 年由巴蜀书社出版完成；而雷蒙德·威廉斯的《马克思主义与文学》一书由河南大学出版社 2008 年翻译出版等。

的文艺观点，开拓了新局面；其次，"马克思主义中国化"成为越来越受重视的学术议题，针对这个问题，学术界从传统文论的现代转换、文艺大众化、文艺与现实相结合等诸多方面进行了反思；再次，是对经典马克思主义的再整理，集中体现在对毛泽东《在延安文艺座谈会上的讲话》的继承与发展上；最后，对西方马克思主义理论的译介与研究仍未停止，针对各个流派学说的研究，相较之前都更加丰富深入，使之成为我们在全球化视阈下认识他者和确认自我的镜子。因而，新时代中国的马克思主义文艺学，仍在多方面地探求着自我更新与发展。

一 新时代习近平总书记的文艺论述及相关研究

自党的十八大以来，习近平就文艺工作发表了一系列重要讲话，在系列讲话中，习近平将文艺的发展置于实现中华民族伟大复兴中国梦的历史任务中去，从全局和战略高度深刻阐明了时代发展对文艺工作的新要求，回答了事关我国文艺事业长远发展的重大问题，揭示了社会主义文艺的发展规律，创造性地丰富和发展了马克思主义文艺观和社会主义文艺理论，形成了完整、科学的体系。这不仅为文艺工作者从事文艺工作提供了基本遵循，为当代中国文艺理论话语体系的建构提供了新的方案，也为世界各民族的文化对话和交流提供了思考。对习近平关于文艺的重要论述的探讨与研究，成为现阶段最热门的话题。

（一）对文艺"人民性"问题的探讨

在习近平关于文艺的系列讲话中，坚持以人民为中心的创作导向是核心问题。习近平的文艺"人民性"观点，是立足于当下文艺发展现实而提出的，这不仅是对马克思主义文艺人民性思想的继承，而且对于纠正当下文艺界存在的种种问题、促进文艺发展繁荣具有重要的指导作用。因而，在整个理论界掀起了学习、贯彻习近平文艺"人民性"观点的热潮。

习近平关于文艺"人民性"观点是对马克思主义文艺理论关于"人民性"的继承与创新。丁国旗认为，与毛泽东《在延安文艺座谈会上的讲话》以"政治为中心"不同，习近平的"文艺工作座谈会讲话"确立了"以人民为中心"的文艺思想。"以人民为中心"的提出，将文艺与人民的关系扩大到了文艺创作的各个方面和文艺工作的各个环节,使《在文艺工作座谈会上的讲话》中所涉及的许多文艺问题都拥有了新的含义,具有了新的特征,"以人民为中心"的文艺观的理论突破及其学术价值在于,在大家所熟知的文学"四要素"说的基础上,形成了新的围绕"人民"的文学活动的"五要素"说,从而构建了具有鲜明中国特色和内涵的社会主义文艺的新图景。① 王卫平的《文艺人民性思想的历史承传与现实重建》从理论到实践、从历史到现实、从国外到国内对文艺人民性的来龙去脉进行了梳理,以此为基础来探讨习近平文艺"人民性"观点的历史承传、现实发展和重建意义。他梳理了文艺的"人民性"思想在国外的发展及其在国内的传播和影响,并对我国历届领导人的"人民性"思想进行整理,从而进一步指出习近平所提出的文艺的"人民性"观点是在继承马克思主义文艺理论"人民性"思想的基础上对新形势下一系列文艺新问题的论述,这是对广大文艺工作者的新要求、新希望,既实事求是,又高屋建瓴;既面对现实,又着眼长远。这样,习近平的讲话就成为了新形势下和今后一个时期内文艺工作者和文化艺术工作的指导方针。②

习近平的文艺"人民性"观点既有重要的理论价值,又有深远的现实意义,对其内涵和价值的分析是学术界对这一问题进行研究的重要维度。范玉刚在《"以人民为中心的创作导向"》一文中对习近平关于文艺重要论述中的"人民性"做了深入研究,他指出习近平深刻阐述了新形势下当代文艺发展道路问题,阐明了新时代文艺的根本是文艺的人民性,文艺创作要处理好文艺家和人民以及文艺与生活的关系,倡导"以人民为中心的创作导向。实践表明,只有坚持以人民为中心的创作导向,才能创作出无愧于伟大民族、伟大时代的优秀作品"。③ 喻琴、范懿试图为"人民性"文艺创作与批评寻找合适的学理基础,她们认为其学理基础体现在:马克思主义"人民性"理论,为"人民性"文艺思想的思想建构、

---

① 丁国旗:《"以人民为中心"文艺思想的理论突破》,《湖南社会科学》2015 年第 3 期。
② 王卫平:《文艺人民性思想的历史承传与现实重建》,《文艺评论》2016 年第 7 期。
③ 范玉刚:《"以人民为中心的创作导向"》,《文学评论》2017 年第 4 期。

文化传承提供了话语资源和精神血脉；中国现当代"文艺社会学"思想、"人本主义"文论，为"人民性"文艺创作与批评的本质认识、内涵掌握创造了条件和语境；西方文论中"现实主义"的理论阐发，为"人民性"文艺创作与批评的问题反思、艺术表达提供思想资源及方法路径。[①] 姜春在《新世纪文艺人民性的理论诉求》中指出，《在文艺工作座谈会上的讲话》在价值论上"坚持以人民为中心"的人民性立场，在创作主体上要求"静下心来""为人民抒写"，在接受主体上强调人民是"文艺创作的源头活水"，在文艺审美性上倡导向人民"传递真善美"，在文艺问题上坚持以人民为中心，对于在新的时代语境中，特别是在市场经济大潮中，文艺创作坚守人民性思想、保持人民性本色，有着重要的指导作用。文艺的"人民性"观点揭示了在新形势下文艺创作的诸多重要规律与原则，为中国未来文艺创作与发展指明了方向。[②] 金莉则是站在马克思主义文艺思想谱系的层面上，在对文艺人民性问题进行理论溯源、逻辑推演的基础上，指出人民是文艺作品的创作主体、表现主体，也是评判主体和服务主体，这是马克思主义文艺人民性的理论之基、实践指南、价值之维和最终旨归。文艺创作者要始终站在人民的立场上进行创作，发挥历史传承和时代创新的内在张力，实现文艺的美学风范、时代使命和社会价值的有机统一。[③] 对习近平文艺"人民性"观点的分析研究，将其理论的逻辑、内涵及现实意义展现出来，这不仅有助于学术界对其理论的正确认识，而且于文艺实践而言，这对于在实践中贯彻这一要求同样具有推动作用。

坚持文艺的"人民性"是对文艺事业的根本要求，那么，如何做到这一点便成为学术界研究的重点话题。景小勇提出，坚持"以人民为中心的创作导向"需要努力实现党的领导与服务人民、宏观指导与尊重市场、文艺创作与贴近现实、中华文化与世界文明、社会效益与经济效益、服务群众与引领群众、创新提升与继承借鉴、互联网技术与传统传播方

[①] 喻琴、范懿：《论"人民性"文艺创作与批评的学理基础》，《江西社会科学》2016年第5期。
[②] 姜春：《新世纪文艺人民性的理论诉求》，《文艺理论与批评》2015年第4期。
[③] 金莉：《马克思主义文艺人民性的理论旨趣与价值意蕴》，《学习论坛》2016年第4期。

式、"国家队"与"社会队"以及文艺家培育与公民美育等十个方面的"相合"。① 李春青将文艺人民性问题植入互联网时代,他就"大众审美文化"中的"大众"与昔日之"人民"的关系,以及在互联网时代新的文艺形式如何才能为作为"消费大众"的"人民"服务等问题展开理论与实践的探索研究。② 关于传统文化与文艺"人民性"的实现问题,泓峻认为,习近平在文艺工作座谈会上的讲话把传统文化的发扬与文艺人民性的实现联系在了一起。毛泽东把文艺的民族性问题上升到了建立新民主主义国家的新文化这一高度,其对古典文艺人民性的分析深刻影响了后辈学者们的学术研究。进入 21 世纪之后,江泽民、胡锦涛在历次"文代会"上的讲话,其主调都是坚持文学的人民性,他们对传统文化的评价,也是从满足人民的精神文化需要立论的。习近平则把对这一问题的认识,提升到了新的高度。通过文艺作品传承和弘扬中华优秀传统文化,是文艺的人民性在新的历史条件下的重要体现方式。③ 贾洁从文艺批评的角度对文艺的"人民性"问题进行了探析,她指出习近平在重提文艺批评应采用"历史的、美学的观点"的基础上,及时增加了"人民的、艺术的观点"。运用这四大观点来评判和鉴赏文艺作品,是习近平针对当前文艺批评存在的问题所提出的建设性意见,从而在大众文化来临的时代有效地防范了文艺批评"有人民、无艺术"的局面的产生。④

(二)关于"市场与文艺的关系"问题

进入市场经济阶段以来,在市场经济的大环境下探讨文艺的发展,分析两者之间的复杂关系,一直是学术界所关注的问题。习近平关于文艺的一系列讲话对"文艺和市场的关系"进行了阐释,并对文艺在市场经济中的发展提出了新的要求,这令文艺和市场的关系受到更多学者的重视。

---

① 景小勇:《试论"坚持以人民为中心的创作导向"的深刻内涵与实现途径》,《艺术百家》2015 年第 5 期。
② 李春青:《互联网时代的"文艺"与"人民"之关系》,《河南社会科学》2016 年第 3 期。
③ 泓峻:《优秀传统文化的发扬与文艺人民性的实现》,《湖南社会科学》2015 年第 3 期。
④ 贾洁:《重塑文艺批评精神》,《中国文学批评》2017 年第 4 期。

习近平结合当下文艺现状,在系列讲话中要求在文艺创作中坚持将社会效益放在首位,对此,众多学者纷纷撰文响应习近平的这一要求。范玉刚在《文艺精品和艺术生产机制创新》中结合习近平在文艺工作座谈会的讲话精神,以"文艺精品"为中心范畴,对其概念内涵和产生条件进行论述,探究了在市场条件下如何完善高雅艺术创作保护机制的措施。[1] 也有学者通过研究文艺与市场的关系,思考如何抵制当下文艺的娱乐化、低俗化倾向,探讨新时代中国文艺工作者如何调整与文艺的关系,以实现文艺工作者的价值。常培杰认为,习近平关于文艺的系列讲话,就文艺与市场的关系问题,从辩证唯物主义和历史唯物主义的角度出发,站在历史和美学的高度,给出了富于创见的指导性意见,这为中国社会主义文艺的发展指明了方向。[2] 景小勇、叶青在《文艺生产社会效益与经济效益辨析》一文中,辨析了社会效益与经济效益这两个概念的基本内涵,分析了两者之间的对立统一关系,并探讨了文艺生产中社会效益优先的原因以及如何确保"坚持把社会效益放在首位,社会效益和经济效益相统一"这一原则的实现及其机制。[3] 李云雷在《市场经济、文艺的通俗性与主体性》通过对"为人民"写作与市场经济、文艺的通俗性、文艺的主体性之间的关系进行辨析,指出"为人民"与市场经济并不冲突,为人民创作具有独特思想与艺术品格的文艺作品,在获得社会效益的同时,自然也能获得经济效益。[4]

在市场经济环境中,文艺批评也受到了经济利益的深远影响,乱象丛生,成为文艺批评亟待解决的问题,树立正确的批评观,也是处理认识文艺和市场关系的重要方面。胡一峰在《语境变迁、标准重塑与美学革新:市场经济条件下文艺批评之"变"》中从进入市场经济以来文艺批评所发展的改变入手探讨文艺和市场的关系,他不仅看到市场经济造成了批评标

---

[1] 张鑫:《消费文化语境下中国当代文艺走向——学习习近平总书记在文艺工作座谈会上的讲话》,《中北大学学报》(社会科学版)2016年第3期。
[2] 常培杰:《文艺不能在市场经济大潮中迷失方向》,《中国文学批评》2017年第4期。
[3] 景小勇、叶青:《文艺生产效益与经济效益辨析》,《艺术百家》2016年第3期。
[4] 李云雷:《市场经济、文艺的通俗性与主体性》,《文艺报》2015年3月25日。

准的变化，同样也引起了这一时代美学风格的变迁。通过对批评标准和美学风格在市场经济环境下的变化进行总结，从而提出文艺批评的价值不在于论证如何把文艺从市场机制或市场规律中剥离出来，更不是自居于所谓道德制高点对文艺在市场中的命运指指点点，而是构筑市场经济条件下社会主义文艺的美学规范，并在此基础上革新批评的标准，对作品作出符合时代要求的判断。① 黄也平在《对当前文艺"市场批评"的反思》中指出当下文艺批评存在着自说自话批评盛行、主流批评失"主"、"市场批评"高调而火爆等问题，这是市场经济对文艺批评的冲击所带来的负面影响。因此，黄也平提出要警惕"市场批评"的营销倾向，重振历史批评，以历史批评扭转当下的批评乱象，重拾优良传统，重新回到人们文艺生活的前沿地带。②

正确处理文艺和市场的关系，需要对市场和文艺的特点有清晰的认识，在此基础上才能对这一问题提出建设性意见，从宏观角度研究文艺和市场的关系问题，是部分学者努力的方向。刘方喜在《重视文艺与市场的价值冲突与协调》一文中从马克思主义政治经济学出发，分析文艺和市场的价值冲突。这不仅要求认清文艺本身的价值，还要对市场有一个历史的辩证的认识，解决文艺与市场价值冲突问题，需要社会各方努力，但首先要解决文艺创作者的价值观问题。文艺创作者不能把文艺只当作"产业（生意）"来做，更应当作"事业"来做，在市场中坚守文艺的审美理想和独立价值，用精神力量创造文化市场。③ 在访谈里，李准认为自1983年提出文艺和市场的问题并开展理论讨论以来，关于这一问题在理论原点——文艺作品和物质商品的本质区别上并没有得到实质性的推进。马克思主义经典作家没有像对物质商品那样做出系统而又完整的论述，现代西方经济学和文艺学的理论也没有解决这个问题。因此，李准认为，文艺界有责任也有能力逐步地将理论原点的讨论向前推进，这对

---

① 胡一峰：《语境变迁、标准重塑与美学革新：市场经济条件下文艺批评之"变"》，《曲艺》2018年第2期。
② 黄也平：《对当前文艺"市场批评"的反思》，《红旗文稿》2016年第4期。
③ 刘方喜：《重视文艺与市场的价值冲突与协调》，《文学评论》2014年第6期。

于探讨商品经济和文艺发展的关系至关重要。① 范玉刚认为，习近平在文艺工作座谈会讲话中指出，文艺不能在市场经济大潮中迷失方向，不能在"为什么人"的问题上发生偏差，否则文艺就没有生命力。《在文艺工作座谈会上的讲话》体现了习近平对新时代中国伟大文艺的召唤和期待。范玉刚进一步指出理解文艺与市场的关系，需要在文艺与市场之间建立一个缓冲性的，有利于涵润和孵化艺术生产力的健全文艺生态的保护带，完善市场条件下文艺创作的对位性保护机制，由此才能形成中国当代文艺的高峰。②

关于文艺和市场的问题，不应仅仅是理论界在关注和探讨，文艺创作者也在习近平相关文艺重要讲话的指导下，试图在经济效益和社会效益之间寻找平衡点，创作出既有社会效益又能在市场上受到欢迎的优秀作品。

（三）关于"文化自信"问题

党的十八大以来，习近平多次在重要场合提到文化自信，文化自信成为习近平治国理政思想中的关键词之一。尤其是《在庆祝中国共产党成立95周年大会上的讲话》中首次将"文化自信"与道路自信、理论自信、制度自信放在一起而称为"四个自信"。习近平对"文化自信"的重视，引起了学术界的广泛关注。学者们对文化自信的探讨，主要集中在文化自信的根源、意义及如何落实的问题上，围绕这些问题，学者们展开了热烈的讨论，并为如何坚持文化自信提出了建设性意见。倡导文化自信的意义所在。首先，文化自信事关国运兴衰与民族独立。杜飞认为，中华民族之所以能够一次次摆脱危机、渡过难关，靠的正是民族文化的强大凝聚力和中华儿女坚定的文化自信。实现中华民族的伟大复兴，需要以文化自信作为精神支撑。③ 仲呈祥在《坚定文化自信振奋民族精神》一文中强调

---

① 韩潇潇：《破解文艺和市场的关系应深化理论原点的研究》，《中国文艺评论》2016年第2期。
② 范玉刚：《正确理解文艺与市场的关系——对"习近平文艺座谈会讲话"精神的解读》，《湖南社会科学》2015年第3期。
③ 赵秋丽、李志臣：《"让文化自信的光明照亮复兴之路"》，《光明日报》2016年9月10日。

文化自信是一种伟大的力量，它无处不在、无时不有，浸润于每一个人的心灵深处。小到关系每一个人的理想信念、价值取向、道德情操；大到体现出一个民族的精神品格和人文素质。对本民族文化的自信程度，决定着一个民族在当今世界风云激荡、思想交锋中具有多么深沉的耐力和多么持久的定力。[1] 其次，文化自信事关文化安全与繁荣。张宏韬指出，文化软实力已成为影响国家安全的重要因素，坚持文化自信，构筑精神高地，从容面对全球化所带来的危机与挑战，自觉抵御各种诱惑和考验，文化安全才能有保障。[2] 丁国旗的《文化自信：当代文艺工作的底气与灵魂》一文指出，文化自信为文艺工作注入了底气和灵魂，弘扬传统文化、彰显时代精神已成为广大文艺工作者的共识。李云雷指出文化自信对作家来说尤为重要，有文化自信才能讲好中国故事，坚持文化自信是我们的文化走向世界的基础和力量。[3] 繁荣发展中国文艺，建设文化强国，打破西方文化霸权成为我们文化发展的重要诉求。司聘强调，只有对本国文化充满自信才能在文化强国追求中实现文化大发展、大繁荣。他指出在新形势下，要坚持文化自信，坚持改革与创新，逐步夯实文化强国建设的基础，推动中华文化走向世界。[4] 最后，文化自信事关中国特色社会主义的发展。李捷认为，要增强对中国特色社会主义道路、理论、制度的民族自信，抵御各种错误思潮的影响、诱惑和侵蚀，就必须为道路自信、理论自信、制度自信打上一层亮丽而坚固的底色。[5] 田旭明指出，文化自信是道路自信的精神支撑，是理论自信的坚强根底，是制度自信的深层源泉，没有共同的文化自信，"三个自信"就会失去共同的文化根基、文化血脉和社会心理支撑，成为一句空话。[6]

文化自信的根源在哪里？首先，中华优秀传统文化作为中国文化的重

---

[1] 仲呈祥：《坚定文化自信振奋民族精神》，《杭州》（周刊）2017年第1期。
[2] 张宏韬：《用文化自信强基固本》，《解放军报》2016年11月1日。
[3] 李云雷：《坚定文化自信振奋民族精神》，《文艺报》2016年12月5日。
[4] 司聘：《以文化自信助推文化强国建设》，《人民论坛》2015年第14期。
[5] 李捷：《文化自信是"三个自信"的坚固底色》，《理论导报》2015年第12期。
[6] 田旭明：《文化自信：道路自信、理论自信和制度自信的深沉根基》，《湖湘论坛》2017年第1期。

要组成部分,实现文化自信离不开中国优秀传统文化这一源头活水。陈晋结合习近平"七一"重要讲话,指出中国道路生长于中国文化的土壤,文化自信是中国道路的根脉所在,理论自信立足于文化自信,文化自信就是一种价值自信,我们需要用文化自信去克服各种挑战。① 刘玉琴在《文化自信:提振当代文艺创作底气》中则探讨了文化自信的来源问题,她指出,我们的文化自信只能来自中华优秀传统文化的滋养,来自观察感悟时代生活进程的思考、对社会主义核心价值观的把握和遵循,来自对世界优秀文化的吸取、直面世界的从容。② 其次,优秀革命文化是中国文化的重要组成部分,为文化自信奠定了坚实的基础。吴四伍认为,中国革命不仅淬炼出人民百折不挠的坚强意志和不怕牺牲的奉献精神,磨砺出将马克思主义原理与实际相结合的实事求是的思想路线,而且在党和人民紧紧相拥、共同抗敌的过程中,展示出坚持联系群众、始终以为人民服务为原则的时代精神,革命文化是中国社会发展中不可或缺的优秀基因。③ 白纯对革命文化深入分析,他强调革命文化凝聚着共产党人和革命群众独特思想和精神风貌的文化,蕴含着丰富的革命精神和厚重的历史文化内涵。在新的历史条件下,革命文化依旧是激励中国人民开拓进取的强大精神支柱,也是我们建立文化自信的一个重要的精神资源。④ 最后,社会主义先进文化是文化自信的重要源泉。郑清坡指出,社会主义先进文化的建立与发展符合先进生产力发展的要求,代表着历史发展的方向,在改革创新的实践中实现了社会主义先进文化的民族性、科学性、大众性和开放性、包容性的有机统一,有力推动着社会生产力的发展。这是社会主义先进文化的优越性所在,也是文化自信的源泉和动力。⑤

如何实现文化自信,是学术界关注的焦点所在。首先,坚定中华民族的文化自信,不仅要从中华文化中汲取营养,同样也要在继承中华文明的

---

① 陈晋:《我们为什么要坚持文化自信》,《学习月刊》2016年第13期。
② 刘玉琴:《文化自信:提振当代文艺创作底气》,《中国文艺评论》2016年第10期。
③ 吴四伍:《革命文化何以铸就文化自信》,《人民日报》(海外版)2016年8月25日。
④ 白纯:《革命文化是文化自信的重要资源》,《中国社会科学报》2017年2月9日。
⑤ 郑清坡:《社会主义先进文化让我们自信》,《人民日报》(海外版)2016年9月1日。

基础上根据中国现实进行创新，使其焕发勃勃生机。亓静非常看重创新在文化自信中的重要地位，她指出文化创新是增强文化自信的出路，是适应文化全球化趋势、增强国际文化自信的需要；是增强马克思主义说服力、增强国内主流文化自信的需要；是汲取中华民族传统文化精髓、增强民族文化自信的需要。① 其次，重视实现文化自信过程中人民的重要作用。简臻锐和许慎认为，文化自信基于人民主体性的发挥，无论是对传统文化的继承，还是对世界优秀文化的吸收与借鉴，抑或是对当代先进文化的认同，都是人民自觉选择的结果，也需要依靠人民的力量，发挥人民在文化自信中的主体性。② 最后，坚持文化自信，就需要在西方文化的问题上摆正心态。张西平指出实现文化自信，首先要走出"西方中心主义"的迷雾，将文化自信建立在东西方文化平等交流的基础之上，以一种平等、实事求是的态度，在与西方文化的交流互鉴中丰富、完善、发展中国自己的文化。③ 张允熠在主张实事求是地对待西方文化的基础上，进一步指出在当前西方话语霸权之下，我们更要主动弘扬自己的民族文化，让它以坚定的步伐走向世界。④

（四）关于"文艺创作"问题

文艺创作是文艺活动的重要一环，没有文艺创作，便不能实现中华民族文化的繁荣兴盛，便不能为人民提供实现美好生活所必须的精神食粮，便不能为中华民族伟大复兴提供精神指引。就文艺发展而言，其核心问题便是文艺创作。2014年习近平在《在文艺工作座谈会上的讲话》中指出："推动文艺繁荣发展，最根本的是要创作生产出无愧于我们这个伟大民族、伟大时代的优秀作品。"对文艺创作的重视，贯穿在习近平关于文艺的一系列重要讲话中。对于习近平的文艺创作观点的研究，不仅使人们对这一理论有一个深刻认识，也对当下文艺创作贯彻落实其重要观点有着重

---

① 亓静：《文化创新：增强文化自信之路》，《内蒙古大学学报》（哲学社会科学版）2014年第9期。
② 简臻锐、许慎：《论人民在文化自信中的作用》，《学校党建与思想教育》2016年第13期。
③ 张西平：《破除西方中心主义是文化自信的前提》，《前线》2017年第1期。
④ 张允熠：《树立文化自信必须破除西方主义》，《光明日报》2016年8月31日。

要的意义。

创造文艺精品，是发展文艺事业的第一要义，这不仅关乎新时代中国文艺的繁荣发展，也反映着一个国家、一个民族创新文化的能力和水平。范玉刚在《在与时代同频共振中锻造文艺精品》一文中指出，必须把创作生产优秀作品作为文艺工作的中心环节，努力创作出更多传播当代中国价值观念、体现中华文化精神、反映中国人审美追求，思想性、艺术性、观赏性有机统一的优秀作品，从根本上增强作为一个中国人的骨气和底气。① 董希文从文艺精品的本质出发，指出习近平《在文艺工作座谈会上的讲话》高屋建瓴地阐释了社会主义文艺精品思想，文艺精品本质理论是其精品思想的核心内容。习近平要求，社会主义文艺要做到将思想精深、艺术精湛、制作精良密切融合，有筋骨、有道德、有温度有机统一，思想性、艺术性和观赏性和谐一致，能够向社会传播正向能量。习近平文艺精品本质理论是对经典马克思主义文艺创作理论的推进和发展，对于繁荣和规范当前文艺创作和批评具有重要指导意义。② 李小贝着重强调了文艺的"观赏性"问题，她认为，对于一件艺术作品来说，"思想性"是其血肉，"艺术性"是其筋骨，"观赏性"则是这件作品的肌理，它直接决定着该作品能在市场上走多远，能在多大程度上得到人民的喜爱。优秀的文艺作品不仅要有"思想性"和"艺术性"，更要具备"观赏性"，这一文艺思想的提出对当下困境重重的文艺现实有着重要的指导意义，是在新的时代对文艺工作做出的新的要求。

文艺创作是文艺活动的关键环节，关注文艺创作问题是学术界历来的研究传统。胡王骏雄、党圣元在《论习近平关于文艺创作重要论述的三个维度》中对习近平关于文艺重要讲话中的文艺创作观点进行了深入分析，并将其理论与实践价值归结为三个重要维度，即：一、文艺创作要坚持"以人民为中心"的创作导向，让文艺回归生活；二、要坚持"以积极的文艺歌颂人民"的创作原则，引领社会风尚；三、要坚持"以弘扬中国精神为己任"的创作追求，守正创新，传承中华优秀传统文化。习

---

① 范玉刚：《在与时代同频共振中锻造文艺精品》，《文艺报》2017年4月26日。
② 董希文：《社会主义文艺精品本质论》，《中国文学批评》2016年第4期。

近平的文艺重要论述是对当代中国马克思主义文艺理论的丰富与发展,其中的文艺创作观更是为广大文艺工作者更好地讲好中国故事、创作时代精品提供了理论指导,指明了前进方向。① 张晶在《创新是文艺的生命——对习近平总书记文艺创新思想的初步理解》一文中,从创新角度对艺术创作问题进行了深入分析。他认为,习近平在关于文艺的系列讲话中着重强调并深入阐释了文艺创新问题,他从创新与继承的辩证关系、文艺创新的追求和目的以及对艺术家的要求三个方面对习近平关于文艺创新问题的论述进行了分析和阐释。他认为文艺创新问题关系到文艺创作质量的整体提升,值得我们反复学习,深入领会。② 范玉刚则从艺术创作机制角度切入文艺创作问题,他指出对市场条件下高雅艺术创作的对位性保护机制,是针对当前文化体制改革走在途中的现状进行的制度设计,旨在通过体制机制创新为伟大艺术高峰的出现奠定基础。③

(五) 对新时代习近平总书记关于文艺重要论述的整体讨论

除了以上关于具体文艺问题的研究之外,还有不少学者从宏观层面对习近平关于文艺的重要论述作出总结与评价。学术界不仅对习近平的文艺观点的内涵、框架、体系、意义等进行了深入研究,同时还将习近平关于文艺的重要论述放到马克思主义文艺理论发展的历史过程之中考察其对马克思主义文艺理论的继承与发展,这对于我们整体、全面地认识习近平的文艺观点,具有重要意义。

部分学者对其一系列重要文艺讲话进行整体把握,进而呈现了习近平全面的、体系性的文艺观。丁国旗在《文艺的作用不可替代——习近平治国理政视域中的文艺观研究》一文中指出,习近平重视优秀传统文艺经典的价值和作用,重视中西文艺文化的交流互鉴,并通过召开文艺工作座谈会对在新的历史条件下开创文艺工作新局面做出了全面部署,体现出

---

① 胡王骏雄、党圣元:《论习近平关于文艺创作重要论述的三个维度》,《湖南师范大学社会科学学报》2019 年第 2 期。

② 张晶:《创新是文艺的生命——对习近平总书记文艺创新思想的初步理解》,《中国文艺评论》2017 年第 5 期。

③ 范玉刚:《文艺精品和艺术生产机制创新》,《百家评论》2016 年第 1 期。

鲜明的中国特色和马克思主义文艺理论的思想光辉，是根据现有国情、民情、文情与时俱进提出的新思想、新战略、新理念。① 他在《习近平总书记文艺思想论纲》中进一步从对文艺本质属性的新界定、对文艺功用的新阐释、对艺术家素养的新要求、对文艺精神价值的新期盼、关于文艺人才培养的新思路等五个方面对习近平有关文艺的重要论述做出了整体性把握，他指出习近平就文艺问题做出的新阐释、新思考、新强调对我国文艺文化的繁荣发展将产生深远的影响。② 彭文祥从艺术活动的特性和发展的维度来观照，将习近平关于文艺的重要论述探索性地概括为"文艺精神论、文艺传承论、文艺创作论、文艺批评论、文艺传播论、文艺产业论、文艺人才论、文艺价值论、文艺管理论、文艺创新论"等十大部分，展现出了习近平文艺观点的体系性。③ 饶卉、蒋家胜以《在延安文艺座谈会上的讲话》为基本依托，阐明了关于习近平重要文艺论述的基本内涵，剖析了其中所具有的人民主体的价值性、主体自觉的民族性和问题导向的实践性的显著特征，认为习近平文艺思想开拓了新时代社会主义文艺理论境界，指明了新时代社会主义文艺发展方向，揭示了新时代社会主义文艺发展规律。④ 学术界对于习近平系列文艺讲话的综合研究，对于我们整体把握习近平关于文艺的重要观点有着重要意义。

部分学者从习近平文艺观点的源出和创见进行分析，从而展现出了其文艺观点和马克思主义文艺理论一脉相承的内在逻辑关系。包明德从习近平有关文艺的重要论述与马克思主义文艺理论的关系入手进行探讨，他在《对马克思主义文艺理论的继承与创新——学习习近平"10·15"讲话的体会》中指出习近平在文艺座谈会上的讲话蕴含了对马克思主义文艺批评标准的深度认知和阐扬，是对马克思主义文艺批评标准的继承与创新，是马克思主义文艺理论中国化在新世纪的重要标志，激活了马克思主义文

---

① 丁国旗：《文艺的作用不可替代——习近平治国理政视域中的文艺观研究》，《文学评论》2016 年第 5 期。
② 丁国旗：《习近平总书记文艺思想论纲》，《贵州省委党校学报》2017 年第 6 期。
③ 彭文祥：《习近平文艺思想探赜》，《现代传播》2018 年第 7 期。
④ 饶卉、蒋家胜：《略论习近平文艺思想的基本内涵、显著特征和时代价值》，《毛泽东思想研究》2018 年第 4 期。

艺理论中国化的结构体系及强盛的生命力。① 蒋述卓、李石将习近平关于文艺的重要论述放在中国马克思主义文艺理论的发展脉络上进行审视。他们指出中国马克思主义文艺理论，是经典马克思主义文艺理论与中国革命建设实践相结合的产物。在不同时期，中国马克思主义文艺理论能够获得创新与发展，来源于其注重从中国社会主义发展的现实语境出发，创造性地运用马克思主义理论来解答文艺的发展问题。习近平关于文艺的重要论述对中国马克思主义文艺理论最大的创新性发展在于，他是从全球化视野和中国特色社会主义建设的历史与现实出发，站在中华民族文化复兴的高度，揭示了文艺与国家民族的发展、文艺与中国精神的塑造、文艺与市场以及文艺与人民之间的重要关联；在社会与文化生态的多元分化状况下重新确立了主流的文化价值内涵；在市场经济条件下重新强调了文艺创作的"以人民为中心"的本位立场，引导中国社会主义文艺发展走向重铸中华民族魂的大方向。②

习近平总书记关于文艺的重要论述对于文艺的发展指明了前进方向，部分学者在对习近平的重要文艺观点做整体研究，并以此为指导对文艺的未来做出展望。董学文在《建构21世纪中国的马克思主义文艺学》中根据习近平"发展21世纪中国的马克思主义"要求，进一步提出建构"21世纪中国的马克思主义文艺学"的构想，这既折射了现实的需要，也是历史走到这一节点的必然要求。他指出，习近平在文艺工作座谈会上的讲话，对建构21世纪中国的马克思主义文艺学有诸多启示。讲话结合新的时代条件，面对新的文艺问题，以创新的姿态为21世纪中国的马克思主义文艺学的建构规划了蓝图。③ 陈霞、刘海燕在《"中国梦"视域下习近平文艺思想研究》中以"中国梦"为切入点，在分析时代国情背景和思想理论渊源的基础上，提炼出了习近平关于文艺的重要讲话中所

---

① 包明德：《对马克思主义文艺理论的继承与创新——学习习近平"10·15"讲话的体会》，《南京社会科学》2015年第1期。
② 蒋述卓、李石：《论习近平文艺思想对中国马克思主义文艺理论的创新与发展》，《暨南学报》（哲学社会科学版）2018年第2期。
③ 董学文：《建构21世纪中国的马克思主义文艺学》，《中国高校社会科学》2015年第4期。

蕴含的重要思想，总结了其对我们做好当前和今后一个时期文艺工作的指导作用。①

二 关于毛泽东《在延安文艺座谈会上的讲话》的讨论

毛泽东《在延安文艺座谈会上的讲话》是中国共产党第一次科学、系统地阐述党的文艺主张和文艺思想，提出了一系列富有创见的理论观点，确定了党领导文艺工作的基本理论、路线、方针，标志着中国共产党相对完整的文化思想体系的确立，是党在思想文化建设上的一座丰碑，是马克思主义中国化的光辉典范。在新的历史条件下继承和弘扬《在延安文艺座谈会上的讲话》精神依旧是十分必要且重要的。2012年是毛泽东《在延安文艺座谈会上的讲话》发表70周年，2013年，是毛泽东诞辰120周年，2017年则是《在延安文艺座谈会上的讲话》发表的75周年。在这三个关键时间节点上，学者们对毛泽东的文艺思想及其《在延安文艺座谈会上的讲话》的价值进行了再度阐释，且国内重要刊物也纷纷开设专栏，围绕《在延安文艺座谈会上的讲话》进行了热烈讨论。

（一）对毛泽东《在延安文艺座谈会上的讲话》的再分析

经典总是常读常新，尽管毛泽东《在延安文艺座谈会上的讲话》已发表70多年，但对这一文献的解读，从未中断过。尤其是在其发表后的重要节点上，一次次引发讨论热潮。在不断的讨论中，学术界对《在延安文艺座谈会上的讲话》的认识不断科学、全面，且更加深入。张炯从争夺民族民主革命的文艺领导权、总结新文艺以来的文艺论争、针对当时延安文艺界的情况等方面论述了《在延安文艺座谈会上的讲话》产生的历史文化背景，并从马克思主义文艺理论在中国的传播和发展、毛泽东的天赋和毛泽东思想的形成以及他对当时延安文艺问题的调查研究，详细地阐明毛泽东文艺思想的理论生成。② 丁国旗强调，《在延安文艺座谈会上

---

① 陈霞、刘海燕：《"中国梦"视域下习近平文艺思想研究》，《学校党建与思想教育》2016年第9期。

② 张炯：《论〈在延安文艺座谈会上的讲话〉的历史背景和理论生成》，《文艺争鸣》2017年第6期。

的讲话》是在特殊历史条件下形成的，对它的理解就必须回到它所针对的实际问题上去。就其实质而言，其主要解决了革命文艺与革命文艺工作的一系列问题，是革命文艺及革命文艺工作的行动指南和理论纲领，如果将其夸大到可以永恒不变地指导任何时期的文艺工作，就是不科学的。除了个别理论观点在今天还有适用性外，《在延安文艺座谈会上的讲话》留给我们的真正遗产主要是它鲜明的时代特色，以及它将马克思主义普遍真理具体化与解决任何问题都采用辩证唯物主义、历史唯物主义的思想方法。① 他又在《对延安文艺讲话中文艺批评思想的重新认识》中对《在延安文艺座谈会上的讲话》中的文艺批评思想进行了再分析，他指出"政治标准第一，艺术标准第二"，这是长期以来学界对毛泽东《在延安文艺座谈会上的讲话》中关于文艺批评标准问题的基本认识。这种认识是片面而不完整的，要完整理解毛泽东延安文艺批评观的全部内容，就必须回到延安文艺讲话的历史文本之中，既看到相关的理论阐释，也要关注毛泽东对于 8 个错误思想观念的分析与批判，并切实回到延安文艺讲话的历史语境之中，唯其如此，才能真正认识延安文艺批评观的真正内容与含义。② 真理总是越辩越明，对于毛泽东《在延安文艺座谈会上的讲话》的再分析是非常必要的，这对于扭转对这一文献的错误认识，从而正确指导文艺的发展有着重要意义。

（二）对毛泽东《在延安文艺座谈会上的讲话》当代价值的探讨

新时期以来，我国经济飞速发展，文化建设也突飞猛进，尤其是进入 21 世纪之后，全球化加速，大众文化兴起，文化发展的大环境变得更为复杂，在新的文化格局下，毛泽东《在延安文艺座谈会上的讲话》精神，对进一步建设社会主义文化、实施文化强国战略、推动文化大发展大繁荣依然有着重要价值。第一，毛泽东向来重视文艺的作用。张永昊指出，毛泽东之所以如此重视文艺，主要是因为马克思主义唯物史观的影响和当时的革命形势和革命任务的要求。而改革开放四十年来，我国取得了巨大的

---

① 丁国旗：《怎样看待延安〈讲话〉的理论遗产》，《湖北大学学报》2012 年第 4 期。
② 丁国旗：《对延安文艺讲话中文艺批评思想的重新认识》，《陕西师范大学学报》（哲学社会科学版）2019 年第 1 期。

经济成就，人们的意识观念、思维方式，生活模式，也呈现更加丰富多样的形态。但同时也冲击着社会主流意识形态和传统道德价值观念，价值混乱，信仰缺失，焦虑与浮躁的社会风气等不良现象接踵而来。结合新时期党的主要任务，必须再次修筑好文艺这条战线，重视文艺的教化、熏陶和引导作用。① 第二，对文艺人民性问题的重视。文艺的源流问题一直受到中西方学者的关注，李孝阳指出，毛泽东《在延安文艺座谈会上的讲话》解决了这一问题，尽管历史上的优秀文艺作品与传统值得学习，但学习的艺术源于人民生活，革命文艺家应求教于人民生活，因为这是唯一的源泉。"如何为群众"则是实现"为群众"的途径，即如何以人民为主体，发展社会主义文艺事业，在这一问题上，毛泽东在讲话中做了详细的解答。② 梁鸿鹰指出，《在延安文艺座谈会上的讲话》不是空谈文艺以人民为中心，而是基于深入的调查和分析，既考虑了群众的心理和接受能力，也考虑到文艺为人民服务的实现途径与方法。③ 马建辉指出，20世纪30年代，"左翼"作家关于文艺大众化的讨论，使文艺大众化观念在革命作家中深入人心。然而只是在毛泽东提倡坚定的人民立场，文艺大众化思想才真正形成了其科学、系统的理论形态。今天我们讲文艺工作者要为人民的利益代言，要贴近群众，要走基层、转作风、改文风，实际上也都是一个文艺大众化的问题，因此重温毛泽东《在延安文艺座谈会上的讲话》，有很多有益的启示。④ 第三，对继承、借鉴与创新问题的探讨。倪娟指出，毛泽东在尊重文艺发展规律的基础上，探索出的一些增强文艺创新能力的有效路径，即采用"百花齐放""推陈出新""古为今用，洋为中用"的方针来进行文艺方面的继承与革新，在文化软实力竞争日益激烈

---

① 张永昊：《〈毛泽东在延安文艺座谈会上的讲话〉对新时期文艺工作的启示》，《"决策论坛——公共政策的创新与分析学术研讨会"论文集》（下），《决策与信息》杂志社2016年。

② 李孝阳：《〈在延安文艺座谈会上的讲话〉对建设社会主义文化强国的启示》，《党史文苑》2013年第14期。

③ 梁鸿鹰：《睿智照亮中国文艺的前行道路——纪念毛泽东〈在延安文艺座谈会上的讲话〉发表70周年》，《文艺研究》2012年第6期。

④ 马建辉：《毛泽东〈在延安文艺座谈会上的讲话〉中的文艺大众化思想》，《中国浦东干部学院学报》2012年第4期。

的今天，依旧有着重要的指导意义。要更好地促进我国社会主义文艺事业的永续发展，就必须处理好对国外优秀文艺作品的借鉴吸收与本国文艺事业自身创新能力的培育这两者之间的关系。① 第四，贯彻落实理论结合实践的方法论原则。《在延安文艺座谈会上的讲话》的产生本身典型性地体现了马克思主义理论的一个最为基本的方法论原则，即理论与实际或现实实践相结合的原则。丁国旗指出，《在延安文艺座谈会上的讲话》文艺思想的提出决非一时之策，而是理论的、历史的、现实的多重因素共同促成的结果，《在延安文艺座谈会上的讲话》的产生是时代的需要，其中所体现出的"实事求是"的作风与辩证唯物主义与历史唯物主义的工作方法与思路，对于包括文艺事业在内的我国社会主义事业的健康发展是一笔宝贵的财富。②

（三）关于习总书记《在文艺工作座谈会上的讲话》对毛泽东《在延安文艺座谈会上的讲话》的继承与发展的讨论

在延安《讲话》72 年后，2014 年 10 月 15 日，习近平在北京主持召开了文艺工作座谈会并在会上发表了重要讲话。虽然两次会议召开的时代条件不同，但是其精神是一脉相承并不断向前推进的。学术界同样热衷于对这两个《讲话》进行对比分析，以探讨两者之间继承与发展的关系。

习近平总书记《在文艺工作座谈会上的讲话》对毛泽东《在延安文艺座谈会上的讲话》的继承和发展体现在方方面面。第一，毛泽东十分重视文艺的作用，习近平同样强调："文艺事业是党和人民的重要事业，文艺战线是党和人民的重要战线。"章玉丽指出，习近平两个"重要"延续和发展了毛泽东对文艺重要性的认识，同时也把文艺的地位和作用提高到了前所未有的高度。文艺在新的时代条件下，成为体现社会主义本质的重要内容，成为综合国力和国家软实力的重要标志，成为社会主义制度优

---

① 倪娟：《毛泽东文艺思想的时代价值——以〈在延安文艺座谈会上的讲话〉为视角》，《长沙理工大学学报》（社会科学版）2013 年第 6 期。

② 丁国旗：《纪念毛泽东〈在延安文艺座谈会上的讲话〉发表 70 周年学术研讨会综述》，《文学评论》2012 年第 4 期。

越性的表现。① 第二，对文艺"人民性"观点的传承与发展。罗玲指出，1942 年在延安文艺座谈会上，毛泽东在《在延安文艺座谈会上的讲话》中强调："文艺为人民大众服务。"这里的人民主要指的是工人、农民、武装队伍、城市小资产阶级劳动群众和知识分子。这是党第一次明确提出文艺的工作者要把立足点转移到人民大众身上，为创作指明了方向。习近平则进一步指出："以人民为中心的创作导向。"虽然仍是在强调人民在文艺中的重要性，但是人民不仅是"被服务的对象"，而且转变为文艺工作的"中心"。这就打破了中国文学传统中人民群众被动的地位。提升了人民群众在文学创作与评论中的地位和重要性。② 第三，创新是社会主义文化发展的必由之路。冯亮指出，毛泽东从辩证的角度论证了继承、借鉴与创新之间的关系，主张文艺作品的创作及其内容和形式都要有所创新。习近平在文艺工作座谈会上首先就谈到了文艺创作方面有数量缺质量、有"高原"缺"高峰"的现象，存在着抄袭模仿、千篇一律等问题，他进一步强调文艺作品的创新能力在某种程度上代表着一个国家、一个民族的文化创造水平和实力。在当前我国文化领域文化产品数量很多但精品不够的情况下，唯有创新才是社会主义文艺和文化繁荣、发展的唯一出路。③ 第四，文艺创作从服务于社会效益到社会、经济效益的统一。罗玲总结道，在抗日大环境下，毛泽东强调文艺的实用功能，天下兴亡，匹夫有责，文艺工作者必须认识到"民族命运"当时所面临的状况，调整自己的写作姿态，注重自己的历史使命，把文学作品与人民解放事业联系在一起，发挥文艺作品的社会效益。如今，习近平指出："一部好的作品，应该是把社会效益放在首位，同时也应该是社会效益和经济效益相统一的作品。"④ 在这里，文艺成为提升人民思想、服务社会主义市场经济的重要工具，

---

① 章玉丽：《习近平文艺座谈会讲话与毛泽东文艺思想的共性探究》，《广西社会科学》2015 年第 6 期。

② 罗玲：《毛泽东与习近平在文艺座谈会上的讲话之比较》，《丽水学院学报》2016 年第 6 期。

③ 冯亮：《开启文艺发展新纪元的两次重要会议——延安文艺座谈会与 2014 年文艺工作座谈会比较研究》，《中共山西省委党校学报》2015 年第 6 期。

④ 习近平：《在文艺工作座谈会上的讲话》，人民出版社 2015 年版，第 20 页。

这是习近平在新时期下根据中国的具体国情对毛泽东文艺思想的继承和发展。① 第五，从重视普及问题到强调精品创作。赵炎秋指出习近平《在文艺工作座谈会上的讲话》和毛泽东《在延安文艺座谈会上的讲话》的基本精神都是要求文艺为人民服务。但侧重点有所不同：毛泽东重视普及与提高的问题，强调普及；习近平则强调文艺精品的创造，认为这是推动文艺繁荣发展的关键。但一些结构性矛盾阻碍着优秀的文艺作品的产生，只有化解这些结构性矛盾，才能多出文艺精品。②

《在延安文艺座谈会上的讲话》是把马克思主义文艺理论具体运用到中国语境中并创造性地加以发展的典范，对文艺大众化作了充分的理论上的奠基，开启了人民文艺的崭新时代，具有深远的历史意义和重要的理论价值。自西方文论涌入中国，我们或陷在西方文论资源之中，辨识不清方向；或空谈"主义"，以观点引导、解释实践，远离"问题"。学术界集中认真思考并深入研讨《在延安文艺座谈会上的讲话》的当代意义，以强烈的现实危机感和问题意识，重新思考如何继承《在延安文艺座谈会上的讲话》的宝贵遗产，无疑具有重要的意义。正如卢卡契在《历史与阶级意识》中所说的，"马克思主义问题中的正统仅仅是指方法"③，我们应该以历史唯物主义的态度，立足于《在延安文艺座谈会上的讲话》所产生的特殊历史背景，辨清它的"经"与"权"，从《在延安文艺座谈会上的讲话》中继承毛泽东以辩证唯物主义、历史唯物主义精神思考并解决中国现实问题的方法和态度。

三 马克思主义文艺理论中国化新探索

马克思主义文艺理论中国化是一个由普遍真理向具体实践转变的过程，是由世界性理论向民族性理论转化的过程。马克思主义自传入中国以来，便

---

① 罗玲：《毛泽东与习近平在文艺座谈会上的讲话之比较》，《丽水学院学报》2016年第6期。

② 赵炎秋：《重视普及与呼唤精品》，《中国文学批评》2015年第2期。

③ ［匈］卢卡契：《历史与阶级意识》，杜章智、任立、燕宏远译，商务印书馆1999年版，第48页。

不断与中国实际相结合，在中国化的过程中，不断焕发出新的生命力。近年来学术界越来越注重对这一问题的探索，这主要体现在两个方面：一方面，学术界对 70 年来马克思主义中国化过程中的成果和问题进行总结和反思；另一方面，学者针对新时代社会现实与学术目标，提出新的探索设想。

首先，学界普遍认为，过去的马克思主义文艺理论中国化，在经过"左翼"作家、瞿秋白、毛泽东、周扬等几代学人的努力，以及中华人民共和国成立后苏联美学的译介与研究，已经取得了一定的成果，但仍然存在着局限性，而新时期社会形态的转变以及新思想的引入，无疑给传统的马克思主义文论中国化的道路带来了挑战，学者们饱含忧患意识，提出了"审视""反思""重建"等诸多命题围绕之下的一系列研讨。在《马克思主义研究中的问题》一文中，董学文便提出，当下马克思主义文论研究的主要问题是脱离文本语境，无视辩证法的核心作用，不合理地同各种西方现代学说结合，轻易变动文艺观的哲学基础，并由此造成了庸俗轻率的学风。[1] 马龙潜针对董学文所指出的问题进行思考，他认为问题的根本还在于研究者没有真正理解和把握马克思主义文艺理论中国化的科学本质，对其作为一门科学存在的事实缺乏明确的认识，这就需要我们把科学性作为它的基本属性，在把握文艺理论科学性和基本理论特征方面做出新的探索。[2] 王元骧针对以往我国马克思主义文艺理论研究中所存在的直观论、纯认识论和教条主义倾向作了简略的评论，并认为造成这些倾向的思想根源从哲学上来看，是由于一方面把"思维与存在的关系"混同于"精神与物质的关系"，视马克思主义文艺观为仅仅是在总结现实主义文学经验基础上形成的"认识论文艺观"而未能深入发掘它的"人学"内涵；另一方面，由于不理解"思维与存在的关系"是在实践基础上所形成的动态的对立统一的关系，因而也不理解任何理论的真理性都是相对的，它只有借助一定的方法在实际运用过程中才能转化为具体的真理。[3]

---

[1] 董学文：《马克思主义研究中的问题》，《学术月刊》2013 年第 8 期。
[2] 马龙潜：《马克思主义文论中国化当代形态的科学本性》，《学术月刊》2013 年第 8 期。
[3] 王元骧：《对我国马克思主义文艺理论研究的哲学反思》，《马克思主义美学研究》2013 年第 1 期。

黄念然从马克思主义文学批评的中国化问题出发，对过去马克思主义文学批评中国化问题的研究进行概述，他指出虽然在这一问题的研究上取得了一定实绩，但同时也存在不少值得学界反思和有待进一步探讨的地方。对中国数代学人不断寻求马克思主义文学批评中国化的动态历史过程进行总结和反思，对建构当代科学的有中国特色的马克思主义文学批评理论体系有着重要的现实意义。①

其次，关于如何在"反思与重建"的框架之下建构"中国化的马克思主义文艺理论体系"，学者们普遍从三个角度来提出设想：一是倡导重新解读经典马克思主义文本，剔除从前"误读"和"僵死"的部分；二是认为中国传统文论与马克思主义文艺理论互相借鉴创新，推动中国传统文论的现代化，建构属于中国自己的现代性哲学思想；三是强调马克思主义文艺理论需要与新时代的社会现实相结合，才能重新体现出马克思主义的力量。

关于第一点：倡导重新解读经典马克思主义文本，剔除从前"误读"和"僵死"的部分，孙文宪在《回到马克思：脱离现代文学理论框架的解读》中认为，在业已形成的关于马克思主义的文学理论知识中，有太多的内容实际上来源于解释者的建构，其中既有符合或接近经典作家本意的诠释，也不可避免地会在诠释中加入解释者自己的理解乃至演绎，更不用说任何诠释都要受特定历史语境的限制，不可能完全排除由此带来的种种局限。所以，不管解释者的主观意愿如何，这些理论知识在客观上对我们理解什么是马克思主义文学批评都可能产生彰显与遮蔽并存的效果，因此，我们把"回到马克思"作为反思中国马克思主义文学批评的基础和前提。②谭好哲在《马克思主义文艺理论研究的边界、问题与方法——一个基于问题意识的历史反思和创新展望》中强调，21世纪马克思主义文艺理论创新必须首先着眼于与马克思主义文艺理论守正创新有关的"理论边界"问题、与马克思主义文艺理论中国化有关的"中国问题"以及

---

① 黄念然：《马克思主义文学批评中国化问题的研究现状及反思》，《湖北大学学报》（哲学社会科学版）2013年第1期。

② 孙文宪：《回到马克思：脱离现代文学理论框架的解读》，《学术月刊》2013年第8期。

推进思想创新不可或缺的"研究方法"。马克思主义文艺理论研究本来具有方法论上的巨大优势,然而中华人民共和国成立以来的许多时期,研究方法甚至成为马克思主义文艺理论研究最为薄弱的一环。基于此种状况,必须特别强调马克思主义的方法论。① 韩清玉则在《审美特性的凸显与人文精神的复归——新时期马克思主义文艺理论研究反思》中指出,对新时期马克思主义文艺理论研究的反思,是马克思主义文艺理论中国化研究的重要组成部分。审美意识形态论、文学"人学论"、艺术生产论等理论形态的形成与论争,体现出审美特性的凸显和人文精神的复归两大特征。这些特征为当下马克思主义文艺理论中国化研究提供了强有力的理论参照。其所留存的理论缺口和对时代呼求的体认偏差,成为进一步研究的起点。②

在第二点,主张"将马克思主义文论与中国传统文化、传统精神或当下现实相结合,走一条具有民族性、大众性的文学批评之路"这个观点上,学者们展开了精彩的探讨。李志雄便在《马克思主义文艺理论中国形态探赜》一文中颇具前瞻性地提出"马克思主义文艺理论中国形态之后怎么办?"的问题,并指出中国形态的马克思主义文艺理论应具有"回影响力"。③ 杨春时在《我们该如何发掘和继承马克思美学的批判性》中认为,西方马克思主义美学发掘了马克思美学思想的批判性,提出了"否定的美学",对资本主义和现代性展开了审美批判。中国美学要实现现代发展,必须摆脱对马克思美学思想的古典阐释,进行现代阐释,发掘和继承马克思美学思想的超越性和批判性。④ 邹华则在其《重建中国马克思主义美学的认知性维度》中主张加强对马克思主义美学的认知性维度的认识。⑤ 关于"大众化"问题,曾艳、李德虎在《接受美学视野下马克

---

① 谭好哲:《马克思主义文艺理论研究的边界、问题与方法——一个基于问题意识的历史反思和创新展望》,《文史哲》2012年第5期。
② 韩清玉:《审美特性的凸显与人文精神的复归——新时期马克思主义文艺理论研究反思》,《齐鲁学刊》2012年第3期。
③ 李志雄:《马克思主义文艺理论中国形态探赜》,《学习与探索》2013年第12期。
④ 杨春时:《我们该如何发掘和继承马克思美学的批判性》,《探索与争鸣》2013年第4期。
⑤ 邹华:《重建中国马克思主义美学的认知性维度》,《探索与争鸣》2013年第9期。

思主义大众化的路径新探》中提出接受美学对接受主体和接受效果的高度关切为探索马克思主义大众化的接受问题提供了新的认识论与方法论指引,借鉴接受美学的研究方法和基本理论有助于马克思主义大众化的深入推进。① 胡俊的《马克思主义文艺理论与中国民族文化的融合》② 与夏锦乾的《反思20世纪马克思主义美学的"主流现象"——重构马克思主义美学与中国传统美学精神的关系》③,则探讨了马克思主义文艺理论和中国传统文论相结合的可能。

第三点,即强调将马克思主义文艺理论与现实探索相结合,成为使得马克思主义文艺理论重新具有关切现实性的活力的关键。马汉广在《马克思主义文论与中国当代文艺批评实践》中首先提出,"实践性"是马克思主义理论的一个突出的品格和特征。④ 张欢发表了系列研究论文,在《论文艺理论维度中的马克思主义中国化》⑤ 和《文艺理论建构与马克思主义中国化》⑥ 两篇文章中,她都认为,在20世纪的革命语境下,马克思主义的中国化进程始终与中国革命的历史—文化结构缠绕在一起,是与社会形态的转换相伴随的意识形态的转换和重建。《中外文化与文论》于2015年第2期开辟专栏,专门探讨了"马克思主义文学批评的中国形态研究"问题。其中,魏天无的《"中国经验"与马克思主义文学批评的中国形态》认为,"中国经验"本身并不是纯粹的,尤其是在全球化的今天,它是对话和实践的产物,而马克思主义文学批评的中国形态正是在这种"中国经验"中生成的。文章还提出了中国马克思主义文学批评"向内转"的问题,即面对纷繁复杂的文艺现象和文艺创作时马克思主义文

---

① 曾艳、李德虎:《接受美学视野下马克思主义大众化的路径新探》,《学术论坛》2013年第9期。

② 胡俊:《马克思主义文艺理论与中国民族文化的融合》,《马克思主义美学研究》2013年第1期。

③ 夏锦乾:《反思20世纪马克思主义美学的"主流现象"——重构马克思主义美学与中国传统美学精神的关系》,《探索与争鸣》2013年第4期。

④ 马汉广:《马克思主义文论与中国当代文艺批评实践》,《黑龙江社会科学》2013年第4期。

⑤ 张欢:《论文艺理论维度中的马克思主义中国化》,《求索》2014年第3期。

⑥ 张欢:《文艺理论建构与马克思主义中国化》,《学术交流》2014年第3期。

学批评何为。① 闵建平的《反鲍德里亚：走向马克思主义的文化政治经济学——道格拉斯·凯尔纳媒介文化思想的一种解读》一文提出，马克思主义文学批评的中国形态需要认识和回应当代的媒介文化，并认为道格拉斯·凯尔纳的理论可作为重要参照。② 吴亚南、赵雅娟等学者认为，实践是理解中国马克思主义文学批评开放性内涵的逻辑前提，中国马克思主义文学批评开放性的基本内涵，应该是在哲学基础上坚守马克思主义实践哲学观，始终围绕中国在社会革命、政治经济改革的现代化实践过程中遇到的现实问题、文艺问题展开问题对话，贯彻理论联系实际的马克思主义基本原理，实现马克思主义文学批评理论术语范畴、问题框架、研究对象的中国化。③

马克思主义文论中国化的理论建构和批评实践并非是一帆风顺的，基于当下的现实，马克思主义文论中国化仍需要学界的努力探索，这既是时代的要求，也是我国马克思主义文艺理论渴望通过不断的自我更新和完善并服务于人民大众的要求。

四　经典马克思主义文论再探讨

新时期以来，对经典马克思主义文论的探讨进入了新的历史阶段，突破了在传统苏联理论框架中对文艺理论进行解读的模式，转而将"西马"提出的问题与社会现实议题引入经典马克思主义文论研究中。当下对于经典马克思主义文艺理论的研究不仅体现在对经典马克思主义文艺理论及其对中国文论的影响进行探讨，另外许多研究都借鉴西方马克思主义的视角分析传统马克思主义文论，这对于扩大经典马克思主义文论的研究视域有着重要意义。

首先，是对经典马克思主义文艺理论观点的再探讨。就文艺的批评标

---

① 魏天无：《"中国经验"与马克思主义文学批评的中国形态》，《中外文化与文论》2015年第2期。

② 闵建平：《反鲍德里亚：走向马克思主义的文化政治经济学——道格拉斯·凯尔纳媒介文化思想的一种解读》，《中外文化与文论》2015年第2期。

③ 吴亚南、赵雅娟：《论实践与中国马克思主义文学批评的开放性特征》，《当代文坛》2015年第4期。

准问题，金永兵在《"美学观点和历史观点"的整体性》结合马恩文艺批评实践的具体问题探讨"美学观点和史学观点"的内在一致性，体现了辩证思维的长处。① 丁国旗则对"美学和历史的"标准的不平衡问题进行了深入研究，他认为这一问题可以简化为怎样处理马克思主义文艺理论中的美学问题，为此他尝试性地给出了解决两者平衡关系的三种思路：一、将"美学的历史的"标准看作一个价值形而上的问题，"不去追问，只去追求"；二、将"艺术的"（美学的）作为艺术追求的首要标准，而"历史的"标准的实现要以此为前提；三、以"对立统一"原则来理解"美学和历史的"平衡问题，在矛盾与斗争过程中寻找两者的统一与促进。② 张永清通过具体分析"观点"与"方面"等关键词的翻译与理解，考察恩格斯"歌德论"与"歌德论战"各方观点之间的关系，重新思考恩格斯在"《济金根》问题"中的角色与功能，丁国旗认为，正是现实和理论的双重需要使得"美学和历史的观点"及其相关问题在 20 世纪 80 年代初成了中国马克思主义批评理论的基本问题。③ 就文艺的"人民性"问题，胡亚敏指出"人民"是中国马克思主义文学批评的核心概念。④ 吴晓都的《人民性：列宁文论思想的核心与俄国文艺思想资源》⑤和万海松的《寓于根基主义思想中的"人民性"问题——论陀思妥耶夫斯基的"人民性"概念的本质》⑥，通过对俄国文学理论思想进行分析，深入探讨了文艺的人民性问题，这对于学习践行马克思主义文艺学的"人民性"思想，重温世界进步文学思想的人民性传统，努力做到文艺家和文艺批评家为人民服务、为社会主义服务，繁荣和发展社会主义文艺具有重要意义。围绕

---

① 金永兵：《"美学观点和历史观点"的整体性》，《首都师范大学学报》（社会科学版）2012 年第 2 期。

② 丁国旗：《论"美学和历史的"标准的不平衡性》，《理论学刊》2013 年第 12 期。

③ 张永清：《对恩格斯"美学和历史的观点"及其相关问题的再思考》，《外国文学评论》2016 年第 4 期。

④ 胡亚敏：《中国马克思主义文学批评的人民观》，《文学评论》2013 年第 5 期。

⑤ 吴晓都：《人民性：列宁文论思想的核心与俄国文艺思想资源》，《学习与探索》2016 年第 9 期。

⑥ 万海松：《寓于根基主义思想中的"人民性"问题——论陀思妥耶夫斯基的"人民性"概念的本质》，《学习与探索》2016 年第 9 期。

实践存在论美学，王元骧在《再谈"实践存在论美学"》一文中，反思了"审美关系"中"历史的生成"与"当下的生成"两者关系。① 就"艺术生产"问题，张贞从马克思的"艺术生产理论"出发，透视了它对我国文学批评的发展所产生的影响，她提出文学批评一方面必须正视文学艺术产品的商品性，同时也应坚守独立自由的审美精神，警惕消费意识带来的低俗化、功利化倾向。②

其次，许多研究都将经典马克思主义文论的研究视阈扩大，借鉴西方马克思主义提出的视角，从历史哲学、意识形态等新问题切入，综合分析传统马克思主义文论。丁国旗选择《历史与阶级意识》来探讨卢卡契的马克思主义美学思想，他指出正是《历史与阶级意识》开启了马克思主义美学研究的新领域，通过对该书的解读与评价将使我们能够更好地理解卢卡契本人以及其他西方马克思主义者的美学思想。③ 汪正龙从哲学批判、社会学批判角度和美学批判角度，指出马克思把具体的思想类型与特定的社会、政治和经济条件相结合，开辟了意识形态批判的哲学维度和社会学维度，也启迪了意识形态批判的美学或文学批评维度。作为一套激进的批判资本主义的话语体系，意识形态批判发挥了重要作用，但是由于它把社会关系主要归结为镜像关系，又有它的局限性。④ 胡俊飞以马克思的艺术生产论为视域，将各种文艺终结—转型论，主要包括黑格尔、詹姆逊、伊格尔顿等人，参之以米勒、威廉斯、本尼特的相关论述，在互为观照、彼此阐发的网络关联中予以辨析，从而勾勒出现代文艺的演变轨迹和把握其延伸规律，窥探文艺的当代命运与预见其未来走向。⑤ 张冰则从马克思从技术角度讨论艺术进步的观点中寻找出审视今天的艺术终结视域

---

① 王元骧：《再谈"实践存在论美学"》，《中山大学学报》（社会科学版）2013 年第 3 期。
② 张贞：《从"艺术生产理论"看当代中国文学批评的发展》，《江汉论坛》2013 年第 11 期。
③ 丁国旗：《开启马克思主义美学研究的新维度——对卢卡奇〈历史与阶级意识〉的解读与评价》，《文艺理论与批评》2013 年第 3 期。
④ 汪正龙：《马克思与意识形态批判的三重维度》，《陕西师范大学学报》（哲学社会科学版）2012 年第 2 期。
⑤ 胡俊飞：《马克思视域下艺术的终结—转型诸论批判》，《文艺理论与批评》2013 年第 3 期。

的线索，认为从今天的艺术终结的视野来看，马克思的资本主义生产与艺术相敌对的思想在一定程度上拓宽了黑格尔意义上的艺术终结观的传统视野。①

再次，从整体的视野来对经典马克思主义文论研究进行宏观评述。张永清指出马克思、恩格斯在1833—1844年的文学创作与批评活动不仅构成了马克思主义批评理论的"前史形态"，而且还是其初始、科学、政治、文化及发展这五种批评形态的基础。在国外，相关研究经历了萌芽与胚胎、形成和发展、反思和深化三大阶段；而在国内，则经历了"苏联化"和"西马化"两大阶段。学术界对马克思的既往相关研究存在种种思想和方法上的错误倾向，我们必须结合历史和现实语境对该问题进行整体性研究。②高楠对"文化大革命"以后马克思主义文论研究情况进行了概括，将其从备受冷落到逐渐回暖、如今成为热门话题的发展历程清晰地呈现了出来。通过梳理，高楠认为，马克思主义文论的基本理论及其研究方法充满可以激发的力量，亟待探索的是怎样对之进一步激发与深入。③赖大仁对当今经典马克思主义文论研究所面临的困境进行分析，他认为这既与当今社会现实语境有关，也与其自身存在的问题有关。一些人对马克思主义文论有意无意地贬抑，或者过于学理化、体系化的阐释，或极力把它神圣化、原则化或"指导思想化"，都容易使它陷入脱离实际的更大困境。他倡导尊重马克思主义文论的独特性，将其最有力量的思想资源引入当代文论和文学研究中来，从而激活它应有的生机活力。④

最后，经典马克思主义文艺理论在中国产生的影响一直是学术界研究的重要部分，尤其是在马克思诞辰200周年的2018年，学界掀起了探讨

---

① 张冰：《资本主义生产与艺术相敌对——从艺术终结的视阈透视马克思的美学》，《江西社会科学》2013年第11期。

② 张永清：《马克思主义批评理论的前史形态——试论马克思恩格斯1833—1844年的批评理论》，《中国人民大学学报》2016年第3期。

③ 高楠：《当代中国马克思主义文论研究的尴尬及问题性建构》，《山东社会科学》2017年第5期。

④ 赖大仁：《马克思主义文论研究的当代困境与理论反思》，《学术月刊》2016年第10期。

马克思主义文艺理论对中国文论发展意义的热潮。丁国旗发表多篇文章，对俄苏马克思主义文论对中国文论的影响进行了深入研究。他在《建国后俄苏马克思主义文论在中国的基本走向》一文中对俄苏马克思主义文论在中国的传播进行了梳理，将其对中国文论发展的深远影响清晰地展现了出来，他进一步指出，在今后俄苏马克思主义文艺理论都是我国乃至世界其他诸多国家指导文艺工作的重要思想财富。除了对俄苏马克思主义文论在中国的基本走向进行概括梳理之外，丁国旗还对著名俄苏马克思主义文艺理论家进行了具体分析，如列宁、卢卡契、普列汉诺夫、卢那察尔斯基、托洛茨基等。他在对这些文艺理论家进行研究时，注重将他们的理论与中国文论发展相结合，从中见出俄苏马克思主义文论对于中国文论的重要意义。如他在《卢那察尔斯基文艺思想在中国 60 年的考察分析》中对学界关于卢那察尔斯基的"社会主义现实主义"观念、其对社会学批评的贡献、对各种非社会学批评的评价与批判，以及他的社会学批评理论对鲁迅、周扬等的影响几个方面的研究成果进行梳理分析，并对其社会学批评的弱点与不足进行了反思。这一工作对于学术界清楚地认识俄苏马克思主义文论对中国文论的影响，是非常有意义的。[①] 季水河、季念着重探讨了 20 世纪 30 年代中期马克思主义现实主义文论正式传入中国后，对中国现实主义文学理论发展的影响，该文指出无论是学术界使用的与现实主义相关的理论范畴，还是关于现实主义理论的争鸣，抑或文学批评中现实主义文学批评的基本模式，都深深地受到了马克思主义现实主义文论的影响，回荡着马克思主义经典作家的声音。[②] 孙岳兵则从毛泽东对列宁文艺思想的继承与发展入手，指出列宁创立了无产阶级革命文艺思想，阐明了文艺与生活、与人民、与革命等的辩证关系，为毛泽东文艺思想的形成与

---

① 丁国旗对俄苏马克思主义文论的研究成果主要有《建国后俄苏马克思主义文论在中国的基本走向》（《学习与探索》2013 年第 10 期）、《卢那察尔斯基文艺思想在中国 60 年的考察分析》（《马克思主义美学研究》2013 年第 2 期）、《列宁文艺反映论与建国后我国文论的历史缘分》（《山东社会科学》2015 年第 3 期）、《普列汉诺夫文艺思想研究在中国考察》（《阅江学刊》2014 年第 1 期）、《托洛茨基文艺思想的中国影响》（《汉语言文学研究》2014 年第 2 期）。

② 季水河、季念：《论马克思主义现实主义文论对中国现实主义文学理论发展的影响》，《山东社会科学》2018 年第 1 期。

发展提供了科学的理论指引。①

新时期的经典马克思主义文论研究并没有过时，而是进入了一个更加富有可能性的新阶段。这一方面是由于学术界突破了原先较为狭窄的只看苏联文论的视野，并在长期的西方思想的引入和译介之下重新调整了知识结构和问题意识。另一方面，新时期的许多文艺和历史现象，也在持续地说明，经典的马恩文论中仍有许多饱含批判性力量的真知灼见，只要恰当地运用，将其与新时期的实践相结合，经典的理论仍能成为很好的现实精神指导和反思方法论。

五　对西方马克思主义文论的反思接受

新时期以来，西方马克思主义文艺理论不断传入中国，逐渐成为文论研究的重要部分，加之长期存在的"崇洋媚西"风气的影响，对西方文论的研究一度占据主导地位。随着我国文艺理论研究的不断发展，以及学术界对于西方文艺理论的态度更加理性化，学者们越来越能够以客观科学的态度对待西方马克思主义文艺理论。当然，在新时代，西方马克思主义文论依然是当前马列文论研究不能忽视的重点问题。由程正民、童庆炳主编的"20世纪马克思主义文艺理论国别研究"丛书于2012年1月由北京大学出版社出版，便是一次从国别角度展现20世纪马克思主义文艺理论发展历史的重要尝试。在目前的西方马克思主义文艺理论研究中，主要呈现两种趋势：一方面更加细化且深入地译介和研究各个流派和学者；另一方面也越来越注重对"西马"反思性的学习和接受。

在学派和学者研究方面，法兰克福学派的第一代学者阿多诺、马尔库塞、本雅明，第二代的领军人物哈贝马斯，以及第三代的霍耐特，英国的文化唯物主义学者雷蒙德·威廉斯及其后继者马克思主义学者伊格尔顿，伯明翰学派，以及美国的后现代马克思主义学者詹姆逊和媒介研究潮流，仍然是热门的研究对象，在这方面产生了不少研究成果。刘光斌对马尔库塞艺术统治论的理论基础、逻辑起点、主要观点进行了系统分析，认为马

---

① 孙岳兵：《毛泽东对列宁文艺思想的继承与发展》，《湖南科技大学学报》（社会科学版）2018年第4期。

尔库塞的技术统治论是他那个时代的理论产物，表达了他对技术及其应用的理论反思，他的技术统治论表现出来的悲观论调遭到各种批判，激发了人们思考摆脱技术统治的新的出路。[①] 李莎的《"Aura"和气韵——试论本雅明的美学观念与中国艺术之灵之会通》聚焦本雅明的"Aura"观念和其《可技术复制时代的艺术作品》所举中国古代画家之间的联系，从德意志观念论的直观问题钩沉"Aura"的美学肌理，进而论证本雅明的"Aura"与中国艺术观念"气韵"的会通。[②] 张彤对雷蒙·威廉斯的文化唯物主义进行研究，认为文化唯物主义不仅为我们在新时期发展历史唯物主义提供了一种重要的建构性理论资源，而且凸显出历史唯物主义的鲜活生命力与巨大现实价值。[③] 对于西方马克思主义、伯明翰学派等研究的期刊、报纸文章不胜枚举，不仅如此，这也是硕博研究生学位论文选题的焦点所在。

除此之外，国内尚未深入的东欧的新马克思主义与后马克思主义理论也得到了译介和研究。就东欧新马克思主义，傅其林在《论东欧新马克思主义对反映论美学模式的批判》一文中试图从东欧新马克思主义对列宁反映论模式和卢卡契反映模仿论的批判以及对新艺术观念的建构的探讨，思考反映论美学的历史意义及其局限性。[④] 2015年《中外文化与文论》第2期开辟了"国外马克思主义文论的本土化研究"专栏，对东欧新马克思主义文论及其本土化问题展开了研究。其中，傅其林、贾冰的《论马尔科维奇马克思主义意义理论的美学阐释》一文探讨了东欧马克思主义符号学思想，认为东欧新马克思主义，特别是南斯拉夫"实践派"主要代表之一马尔科维奇在对欧美意义理论的系统批判和吸纳中，从社会实践出发建构了具有马克思主义人道主义特征的辩证意义理论，超越了斯

[①] 刘光斌：《技术与统治的融合——论马尔库塞的技术统治论》，《南京社会科学》2018年第12期。

[②] 李莎：《"Aura"和气韵——试论本雅明的美学观念与中国艺术之灵之会通》，《文学评论》2017年第2期。

[③] 张彤：《从文化唯物主义的视角重新审视历史唯物主义》，《求是学刊》2018年第4期。

[④] 傅其林：《论东欧新马克思主义对反映论美学模式的批判》，《马克思主义美学研究》2013年第1期。

大林主义理论模式，也超越了反映论、再现论的意义分析，蕴含着文艺理论和美学的规范性的深刻思考。[①] 朱亚铮从卢卡契文论在中国的旅行过程为线索，历史与逻辑地勾勒出卢卡契文论在中国旅行的图谱，并探讨其中国本土化意义和原因。[②] 高树博梳理了近10年来中国学界对穆卡若夫斯基的研究及其问题，从而进一步反思马克思主义文论本土化的特点，以期改变国内学者对穆卡若夫斯基的文学形式结构理论的片面认识，这对中国马克思主义符号学与语言学理论发展是有启发的。[③] 关于后马克思主义，张朋对托尼·本内特的后马克思主义文学观进行研究，他认为本内特并非只是传统的忠实继承者，本内特有感于资本主义从工业社会向后工业社会转型所导致的深刻历史变革，不再局限于对马克思主义及文艺理论的重新阐释与细节修补，而是从马克思主义转向后马克思主义，以更加包容和开放的视野为马克思主义文艺理论拓展新的生长空间。[④] 范永康的《后马克思主义的文学政治学——以约翰·弗娄和托尼·本尼特为中心》主要研究了约翰·弗娄和托尼·本尼特用后结构主义方法全面颠覆了传统马克思主义文论，他们的后马克思主义文论打破了本质主义的审美观和文本观，实现了文学理论的"向外转"和"政治化"。[⑤] 这些成果不仅促进了对东欧马克思主义文论的研究，而且有助于中国问题的思考。

国内学者对"西马"的研究，从先前的盲目崇拜逐渐转向反思性的客观分析。丁国旗在《怎样评价西方马克思主义？》一文中认为，在学习和反思"西马"文论时，还是要对"西马"文论及其美学所表现出的差异性给以足够的尊重，之所以会有那么多人研究"西马"且长盛不衰，原因就在于"西马"的美学和文艺理论与传统马克思主义文艺理论、其他西方文论以及中国古代文论不同，它有自己鲜明的特色和差异，从而构

[①] 傅其林、贾冰：《论马尔科维奇马克思主义意义理论的美学阐释》，《中外文化与文论》2015年第2期。

[②] 朱亚铮：《卢卡奇文论在中国的旅行图谱》，《中外文化与文论》2015年第2期。

[③] 高树博：《穆卡若夫斯基在中国》，《中外文化与文论》2015年第2期。

[④] 张朋：《论托尼·本内特的后马克思主义文学观》，《山东社会科学》2014年第4期。

[⑤] 范永康：《后马克思主义的文学政治学——以约翰·弗娄和托尼·本尼特为中心》，《兰州学刊》2013年第4期。

成了一种不同于其他文论的话语体系。只有真正维护了"西马"文论的差异性,才能真正成为我国马克思主义美学与文论发展建构可供参照的重要资源,而如果丧失了差异性,"西马"文论也就不会再有可取之处。在对待"西马"文论方面,我们应该更好地研究"西马"文论与我国文论的互融互通关系,汲取"西马"文论的有益成分,找到"中""西""马"文论之间理论接洽的交合点,真正做到"西马"文论的"洋为中用、开拓创新、中西合璧、融会贯通"。① 黄其洪看到近年来,西方马克思主义研究表面看来很繁荣,队伍不断壮大,成果不断涌现,但却暗流涌动,危机四伏。为进一步推进我国的西方马克思主义研究,应强调问题意识,在问答逻辑中深度剖析研究对象,与西方马克思主义展开平等的对话,使之成为我们坚持和发展马克思主义的有益借鉴。② 周世兴、韩昀对伯明翰学派早期理论路径转向进行了分析研究。他们认为,在"葛兰西转向"前,伯明翰学派的学术路径经历了一个由文化主义到结构主义马克思主义的变迁。这种变迁不仅源于学派的自主选择,更是英国两代新"左"派围绕马克思主义与英国传统如何结合而展开的相关辩论的产物。伯明翰学派早期理论路径转换的成就与不足,可以为当代中国大众文化研究提供某些有益的借鉴和启示。③

国外马克思主义文论的研究是马克思主义文艺研究中的重要组成部分。在面对日趋全球化的经济形态和文化形态中,学习借鉴、研究探讨国外马克思主义文艺理论的思想内涵、价值取向、方法路径不仅是现实文学实践的外在要求,也是我们发展中国特色马克思主义文论的内在需要。

正如刘勰所言,"文变染乎世情,兴废系乎时序",对于马克思主义文艺理论的研究也是根植于实践的土壤之中的。这一时期的马克思主义文艺理论研究立足于我国社会现实的基础之上,扎根于当下的文艺实践之中,结合对经典马克思主义的再研究以及对西方马克思主义的借鉴,实现

---

① 丁国旗:《怎样评价西方马克思主义?》,《文艺理论与批评》2015年第2期。
② 黄其洪:《对我国西方马克思主义研究的反思》,《中国社会科学报》2015年11月17日。
③ 周世兴、韩昀:《从文化主义到结构主义马克思主义——伯明翰学派早期理论路径转向探微》,《南京社会科学》2016年第4期。

了我国马克思主义文艺理论的创新和发展。随着习近平对文艺问题的不断阐释，我们实现了马克思主义文艺理论中国化的新的飞跃，这是新时代马克思主义文艺理论发展历程中最重要的理论成果，在习近平对文艺事业所提出的要求的指引下，理论界的研究也呈现新的气象。正如习近平《在哲学社会科学工作座谈会上的讲话》中所要求的，"立足中国，借鉴国外，挖掘历史、把握当代，关怀人类、面向未来"[①]，这不仅是习近平对建构中国特色哲学社会科学做出的重要部署，也是当下马克思主义文艺理论研究所正在努力的方向。我们坚信，随着新时代文艺事业的繁荣发展，马克思主义文艺理论研究定能焕发新的活力，结出更为丰硕的果实。

---

① 习近平：《在哲学社会科学工作座谈会上的讲话》，人民出版社2016年版，第15页。

第二十章

新中国文艺政策的建构、演变和发展

包明德　周晓风　范玉刚

新中国文艺政策，从共时性的角度看，是一个内涵极为丰富而又复杂的结构体系，但从历时性角度看，则有一个逐渐形成和发展演变的过程。正确把握新中国文艺政策的建构及发展过程，对于深入理解新中国文艺政策的历史作用和新中国文艺创作及理论批评具有十分重要的意义。

新中国文艺政策的建构，从历史源头上讲，应该追溯到1942年5月在延安召开的文艺座谈会和毛泽东发表的《在延安文艺座谈会上的讲话》。但如果把中华人民共和国看作一个特定的时空阶段，新中国文艺政策的建构则可以说起于1949年7月中华人民共和国成立前夕召开的第一次全国"文代会"，此后的形成和发展过程，大体上经历了六个阶段。第一个阶段，从1949年7月第一次"文代会"至1966年"文化大革命"爆发之前，可称为新中国文艺政策的初步建构阶段。第二个阶段，从1966年4月《部队文艺工作座谈会纪要》的发表到1976年10月粉碎"四人帮"，可称为新中国文艺政策的挫折阶段。第三个阶段，从1979年10月第四次全国"文代会"的召开到20世纪80年代末，可称为新中国文艺政策的调整阶段。第四个阶段，从1991年3月出台《中共中央宣传部、文化部、广播电影电视部关于当前繁荣文艺创作的意见》以及1991年7月出台《国务院批转文化部关于文化事业若干经济政策意见的报告》至20世纪90年代末，中国当代文艺政策的建设，进入一个新的历史阶段，可称为新中国文艺政策的转型调整阶段。第五个阶段，从21世纪特别是从2002年党的十六大召开开始，经由2003年启动新一轮文化体制改革试点，2005年全面铺开，直至2011年党的十七届六中全会作出《中共中央关于深化文化体制改革推动社会主义文化大发展大繁荣若干重大问题的决定》，到2012年党的十八大召开之前文化体制改革阶段性任务的收官，新中国的文化体制和文艺政策在重大改革中进一步丰富、发展，逐步建构与社会主义市场经济相匹配的文化体制与文艺政策。第六个阶段，从2012年党的十八大提出"扎实推进社会主义文化强国建设"开始，到2017年党的十九大胜利召开，提出中国特色社会主义发展进入新的历史方位，中国发展进入新时代，习近平作出了一系列关于文艺工作的重要论述，2015年10月中共中央还发布了《中共中央关于繁荣发展社会主义文艺的意见》，在全面深化文化体制改革坚定文化自信中，新中国的文艺政策进一步完善和定型化。

第一节　第一次"文代会"与新中国文艺政策的建构

1949年7月中华人民共和国成立前夕召开的第一次全国"文代会"（当时的名称为"中华全国文学艺术工作者代表大会"），是新中国文艺的开始，也是新中国文艺政策建构的开始。第一次"文代会"是一个值得认真研究的文艺现象，也可以说是一个富有象征意义的文艺现象和政治现象。从文艺政策学的角度解读第一次全国"文代会"的有关文件[①]，理应成为新中国文艺政策研究的逻辑起点。从新中国文艺政策建构的角度看，有以下几个方面的情况值得特别重视。

第一，第一次"文代会"开创了一种处理文艺与社会政治关系的模式，即用这种受到执政党和政府（尽管当时新中国的政府机构还没有正式成立）主导的代表大会的形式来表达执政党的意志，团结广大文艺工

---

① 第一次全国文代会的有关文件均见中华全国文学艺术工作者代表大会宣传处《中华全国文学艺术工作者代表大会纪念文集》，新华书店1950年版。

作者，统一大家的认识，明确奋斗目标。据《中华全国文学艺术工作者代表大会纪念文集》记载，第一次全国"文代会"1949年7月2日在北京召开。中共中央对这次大会的召开极为重视。大会开幕的前一天，中共中央向大会发来了贺电。7月2日大会开幕，朱德总司令代表党中央到会致贺词，董必武代表华北人民政府和中共华北局向大会表示祝贺，中共中央负责意识形态工作的陆定一也在开幕式上发表了讲话。7月6日，毛泽东亲临大会会场，并即席发表了热情洋溢的讲话，对大会的召开表示祝贺。毛泽东总共讲了六句话："同志们，今天我来欢迎你们。你们开的这样的大会是很好的大会，是革命需要的大会，是全国人民所希望的大会。因为你们都是人民所需要的人，你们是人民的文学家、人民的艺术家，或者是人民的文学艺术工作的组织者。你们对革命有好处，对人民有好处。因为人民需要你们，我们就有理由欢迎你们。再讲一声，我们欢迎你们。"周恩来副主席则向大会作了长篇政治报告。大会中的几个重要报告，包括周恩来的《在中华全国文学艺术工作者代表大会上的政治报告》、郭沫若的《为建设新中国的人民文艺而奋斗——在中华全国文学艺术工作者代表大会上的总报告》、茅盾的《在反动派压迫下斗争和发展的革命文艺——十年来国统区革命文艺运动的报告提纲》，以及周扬的《新的人民的文艺——在全国文学艺术工作者代表大会上关于解放区文艺运动的报告》等，既全面总结了新文艺发展的历史规律，代表了广大文艺工作者的心愿，同时也是党和政府意愿的集中体现。所有这些都体现了党中央对新中国文艺事业异乎寻常的关心和重视，但这同时也可以说是一种有效的组织和掌控。因此，第一次"文代会"的有关安排和大会形成的文件既反映了文艺工作者的思想认识，更是党和政府意志的体现。从而使这些文件具有了文艺政策的意义。换言之，是"文代会"的特殊方式使第一次"文代会"的有关文件成为政策。而且，这种方式从此被沿用下来，成为新中国文艺发展中的一道独特的风景线。

第二，第一次"文代会"产生的几个主要报告，在指导思想上表现出高度的一致性，都反复强调用毛泽东《在延安文艺座谈会上的讲话》中的思想作为新中国文艺的指导方针。这表明，第一次"文代会"的这些文件的形成实际上经历了较为充分的讨论，履行了制定政策的有关程序。这也是第一次"文代会"文件具有政策意义的重要原因。

作为党中央的副主席，周恩来作的《在中华全国文学艺术工作者代表大会上的政治报告》是整个第一次"文代会"的纲领性文件。该报告共分两部分。第一部分概括介绍了三年解放战争的大致过程及其所取得的伟大成就，要求文艺界的同志"一定不要忘记表现这个伟大时代的伟大的人民军队"，指出"文艺工作者是精神劳动者，广义地说来也是工人阶级的一员"。但周恩来又号召"精神劳动者应该向体力劳动者学习"，因为精神劳动者"容易产生一种非集体主义的倾向"。报告的第二部分则集中谈到文艺方面的几个问题，主要包括：第一，团结问题；第二，为人民服务的问题；第三，普及与提高问题；第四，改造旧文艺的问题；第五，文艺界要有全局观念的问题；第六，组织问题。其中，周恩来对文艺界的团结问题、对文艺为工农兵服务方针的阐释以及关于文艺界组织问题的原则性意见值得特别注意。

除了周恩来的报告外，郭沫若的《为建设新中国的人民文艺而奋斗——在中华全国文学艺术工作者代表大会上的总报告》着重谈了"我们的文艺运动的性质和文艺界的统一战线问题"，认为"现阶段中国革命的性质是新民主主义的"，"在政治革命上是这样，在文化革命和文艺革命上也是这样"。又认为，"三十年来的新文艺运动主要是统一战线的文艺运动"，应该进一步加强文艺界统一战线的工作。在此基础上，郭沫若还向文艺工作者提出了今后的任务。茅盾的《十年来国统区革命文艺运动的报告提纲》主要总结了"国统区"革命文艺运动的基本经验，并且特别提到："从斗争的总目标上看，国统区与解放区的文艺运动是一致的；从文艺思想发展的道路上看，双方在基本上也是一致的；而就国统区的革命文艺运动的主流来说，最近八年来也是遵循着毛主席的方向而前进，希图同人民靠拢的。"周扬的《新的人民的文艺——在全国文学艺术工作者代表大会上关于解放区文艺运动的报告》在第一次"文代会"上具有特别重要的意义。这种重要性主要在于，周扬以解放区文学的经验和成就无可辩驳地确证了第一次"文代会"所确立的毛泽东文艺方向的正确性和必要性。

第三，第一次全国"文代会"虽然把文艺为工农兵服务、为无产阶级政治服务确定为新中国文艺的基本文艺政策，但由于当时尚未建立全国统一的政府，也由于中国共产党对于想象中的新中国文艺发展规律的认识还有一个逐渐深入的过程，因此，第一次全国"文代会"制定的新中国文艺政策还只是初步的，还有待进一步完善。这主要表现为：一方面，第一次全国"文代会"对于新中国文艺政策的建构在结构上还远不够完备。第一次全国"文代会"所形成的具有政策意义的文件主要有周恩来、郭沫若、茅盾、周扬等几位领导人的报告以及《大会宣言》等。这些报告以周恩来的报告谈到文艺方面的六个问题最为详切，但归结起来主要也就是两个问题，即文艺应该为工农兵服务和怎样为工农兵服务的问题。新中国文艺发展中的许多政策问题，例如，戏曲改革问题、"双百"方针问题、对于中外文化遗产的继承和创新问题、文艺人才培养问题、文艺批评问题等，都是以后才逐步提出并形成的。另一方面，当时这些文艺政策在功能上也主要起的是政策的协调功能和引导功能，政策的制约功能在当时并不占主导地位。这表明，在中华人民共和国成立之前以及成立以后的一段时间内，中国共产党对文艺采取了一种较为宽容的姿态和宽松的政策。中华人民共和国成立之初文艺界关于可不可以写小资产阶级的讨论从一个方面反映出这种文艺政策的宽松情形。

第一次全国"文代会"之后，新中国文艺方针政策进一步完善，经历了一个较为长期的，甚至是曲折的过程。这一建构过程大体上一直延续到"文化大革命"爆发之前才基本告一段落。期间，1956年毛泽东代表中国共产党提出"双百"方针，1957年周扬发表《文艺战线上的一场大辩论》，1961年6月周恩来发表《在文艺工作座谈会和故事片创作会议上的讲话》以及1962年4月《中共中央批转文化部党组和全国文联党组提出的〈关于当前文学艺术工作若干问题的意见〉》（草案）的公布等，是具有代表性的重大文艺政策事件。显然，由于当代社会生活和文艺发展的大起大落，新中国文艺政策本身也出现了变化和反复，有许多值得吸取的经验和教训。

第二节 《纪要》与新中国文艺政策的挫折

1966年《部队文艺工作座谈会纪要》（简称《纪要》）的出笼，可以说是新中国文艺政策发展史上的一个重大曲折。

　　在中国当代文艺发展史上，事实上一直存在着歪曲偏执和科学理性之间的矛盾冲突。这种矛盾冲突并不限于文学艺术，而是在整个社会生活领域里都有所反映。中华人民共和国成立初期的"三大文艺批判运动"、1957年文艺界的"反右派"斗争、1958年的文艺"大跃进"运动、1959年文艺界的"反右倾"等，都是对新中国文艺政策的偏离。1963年和1964年毛泽东对于文学艺术的"两个批示"，更是以相当严厉的口吻对中华人民共和国成立以来的文学艺术进行了批评，认为中国文联及其所属的各协会，"十五年来，基本上（不是一切人）不执行党的政策，做官当老爷，不去接近工农兵，不去反映社会主义的革命和建设"。①《部队文艺工作座谈会纪要》全称为《林彪同志委托江青同志召开的部队文艺工作座谈会纪要》。关于这次"部队文艺工作座谈会"的召开以及《部队文艺工作座谈会纪要》的产生过程，根据《中共中央批转〈总政治部关于建议撤销一九六六年二月部队文艺工作座谈会纪要的请示〉的通知》（1979年5月3日）中的说法："一九六六年二月，江青勾结林彪炮制的所谓《部队文艺工作座谈会纪要》（以下简称《纪要》），是林彪、'四人帮'篡党夺权阴谋的一个步骤。一九六六年一月底，江青窜到苏州找林彪、叶群密谋策划。随即由林彪指令总政治部派人到上海参加江青召开的所谓'部队文艺工作座谈会'，为江青插手部队文艺工作提供条件。二月二日至二十日，江青在会上系统地抛出了她蓄谋已久的反党意见，提出了'文艺黑线专政'论；座谈会的纪要由江青和张春桥、陈伯达亲自加工、整理成文。《纪要》把林彪吹捧江青'在政治上很强，在艺术上也是内行'的话载入正式文件。同时，还规定部队文化部门要把江青的意见'在思想上、组织上认真落实'。《纪要》抛出以后，陈伯达、康生、张春桥、姚文元、王、关、戚等窃取中央文革领导大权的一小撮野心家、阴谋家，更加大肆吹捧林彪，吹捧《纪要》，特别是吹捧江青，把她封为'文化革命的英勇旗手'。以后，又把'黑线专政'论从文艺扩展到教育、出版、体育、卫生、公安等其他各条战线。"1966年3月12日，林彪在《给中央

---

① 洪子诚：《中国当代文学史·史料选》下册，长江文艺出版社2002年版，第513页。

军委常委的信》中对《纪要》作了进一步介绍,认为:"这个纪要,经过参加座谈会的同志们反复研究,又经过主席三次亲自审阅修改,是一个很好的文件,用毛泽东思想回答了社会主义时期文化革命的许多重大问题,不仅有极大的现实意义,而且有深远的历史意义。"[1] 经过了这样一种最高决策程序之后,1966年4月16日,《纪要》作为中共中央文件在中共党内发表。4月18日,《解放军报》发表社论《高举毛泽东思想伟大红旗,积极参加社会主义文化大革命》,在没有提及座谈会和《纪要》的情况下,披露了《纪要》的基本观点。1967年5月29日,《人民日报》等重要报刊公开发表《纪要》全文。1971年"九一三"事件之后,林彪给中央军委常委的信以及《纪要》标题和文中的林彪名字被删去。1979年5月3日,中共中央发布通知,批转解放军总政治部的请示,正式撤销《纪要》作为中共中央文件。"通知"指出:"十几年来的实践证明,《纪要》提出的一系列观点和结论,是完全违反马克思列宁主义、毛泽东思想的根本原理的,也是完全不符合我国文艺战线的实际状况的。《纪要》提出的'文艺黑线专政'论,全面否定了建国以来我党领导的文艺事业,从根本上篡改了毛主席《在延安文艺座谈会上的讲话》中提出的无产阶级文艺的方向,篡改了无产阶级文艺的党性原则。《纪要》在'破除迷信'和'彻底革命'的旗号下,排斥一切中外古典文学的优秀遗产,全盘否定我国三十年代文艺的重大成就,从而彻底践踏了'五四'以来新文化运动和无产阶级革命文艺运动的光荣传统,贬黜了从马克思主义创始以来的无产阶级文艺,推行反动的文化虚无主义和封建蒙昧主义。《纪要》不顾文学艺术事业本身固有的规律,设置了许多唯心主义、形而上学的禁令,完全抛弃了毛主席提出的'百花齐放、百家争鸣'这一发展社会主义文学艺术的根本方针和党领导文艺的一系列无产阶级政策。《纪要》贯穿的思想,是一种反马克思主义的、反科学反民主的封建文化专制主义的思想。《纪要》推行的路线,是林彪、'四人帮'极左的机会主义路线。"

从政治上讲,《纪要》的出台标志着林彪、江青两个政治集团的"合

---

[1] 林彪:《给中央军委常委的信》,《人民日报》1967年5月29日。

谋"的开始，并且力图运用文艺作为实现其政治阴谋的工具。但从文化立场上看，《纪要》的诞生则标志着中国当代激进主义文艺政策的全面登场。《纪要》称中华人民共和国成立以来一直有一条与毛主席思想相对立的反党反社会主义的黑线。实际上《纪要》本身则始终贯穿了一条"左"倾机会主义的政治路线和文化激进主义的思想路线。其特征主要表现在以下几个方面。首先，《纪要》在对新中国文艺的基本评价上抛出所谓"文艺黑线专政论"，全面否定中华人民共和国成立以来的文学艺术，称文艺界在中华人民共和国成立以来，"被一条与毛主席思想相对立的反党反社会主义的黑线专了我们的政，这条黑线就是资产阶级的文艺思想、现代修正主义的文艺思想和所谓三十年代文艺的结合"，并且还提出"要破除对中外古典文学的迷信"，要"标社会主义之新，立无产阶级之异"，表现出一种典型的"文化虚无主义"立场。其次，《纪要》在对文学艺术发展问题上表现出一种孤立的、静态的文艺发展观，一方面称毛主席的《新民主主义论》《在延安文艺座谈会上的讲话》《看了〈逼上梁山〉以后给延安评剧院的信》《关于正确处理人民内部矛盾的问题》《在中国共产党全国宣传工作会议上的讲话》五篇著作"够我们无产阶级用上一个时期了"；另一方面，大肆鼓吹所谓"样板戏"，认为革命现代京剧的兴起标志着社会主义的"文化大革命"已经出现了新的形势，使京剧这个最顽固的堡垒，从思想到形式，都发生了极大的革命，并且带动文艺界发生着革命性的变化。最后，《纪要》在观察文艺问题的思想方法上运用的是形而上学的思想方法，把文学艺术与社会生活的关系简单化，把无产阶级文学艺术绝对化和模式化，并且炮制出有关的清规戒律。《纪要》在提出所谓"根本任务论"的同时，要求"在创作方法上，要采取革命的现实主义和革命的浪漫主义相结合的方法，不要搞资产阶级的批判现实主义和资产阶级的浪漫主义"；"不要在描写战争的残酷性时，去渲染或颂扬战争的恐怖；不要在描写革命斗争的艰苦性时去渲染或颂扬苦难"。总之，《纪要》以其作为"文化大革命"中文学艺术基本政策的地位，既对新中国文学艺术发展作了简单粗暴的否定性评价，又对以后文学艺术的发展构成了极大的限制与障碍。

第三节 20世纪80年代文艺政策的调整

1976年10月粉碎"四人帮",标志着整个中国社会发展的重要转折。文学艺术的发展,也面临重大的政策调整。

其实,对于"文化大革命"所实行的文艺政策的调整,早在"文化大革命"后期就已经开始。1972年7月30日,毛泽东在同李炳淑的谈话中提到:"现在剧太少,只有几个京剧,话剧也没有,歌剧也没有。看来还是要说话。"① 沿着这样的基本思路,1975年,毛泽东对委以重任的邓小平专门谈到了文艺问题。毛泽东指出:"样板戏太少,而且稍微有点差错就挨批。百花齐放都没有了。别人不提意见,不好。怕写文章,怕写戏。没有小说,没有诗歌。"② 1975年7月14日,毛泽东在同江青的谈话中再次谈到"党的文艺政策应该调整一下"③,并在1975年7月25日对电影《创业》作出批示:"此片无大错,建议通过发行。不要求全责备,而且罪名有十条之多,太过分了,不利于调整党的文艺政策"。④ 正是在此基础之上,当时主持中央工作的邓小平发表了《各方面都要整顿》的著名讲话,其中讲到:"当前,各方面都存在一个整顿的问题。农业要整顿,工业要整顿,文艺政策要调整,调整其实也是整顿。"针对"四人帮"写作班子有意不提毛泽东关于文艺"百花齐放"的方针,邓小平特别指出"毛泽东同志说,要古为今用,洋为中用,百花齐放,推陈出新。这是很完整的。可是,现在百花齐放不提了,没有了,这就是割裂。"⑤ 因此,新时期文艺政策的调整,可以看作此前就已经开始的文艺政策调整的延续,当然20世纪80年代中国文艺政策的调整显然有着更为深刻的社

---

① 陈晋:《文人毛泽东》,上海人民出版社1997年版,第614页。
② 同上书,第615页。
③ 同上书,第619页。
④ 同上书,第621页。
⑤ 《邓小平文选》第二卷,人民出版社1997年版,第35、37页。

会历史的和文学艺术的原因，也有着此前所不可比拟的规模和内涵。

20世纪80年代党的文艺政策的调整与新时期整个社会发展一样，是从几个层次依次逐渐展开的。新时期文艺政策的调整首先是从70年代末80年代初的拨乱反正开始的。这种所谓拨乱反正的内容主要是对于"文化大革命"极"左"的激进主义的文艺政策的反拨，目标则是对于中国当代文学传统的恢复。这一过程包括了几个方面。一是结合新时期政治、经济、文化等方面拨乱反正，对"文化大革命"作了彻底的否定，对党的若干重大历史问题做出了历史的评价，使新时期文艺政策方面的拨乱反正有了一个坚实的社会政治基础。这之中，最重要的内容便是1981年6月中共十一届六中全会通过的《中国共产党中央委员会关于建国以来若干历史问题的决议》。《决议》对中华人民共和国成立以来有关重大问题作了明确的阐述和界定，成为在文艺问题上拨乱反正的重要政策依据。二是对过去执行错误的文艺政策所带来的后果也进行了重新甄别，平反了一大批文艺界的冤假错案，为大批文艺工作者恢复了名誉。三是从文艺政策方面对"文化大革命"中的文艺政策进行了逐步深入的清算，其中最重要的内容就是1979年5月3日中共中央发布通知，批转解放军总政治部的请示，正式撤销《部队文艺工作座谈会纪要》，以及1979年10月第四次全国"文代会"的召开，邓小平代表党中央发表了"祝词"，并在此基础上形成了一系列新的文艺政策，成为20世纪80年代文艺政策调整的指导方针。尽管新时期文艺政策的调整有一个反反复复的过程，但其总的方针，仍然是沿着第四次全国"文代会"制定的政策，特别是邓小平的"祝词"所指出的方向前进的。

其次，到了20世纪80年代中期，随着中国当代文学传统的逐步恢复和新的文学秩序的逐步建立，新时期文艺政策的调整又表现出新的特点，即在已经基本上得到恢复的中国当代文艺发展轨道和中国当代文艺政策体系的基础上，面对新形势和新需要，做出新的适应性调整，包括对过去认为正确的文艺政策在新的历史水平上进行反思，以及对社会主义市场经济体制下的文艺政策问题做出初步探索。例如，文艺为工农兵服务，文艺为政治服务，一直是我国当代一项基本的文艺政策，也是中国当代文艺发展的基本立足点。新时期以来，随着我国社会阶层结构的发展变化，特别是随着对于我国当代社会发展基本矛盾的认识的深化，原来立足于阶级斗争基础上的文艺为工农兵服务的方针显然不适应新的形势发展的需要。因此，邓小平1980年1月16日在《目前的形势和任务》的讲话中明确指出："我们坚持'双百'方针和'三不主义'，不继续提文艺从属于政治这样的口号，因为这个口号容易成为对文艺横加干涉的理论根据，长期的实践证明它对文艺的发展利少害多。"[①] 在此基础上，《人民日报》1980年7月26日发表《文艺为人民服务、为社会主义服务》的社论，并对这一新的文艺政策思想作了全面阐述，使之成为对原来的文艺为工农兵服务方针的完善，并成为指导新时期文艺发展的政策依据。又如，社会主义现实主义，自1953年第二次全国"文代会"召开以来，就被确立为新中国文学艺术的最高标准，具有文艺政策的指导意义。周恩来在第二次"文代会"上所作的《政治报告》中明确指出："以社会主义现实主义作为我们文艺界创作和批评的最高准则，这是很好的。"此后，经过历次文艺批判运动的统一思想，社会主义现实主义不仅成为社会主义文艺主要的创作方法，而且成为新中国文艺发展的主流意识形态，具有不可动摇的崇高地位。直至20世纪80年代初，有关非现实主义的文艺思想仍然被当作"异端"来看待。但到了20世纪80年代中期，随着改革开放的深入发展，特别是西方现代主义文学艺术潮流大量涌入，文学观念开始逐渐发生改变。到20世纪80年代后期，现代主义文学艺术的观念及其作品已基本上为国内读者所接受，原来定于一尊的现实主义文学艺术被新的多样化局面所取代。有关现实主义的文艺政策也逐渐得到改变。

再次，20世纪80年代文艺政策的调整还有一个重要现象值得注意。本来，政策的本质就是一种政治措施，再加上受到历史条件的限制，过去文艺政策的制定基本上只是用来解决文艺发展中的一些方向路线的大问题，对文艺规律较少涉及，甚至有的文艺政策与文艺发展规律相违背，既影响到文艺政策的质量，也对中国当代文艺事业的发展带来负面效应。80年代文艺政策的调整，开始关注到这一问题。文艺政策的制定，更加重视与社会主义文艺发展规律相适应。1985年胡启立代表党中央发表的《在

[①] 《邓小平文选》第二卷，人民出版社1997年版，第255页。

中国作家协会第四次会员代表大会上的祝词》是一个典型的例子。这个"祝词"第一次提出，要把"创作自由"的旗帜鲜明地写在社会主义文艺的旗帜上，表明对于文艺创作规律认识的深化。对于胡风案的平反也是一个较为典型的事件。最初对胡风的平反决定只是从政治上给胡风平了反，但仍然坚持 20 世纪 50 年代对胡风文艺思想的否定性结论，认为胡风的文艺思想是属于资产阶级的文艺思想。随着对于文艺规律认识的深化，最后决定放弃原先对胡风文艺思想的政治评价，使其在文艺论争中由文艺家自己去加以认识和评价。这无疑也反映了文艺政策制定的界限和范围有了更深的逐渐展开。到了 20 世纪 80 年代后期，随着社会主义市场经济的逐步深化，文艺政策原先没有涉及的文艺经济问题也开始受到关注，并被逐渐作为政策问题提出和给予解决。1988 年 9 月，《国务院批转文化部〈关于加快和深化艺术表演团体体制改革意见〉的通知》正式出台，也从一个侧面反映出政策主体对于文艺发展规律认识的深化和对于文艺规律的尊重。这就为新时期文学艺术的进一步健康发展提供了良好的政策环境。

第四节　20 世纪 90 年代文艺政策的转型

20 世纪 90 年代初，中国当代社会发展，包括文学艺术发展，曾一度陷入徘徊的局面。1992 年邓小平南方谈话的发表，为 90 年代的中国社会注入了新的活力。社会主义市场经济开始进入全面实施阶段，整个社会和文学艺术的发展也由此进入一个新的发展阶段，促使 90 年代的文学艺术以及文艺政策发生新的转型。

20 世纪 90 年代文艺政策的转型与新时期整个中国社会和文艺发展的转型密不可分。90 年代文艺发展的转型是中国当代文艺发展史上一次意义重大的历史转折，其意义和作用不亚于新时期初期文艺界的拨乱反正。其基本特点是社会主义市场经济成为文艺发展的新的历史平台，由此带来文艺发展的一系列重大变化，包括文艺机制的市场化、文艺价值的多样化以及文艺地位的边缘化等。这就对 90 年代文艺政策的调整提出了新的、更具有革命性变革的要求。因此，90年代文艺政策的转型要解决的基本政策问题主要有三个方面：一是要处理好坚持发展社会主义市场经济与协调文艺发展及社会经济发展之间的合理关系，促进文艺事业健康发展的问题；二是要处理好在对社会实施有效控制的同时，进一步按照文艺自身发展规律，促进文艺事业健康发展的问题；三是要处理好坚持依法办事和进一步完善当代文艺政策体系的问题。

从计划经济到市场经济，是中国当代社会发展的一次重大转折。这一转折的理论基础，是1987年10月召开的中国共产党第十三次全国代表大会所确立的党的基本路线，即："领导和团结全国各族人民，以经济建设为中心，坚持四项基本原则，坚持改革开放，自力更生，艰苦创业，为把我国建设成为富强、民主、文明的社会主义现代化国家而奋斗。"这一基本路线的核心是"一个中心，两个基本点"，即以经济建设为中心，坚持四项基本原则，坚持改革开放。这是在对中华人民共和国成立以来社会主义革命和建设正反两个方面经验教训总结的基础上得出的来之不易的基本结论。邓小平在1992年著名的南方谈话中强调指出："要坚持党的十一届三中全会以来的路线、方针、政策，关键是坚持'一个中心、两个基本点'。不坚持社会主义，不改革开放，不发展经济，不改善人民生活，只能是死路一条。基本路线要管一百年，动摇不得。"[1] 怎样坚持以经济建设为中心？邓小平进一步指出："计划多一点还是市场多一点，不是社会主义与资本主义的本质区别。计划经济不等于社会主义，资本主义也有计划；市场经济不等于资本主义，社会主义也有市场。计划和市场都是经济手段。社会主义的本质，是解放生产力，发展生产力，消灭剥削，消除两极分化，最终达到共同富裕。"[2] 正是邓小平的这些精辟论断，极大地推进了90年代社会主义市场经济的全面展开。社会主义市场经济的全面展开，一方面极大地解放了生产力，促进了商品经济的繁荣；另一方面，文化艺术产品也随之进入市场，带来许多新的问题。这些问题归结起来，最基本的一点，就是市场规律与艺术规律的矛盾问题。艺术在过去主要被

---

[1] 《邓小平文选》第三卷，人民出版社1999年版，第370页。
[2] 同上书，第373页。

理解为一种观念形态的东西和象牙塔内的东西。"但是从另一意义上也是经济基础的一部分；它像别的东西一样，是一种经济方面的实践，一类商品的生产。批评家，即使是马克思主义的批评家，很容易忘记这个事实，因为文学是处理人类意识的，这就会诱使我们这些文学研究者局限于这个领域之内。"① 文学艺术成为一种特殊商品之后，仍然有一个按艺术规律办事的问题。与之同时，文艺生产的诸多市场规律问题如成本、利润、销售渠道、购买者的口味、包装策略等问题接踵而至。这就需要国家和政府制定适当的文艺政策，正确处理好坚持发展社会主义市场经济与协调文艺发展与社会经济发展之间的合理关系，按照社会主义市场经济规律改革过去不合理的文艺体制，既讲文艺的社会效益，也讲文艺的经济效益，从而促进文艺事业健康发展。因此20世纪90年代以来，国家出台了一系列有关文艺与经济关系的政策，如1991年2月22日《国务院办公厅转发文化部关于加强演出市场管理报告的通知》，1991年7月21日《国务院批转文化部关于文化事业若干经济政策意见的报告》，1996年11月国务院《关于进一步完善文化经济政策的若干规定》等。事实证明，市场经济之于文学艺术，既不是"馅饼"，也不是"狼来了"，而是市场经济的健康发展为文学艺术的发展提供了更为广阔的艺术空间。

中国当代文学艺术的发展还与国家和政府有着远较过去更为密切的关系。政府作为广大人民群众的代表和组织者，为保证国家利益和广大群众的根本利益，必须对社会实施有效的组织和控制。在传统社会里，这种组织和控制的方式表现得非常简单，其影响和作用也相当有限。但在现代社会，随着社会分工的进一步发达，对社会进行有效组织和控制的要求也越来越高。中华人民共和国成立以来，国家以"文代会"和文联、作协等组织对文学艺术事业实施有效的组织和控制，是一种有中国特色的、符合现阶段历史要求的文艺组织方式，对新中国文艺事业产生了深远影响。但是，中华人民共和国成立以来的文艺事业组织方式也存在一些重要缺陷。胡风早在20世纪50年代就有过尖锐批评。"双百"方针提出后，也有评

---

① ［英］伊格尔顿：《马克思主义与文学批评》，文宝译，人民文学出版社1986年版，第66页。

论家作过呼吁。其中最主要的问题是对文艺发展规律缺乏深刻认识，对文艺家的创造性劳动缺乏应有的尊重。而文艺事业的健康发展，必须要在对社会实施有效控制的同时，进一步按照文艺自身发展规律促进文艺事业健康发展。正是为了解决这样的重大问题，党中央在20世纪90年代提出了"弘扬主旋律，提倡多样化"的文艺方针政策。

中国当代文艺政策的建构还有一个自身不断完善的问题。这在过去，主要是文艺政策的指导思想受到较大的限制，文艺政策的内容还比较狭窄，文艺政策的实施方式也还比较简单，需要进一步加以完善。20世纪90年代以来，中国当代文艺政策原有的不足仍然需要进一步完善，特别是社会主义市场经济的全面展开，造成文艺经济方面的政策的缺陷与不足日益突出，需要花大力气加以解决。与之同时，随着社会主义和法治进程的加快，文艺立法的问题也被提了出来。这就对文艺政策的历史地位和作用提出了新的挑战。政策和法律，都是社会调控的有效手段。民主政策既具有政治措施的原则性，也具有某种灵活性；政策具有鲜明的党派性，但党的文艺政策又必须惠及最广大的人民群众；政策自然需要得到有效贯彻，却又不具有强制执行的特点。这些特点使文艺政策在新中国文艺事业中如鱼得水，发挥了重要作用。

但是，从社会调控手段的历史发展看，法律具有适应面广、操作性强等特点，具有比政策更为普遍的适应性的历史特征。因此，国家对于文艺事业的调控，从文艺政策到文艺法，是一种必然趋势。但在我国现阶段，文艺政策和文艺法，有各自不可替代的作用。这就需要一方面结合文艺发展的新的历史特点，把文艺立法尽快提上日程；另一方面，继续完善现有的文艺政策体系，使之能更好地适应社会主义市场经济条件下文艺事业健康发展的需要。

第五节　21世纪前10年文艺政策的深化与拓展

随着21世纪文化的地位和作用的凸显，作为当今时代文化生产、传播和文明积淀主导方式的"文化产业"在2000年进入中央文件，历经波折的新中国文艺政策伴随中国特色社会主义市场经济体制的逐步完善，在新一轮的文化体制改革中进入深刻调整期，日益呈现"深化与拓展"的崭新姿态。

新中国文艺政策主要有三种文本形态，即典型的文艺政策文本，准文艺政策文本和超文艺政策文本。典型文艺政策文本，是指党和国家制定并实施的有关文艺问题的政策文件；准文艺政策文本指党和国家主要领导人就文艺问题所发表的重要著述和讲话；超文艺的政策文本，是指通过有关文艺的重要会议、评奖及相关活动所显示的政策意义。从 2000 年直到 2012 年党的十八大召开之前，党和国家最高层面还未发布过典型的文艺政策文本，但有过一个事关文化改革发展的重要政治报告。2001 年 12 月 18 日，江泽民在中国文联第七次代表大会、中国作协第六次代表大会上的讲话；2006 年 11 月 30 日，胡锦涛在中国文联第八次全国代表大会、中国作协第七次代表大会上的讲话；2011 年 11 月 22 日，胡锦涛在中国文联第九次全国代表大会、中国作协第八次代表大会上的讲话，可以说是 21 世纪前期最重要、最权威的国家文艺政策宣示和文艺工作指南。尤其是 2011 年 10 月 18 日党的十七届六中全会通过的《中共中央关于深化文化体制改革推动社会主义文化大发展大繁荣若干重大问题的决定》，是中国共产党成立以来专门研究文化改革发展的政治报告，是一个影响深远的文化政策文本，报告中对文艺政策的诸多阐述直接关乎社会主义文艺的繁荣。总体上看，对于这一时期的文艺政策，可以通过三个方面加以把握。

一 三次"文代会""作代会"的主要内涵及其要义

第七次"文代会"、第六次"作代会"，是 21 世纪文艺界的第一次盛会，会议开得隆重而热烈。江泽民在讲话中开宗明义地说："人类已经跨入了新的世纪。本世纪中叶，我国将基本实现现代化，实现中华民族的伟大复兴。""实现中华民族的伟大复兴，不仅需要发达的物质文明，而且需要先进的精神文明。实现这两个文明的协调发展，是我国社会全面进步的必由之路。我们的文学艺术工作者，在推进两个文明特别是精神文明的建设中肩负着重大的职责。"江泽民在讲话中对广大文艺工作者提出四个

"希望"：一是坚持以马克思列宁主义、毛泽东思想、邓小平理论为指导，贯彻"三个代表"要求，投身并深刻了解改革开放和现代化建设的实践，着眼于科学文化发展的前沿，不断推进我国文学艺术事业的发展繁荣；二是牢记人民是文艺工作的母亲，生活是文艺创作的源泉这个真理；三是努力继承和发扬中华民族的优秀文化传统，继承和发扬五四运动以来形成的革命文化传统，积极学习和借鉴世界各国人民创造的一切先进文明成果，坚持古为今用，洋为中用，与时俱进，推陈出新；四是高度重视文艺理论和文艺评论工作。[①] 江泽民要求各级政府，要热心服务，大力支持，不断提高领导文艺工作的能力和水平。要制定规划，完善政策，改善条件，深化文化体制改革，积极扶持和表彰奖励优秀文艺人才和文艺作品，形成优秀人才脱颖而出的良好机制。他同时要求中国文联、中国作协要围绕中心、服务大局，坚持正确文艺方向，发挥自身优势，履行好联络协调服务职能，当好桥梁纽带。

2006年11月10日，中国文联第八次全国代表大会、中国作协第七次全国代表大会在北京隆重开幕。时隔五年，2011年11月22日，中国文联第九次全国代表大会、中国作协第八次代表大会在北京人民大会堂隆重举行。胡锦涛在两次大会上都发表了重要讲话。在2006年的讲话中，胡锦涛高度肯定了文艺工作在革命、建设和社会生活中的重要性，高度赞誉了广大文艺工作者在历史发展与社会进步中的重要作用。他说："无论是在血雨腥风的革命战争年代，还是在如火如荼的和平建设时期，我国广大文艺工作者在党的领导下，响应人民和时代的召唤，高擎民族精神火炬，吹响时代进步号角，通过各种艺术方式讴歌人民，昭示光明，凝聚力量，鼓舞人心，激励亿万人民为民族独立、人民解放和国家富强、人民幸福而不懈努力，发挥了不可替代的重要作用。"他在讲话中以四个自然段，号召"一切有理想有抱负的文艺工作者"，一要担当起时代赋予的神圣使命，积极投身讴歌时代的文艺创造活动；二要密切同人民群众的血肉联系，积极反映人民心声；三要大力发扬创新精神，积极开拓文艺的新天地；四要做到德艺双馨，积极履行人类灵魂工程师的职责。广大文艺工作

---

① 《文艺报》2001年12月19日。

者"都应该坚持先进文化的前进方向，按照建设和谐文化的要求，自觉投身亿万人民创造幸福生活和更好未来的伟大实践，用自己熟悉和擅长的文艺形式，努力生产出符合时代要求的精品力作，积极推进我国文艺创新和繁荣，为全民建设小康社会、构建社会主义和谐社会作出自己的贡献。这是党和人民的期待，也是时代的召唤"。①

在 2011 年的讲话中，② 胡锦涛进一步指出，文艺是民族精神的火炬，文艺事业是中国特色社会主义事业的重要组成部分，是社会主义文化建设的重要内容，文艺工作在党和国家工作全局中具有十分重要的地位。文化是民族的血脉，是人民的精神家园。实现中华民族伟大复兴，离不开中华文化繁荣兴盛。他着重强调了以下几个方面：

一是文艺的时代性和面临的重大发展机遇。他指出：一切优秀的文化创造，一切传世的精品力作，都是时代的产物。当今世界正处在大发展大变革大调整时期，当代中国正处在中国特色社会主义事业蓬勃发展阶段，我国文艺事业发展面临着难得的历史机遇。波澜壮阔的改革进程，如火如荼的发展实践，实现中华民族伟大复兴的时代主旋律，既呼唤文艺有一个更大的繁荣发展，也为文艺繁荣发展提供了丰沛的动力源泉。

文艺繁荣发展必须坚持为人民服务、为社会主义服务，坚持百花齐放、百家争鸣，坚持贴近实际、贴近生活、贴近群众，高擎民族精神火炬，吹响时代前进号角，创作生产更多无愧于历史、无愧于时代、无愧于人民的优秀作品，奋力开创文艺发展新局面，为推动社会主义文化大发展大繁荣，为建设社会主义文化强国贡献智慧和力量。

二是文艺的社会责任、历史担当和人民性。文艺家必须增强社会责任感，始终把社会效益放在首位，提倡文以载道、以文化人，弘扬真善美，贬斥假恶丑，更好发挥文化引领风尚、教育人民、服务社会、推动发展的作用。他希望广大文艺工作者始终坚持以人为本，更加自觉、更加主动地承担起为人民抒写、为人民放歌的历史责任。人民是真正的英雄，人民是

---

① 《中国文学年鉴》2007 年卷，第 3 页。
② 胡锦涛：《在中国文联第九次全国代表大会中国作协第八次全国代表大会上的讲话》，人民出版社 2011 年版。

历史创造者。一切进步的文艺创作都源于人民、为了人民、属于人民,一切进步的文艺工作者的艺术生命都源于同人民群众的血肉联系。只有把人民放在心中最高位置,永远同人民在一起,坚持以人民为中心的创作导向,艺术之树才能常青。把人民作为文艺的表现主体,着力歌颂人民生动实践、展示人民精神风貌,走到生活深处,走进人民心中,把艺术才干的增长、艺术表现能力的增强深深植根于生活、植根于人民,用人民创造历史的奋发精神哺育自己,从社会生活中汲取营养、挖掘素材、提炼主题,在人民的创造性实践中进行艺术创造、实现艺术进步。

三是强调文艺创新。他希望文艺工作者要始终坚持锐意创新,更加自觉、更加主动地承担推进文化创造的历史责任。广大文艺工作者要适应时代变化和人民精神文化生活发展的要求,坚持古为今用、推陈出新,立足中华文化丰沃土壤,从源远流长的传统文化、激昂奋进的革命文化、争奇斗艳的民族民间文化中汲取养分,努力为中华文化书写新的篇章。要积极借鉴和吸收世界各国文化优长,坚持海纳百川、融会贯通,开创中国文艺新风貌新气象。

四是一如既往地强调坚持德艺双馨,希望艺术家更加自觉、更加主动地承担起弘扬文明道德风尚的历史责任。坚守艺术理想,笃定志向,坚定信念,勤于汲取,善于积累,关注现实,潜心创作,开阔创作视野,提高洞察社会和适应时代能力,增强对艺术的感悟和表现能力,更好传播先进文化、弘扬人间正气、塑造美好心灵。

五是强调积极贯彻党的文艺方针政策,用符合文艺规律的方式发展文艺事业,加大投入和保障力度,完善扶持和奖励机制,加大知识产权保护力度,推动多出人才、多出精品。要高度重视文艺理论研究,加强文艺评论队伍和阵地建设,支持开展积极健康的文艺批评。要发扬艺术民主、学术民主,提倡不同观点、不同流派相互切磋、取长补短、共同进步。

二 一次关于文化改革发展的中央全会

2011年10月18日发布了对中国文化包括文艺发展影响深远的一份决定,这就是党的十七届六中全会通过的《中共中央关于深化文化体制改革推动社会主义文化大发展大繁荣若干重大问题的决定》(以下简称

《决定》),① 在党的历史上，这是第一次以全会名义集中研究文化问题并发布《决定》，对包括繁荣文艺在内的文化改革发展意义重大，体现了我们党对文化发展的诚心正意。《决定》除引言和结语外，共9个部分，分为3个板块。第一、第二部分构成第一板块，主要阐述新形势下深化文化体制改革、推动社会主义文化大发展大繁荣的重大意义、指导思想、奋斗目标、重要方针。第三、第四、第五、第六、第七、第八6个部分构成第二板块，主要部署文化改革发展重点任务。第九部分是第三板块，阐述加强和改进党对文化工作的领导。基于本书的侧重点，我们主要从文艺政策视角作出相应的梳理和解读。全会提出要从国家战略上研究部署文化改革发展。一再强调中华民族伟大复兴必然伴随着中华文化繁荣兴盛，要更加自觉、更加主动地推动文化大发展大繁荣，在中国特色社会主义的伟大实践中进行文化创造。当今综合国力竞争的一个显著特点是文化的地位和作用更加凸显，越来越多的国家把提高文化软实力作为发展战略的重要内容。从一定意义上说，谁占据了文化发展制高点，谁拥有了强大文化软实力，谁就能够在激烈的国际竞争中赢得主动。因而，只有包括繁荣文艺在内的文化大发展，文艺精品不断涌现，形成与我国国际地位相称的文化软实力，才能牢牢掌握思想文化领域国际斗争主动权，切实维护国家文化安全。唯此，全会作出如下决定：

一是充分认识推进文化改革发展的重要性和紧迫性，更加自觉、更加主动地推动社会主义文化大发展大繁荣。

改革开放特别是党的十六大以来，我们党始终把文化建设放在党和国家全局工作重要战略地位，坚持物质文明和精神文明两手抓，实行依法治国和以德治国相结合，促进文化事业和文化产业共同发展，推动文化建设不断取得新成就，走出了中国特色社会主义文化的发展道路。唯此，《决定》用"四个更加""四个越来越""三个关系"集中阐述推进文化改革发展的重大意义。

当今世界正处在大发展大变革大调整时期，世界多极化、经济全球化

---

① 《中共中央关于深化文化体制改革推动社会主义文化大发展大繁荣若干重大问题的决定》，人民出版社2011年版。

深入发展，科学技术日新月异，各种思想文化交流交融交锋更加频繁，文化在综合国力竞争中的地位和作用更加凸显，维护国家文化安全任务更加艰巨，增强国家文化软实力、中华文化国际影响力要求更加紧迫。文化越来越成为民族凝聚力和创造力的重要源泉，越来越成为综合国力竞争的重要因素，越来越成为经济社会发展的重要支撑，丰富精神文化生活越来越成为我国人民的热切愿望。在新的历史起点上深化文化体制改革，推动社会主义文化大发展大繁荣，关系实现全面建设小康社会奋斗目标，关系坚持和发展中国特色社会主义，关系实现中华民族伟大复兴。由此，作出一系列重要论断：没有文化的积极引领，没有人民精神世界的极大丰富，没有全民族精神力量的充分发挥，一个国家、一个民族不可能屹立于世界民族之林。物质贫乏不是社会主义，精神空虚也不是社会主义。没有社会主义文化繁荣发展，就没有社会主义现代化。

二是坚持中国特色社会主义文化发展道路，努力建设社会主义文化强国。

建设社会主义文化强国，就是要着力推动社会主义先进文化更加深入人心，推动社会主义精神文明和物质文明全面发展，不断开创全民族文化创造活力持续迸发、社会文化生活更加丰富多彩、人民基本文化权益得到更好保障、人民思想道德素质和科学文化素质全面提高的新局面，建设中华民族共有精神家园，为人类文明进步作出更大贡献。

三是推进社会主义核心价值体系建设，巩固全党全国各族人民团结奋斗的共同思想道德基础。

社会主义核心价值体系是兴国之魂，是社会主义先进文化的精髓，决定着中国特色社会主义发展方向。必须强化教育引导，增进社会共识，创新方式方法，健全制度保障，把社会主义核心价值体系融入国民教育、精神文明建设和党的建设全过程，贯穿改革开放和社会主义现代化建设各领域，体现到精神文化产品创作生产传播各方面，坚持用社会主义核心价值体系引领社会思潮，在全党全社会形成统一指导思想、共同理想信念、强大精神力量、基本道德规范。

四是全面贯彻"二为"方向和"双百"方针，为人民提供更好更多的精神食粮。

《决定》提出，全面贯彻为人民服务、为社会主义服务的方向和百花齐放、百家争鸣的方针，立足发展先进文化、建设和谐文化，激发文化创作生产活力，提高文化产品质量，发挥文化引领风尚、教育人民、服务社会、推动发展的作用。事实上，满足人民多样性精神文化需求，不论是发展文化事业还是发展文化产业，基础工作是创作出更多优秀作品。这是文化繁荣发展的重要标志，也是文化繁荣发展的重要支撑。当前与人民群众的需求和期待相比，文艺创作上叫得响、传得开、留得住的高质量作品还不多，特别是人民群众对文艺创作中存在低俗、一切向钱看等问题反映强烈。因此，必须坚持正确创作方向。正确创作方向是文化创作生产的根本性问题，一切进步的文化创作生产都源于人民、为了人民、属于人民。必须牢固树立人民是历史创造者的观点，坚持以人民为中心的创作导向，热情讴歌改革开放和社会主义现代化建设伟大实践，生动展示我国人民奋发有为的精神风貌和创造历史的辉煌业绩。要引导文化工作者牢记为人民服务、为社会主义服务的神圣职责，坚持正确文化立场，认真对待和积极追求文化产品的社会效果，弘扬真善美，贬斥假恶丑，把学术探索和艺术创作融入实现中华民族伟大复兴的事业之中。坚持发扬学术民主、艺术民主，营造积极健康、宽松和谐的氛围，提倡不同观点和学派充分讨论，提倡体裁、题材、形式、手段充分发展，推动观念、内容、风格、流派积极创新。把创新精神贯穿文化创作生产全过程，弘扬民族优秀文化传统和五四运动以来形成的革命文化传统，学习借鉴国外文化创新有益成果，兼收并蓄、博采众长，增强文化产品时代感和吸引力。

《决定》强调，各领域文艺工作者都要积极投身到讴歌时代和人民的文艺创造活动之中，推出更多优秀文艺作品。文学、戏剧、电影、电视、音乐、舞蹈、美术、摄影、书法、曲艺、杂技以及民间文艺、群众文艺等各领域文艺工作者都要积极投身到讴歌时代和人民的文艺创造活动之中，在社会生活中汲取素材、提炼主题，以充沛的激情、生动的笔触、优美的旋律、感人的形象，创作生产出思想性、艺术性、观赏性相统一，人民喜闻乐见的优秀文艺作品。实施精品战略，组织好"五个一工程"、重大革命和历史题材创作工程、重点文学艺术作品扶持工程、优秀少儿作品创作工程，鼓励原创和现实题材创作，不断推出文艺精品。扶持代表国家水准、具有民族特色和地方特色的优秀艺术品种，积极发展新的艺术样式。鼓励一切有利于陶冶情操、愉悦身心、寓教于乐的文艺创作，抵制低俗之风。

在保障机制建设上，加大优秀文化产品推广力度，运用主流媒体、公共文化场所等资源，在资金、频道、版面、场地等方面为展演、展映、展播、展览弘扬主流价值的精品力作提供条件。设立专项艺术基金，支持收藏和推介优秀文化作品。加大知识产权保护力度，依法惩处侵权行为，维护著作权人合法权益。

三 如何认识与评价这一时期的文艺政策

总体上说，这一时期文艺政策发布与实施的鲜明特点，就是围绕文化体制改革建构与市场经济发展模式相适应的文化运行体制展开的，因此，其关键词可以用"深化与拓展"来界定。2003年7月，出台《中宣部、文化部、广电总局、新闻出版总署关于文化体制改革试点工作的意见》，正式确定9个省市为文化体制改革综合性试点地区，35家单位具体承担试点任务，自此拉开影响深远的新一轮文化体制改革的序幕。2005年12月23日，中央下发了《中共中央、国务院关于深化文化体制改革的若干意见》，进一步明确了改革的指导思想、原则要求和目标任务。提出坚决冲破一切妨碍发展的思想观念，坚决改变一切束缚发展的旧有做法和规定，坚决革除一切影响发展的体制弊端，该文件的出台，标志着我国的文化体制改革进入一个新的历史阶段。此后，还下达了"任务书"，制定"路线图"，明确了"时间表"。2006年9月，中央政府颁布《国家"十一五"时期文化发展纲要》，这是我国第一部文化方面的发展纲要。文化体制改革给整个社会尤其是文化与文艺领域的发展带来深刻变化，2006年10月，党的十六届六中全会指出："我国已进入改革发展的关键时期，经济体制深刻变革，社会结构深刻变动，利益格局深刻调整，思想观念深刻变化。"[①] 2012年2月，中央政府颁布《国家"十二五"时期文化改革发展规划纲要》，主要依据党的十七届六中全会精神和国民经济与社会发

---

① 《人民日报》2006年11月13日。

展"十二五"规划编制的,着重强调"十二五"时期是全面建设小康社会的关键时期,也是促进文化又好又快发展的关键时期。综观这一时期的文艺政策,是在急剧变化的文化体制改革大潮中不断调整和深化的,文艺政策的出台和实施是在社会剧烈转型和文化体制改革全面铺开的大语境下展开的,即如何建立与市场经济相契合的文化运行体制,理顺政府与市场、文化单位、社会之间的关系,解放和发展文化生产力,激发文化企事业单位的活力,增强文化自信,提高主导文化的市场竞争力和世界影响力,成为包括文艺政策在内的整个文化政策的目标诉求。各种现实矛盾、利益冲突和思想观念的深刻变化,都在文艺政策文本及其实践中有所显现,不仅对文艺院团和文艺期刊等带来直接影响,还对文艺理论教学与研究以及文艺理论的学术体系建构产生影响,时代性特点越发突出。

1. 如何评价这一时期文艺政策的"深化与拓展"

理解这一时期文艺政策的调整需要紧紧把握一个主题词——"变化",变化的直接推动力就是文化体制改革。随着经济社会的发展,特别是中国加入世界贸易组织后不断融入国际主流社会,传统的封闭的文化生产模式与日渐开放的文化市场之间的矛盾越来越突出;单一的文化供给模式越来越难以满足大众日益多元化的文化需求;在党的文化领导权建构中,管制型的文化领导模式与不断开放的经济体系、文化市场以及公民日益高涨的文化权利意识越发紧张,在此语境下,如何解放文化生产力、释放文化产能、激发文化创造活力以及规制越来越多体制外的艺术工作者的实践活动,都亟须文艺政策的不断深化与拓展,以期建构与市场经济发展相适应的文化运行体制。人们越来越不满意传统的文艺生产方式及其体制,随着多元化文艺创作主体进入市场,不断涌现的市场主体日趋活跃,文艺成为生产力,同时,文艺的"三俗"之风开始泛滥,不断滋生市场乱象,文化市场监管和文化立法问题开始提上日程。在政府、社会和个人的合力作用下,多元化文艺发展格局渐趋形成,如何借助文艺政策促使社会主导文艺形态发挥主流影响力,成为迫切需要解决的任务。以"变化"为主题词,文艺政策在深化文化体制改革中发挥了推动文艺繁荣的作用,对此可以通过三次文代会、作代会两位总书记的讲话,以及以中央全会通过的政治报告深刻感受到文艺政策正在经历全面深刻系统性的变革,其目标开始指向全面建设小康社会的文艺繁荣以及增强国家的文化软实力。如何解放文艺生产力、激发文艺创造活力、培育合格的市场主体成为重点任务。

2. 这一时期文艺政策存在的问题与思考

相比较而言，这一时期文艺政策经历了全面深刻系统性的变革，对于改革的缘起、时机、路径和效果，各方评价不一，但总体上释放了文化产能，激发了文艺创造活力，初步形成了文艺多元化发展格局。同时，也需要对一些普遍性问题进行思考。一是要深刻理解文艺政策变动不居的这个时代，文艺政策的变化不单纯是文艺发展自身的事情，甚至也不绝对是文化体制改革的结果，而是整个社会转型及其结构分化的必然。从国际上来看，中国加入世界贸易组织不仅是经济体制改革的外部动力，还深刻影响着中国文化市场及其法律法规和管理体制；从国内来看，文化体制改革的深入推进极大地影响了文艺发展，成为文艺政策变化的内生动力。同时，中央提出科学发展观来引领经济社会发展，人们越来越意识到文化是发展的关键词，文化发展不仅关乎小康社会的质量，还直接关联着人们的幸福感。与之相应，大众文化的流行，不断满足着人民日益多元化的精神需求；而文化研究等西方理论的旅行也助长了西方文艺理论的强势地位，在强制阐释中国文艺现实中也带来一些弊端和问题，引发中央和文艺主管部门的重视。正是在各种合力作用下，在文艺政策的深化和拓展中逐渐探索了一条符合中国现实国情、文化传统的中国特色社会主义文化发展道路，文艺作为文化建设的核心和基础，文艺的繁荣直接关乎文化建设的成败，关乎经济社会发展的活力，关乎人民的文化权益。文艺政策正朝着有利于推进文化体制改革、激发文艺创造活力，有利于建设中华民族共有精神家园，有利于推进社会主义核心价值体系的方向深化与拓展。二是文艺繁荣的经验是坚持贯彻"二为"方向和"双百"方针，坚持正确的创作导向，号召艺术家不断讴歌时代和人民，文艺的创造活力不断迸发。在健全文化市场体系过程中，尽管滋生了一些向钱看的"三俗"文艺现象和经典改编的市场乱象，但文艺发展的总体趋势是好的，文艺政策的实践效果越来越突出，一个鲜明的价值指向是逐渐建立起一套与市场经济相适应的文艺体制，文艺也是生产力的理念渐成共识。文艺发展在推动文化与经济交融、文化经济化、经济文化化的过程中的作用不断增强。三是进一步重视文艺政策实施的保障机制，不断加大知识产权保护，牢牢把握意识形态工作主导权，掌握文化改革发展领导权。进一步坚定了"中华民族伟大复兴必然伴随着中华文化繁荣兴盛"的信念。

3. 下一步文艺体制改革发展的方向

随着中国经济建设取得举世瞩目的成就，中国越来越融入世界文明主潮，在进入世界体系中开始发声，党中央与时俱进地提出推动文化大发展大繁荣的要求，建设社会主义文化强国也被提升到国家战略层面，一个开放、文明、崛起的中国形象在全球化舞台上被建构起来。伴随国际上出现儒学热、汉语热，国内出现了一些文化激进主义口号，如"三十年河东三十年河西论""中国文化统治论"，如何处理古今中外的问题再次凸显；与之相应，进一步增强国家软实力，提升国际话语权的问题凸显；在全面深化文化体制改革中如何理顺文艺与市场关系，激励文艺精品不断涌现的问题凸显？文艺如何凝聚民心、弘扬时代精神的问题凸显。一定意义上，这些问题为新时代文艺政策的进一步"融通和完善"提供了空间和方向。

第六节　新时代文艺政策的融通与完善

从 2012 年党的十八大提出"扎实推进社会主义文化强国建设"开始到 2017 年党的十九大胜利召开，提出中国特色社会主义发展进入新的历史方位，中国发展进入新时代，习近平总书记作了一系列关于文艺工作的重要论述。除了党的十八大报告、党的十九大报告外，2015 年 10 月中共中央还发布了关于文艺发展的典型政策文本，即《中共中央关于繁荣发展社会主义文艺的意见》，在全面深化文化体制改革坚定文化自信中，新中国的文艺政策日益呈现融通和日趋完善的特点。这一期间与文艺政策相关的重要文件如下所列。

2012 年 11 月 18 日，党的十八大政治报告《坚定不移沿着中国特色社会主义道路前进为全面建成小康社会而奋斗》；

2013 年 8 月 19 日，习近平在全国思想宣传工作会议上的重要讲话；

2014年2月28日，中央深改组通过《深化文化体制改革实施方案》；

2014年3月14号，国务院颁布《关于推进文化创意和设计服务与相关产业融合发展的若干意见》；

2014年3月17号，国务院颁布《关于加快发展对外文化贸易的意见》；

2014年10月15日，习近平主持召开文艺工作座谈会并发表重要讲话；

2015年1月，中共中央、国务院《关于加快构建现代公共文化服务体系的意见》；

2015年7月，国务院出台《关于支持戏曲传承发展的若干政策》；

2015年7月，中央深改组通过《关于推动国有文化企业把社会效益放在首位 实现社会效益和经济效益相统一的指导意见》；

2015年10月，中办、国办印发《关于全国性文艺评奖制度改革的意见》；

2016年6月，文化部、财政部《关于开展引导城乡居民扩大文化消费试点工作的通知》；

2016年9月14日，中共中央办公厅、国务院办公厅印发《关于推动国有文化企业把社会效益放在首位、实现社会效益和经济效益相统一的指导意见》；

2016年11月30日，习近平在中国文联十大、中国作协九大开幕式上发表重要讲话；

2017年3月，中办发布《关于实施中华优秀传统文化传承发展工程的意见》；

2017年5月17日，习近平在哲学社会科学工作座谈会上发表重要讲话；

2017年10月18日，党的十九大政治报告《决胜全面建成小康社会夺取新时代中国特色社会主义伟大胜利》；

2018年8月21日，习近平在全国思想宣传工作会议上的重要讲话；

2019年3月4日，习近平在全国"两会"期间与文艺界、社科界政协委员交流时发表重要讲话。

同时，在文化立法方面也取得突破性进展。十八大以来先后审议通过《网络安全法》《电影产业促进法》《公共文化服务保障法》《国歌法》以及《关于加强网络信息保护的决定》等法律和法规，还修改了《著作权法》等。

在总体战略布局中，随着"五个文明"的统筹推进和"四个全面"战略的深入，文化体制改革全面深化，如何繁荣社会主义文化，生产出越来越多的文化精品，日益成为中央的要求和广大文化工作者的诉求，也成为人民大众追求美好生活的新期待。为了构建与国家经济社会发展相适应的文化体制，中央出台的文化政策越来越多，文艺发展也越来越融入文化建设实践中，协同融合发展越来越成为常态，推动文化事业和文化产业蓬勃发展成为文艺政策的价值指向，随着诸多重要文艺政策的发布，文艺政策及其运行体制日趋完善。

一　主要文艺政策文本及其要义

在总体宏观上，党的十八大报告指出，"要深化文化体制改革，解放和发展文化生产力，发扬学术民主、艺术民主，为人民提供广阔文化舞台，让一切文化创造源泉充分涌流，开创全民族文化创造活力持续迸发、社会文化生活更加丰富多彩、人民基本文化权益得到更好保障、人民思想道德素质和科学文化素质全面提高、中华文化国际影响力不断增强的新局面"。[①] 党的十九大报告进一步提出文化建设的重要原则："坚持为人民服务、为社会主义服务，坚持百花齐放、百家争鸣，坚持创造性转化、创新性发展，不断铸就中华文化新辉煌。"[②] 一定意义上讲，这既是文艺发展的现实语境，又是文艺发展的动力机制和遵循的基本原则，因而这些政治文本发挥了典型的政策调节和导向功能。作为宏观政策原则的细化，党的十九大报告还进一步提出"繁荣发展社会主义文艺。社会主义文艺是人民的文艺，必须坚持以人民为中心的创作导向，在深入生活、扎根人民中进行无愧于时代的文艺创造。要繁荣文艺创作，坚持思想精神、艺术精

---

① 胡锦涛：《坚定不移沿着中国特色社会主义道路前进为全面建成小康社会而奋斗》，人民出版社 2012 年版，第 31 页。

② 习近平：《决胜全面建成小康社会夺取新时代中国特色社会主义伟大胜利》，人民出版社 2017 年版，第 41 页。

湛、制作精良相统一，加强现实题材创作，不断推出讴歌党、讴歌祖国、讴歌人民、讴歌英雄的精品力作。发扬学术民主、艺术民主，提升文艺原创力，推动文艺创新。倡导讲品位、讲格调、讲责任，抵制低俗、庸俗、媚俗。加强文艺队伍建设，造就一大批德艺双馨名家大师，培育一大批高水平创作人才"。① 这是对新时代文艺发展道路的指引，也是推动社会主义文艺繁荣兴盛的政策保障。

2016年11月30日，习近平《在中国文联十大、中国作协九大开幕式上的讲话》中指出，文艺事业是党和人民的重要事业，文艺战线是党和人民的重要战线。实现中华民族伟大复兴，需要物质文明极大发展，也需要精神文明极大发展。文运同国运相牵，文脉同国脉相连。

同时，对文艺界提出四点希望：

第一，希望大家坚定文化自信，用文艺振奋民族精神；

第二，希望大家坚持服务人民，用积极的文艺歌颂人民；

第三，希望大家勇于创新创造，用精湛的艺术推动文化创新发展；

第四，希望大家坚守艺术理想，用高尚的文艺引领社会风尚。

文艺发展和理论研究需要自由宽松的环境，需要倾听时代的声音。"二为"方向、"双百"方针，都是繁荣发展我国文艺和理论研究的重要原则。对此，2017年5月17日，习近平《在哲学社会科学工作座谈会上的讲话》中指出，"要正确区分学术问题和政治问题，不要把一般的学术问题当成政治问题，也不要把政治问题当作一般的学术问题，既反对打着学术研究旗号从事违背学术道德、违反宪法法律的假学术行为，也反对把学术问题和政治问题混淆起来，用解决政治问题的办法对待学术问题的简单化做法"。② 一定意义上，这一重要论述为繁荣文艺创作和学术研究提供了政策保障。

2018年8月21日，在全国思想宣传工作会议上，习近平指出，广大文化工作者要自觉承担起举旗帜、聚民心、育新人、兴文化、展形象的使

---

① 习近平：《决胜全面建成小康社会夺取新时代中国特色社会主义伟大胜利》，人民出版社2017年版，第43页。

② 习近平：《在哲学社会科学工作座谈会上的讲话》，人民出版社2017年版，第28页。

命任务，促进全体人民在理想信念、价值理念、道德观念上紧紧团结在一起，引导广大文化文艺工作者深入生活、扎根人民，把提高质量作为文艺作品的生命线，用心用情用功抒写伟大时代，不断推出讴歌党、讴歌祖国、讴歌人民、讴歌英雄的精品力作，书写中华民族新史诗。

2019年3月4日下午，习近平看望参加全国政协十三届二次会议的文艺界、社科界委员，并参加联组会。在联组会上发表重要讲话："希望大家立足中国现实，植根中国大地，把当代中国发展进步和当代中国人精彩生活表现好展示好，把中国精神、中国价值、中国力量阐释好。"习近平再次强调，新时代呼唤杰出的文学家、艺术家、理论家，文艺创作、学术创新拥有无比广阔的空间，要坚定文化自信、把握时代脉搏、聆听时代声音，并着重提出"四个坚持"即坚持与时代同步伐、以人民为中心、以精品奉献人民、用明德引领风尚。

这一期间，有两个极为重要的文艺政策文本需要单独列出，并概要地阐发其要义。一是2014年10月15日，习近平主持召开文艺工作座谈会并发表重要讲话，这个关于文艺工作的重要讲话，可以和62年前毛泽东同志的《在延安文艺座谈会上的讲话》相提并论，都堪称是中共文艺政策的典范文本，是马克思主义文艺理论中国化的纲领性文献，开启了新中国文艺发展道路的指南。习近平在重要讲话中着重谈了五个问题：一是实现中华民族伟大复兴需要中华文化繁荣兴盛；二是创作无愧于时代的优秀作品；三是坚持以人民为中心的创作导向；四是中国精神是社会主义文艺的灵魂；五是加强和改进党对文艺工作的领导。对于这一重要讲话意义的阐释，文艺学界给予了极大的关注，讨论与解读文章可谓汗牛充栋。在讲话发表后文艺界展开了热烈的学习和贯彻，文艺界的风气发生了极大的变化，清新清朗之风、正义正气之风成为文艺界的自觉追求，新时代的中国文艺正在迈向勇攀艺术高峰的征程。正是这个政治文本的极端重要性，党中央据此出台了《关于繁荣发展社会主义文艺的意见》，作为正式文艺政策向全社会各族人民发布。在本节中，笔者结合习近平的重要讲话，立足典型性政策文本作出要义概括。

为深入贯彻党的十八大和十八届三中、四中全会精神，认真落实习近平在文艺工作座谈会上的重要讲话精神，繁荣发展社会主义文艺，2015

年9月11日，中共中央政治局审议通过《关于繁荣发展社会主义文艺的意见》（以下简称《意见》），对于在新的历史条件下，文艺真正成为时代前进的号角、真正体现时代的风貌、真正引领时代的风气，具有极大的指导意义。这一文艺发展的顶层设计，既体现了马克思主义文艺观的一脉相承，也彰显着强烈的中国特色与时代特征，为进一步繁荣发展中国特色社会主义文艺事业勾勒出清晰可行的路线图，注入激浊扬清的正能量。《意见》分为6部分25条，包括：做好文艺工作的重大意义和指导思想；坚持以人民为中心的创作导向；让中国精神成为社会主义文艺的灵魂；创作无愧于时代的优秀作品；建设德艺双馨的文艺队伍；加强和改进党对文艺工作的领导。

一是做好文艺工作的重大意义和指导思想。

《意见》指出，充分认识文艺工作的重要作用。文艺是民族精神的火炬，是时代前进的号角，最能代表一个民族的风貌，最能引领一个时代的风气。文艺事业是党和人民事业的重要组成部分。举精神旗帜、立精神支柱、建精神家园，是当代中国文艺的崇高使命。弘扬中国精神、传播中国价值、凝聚中国力量，是文艺工作者的神圣职责。

准确把握文艺工作面临的形势与问题。意识形态领域形势十分复杂，巩固思想文化阵地、维护国家文化安全的任务更加紧迫；在思想活跃、观念碰撞、文化交融的背景下，文艺领域还存在价值扭曲、浮躁粗俗、娱乐至上、唯市场化等问题，价值引领的任务艰巨迫切；文艺创作生产存在有数量缺质量、有"高原"缺"高峰"、抄袭模仿、千篇一律、粗制滥造等问题，推出精品力作的任务依然繁重；文艺评论存在"缺席""缺位"现象，对优秀作品推介不够，对不良现象批评乏力，文艺评论辨善恶、鉴美丑、促繁荣的作用有待强化。文艺环境、业态、格局深刻调整，创作、传播、消费深刻变化，新的文艺组织和文艺群体大量出现，引导、管理、服务的体制机制、手段方法亟须改革创新。

坚持社会主义先进文化前进方向，全面贯彻"二为"方向和"双百"方针，紧紧依靠广大文艺工作者，坚持以人民为中心，以社会主义核心价值观为引领，以中国精神为灵魂，以中国梦为时代主题，以中华优秀传统文化为根脉，以创新为动力，以创作生产优秀作品为中心环节，深入实践、深入生活、深入群众，推出更多无愧于民族、无愧于时代的文艺精品，不断满足人民精神文化需求，建设社会主义文化强国，为实现"两个一百年"奋斗目标、实现中华民族伟大复兴的中国梦提供强大的价值引导力、文化凝聚力、精神推动力。

二是坚持以人民为中心的创作导向。

为人民抒写、为人民抒情。社会主义文艺本质上是人民的文艺，人民的需要是文艺存在的根本价值。深入生活、扎根人民。生活是文艺创作的源头活水，人民是文艺工作者的衣食父母。大力倡导文艺工作者深入生活、扎根人民，虚心向人民学习、向实践学习，不断进行生活的积累和艺术的提炼。面向基层、服务群众。坚持重心下移，把各种文艺惠民措施纳入公共文化服务体系建设规划，推行菜单式服务，以实效为标准，提升质量和水平。激发人民创造活力、繁荣群众文艺。充分尊重人民群众的主体地位和首创精神，使蕴藏于群众中的创造活力充分迸发。建立经得起人民检验的评价标准。评价文艺作品，要以最广大人民的根本利益为出发点和落脚点，坚持把社会效益放在首位，努力实现社会效益和经济效益、社会价值和市场价值相统一，绝不让文艺成为市场的奴隶。

三是让中国精神成为社会主义文艺的灵魂。

聚焦中国梦的时代主题。不断丰富拓展中国梦的表现内容，既讲好国家民族宏大故事，又讲好百姓身边日常故事，用生动的艺术形象和叙事体现中国梦的丰富内涵，见人、见事、见精神。培育和弘扬社会主义核心价值观。社会主义核心价值观是中国精神的集中体现和时代表达。坚持以社会主义核心价值观引领文艺创作生产，实现核心价值观的全方位贯穿、深层次融入，通过精彩的故事、鲜活的语言、丰满的形象，使核心价值观生动活泼、活灵活现地体现在文艺作品中，潜移默化、滋养人心，让人们在文化熏陶中感悟认同社会主流价值。唱响爱国主义主旋律。爱国主义是中国精神最深层、最根本的内容，也是文艺创作的永恒追求。组织和支持爱国主义题材文艺创作，大力讴歌民族英雄，倾诉家国情怀，弘扬集体主义精神，不断增强做中国人的骨气和底气。反对以洋为尊、唯洋是从，引导人民树立和坚持正确的历史观、民族观、国家观、文化观，不断增强中国特色社会主义道路自信、理论自信、制度自信。传承和弘扬中华优秀传统文化。中华优秀传统文化是中华民族的精神命脉，是我们屹立于世界文化之林的坚实根基。实施中华文化传承工程，通过国民教育、民间传承、礼仪规范、政策引导和舆论宣传、文艺创作等各个方面，传承中华文化基因。

四是创作无愧于时代的优秀作品。

把创作优秀作品作为中心环节。牢固树立精品意识，推出更多思想精深、艺术精湛、制作精良，体现时代文化成就、代表国家文化形象的文艺精品。推出一批有筋骨、有道德、有温度、艺术震撼力强的大作、力作，努力形成文艺创作生产的"高峰"。把创新精神贯穿创作生产全过程。坚持思想性、艺术性相统一，坚持内容为王、创意制胜，提高文艺原创能力，在探索中突破超越，在融合中出新出彩，着力增强文艺作品的吸引力、感染力。推动文艺与新技术、新业态、新模式、新媒体有机融合，以数字化技术为先导，积极推动文艺创作生产方式的变革和进步，丰富创作手段，拓展艺术空间，不断增强艺术表现力、核心竞争力。高度重视和切实加强文艺理论和评论工作。实施马克思主义文艺理论与评论建设工程，深入研究中国特色社会主义文艺理论，编好用好马克思主义文艺理论教材，把马克思主义中国化最新成果贯穿到课堂教学和文艺评论实践各环节。坚持运用历史的、人民的、艺术的、美学的观点评判和鉴赏作品，褒优贬劣、激浊扬清。大力发展网络文艺。推动网络文学、网络音乐、网络剧、微电影、网络演出、网络动漫等新兴文艺类型繁荣有序发展，促进传统文艺与网络文艺创新性融合，鼓励作家艺术家积极运用网络创作传播优秀作品。

五是建设德艺双馨的文艺队伍。

文艺工作者是灵魂的工程师，必须把思想道德建设放在首位。深化马克思主义文艺观学习教育，引导文艺工作者成为党的文艺方针政策的拥护者、践行者，成为时代风气的先行者、先倡者。深化社会主义核心价值观学习教育，引导文艺工作者打牢世界观、人生观、价值观的根底，明确是非、善恶、美丑的界限，摒弃低俗、庸俗、媚俗现象，弘扬公德良序，树立新风正气。做好新的文艺组织和文艺群体工作。新的文艺组织和文艺群体已经成为文化艺术领域的有生力量。要扩大工作覆盖面，延伸联系手臂，完善工作机制，创新组织方式，做好团结、引导、服务工作，发挥好新的文艺组织和文艺群体在繁荣发展社会主义文艺中的积极作用。

六是加强和改进党对文艺工作的领导。

党的领导是文艺繁荣发展的根本保证。各级党委要从建设社会主义文化强国、提升党的执政能力的战略高度，增强文化自觉和文化自信，准确把握党性和人民性、政治立场和创作自由的关系，把文艺工作纳入重要议事日程，加强宏观指导，把握好文艺方向，提高创作生产的组织化程度，防止把文艺创作生产完全交由市场调节的倾向。营造繁荣发展文艺的良好环境。尊重文艺人才，尊重文艺创造，落实国家荣誉制度，对成就卓著的文艺工作者授予国家荣誉称号。不断深化改革、完善体制机制。贯彻落实全面深化改革的要求，扎实推进文化事业单位改革，建立健全有利于出作品、出人才的体制机制。加强知识产权保护，维护文艺工作者和文艺机构合法权益。加强和改进文艺评奖管理，严格评奖标准，既看作品也重人品，切实提高评奖公信力和影响力。充分发挥文联、作协等人民团体作用。

通过对这一时期文艺政策的梳理和要义的概括，可以明显感觉到相关政策出台的密集，政策的变动不居和改革的持续深入对文艺发展的深刻影响，文艺的重要地位和作用越来越受到重视，在党和国家工作全局中的地位越来越重要。如何实现新时代的文艺繁荣不断迈向艺术高峰，直接关乎社会主义文化强国建设，直接关乎中华民族的伟大复兴。在政策引领下文艺精品迭出，文艺工作取得很大成就，文艺越来越自觉地发挥着"举精神之旗、立精神支柱、建精神家园"的使命担当，在"以明德引领社会风尚"的"培根铸魂"中为社会主义现代化强国提供了伟大的精神力量。

二 文艺政策的特点与价值导向

这一时期的文艺政策是在国家总体布局和全面深化文化体制改革中发挥作用的，就文艺政策来讲，文化体制改革仍是这一时期最大的时代语境，文艺政策的调整、深入和完善是这一语境下的产物。政策的密集出台表征着中央政府要通过可持续性的制度建设调动各领域和基层改革的动力，在深化改革中重建共识，为文化体制改革提供稳定的、规范化的政策支持体系，通过以制度设计为重点，理顺文化行政部门与所属企事业单位之间的关系，消除部门间的管理壁垒，厘清利益分割问题，以"大文化"观念和思维推进改革，进一步激活文化文艺创造活力。在时代语境下文化政策秉承协同、融合、跨界、转型、包容的发展理念，如何加快提高文化产品和服务的有效供给能力（培育市场微观主体、激发文化活力、创作生产文化精品提高文化品质），成为解放和发展文化生产力的主攻方向。

就文艺政策自身的演化来看，这一时期文艺政策是在传承中有所守护和创新。既体现了党的文艺政策的一脉相承，如强调"坚持为人民服务、为社会主义服务，坚持百花齐放、百家争鸣"，又坚持了创新的原则，强调在文化文艺发展中"坚持创造性转化、创新性发展"，在文艺繁荣兴盛中坚定文化自信。同时，文艺政策的调整不再注重某个领域的突破，而是越发强调着重于文艺质量总体提升的融通与完善，如对文艺评奖机制的改革，从而使文艺真正担负起唱响新时代的使命。

1. 在全面深化文化体制改革中回应时代的关切

问题是时代的声音，文艺政策的融通和完善是在倾听时代声音中回应时代关切的。诸多文艺政策的发布（特别是习近平关于文艺问题的重要论述），科学地分析了文艺领域面临的新形势、新情况、新问题，创造性地回答了事关文艺繁荣发展的一系列带有根本性、方向性的重大问题，体现了我们党对文艺工作的新思想、新判断、新要求，对新时代开创文艺工作新局面作出了全面部署。

对文艺政策来说，改革是最大的文化政策。深化改革不仅包括外在性的制度层面的变化，还包括内在观念层面的革新，如果不改变"去意识形态化"（缺失底线伦理）和"泛意识形态化"（过度政治化）的倾向，创新文化意识形态功能的社会价值评价标准和体系，深化文化体制改革将非常艰难！改革的目的在于解放和发展文化生产力，提高全民族的文化创造活力，以实现中国文化的复兴，促进国家软实力的崛起。文化体制改革，并不仅仅是狭义的文化管理体制的改革和运行机制的创新，从更深层次来说，它的更高层级的目标是重构与当代中国发展相吻合的价值体系和文化秩序。充分发挥社会主义核心价值观的引导和教化功能，在深化文化体制改革过程中，充分重视文化的特殊性，及其完善市场条件下的对位性保护机制，尽快建立健全价值评价体系，完成从效率导向到价值导向的转变。

从总体上看，当前困扰文化体制改革的不是增量领域的发展问题，依旧是存量领域基于产权改革基础上的市场作用的发挥；不是文化领域某一行业的单兵突进，而是整体性的协同共进；不是文化发展中二分基础上的边缘性改革，而是内在关联基础上的结构性改革，遵循改革、发展、管理相统一的逻辑。面向市场，从边缘性改革转入结构性改革，非单兵作战而是协同创新，不在于"分"而在于"合"，以增量突破带动存量深化改革，通过鼓励地方政府和基层单位的首创精神，自下而上调动第二行动集团的积极性。从整体上看，整个文化体制改革表现为一种"外延式突破"和"机制性创新"的特点，而不是触及根本的产权制度安排、政府宏观管理体系建构的核心制度创新。"外延式改革"是在制度体系的边缘领域和新增领域率先进行突破，有"边缘性制度创新"的特点，实质是增量改革模式在文化领域的具体显现。文化体制改革渐次进入"深水区"。所谓"深水区"是指改革突破表层结构后所达到的深层结构改革的内涵与改革过程的探索性、不确定性和高难度性的通俗表达。如果改革不能深化下去，热热闹闹的改革将以"新瓶装旧酒"的滑稽剧收场，很可能就真的错过了深化文化体制改革的"窗口期"。

如何理解文化体制改革的成效？习近平在 2013 年 8 月 19 日全国宣传思想工作会议上的讲话中指出，"关于文化体制改革，我只强调一点，就是要在继续大胆推进改革，推动文化事业全面繁荣和文化产业快速发展，建设社会主义文化强国的同时，把握好意识形态属性和产业属性、社会效益和经济效益的关系，始终坚持社会主义先进文化前进方向，始终把社会效益放在首位。无论改什么、怎么改，导向不能改、阵地不能丢"。

进入新时代，文化体制改革是带着问题、啃硬骨头去的，文艺政策的发布同样体现了鲜明的问题导向。尽管文艺领域的主流是好的，总体趋势是积极向上的，但也存在着有数量缺质量、有"高原"缺"高峰"的现象，存在着抄袭模仿、千篇一律的问题，存在着机械化生产、快餐式消费的问题。"以洋为尊""以洋为美""唯洋是从"以及"去思想化""去价值化""去历史化""去中国化""去主流化"等问题。这些问题的存在不仅影响着文艺创作如何满足人民对美好生活需求的获得感，还深刻影响了人民大众坚定文化自信，文化自信最根本的就是价值观自信。文艺政策的引导就是真正壮大社会主义文艺，在对问题的解决中强大中国精神。这些问题的存在是总体性的，某种程度上是社会问题的折射，如普遍性的"浮躁"。找准问题、把好脉，才能开出好药方。文艺政策要想管用、发挥积极作用，就要有针对性和现实性，在系统性改革中去除积弊，在敢于回应时代问题中发挥正确导向。如关于文艺与市场关系问题，政策一再强调"一部好的作品，应该是经得起人民评价、专家评价、市场检验的作品，应该是把社会效益放在首位，同时也应该是社会效益和经济效益相统一的作品"。"文艺不能当市场的奴隶，不要沾满了铜臭气。优秀的文艺作品，最好是既能在思想上、艺术上取得成功，又能在市场上受到欢迎。"积极发挥文艺评论的批评功能。总体上说，这一时期的文艺政策在回应时代挑战中体现了鲜明的问题导向。

2. 聚焦文艺的高品质发展，实施精品战略

新时代是一个"强起来"的时代，所谓"强"是一种精神的伟大和文化的创新创造，它显现为一个国家的文艺精品和文化经典。这一时期文艺政策的一个鲜明价值指向就是引导文艺创作和文化生产要不断涌现文艺精品，"优秀作品反映这一个国家、一个民族的文化创造能力和水平"。"必须把创作生产优秀作品作为文艺工作的中心环节，努力创作生产更多传播当代中国价值观念、体现中华文化精神、反映中国人审美追求，思想性、艺术性、观赏性有机统一的优秀作品。"这一导向契合的是全球化思潮中文艺精品的博弈，是在品牌主导下的文化市场竞争。中华民族的伟大复兴和中国文明崛起促使中华文化在"走出去"中不断提升话语权，要求文艺为世界贡献特殊的声响和色彩，只有以文艺精品和文化的高质量发展才能参与世界竞争。精品之"精"，就在于其思想精深、艺术精湛、制作精良。事实上，没有文化精品就没有正确的价值导向，精品是一个国家、一个时代精神文化水平的集中反映，对精神产品生产具有重要的影响和示范作用。同时，要注重对文化产品品位的提高和大众鉴赏能力的引导，使文化发展规律、市场经济发展规律和两个效益统一于文化产品的质量，实现于文化的市场价值。精品是意识形态性、文化性（艺术性）和市场性的有机统一。以此为导向才能引领中国文艺以其精品迈向复数

的"世界文艺",使中华文化成为全球化思潮相互激荡中的主导文化形态之一。

因此,这一时期的文艺政策聚焦于文艺的高质量发展,更好地满足人民对美好生活的精神需求,以文艺精品战略支撑社会主义现代化文化强国建设。党的十九大报告中指出,文化兴国运兴,文化强民族强。没有高度的文化自信,没有文化的繁荣兴盛,就没有中华民族的伟大复兴。

3. 强化人民性价值导向和阵地意识

这一时期的文艺政策一直坚持一以贯之的"人民至上"的理念,高扬人民性旗帜。鲜明地提出"社会主义文艺就是人民的文艺",鲜明地回答了新时代文艺的本质问题。那就是人民需要文艺,文艺需要人民,文艺要热爱人民,文艺工作者要高扬社会主义核心价值观的旗帜,唱响爱国主义主旋律。强调人民既是历史的创造者,也是历史的见证者,既是历史的"剧中人",也是历史的"剧作者"。只有牢固树立马克思主义文艺观,真正做到了以人民为中心,文艺才能发挥最大正能量。所谓以人民为中心,就是要把满足人民精神文化需求作为文艺和文艺工作的出发点和落脚点,把人民作为文艺表现的主体,把人民作为文艺审美的鉴赏家和评判者,把为人民服务作为文艺工作者的天职。

一再强调文艺创作不仅要有当代生活的底蕴,而且要有文化传统的血脉。中华优秀传统文化是中华民族的精神命脉,是涵养社会主义核心价值观的重要源泉,也是我们在世界文化激荡中站稳脚跟的坚实根基。同时,这一时期的文艺政策还积极关注网络文学等文艺新业态以及文艺新群体。强调要适应形势发展,抓好网络文艺创作生产,加强正面引导力度,如,发展势头强劲的"网络文学"的异军突起,使其在中国文化"走出去"中进入欧美主流消费人群,成为产生世界影响的现象级文化现象,要在引导中使其成为传播中国主流价值观的重要载体。另外,对于新的文艺组织和新的文艺群体,要延伸联系手臂,用全新的眼光看待他们,用全新的政策和方法团结、吸引他们,引导他们成为繁荣社会主义文艺的有生力量。强调"以明德引领社会风尚",通过文艺家、文化工作者、理论工作者为中华民族"培根铸魂",在文艺的繁荣发展中有效化解意识形态重大风险。

此外,基于国际形势风云变幻、波谲云诡,这一时期的文艺政策还着重强调加强文艺阵地建设。充分发挥报纸、期刊、电台、电视台、网络媒体、图书音像电子出版物的积极作用，建好用好剧场、电影院、文化馆（站）、群艺馆、美术馆、工人文化宫、文化广场、基层综合性文化服务中心等各类文艺阵地。切实增强政治意识、责任意识、阵地意识，按照谁主管谁负责和属地管理原则，加强对各类文艺阵地的管理，做到守土有责、守土负责、守土尽责，绝不给错误文艺思潮和不良文艺作品提供传播渠道。同时，积极推动优秀文艺作品"走出去"。运用文艺形式讲好中国故事、展示中国魅力，树立当代中国良好形象、提升国家文化软实力。深入挖掘博大精深的传统文化、多姿多彩的民族文化、昂扬向上的红色文化、充满生机的当代文化，创作生产符合对外传播规律、易于让国外受众接受的优秀作品，不断增强中国文艺的吸引力、感召力。

三 经验与启示

这一时期的文艺政策主要显现于习近平关于文艺工作的重要论述，包括典型的文艺政策文本《中共中央关于繁荣发展社会主义文艺的意见》，也是依据习近平《在文艺工作座谈会上的讲话》形成的政策文本。习近平关于文艺问题的重要论述，体现了一以贯之的问题导向和高瞻远瞩的战略意识，彰显的不仅是一个政治家的文艺情怀，更是对国家崛起和民族伟大复兴的深谋远虑。娓娓道来的是一种良苦用心和深刻用意，无论是文学家、艺术家还是理论工作者，都要以自己的精品力作为国家和民族"培根铸魂"，使中华民族奋发有为昂扬起来，成为一个文化自信文化自强不断为人类文明作出新贡献的民族，使中华文化成为全球化舞台上高位态的主导文化形态之一。讲话传达的鲜明理念就是建设社会主义现代化强国既需要强大的物质力量，更需要伟大的精神力量，只有伟大才能让一个民族赢得尊严和自豪，精神的伟大是一个国家和民族可持续发展的不竭动力。如何在推动文艺繁荣发展中建构伟大的中国精神？中华人民共和国70年的文艺政策发展演变史，可以给我们提供诸多经验和启示，我们择其要者略述如下。

积极贯彻落实"二为"方向、"双百"方针、"双创"原则是繁荣文艺的政策保障，尊重文艺发展规律，遵循文化产业发展规律，使文艺的发展与国家命运相关联,使文艺与时代发展同频共振。

党的十九大报告提出,"要坚持为人民服务、为社会主义服务,坚持百花齐放、百家争鸣,坚持创造性转化、创新性发展,不断铸就中华文化新辉煌"。70年的共和国的文艺发展史,无可辩驳地证明了只有贯彻好"二为"方向、"双百"方针,才能为文艺繁荣发展创造宽松自主的环境,我们的文艺才会有春天,才能迎来文艺的大发展。进入新时代文艺勇攀高峰,不仅要发展更要创新,因而坚持"双创"原则就显得尤为重要。

历史地看,"百花齐放、百家争鸣"由毛泽东在1956年5月2日召开的最高国务会议第七次会议上正式提出。"百花齐放、百家争鸣的方针,是促进艺术发展和科学进步的方针,是促进我国的社会主义文化繁荣的方针。"① "双百方针"适应了迅速发展文化的迫切要求,体现了文艺自身发展的内在规律,一个时期内,我国文学艺术界鼓励艺术不同形式和风格的自由发展,尊重和支持艺术家探索创新,有力地促进了文艺的繁荣发展。进入改革开放的新时期,邓小平同志指出,"坚持百花齐放、推陈出新、洋为中用、古为今用的方针,在艺术创作上提倡不同形式和风格的自由发展,在艺术理论上提倡不同观点和学派的自由讨论"。② 及至进入新时代,习近平指出,"坚持百花齐放、百家争鸣的方针,发扬学术民主、艺术民主,营造积极健康、宽松和谐的氛围,提倡不同观点和学派充分讨论,提倡体裁、题材、形式、手段充分发展,推动观念、内容、风格、流派切磋互鉴"。③ 从中可见,贯彻"双百"方针是共和国文艺政策的主导思想,是保障新中国文艺繁荣发展的根本保障。

文艺如何发展,发展出什么样的文艺?在这方面我们有过不少教训,从把文艺视为从属于政治的工具,到逐渐理顺文艺与政治的关系,最终在改革开放的新时期,我们党明确提出"文艺为人民服务,为社会主义服

---

① 毛泽东:《关于正确处理人民内部矛盾的问题》,载《毛泽东文集》第7卷,人民出版社1994年版,第210页。
② 邓小平:《在中国文学艺术工作者第四次代表大会上的祝词》,载《邓小平文选》第2卷,人民出版社1994年版,第210页。
③ 习近平:《在文艺工作座谈会上的讲话》,人民出版社2015年版,第11页。

务"的方向,进而以政策的形式保障了文艺走上正确的轨道。所谓"二为"方向:一是文艺发展要坚持人民性立场,对提高人民群众的文化素质和社会文明程度,实现人的全面自由发展与追求美好生活发挥积极的促进作用;二是文艺在实践中要有利于社会主义现代化建设和民族伟大复兴,为社会主义文化强国建设提供精神支撑和智力支持。为人民服务是我们党的根本宗旨,坚持社会主义方向体现了人民的根本利益,两者在本质上是一致的。坚持文艺的"二为"方向,不能狭隘地理解为文艺为临时的政治或经济工作服务,更不能干预作家和艺术家"写什么""怎么写"。文艺的审美教化功能必须通过提高艺术作品和艺术实践活动的艺术魅力和感染力,以及塑造成功的艺术形象来体现,通过更多有筋骨、有道德、有温度的文艺作品,彰显信仰之美、崇高之美,从而达到教育、启迪、鼓舞、引领人民的目的。

坚持"双百方针"要着重处理好艺术性与市场性的关系,激励文艺作品既能在思想上、艺术上取得成功,又能在市场上受到欢迎。从意识形态性来讲,文化产品要体现"二为"方向和融入社会主义核心价值观,因为大众的文化消费越来越离不开市场,因而面向市场是贯彻"二为"方向的重要路径;从文化性(艺术性)来看,文化精品必须有鲜明的文艺个性和审美风格。需要处理好创作个性与社会化大生产之间的矛盾,有鲜明个性的作品因独特的艺术和市场魅力,其经济价值和审美价值会越大;从经济视角看,产品要讲究投入产出比和成本核算、市场效果评估,为了生存发展一定要能够盈利,只有盈利的产品才能最大限度地"占有"大众,才能在实现经济效益中产生良好的社会效益。因而,习近平倡导,"广大文艺工作者要高扬社会主义核心价值观的旗帜,充分认识肩上的责任,把社会主义核心价值观生动活泼、活灵活现地体现在文艺创作之中,用栩栩如生的作品形象告诉人们什么是应该肯定和赞扬的,什么是必须反对和否定的,做到春风化雨、润物无声"。[①] 习近平一再指出:"任何一个时代的文艺,只有同国家和民族紧密维系、休戚与共,才能发出振聋发聩的声音。反映时代是文艺工作者的使命。广大文艺工作者要把握时代脉

---

① 习近平:《在文艺工作座谈会上的讲话》,人民出版社2015年版,第23页。

搏，承担时代使命，聆听时代声音，勇于回答时代课题。"① 一方面，要求艺术家要有深刻认识现实生活的能力，能够把握时代前进的要求和历史发展的趋势，从而对时代精神有真正的理解感悟；另一方面，要求艺术家要有深厚的艺术功力，能够按照艺术规律创造生动感人的艺术形象。这样的文艺才能有蓬勃的生命力，才能产生巨大的感召力和影响力。

就"双创"原则而言，所谓"创造性转化和创新性发展"，不仅是指在传统文化传承中"以古人之规矩，开自己之生面"的方法论运用，更是当代文化发展要遵循的一个原则。"创造性转化"重在"古为今用"的重新语境化，使之与时代语境相契合，展现时代风采；"创新性发展"重在创新，旨在把传统文化和美学精神融入新的艺术创造活动中，创造出一种新质的文化形态、文化形象和意境，一种新的文化追求和审美意味，成为当代现实文化的重要组成部分。

实践证明，"双百方针"是繁荣发展社会主义文艺事业的重要指南。什么时期贯彻得好，文艺事业就兴旺发达；什么时期背离这一方针，文艺事业就会受到损害。

---

① 习近平：《在中国文联十大、中国作协九大开幕式上的讲话》，人民出版社2015年版，第7页。

第二十一章

中国当代美学的发展与文学理论研究

高建平

当我们使用"中国美学"这个概念时，常常赋予这个概念以三种不同的涵义。它的第一种含义，是指中国古典美学，即从孔夫子到明清文论画论之中所包含的美学思想。这些美学思想，由于从总体上讲没有受到西方美学的影响，因而可被称为"中国的"。其实，不仅中国是如此，其他一些非西方的，有着自己悠久文明传统的国家或民族，也常常这样来称呼自己的传统美学思想。例如，当我们说印度美学、伊朗美学、埃及美学时，我们都将它们理解成为这些地方的传统美学。

它的第二种含义，是指现代中国美学家的美学，即从梁启超、王国维、蔡元培这些在西方思想影响下开始在中国建立现代学术的学者所建立的美学。美学作为一个现代学科，或者像今天的一些英文著作中所写的那样，大写字母 A 开头的"美学"（Aesthetics），是 18 世纪在欧洲形成的。18 世纪初，意大利人维柯、英国人夏夫茨伯里和哈奇生，都对这个学科的形成作出过重要而不可替代的贡献。到了 18 世纪中叶，法国人夏尔·巴图和德国人鲍姆加登，分别提出了"美的艺术"和"美学"的概念，这是现代美学的两块最重要的基石。但是，完整而成体系地对这门学科的基本内容作出全面的阐述，并对这门学科在后来的发展产生重大影响的，还是康德和他的《判断力批判》一书。[①] 这门学科传到中国已经到了 19

---

① 有关这方面的叙述和论证，请参见高建平《"美学"的起源》，载《外国美学》（19），江苏教育出版社 2009 年版。

世纪末 20 世纪初了。当时，中国美学界的先贤们开始用中文书写美学著作，将西方的美学理论运用于中国，并努力用中国的材料来论证这些西方理论。这时，美学这门学科在中国建立起来了。从这个意义上讲，这时开始有了"中国美学"，即中国人对严格意义上的"美学"的研究和介绍。

"中国美学"的第三种含义，是近些年来在学术界出现的一种学术主张。这种"中国美学"的概念区别于"美学在中国"，意思是说，中国学术界不再满足于只是对西方美学的译介和使用，而致力于在当代中国人的审美实践的基础上建构美学。这种美学，不是指回到古代，即不受西方美学"污染"的，具有纯粹中国性的美学；而是指不排斥古代的和外来的影响，但却立足于现代中国人的生活实践和审美实践基础之上的，具有独创性的现代中国美学。[1]

"中国美学"的这三重含义，既相互区别，又有着相互的联系，更为重要的是，这三者体现了一种动态的发展过程。从古代的"中国美学"，到现代的"中国美学"，再到当代学术界建构"中国美学"努力，这一过程本身就体现了美学这个学科在中国的遭遇。

第一节　从世纪初的草创到 20 世纪前 50 年中国美学的两条主线

康德将他的美学著作命名为《判断力批判》，而不是"美学"。他谨慎地不直接提 ästhetik，而开始使用这个词的形容词形式 ästhetisch，用来指"审美"。例如，在《判断力批判》序言中，他就写道："为了一条原则（不管它是主观的还是客观的）而感到的这种困窘主要发生在我们称之为审美的（ästhetisch）、与自然界和艺术的美及崇高相关的评判中。"[2]

---

[1] 这方面的叙述，可参见高建平《全球化背景下的中国美学》，此文原载《民族艺术研究》2004 年第 1 期，后被收到高建平《全球化与中国艺术》（山东教育出版社 2009 年版）一书。

[2] ［德］康德：《判断力批判》，邓晓芒译，人民出版社 2002 年版，第 3 页，着重号和括号中的德文原文系引者所加。

这个词在《判断力批判》中翻译成"审美的"是合适的，但在《纯粹理性批判》一书的第一版序言中，同样的词只表示"感性的"，例如，"谈到明晰性，那读者有权首先要求有凭借概念的那种推理的（逻辑的）明晰性，但然后也可以要求有凭借直观的、直觉的（感性的［ästhetisch］）明晰性，即凭借实例或其他具体说明的明晰性"。① 同一个词，在两部著作中有不同的含义，从而形成了两个不同的中文翻译。

谢林在他的《艺术哲学》一书中，强调"艺术哲学"不同于"美学"。他说，"这种对艺术的构拟，绝不可与迄今以'美学'（ästhetik）之称见之于世者，称为美感艺术及科学的理论者或其他种种相比拟"。② 他的这段话反映了一种情况，在当时，"美学"（ästhetik）这个词已经相当流行，但谢林不愿意使用这个词，而试图用"艺术哲学"这个词来表示对艺术从"历史"和"思辨"角度所作的"构拟"（construo），即通过对整体的本质直观而形成的"构建"。

到了黑格尔，他写道，"'伊斯特惕克'（ästhetik）这个名称实在是不完全恰当的，因为'伊斯特惕克'的比较精确的意义是研究感觉和情感的科学。……由于'伊斯特惕克'这个名称不恰当，说得更精确一点，很肤浅，有些人想找出另外的名称，例如'卡力斯惕克'（Kallistik）。但是这个名称也还不妥，因为所指的科学所讨论的并非一般的美，而只是艺术的美。因此，我们姑且仍用'伊斯特惕克'这个名称，因为名称本身对我们并无关宏旨，而且这个名称既已为一般语言所采用，就无妨保留"。③ 这段话说了四层意思，一、"伊斯特惕克（ästhetik）"这个名称不恰当，它的字面意思是"研究感觉和情感的科学"；二、"卡力斯惕克"（Kallistik），kallis 来源于 kallos，即希腊文的"美"，于是，"卡力斯惕克"这个词的字面意思恰恰可以对应于"美学"；三、黑格尔认为，这门学科所研究的是"艺术的美"，而不是一般的美，因此用"卡力斯惕克"来命

---

① ［德］康德：《纯粹理性批判》"序言"，邓晓芒译，人民出版社 2004 年版，第 6 页，着重号和括号中的德文原文系引者所加。

② ［德］谢林：《艺术哲学》，魏庆征译，中国社会出版社 1997 年版，第 8 页。

③ ［德］黑格尔：《美学》第一卷，朱光潜译，商务印书馆 1982 年版，第 3 页。

名这个学科还不妥。如此看来，黑格尔已经明确，这门学科尽管名称叫"伊斯特惕克"即"感觉学"，其实指的就是"艺术中的""卡力斯惕克"，即当今中国人喜欢说的"文艺美学"或"艺术美学"①；四、"伊斯特惕克"已经"为一般语言所采用"，于是"无妨保留"。黑格尔的这一番解说，清楚说明了这门学科在名称上的一些复杂情况。这对该学科在东方的翻译，必然带来影响。

黑格尔以后，"伊斯特惕克"（感觉学）作为一个现代学科的名称，在欧洲逐渐固定下来，成为大学的常设科目。但对于这个学科的理解，仍存在着分歧：依照康德的理解，它更接于"感觉学"，是对事物的审美判断；依照黑格尔的理解，是一种"文艺美学"。

在那个交通和通信不发达，文化隔膜仍很深的时代，一个学科要旅行到东方来，还是需要一定的时间的。1873 年，德国来华传教士花之安（Ernst Faber）著《大德国学校论略》，介绍西方美学的内容，并在 1875 年出版的《教化议》一书中有这样的句子：丹青音乐"二者皆美学，故相属"。除此之外，另外还有人将 ästhetik 这个词译成"艳丽之学""佳美之理"，等等。② 与此大致同一时间，这个学科也传到了日本。明治五年（1872 年）时，一位名为西周的日本启蒙思想家写了御前演说稿《美妙学说》。此后，中江兆民翻译法国情感主义美学家欧仁·维隆（Eugene Véron）的《美学》（*L'Esthétique*，1878）一书，使用了"美学"这两个汉字，这是"卡力斯惕克"（Kallistik）一词的直译。日本美学家岩城见一认为，"中江兆民定名的'美学'一词，是在后来随着对当时欧洲的'aesthetics'的现状的正确理解，逐渐被接受的，因为东京大学直到 1899 年（明治三十二年）才正式以学科名登记'美学'"。③ 岩城见一坚持认为，"美学"这个词的翻译，是反映了当时日本人对这个当时欧洲学科状

---

① 由此可见，黑格尔就已经将 ästhetik 理解成"艺术美学"，同时，中国、日本和韩国人将 ästhetik 译成"美学"，也可以溯源到黑格尔时代对这门学科的理解。

② 参见黄兴涛《"美学"一词及西方美学在中国的最早传播——近代中国新名词源流漫考》，《文史知识》2000 年第 1 期。

③ ［日］岩城见一：《感性论——为了开放经验的理论》（昭和堂，2001），王琢选译，《东方丛刊》2002 年第 1 期。

况的理解，而绝不像今天的一些欧洲的研究者所理解的那样，是反映日本的固有文化。如果我们联系前面所引述的黑格尔对这个学科名称的解说，就可以看出，岩城见一的这种观点是有道理的。将"aesthetics"译成"美学"，并非是用日本的，或者东方的观点来理解这一学科，而是与当时欧洲人对这个学科的理解有关。

在19世纪后期中日文化广泛交流的背景之下，"美学"在中国也发展了起来。1897年康有为编辑出版《日本书目志》中，出现过"美学"一词。1901年，京师大学堂编辑出版《日本东京大学规制考略》一书，在介绍日本文科课程时，更是多次使用"美学"概念。1902年，王国维在翻译日本牧濑五一郎著的《教育学教科书》和桑木严翼著的《哲学概论》两书中，使用了"美学""美感""审美""美育""优美"和"壮美"等现代美学基本词语。1904年1月，张之洞等组织制定了《奏定大学堂章程》，规定"美学"为工科"建筑学"的24门主课之一，这是"美学"正式进入中国大学课堂之始（教会学校不计）。①

20世纪前期的中国美学，主要是由两条线索组成的。第一条线索，可以简单地概括为从王国维到朱光潜线索。这是一条主张审美无功利的线索。

在20世纪初，王国维对美学在中国的传播作出了重要的贡献。他写过希腊哲学家苏格拉底、柏拉图、亚里士多德，德国哲学家康德、席勒、叔本华和尼采等人，以及英、俄、法、荷等国众多的文学和哲学家的专论。② 这在20世纪初年的中国，是极其难能可贵的。他的美学思想，主要继承了康德和叔本华的美学学说，强调艺术和审美的无功利性，认为"生活之欲，人与禽兽无以或异"，而"夫人之所以异于禽兽者，岂不以

---

① 参见黄兴涛《"美学"一词及西方美学在中国的最早传播——近代中国新名词源流漫考》，《文史知识》2000年第1期。

② 参见《王国维文集》第三卷，中国文史出版社1997年版。该书收集了王国维谈苏格拉底的文章1篇，谈柏拉图的文章1篇，谈亚里士多德的文章1篇，谈康德的文章6篇，谈叔本华的文章6篇，谈尼采的文章2篇，谈其他德国作家的文章5篇，另有谈英、法、德、荷作家的文章13篇。

其有纯粹之知识与微妙之感情哉?"①

朱光潜的《文艺心理学》的出版,对美学的发展具有重要的意义。在这本书的序言中,朱自清写道:"据我所知,我们现在的几部关于艺术或美学的书,大抵以日文书为底本;往往薄得可怜,用语行文又太将就原作,像是西洋人说中国话,总不能够让我们十二分听进去。"而朱光潜的这本书,"全书文字像行云流水,自在极了。他像谈话似的,一层层领着你走进高深和复杂里去"。文字运用的自如,与他对西方美学的理解透彻是连在一起的。在文字流畅的基础上,朱光潜运用大量的中西艺术例证,介绍了西方当时流行的重要美学流派。当然,朱光潜并非只是对这些流派作介绍和列举,而是以"形象的直觉"为核心,将不同流派的观点综合起来。②

朱光潜所代表的美学,是当时欧洲美学的主流,即从康德开始的,以审美无功利和艺术自律为代表的美学。

20世纪前期中国美学的另一条线索,是从梁启超开始的。梁启超倡导"小说界革命",强调艺术的社会功用,开中国美学另一条线索的先河。鲁迅早年的《摩罗诗力说》,有强烈的浪漫主义美学的色彩。后来,随着他对现实政治和文学论争的参与,俄国影响在他的美学中起着越来越重要的作用。普列汉诺夫的艺术起源观,对文艺与社会关系的理解,对他产生着深刻的影响。瞿秋白等人对俄国文艺的介绍,周扬对车尔尼雪夫斯基的《生活与美学》的翻译,胡风的文艺思想,蔡仪对"新美学"的建构,它们之间各有特色,也各有其思想来源。相对于以"静观"和"形象的直觉"为代表的康德线索的美学来说,这后一条线索的美学,由于20世纪前期中国总是处在革命和救亡的状态,在中国实际上具有更大的影响。

---

① 王国维:《论哲学家与美术家之天职》(1905),原载《静庵文集》,收入《王国维文集》第三卷,中国文史出版社1997年版,第6页。

② 朱光潜:《文艺心理学》,收入《朱光潜全集》第1卷,安徽教育出版社1987年版。朱自清的序,见该书第522—526页。

第二节　从50年代到60年代前期的美学大讨论及其意义

1949年以后，美学的学科语境在中国有了很大的不同。如果说以朱光潜的《文艺心理学》为代表的美学，在1949年以前占据着一定地位的话，那么，在新的时代，它已经成为批判的靶子。

早在解放前夕，朱光潜就被郭沫若封为"蓝色文人"①。1950年1月，《文艺报》上曾展开过对朱光潜美学思想的讨论。1951年，文艺界开始了对电影《武训传》的批判。1954年，文艺界的中心话题，是关于《红楼梦》的讨论。这个由李希凡和蓝翎两个"小人物"开始的对"旧红学派"的批判，得到了毛泽东的支持，最初的矛头指向俞平伯，又由俞平伯带出了对胡适等人的批判。在关于《红楼梦》的讨论中，不断有人提到朱光潜，例如胡风，借着批大人物，大批朱光潜"一成不变地为蒋介石服务"。

然而，正是胡风以及胡风事件，成为此后出现的美学大讨论的重要背景。胡风事件是中华人民共和国成立以后在文艺界影响最大的事件。胡风本来是一个"左翼"的文学理论家，一直属于革命的阵营。无论在抗日战争爆发以前的上海，还是在抗战时的重庆，胡风都起了很重要的作用。胡风与晚年鲁迅的密切关系，也为他赢得了分外的声誉。然而，这位有着丰富革命经历的文坛老战士，刚解放就开始受到批判，并且，对他的批判不断升级，直至被定性为"反革命集团"，还在全国范围内顺藤摸瓜，将几千名与胡风有过直接或间接联系的人定为"胡风分子"，受到各种方式的处理。胡风遭到这样的命运，既是由他的观点，也是由他的姿态决定的。

胡风事件的起因由来已久。李洁非在总结胡风事件时，提到对胡风的批判经历了三个阶段：第一阶段是1943—1944年延安来人到重庆传达毛

---

① 郭沫若：《斥反动文艺》，香港《抗战文艺丛刊》1948年第1期。

泽东《在延安文艺座谈会上的讲话》之时，胡风所表现出的抗拒心态和所引起的何其芳等人对他的批判；第二阶段是1948年前后在香港《大众文艺丛刊》发起的对胡风的批判；第三阶段是1949年第一次"文代会"上茅盾对他观点的不点名批判，及此后从1950年开始的对阿垅的批判。①这种批判和反批判，使胡风感到焦虑，使他终于在1954年，上书"三十万言"，试图搏一搏。然而，他的这一搏，给他带来的，是"天塌地陷"的命运。1955年，对胡风的批判不断升级，前后公布了三批材料，最后定性为"反革命集团"，由公安部门介入，一大批人因此遭受牢狱之灾。

开始于1956年的"美学大讨论"，正是在这种背景下出现的。本来"美学大讨论"的目的，是在美学领域批判以朱光潜为代表的资产阶级美学思想，从而实现与新社会相适应的意识形态建构。这是文艺界种种批判的继续，遵循着从对具体作品批判到进行艺术哲学即美学批判这种从具体到抽象的一般规律。然而，对于这种讨论，朱光潜采取了与胡风完全不同的态度。朱光潜过去的美学，他那种从魏晋人格理想到以"直觉说""距离说"和"移情说"为代表的"无关功利"的美学主张，早已与20世纪50年代中国的政治气氛，与当时流行的文学艺术的"工具论"格格不入。对朱光潜的批判，已成为势所必然。在那种语境下，他根本没有任何力量在理论上搏一搏，更何况，政治资本远胜于他的胡风已经成为前车之鉴。朱光潜在这时展现出了高度的政治智慧，果断地作了一次切割，从而争取了主动。在1956年6月出版的《文艺报》第12期上，朱光潜发表了《我的文艺思想的反动性》一文，对自己过去的思想，主要是以他的《文艺心理学》一书所代表的思想，进行了自我批判。在大家都在批判朱光潜时，他首先自我批判。于是，过去的朱光潜是靶子，而今天的朱光潜就一下子又成了射手。这样一来，他就以一种新的姿态加入美学大讨论的队伍之中。

50年代的美学大讨论，吸引了当时众多的理论家参加，也形成了众多的美学观点。在这里，最具代表性的，就是后来所说的美学上的四大派。

---

① 李洁非：《典型文坛》，湖北人民出版社2008年版，第65页。

正如前面所说，早在40年代，蔡仪就发表了《新美学》一书，提出了一种马克思主义美学体系。到了50年代，蔡仪继续在批判朱光潜的过程中，发展他的美学体系。蔡仪的美学，具体说来，可用两个关键词来概括，即"客观"和"典型"。美是客观的，离开人并且不依赖于人而存在，它只是人的认识对象。但是，并非所有的客观事物都美。一事物的美，就在于它的典型性。同一类的马，有的美，有的不美。马之美，就在于它在同一类的马之中，具有典型性。人也是如此，典型的人就美，文学就要写代表一类人的典型。这种美学之中有着很多的含糊之处。什么是典型？一对象的典型性是如何判定的？这些都是问题。当时的许多有关蔡仪美学的争论，都是围绕着这一类的问题展开的。

与蔡仪不同，李泽厚在1956年发表了著名文章《论美感、美和艺术》[①]，后来又发表了《美学三题议》[②]，阐释了他的美学主张。李泽厚认为，美是"客观性"和"社会性"的统一。他与蔡仪一样，坚持认为，美是客观的。但是，这种客观性，并不在于对象的自然属性，而在于对象的社会属性。美不依赖于人对它的感受，但它依赖于人的存在。没有人的社会存在，就没有美。于是，不同的时代有着不同的美，美随着历史的发展而发展。后来，他根据这一观点，写出了《美的历程》一书，具体说明这种客观性和社会性是怎样统一起来。

朱光潜在这一时期提出了美是主客观统一的看法。他放弃了被称为唯心主义者的克罗齐、叔本华、尼采等人的思想，从而被认为是从唯物主义者的西方哲学家那里寻找资源。在这方面，最突出的是他引用了英国哲学家洛克的观点，提出物的属性有两种，一种是"物甲"，即物本身的属性，另一种是"物乙"，即物作用于人时所显示出来的属性。前者是纯客观的，后者是主客观的统一。美是"物乙"，即"物作于人"时所显示出来的属性。[③]

[①] 李泽厚：《论美感、美和艺术——兼论朱光潜的唯心主义美学思想》，《哲学研究》1956年第5期。

[②] 李泽厚：《美学三题议——与朱光潜同志继续论辩》，《哲学研究》1962年第2期。

[③] 朱光潜：《论美是客观与主观的统一》，《哲学研究》1957年第4期。

美学上的另一派，即主观派，由吕荧和高尔泰所代表。美就是美感，依照人的性格、情绪等变化。对象本身无所谓美和不美，全在于人对它的感受。

在这四派中，主观派不占据主流，从一开始就成为各家批判的靶子。实际上，中华人民共和国成立前朱光潜美学观点，就是主观派。他的所谓"直觉""距离""移情""内模仿"，都是典型的从主观角度来考察审美现象的观点。"直觉"是人的直觉，即人在面对对象时，取一种直觉，而非功利的和科学的态度。"距离"是指人的心理距离，即面对对象时，与对象在实际人生中的功用在心理上拉开距离。"移情"是人将自己的情感情绪投射到对象上去，使对象也仿佛具有情感色彩。"内模仿"是人在面对运动着的对象内心在动觉上进行模仿。他所选择的这些西方学者的观点，都具有一个共同的特征，即认为审美现象之所以可能，是由于审美者在面对对象时具有某种主观方面的精神状态。正是由于这种状态，使审美成为可能，从而也使对象被当成是美的对象。在朱光潜审时度势，放弃了他的这些观点之时，主观派的代表人物却接过了这种观点，在当时显然是不合时宜的。

其他的三派，处于相互竞争的状态。总体说来，朱光潜的主客观统一论之所以能形成一定的影响，主要是由于朱光潜的个人效应。朱光潜在中华人民共和国成立前就是重要美学家，曾对现代中国美学的形成作出过重要贡献。他还介绍了大量的国外美学，与当时的其他美学家相比，他在运用欧洲美学的成果。但是，他的这种美学观，在理论的一致性和完整性方面还有所欠缺。由于时代的要求，他试图建立一种马克思主义的美学。他之所以看中洛克以及狄德罗等人，也是由于他们被认定为唯物主义者。然而，无论是洛克还是狄德罗的哲学，与马克思主义都相距甚远。因此，这种理论本来就有着体系上的种种困难。不仅如此，朱光潜在实际上并没有完全放弃他以前的美学立场。例如，他对爱德华·布洛的"距离说"，仍然情有独钟，试图在一定程度上坚持，或使之通过变形而获得新的存在理由。他对审美中"想象"的作用，仍有着情感上的亲和，试图将它放入新理论的框架之中。因此，从某种意义上讲，中华人民共和国成立后的朱光潜的新观点，不过是在他旧观点的基础上，努力加入一些当时被人们普遍认定的唯物主义的因素而已。

在当时，从美学原理上讲，最有影响的还是蔡仪和李泽厚。蔡仪美学坚持认为，美在客观事物本身，在于客观事物的典型性，而人的因素只是体现在对这种本来就有的美的认识之上。美的形成与人的活动和人的历史无关，就像自然物的形成，与人的活动无关一样。从认识论的角度看，人所能做的，只能是认识它们。从美学的角度看，人所能做的，也只能是欣赏它们。这种观点从理论上讲，当然不是无可挑剔的。人与自然的关系，并不是从认识与被认识的关系，而是从与自然共存的关系开始的。首先是共存中的互动，其后才是逐渐对这种共存的关系的认识，并在共存的关系之中进一步进行主客体的分解，从而区分出哪些属于主体，哪些属于客体。人与自然在相互适应、相互作用的漫长过程中，形成了人与自然的依存关系，也形成了人与自然的审美关系。从这个意义上讲，自然本身就是美的。蔡仪看不到这一点，只是借助典型概念来解释美。问题在于，事物的典型是怎么形成的，从什么意义上讲是典型，这些都有待解释。

在欧洲，这种思想最早来源于理性主义哲学所主张的"完善说"，即美在事物的"完善"。一事物符合该事物的规定性，并将这种规定性完美地展现出来，就是美。或者说，每一事物都有着上帝在创造它们时的目的，有着亚里士多德所说的目的，该事物完美地实现了这个目的，它就是美的。花朵鲜艳、鹿和马矫健、狮子老虎凶猛，都是美的。小伙子壮如山、姑娘柔如水，也是美的。这种美学的主流地位后来被康德美学所取代。对于康德来说，美的原因不在于对象与其自身的目的性之间的关系，即它相对于这种目的的完美程度，而是由于主体面对对象时两种心理能力，即知解力和想象力的发挥达到相互和谐。对象需要有合目的性却没有目的，从目的性角度来思考对象，所得到的不是审美。然而，"完善说"尽管在康德那里受到了沉重打击，却总是不断地以新的形式出现在后来的一些重要美学家的著作之中。在黑格尔的《美学》中，美被说成"理念的感性显现"，就要求感性显现符合理念的本性。在马克思早期著作，例如，在《1844年经济学—哲学手稿》中，有些句子似乎也含糊地包含着这一层意思。例如，马克思写道："劳动创造了美，但是使工人变成了畸型。"① 这句话成为焦点。蔡仪对马克思将美与畸形对举感到欢欣鼓舞，说明美就是不畸型，从而美即完美。

蔡仪当然没有使用"完善"这个术语。他所使用的"典型"一词，来源于恩格斯对现实主义文学的论述。恩格斯认为，文学要再现"典型环境中的典型性格"。例如，经过一些年的工人运动，工人阶级从总体上已经得到了改变。这时，环境改变了，或者说，尽管还有着种种不同的小环境，工人运动在不同地方的发展还不平衡，但由于时代的总体变化，可以被视为典型的环境已经改变了。这时，再表现那种逆来顺受的工人，就不典型了，只有表现具有反抗性格的工人，才典型。②

蔡仪的"典型"观，当然并不仅限于叙事性文学作品中的人物刻画。首先，他的典型不再仅仅指人的性格和环境，而是包括人、动物，甚至植物和无生物的自然在内。其次，他将是否典型看成美与不美的区分。最后，他将典型观与自然的生物进化联系起来，认为有生命的事物比无生命的事物美，动物比植物美，高等动物比低等动物美，人比动物美，人的美在于人的精神。这是黑格尔美学的体现。

与蔡仪不同，李泽厚所提出的美学观，则强调美的客观性与社会性。这就是说，社会的因素加入了美的形成之中。对于这种社会因素在美的形成中的作用，李泽厚强调，审美感觉是在功利性活动中形成的。人首先是用功利的眼光看待事物的，只是后来，才用审美的眼光看待事物。实用先于审美，前者成为后者的源泉。在这种论述中，我们可以看到俄国马克思主义者普列汉诺夫的《没有地址的信》和《艺术与社会生活》等著作的影响。当李泽厚接触到马克思的《1844年经济学—哲学手稿》时，他对同样一句话"劳动创造了美，但是使工人变成了畸型"中的前半句加以强调。美是劳动创造的！原始人在劳动生活中对自己的劳动成果表示欣赏，他们在劳动过程中感到愉快，这是美的最初的起源。美不是对象的自

---

① 马克思：《1844年经济学—哲学手稿》，载《马克思恩格斯全集》第42卷，人民出版社1979年版，第93页。

② 参见恩格斯《致玛·哈克奈斯》（1888年4月初），载《马克思恩格斯全集》第37卷，人民出版社1971年版，第40—42页。

然属性，而是对象的社会属性。对象的自然属性是审美欣赏的基础，形状、色彩、光泽等自然属性，是使一物成为审美对象的必要条件，但不是充分条件。离开了人的活动，自然属性不可能成为美的。只有在人的获取生活资料的劳动生活中，具有自然属性的对象才可能变成审美对象。

在此基础上，李泽厚发展出了"积淀说"。他认为，人们从用功利的眼光看待事物，到用审美的眼光看待事物，是审美活动形成的一个重要过程。在这个过程中，理性积淀为感性，内容积淀为形式。于是，我们就有了一个双重构造的过程。一方面，在人的内心，通过积淀形成了文化心理结构。这是一个从文化到心理的过程，人的文化活动，在心理留下了痕迹。日积月累，就形成了心理结构。另一方面，在对象那里，原本与人无关的事物，与人发生了关系，首先是功利性的关系，后来就有了审美的关系。

这种"客观性"与"社会性"的统一和"积淀"的观点，从理论上讲，也是有着其盲点的。这种理论以人为中心，从人的起源来探讨美的起源，从人与动物的不同点来探讨美的本质。人从动物进化而来。对于人在什么时候成为真正意义上的人，我们所存在的，只是一种哲学上的认定和划分。制造和使用工具、语言、理性、原始信仰和宗教，这些都可能并确实被人们用作区分人与动物的标准。这种进化，本来就是一个连续的过程，在一个连续的过程中寻找某一种标志，所体现出的，只是一种哲学上的立场。当我们进一步以此作为出发点，来完成美学上的建构的话，那么，我们只是在叙述一种哲学的立场而已。早在制造和使用工具之前，在语言出现之前，在有理性、有信仰之前，原始人或原始人的祖先，就开始进行超越直接功利性的选择，包括性的选择和对生活环境的选择。对此，我们可以将这称为"审美"，也可以不称为"审美"。怎么用词，是我们决定的。但我们的这一决定并不能否认一个事实，在进化的过程中，有着大量的连续性。在从猿到人的进化过程中，存在着一个漫长的半猿半人的状态。强调在这一过程中，由于某种属人的因素的推动，使人有了美，这一观点并不能得到证明。从蜜蜂选择花朵，到孔雀择偶，再到原始人装饰自己，其间有着连续性。人制造和使用工具，只是影响人的审美活动，并不能成为这种活动的起源。

更进一步说，理性积淀为感性，内容积淀为形式，也是有问题的。这种积淀活动，如果它存在的话，也不能成为感性之源。相反，从动物到人的感性活动本身的起源，本身并不来源于理性。恰恰相反的是，理性活动，或者说思维和逻辑活动，都是在此感性活动的基础上生长起来的。在内容积淀为形式之前，并没有形式感。我们在自然界、生物界，看到大量的图形和色彩，并不是通过打制石斧才认识到几何图形，也不是通过陶器上的鱼形和蛙形图，才形成图案意识。这些例子，其实都是可疑的。

尽管这些讨论中出现的观点，在今天看来，有进一步探讨的必要，但这绝不等于说，当时的讨论就没有价值。恰恰相反，美学大讨论涉及有关美的本质的一些深层次的哲学问题，对于以后美学学术的发展，对于美学作为一个学科在中国的兴盛，对于美学队伍的培养，对于美学问题在中国的形成，都是有益的。近年来，有许多学者对这种讨论持否定的态度，认为这种讨论只解决唯物与唯心问题，是一些伪问题，这是不正确的。在那个大批判盛行的年代里，美学大讨论给学术界带来了一些研究气氛，形成了一种思辨的传统，并且，幸运的是，这种讨论从总体上说，没有被政治干预所打断，为此后的美学热准备了条件。

与美学大讨论具有共生关系的，有一场关于"形象思维"的讨论。这种讨论与美的本质具有互补关系。关于这一点，笔者在论形象思维一章中已经详加论述，这里不再赘述。

第三节　70年代末至80年代前期的"美学热"

从1978年至1988年，是中国美学的黄金时代，历史上将之称为"美学热"。在这个时期，整个社会都对美学表示了巨大的热情。一般说来，在国外，美学是一种比较专门的学问，由哲学系的一小批专门学者在从事研究，一般公众很少问津。大众性的书店，很少有美学书卖。在中国也是如此，对于一些公众，甚至大学文科的学生，康德、黑格尔这些名字就很陌生，克莱夫·贝尔、苏珊·朗格、鲁道夫·阿恩海姆这些名字，更是闻所未闻。那位实用主义的哲学家和美学家杜威，由于他在中国住过两年，作过一百多次演讲，还带出过几位著名的学生，用贺麟的话说，是"旧中国影响最大的西方哲学家",但对于时下的年轻人来说,远不如那位同名的中国足球运动员名声响亮。但是,在20世纪70年代末的中国,情况就完全两样。美学家一下子成了公众人物。他们在做讲演时,会有上千的听众来,不管是否能听懂,目的是想一睹美学家们的风采。美学书成了畅销书,可以销售几十万本。青年学生和爱好学习的社会青年,不管能否读懂,也不管囊中是否羞涩,只要有对知识的爱好,或者想显示自己对知识的爱好,就会买几本美学书放在拥挤不堪的住房中那小而又小的书架上。朱光潜的《谈美书简》、李泽厚的《美的历程》,至今还有一些当下文化中的公众人物津津乐道,到电视上大讲读这些书时的那种兴奋,那种眼前突然一亮的感觉。美学研究生的入学考试,更是千军万马来挤独木桥,报考人数与录取人数的比例甚至达到百里挑一。[1]

产生"美学热"的原因,可能是"文化大革命"后自然会出现的学科反弹。正如前面所说,从50年代后期到60年代前期出现了"美学大讨论"。这一讨论培养了一批人,也培养了对这个学科的兴趣。接下来的一些年里,这种讨论先是由于重提阶级斗争,进而由于政治危机和社会动乱而逐渐停顿下来。但是,这一讨论的成果并没有消失,它已经成为中国学术界的一笔重要财富。这时期培养出来的美学研究者成为以后美学重新兴起的重要人力资源,而这时期形成的一些学术观点,也成为以后美学研究的理论出发点。[2]

与这一历史原因相比,更为重要的是,"美学热"源自"文化大革命"后中国社会的需要。"美学热"是在与"美学大讨论"完全不同的语境下展开的。前面提到,"美学大讨论"是中华人民共和国建立新的思想意识形态努力的一部分。许多文艺上的论争,特别是胡风事件、对丁玲等人的批判,"反右",以至重提阶级斗争,都构成了"美学大讨论"的背景。这次"美

---

[1] 1980年在云南昆明成立中华全国美学学会,并召开了第一届中国美学大会。据一些当年的学生回忆,在会后,一些与会学者去成都,在四川大学做了讲演,有上千名学生挤满了讲演会堂。关于美学书籍出版情况,这里举几个例子。朱光潜的《谈美书简》从1980年到1984年印了四次,共印195000本;李泽厚的《美的历程》,在1980年至1984年间大约印数有20万本。至于美学研究生的招生情况,1978年朱光潜、蔡仪和李泽厚招研究生,均招5人,分别有300多人报名。

[2] 文艺报编辑部曾编有6卷本的《美学问题讨论集》,由作家出版社出版。

学热"的背景，则是思想解放运动。"实践是检验真理的唯一标准"的讨论，对"文化大革命"时被打倒的干部的大平反，各行各业的"拨乱反正"，以及以伤痕文学、改革题材文学等为代表的文学艺术的新的繁荣，对"文化大革命"时代以"三突出"为代表的文学理论的批判，重启形象思维讨论，等等。这一新的语境，决定了"美学热"所出现的新的面貌。

这时，中国出现了一次既类似"文艺复兴"又类似"启蒙"的思想运动。这种"文艺复兴"，从恢复到"文化大革命"以前的状态开始。历史在走着一条向后发展的路。首先受到人们关注的，正是50年代的美学大讨论。那些曾经在50年代的美学讨论中起过重要作用的学者这时仍然保持着学术上的活力。50年代的一些学术观点，在70年代末的特定政治与思想框架中，仍是最容易接受的观点。当"文化大革命"被认定是一个错误时，人们直接寻找的对象，是犯这个错误之前的状态。运用人们最容易接受的思想，在当时的思想意识之网中打开一个缺口，这个工作是由美学来完成的。

这一时期，李泽厚与蔡仪争论的恢复，是美学界最重要的现象。[①] 1979年9月，由中国社会科学院文学研究所文艺理论研究室编的《美学论丛》（俗称"小美学"）创刊，1979年10月，由中国社会科学院哲学研究所美学研究室编的《美学》（俗称"大美学"）创刊。在这两个刊物上，分别刊登了一些重要的论争文章。

50—60年代李泽厚与蔡仪之争中，有一个有趣之处在于：这两位学者很可能并没有仔细研读过一些苏联学者的著作，但他们的主要观点分别与一些具有代表性的苏联学者，例如，斯特洛维奇和波斯彼洛夫的观点非常相似。[②] 80年代时，他们的这些著作被译成了中文。

[①] 当时中国有两个最重要的美学杂志，即上海文艺出版社出版的《美学》与先后在中国社会科学出版社与湖南人民出版社出版的《美学论丛》，分别代表了这两派的观点。这两份杂志分别由中国社会科学院哲学研究所美学研究室和中国社会科学院文学研究所文艺理论研究室负责编辑。

[②] 波斯彼洛夫的《论美和艺术》和斯特洛维奇的《审美价值的本质》两书的中译本分别于1981年、1984年在中国出版，而蔡仪的观点于20世纪40年代，李泽厚的观点于50年代即已形成。尽管苏联与中国在20世纪50年代有着许多思想上的联系，但两国美学学者的直接交流是很少的。苏联与中国美学界的这种对应关系应理解为当时的理论模式所必然具有的两种理论可能性的反映。

当然，历史不可能重新来一遍。李蔡之争在新的时期，有着全新的格局。蔡仪继续坚持他在《新美学》一书中提出的美在于对象的自然属性，美是客观的，美是典型的观点。黑格尔成了他解读马克思主义的重要武器。蔡仪努力研究马克思的《1844 年经济学—哲学手稿》，[①] 重写《新美学》，作为当时美学一个重要派别而顽强地显示它的生命力。但是，从总体上说，在那个语境下，蔡仪的思想显得保守，在思想解放的大潮中，处于被动的位置。

与蔡仪理论的被动境遇相反，李泽厚在这一时期显示无比的学术活力。正当学术盛年的李泽厚，在 1979 年前后，一下子出版了四本书，在美学界产生了巨大的影响。这四本书，分别是讨论康德美学的《批判哲学的批判》、描述中国人审美趣味历史的《美的历程》、他的第一本思想史著作《中国近代思想史论》，以及他的美学论文合集《美学论集》。

在美学理论上，这一时期李泽厚美学理论的核心，是用康德来解读马克思，或者说，是他在 50 年代形成的，其中有着浓厚普列汉诺夫色彩的美学理论康德化。他在这一时期提出了众多的理论观点，均在美学界产生深远的影响。他所提出的第一个观点，就是实践本体论哲学。这一观点来自马克思对康德的批判。康德认为，人的认识从本质上讲，不过是用来自主体的范畴对来自客体的感知材料进行综合而已。处于感知材料背后的"物自体"是不可认识的。实践本体论哲学，就是认为，实践可以攻克这一"物自体"的堡垒。从这个意义上讲，李泽厚建立了实践本体论。[②] 如果说，他的这一思想还属于将康德思想马克思化的话，那么，他的思想的下一步发展，则走向了将马克思思想康德化的阶段。

李泽厚在这一时期提出，要建立主体性哲学，走向人类学本体论，并且还提出两个本体，即"工具本体"和"情本体"。本来，马克思主义的哲学，是一种一元论哲学。人的生产劳动，并不能还原为工具本体。工具总是人的工具，有什么样的人的活动，就有什么样的工具。离

[①] 参见蔡仪发表在《美学论丛》上的一系列文章，特别是《马克思究竟怎样论美？》，载《美学论丛》第一期，中国社会科学出版社 1979 年版，第 1—62 页。

[②] 参见李泽厚《批判哲学的批判》，人民出版社 1979 年、1984 年版。

开活动的工具,不称其为工具,只是一些无用之物。从另一方面看,情也不能成为本体。情不能成为活动之源。实际上,没有离开人的活动的情。我们没有空洞的喜怒哀乐,而只有针对某物,或在做某事过程之中的喜怒哀乐。喜怒哀乐,是我们的活动过程中产生的,是我们活动的伴生物。李泽厚在康德思想的影响下,通过他的两个本体的思想,走向了物质与精神的二元论。

作为一个思想运动,向后看的惯性,使中国学者在80年代初年进一步关注1949年以前的现代中国人的学术成就,特别是30年代与20年代的成就。一些美学上的重要人物过去的著作,例如,朱光潜的《文艺心理学》和《诗论》,宗白华的一些早期论文,重新受到了人们的重视。[①]越过苏联模式寻求接受西方影响,在中国美学界变成了越过李泽厚和蔡仪来重读早期的朱光潜和宗白华。从另一方面看,80年代的李泽厚的思想模式也在改变,在他的思想中,"康德+修正后的苏联式马克思主义"的模式中渗透进了越来越多的西方因素。一些20世纪初年至中期的西方美学术语经他改造以后,成了他的体系的一部分。例如,克莱夫·贝尔的"有意味的形式"、古斯塔夫·荣格的"深层结构"、皮亚杰的"格局与同化",以及苏珊·朗格的"同型同构",等等,都被引入他的理论构造之中。通过这些理论发展,他与斯特洛维奇的价值理论的不同之处也就变得越来越明显。这种做法,与30年代朱光潜糅合各种西方思想,形成一个有体系的《文艺心理学》的理论模式从做法上有某种相似之处。不过,

---

[①] 20世纪50年代的美学大讨论应该视为朱光潜美学思想变化的分水岭。美学界在80年代更重视的是朱光潜在美学大讨论之前的美学思想,特别是30年代的著作,而不是他在50—60年代写的一些论战文字。《文艺心理学》一书上的理论新意在于,作者将西方人认为相互不兼容的一些理论流派放到了一起,成为一个理论体系的不同方面。这是非西方国家的学者在接受西方思想时的典型做法:非西方国家在接受西方思想时,注重的不是不同学派间细微理论差别,而是这些理论作为整体对于非西方国家学术研究的意义和价值。这时,在中国学术界重新关注此书,具有补课的性质。通过回到过去,形成一个接受新的西方理论的出发点。宗白华在当时影响最大的著作是《美学散步》。这本书收录了他过去的一些论文。这些论文在中西美学和艺术理论的比较方面,具有开拓性。朱光潜与宗白华不同之处在于,朱光潜努力寻找中西相同之处,从而将西方理论运用于中国,而宗白华在寻找中国与西方不同之处,并进行总结,从而与西方理论进行比较和对话。

李泽厚在体系化方面做了更多的工作。由于代表李泽厚理论体系的著作《美学四讲》在1989年才出版,这时,美学热已经降温,且当时李泽厚本人的主要研究精力也已经转向思想史,因此,学术界对他在50年代的思想框架比较熟悉,而对他后来逐渐融合西方美学、心理学和哲学思想的因素而修改和建构美学理论体系的努力缺少整体了解。学术界一般熟悉的是李泽厚的一些论人类学本体论与心理积淀的几篇文章,而对这些观点间的联结并形成一个有体系的看法并不熟悉。恰恰在这本书中,李泽厚的美学体系得到了较为完整的呈现。

这同时也被视为一次启蒙运动。这种启蒙是从多重意义上讲的。从一般社会意义上讲,那个时代的人将"文化大革命"视为一种封建专制的延续或复辟。于是,走出"文化大革命"的意识形态,就被解读为与西方社会走出中世纪的启蒙运动具有类似的特点。当时的学术界甚至将之直接称为"新启蒙"。

当然,这种启蒙并不仅仅具有反"文化大革命"的特点,而是致力于整个社会的变革。关于这一点,李泽厚曾经论述过,中国社会的现代化进程表现出一种特别的历史复杂性。从世纪之初的晚清改革(1905年),到"五四"(1919年)、北伐(1927年)、抗日战争(1937—1945年),直到共产党在中国的胜利(1949年),中国社会被认为面临着双重的任务:即救亡与启蒙。这双重任务有时相互促进,为了救亡,需要启蒙,即通过启蒙,改变中国社会和中国人的思想,使中国富强起来,避免灭亡的命运;有时救亡压倒启蒙,无暇顾及思想启蒙,放弃与启蒙有关的民主、自由、个性解放一类的思想,致力于直接的政治与军事斗争。这一论证的目的在于说明,在紧迫的国家与民族生存问题解决之后,历史给中国人提供了一个进行启蒙的时机,因此,当前的中心任务是进行启蒙。[①] 这种论证方式后来受到许多人的质疑,但如果我们回到当时的语境,就可以发现,这的确是当时所可能具有的一种对号召进行"启蒙"最有效的理论。是不是曾经"双重变奏"过,这是一个历史问题,但强调这种"双重变

---

① 参见李泽厚《启蒙与救亡的双重变奏》,见李泽厚《中国现代思想史论》,东方出版社1987年版,第7—49页。

奏"，并且强调救亡曾经压倒启蒙，在当时就更加凸显出启蒙的重要性。

从更为具体的方面看，在当时，美学起了舒缓高度政治化的社会气氛的作用。"美学"在中文中的字面意思是"关于美的学科"。在"文化大革命"后这一特定的时期，这一翻译起着一个特殊的作用。倡导"美"，倡导人与人之间的和谐，具有取代"文化大革命"时代斗争哲学的含义。"文化大革命"时代强调"阶级斗争"，认为"阶级斗争"是历史发展的动力，而这个"阶级"，又失去了本来具有的与财产、资本、社会与政治地位等相联系的含义。如果在一个社会之中，人们可以随意宣布某人属于某个阶级，从而将此人确定为敌人，并与之斗争，就必然会导致一切人对一切人的战争。"文化大革命"就正是这样的战争。"文化大革命"后的中国，出于对"文化大革命"的痛恨与恐惧，人们要"美"与"和谐"，不要"斗争"，要"美学"，不要"斗争哲学"。在这种情况下，美学被当成一种隐喻，它吸纳着一切为僵硬的政治意识形态自然会产生的离心力所抛出去的社会和思想力量。当时的美学，就与这种政治隐喻混杂在一起。这一隐喻事实上形成了整个社会对美学的重视，使美学成为一种当时的时代所特有的公共话语。

当然，美学并不能取代一切政治意识形态，它所具有的政治隐喻，并不等于它的实际内容。它所做的，仅仅是讨论与艺术有关的一些问题。如果用西方美学作为参考标尺，这一时期中国人所谈论的美学的内容，实际上是古典的复归。

这一时期美学的最重要的口号，是艺术自律。相对于西方美学的发展来说，这是一种迟到的追求。从夏夫兹伯里、哈奇生起，经康德、叔本华，再到克罗齐、爱德华·布洛、苏珊·朗格，都在寻求对审美无功利的论证，因而他们都走在这一条路上。但是，这一迟到的追求在当时的中国具有现实意义。艺术自律的追求与艺术理论中对于"社会—艺术"模式的抗拒联系在一起。"文化大革命"期间，中国文学艺术理论强调艺术为政治斗争服务，成为社会政治斗争的武器和工具。在这种理论指导下，所谓艺术性，只是政治宣传的有效性而已。这时，回到康德、席勒等人所倡导过的艺术自律这样一种具有古典精神的美学理论，为中国美学走出这种"文化大革命"时代的艺术理论铺平了道路。这确实是当时时代的要求。

它不仅具有理论意义，而且对当时中国文学与艺术的发展在实际上起了推动作用。

由于这种时代的需要，80年代前期的中国美学构成了一种奇特的混合。当时在中国最有影响的美学理论，是一些黑格尔与马克思或康德与马克思的结合体。李泽厚的美学，以用马克思的思想修正康德的姿态出现，实际上，却完成着一个用康德修正当时流行的马克思主义的任务。当然，随着时代的发展，他的美学思想中逐渐渗透进一些皮亚杰、海德格尔、克莱夫·贝尔、苏珊·朗格，以至弗洛伊德与荣格的因素。而朱光潜的思想中，则有着更多的黑格尔、叔本华与尼采、克罗齐思想的影子。另一位康德的继承者则是《判断力批判》的翻译者宗白华，他不致力于一般理论框架的建设，而进行中国与西方艺术特点的比较。在这些学者思想背后，都有着一个共同的倾向，即追求艺术的自律。用当时流行的话说，过去重视"外部规律"，现在要重视"内部规律"。实际上，这句话本身就具有当时的时代特点。为了不同理论间转换能够顺利进行，人们将这种转换解读成对同一理论的不同侧面的强调。

第四节　美学的复兴与新的做美学的方式

从1978年开始的美学发展，与当时的社会、时代、文学和艺术等各方面都具有密切的联系。然而，美学在以后一段时间的发展，却走上另外的道路。中国的美学主要由高等学校的哲学系和中文系的教师完成，这一人员的组成情况，就决定了它会迅速走向学院化。1978年开始的思想解放，是一个全社会的运动，并且以文学和艺术作为突破口。这是从"五四"以来就有的传统：以文学带动思想文化，再带动整个社会的大变动。80年代，当这种思想解放向纵深发展时，美学家们就不再扮演思想解放先锋的角色，与社会形成了一定的距离，甚至也与正在发展着的文学和艺术形成了距离。

这种发展在1985年前后就明显表现了出来。1985年前后，在中国的文学艺术界，出现了一些重要的转折。从1978年起的中国文学艺术界，主要以现实主义为主。到 20 世纪 80 年代的中期，欧洲先锋派文学与艺术的影响变得越来越明显，出现了大量对于 20 世纪前期西方先锋派艺术的模仿之作。但是，在美学界，美学家们对正在发生的这些艺术现象不够敏感，不注意它们的理论意义。那时的美学是显学、是思想与学术的主流。美学家们仍沉湎于启蒙理想之中。他们经过一些年的努力，刚刚在理论界确定康德式的艺术自律的观念。根本不具备接受与这种自律观念格格不入的先锋艺术观念的心理准备。在他们的眼中，先锋艺术仅仅是一些对于社会状况不满，具有青春期反抗心理，崇尚过时的西方时髦的青年们在胡闹而已，没有研究的价值。如果说还有什么价值的话，那只有社会学研究的价值，是资本主义社会腐朽的表现。后"文化大革命"时代的中国经济蒸蒸日上，社会欣欣向荣，一切都充满着希望的时代，不存在那种"腐朽艺术"的社会基础。

从另一个方面讲，美学理论的探讨在这一时期也遇到了新的困难。朱光潜和宗白华已经年老，并在 80 年代后期相继辞世。蔡仪继续在修改他的《新美学》，写出新的美学著作，但却引不起社会关注。王一川曾写过一篇文章，名为《迟到的敬意》，说那个时期对蔡仪美学不重视，现在他想给予重视。今天怎样看待蔡仪美学的当代意义，这已经是另一个问题。至少对于当时的情况，王一川的态度具有一定的普遍性。李泽厚的兴趣转向思想史，相继写出他的《中国古代思想史论》和《中国现代思想史论》等重要著作。他在 80 年代后期编出《美学四讲》，但这本书主要还是从他在 70 年代后期和 80 年代早期的一些文章和讲演录中剪辑而成的。80年代后期在美学理论上的主要争论，是刘小枫来自基督教背景的对李泽厚一些思想史观念的批判，和刘晓波从个人主义观念出发对李泽厚的"积淀说"和美的"社会性"的批判。这些批判，在青年中有一定的影响，但严格意义上讲，都不是美学意义上的批判，对中国美学的发展，也没有多少影响。

80 年代后期，在美学上比较重要的现象是出现了一些研究中国美学史的著作。在这方面，出现了一些通史性和断代史的著作，例如，叶朗的《中国美学史大纲》和李泽厚、刘纲纪的《中国美学史》，以及其他一些美学史著作。在外国美学译介方面，也取得了一些成就。在学院的圈子中，美学还在继续，并且随着美学课程开设的逐渐规范化，研究人数和规模上也在维持和有所进展。但是，在美学理论上，这一时期缺乏新的拓展，并且在社会关注度方面，这一时期也远不如80年代前期。

20世纪90年代初期，是美学的真正沉寂期。在这一时期，一些原先从事美学研究的学者走向了文化研究，努力开辟一片新的研究天地。在中国，文化研究一开始具有反美学的特征。80年代的中国美学，深受康德和黑格尔等德国古典美学的影响。当时，美学的任务是改变"文化大革命"时代的工具论，以一种反政治的态度，完成了对"文化大革命"时期过度政治化的意识形态的消解。这一任务完成后，在90年代就受到了挑战。如果说，80年代是一个"新启蒙"时期的话，那么，90年代，"新启蒙"终结了，出现了走出自律的艺术的要求。这时的"文化学热"，正好具有一种与"美学热"相反的倾向。

"文化学热"的一个重要特点，是改变过去学术研究与实际发生的艺术实践脱离的状况。90年代的中国，社会生活发生了巨大的变化。经过市场经济的改革，艺术生产处在一个与过去完全不同的环境之中。在中国，由于没有像西方国家一样，走过一个"分析美学"时期，因此，并没有掀起关于艺术概念的专门讨论。但实际上，这一时期，艺术概念已经发生了深刻的变化。在原有的现实主义艺术之外，出现了先锋派艺术与通俗艺术。先锋派艺术仍处于边缘地位，但通俗艺术迅速发展。一些过去处于研究者视野之外的艺术，这时也受到了研究者的重视。例如，武侠小说，过去文学史并不提到，这时，许多大学教授们也开始了对它们的研究。①

所有这一切，都给美学提供着新的可能性。美学本来并非必然与一种纯粹的美，与一种自律的艺术联系在一起。在西方美学史上，出现过自律的形成、发展和被超越这一个长期的过程。将美学看成研究纯粹的美，主张艺术自律，是一个特定时代的产物。这一点，过去中国学者并不自觉。"文化学热"推动着这样一个过程，使中国学者逐渐认识到这一点。"文化学热"并不仅仅限于社会批评，它仍然要回到文学艺术上来。对于艺

---

① 例如，一些北京大学的文学教授开始研究并出版关于金庸和其他一些武侠小说的研究文章和著作。

术，我们可以用各种各样的方法进行研究，但是，毕竟，它仍然是艺术作品，需要一种将它作为艺术作品来研究的学科。在"文化学热"之后，美学不是被取消了，而是被更新了。这是一个需要重建美学的时代，当然，20世纪末中的中国，这一切还刚刚开始。①

中国美学与世界的接触，中国融入世界，成为世界的一个部分，这些都是不可避免的。20世纪中国美学的历史，与三次外来影响有关，第一次是世纪初的西方影响，第二次是来自苏联的马克思主义的影响，第三次是80年代起的西方影响。也许，我们可以说，世纪之交和新世纪之初出现的是第四次影响。这一次的影响，与前三次的影响，有一些明显的不同。过去的影响，基本上是以西方人为师。20世纪初的影响引进了美学这个学科，苏联的影响，使美学成为一种政治意识形态，80年代的影响，与改革开放和思想解放同步。第四次影响，则更多地显示出平等对话、相互交流的特点。中国与外国的美学家有了更多的个人接触。西方美学著作的翻译，常常成为中外学者间个人的，面对面学术交流的延续。在中国这样一个国家，任何外来的影响，都必须具有一个相当长的与中国的情况结合、在中国语境中发展的过程。有时，一个西方的思想在中国所起的作用，与在西方完全不同。一个在西方相当古典的思想，在中国却具有现代的意义，相反，一个在西方相当现代的思想，在中国却起着保守的作用。

在一个全球化的时代，中国的美学发展走什么样的道路？我们要继续翻译西方美学著作，我们也要继续研究中国古代美学，特别注重在一个当代的世界美学的背景中研究，从而将中国传统引入当代世界美学的对话之中。但是，我们更重要的是，发展与中国的当代文学艺术发展状况相适应的中国当代美学。

作为一个拥有自己的悠久历史资源，在世界上具有重要影响的非西方国家，中国美学的发展，与欧洲国家，与一些较小的第三世界国家，都不相同。笔者曾经力图证明，不存在单一而普遍的美学，而只存在从不同文化中生长出来的不同的美学，这些美学之间有着对话的关系，但笔者又提出，从"美学在中国"向"中国美学"的过渡是一个无法逾越的阶段和

---

① 见高建平《美学之死与美学的复活》，《东方文化》2001年第1期。

过程。消化、吸收、创造，受影响又影响世界，这是美学理论发展的必然规律。[①] 我们在保护文化遗产时要原封不动，整旧如旧，但这不能成为我们进行理论创造时所取的态度，否则的话，我们就只能成为活化石了。具有世界视野，发展现代形态的中国美学，应该成为当代中国美学的主流。

[①] 参见高建平《全球化与中国美学》，《民族艺术研究》2004年第1期。人大复印报刊资料《美学》2004年第4期。

第二十二章

外国文学理论的译介与中国文学理论的建构

李媛媛

翻译是中国文艺学界了解外国文论的重要途径，构成了中国文艺理论建设的重要资源。70年来，中国文学理论的发展始终是与国外文学理论著作的翻译联系在一起的。本章旨在对中华人民共和国成立后的文学理论译介工作及其影响进行回顾，同时兼及与文艺理论有交叉地带的美学和哲学领域的相关情况。中华人民共和国成立以来，文学理论的译介活动大致可分为三个重要阶段，即20世纪五六十年代以介绍苏联文论为主；80年代逐渐摆脱意识形态的控制，转向思想启蒙，以译介欧美西方文论为主；以及从90年代末开始的与西方文论的对话。如果说50年代的翻译受到政治理性的指引，那么，80年代的翻译活动是在启蒙理性的统领下进行的，而90年代末开始的新时期的翻译工作则是受学术理性的驱动。在翻译组织者的立场和态度、翻译文本的选择及在读者中产生的影响等层面都可以看出这种内在逻辑。这些外国文学理论资源，形塑了当代中国文论界的思维方式、概念范畴、话语系统和批评方式，产生了深远的影响。

第一节 50—60年代：全面借鉴苏联文艺理论

从1949年中华人民共和国建立后到50年代，出于意识形态建设和构建新中国文艺理论体系的现实需要，中国学界对苏联文学和文艺理论表现出了极大的热情，走上了全面借鉴苏联文艺理论的道路。译介活动在这个过程中起到了举足轻重的作用，无论在数量还是在内容上，苏联文艺理论都占据绝对主导地位。例如，在当时最具影响的刊物之一《人民文学》杂志的创刊号"发刊词"中，强调"最大的要求是苏联和新民主主义国家的文艺理论"。[①] 可以说，官方和理论界的有意推动造就了这一阶段的苏联文论译介的繁荣景象。即便到了50年代末，中苏关系交恶之后，这种情况也并未有太大改观。

这一时期的一个突出特征是文艺与政治密不可分，政治高层对文艺问题关怀备至，常常以理论的形态或以行政指令的方式做出直接指导。从苏联方面来看，最高领导人如列宁、斯大林等人都曾对文艺发展的方向做出过指示，主管意识形态领域的负责人如卢那察尔斯基、日丹诺夫等人对文艺理论问题也多有论述。30—40年代，对苏联文艺界影响最大的是著名的"日丹诺夫论断"，日丹诺夫时任苏联中央执行委员会主席团委员、联共中央书记，这样的政治地位，意味着他的文艺主张实际上代表着苏联官方指导思想。他强调艺术的思想性、人民性、阶级性、党性和社会意义，在文学创作和文学批评的方法上，极力倡导社会主义现实主义。日丹诺夫推崇古典原则，用西方现当代文学艺术创作方法（如"为艺术而艺术"原则、唯美主义等）而创作的作品则被斥为市侩主义和庸俗趣味，认为它们是腐朽的、有毒的。立体主义、未来主义、现代主义、形式主义等现代流派，一律被概括为"资产阶级思想"。他对于这些艺术思潮的基本判断是："由于资本主义制度的衰颓与腐朽而产生的资产阶级文学的衰颓与腐朽，这就是现在资产阶级文化与资产阶级文学状况的特点和特色。"[②] 同时，他通过一系列的大批判来实践这种观点，对国内一些作家和艺术家进行粗暴的打击。在1947年6月举行的关于亚历山大洛夫《西欧哲学史》一书的哲学讨论会上，日丹诺夫作了一个批判性的发言，宣布要在"完美的马克思主义理论"武装下，"向国外敌对思想，向国内苏联人意

---

① 茅盾：《发刊词》，《人民文学》1949年第1期。
② ［苏联］日丹诺夫：《日丹诺夫论文学与艺术》，人民文学出版社1959年版，第7页。

识中的资产阶级思想的残余作全面的进攻"①。这样一种对待非社会主义国家思想文化的立场，在相当大程度上决定了当时的文论界对待西方哲学和文艺理论的态度。

　　苏联官方对待文艺理论的指导原则，对于将苏联理论界思想原则奉为圭臬的中国学术界产生的巨大影响可想而知。在相当长的时间里，高度政治化的苏联文论成为新中国文艺理论研究和教学的主要依据。反映在外国文论译介领域，就是以马克思主义经典作家的论著和苏联文论为主。这个时期出版了马克思、恩格斯、列宁等人关于马克思主义文艺问题的经典论述，如《马克思恩格斯论文学与艺术》（J. 弗莱维勒编选，王道乾译，平明出版社1951年版）、《马克思恩格斯列宁斯大林论文艺》（曹葆华译，人民出版社1951年版）、苏联的米·里夫希茨编的《马克思恩格斯论艺术》（四卷本）（曹葆华译，人民文学出版社1960—1966年版）②、索洛维耶夫编的《马克思恩格斯论文学》（曹葆华译，中国人民大学出版社1962年版）、列宁的《党的组织和党的文学》（司徒真译，新潮书店1950年版）、《论托尔斯泰》（林华译，北京中外出版社1952年版；立华译，五十年代出版社1953年版）、克拉斯诺娃编的《列宁论文学》（曹葆华译，人民文学出版社1959年版）、《列宁论文学与艺术》（两卷本）（人民文学出版社1960年版），等等。从编选者名单中可以看出，除个别情况外，这些马克思主义文艺理论著作大部分都是从苏联学者编选的文集转译过来的。这些经典论著的译介为中国的马克思主义文艺理论研究做了有力的铺垫。

　　在这一时期，在苏联方面的大力举荐下，19世纪俄国革命民主主义者，如别林斯基（别列金娜选辑：《别林斯基论文学》，梁真译，新文艺出版社1958年版）、车尔尼雪夫斯基（《车尔尼雪夫斯基论文学》，辛未艾译，新文艺出版社1956年版；《生活与美学》，周扬译，人民文学出版

---

① ［苏联］日丹诺夫：《日丹诺夫论文学与艺术》，人民文学出版社1959年版，第106页。
② 米·里夫希茨所编的这套《马克思恩格斯论艺术》是当时最权威的选本，其中的某些部分在此之前已经翻译介绍过来，如《马克思恩格斯论浪漫主义》（曹葆华、程代熙译，人民文学出版社1958年版）、《马克思恩格斯论艺术与共产主义》（曹葆华译，人民文学出版社1959年版），等等。

社1957年版)、杜勃罗留波夫(《文学论文选》,辛未艾译,第一卷:新文艺出版社1954年版;第二卷:上海文艺出版社1959年版)、赫尔岑(《赫尔岑论文学》,辛未艾译,上海文艺出版社1962年版)等人的文论著作在中国产生了广泛影响,成为文艺理论教材和文艺研究的重要内容。另外,普列汉诺夫(《论艺术(没有地址的信)》,生活·读书·新知三联书店1964年版)、高尔基(《苏联的文学》,曹葆华译,东北书店1949年版;《俄国文学史》,缪灵珠译,新文艺出版社1956年版;《文学论文选》,孟昌、曹葆华译,人民文学出版社1958年版;《文学书简》,曹葆华、渠建明译,人民文学出版社1962年、1965年版)、托洛茨基、卢那察尔斯基、波格丹诺夫等人的马克思主义文艺理论著述,经过系统的翻译和有意识的推介,也产生了巨大影响。

苏联文艺理论在中国的权威地位还体现在文艺理论教材的引进方面。50年代,先后引进了苏联文论教科书10多种,其中影响较大的有:作为"苏联近年来唯一的一本大学文学理论教科书"[①] 的季摩菲耶夫的《文学原理》(共分三部,由平明出版社在1953年、1954年出版,查良铮译);1954年春至1955年夏,苏联专家毕达可夫在北京大学中文系为文艺理论研究生授课时的讲稿基础上形成的《文艺学引论》(此书由北京大学中文系文艺理论教研室翻译,于1956年由北京大学印刷厂付印,后经整理于1958年由高等教育出版社出版);柯尔尊在1956—1957年给北京师范大学中文系俄罗斯苏联文学研究生和进修教师讲课时所使用的讲稿《文艺学概论》,由该系外国文学教学组翻译后出版(高等教育出版社1959年版)。此外,谢皮洛娃所著的《文艺学概论》(罗叶等译,人民文学出版社1958年版)、涅陀希文著的《艺术概论》(杨成寅译,朝花美术出版社1958年版),也都相继翻译过来,成为中国高等院校文艺理论教学的主要参考书,也成为中国文艺理论教材写作的范本。在此期间,中国出版了一批文艺学教科书,基本都是沿袭它们的框架体系和语言范式,其中比较权

[①] [苏联]季摩菲耶夫:《文学原理》"译者的话",查良铮译,平明出版社1953年版。此书在1948年时在苏联出版,是苏联高等教育部批准用作大学语言文学系及师范学院语言文学系的教科书。

威的如以群主编的《文学基本原理》、蔡仪主编的《文学概论》，虽然可以看到创造有中国特色的文艺学教材的努力，但仍未跳出以上框架，实际上是在文艺理论教材编写领域确立了"苏联模式"。

这个时期，翻译篇目和内容的选择都与当时的政治决策有直接关系，着重译介那些强调文学本质的反映论、文学创作的典型化原则、文学评价的阶级性、社会性和人民性的苏联文论。例如，与捍卫苏联官方倡导的"社会主义现实主义"原则相呼应，中国科学院文学研究所苏联文学组编了"苏联文艺理论译丛"，其中包括《苏联作家论社会主义现实主义（第一次苏联作家代表大会前后的有关言论）》（人民文学出版社1960年版）、《世界文学中的现实主义问题》（收录了苏联文艺界关于"社会主义现实主义"的几次大规模讨论产生的论文，1958）、译文社编的《保卫社会主义现实主义》（作家出版社1958年版）。除此之外，还有苏联学者的一些相关论著，如，留里科夫的《关于社会主义现实主义的几个问题》（殷涵译，作家出版社1956年版）、奥泽洛夫的《社会主义现实主义的若干问题》（戈安译，新文艺出版社1957年版）、阿·杰明季耶夫的《社会主义现实主义——苏联文学的主要方向》（曹庸译，新文艺出版社1957年版）、特罗菲莫夫的《社会主义现实主义——苏联艺术的创作方法》（牛治译，新文艺出版社1958年版），等等。这些论著，推动和加强了国内学界对于社会主义现实主义原则的坚持和研究，使之成为这个时期文学创作必须遵循的基本方法。

与苏联文论译介"一边倒"的局面相比，这一时期的西方文论译介相对处于弱势。由于苏联对待西方现代理论的否定态度，欧美国家的文论一概被作为"资产阶级"的产物而遭到拒斥，中国学界对西方的文艺理论的译介不多，主要以古典和近代文论为主，有几套具有代表性的丛书或文选值得一提。

人民文学出版社推出的"文艺理论译丛"，于1957年创刊，最后一期出版于1966年的"文化大革命"前夕，共出版了17期。1958年12月的第六期出版后，因故停出，于1961年复刊。复刊后，在内容上，仍然沿袭原来的选文宗旨，即"要有计划地有重点地介绍外国的美学及文艺理论的古典著作，包括各时代各流派的重要的理论家和作家有关基本原理以至创作技巧的专著（摘要）和论文。但是不拟刊载当代的文章或资料了，因此改称'古典文艺理论译丛'"①。更名的目的在于更加名副其实，但是也彰显了在内容选择上的一个基本趋向，即只选择西方古典文艺理论译著，而不再刊载当代的论著。该译丛选取了从古希腊罗马一直到20世纪整个西方文艺批评史中的名家名篇，每一期都围绕一位作者（如"文艺理论译丛"第2辑里刊载了巴尔扎克本人的4篇文章和雨果、泰纳、左拉、布吕及耶尔等人针对巴尔扎克的评论文章；"古典文艺理论译丛"第3辑、第9辑都刊载评论莎士比亚的有关文章）或一个课题选择论著（如悲剧理论、喜剧理论、浪漫主义、现实主义等）。在译者的名单中，可以看到宗白华、朱光潜、吕荧、李健吾、陈占元、王道乾、金克木、缪灵珠、冯至、卞之琳、曹葆华、汝信、柳鸣九等人的大名。由此可以看出，该译丛从作者到译者的选择都基本遵循"名家名译"的原则。

另一部由人民文学出版社出版，由中国科学院文学研究所现代文艺理论译丛编辑部所编的"现代文艺理论译丛"，与古典文艺理论译丛在同一年（1961年）创办，前两年共出版六辑，为不定期的内部丛刊。"内容偏重学术方面，每辑都有一个中心，如第一辑是讨论社会主义现实主义，第二辑是批判修正主义和资产阶级文艺思想，第三辑是谈当代美学问题，第四辑是关于比较文艺学与其他反动的资产阶级美学流派，第五、第六两辑是论述古典的美学和文学理论。"② 清一色都是苏联学者关于美学问题的讨论，中国读者只能透过苏联学者的眼睛，以间接的方式了解西方文艺理论。从1963年开始，改为双月刊，并注明"内部发行"。在1963年第1期的"编后记"中对改版后的方针做了补充说明："今后我们的任务是译载世界各个重要国家最近的文艺理论、批评文章，包括现代修正主义和资产阶级的文艺理论、批评文章，供国内文艺理论工作者、文艺教学工作者

---

① 古典文艺理论译丛编辑委员会编："古典文艺理论译丛"第一册"编后记"，人民文学出版社1961年版。
② 中国科学院文学研究所现代文艺理论译丛编辑委员会编："现代文艺理论译丛""编后记"，人民文学出版社1963年版。

以及广大的文艺工作者参考、研究或批判。"①改版后的刊物内容、主题更丰富，也不再限于苏联学者的论著，而是涵盖世界各国的重要理论文章，更直接地反映了外国文艺理论的发展动态。

另外值得一提的是，作为《现代文艺理论译丛"增刊"》出版的六本文艺理论"黄皮书"，包括《苏联青年作家及其创作问题》、《苏联文学中的正面人物、写战争问题》、《人道主义与现代文学》（上、下）、《苏联文学与人道主义》、《苏联文学与党性、时代精神及其他问题》、《苏联一些批评家、作家论艺术革新与"自我表现"问题》。扉页上注明是"供内部参考"，在此书的"编辑说明"中说："为了了解和研究苏联近年来的文艺思想，我们编了这套内部资料。内容包括文学中的人道主义、党性、真实性、时代性、写战争、正面人物、传统与革新、自我表现等问题，以及有关苏联青年作家的材料。文章是从1959年以后的苏联报刊、书籍中选译的，大部分是全译，一部分是摘译。"②这几本黄皮书，是中苏关系走向恶化后，作为"反面参考资料"提供给国内文论界的。

1962年，作家出版社出版了由中国科学院文学研究所西方文学组所编的《现代美英资产阶级文艺理论文选》（分上、下编），该书"从第一次世界大战前后到1960年前后形形色色的英美资产阶级文艺论述当中选译重要的文章或章节，借此提供现代美英资产阶级文艺理论的一个简括的面貌"，并按共同倾向将文选分编成辑。对于一些积极关心政治、表现出"左倾"倾向，"认真走向马克思主义"的资产阶级文人，该书认为"超出了资产阶级的范畴"，不予选择，而对于那些一时投机，"搬弄马克思主义词句的文艺论著"的文章，就性质说，"形成了资产阶级文艺理论的一个变种"③，因此选入编为一辑。在"后记"中，编者将现代美英资产阶级文学批评的主流定性为"反动的"，认为"它反映了现代资产阶级思

---

① 中国科学院文学研究所现代文艺理论译丛编辑委员会编："现代文艺理论译丛""编后记"，人民文学出版社1963年版。

② "现代文艺理论译丛"编辑部编："现代文艺理论译丛'增刊'""编辑说明"，作家出版社1965年版。

③ 以上引文均引自中国科学院文学研究所西方文学组编《现代美英资产阶级文艺理论文选》"编辑说明"，作家出版社1962年版。

想的腐朽性和腐蚀性"，① 在该书的封面和扉页上都印有"参考资料内部发行"的字样，可见，编译此书的主要目的在于批判。

除此之外，商务印书馆出版了一些古典美学著作，包括柏拉图的《理想国》（吴献书译，1957）、康德的《判断力批判》（宗白华、韦卓民译，1961）、帕克的《美学原理》（张今译，1965），等等。人民文学出版社也组织翻译了一批西方文艺理论经典著作，如黑格尔的《美学》（第一卷，朱光潜译，1958），布瓦洛的《诗的艺术》（任典译，1959）、《柏拉图文艺对话集》（朱光潜译，1963）、亚里士多德的《诗学》（罗念生译，1962）、贺拉斯的《诗艺》（杨周翰译，1962）和丹纳的《艺术哲学》（傅雷译，1963），等等。

另外，伍蠡甫主编的《西方文论选》（上、下）（上海文艺出版社1963年版；人民文学出版社 1964 年版）选取了从古希腊到 19 世纪的"具有代表性、有创造性并对当时和后代有影响的"② 西方文艺理论，为更清晰、全面地了解外国文艺理论的发展脉络提供了宝贵的资料。

以上这些西方古典译著在翻译质量上达到了较高的水准，在五六十年代，组织翻译和出版这些以西欧古典文论为主的书，体现了编选者的学术勇气和非凡眼光。当然，这样一些工作，是得到官方的默许或支持的。1962年4月，为了纠正文艺界"极左"思潮，经中央批转，中宣部定稿的《关于当前文学艺术工作若干问题的意见》（简称"文艺八条"）中有这样一条，即"有计划地翻译出版世界各国古典的和当代的优秀文学艺术作品和重要理论著作"，对于"西方资产阶级的反动文学艺术流派和现代修正主义的文艺思潮"也"应该有计划地向专业文学艺术工作者介绍"。虽然是以"揭露和批判"为目的，但是对待外国文艺理论态度上的这种暂时性的松动，使得翻译出版这些非马克思主义的著作成为可能，从而为新中国文艺理论界提供了重要的资源。

但是，由于在文本的选择上参照苏联模式，遵循政治标准和党性原

---

① 中国科学院文学研究所西方文学组编：《现代美英资产阶级文艺理论文选》"后记"，作家出版社1962年版。

② 伍蠡甫主编：《西方文论选》"编辑说明"，人民文学出版社1964年版。

则，带有很强的意识形态排他性，我们对于西方现当代文艺理论仍然有着很深的隔膜，甚至闭目塞听，对国外学术界的动态和学科发展处于茫然无知的状态。在这样一种大环境下，甚至连朱光潜也将 19 世纪下半叶以来的西方文艺理论斥为"日趋腐朽颓废，'主义'五花八门，故作玄虚，支离破碎，……无须为它们浪费笔墨"。① 他的《西方美学史》没有介绍对西方现当代美学产生重大而深刻影响的尼采和叔本华的思想，就是这种观念的直接反映。当时的中国文艺理论界在讨论一些非马克思主义的现当代文艺理论家的观点时，往往持否定态度，而由于没有相关资料可供参考，只能通过引述的语言片断，脱离语境、凭借想象对其理论进行批判，常常不得要领。

总体来说，这个时期的翻译活动，系统、全面地介绍了马克思主义文艺理论的经典著作和马克思主义经典作家的文艺思想。译介苏联文艺理论成为马克思主义文艺理论在中国传播与发展的主要途径，奠定了马克思主义文艺理论的主流地位，并决定了中国文艺理论界的理论构架、话语模式和评价标准。具体体现为以下几点。

一、在苏联模式影响下，文艺批评从政治功利角度出发，党性、阶级性成为最重要的，甚至唯一的评判标准，这在一定程度上满足了理论和现实的需求，但是也造成了价值取向的单一性和片面性，甚至走向极端，阻碍了文艺理论和文艺创作的发展和繁荣。上文提到的日丹诺夫是苏联极"左"思潮的重要代表人物，1959 年，人民文学出版社出版了《日丹诺夫论文学与艺术》。在"出版说明"中对日丹诺夫给予极高的评价，称赞他是"苏联共产党和苏维埃国家杰出的活动家、马克思列宁主义思想的著名理论家和天才的宣传家、国际工人运动的积极活动家"，"对于苏联文学艺术和哲学研究工作的繁荣和发展起了极为巨大的推动作用"。② 日丹诺夫在苏联的影响主要是在三四十年代，而在中苏关系已经出现微妙变化的 1959 年，引进他的这些带有非常露骨的文化专制主义特征的言论时，却仍给予如此坚决的肯定和赞扬，不自觉地忽视其恶劣影响，虽然同他的

---

① 朱光潜:《西方美学史》"序论"，人民文学出版社 1979 年版，第 7 页。
② ［苏联］日丹诺夫:《日丹诺夫论文学与艺术》，人民文学出版社 1959 年版，第 7 页。

这些言论与当时中国的政治需要相吻合有一定关系，但也可见苏联对文艺的"左"倾态度在中国已经根深蒂固。

二、这个时期文艺理论的关键词和话题大多来源于苏联文论，如经济基础、上层建筑、文学的阶级性、党性、世界观、形象思维、社会主义现实主义、典型问题等。50年代"美学大讨论"讨论的美的主观性和客观性问题，在某种程度上也是这些讨论的移植和延伸。而哪怕是作为当时最为正统的研究领域即马克思主义文艺理论的研究，其深刻性和学理性也值得质疑。根据朱光潜的回忆，在50年代的讨论中，他"逐渐看到美学在我国的落后状况，参加美学论争的人往往并没有弄通马克思主义，至于资料的贫乏，对哲学史、心理学、人类学和社会学之类与美学密切相关的科学，有时甚至缺乏常识，尤其令人惊讶"。[①] 话语的趋同、资源的匮乏以及对政治性的过度强调，使这一阶段的文艺学和美学研究在学术上趋于肤浅，缺乏建树。

三、在苏联的有意引导下，翻译篇目的选择也受到政治因素的干扰。例如，苏联官方对"别、车、杜"的理论极其推崇，而事实上，按照当时阶级划分标准，这几位民主主义者的思想带有明显的"资产阶级"色彩。但是，对苏联的盲目崇信使中国人有意无意地忽略了这一点，大举引进和介绍这些理论，在中国文艺学界产生了极其广泛的影响。从另一个角度看，长期以来执行的单一标准在人们心中造成了一种印象，即把苏联文论理解成铁板一块，而事实上，译介过来的这些作品并不能代表苏联文论的整体。一个值得注意的现象是，这个时期对苏联文艺理论的译介并不是全面的，而是有遗漏的。例如，俄国形式主义在苏联曾作为异端遭到清算，在这一时期中国基本没有译作问世；巴赫金曾因为政治原因遭到流放，他的作品直到80年代才进入中国学者的视野。可见，苏联对待某些作家作品的态度引导着我们的态度，这种态度在我国的外国文艺理论译介领域投下了浓重的投影。

事实上，苏联文艺理论的翻译引进工作早在20世纪二三十年代就开始了，苏俄文学理论中蕴含的强烈的现实主义精神和社会批判意识，对中

[①] 朱光潜：《作者自传》，载《朱光潜全集》第一卷，安徽教育出版社1987年版，第76页。

国文学界产生了无与伦比的吸引力。1930年"左联"成立时专门建立了"马克思主义文艺理论研究会",把外国马克思主义文艺理论的译介放在突出位置,俄苏文论自然地成为引入重点。瞿秋白、鲁迅、冯雪峰、周扬等为代表的"左翼"文人在这方面做了很多工作。如,瞿秋白编译和翻译了《现实——马克思主义文艺论文集》和《列宁论托尔斯泰》;鲁迅翻译了卢那察尔斯基的《艺术论》和《文艺与批评》、普列汉诺夫的《艺术论》;冯雪峰翻译了卢那察尔斯基的《艺术之社会的基础》、普列汉诺夫的《艺术与社会生活》、沃罗夫斯基的《社会的作家论》;周扬翻译了别林斯基的《论自然派》、车尔尼雪夫斯基的《生活与美学》,等等。这时期的很多俄苏文论都是从俄文以外的其他语种间接翻译过来的,其中以日文居多,这种情况到了50年代时已有了根本改观。有学者断言:"如果说解放前每七八本译著中只有一本译自俄语的话,那么到了50年代中期以后平均每十本就有九本是根据原文翻译的。"[①] 但是,二三十年代的翻译工作的意义在于,这些文学界、文艺理论界的领军人物致力于翻译俄苏文论本身就已在不知不觉间奠定了苏联文论的主导地位。苏联模式在中国受到热烈欢迎,甚至发展至毫无障碍地长驱直入,是由中国社会迫切的现实需要决定的。从20世纪初到中华人民共和国成立之初,中国政治界和学界都在致力于摸索一条新路,作为世界上第一个社会主义国家的苏联提供了一个绝佳的样板,文艺与政治高度结合的模式正迎合了中国社会的迫切需要,鲁迅所说的"俄国文学是我们的导师和朋友"[②] 得到了广泛的认同,中华人民共和国成立后"全面学习苏联"是这一思路在逻辑上的自然延伸,而50年代中国特殊的政治氛围则为这一倾向逐渐走向极端提供了外部环境。可以说,中国对苏联文论的全面借鉴,早已经越出了文学的边界,而带有明显的革命功利主义的特征。

质言之,50年代中苏关系的"蜜月期",文艺学界对待马克思主义文论和苏联文艺理论的态度是更强调坚持,而不是发展,造成机械式的挪用和移植。与此同时,由于我们是以俄苏为中介来了解和传播马克思主义文

[①] 陈建华:《20世纪中俄文学关系史》,学林出版社1998年版,第184页。

[②] 吴予敏、马良春等编:《鲁迅论文学与艺术》上册,人民文学出版社1980年版,第505页。

艺理论的，因而渐渐陷入了一个误区，即认为苏俄代表着马克思主义的正统，在苏联文论与马克思主义文论之间画等号，把马克思、恩格斯等经典作家的论述和苏联作家的阐释性论著不加分析地一概作为最高典范来译介和接受，对其顶礼膜拜。而这种盲目崇信必然导致误解，如受弗里契的庸俗社会学的影响对马克思主义的历史唯物主义作机械反映论的阐释，把一些苏联领导人的"左倾"教条主义艺术观奉为马克思主义来宣扬，甚至把苏联二三流的文艺理论作品译成中文，鱼目混珠，广为传诵。相形之下，我们对马克思、恩格斯等人的原著的钻研反而不够深入，甚至受苏联某些论著的影响，对马恩的理解存在偏差。这种倾向与特定的政治气候和马克思主义在中国传播的特殊路径有直接关系，但它直接导致中国学界对苏联的文论几乎全面照搬，对苏联的文艺政策、文艺思想几乎全盘接受，而缺乏批判性的审视和认真的学理层面的探讨，对除此之外的文艺思潮和流派则采取否定和排斥的态度，这必然会对党的文艺政策的制定产生深刻影响。同时，由于长期固守俄苏文论的指导思想、理论框架和批判模式，中国古典文论和西方现当代文论都被排除在外，造成中国文艺学研究资源贫乏、话语单一、视野狭窄。更重要的是，文艺与政治和意识形态的联姻，使得"文艺为政治服务""社会主义现实主义"被确定为文艺创作和批评的最高原则，甚至是唯一原则，这对当时的文艺创作产生了不利影响。1956年，苏共二十大对斯大林个人崇拜的批判，使苏联国内的社会心理经历重大转折，文艺政策也有了较大幅度的调整，苏联官方放松了对文学艺术的意识形态控制，思想的"解冻"使文艺界在某种程度上获得了创作的自由，并恢复了与西方文艺界的交流。但是这次会议之后，两国关系出现裂痕，中国开始独立探寻属于自己的社会主义道路，在政治上逐渐走向"左"的极端，因此并未受到苏联文艺界这种转向的影响，错过了理论纠偏的时机。随着50年代后期中苏关系的冷却甚至恶化，苏联文艺理论被当成"修正主义"而受到批判。到了60年代后期，中国学界也阻断了与苏联等东欧国家的学术联系，只通过"黄皮书"这样的内部参考资料来了解苏联文艺的发展。但中国文论界仍然脱不开苏联文论的话语体系，苏联文论依然是中国文论研究的主要理论资源。到了"文化大革命"，各方面的翻译活动基本停滞，外国文艺理论的译介一片萧条，这种理论话语的贫瘠为 80 年代的"翻译热"培植了重要土壤。

第二节 80 年代:西方文论的大规模输入

在中外文艺理论交流史上,20 世纪 80 年代无疑是一个极富戏剧性、理想性的时期,也是当代中国学术文化发展的一个重要阶段。这个时期,对西方美学和文艺理论著作的引进和研究,在数量和规模上都是史无前例的,更重要的是,这次大规模的翻译运动是作为整个社会的文化转型和价值重建的一部分出现的,因而,这场运动及其所带来的奇特文化景观有其特殊的历史意义。

20 世纪 70 年代末 80 年代初,随着"文化大革命"的结束,政治和思想文化领域开始正本清源、拨乱反正,着力清除极"左"思潮的负面影响。同时,改革开放使中国的国门重新打开,意识形态的禁锢逐渐被打破,中国文艺理论界在重大历史机遇中谋求新的发展。

1979 年,全国第四次"文代会"召开,邓小平在《祝词》中明确表示:"党对文艺工作的领导,不是发号施令,不是要求文学艺术从属于临时的、具体的、直接的政治任务,而是根据文学艺术的特征和发展规律,帮助文艺工作者获得条件来不断繁荣文学艺术事业。"[①] 这次会议发出了一个重要的信号,它反映了政治高层、知识界以及全社会在文艺与政治的关系问题上已经达成共识,整个理论界掀起了解放思想的潮流。

中华人民共和国成立之后到 70 年代末之前,中国文艺理论界的主要理论来源是苏联式的马克思主义,几乎达到"一统天下"的程度。随着极"左"思潮的远去,苏式理论的权威性逐渐消失,理论界也开始反思其负面影响,在新形势下,它显然已不足以完成学术重建的任务。当在中国文艺学界占主导地位近 30 年的旧理论体系被推翻时,首先面对的一个问题是:用什么样的理论资源建构新的知识谱系和价值系统?邓小平在第四次文代会《祝词》中强调:"所有文艺工作者,都应当认真钻研、吸

---

① 《邓小平文选(一九七五——一九八二年)》,人民出版社 1983 年版,第 185 页。

收、融化和发展古今中外艺术技巧中一切好的东西，创造出具有民族风格和时代特色的完美的艺术形式。"① 这样一项要求为文艺学界跳出以俄苏理论为主的旧知识框架，以开放的心态大规模引进、借鉴国外文艺理论提供了基本依据。此时，西方文艺理论迅速进入人们视野，并在"现代化"的诱惑之下，很快成为主流话语。对于长期浸淫于苏联模式中的中国文艺学界来说，西方文艺理论，尤其是现当代理论提供了全新的话语体系和研究理论，正如一位学者所说，西学"打开了一扇门，进入了一个非常广大的世界"②。它在"别求新声于异邦"的希冀驱动下，理论界对西方文艺理论的态度由50年代的拒绝、排斥、批判转向欢迎、吸纳、赞赏。既迎合了人们对于苏联理论的逆反心理，又为新时期文艺理论研究带来了新的理论范式、开辟了更为广阔的空间。

第四次"文代会"的精神受到知识界的积极回应，我国的文艺理论界思想空前解放，各项活动空前活跃，西方文艺理论的介绍和引进工作逐步开展。开始只是重新出版一些已经出版过的古典译著，如黑格尔的《美学》第一卷（商务印书馆1979年版；上海译文出版社1979年版），柏拉图的《文艺对话集》（人民文学出版社1980年版）、亚里士多德的《诗学》以及伍蠡甫主编的《西方文论选》（上、下，中国戏剧出版社1986年版），等等。同时，由于"文化大革命"而中断的翻译工作也得以继续，如朱光潜所译的黑格尔的《美学》（第二、第三卷，商务印书馆1981年版）、莱辛的《拉奥孔》（人民文学出版社1979年版）和《歌德谈话录》（爱克曼辑录，人民文学出版社1979年版），鲍桑葵的《美学史》（张今译，商务印书馆1985年版），都得以陆续出版。商务印书馆1981年开始将过去以单行本刊印的译本汇编成"汉译世界学术名著丛书"，重新出版了一些60年代曾经出版过的西方文艺理论著作。从书目可以看到，这些译著依然局限于对一些古典论著的介绍和研究。尽管如此，仍然可以从这些成果中看到新局面开始的曙光。

1980年召开了第一届全国美学研讨会，李泽厚在这次会议上说了这

---

① 《邓小平文选（一九七五——一九八二年）》，人民出版社1983年版，第184页。
② 查建英：《八十年代访谈录》，生活·读书·新知三联书店2006年版，第198页。

样一段话："现在有许多爱好美学的青年人耗费了大量的精力和时间冥思苦想创造庞大的体系，可是连基本的美学知识也没有。因此他们的体系或文章经常是空中楼阁，缺乏学术价值。这不能怪他们，因为他们根本不了解国外现在的研究成果和水平。"这种情况在当时具有相当的普遍性，近半个世纪的与外部世界隔绝，造成了话语体系的单一，学术视野的狭窄，没有必要的知识储备，而忙于闭门造车、虚构体系，显然无益于推动学科的进步。因此，"目前的当务之急就是应该组织力量尽快地将国外美学著作大量翻译过来。我认为这对于彻底改善我们目前的美学研究状况具有关键的意义，你搞一篇有价值的翻译比你写十篇缺乏学术价值的文章作用大得多"。[①]

1986年4月，中国作家协会、中国社会科学院文学研究所、外国文学研究所、天津市作协分会和天津南开大学在天津召开了一次"中外文艺理论信息交流会"。会议主张对于西方的一些文学理论、观念、方法，先"统统拿来，然后加以咀嚼和消化"，并且，"当我们将它们'拿来'的时候，不一定先简单地给他们贴上这样或那样的'标签'，匆忙地给它们'定性'。更不要先入为主地断定它们是错误的，便拒绝对它们分析研究"，因此这次会议又被称为"拿来主义"会议。[②] 在将这次会议上提交的论文结集出版时，组织者发出了这样的宣言："我们宁肯做一个有过失误的创造者，也不要做一个'永不走路''永不跌跤'，对社会什么贡献也没有的碌碌无为者。一个有失误的创造者，比一百个总是重复前人正确理论的人更有价值。"[③] 很明显，这次会议与李泽厚在第一次"全国美学研讨会"上提出的观点是一致的，甚至带有某种"宣言"的意味，以开放的胸襟和充分的自信引入西方文艺理论，鼓励探索、创造，反对封闭、孤立，其中渗透了与改革开放的时代相契合的变革意识、开放意识和现代意识。

随着思想的进一步解放，人们逐渐认识到，我们多年来奉行的理论体

[①] "美学译文丛书"每一本的"序"中都刊载了这段话。
[②] 《中外文艺理论概览》"序"，春风文艺出版社1986年版，第2页。
[③] 同上书，第4页。

系和模式，已经跟不上文艺发展的步伐，不能对新的文艺现象做出解释，因此，借助引入外国文艺理论来推动方法论的变革和观念的变革，成为当务之急。1985年，在厦门、扬州、武汉召开了三个学术讨论会，讨论文艺学研究方法，这一年被称为"方法论"年。信息论、控制论、系统论、皮亚杰的"发生认识论"、普里高津的"耗散结构论"等新的理论方法进入文艺学研究领域，对自然科学方法的借鉴，带来了新的思路和立场。自然科学方法强调价值中立，注重系统性、严谨性、精确性，这既符合"十年浩劫"后文学研究远离意识形态、排斥政治功利性的普遍取向，同时也推动了新的学术规范的确立。[①]

有了这几次重要会议的推波助澜，更重要的是迎合中国新时期中国文艺学学科建设的迫切要求，西方文艺理论的译介工作迅速推进，而这项工作是作为当时"翻译热"的一个重要组成部分展开的。从20世纪70年代末开始，学界迎来了清末民初以来的又一次翻译热潮。据统计，"1978—1987年间，仅是社会科学方面的译著，就达5000余种，大约是这之前30年的10倍"。[②]"翻译热"之所以会在这个时候出现，主要基于思想界的一个共识：中国社会各领域百废待兴，通过译书来了解西方、认识西方，成为第一要务。正因为如此，"翻译"的意义就不是语言的转换这么简单，而是指向一个更高的目标，即完成思想的启蒙，实现民族的伟大复兴，与国际接轨，走向世界。半个世纪之前，鲁迅曾把翻译比喻为希腊神话中的普罗米修斯的"窃火"，在中国社会经历冰封之后，搬运西方思想"火种"再次成为一条寻求突破的途径。在"睁眼看世界"的求知意识驱动下，中国的理论界又迎来了新一轮的西学东渐。

由四川人民出版社在80年代初期出版的百余本的"'走向未来'丛书"是当时广受欢迎的一套书，其中大部分是翻译介绍当今世界新的科

[①] 对于"三论"是否可以用于人文科学研究，学界看法不一。但即便对"三论"持欢迎态度的学者也认识到，将自然科学方法移植到文艺学领域，要避免直接套用的做法，而应本着借鉴和启迪的原则，主要是借用其方法和理念，拓宽文艺学研究视野。

[②] 王晓明：《翻译的政治——从一个侧面看1980年代的翻译运动》，载于《印迹》第1辑，江苏教育出版社2002年版，第275页。

技、人文、政治、法律等方面的著作，成为 80 年代文化标志之一。如丛书的"编者献辞"所说，该丛书志在迎接"一个富有挑战性的、千变万化的未来"，使中华民族开始自己悠久历史中的"又一次真正的复兴"，编者还引用了弗兰西斯·培根的一段话以明志："希望人们不要把它看作一种意见，而要看作是一项事业，并相信我们在这里所做的不是为某一宗派或理论奠定基础，而是为人类的福祉和尊严……"① 正像丛书的命名所昭示的那样，该丛书的组织者希望通过倡导科学理性，来开启一条通向未来的光明大道。这个时期的翻译活动的组织者们深信自己所做的工作对于中国学术，乃至整个中国社会的发展都将起到难以估量的作用，如《现代西方学术文库》的编者所说："梁启超曾言：'今日之中国欲自强，第一策，当以译书为第一事。'此语今日或仍未过时。但我们深信，随着中国学人对世界学术文化进展的了解日益深入，当代中国学术文化的创造性大发展当不会为期太远了。"② 这套丛书的编委会成员是一批青年学者，如甘阳、徐友渔、刘小枫、陈维刚等，都心向西学，志在学术，但其编委会以"文化：中国与世界"为名，实际上反映出他们的一种希望，即进入世界体系，思考宏大的时代主题，通过对一些具有根本性的学术问题的研究，以间接而更具渗透性的方式推动中国现实问题的解决，对这些学者来说，学术在某种意义上是更大的政治。如此宏大的目标和抱负，使这场运动始终渗透着一种理想主义的激情。正如一位学者所言：80 年代的翻译者们"既不是从官方意识形态的需要出发，也不像 20 世纪 90 年代许多人所主张的，从专业和学术建设的需要出发，而是从当时整个社会的思想和文化变革的需要出发，从他们对于自身作为知识分子的社会和历史使命的理解出发，投身到大规模的翻译活动的组织工作中去。"③ 因此，这场大规模译介西方理论的活动的意义就不仅仅囿于学术领域，而是整个民族

---

① "'走向未来'丛书"编委会编："'走向未来'丛书""编者献辞"，四川人民出版社 1985 年版。

② "文化：中国与世界"编委会主编：《现代西方学术文库》，每一本的"总序"都刊载了这段话，生活·读书·新知三联书店 1989 年版。

③ 王晓明：《翻译的政治——从一个侧面看 1980 年代的翻译运动》，载《印迹》第 1 辑，江苏教育出版社 2002 年版，第 278—279 页。

思想大解放运动的一个重要表征，同时也有力地推动了思想解放的进程。

这时的文艺理论著作的翻译，是作为这项整体进程的一部分出现的。但是它又带有一定的特殊性，即，当时思想界所普遍关注的关于人的价值、人性的本质等问题，同时也是美学和文艺理论领域探讨的核心，美学可谓得风气之先，成为思想解放、引领社会思潮的学科，这也是80年代"美学热"出现的原因之一。这样一种取向有两个方面的特点，一方面志在推动全民族的思想解放，努力摆脱以前政治工具主义的影响；另一方面，高扬审美性、学术性，淡化政治性，但在它的背后，却隐藏着一种更大的政治。

在"翻译热"的大势席卷之下，大规模引进西方美学理论，尤其是西方现当代美学理论成为学术界的一项重要活动。起初仅仅是以单篇形式散见于一些刊物或译丛中，但很快就形成一股强劲的潮流。这个时期，译介的力度和速度都是空前的，据统计，仅1983年9月间，介绍西方现代主义文艺思想和流派的文章就有四百多篇，专著十余种，其中涉及现代主义文艺观念、艺术特点、艺术手法及其主要流派等。[①] 这一时期影响较大的译文丛书主要有：李泽厚主编的"美学译文丛书"；中国社会科学院文学研究所文艺理论研究室王春元、钱中文负责的编译小组所编的"现代外国文艺理论译丛"；中国社会科学院外国文艺研究所文艺理论研究室编的"当代外国文艺理论译丛"、"20世纪欧美文论丛书"；商务印书馆的"汉译世界学术名著丛书"。另外，还有中国艺术研究院马克思主义文艺理论研究所组织的"外国文艺理论研究资料丛书"、金观涛主编的"'走向未来'丛书"中的某些译著、甘阳主编的《现代西方学术文库》以及北京大学出版社"文艺美学丛书"中收录的一些译著，等等。除此之外，还有几种以翻译单篇文章为主的刊物性书籍，如由中国社会科学出版社的《美学译文》、文化艺术出版社的《世界艺术与美学》、四川省社会科学院出版社的《美学新潮》等；另有中国社会科学院外国文学所"20世纪外国文学评论丛书"编委会所编的"西方文艺思潮论丛"，以中国学者的评

---

① 见葛秀华《从"西方化"到"中国化"——论20世纪末中国美学研究对西方学术资源态度的变迁》，硕士学位论文，首都师范大学，2003年，第7页。

述性介绍为主；由复旦大学出版社出版的《美学与艺术评论》，开辟了"美学书刊评介"专栏，也对西方现代美学理论进行介绍。80年代文艺理论和美学理论翻译的全面繁荣，译丛、译著众多，本章只能择其要者加以介绍和分析。这一时期影响较大的丛书主要有以下几种：

李泽厚主编的"美学译文丛书"，分别在中国社会科学出版社、辽宁人民出版社、光明日报出版社、中国文联出版公司等四家出版社出版。该译丛收录了西方20世纪重要的经典论著，如桑塔耶纳的《美感》（缪灵珠译，中国社会科学出版社1982年版）、克莱夫·贝尔的《艺术》（周金环、马钟元译，滕守尧校，中国文联出版公司1984年版）、克罗齐的《美学的历史》（王大清译，袁华清校，中国社会科学出版社1984年版）、科林伍德的《艺术原理》（王至元、陈华中译，中国社会科学出版社1985年版）、苏珊·朗格的《情感与形式》（刘大基等译，中国社会科学出版社1986年版）、李普曼的《当代美学》（邓鹏译，光明日报出版社1986年版）、康定斯基的《论艺术的精神》（查立译，滕守尧校，中国社会科学出版社1987年版）、布洛克的《美学新解》（滕守尧译，辽宁人民出版社1987年版）等，覆盖了符号学、形式主义、新康德主义、自然主义等流派的代表著作。切合"美学热"的大浪潮，该丛书共出版了50多部，其中苏联的作品只有7部，其余大部分都是西方现当代文艺理论和美学理论的大家、名家的作品，大都堪称经典。

中国社会科学院文学研究所文艺理论研究室王春元、钱中文负责的编译小组所编的"现代外国文艺理论译丛"，由生活·读书·新知三联书店发行。在这套译丛的说明中编译者写道："本译丛主要编译介绍现当代世界各国文学理论和文艺学研究的重要成果，……近年来，……深感我们对最近数十年来国外文学理论研究的现状，知之甚少，有的甚至完全不知。这种状况，对于建设、发展具有中国特点的现代马克思主义文艺学的迫切要求，是很不适应的。"[①] 这种论断反映了在理论界普遍存在的一种焦急心态，即尽快了解西方文艺理论在20世纪的新进展，并与西方学术界展

[①] 中国社会科学院文学研究所、文艺理论研究室编译小组编："现代外国文艺理论译丛""说明"，生活·读书·新知三联书店1991年版。

开对话，在很大程度上带有"补课"的意味。在这套译丛中收录了很多具有代表性的、对当时的文艺学学科发展起到巨大推动作用的译作，其中包括韦勒克、沃伦的《文学理论》（刘象愚等译，1984）、斯托洛维奇的《现实中和艺术中的审美》（凌继尧、金亚娜译，1985）、卡冈的《艺术形态学》（凌继尧、金亚娜译，1986）、巴赫金的《陀思妥耶夫斯基诗学问题》（白春仁、顾亚铃译，1988）、佛克马、易布思的《20世纪文学理论》（林书武译，1988）、今道友信的《东方的美学》（蒋寅等译，1991）等14部作品。

中国社会科学院外国文艺研究所文艺理论研究室编的"当代外国文艺理论译丛"，由吴元迈担任主编，1986年出版第一辑。"主要编译介绍当代世界各国文艺理论批评领域中，那些具有新特点和新倾向的著作，供我国文艺理论工作者和爱好者参考之用。它既包括当代西方各国文艺理论批评领域中不同思想流派的著作，也包括苏联、东欧及其他国家有较大影响又有一定代表性的文艺理论著作。总之，力求结合我国文艺理论建设的需要，和尽可能比较全面地反映当代世界文艺理论发展的趋向。"[①] 该丛书由中国社会科学出版社出版，收录了伊格尔顿的《当代西方文学理论》（王逢振译，1988）、奥符相尼科夫和萨莫欣编的《现代资产阶级美学》（涂武生、杨汉池译，1988）、艾布拉姆斯的《镜与灯——浪漫主义理论批评传统》（袁洪军、操鸣译，1991）、戈尔德曼的《论小说的社会学》（吴岳添译，1988）等7部，产生了广泛的影响。

甘阳等编的"'文化：中国与世界'丛书"（生活·读书·新知三联书店出版），主要译介西方近代以来的哲学和美学著作，如尼采的《悲剧的诞生》（周国平译，1986）、海德格尔的《存在与时间》（陈嘉映、王庆节译，1987）、萨特的《存在与虚无》（陈宣良等译，1987）、罗蒂的《哲学和自然之镜》（李幼蒸译，1987）、本雅明的《发达资本主义时代的抒情诗人》（张旭东、魏文生译，1989）、马尔库塞的《审美之维》（李小兵译，1989），等等，这套丛书强调哲学性、思想性、学术性，对翻译质量

[①] 中国社会科学院外国文艺研究所文艺理论研究室编："当代外国文艺理论译丛"，"编辑说明"。

的要求颇高，在当时思想界引起了巨大轰动效应。

随着译介工作的全面、深入展开，国内学术界开始陆续出现了介绍性的西方文艺理论和美学的教材，如伍蠡甫的《欧洲文论简史》（人民文学出版社1985年版）、汝信的《西方美学史论丛及续编》（上海人民出版社1983年版）、缪朗山的《西方文艺理论史纲》（中国人民大学出版社1985年版）、胡经之主编的《西方文艺理论名著教程》（北京大学出版社1986年版）、胡经之、张首映的《西方20世纪文论史》（中国社会科学出版社1988年版）、杨恩寰的《西方美学思想史》（辽宁大学出版社1988年版）等，都产生了较大影响。张隆溪以《现代西方文论略览》为题，从1983年第4期开始在《读书》杂志上连续介绍20世纪西方文艺理论的主要流派，后结集为《20世纪西方文论述评》（生活·读书·新知三联书店1986年版）。这些教材和文选虽然偏重介绍国外文艺理论，但显然已经开始着力在消化吸收的基础上，尽可能清晰地梳理西方文艺理论的发展脉络，构筑较为完整的理论体系。与此同时，产生了一些高质量的研究性著作，如蒋孔阳的《德国古典美学》（商务印书馆1980年版）、周国平的《尼采——世纪的转折点上》（上海人民出版社1982年版）、阎国忠的《古希腊罗马美学》（北京大学出版社1983年版）、凌继尧的《苏联当代美学》（黑龙江人民出版社1986年版）、滕守尧的《审美心理描述》（中国社会科学出版社1985年版）、杨春时的《系统美学》（中国文联出版公司1987年版）等。

这个时期的外国文艺理论译介活动呈现速度快、范围广的特点，思想更为解放，一些在以前属于研究禁区的著作陆续出版，全面覆盖了现当代西方美学理论和文艺理论的主要流派及其代表人物，努力提供介绍新思潮、新方法论、新理论学派的第一手资料，景象异常壮观。

从编辑出版方面考察，可以看出，这些丛书的组织者，都是当时最活跃、影响力最大的学者，如李泽厚、钱中文、甘阳、吴元迈、金观涛等。他们是一批引导社会思潮的精英，对于学科和整个社会的发展，有着异常明确的目标。在国门打开之时，这些学者最先投入组织和翻译工作中来，从一个侧面反映了当时的学术界普遍认识到译介外国美学和文艺理论，尤其是西方现当代理论的紧迫性和重要性。由于迎合时代需要、市场前景广阔，出版社也非常积极地出版这些翻译著作。可以说，学界和出版界的紧密配合，是促成这一时期外国文艺理论翻译工作迅速铺开的一个重要因素。但与以往不同的是，在这场"翻译热"中，这些原先不属于翻译界的丛书组织者始终占据着主导地位，从翻译宗旨的确立、翻译计划的制定，到书目的选择和译者的选择，决策权几乎都是掌握在编委会手中，相形之下，出版社只是从事一些辅助性的工作。这是有意争取的结果，也与当时的文化形势相符。① 与此相联系的另一个特点是翻译队伍的年轻化，与五六十年代"名家名译"的原则相比，80年代的译丛常常启用一些名不见经传的年轻人，其中的很多人正是通过参与这些翻译工作而走上学术道路或建立学术声誉的。

　　从接受范围和效果来看，这些译作、译著的影响力并不限于学术界和思想界，在普通读者中也有相当大的市场。中国社会经历长时间的思想封闭，每个人都有强烈的求知欲，各种外来思潮的大量涌入，直接影响并活跃了中国人的精神生活。"美学译文丛书"最初的几部初版印数都在几万册，《艺术与视知觉》几个月内便卖出了6万册。像尼采的《悲剧的诞生》、萨特的《存在与虚无》、海德格尔的《存在与时间》这样一些专业人士都觉得晦涩难懂的哲学著作，也有数万乃至数十万册的销量。当然，这其中不乏赶时髦的成分。在读者中有一些有趣的现象，即根据字面意思，或仅凭书名来决定是否阅读或购买一本书。如卡西尔的《人论》是一本难懂的符号学著作，人们望文生义，以为它是一本关于"人"或"人道主义"问题的书，这是当时最受关注的话题，结果这本书出版后一年内就印了20多万册，极其畅销。伴随着思想解放的浪潮，在尽可能迅速地了解外来思潮的狂热气氛中，尼采、叔本华、弗洛伊德、海德格尔、萨特等在西方都只是在学术界范围内讨论的人物，在中国却受到很多人的热烈追捧。而与这种喧闹繁荣的景象相对的是，一些在西方学术界极受重视的重量级著作，翻译到中国来之后却石沉大海，并未得到中国学术界的积极回应，如李普曼的《当代美学》、沃尔海姆的《艺术及其对象》等。同样，文艺理论界对于占据了20世纪中叶之后占据欧美哲学讲坛的分析

---

① 关于这种新的翻译主导机制的确立，详情见王晓明《翻译的政治——从一个侧面看1980年代的翻译运动》，载《印迹》第1辑，江苏教育出版社2002年版。

美学重要代表作几乎没有引进，对于一些处于国际学术话题中心的重要理论也缺乏关注。这种情况，一是因为西方美学和文艺理论大规模地涌入，乱花迷眼，泥沙俱下，表面的活跃背后隐藏一定程度上的混乱，在读者中有一种跟风而上、一哄而起的效应，而对这些外国理论缺乏认真的鉴别；二是由于中国长期与国际学术界失去联系，对国外同行正在做的工作及讨论的话题茫然无知，在文本的接受和选择上，尚存在一些盲点和误区；三是这个时期的人们迫切希望用西方理论解决中国问题，因此钟爱更为宏大的叙事，而对于学术性较强、较为专门的著作缺乏兴趣。这些情况反映在外国文艺理论的译介方面，明显表现为严重的信息不对称。这也在一定程度上反映出中国的文艺理论译介工作的重要特点，即立足于现实的高度选择性和与文化思潮的紧密联系。

80 年代外国文艺尤其是西方理论资源的输入对中国文艺学学科建设的影响重大而深远，它不仅改变了苏联理论一统天下的局面，将文艺理论话题的讨论纳入了新的问题框架，扩大了理论版图，更新了知识系统，而且，更重要的是，它改变了中国文艺理论的总体格局。有学者指出，"假如与'五四'时期的中国文论相比，那么，新时期文论无论在方法更新、观念突破、学科重建、学人阵容与思潮规模上，都不是'五四'时期文论所能比的"。[①] 80 年代的文艺理论译介工作呈现一派繁荣景象，朝气蓬勃、绚丽多彩，并在以下几个方面推动了文艺学学科的发展。

一是丰富了话语系统。这个时期文艺研究领域出现了很多新的词语，如：阐释、期待视野、召唤结构、对话、细读、语境等，这些关键词几乎都来自西方文艺理论。"召唤结构""期待视野"来源于接受美学，"细读"来源于"新批评"，"能指""所指"来源于符号学，"无意识""情结"来源于精神分析学说，等等，每个术语的背后都是一个新的文艺理论体系和观念体系。

二是产生了新的方法论。文艺传播学、接受美学、现象学、解释学、符号学、阐释学、语义学、结构主义、发生学，甚至模糊数学、突变理论等都被中国的文艺学研究者所吸纳，甚至直接影响了艺术创作。例如，在

[①] 夏中义：《新潮学案》"前言"，上海三联书店 1996 年版，第 3 页。

诗歌理论领域，80年代初，谢冕发表了《在新的崛起面前》，孙绍振发表了《新的美学原则在崛起》，还有徐敬亚的《崛起的诗群》，这三篇文章的共同特点是都推崇现代主义文艺美学原则，强调自我表现和艺术革新，对过去尊崇的现实主义、古典主义原则构成了挑战。从此开始，"朦胧诗"兴起，象征、视角变幻、变形、直觉幻觉、通感、荒诞、意识流等手法作为新的创作方式大量出现于艺术作品中。方法的变革，带来了艺术创作和研究观念的更新，有助于摆脱旧的思维方式和理论体系。

三是形成了新的问题意识。西方启蒙运动以来的一系列人本主义思想传统，如康德关于"审美无利害"的观念、存在主义对于人的生存状态的感受等直接接引国内学界关于"主体性"的大讨论以及之后的文学研究"向内转"倾向。如李泽厚的"主体性理论"主要来源于康德，同时也可以从中看到克莱夫·贝尔、荣格等人的影子。刘再复的"文学主体性"理论在很大程度上是受美国学者马斯洛的人本主义心理学和对马克思主义进行重新解读的影响，在此基础上提出的"性格组合论"则取自英国小说家福斯特的《小说面面观》，可以看作对五六十年代以来仅从阶级性出发来塑造人物，造成类型化、脸谱化的人物形象的文艺创作方法的批判，刘再复也因此被称为"中国的卡西尔"。随后，"萨特热""弗洛伊德热""尼采热"轮番兴起，都绝非偶然之事，它们契合了当时中国社会普遍的社会心理状况，反映了主体意识长期受到压抑后的觉醒，触动了人内心深处的危机感。精神和心灵的绝对自由以及审美主体的主动性、积极性、创造性受到关注，如《悲剧的诞生》的译者周国平所说，尼采"在美学上的成就主要不在学理的探讨，而在以美学解决人生的根本问题，提倡一种审美的人生态度。他的美学是一种广义美学，实际上是一种人生哲学"。[①] 而尼采对"重估一切价值"的呼唤则暗自与人们对政治功利主义的反感、对人性的重新审视相契合。

80年代特殊的社会环境和文化氛围使得外国文艺理论译介工作处于一种矛盾状态之中，从某种意义上说，它的功绩同时也造成了它的缺憾，它们犹如一枚硬币的两面，无法割裂开来。具体说来，主要有以下几个方面。

[①] ［德］尼采：《悲剧的诞生》"译序"，周国平译，生活·读书·新知三联书店1986年版。

第一，通过翻译引入新的理论、新的思想、新的观念，中国文艺学界和思想界逐渐摆脱了狭隘的意识形态模式的禁锢。在苏联理论模式笼罩下曾经讨论了几十年的话题显得陈旧枯燥，再也不能激起人们的兴趣。大规模输入西方文艺理论资源本身基于对一种美好前景的预设，即通过引进西方理论，改变苏联理论一统天下的局面，中国文艺学界将迎来一个繁荣的春天。通过引进西方文艺理论，拓宽了理论视野，80年代的文艺理论研究领域的所有理论热点都与引进西学有着直接关联。如，理论界关于文学主体性的讨论、文艺与人道主义关系的大讨论、异化问题大讨论、方法论热、存在主义热、现象学热、解释学热、结构主义热、解构主义热、女性主义热、新历史主义热等一波又一波的浪潮，潮水般涌入的西方理论令人目不暇接。学界对于西方文艺理论的大规模翻译、引进和介绍，推动了中国文艺界知识体系、话语体系和理论模式的重构，直接导致了80年代中后期学术界的研究热点的变换，形成了明确的问题意识。但是，这样一种缺乏时间顺序的进入，难免使人心浮气躁、眼花缭乱，一时难以理顺各种思潮之间的关系，对各个理论体系的发展逻辑线索缺乏清晰的认知。事实上，由于长期失去联系和沟通，国内文艺理论界对于西方当代文艺理论和美学的发展处于很深的隔阂状态。因此，对这些外来理论的理解常常存在错位，较少还原这些理论的产生语境，也很少清楚地梳理其发展的逻辑线索，这在很大程度上造成了理解的浅表化，甚至导致误读。

第二，理论资源的调整，带来了研究范式的转型。程光炜也指出："由于有《现代西方学术文库》《走向世界》等译介丛书的'西方知识'的示范性，明显更新了80年代文学批评、文学理论的知识结构和语言系统，从而促进了文学批评由感悟式批评向知识化批评的历史转变。"[①] 西方文艺理论的特点是有着严密的逻辑层次，条分缕析、环环相扣，观点新颖、富于独创性，重视个体的价值，充满人文关怀，等等，这对于习惯苏联理论高头讲章式的批评和中国古典美学理论的感悟式批评的中国学者产生了巨大吸引力。通过这些译著，人们对西方文艺思潮和美学理论有了更全面和深入的了解。在此之前，由于受意识形态的束缚，人们只是看到这

---

① 程光炜：《80年代文学批评的"分层化"问题》，《文艺争鸣》2010年第5期。

些译著中的只言片语，就展开批判，难免发生误读。例如，对俄国形式主义、巴赫金的研究，在改革开放前受苏联影响，要么多有负面评价，要么不重视。而80年代后受到西方影响，多有正面肯定，某种程度上存在"跟风"心理，有学者称这种现象为对西方同类研究的"追尾"式跟踪。同时，新的理念和方法的引进，开辟了新的学科。举例来说，文艺心理研究，在80年代以前几乎是一个无人问津的学科。一方面是由于对非理性、潜意识等心理层面的研究被苏联斥为"伪科学"，如朱光潜的《悲剧心理学》《变态心理学》《文艺心理学》等早在20世纪三四十年代时就曾出版，但在"文化大革命"前都曾被当成资产阶级理论受到严厉批判，80年代时才得以再版；另一个原因则是缺乏可以借鉴的相应的理论资源。80年代初诸多心理学译著的出版，带来了新的方法和观念，也为开辟文艺心理学这片处女地提供了可能。金开诚的《文艺心理学论稿》（北京大学出版社1982年版）、滕守尧的《审美心理描述》（中国社会科学出版社1985年版）、吕俊华《艺术创造与变态心理》（生活·读书·新知三联书店1987年版）、钱谷融、鲁枢元主编的《文学心理学教程》（华东师范大学出版社1987年版）等相继出版，为中国文艺心理学的发展奠定了坚实的基础。

但是，80年代的理论界对于纷繁的西方理论基本采取一种"拿来主义"的态度，刚开始还把西方现当代文艺理论当作反面教材引进，供国内学界研究、批判，但很快就转变立场和姿态，主要以"学习"和"补课"为目的。一般引入外来理论的过程是碰撞以后的吸纳和融合，但80年代的翻译缺乏"碰撞"这一环节，对于西方的理论观点基本是无条件接受，对西方现当代文艺美学理论的态度从五六十年代的全盘否定到80年代的全盘肯定。有学者指出，"在20世纪80年代发表和出版的关于西方文论的大部分论文和著作中，以否定和批判精神为主题的少而又少"。[1]这种态度，造成了另一个误区，即从照搬俄苏模式转向套用西方模式，逐渐形成了一种对西方文艺理论崇拜，对外国理论缺乏认真的审视和有效的

---

[1] 周小仪、申丹：《中国对西方文论的接受：现代性认同与反思》，《中国比较文学》2006年第1期。

鉴别，这容易陷入生搬硬套、囫囵吞枣，在分析研究时，停留于一般性介绍、泛泛而谈。当然，也有例外。但总的来说，80年代我们对待西方理论的态度是重吸收、轻改造，重学习、轻对话。

第三，在"美学热"和"文化热"的共同驱动下，对文艺理论和美学理论的介绍作为当时知识界全面了解西方的一部分，在思想界和整个社会范围内都有着异常强烈的需求。由于时间紧迫，为了使中国读者以最快的速度了解西方文艺理论，翻译组织者大都非常重视翻译的速度。因此，很多丛书的翻译较为粗疏，甚至存在一些错漏。但从另一个角度看，这也许正是当时的目标使然。在"美学译文丛书"的序中，引用了李泽厚的话："值此美学饥荒时期，许多人不能读外文书刊，或缺少外文书籍，与其十年磨一剑，慢腾腾地搞出一两个完美定本，倒不如先放手大量翻译，几年内多出一些书。"[①] "定本"固然好，但是鉴于当时理论界的饥渴程度，相形之下，翻译速度更为重要。在这种需求的驱动下，这套丛书中很多采用合译的方式，以便于以最快的速度推出。李泽厚后来曾回忆说："这套丛书原计划一百种，其中好些重要著作，如杜威的《艺术即经验》、杜夫海纳的《审美经验现象学》、阿多诺的《美学理论》以及海德格尔、维根斯坦、贡布利希、本杰明等等有关论著，或因未找到译者，或因译者未译或未完成译事，以致均付阙如。已出版的原作水平也参差不齐，有的质量颇差因某些原因勉强收入。"[②] 李泽厚所说的几本未能收入"美学译文丛书"的书现在都已翻译过来，[③] 但是他这里提到的某些译文的质量问题，的确是无法回避的。[④]

---

① "美学译文丛书"每一本的"序"中都刊载了这段话。
② 李泽厚：《关于"美学译文丛书"》，《读书》1995年第8期。
③ 李泽厚在这段话中所提及的几本书中译本出版情况如下：杜威的《艺术即经验》（高建平译，商务印书馆2005年版）、杜夫海纳的《审美经验现象学》（韩树站译，文化艺术出版社1996年版）、阿多诺的《美学理论》（王柯平译，四川人民出版社1998年版），其余几位作者的重要代表作均有中译本问世。
④ 翻译质量的问题，不可一概而论。80年代的文艺理论和哲学美学译著不乏好的译本。如《现代西方文库》出版的系列译本，由于是知识精英推动，如《人论》《存在与时间》《存在与虚无》等，翻译质量都是比较高的，海德格尔的入室弟子熊伟教授认为《存在与时间》的中译本丝毫不逊色于英译本。

除此之外，还存在很多不合规范的地方，如"编译和摘译盛行；随意删去注释和参考书目；不注明原作的版本和出版时间；搬用台湾或20、30年代的陈旧译本，等等——但这些问题并没有引起太多的争议，不仅是因为那时候学风粗疏浮躁，不如今天那么讲究'学术规范'，而是在更大的使命感和整体性问题意识面前，这些所谓'学术规范'的问题根本就不成其为'问题'"。① 不过，这种情况随着90年代初中国加入《世界版权公约》，以及中国社会和法制建设进程的推进而基本结束。

与此同时，另外一个值得引起注意的现象是，当我们引进西方美学理论和西方理论时，出现了一系列的时空错位问题。有学者指出"当形式主义文艺思潮，如英美新批评派和结构主义已经日薄西山时，中国学界开始暴热走红；当西方学术开始从对文艺的'内部规律研究'走向'外部规律研究'时，中国学界却反其道而行之，从对文艺的'外部规律研究'转向'内部规律研究'；当西方学术的'非理性主义转向'后，中国的学界和文学创作界一方面制造了大量的非理性主义的芜杂而又纷乱的本土化产品，但中国作为发展中国家却最需要理性，特别是最需要启蒙理性和科技理性；当西方学术出现'文化转向'之后，中国学界虽然一部分人承接和跟进，而相当一部分精英知识分子却选择与文学研究相通的部分，对大众文化采取轻视乃至抵制的态度；当西方的新历史主义、后殖民主义、女权主义和新马克思主义勃兴和传播时，当代中国学者才开始意识到文学的政治诉求和重构文学的政治维度的重要性，但当时的中国学界，特别强调文学的自主性、自足性、独立性、审美自律性，公然宣称'文学与政治离婚'"。② 这种错位，一定程度上可以理解为理论移植的时间性错位，而更本质的原因，则是切合中国本土的文化发展趋向和学术发展的需要。

例如，韦勒克和沃伦在20世纪40年代出版的《文学理论》，成为"新批评"学派的经典著作。值得注意的是，"新批评"在20世纪70年

---

① 罗岗：《"韦伯翻译"与中国现代性问题》，引自中国当代文化研究网：http://www.cul-studies.com。

② 陆贵山：《现当代西方文论本土化的成果与问题》，《沈阳工程学院学报》（社会科学版）2008年第3期。

代的西方理论界已经开始衰落,伊格尔顿的《文学理论导论》即是作为替代性论著而取代了《文学理论》在英美文学理论界的地位。但在中国,1984年出版了《文学理论》的中译本(刘象愚等译,生活·读书·新知三联书店1984年版),很快成为该领域的研究必备书目和研究生的教科书,"新批评"的理论主张和分析方法受到热烈追捧。此后,杨周翰于1981年在《国外文学》发表《新批评派的启示》,赵毅衡出版《新批评——一个独特的形式文论》(中国社会科学出版社1986年版)一书,张隆溪的《作品本体的崇拜——论英美新批评》,对"新批评"的观念进行介绍,产生了广泛影响。① 自此,文本细读成为文艺研究领域的重要研究方法。《文学理论》对"文学的外部研究"和"文学的内部研究"进行了明确区分,认为文学研究的主要方式是"分析和解释作品本身"②。对文艺自身规律和形式特征的强调,也使中国的文艺美学研究从注重外部研究转向侧重内部研究。有学者认为:"'西方知识谱系'为八十年代中国学术提供的,不仅是用以表述自身状态的思想资源和知识表达方式,同时更是一个借重构'西方'来重构本国'学术文化'的理想化镜像。"③ 对"新批评"学派的热切接纳和回应也反映出中国读者和学界刻意去政治化的价值取向。文艺从属于政治、文艺为政治服务,是从中华人民共和国成立后直到"文化大革命"结束以前处理文艺问题的指导思想,它的弊端在70年代末已彰显出来。因此,80年代美学理论建设的起点就是"去政治化",由此产生的另一个效应是对于客观性、学术性、审美性的重视。这样一种取向既是对之前的文艺思潮的否定性延伸,同时为这个时期的中国美学理论的重构扫清了道路。

  80年代的外国文艺理论译介工作的意义在于重新建立起与世界文艺理论之间的联系,为新时期的文艺理论建设输入了新的活力。由于选择翻

---

  ① 关于"新批评"理论在中国的译介情况,参见周启超《20世纪80年代外国文论引介:回望四个镜头》,《学习与探索》2015年第3期。

  ② [美]韦勒克、沃伦:《文学理论》,刘象愚等译,生活·读书·新知三联书店1984年版,第145页。

  ③ 程光炜:《一个被重构的"西方"——从"现代西方学术文库"看八十年代的知识范式》,《当代文坛》2007年第4期。

译的文本本身大部分都是名著，无论在西方还是在中国都影响巨大，而这些译著所引发的话题，以及在这些译本的影响下产生的各种阐释、批判性的论著和论战的推波助澜，引起更多的人对原著的关注和研读，逐渐造成了一种"滚雪球"效应，西方理论的影响力和辐射范围越来越大，成为一种强势话语。而这其中有很多理论与中国的思想文化和社会发展的实际状况之间仍然存在差距。中国学术界似乎更多停留于亦步亦趋的介绍和评述，而缺乏批判性的反思和独到见解，甚至使中国理论成为西方理论的注脚。并且，国内学界对待西方理论的态度更多的是横向移植，最常见的做法是用西方的理论框架来分析中国的材料，而未能达到与中国本土文学和文艺理论的融会贯通，甚至与人们所熟悉的中国古代文论和马克思主义理论脱节。于是，到了90年代，一些学者开始对西方的话语霸权，甚至"文化殖民"提出质疑，吊诡的是，这种质疑在很大程度上仍是基于在西方的理论话语熏染下形成的思维模式。例如，有学者指出，"在很长一段时间里，我们怀着一种崇拜的激情全盘照搬西方文论，把它生硬牵强地套用在中国文学研究当中，而忘记了语言文化的差异，忘记了中西文论有着两套根本相异的话语，随之而来的后果就是严重的消化不良和'失语症'"。[①]叶舒宪批评了借西方的理论与方法为工具去剪裁和重组中国文学的材料的做法，认为这种方法在"无意识中认可了一个前提，即中国传统的研究方法已经不能有效地阐释中国的作品，需取西人的方法替代之。其结果，……脱离中华本土的学术传统之根，演化为在西人理论之后亦步亦趋地模仿前行的西方学术支流。……它只是在研究的范围和对象方面避免了欧洲中心主义，却又在理论方法方面陷入了欧洲中心主义"。他还指出，学界"对西欧北美层出不穷的理论流派趋之若鹜"，"在这种倾向背后的将是中华本土学术传统的湮没和遗忘。"[②]这段话体现了对80年代西方理论译介活动的批判性反思和突出的"本土意识"。

不可否认，80年代在引入外来文艺理论时，的确存在过于倚重西方

[①] 曹顺庆、邹涛：《从"失语症"到西方文论的中国化——重建中国文论话语的再思考》，《三峡大学学报》2005年第5期。

[②] 叶舒宪：《比较文学"中国学派"的根基》，《中外文化与文论》1996年第1期。

理论话语，而缺乏立足本土理论创新的问题，但是不能将此看成本土意识的缺失。"失语"论似乎忽略了这样一个问题，即移植西方理论不仅是受到"殖民化"，而是本土的需要，因此，不能简单地将之归结为"话语霸权"，而是主动选择的结果。如果我们仅仅从"话语霸权"或"文化殖民"的角度来理解80年代的这场"西学东渐"带来的后果，那么，我们就很容易把目光局限于问题的一面，而忽视出现这种现象的社会政治环境和文化需求。为什么当时中国学界能一呼百应，在翻译介绍西方理论问题上达到高度的共识？为什么当时的人们，尤其是年轻人普遍表现出对西方文化知识的饥渴？为什么这些译著的影响能迅速从学术圈蔓延开去，成为一项全社会积极参与的活动？这些现象，恐怕不是"西方的强加"可以解释的。毋宁说，在迅速进入世界文明主潮和学术前沿的压力面前，本土意识只是作为一种潜意识，隐藏在后台，被暂时性地悬置和遮蔽了。当"补课"告一段落之后，它才走向前台。

事实上，当时的知识精英们对于当代中国学术文化的重建步骤是非常清楚的，如王晓明所言，"他们差不多一致认为，今天的中国人需要建立自己的思想和哲学，而这是一个系统的工程，因此，第一步应该是全面介绍西方的现代哲学思想，第二步是深入地评述这些哲学思想，然后就可以达到第三步：中国的学者建立起至少不亚于别人的思想框架和哲学论述"。[①]翻译是迈出的第一步，是中国学术和文化走向世界的坚实的地基。当中国走向世界之时，旧有的文艺理论体系已不足以与他国之间形成对话，在普遍性的学术准备不足的情况下，奢谈改造和构筑自身的新体系，无疑是不现实的。当译介工作告一段落之时，"如何对待西方文论、如何看待中国本土文论、如何创建新的中国文论"这样一些问题才有了讨论的平台，人们认识到，中国本土的文艺学学科建设仅仅依靠引进西方理论是不够的。但无论如何，关于"失语症"的反思说明中国学术界已经有了自觉意识，不愿意再继续做西方理论的附庸。从某种意义上说，对80年代的译介工作中存在的问题进行总结、反思甚至批判，是中国学界逐渐回归理

[①] 王晓明：《翻译的政治——从一个侧面看1980年代的翻译运动》，载《半张脸的神话》，广西师范大学出版社2003年版，第306页。

性的必然逻辑结果。有学者提出,西方美学理论和文艺理论的中国化"绝不是简单的翻译介绍和引进,而是一种在吸收基础上的'内化','内化'基础上的'开拓','开拓'基础上的'创生'"。[①] 而追随之后的回归、解构之后的重构、内化基础上的"开拓"和"创生"是更为艰巨的任务。面对中国文艺理论的输出和西方理论的引进之间存在严重的逆差,中国美学界开始了重建中国美学理论体系的努力。

第三节 新世纪:走向多元与对话

本章所谓的"新世纪",是一个较为笼统的时间概念,并不严格局限于 21 世纪,更确切地说,它指涉 20 世纪 90 年代以来一种新的文论译介和中西文论对话的趋势。经过近一个世纪,尤其是 20 世纪 80 年代的积累,引进了重要的文艺理论著作,为良好的沟通和交流奠定了良好的基础。这是一个必经的阶段,先要了解,才能对话。进入 21 世纪,西方文论翻译工作呈现"共时"的特点,正在逐渐缩小译介的时间距离,如周宪、高建平主编的"新世纪美学译丛"、周宪、许钧主编的"现代性研究译丛"、张一兵主编的"当代学术棱镜译丛"、王逢振和希利斯·米勒主编的《知识分子图书馆》、商务印书馆的"商务新知译丛"、北京大学出版社的《未名译库》、中国人民大学出版社的"20 世纪西方学术思想译丛"等,都致力于介绍最新的国际理论动态,使中外文艺理论界的关系由单向传播走向多元对话。

这个时期的西方文艺理论译介工作更理性,也更系统,以梳理、阐释为主,带有更强的时代感和学术性。这一时期对外国文论的接受不仅是停留在方法论、术语等表层,而是向纵深发展,对各种流派和思想的产生语境作更深入的考察,进行系统的研究、清理、深化和拓展,同时,竭力探求新的研究方向,有着更明确的学科发展意识。具体说来,主要呈现以下几个重要的特征。

[①] 毕日升:《20 世纪西方文论中国化道路论略》,《燕赵学术》2011 年第 1 期。

一、美学与当代社会思潮的发展紧密结合，从 90 年代中后期开始，现代性理论、后现代思潮、后殖民理论、西方马克思主义理论方面的译著数量迅猛增长。

80 年代中后期，杰姆逊曾在北京大学作"后现代主义与文化理论"的专题讲座，当时并未引起大的反响，主要原因是不符合当时的中国社会发展状况。到了 90 年代，随着中国与世界的文化思潮接轨，后现代理论迅速蹿红。福柯的《性史》《疯癫与文明》，杰姆逊的《后现代主义与文化理论》和利奥塔的《后现代状况：关于知识的报告》都曾出过多个版本①，德里达、哈贝马斯等人的著作也相继翻译出版，中国学者大举跟进，此方面的论文和论著蔚为大观，研究"后"学成为学术界的时尚。

随着中国社会的急遽转型，市民社会中的消费主义、大众文化的兴起，文化研究成为 90 年代的显学，西方马克思主义、伯明翰学派、法兰克福学派的相关译著陆续出版。如北京大学出版社出版了雷蒙德·威廉斯的《文化与社会》，一些刊物如《文化研究读本》上也刊载了一些译文。卢卡契的《审美特性》（徐恒醇译，中国社会科学出版社 1986、1991 年版）、《历史与阶级意识》的不同版本（张醴平译，重庆出版社 1989 年版；杜章智、任立译，商务印书馆 1992 年版）、本雅明的《机械复制时代的艺术作品》（王才勇译，中国城市出版社 2002 年版）、《发达资本主义时代的抒情诗人》（张旭东、魏文生译，生活·读书·新知三联书店 1989 年版）、《本雅明文选》（陈永国、马海良译，中国社会科学出版社 1999 年版）、马丁·杰伊的《法兰克福学派史：1923—1950》（单世联译，广东人民出版社 1996 年版）也陆续译介过来。此外，重庆出版社翻译出版了霍克海默、阿多尔诺的《启蒙辩证法（哲学片断）》（洪佩郁、蔺月峰

---

① 福柯的《性史》有上海文化出版社 1988 年版（黄勇民、俞宝发译）、上海科学技术文献出版社 1989 年版（张廷深等译）、青海人民出版社 1999 年版（姬旭升译）等不同译本；《疯癫与文明》有浙江人民出版社 1990 年版（孙淑强、金筑云译）和生活·读书·新知三联书店 1999 年版（刘北成、杨远婴译）等版本；杰姆逊的《后现代主义与文化理论》有陕西师范大学出版社 1986、1987 年版和北京大学出版社 2005 年版几个译本，均为唐小兵译；利奥塔的《后现代状况：关于知识的报告》有生活·读书·新知三联书店 1997 年版和湖南美术出版社 1996 年版两个译本。

译，1990）、阿多尔诺的《否定的辩证法》（张峰译，1993）、霍克海默的《批判理论》（李小兵译，1989），哈贝马斯的《交往行动理论》（洪佩郁、蔺菁译，1994）、《交往与社会进化》（张博树译，1989）等法兰克福学派的重要代表作。

张一兵主编的"当代学术棱镜译丛"（均由南京大学出版社出版），也收录了很多文化研究理路的译著，如马克·波斯特的《第二媒介时代》（范静哗译，2000）、《麦克卢汉精粹》（何道宽译，2000）、鲍德里亚的《消费社会》（刘成富、全志钢译，2014）、约翰·菲斯克的《解读大众文化》（杨全强译，2006）、约翰·斯道雷的《文化理论与通俗文化导论》（杨竹山等译，2006），伊格尔顿的《文化的观念》（方杰译，2006）、托比·米勒编著的《文化研究指南》（王晓路等译，2018）等。中央编译出版社专门出版了"大众文化研究译丛"，包括安吉拉·默克罗比的《后现代主义与大众文化》（田晓菲译，2006）、约翰·费斯克的《理解大众文化》（王晓珏、宋伟杰译，2006）、劳拉·斯·蒙福德的《午后的爱情与意识形态》（林鹤译，2000）等。这样一些论著，在当时都具有相当的前沿性，启发和刺激了国内的文化研究。

这些译介活动，反映了新世纪外国文论译介工作的一个重要特点，即立足于中国的社会发展现实和理论需求，以学术诉求为基本驱动力的有意识推动，努力地在学术层面回应当代社会思潮的变化。

二、查漏补缺、填补空白，把一些重要的，但是仍未译成中文的学术著作引介进来。

上一节李泽厚所提到的未能翻译过来的几本书，这一时期都陆续翻译出版。杜威的《艺术即经验》由高建平翻译，于2005年由商务印书馆出版；杜夫海纳的《审美经验现象学》由韩树站翻译，1996年由文化艺术出版社出版；阿多诺的《美学理论》由王柯平翻译，1998年由四川人民出版社出版。

门罗·比厄斯利的《西方美学简史》（原名《美学：从古希腊到现代》，高建平译，北京大学出版社2005年版）也翻译成书。这本书在国外是美学专业的研究生必读的书目，多年来却由于种种原因一直未能与中国读者见面。值得一提的是，该书对美学史的叙述停留在20世纪中期，原作者也已故去，为了更完整地再现西方美学史的全貌，使中国读者更好地了解当代美学的新进展，中译本的第二版，由著名美国美学家柯提斯·卡特续写当代部分："美学：从1966到2006"，使该书成为一本名副其实的写到今天的美学史。

北京大学出版社出版了"当代国外文论教材精品系列"，包括《现代西方文学观念简史》（彼得·威德森著，钱竞、张欣译，2006）、《当代文学理论导读》（塞尔登等著，刘象愚译，2006）、《文学学导论》（瓦·叶·哈利泽夫著，周启超、王加兴译，2006）、《文学作品的多重解读》（迈克尔·莱恩著，赵炎秋译，2006）等。十年后，北京大学出版社再次出版"新世纪国外文论教材精品系列"，包括《艺术话语·艺术因素分析法》（瓦列里·伊·秋帕著，周启超、凌建侯译，2016）、《文学学导论》，（贝内迪克·耶辛、拉尔夫·克南著，王建、徐畅译，2016）、《文学世界共和国》（帕斯卡尔·卡萨诺瓦著，罗国祥、陈新丽、赵妮译，2015），等等。

21世纪以来，外国文艺理论译介工作的覆盖面更宽，一些全集得以出版，如钱中文主持翻译的《巴赫金全集》（河北教育出版社）、刘放桐主持的《杜威全集》（华东师范大学出版社）、涂纪亮主编的《维特根斯坦全集》（河北教育出版社）、曹卫东主持翻译的《本雅明全集》等。其中《杜威全集》中文版共38卷，复旦大学杜威与美国哲学研究中心组译，百余位在杜威和实用主义研究领域有深厚学养的知名专家学者历时11年翻译完成，为人们重新深入研究和挖掘杜威丰富的思想遗产提供了更为充足的第一手资料。这些全集的出版，既要归功于出版社的积极促成，也受到课题立项的推动，如《本雅明全集》为曹卫东主持的国家社会科学基金重大项目"《本雅明全集》翻译与研究"的一项成果。

随着一些重要的外国文艺理论和美学著作成果的翻译，促进了对过去曾被误读、忽视的理论成果的重新发现和重新研究。如对于杜威美学思想的研究。50年代开始，由于对胡适的批判，中国学界对其导师杜威的评价转向负面，对杜威思想的误解和简单化的评判成为一种普遍现象。改革开放后，西方学说又开始了新一轮的大规模涌入，但此时，中国的思想界更为关心的是维特根斯坦、海德格尔、德里达这样的当红人物，杜威依然很难进入知识界的研究视野。而对于杜威的美学思想，中国学界更是无人问津。《艺术即经验》是杜威美学的代表作，成书于1934年，"被普遍承认为迄今为止在我们这个世纪以英语（或许还是以其他语言）写作的最有价值的美学著作"[①]。然而，在《艺术即经验》的中译本出版之前，学界没有一部关于杜威美学研究的论著出版，仅有两篇相关的博士学位论文。2005年，《艺术即经验》中译本在商务印书馆出版，引发了强劲的杜威美学思想研究潮流，一大批相关专著、论文相继出版问世，甚至有学者开始关注杜威与马克思的审美思想之间的共通性。以客观而积极的心态翻译并重新研究一些曾被忽视和误读的经典，本身即是学术进步的体现。

除此之外，以前未受到应有重视，但在国际美学界广为人知，甚至成为话语中心的一些著作也译成中文出版。如在当代西方美学界产生重大影响的法国著名现象学家梅洛－庞蒂，其思想的影响力丝毫不逊色于海德格尔和萨特，但他的著作在中国却一直难觅踪迹，在21世纪初他的一些重要著作，如《眼与心》《知觉现象学》《哲学赞词》等都有了中译本，收入"当代法国思想文化译丛"。另如分析美学的代表人物阿瑟·丹托的《艺术的终结》（原名为"哲学对艺术的剥夺"，欧阳英译，江苏人民出版社2001年版），在文艺理论界、艺术界和美学界引发了一场关于"艺术是否会终结？"的大讨论，在此之后，他的《美的滥用》《艺术的终结之后》（均由王春辰译，江苏人民出版社2007年版）相继译介过来，产生广泛影响。

三、在文艺理论译介的内容上，与国外学术界保持同步，形成对话，更注重当代性、前沿性和多样性。这既是中国文论自身的发展需要，也是世界文艺理论界和美学界的一种自觉的转向。

在文艺理论译介的内容选择方面，形成了这样一条发展脉络。中华人民共和国成立之后到80年代之前，主要以翻译文艺理论经典文献为主，如朱光潜、宗白华等人的工作为代表。80年代，主要翻译20世纪前期的现代经典，以李泽厚、甘阳等人的工作为代表。进入21世纪以来，随着全球化进程的加剧，信息技术的进展，中国与世界其他各国都拥有同样的信息平台，学术交流日益广泛、频繁。外国文艺理论界和美学界的新进展

[①] Monroe Beardsley, *Aesthetics from Classical Greece to the Present*, New York: Macmillan, 1966, p. 332.

随时都能被中国学者获知,当代西方的文艺理论和思潮几乎能够同步进入中国,并引起反响。不少译著的中文版和外文版的出版时间相隔很短,几乎没有什么时间差,反映出中国学术界对西方学者讨论的前沿问题反应迅速,基本呈现同步的特征。

与此同时,中国学者通过国际会议、学术访问、讲学、在国外刊物发表文章或出版论著,邀请西方同行来我国参加国际会议或讲学等活动,主动地加强与国外的学术联系,增进外国同行对中国当代的文艺理论和美学的进展的了解。2002年秋天,在北京举办了"美学与文化:东方与西方"国际美学研讨会,这次会议,使中国学者更直接地了解外国美学的进展,更重要的是借助这样一个平台,向国际美学界介绍现代中国美学的发展历程,得到中外学者的高度认同和好评,认为这是"中国美学发展史上的一个里程碑",是"建构世界美学的一个转折点"[1]。2010年,第十八届国际美学大会在中国召开,国外第一流美学家云集,盛况空前。此次会议的主题是"美学的多样性",其主旨是希望美学"成为多样性的研究的汇合点,成为不同研究方向的人们进行对话、相互启发、共同发展的平台"[2]。

我们看到,在中国文论界有意识地着手建构自己的美学和文艺学理论体系的同时,很多西方学者也开始把关注的目光转向中国、转向东方,从中寻找新的灵感和发展契机。如舒斯特曼在将实用主义美学向身体美学维度拓展时,努力地从亚洲思想(尤其是中国和日本的哲学美学)中寻求启示。越来越多的西方学者认识到,新世纪美学的发展需要中西方学者通力合作,解决一些共同关心的问题,并在其中寻求共识与对话。

在新世纪,有几套具有代表性的丛书反映了这样一种寻求双向交流的努力:

周宪、高建平主编的"新世纪美学译丛",收录了理查德·舒斯特曼的《实用主义美学》(彭锋译,2002)、迪萨纳亚克的《审美的人》(户

---

[1] 高建平、王柯平:《新世纪美学发展的契机》,载于《美学与文化:东方与西方》,安徽教育出版社2006年版,第657、665页。

[2] 杨玉娟:《美学、美学大会与中国美学的发展——访国际美学协会秘书长高建平研究员》,《东方丛刊》2010年第3期。

晓辉译，2004)、诺埃尔·卡罗尔的《超越美学》（李媛媛译，2006)、马里奥·佩尔尼奥拉的《仪式思维——性、死亡和世界》（吕捷译，2006)、埃克伯特·法阿斯的《美学谱系学》（阎嘉译，2011)、理查德·舒斯特曼《身体意识与身体美学》（程相占译，2011)、阿诺德·贝林特的《艺术与介入》（李媛媛译，2013）等一批反映西方美学最新研究成果的译著。如编者所说，"西方美学经过差不多两代学者的不懈努力，基本面貌已经发生了根本的变化。一些新的、有影响的美学论述出现了，一些新的理论框架产生了，美学上的论争开始在新的理论平台上进行。"契合这种新的发展趋势，该译丛的目的是"了解国际美学发展的现状，以我们自身的理论资源，参加到国际美学对话中去，这是新世纪中国美学的必由之路。"① 国外美学新的发展动向为中国文艺理论的发展和进入世界体系提供了契机，一种美学上的"国际主义"呼之欲出。

周宪、许钧主编的"现代性研究译丛"收录了马泰·卡林内斯库的《现代性的五副面孔》（顾爱彬、李瑞华译，2002)、彼得·比格尔的《先锋派理论》（高建平译，2002)、戴维·哈维的《后现代的状况——对文化变迁之缘起的探究》（阎嘉译，2003)、沃尔夫冈·韦尔施的《我们的后现代的现代》（洪天富译，2004）等一些重要的西方学者关于现代性背景下的美学问题的论著。该译丛的立意非常清楚："在中国思考现代性问题，有必要强调两点：一方面是保持清醒的'中国现代性问题意识'，另一方面又必须确立一个广阔的跨文化视界。"② 新时代的中国不再遥遥地跟在西方后面奋力追赶，而是应该有自己的问题意识，立足自身的实际，同时又把这些问题放在一个更高、更宽的平台上来思考。这反映出当代中国学术界对于自身的一个定位：中国已被纳入世界体系，一切的国际问题都与我们有关，我们是这个世界的一分子。中国学术界不再是学生的姿态，而是主动投入解决问题的过程中。

此外，吉林人民出版社和河南大学出版社编辑出版的"国际美学前沿译丛"，其中收录了很多当代美学最前沿研究成果，如曾担任国际美学

---

① 周宪、高建平主编："新世纪美学译丛""编者前言"，商务印书馆2004年版。
② 周宪、许钧主编："现代性研究译丛""总序"，商务印书馆2002年版。

学会主席的斯洛文尼亚美学家阿莱斯·艾尔雅维奇的《图像时代》（胡菊兰、张云鹏译，2003）、沃尔夫冈·伊瑟尔的《虚构与想像》（陈定家、汪正龙等译，2002）、保罗·克劳瑟的《20世纪艺术的语言》（刘一平译，2007）、曼弗雷德·弗兰克的《德国早期浪漫主义美学导论》（聂军等译，2006）、阿诺德·伯林特的《美学与环境：一个主题的多重变奏》（程相占、宋艳霞译，2013）、纳塔利·勃朗的《走向环境美学》（尹航译，2015）、格林·帕森斯和艾伦·卡尔松的《功能之美——以善立美：环境美学新视野》（薛富兴译，2015）等。

王宁主编的《文学理论前沿》是一套论文集性质的丛书，宗旨是"立足国内、面向世界"，由北京大学出版社、国际文学理论学会、中国中外文艺理论学会、清华大学比较文学与文化研究中心合办，在顾问委员会名单中可以看到雅克·德里达、拉尔夫·科恩、特里·伊格尔顿、J.希利斯·米勒、弗雷德里克·詹姆逊这样一些最为活跃的国外学者的名字，编委中，外国学者与中国学者并列，通过这样一种合作，共同谱写一种世界性的文学理论。

周启超主编的《跨文化的文学理论研究》（知识产权出版社，已出版7辑）"以'跨文化'的视界检阅当代国外文论，分析其差异性与多形态性、互动性与共通性。本书专注于当代欧陆文论、斯拉夫文论、英美文论前沿问题研究与轴心话语之反思，专注于国外文学理论名家名说在当代中国的传播与影响之清理"，努力"在跨文化的文学理论园地坚守耕耘，在比较诗学的深度拓展上有所作为"。①

从以上所述的这些翻译活动，我们可以看出，新世纪的中国文艺理论的建设，采用一种双向的视角，套用文化学的一个术语，即"全球化思考，本土化行动"。长期以来，中国学界对西方的话语崇拜，导致对自身学科发展的忽视。有学者非常犀利而尖锐地指出了这个问题："近百年来，中国人几乎总是跟随在外国人的理论创新之后，翻译介绍，来往奔走，疲于奔命，而这种跟随与模仿，又往往变为一种时髦与招摇。"② 的

---

① 周启超主编：《跨文化的文学理论研究》"卷首语"，知识产权出版社2015年版。
② 钱中文、童庆炳主编："新时期文艺学建设丛书""总序"，华中师范大学出版社2000年版。

确，新时期中国的文艺理论建设要思考的不再是引渡和挪用的问题，而是怎样不再让自己的理论园地成为外国文论的"跑马场"，怎样利用传统资源，构造有独特学术个性的理论格局，建构有自身特色的理论形态。在此基础上，才能形成真正的交流，也才能在多元化的世界文论格局中，贡献中国智慧。因此，在新世纪，我们应该在有选择地吸收国外先进理论成果的基础上，建构中国自己的文艺学学科体系，在与世界的平等对话中发掘中国文论的当代价值，为世界文学理论的发展做出贡献！

第二十三章

文学理论教学与教材建设

孟登迎

第一节 1949年以前文学概论教学概述

"文学"能够成为中国现代学术研究的专有对象，与清末开创的现代高等教育体制有内在的关联。现代大学教育制度和现代学术分科制度建构起一套与中国传统"杂文学观"迥然不同的现代文学观念和文学理论体系。中华人民共和国建立后的文学理论研究和教学也是在这种现代学术分科制度的基础上产生的。

自清廷1902年颁布《钦定学堂章程》，1904年颁布并实施《奏定学堂章程》，到民国政府1913年公布《大学章程》，相应出现了所谓的"文学科"和"文学门"。"文学科"陆续从传统的"四部之学"中脱胎而出，并且与经学、历史学、地理学和哲学等学科门类有了较明确的区别；"文学"最终变成了一个包含"中国文学"和其他国别文学（如梵语文学、英文文学、法文文学、德文文学、俄文文学、意大利文学）的相对独立的现代学科体系。期间，京师大学堂于1910年首次在"文学科"当中设立了学制为4年的"中国文学门"（简称"国文学门"），使得文学研究自此正式成为中国现代高等教育的专门系科之一。[1] 这不但标志着中国

---

[1] 马越编著：《北京大学中文系简史（1910—1998）》，北京大学出版社1998年版，第4页。

文学教育体制在现代发生了根本性的变化，也标志着人们对于文学的认识日益专业化和明晰化。

1913年公布的《学科及科目》不但将"文学"学科分为八类（包括"国文学"、六类外国文学和"言语学"）①，而且详细罗列了这八类所要必修的课程。有意思的是，在六类外国文学和"言语学"类的科目表中都将"文学概论"作为必修课，唯有在"国文学系"却不见"文学概论"，独开"文学研究法"②。实际上，自京师大学堂设立以来，古已有之的"文学研究法"一直被定为研习中国文学的主修课程。但"这个'文学研究法'几乎穷尽了国学要义，从音韵到训诂，从词章到修辞，再到文体、文法，几乎无所不包。因此'文学研究法'与现代意义上的'文学概论'距离相当遥远"。③再结合对稍后的文学理论教学实践的考察，不难发现，对于"文学概论"这门有比较明确的研究对象（带有虚构性和情感性的纯文学）和比较独立的理论体系（寻找文学普遍性规律）的"西化"学科，能不能直接进入"中国文学门"的课程，文学教育界和学术界在很长一段时期内尚存疑虑。

从1917年到1920年间，陈独秀主持北大文科改革，开始削弱桐城派文人对国文系的控制，增加了诸多西化的课程，"文学概论"于1918年被列为必修课。但直到1920年，该门课程似乎一直未有合适授课的人选，而且最早还是周作人来讲授这门课程。直到1925年北大国文系进行一次课程大调整（所谓"分类专修"），"文学概论"才终于以必修课身份得以进入北大文学教学的课程表。但是在整个30年代，"文学概论"课又在北大中文系的课表中莫名其妙地消失了，直至1946年抗战胜利复校时才重新出现。④"文学概论"课在北大中文系的尴尬处境，充

---

① 璩鑫圭、唐良炎编：《中国近代教育史资料汇编：学制演变》，上海教育出版社1991年版，第698—699页。

② 同上。

③ 杜书瀛、钱竞主编：《中国20世纪文艺学学术史》第三部（孟繁华著），上海文艺出版社2001年版，第122页。

④ 程正民、程凯：《中国现代文学理论知识体系的建构——文学理论教材与教学的历史沿革》，北京大学出版社2005年版，第6—7页。

分体现出民国时期文学理论教学在整个文学学科教育体系当中所处的边缘地位。

实际上，从二三十年代出版的多本《文学概论》的"前言"或"后记"来看，教材的编写者们基本上都认为这门课一直处于不受重视的边缘地位，甚至有编者流露出无奈和自嘲的情绪（如潘梓年《文学概论》"弁言"，北新书局1925年版）。尽管自"五四"以后到抗战初期，各种新的文学思潮、文艺运动和文学理论争论极其活跃，但绝大多数大学的中文系均未开设"文学概论"课，连重视"注重新旧文学贯通与中外文学的结合"的清华中文系也不例外。① 直到1939年，民国教育部组织专家专门拟定《中国文学系科目表》来"规范"高校中文系的课程设置，"文学概论"课才被规定为第三学年的选修课。② 西南联大中文系1941年起聘请李广田以教员身份讲授"文学概论"课程，而这门课程最终被清华大学中文系选定为必修课已到了四十年代后期。清华中文系复员返京后对课程设置进行调整，感于当时世界各国文学研究与发展的理论化和批评化趋势，于1947年"增设文学概论，为二年级必修学程"。③ 但由于内战再起，教业荒弛，这一培养计划实际上并未得到真正的实施。

文学概论课在民国的大学中文系经常处于边缘地位，并不意味着文

---

① 与此相比，清华大学西洋文学系和西南联大外语系在三四十年代聘请英国新批评学派大师 I. A. 瑞恰兹及其高徒威廉·燕卜荪（William Empson）讲授过"文学批评"及"比较文学"等课程。他们的教学对中国当时的文学批评活动和文学理论教学有较大影响，但并无意在文学之哲学原理方面做专门探索。再往前推，"学衡派"代表人物之一梅光迪，早在1920年在南京高等师范学校开设文学概论课时就使用英国温彻斯特的《文学评论之原理》作教材，传播的基本是西方近代浪漫派和新人文主义相混杂的文学观：既强调想象、情感与个性的舒解，又强调抒情文学以道德认同为旨归，重在对作品进行评判欣赏，也无意于构建支撑文学的哲学基础。同为"学衡派"且对清华文学教育产生深远影响的吴宓先生，也基本上持此种新人文主义文学观。

② 1938年规定中文系的必修课：中国文学史、历代文选、诗选、词选、曲选、专书选读（群经诸子四史晋书）、文字学概要、语言学概要、各体文习作、西洋文学史。选修课：中哲、西哲史、中国近世史、诗史、小说史、文法、训诂、文学概论（第三学年）、文学批评（第三或第四学年）。参见《大学科目表》，正中书局1940年重庆初版，上海商务1946年版。

③ 《清华大学史料选编》（四）（1946—1948），清华大学出版社1993年版，第36页。

学理论学科在这么长的时间里没有发展。尽管当时的中文系对文学基本理论教学相当漠视，依然以文学史、文献考据和文字学等为正宗学问，但绝大多数读文学系的人难免都会问一问"文学到底是什么"这样的原理性问题。因此，部分是为了教学之需，部分是为应社会上大量的文学青年之需，民国期间还是出版了大约70多部文学理论教材（或普及读物）。这些教材或读物很多是对国外相关著作的译介或编辑，对现代的狭义"文学"概念（与想象性写作相关并具有纯审美意义）有了逐渐明确的界定，也有不少试图融合中国古代文艺思想来构建有关"文学"的理论体系。有学者将民国时期文学概论的生成概括为三种模式："长袍马褂模式"（注重激活中国传统文论思想，如刘永济《文学论》，1922；马宗霍《文学概论》，1925；姜亮夫《文学概论讲述》，1930）、"西装革履模式"（注重西方现代学术分科理念，如潘梓年的《文学概论》和沈天葆《文学概论》，1926）和"'普罗列塔利亚'模式"（关注文学的社会政治意义及人民性，如顾凤城《新兴文学概论》，1930；林焕平《文学论教程》，1945），形象地说明了这一时期在文学理论教材编写方面所呈现的方法论特征。①

　　1942年5月，毛泽东《在延安文艺座谈会上的讲话》（以下简称《讲话》）全面而创造性地总结了马克思主义文艺理论的中国化问题，这对中国文艺理论的教学和发展产生了历史性的影响。随着周扬为宣传《讲话》而编纂的《马克思主义与文艺》一书的出版（1944），《讲话》不仅在解放区，还在国统区和香港等地广为流传。在中华人民共和国成立之前，一批以《讲话》为指导思想的文学概论著作就开始产生影响，如林焕平的《文学论教程》（中国文化事业公司1945年版）、蔡仪的《文学论初步》（生活书店1946年版）和《新美学》（群益出版社1947年版）等。值得注意的是，这些理论家在中华人民共和国成立后，都自觉以《讲话》为指导，扩充或修订了这一时期的文学理论读本，甚至在很长一

---

① 参见傅莹《中国现代文学理论发生史》，上海文艺出版社2008年版。另，程正民、程凯《中国现代文学理论知识体系的建构——文学理论教材与教学的历史沿革》"上编"对此有更为具体的分析。

段时间里成为新中国文学理论教材的集体编写者。从这一点来看，40年代"左翼"文艺理论的发展，特别是《讲话》已经基本上奠定了中华人民共和国成立后的文学理论学科的基本框架和理论基石。

第二节 中华人民共和国成立初期到"文化大革命"期间的文学理论教学和教材建设（1949—1976）

一 新中国成立初期文教政策调整与文学理论教学大讨论（1949—1952）

随着东北和华北的相继解放，各大学开始推行从解放区带来的新型高等教育模式。1949年10月，华北高等教育委员会向华北各高校下达《各大学专科学校文法学院各系课程暂行规定》，明确将"培养学生对文学理论及文学史的基本知识"视为中文系的主要教学任务之一。1950年，全国性的高等院校课程改革工作普遍展开，随之制定的《高等学校文法两学院各系课程草案》将"中国语文学系"的任务规定为"培养学生充分掌握中国语文的能力和为人民服务的文艺思想，使成为文艺工作和一般文教工作的干部"。① 从"语文学系"到"干部"等新称谓都可以看出，一种注重应用和文教工作的新的文学教育理念开始占据主导地位。从1951年起，教育部又要求高等学校的各门课程均需拟定教学大纲，以增强教学的计划性，这开创了为一门课程制定全国统一教学大纲的新时代。

国家教育政策的变革直接影响到高校的课程设置和教学方式，对中文系的教学来说，文学理论（后受翻译苏联理论的影响普遍称为"文艺学"）的教学在中华人民共和国成立之初即获得了前所未有的权威地位，开始与久已有之的"文学史"成为中文系最重要的两类必修课。而且，文艺学因其浓烈的意识形态色彩和指导吁求，在随后屡次开展的文学教育思想大讨论当中都受到高度重视，并且对"文学史"和"外国文学"的

---

① 张健主编：《综合大学的文学教育》，《中国教育年鉴》（1949—1981），中国大百科全书出版社1984年版，第250页。

教学产生了强有力的影响。以北大中文系为例，从1948年开始到1952年，原有课程被大规模削减，同时新课程逐渐开设。除新增三门政治必修课外，还新开三门专业课：文艺学、新文艺试作和专家研究。其中文艺学被定为二年级的必修课，宗旨为"研究文艺理论，解决文艺上的各种问题"，内容有"文艺与社会基础""文艺实践与社会实践"等。后又开设了"中国新文学史"和"文教政策法令"等新课。[①] 主讲文艺学和文教政策法令的杨晦同时被委以中文系主任的重任，负责全系的教学整改工作。

中华人民共和国成立之初的新形势对文艺学教学提出了紧迫的政治要求和理论要求，但文艺学毕竟是一门刚被授予重任的新学科，这对于承担文艺学教学的教师们提出了严峻的挑战。1951年11月到1952年4月出现的"吕荧事件"就是这一现状的生动体现。山东大学中文系一名学生写信给《文艺报》，揭发和批评身为系主任的吕荧在讲授文学概论课时存在脱离实际和教条主义、轻视人民文艺和毛泽东文艺思想等问题。《文艺报》编辑部非常重视来自学生的批评意见，并以此为话题于1951年11月在北京召开了一场关于改进高校文艺教学工作的座谈会，随后发动了一场全国范围的关于文艺学教学"偏向问题"的讨论。据编辑部统计，这次讨论共收到全国各地28所高等学校的来稿和来信300件左右，产生了全国性的广泛影响。在这次讨论当中，《文艺报》编辑部和记者的述评（或编者按语）一直充当引导性的角色，尤其是1952年第8号发表的述评《改进高等学校的文艺教学》，基本可以看作教育主管部门在中华人民共和国成立初期对于文艺学教学的政策指导。这份述评批评高校文艺学教学当中存在的轻视和不理解马列主义和毛泽文艺思想的现象，要求新开设的"文艺学"课要更集中于"研究目前文艺方向及文艺创作、文艺运动与文艺批评"等现实问题，要求授课教师加强思想改造，加强对马列主义和毛泽东文艺思想的学习。

---

① 参考马越编著《北京大学中文系简史（1910—1998）》，北京大学出版社1998年版，第46页。

二 "全面仿苏"语境下的文学理论教材建设（1953—1957）

在各行各业全面学习苏联的语境中，高等教育部于1954年11月制定了《高等学校专业目录分类设置（草案）》，这是中华人民共和国成立以来第一份全国统一的专业目录，从而把高校课程设置的专业化以法律的形式规定下来。① 北大中文系1954年底在苏联专家指导下制定出来的教学计划和课程设置，均将文学理论置于前所未有的重要地位。1954年北京大学中文系、1955年北京师范大学中文系分别聘请苏联专家毕达可夫、柯尔尊来京讲授文艺学课，并请他们帮助两校中文系制定培养方案和教学计划。同时，还在北大开设了文艺理论研究班（进修班），在北师大开设了苏联文学研究班（进修班），全国各地高校选派文艺理论教师来京进修，将苏联的文艺理论传播到了更多的高校。另外，各大学中文系还学习苏联的高校建构，陆续成立了文艺理论教研室。

毕达可夫从1954年起在北大文艺理论研究班（由杨晦主持）讲授文艺学理论，并指导中文、东语两系学习苏联教学计划，为中文系学生做有关"社会主义现实主义""民族形式"、如何接受古典文学遗产等报告。这种讲学既具有学科探讨的性质，更具有指导文学研究方向的权威性质。1958年，高等教育出版社出版了他的《文艺学引论》，主要以别林斯基、车尔尼雪夫斯基、杜布罗留波夫及列宁的"反映论"为理论基础，书中所举例证都来自俄苏文学作品。1956年，柯尔尊在北师大开设的苏联文学理论进修班（由黄药眠主持）讲授文学理论和外国文学。1959年高等教育出版社出版了他的《文艺学概论》，简明扼要地讲述了苏联文学理论的基本观点和框架。

---

① "专业"是苏联高等教育专用名词，是与社会主义计划经济模式相配套的一套课程体系和教育模式，专业的目标表示国家建设对这类人才要求的规格。1952年院系调整后实行的课程教学改革就是以专业设置为中心而开展的：专业是大学教学制度的核心，大学按专业招生，专门人才按专业培养。且政府根据国家建设所需要的专门人才种类制定专业，大学设置专业必须经过政府教育行政部门的批准。与民国以系科为单位进行教学和培养的方式相比，其带来的利弊都相当明显。参考庞振超《新中国成立初期中国大学人文课程的变革及特点》，《大学科学教育》2007年第6期。

两个"苏式"理论班的开设,对新中国的文艺学教学和学科发展产生了深远的影响。由于苏联学者比较重视学科的理论性和完整性,使许多中国学者从中学到了有益的思维方法,也对马克思主义文论和苏式文论有了更深入的了解。中国学者(如霍松林、蒋孔阳、李树谦等)直接借鉴苏联文论的框架,随后写出了中华人民共和国成立后第一批较有体系化的文学概论教材。当然,全面学习苏式马克思主义文论,以苏式体系为师,也产生了一些负面影响。受苏联文艺理论影响,一些著名的文学史家和文学批评史家(如郭绍虞等)大力修改自己在民国时期所写的学术专著,甚至将文学史、批评史看成了现实主义与浪漫主义或现实主义与形式主义的斗争史。这说明,文艺理论的过度"越位"让正常的文学研究遭受简单化、概念化之累,也为后世的文论建设提供了教训。

早在20世纪二三十年代,苏联的文艺理论就被引入中国文艺界。五十年代,我国学者译介的最有体系性和权威性的苏联文艺学教材,要数季摩菲耶夫的《文学原理》(共三部,第一部《文学概论》,第二部《怎样分析文学作品》,第三部《文学发展过程》,上海平明出版社1953年版)。此书由查良铮(穆旦)译出,一年之内重印7次,发行量达54000册。该书同其他"苏式"文艺理论教材一样,在"绪论"中都提出应当将文艺学看作一门历史"科学",认为它包括文学理论(文学原理)、文学史和文学批评三个基本分支。而文学原理的基本框架由本质论(文学的一般特征)、作品论(文学作品的分析)和发展论(文学的发展过程)构成。这种分块论述、文学历史(纵向)发展与文体分析(横向)交叉的思维框架,最终成为长期支配中国文艺学教材的基本模式。随着苏联文艺理论著作的广泛译介,俄国19世纪文学批评家别林斯基、车尔尼雪夫斯基和杜布罗留波夫的文学思想被当作富有革命性和进步性思想的文论介绍了进来,这标志着俄苏文论对中国文艺理论学术的影响日渐深化。我们应该看到,当时中国的政治文化语境影响到对别、车、杜在接受上的实用性理解,这种偏向直接渗透到后来的教材编写中。

随着我国大学文学教育逐渐步入正轨,在全面仿苏语境下,我国多位学者也出版了自己编著的文学概论教材,如巴人的《文学论稿》(新文艺出版社1954年初版,1957年修订)、刘衍文的《文学概论》(新文艺出版社 1957 年版)、霍松林的《文艺学概论》(陕西人民出版社 1957 年版)和林焕平的《文学概论》(广西人民出版社 1957 年版)等著作。这些著作较多地借鉴了苏联文学理论的基本框架和范畴定位,但也透露出中国文论家试图建立自己民族文论话语的某种渴望。因为苏联的体系与中国古代文学史和文学创作现状确实存在不完全吻合的问题,从各书的绪言来看,基本上都有一个吸取苏联理论框架再修订和补充自己原有文学理论讲稿的过程。

三 "批判"和"跃进式"教改中的文学理论教材(1957—1961)

1957 年"反右"运动之前,高校的文艺学教学已呈现良好的态势,有了完善的教学大纲和相对丰富的教材,学位教育和管理也开始起步(比如北师大中文系 1954 年开始招收我国第一届文艺学研究生)。1958—1961 年,高校进入了所谓"跃进式"教改、大规模"学术批判"及"集体治学"时期。文科各专业被要求必须贯彻"古为今用"和"厚今薄古"的原则。在课程设置上大量缩减古代课程比例,在教学方式上以今人推崇的理论模式去裁判丰富多彩的古代文学现象(如将中国文学史说成现实主义和浪漫主义、现实主义和形式主义的斗争史)。同时提出"学术批判是教学改革的中心环节",号召青年师生展开对"资产阶级反动学术权威"的"学术批判",并且将"批判"的内容、范围、时间跨度、层次均提升到更高的层面。这种彻底的"批判"精神使青年学生获得了前所未有的自信,他们开始自己编写教材。1958—1959 年,北大、北师大中文系 55 级学生分别编写成了《中国文学史》(70 多万字)和《中国民间文学史》,经各大报刊宣传报道后,在全国引起极大轰动。

"反右"和"大跃进"实际上对中国文艺学提出了更高的要求,即如何创造具有中国气魄和中国作风的文艺理论?"革命的现实主义与革命的浪漫主义相结合"是当时所能找到的最激动人心的提法,这一提法最早是毛泽东在中共八大二次会议(1958 年 5 月)上提出的。后林默涵将毛泽东《讲话》总结为几大问题,以《更高地举起毛泽东文艺思想的旗帜》为题于 1960 年初发表,开始将讨论引向改变苏联模式的问题。经过"反右",国内文论家几乎都受到了严厉的批判,苏联文艺学模式也被质疑,那么，所能依赖的就只剩下毛泽东关于文艺的指示和讲话了。山东大学中文系文艺理论教研室这一时期编著的《文艺学新论》（山东人民出版社1962年修订版，初版出版于1959年）基本上反映出这一时期文艺学教材在内容和指导观念上的偏向。该书共十章，从标题到内容基本上就是《讲话》的缩编，在"批判"了巴人、胡风、秦兆阳以及"文学研究会""创造社"和"左联"之后，认为只有《讲话》才真正确立了革命文艺的工农兵方向，才解决了作家"为什么人"而写这一重大问题。教材最后断言《讲话》是"指导文学艺术的普遍永久的原则，是无产阶级文艺的战斗纲领：它不但能指导当时，而且能指导现在和将来，对世界无产阶级文艺运动也有重大意义"。[①] 这里显然将特定历史时期的文艺政策和指示当成了可以解释一切文学现象和文学作品的基本原理。

四　全国统编文艺学教材工作及成果（1961—1965）

从1961年开始，国家着手对"大跃进"带来的消极后果进行全面纠正。教育部于1月底召开重点高等学校工作会议，就文科教材的编写交换意见，特别强调要确定"以教学为主"的指导思想。4月11—25日，中央宣传部会同教育部、文化部在北京召开全国高校文科和艺术院校教材编选计划会议。周扬就高校文科的办学方针、培养目标、课程设置及制定教学方案的基本原则等问题做了系统的发言。周扬在文艺学教材编写工作的组织和策划方面做出了历史性的贡献。[②]

这次会议除了对政治课与专业课教学的关系做出了比较辩证的讨论之外，尤其值得关注的是对学生的专业学习提出了明确的要求。要求中文系学生具备基本理论知识、基本历史知识、基本社会知识，并受过基本技能的训练（特别是写作能力的训练）。就汉语言文学专业来说，明确其基本

[①] 山东大学中文系文艺理论教研室编著：《文艺学新论》（修订本），山东人民出版社1962年版，第122页。

[②] 除了教材建设，周扬和何其芳还在中国人民大学创办了三期文艺理论研究班（1959—1961），招收学员100多名，许多人成为中国文艺理论和文艺批评界的著名教授或专家。如王春元、何西来、邢煦寰、缪俊杰、李思孝、周忠厚、蒋培坤、谭霈生、王先霈、陆一帆、黄世瑜、李衍柱、刘建军等。

任务是"培养汉语言文学的教学、研究人才及其他工作者。"除了政治要求，还要求学生能理解马克思主义语言、文学理论和中国共产党有关语言、文学的方针政策；能阅读中国古籍、掌握一种外文书刊的一般阅读等要求。同时，要求教师处理好文科教学中存在的"论"与"史"（观点与材料）、古与今、中与外之间的关系。认为中国文学史不能因为反对"厚古薄今"而走极端，认为古代史（上古、中古、近代史）和现代史的比例，应大致保持在3∶1，而且还应加强对世界文学和民间文学的研究。[①]大会所制定的这些规划和原则是基本合乎我国大学文学教育的实际情况的，所以在此基础上制定的新的教学方案也具有较强的实践指导性。

根据这次会议确定的教学方案和计划，国家有关部门开始组织专家编写各门学科的全国统一教材，这在中国现代教育史上是一个创举。1961年5月，上海市委组织南方各高校开始联合编写"文学的基本原理"，由以群主持，王永生、叶子铭、刘叔成、徐俊西等参与。1963—1964年，《文学的基本原理》由上海文艺出版社作为"高等学校文科教材"分上、下两册出版，成为我国第一部统编的文艺学教材。这本书在部分院校使用并受到欢迎，在1964年10月又出了第二版。与此同时，在蔡仪主持下，北方各高校的文学理论教师于1961年夏在中共中央党校集中编写《文学概论》。此书大部分章节在1963年已基本有了讨论稿，但后来受"文化大革命"冲击被停滞，直到1979年6月才正式出版，也被作为高校教材推广使用。

这两部教材除了在体例结构上略有差异外，主要理论观点和立论前提都是基本一致的。通过比较两部教材的编写体例和主要内容的安排，可以看出其大致情况：以毛泽东《在延安文艺座谈会上的讲话》为理论提纲，将马克思主义经典作家的论述、革命作家高尔基和鲁迅等人的创作经验谈、中国古典文论的点滴精粹，以及别、车、杜的相关文学批评论断有条理地组织起来，形成了一套富有中国特色的、体系化的文学基本理论。尽管这两本教材后来都曾因为文艺政策的调整做过修订，但理论的基本框架

---

① 张健主编：《综合大学的文科教育》，《中国教育年鉴》（1949—1981），中国大百科全书出版社1984年版。

和出发点并无多大变化。

这两部教材基本上确立了中国当代文学理论教材的四大基本框架：本质论、作品论、发展论、批评论，而且都能配合当时的社会形势将四者纳入为国家整个文化事业服务的体系化阐释之中。其基本观点可以概括如下：（1）文学是形象地反映现实生活的一种特殊意识形态，在社会生活中属于上层建筑，所以必然离不开为政治服务的党性原则；（2）文学的发展受到社会文化发展的影响而具有一定的规律性，形成了现实主义和浪漫主义两种基本的创作方法，社会主义应该提倡社会主义现实主义的创作方法，既用以反映新的社会生活中涌现出的新的人物和精神，也应该发挥教育改造群众和知识分子的作用；（3）文学作品具有一定内容和形式，两者是相关联系的，但应该更重视作品所反映的内容是否具有进步性、教育性和审美性；（4）文学鉴赏和评论是运用马克思主义的观点和方法对文学作品的评判和欣赏，评论者自身应该培养较高的政治和艺术素质，坚持政治标准和艺术标准兼顾，而以政治标准为重的原则。

从今天来看，尽管这两部教材有明显的本质论和阶级论缺陷，但从中国文艺理论教材的发展历史来看，这次统一编写教材的成功，对于我国文学基本理论体系的形成有开创之功。

五　文艺学学科在"文化大革命"中的消解

从中华人民共和国成立到20世纪60年代中期，文艺学学科取得了前所未有的大发展。无论在教材和教参资料编写还是青年教师及研究生培养等方面，均建立起了比较完善而统一的规程和制度。但这种统一化也呈现出明显的缺点。比如，几乎所有的文学理论教材都是以列宁的反映论、认识论为立论根据，而且对作家反映生活的方式又做了许多不明确但却很严厉的限制。严厉的限制更多表现在文学批评中，对作家辛辛苦苦写出的一些作品不是加以同情性理解，然后再进行说理和批评，而是凭借政治性裁断以代替文艺批评。应当看到，从50年代以"反革命集团罪"去"批判"胡风文艺思想，到60年代初康生等人诬陷作家"利用小说反党"，这种一统化的思维和批评方式实际上潜伏着深层的危机。到1965年姚文元发表《评新编历史剧〈海瑞罢官〉》，就是这种危机的集中爆发。1966

年全面展开的"文化大革命"提出"学制要缩短，课程设置要精简。教材要彻底改革……首先删繁就简"。① 从北京大学江西分校1970年7月份提交的一份专业介绍中，基本可以推测当时的文学教育状况。学制为一年半，专业课5门：（1）毛泽东文艺思想；（2）毛泽东诗词；（3）革命样板戏；（4）文艺创作；（5）文艺评论，教学目标是训练在文艺战线上开展"兴无灭资"斗争，批判封资修文艺和不停地向资产阶级发动进攻的能力。② 文艺学原理的教学在这里几乎全部消失，而文学评论也几乎沦为政治批判和斗争的工具。至此，文学理论不再以文学自身问题为研究对象，文学批评已被政治阴谋家用作迫害异己的工具，文学教育不再具有丝毫独立的学术尊严和人员保障；文艺学这门学科实质上已经被完全消解了。

第三节 "新时期"文学理论教学与教材建设（1976—1992）

一 文学理论教学体系的全面恢复（1976—1978）

1978年6月，教育部在武汉召开高等学校文科教学工作座谈会。同年9月，教育部发布《高等学校文科教学工作座谈会纪要》，要求恢复专业设置，认真制定教学方案。中文系的教学从此在学科设置和教学计划上真正步入了正轨。在学科设置上，既有全国统一的公共必修课（政治、外语、体育和劳动等）和专业必修课（语言学基础、古代及现代汉语、古代及现当代中国文学史、文学概论、形式逻辑等），又有各校为若干方向准备的可以变动的选修课。其中，文艺理论方面的八门选修课如下：1. 马克思主义文艺理论经典著作选读、马列主义文艺理论专题、毛泽东文艺思想；2. 中国文学理论批评史、中国古代文论专题（如《文心雕龙》《诗品》和中国戏曲理论）；3. 外国资产阶级文艺思潮专题研究、当代外国文艺思潮与流派

---

① 见《中国教育事典》（高等教育卷），河北教育出版社1994年版。
② 转引自马越《北京大学中文系简史（1898—1998）》，北京大学出版社1998年版，第66页。

专题研究；4. 美学。① 从以上的分类不难看出，我国文艺学界对构成中国现代文艺学的三大文论话语"谱系"开始进行自觉梳理：马列文论、中国古代文论、外国文论是当代中国文艺学赖以发展的三种主要理论资源，美学是与文艺理论最切近的相关基础理论学科。文艺学学科的这一构成态势是由当代中国的政治文化现实决定的，文艺学的教学也应该适应时代要求，努力去扩展和深化对这些来自古今中外的文学理论资源的研究。

1979年2月，中国社会科学院文学研究所在昆明召开了中华人民共和国成立以来首次全国文学学科规划会议。会议讨论和修订了1978—1985年的《文学学科研究规划（草案）》，将规划重点研究项目分文艺理论、中国当代文学、中国现代文学、中国古典文学等四部分。② 这种分类方式确立了中国文学学科的基本格局。与这些工作相适应，我国的文艺学教育制度和学位制度也得以完善。至1992年，我国的文艺学教育已具备了从本科教育到研究生教育的完整网络和格局，文艺学教学内容也超越了对一统化的"文学概论"的简单讲解，向跨学科、多层次、研究性分支学科教育发展。我们可称此为文艺学的专业化层递式学位教育模式。

二 "新时期"初期文学理论教材建设状况（1978—1985）

随着大学文学教育步入正轨，亟须一批文学基本理论教材。1978年6月，教育部决定大学中文系依然使用"文化大革命"以前集体编写的这两部代表性教材：以群主编的《文学的基本原理》和蔡仪主编的《文学概论》，并要求修订前者以供急需之用。到80年代中期，这两部教材还在不断被修订或再版，印数均接近上百万册。

随着高等教育制度的全面恢复和各类文学教育形式（如电大、自学考试等）的发展，这两本高校统编教材已不能满足不同程度读者的需要。自1980年起，各校（地）自编的文学理论教材逐渐增多。1981年，北京、上海等地开始出版新的文学理论教材，到了1986年，几乎全国各个

---

① 《综合大学的文科教育》，原始资料没有序号分别，笔者为突出文艺学科的框架构成，作了调整。见《中国教育年鉴》（1949—1981），中国大百科全书出版社1984年版。

② 《文学评论》1979年第2期。

省份都发行了自己所编的"文学概论"教材，大部分是自学考试辅导用书和高校中文系用书，其数量之多令人惊叹。[①] 在这些数目繁多的教材当中，影响较大的有郑国铨、周文柏、陈传才编的《文学理论》（中国人民大学出版社 1981 年版），十四院校编的《文学理论基础》（上海文艺出版社 1981 年版），钟子翱、童庆炳等编著的《文学概论》（"北京市自学考试教材"，北京师范大学出版社 1984 年版）和刘叔成的《文学理论四十讲》（中央广播电视大学出版社 1985 年版）。

三 "新时期"对于文学理论教材的译介

在清理中国文艺理论在新时期的创新时，我们不能轻视外国文论的重要影响。由于一统化的理论思维导致了对文艺的教条式理解，长期的闭关锁国最终带来的是对西方文艺思想的狂热渴望。仅就 80 年代译介的文学原理性著作来说，以下几部就对中国文艺基本理论的建设产生过重大影响：韦勒克、沃伦的《文学理论》（1984），波斯彼洛夫《文学原理》（1985），伊格尔顿《20 世纪西方文学理论》（1986），杰姆逊《后现代主义与文化理论：杰姆逊讲演录》（1986），赵毅衡《新批评：一种独特的形式主义文论》（1986），张隆溪《20 世纪西方文论述评》（1986），茵伽登《对文学的艺术作品的认识》（1988），艾布拉姆斯《镜与灯：浪漫主义文论及批评传统》（1989）。这些理论著作虽然来自各个文化背景不同的西方国家，彼此之间甚至互有争论和补充，但对于当代中国文艺理论的建设却具有重要的参考意义。

韦勒克、沃伦合著的《文学理论》将我们一直热衷的社会历史批评模式和意识形态定性（定位）判断直接划归"文学的外部研究"，而倡导专注于研究构成文学作品要素的所谓"文学内部研究"。这部教材包容的知识与学科非常广博，尤其是对构成文学审美形式诸种要素的研究，确实为中国文艺学的扩展和深化提供了切实可行的参照。当时的学界普遍接受了这本书传达的强烈信息：文学应该以自身独特的传达审美意义的方式存在，对文学存在方式也应该用适应于文学特性的方法；应该更认真地

---

① 具体统计情况可参见 1980—1986 年的《全国总书目》（中华书局）。

去关注文学存在物本身，而在讨论文学与社会、与思想哲学或其他艺术的关系时，必须以文学为关注中心，探讨它们对文学的影响能够达到何种程度。

艾布拉姆斯的《镜与灯：浪漫主义文论及批评传统》也对中国文艺学框架的完善产生了较大影响。本书作者在开篇即指出，任何一部文艺作品和批评理论的构成都与构成艺术作品的"四要素"（艺术家——作品——世界——欣赏者）密切相关。作者所说的四种要素之间实际上存在着动态关系，对这些动态关系的阐释和揭示正好与马克思主义文艺理论是相通的，如果我们不仅将文学看作反映现实生活的意识形态形式，而看作一种更为复杂的社会实践活动，那么，正是作家、世界、作品、读者四者之间的相互影响促成了文艺作品的构成、传达和评价、再生。这种思路彻底打破了之前对于文学的单一认识论、反映论模式，强调构成文学（生产和接受）活动的多种因素之间的辩证关系。

四　中国古代文学理论学科的教材建设

随着我国文艺学研究和教育的全面恢复，大批学术期刊应运而生，并且出现了文艺学各分支学科竞相繁荣的可喜现象。马列文论、中国古代文论、外国文论作为构成当代中国文艺学的三种基本理论框架和话语源泉，均受到了空前的重视。

就古代文论来说，从新中国成立前郭绍虞、朱自清、罗根泽、朱东润等杰出学者创立中国文学批评史这门学科起，就意味着中国人在经受了西方理论的冲击后，能够逐渐理智地去认识自己的文论传统，并将中国文论的未来建设与这门代表自己民族特性的学科密切地联系在一起。新时期伊始，首先出版了中国文学批评史教材。1979—1980年，郭绍虞主编的《中国古代文论选》分一卷本和四卷本两种不同版本正式出版，既满足了学生和教师的不同参考需要，也为深入研究古代文论的具体问题提供了初步的资料和线索。1980年，复旦大学中文系编写的《中国文学批评史》（三卷本）出版，后经王运熙、顾易生等学者的继续努力，最终在90年代编写出了资料翔实、线索清晰、见解通达的七卷本《中国文学批评通史》。另一些学者也为中国古代文论的发展做出了贡献。1981年，敏泽著

《中国文学批评史》(两册)出版。1987年,又有蔡钟翔、成复旺、黄保真著五卷本《中国文学理论史》出版发行。张少康、刘三富著《中国文学理论批评发展史》于90年代中期问世。1979年,我国成立古代文学理论学会,创办《古代文学理论研究》(丛刊)并坚持至今,推动着这门独具魅力的文艺学分支学科的完善和发展。

五 从文艺论争走向多元化的文艺理论建构

新时期文艺理论领域出现的繁荣现象,一方面受益于对外国文学理论著作的大量译介,另一方面更是我国文艺理论自身发展所必然引发的结果。在新时期之初,中国文艺理论的发展往往呈现为几次关于文艺的论争:如,1."为文艺正名"(是不是"阶级斗争的工具");2.文艺是否属于上层建筑;3.文艺是否"从属政治","为政治服务";4.关于人、人性、人道主义和异化问题的讨论;5.关于"文学主体性"的论争。前三次论争基本上扫除了禁锢人们头脑的旧条条框框,而且得到了官方主流意识形态的认可,在文论界达成了相对的共识。第四次和第五次论争均未能达成共识,但却真正触及到了新时期文论建设的核心问题:即,如何看待作为社会活动主体的"人"(个人)所具有(或应该具有)的自由度问题。对这一问题的争论在1985年前后达到了空前激化的程度。尤其是1985—1986年围绕刘再复的论文而发生的关于"文学主体性"的论争,真正触及到了中国文艺学的哲学基础问题(如何坚持和发展马克思主义),引发了文艺理论界广泛参与的激烈论战,最终促成了中国文艺理论基本框架的变革。

通过论争,人们普遍认识到原有的反映论、认识论模式已经无法解释日益复杂的文学现象,而更感兴趣于由输入西方各种"新潮"文艺理论而带来的思维拓展。从1984年开始,中国文艺学进入所谓"方法热""观念年",各种在当时看来是"新"思潮和挑战性的论断,激发起中国文艺理论家前所未有的想象力和创新热情。学界开始大量介绍西方的文艺理论,并将一些社会科学甚至自然科学的研究方法(如信息论、控制论、系统论三论)大胆地移植到文学观念的重建和文学研究实践当中。诸如"文艺心理学""文艺美学""文艺社会学""文艺信息学""文艺控制论"

"文学系统论""文艺消费学""文学（化）人类学""文艺管理学""文艺思维学"等杂糅了多种学科性质的新学科名称，大量出现在中国文艺学界。毋庸讳言，在1984—1985年"方法论"年前后出现的许多文艺学探索，由于尚缺乏对人文学科、社会科学、自然科学三者研究方法差异的深入理解，方法上的简单移植往往会偏离文艺学的特性，但应当看到，这些努力对开拓理论思维还是起了巨大的推动作用，中国文艺学从此出现了建构新体系的热潮。

在诸多新兴的文艺学分支学科当中，"文艺心理学"和"文艺美学"的发展引人注目。文艺心理学早在二三十年代就进入了中国，鲁迅翻译厨川白村的《苦闷的象征》（未名社1924年初版）和朱光潜著《文艺心理学》（1936年7月开明书店出版，朱自清作序）都曾在民国被搬上大学讲台。半个世纪以后，金开诚率先在北大中文系讲授文艺心理学，并于1982年出版了《文艺心理学论稿》（北京大学出版社1982年版），引起了文艺界广泛关注。这部书以"自觉的表象运动"为核心，阐述了文艺创作与欣赏过程中的一些心理活动规律，包括形象思维的过程与特点、文学语言和文学形象之间的关系，文学想象活动的心理机制等。后来钱谷融、鲁枢元主编的《文艺心理学教程》（华东师范大学出版社1987年版），分别从文学家的个性心理结构、文学创作的心理过程、文学作品的心理分析、文学语言的心理机制、文学欣赏的心理效应几个方面生动地阐述了文艺活动所特有的一些心理运作规律和模式，特别是开始重视作家审美心理及文学语言的审美心理机制的讨论，使专著紧紧扣住了文艺的审美特性，正是这一点使文艺心理学的研究与文艺美学的研究交会起来，真正推进到对文艺心理特性的研究上。在文艺心理学领域，童庆炳、刘烜、王向峰、王先霈、畅广元、高楠、劳承万、陶东风、王一川等学者也多有贡献，这些努力使得文艺心理学的教学和研究进一步推向全国各地。

在文艺心理学蓬勃发展的同时，文艺美学也有很快的发展，而且两者之间构成了密切的助益关系。1980年后，《朱光潜美学文学论文选》《宗白华美学文学论文选》、李泽厚的《美的历程》、伍蠡甫的《山水与美学》、冯至等译席勒的《审美教育书简》等书陆续出版。李泽厚在新时期初发表《批判哲学的批判》"三部思想史论"《美的历程》《美学四讲》

等著作外，还主编了"美学译文丛书"和"美学丛书"，介绍了大量西方文艺美学和心理分析美学专著，推出了众多美学界新人，对促成中国当代美学热有很大的影响。他所阐述的实践美学观、创造的"历史积淀"说，受到学术界的普遍重视和讨论。"美学译文丛书"包括乔治·桑塔耶纳的《美感》、苏珊·朗格的《艺术问题》与《情感与形式》、鲁道夫·阿恩海姆的《艺术与视知觉》、科林伍德的《艺术原理》、卢卡契的《审美特性》、列·斯托洛维奇的《审美价值的本质》、杜夫海纳的《美学与哲学》等。"美学丛书"集聚了中国美学研究者的成果，其中滕守尧的《审美心理描述》影响较大，此书详尽地介绍了审美心理的过程和要素，还介绍了西方审美心理学的众多流派。文艺美学的崛起影响到中国文艺基本理论的建构，人们普遍接受了文艺的审美特性问题，而彻底摆脱了一统化认识论、反映论文艺学的束缚。

文艺美学方面比较完备而严谨的基本原理著作，自90年代初期开始出现。较有代表性的要数社会科学院文学所杜书瀛主编的《文艺美学原理》（社会科学文献出版社1992年、1998年版）。《文艺美学原理》充分吸收了中国学术界研究马克思主义实践美学、文艺心理学、分析美学、存在主义美学、形式美学、符号美学、接受美学、阐释学等学科的成果，集中对审美活动的范畴定位、赖以进行的几大要素（创作——作品——接受）、所发挥和依赖的主体间性及民主性进行了深入阐释。该书既有创新又不失守正严谨，是新时期以来文艺美学基本原理教材中不可多得的优秀之作。

六 "新时期"有代表性的几套文艺理论教材

随着对传统文艺学教材所依赖的认识论（反映论）基础和马克思主义的深入讨论，学术界对于马列文论的研究的进一步深化。人们普遍认可了马列文论也可以有多种流派的观念，在论争中都尽力表达自己对马克思主义原理的理解，最终使文艺学基本理论的建构出现了流派纷呈的局面。大致来看，从80年代中期到90年代中期，我国学者在文学理论领域进行了比较自觉的建设工作，开始从文学活动的发生和展开过程来全面地看待文学，基本形成了几种较有代表性的文学观，即"审美意识形态论文学观""主体论文学观""象征论文学观"和"生产论文学观"。[①] 这些文学观基本上都体现在一些文艺理论教材当中,其中"审美意识形态论文学观"对文学理论教材的影响最大。

"主体论文学观"成形于80年代后期,认为应该超越认识论层次,将文学纳入人的活动的总体之中去考察,认为文学活动是有效克服主客体对立的一种特殊的自由活动。文学被理解为主体根据人生体验,通过语言建构交流审美对象,实现并升华自我的一种活动。文学作为一种审美实践活动的完整过程,将起点和终点都归于主体在审美实践活动所获得的自由实践状态。陕西师大畅广元等撰写的教材《文艺学导论》(陕西人民教育出版社1991年版)和九歌的《主体论文艺学》(畅广元审订,中国社会科学出版社1989年版),明确表现出这种文学观的影响。

"象征论文艺学"认为艺术并不是对客观现象的形象再现,也不是思想情感的形象传达,而是由一定物质媒介材料构成的表现性结构,是为了生命对象化的需要而创造的直观形象。每一个文学作品都共有的这种生命直观结构,即是所谓的象征论文艺观赖以存在的前提。厦门大学林兴宅所著的《象征论文艺学》(福建人民出版社1992年版)是其代表作。

"艺术生产论文学观"以马克思的商品生产理论为哲学基点,注重艺术作为一种实践性的精神生产的特殊性,试图把握艺术生产——艺术品——艺术消费——艺术生产的循环过程,为探讨文艺的商品性和生产过程提供了一种角度。武汉大学何国瑞主编的《艺术生产原理》(人民文学出版社1989年版)持此种文学观。

"审美意识形态文学观"早在80年代后期已基本成形,钱中文、童庆炳和王元骧持此观点。在理论定位上,这种文学观力图全面综括文学的本质,既强调文学的审美特性,又认为文学是一种意识形态。即文学以感情为中心,又是感情与思想的结合,它既有目的,又有不以实利为目的的超功利性;它是一种虚构(意象直觉)、又具有特殊形态的真实性;它既

[①] 此处借鉴了钱中文的相关提法,有改动。参见钱中文《文学理论三十年——从新时期到新世纪》,《文艺争鸣》2007年第3期。

有阶级性，但又是一种具有广泛社会性的审美意识形态，是"审美与意识形态双重性质的复杂组合形式"。① 当时提出这一观念，首先还是为了清除长期以来在我国文艺理论界存在的庸俗唯物主义和认识论的负面影响，因此强调要将文学的审美独立性和自主性作为文艺理论的逻辑起点。但是，随着国内社会阶级状况的改变以及对西方马克思主义文论研究的深入，这种极力强调文学审美独立性的文论模式也面临新的挑战。"审美意识形态文学观"的代表性著作有中国社会科学院文学所钱中文著《文学原理：发展论》、杜书瀛著《文学原理：创作论》、王春元著《文学原理：作品论》（社会科学文献出版社1989年版）、杜书瀛主编《文艺美学原理》、浙江大学王元骧著《文学原理》（浙江教育出版社1989年版）、北京师范大学童庆炳主编《文学理论教程》（高等教育出版社1992年版）和《文学理论要略》（人民文学出版社1995年版）等。

童庆炳主持的一系列文学理论教材编写工作，对新时期文艺学教材建设有独到的贡献。他主持编写的成十套文学理论教材，为当代文艺学教材的编写探索了多种不同的编写方式和教学途径。有别于介绍西方最新文论的《文学理论要略》，有为自学考试者提供基本知识框架的教材《文学概论》，还有联合全国多所大学的同行共同编写的专为本科必修课所用的《文学理论教程》。《文学理论教程》（李衍柱、曲本陆、曹廷华、王一川任副主编）从1992年初版到2015年已修订至第五版。这部教材摆脱了一统化时期受苏联影响的统编教材的旧模式，编写者们注意对马列文论、西方文论、中国古代文论、新时期以来中国文论变革等多方面的文论话语资源进行更为自觉的梳理和吸收，注重理论整体框架的构造和概念推断的严谨和统一性，可以说代表了我国大学文艺学教材目前所能达到的较高水平。

---

① 童庆炳主编：《文学理论要略》，人民文学出版社1995年版，第63页。

第四节 "面向21世纪"的文学理论教材建设(1993年至今)

一 "面向21世纪"的文学理论教改及成果

为了克服大学基础课程教学中一直存在的学科观念陈旧、学科内容狭窄、教学方法单一的弊端,从90年代中期开始,教育部高教司和师范司先后推出了"高等教育面向21世纪教学内容和课程体系改革计划"和"高等师范教育面向21世纪教学内容和课程体系改革计划"。教改计划鼓励各高校集中人力、挖掘各自学术传统、总结各自教学实践经验。应当说,这一指导思想顾及到了文艺学学科的特殊性,将多元、开放和共享等现代理念注入了文艺学教材的编写工作,因此,取得了一些比较明显的成效。其中最有代表性的是北京师大、华中师大和陕西师大申报的以下三个文学理论课教改项目。

北师大的文学理论课教改项目"在双向拓展中更新文学理论课程"(主持人:童庆炳、王一川)旨在"把文学理论的专业性和跨学科性结合起来,把理论性和批评性结合起来",在宏观和微观两个维度拓展原有的教学内容和体系。即,一方面向宏观的跨学科的文化研究拓展,借鉴社会学、历史学、文化学、语言学、心理学、人类学、民俗学等相关学科的知识和方法,扩大文学理论的边界;另一方面向微观的文本方面拓展,走向具体、实际而活跃的文本批评,在文本批评中延伸文学理论。这项教改的成果一方面促成了"文化与诗学"学术论著丛书的出版,另一方面已经在童庆炳主编的《文学理论教程》(高等教育出版社2000年修订版)中得到体现,新版教材对文学作品和文本的分析给予更多的安排。

华中师大的"文艺学课程体系的改革研究"(主持人:王先霈)旨在克服文艺学教学侧重于理论观念灌输,忽视欣赏和批评能力训练的偏向,依照学生的认知规律和教学实践的展开时间,将文艺学课程依次设置为文学文本解读、文学理论和文学批评原理3门必修课。这项教改考虑到了学生的实际,并强调在教材写作过程中要注意对国内外最新成果的吸纳和规范性表述问题，而且出版了《文学文本解读》（王耀辉著，华中师大出版社 1999 年版，后修订为王先霈、王耀辉主编《文学欣赏导引》，高等教育出版社 2005 年版）、《文学批评原理》（王先霈、胡亚敏主编，华中师大出版社 1999 年版，后修订为《文学批评导引》，高等教育出版社 2005 年版）和《文学理论导引》（王先霈、孙文宪主编，高等教育出版社 2005 年版）等有影响力的教材。

陕西师大的"文学文化学"（主持人：畅广元）教改成果集中体现在他们编写的《文学文化学》（畅广元、李西建主编，辽宁人民出版社 2006 年版）教材当中。此书旨在培养学生的文学理解能力和分析能力，从整体的文化观念的大文化视野出发，深入研究文化建设中的文学活动。在学科实践上，本书加强了对具有代表性的文学作品、文学思潮和文学现象的文化学评价和分析（如对屈原的文化意义、《十日谈》和文学与性的辨析、易学与诗学思想范式的分析），体现文学活动的文化阐释价值，试图对学生的文化创造能力产生一定的启迪和引导。①

二　文学理论教材编写的新范式与新探索

我国的文艺学理论框架基本上是在 60 年代初期建立起来的，带有本质论思维的明显印迹。从以上所述来看，经过几代学人的艰苦努力，文学理论的教材建设和理论建设已经取得了丰硕的成果。但是，现在比较通行的文学理论基本上都由文学本质论、文学创作论、文学作品论、文学接受（及文学批评）几大块组成，这种体系化的知识界定看似很"确定"，但也容易产生一些禁锢师生思维的新问题。在一些文学理论的教学和考试中，这一套关于文学的知识被确立为普遍性的标准供学生记忆，一定程度上制约了学生文学体悟能力和理论质疑能力的开发。尤其自 20 世纪 90 年代中期到本世纪初，后结构主义和后现代主义思潮曾一度对文艺学学术产生剧烈的影响，加之文艺的传播媒介也发生了巨大的变革及英国文化研究（Cultural Studies）思潮的冲击，一些在原来的文学理论教材中已成定论的

---

① 此节主要参考程正民、程凯《中国现代文学理论知识体系的建构——文学理论教材与教学的历史沿革》"第十二章"提供的材料，北京大学出版社 2005 年版，第 249—254 页。

问题——如文学的"本质",即文学不同于其他意识形式的独特审美特性——现在也变得非常难以回答。陶东风等著的《文学理论基本问题》(北京大学出版社 2004 年、2005 年、2007 年、2012 年版)、南帆主编的《文学理论》(北京大学出版社 2008 年版)以及童庆炳和钱瀚主编《新编文学理论》(中国人民大学出版社 2011 年、2018 年版)都可以看作克服旧有教材局限、探索文学理论教材编写方式的新尝试。

《文学理论基本问题》回避了对文学本质下定义的传统思维方式,对原有的文艺学核心问题或概念进行历时的梳理,即对传统的文艺学问题进行描述的时候,始终能把当下关注的问题意识和中西对比的视角贯彻其中。这样有利于学生对文艺学的基本知识的掌握和领会,也有利于引发学生的思考,突破了传统的、僵化的、教条的教材模式。该教材出版后受到不少同行的肯定,在使用过程中为了适应本科生的实际情况而做了三次修订。

南帆等人著的《文学理论》也采用了一个比较新的视角,不追求大的体系性,而主要围绕以下两个方面来讲解文学理论:一、文学是什么;二、如何研究文学。从这两个宏观角度入手,作者阐释了作家、文本叙事与抒情、修辞等对象,分析了文学与文化如历史、宗教、民族、地域等的关系,考察了文学经典、读者接受等问题。此书的优点是语言精练,问题集中,被作为"普通高校中文学科基础教材"出版,有较强的针对性。

童庆炳、钱瀚主编的《新编文学理论》(中国人民大学出版社 2011 年、2018 年版)也避开了文学本质论的章节,从文学与世界、文学与作者、文学作品、文学与读者、文学的价值等五大专题展开基本内容。编者是在对这五大专题进行展开时,不再采用大部分教材以前采用的中西融合下统一结论的做法,而是将中国古代文论和西方文论对相关专题的论述按照历时的变化分别加以梳理和叙述,这样就克服许多文学概论教材就某个论题进行理论拼凑的缺点,中是中,西是西,各自保持了相对完整和系统的梳理。学完这本教材,相信学生对五大专题所涉及的诸多文学观念和文学概念,会获得更具有历史内涵的具体的语境感和理论逻辑。这本教材对中西文论历史异质性和各自特征的重视,显示了在编写教材方面求实创新的精神。

当然，这些回避文学本质论的尝试和努力，虽然克服了新时期以来很多文学概论教材（据统计大概有 300 多种）的框架和窠臼，扩展了教材编写的视角，但不可避免地也给文学概论的教学留下了一些新的问题。杜书瀛在他最新出版的教材《文学是什么：文学原理简易读本》（中国社会科学出版社 2018 年版）当中，对陶东风和南帆等不加辨别地用乔纳森·卡勒的相对主义文学观刻意去回避文学的本质（性质）这个难题提出了商榷。他认为简单否定和回避文学的本质（性质）其实是不可取的，文学系的学生必然要探索和询问"文学的本质（性质）究竟是什么"这个基本问题，另外回避它也没必要，因为这也不符合文学发展的历史实际。杜老师认为，我们依然可以对有关文学本质的表述进行细化和推进，并坚持强调"文学是以语言文字为媒介而进行的人类审美价值之创造、抒写、传达和接受"[1] 活动。不难看出，关于文学概论教材的编写，尤其是有关文学原理的表述，其实是一个相当艰巨而困难的工作，它最终涉及中国的当代文论话语如何面向未来、重塑自我这个更重大的学术难题。

三 文艺学各相关学科或分支学科教材编写的新成果

随着文艺学教学专业化的趋势明显，文艺学专业学位培养体系的不断扩展，全国获得博士学位授予权的学校日渐增多，为文艺学下属各分支学科（文学理论、古代文论、西方文论、文艺美学）的教学改革所编写的教材也出现了许多优秀之作。

文艺美学方面，复旦大学朱立元主编的《美学》（高等教育出版社 2001 年、2006 年版）比较有代表性。该教材试图以马克思主义实践论为基础，适当吸收当代西方存在论（现象学）思想的合理因素，尝试建构有时代特色的实践存在论美学理论。教材可以说继承了蒋孔阳、李泽厚等的实践美学思想，又努力与中国古典美学思想有机地结合，力求发展适合我国当代的实践美学理论。

西方文论方面，近年出现了多部质量较好的教材，如复旦大学朱立元

---

[1] 杜书瀛：《文学是什么：文学原理简易读本》，中国社会科学出版社 2018 年版，第 32—33 页。

主编的《当代西方文艺理论》（华东师范大学出版社1997年、2005年、2015年版）、北京大学董学文主编的《西方文学理论史》（北京大学出版社2005年版）、人民大学章安祺等著《西方文艺理论史——从柏拉图到尼采》（人民大学出版社2007年版）、吉林大学杨冬著《文学理论：从柏拉图到德里达》（北京大学出版社2009年、2012年、2015年版）、北京师范大学马新国主编《西方文论史》（高等教育出版社1994年、2002年、2008年版）等。

古代文论方面，近年新出的代表性教材有北大中文系张少康的《中国文学理论批评史教程》（北京大学出版社1999年、2011年版），复旦大学王运熙、顾易生主编《中国文学批评史新编》（复旦大学出版社2007年版），北师大李壮鹰、李春青主编《中国古代文论教程》（高等教育出版社2005年、2013年版）等。这些教材各有其特点或优点，为古代文论的教学提供了更为丰富的教学资源。

中华人民共和国成立以后，文艺学因国家文化政治的转型获得了前所未有的学科"权力"。文艺学的发展虽然历经波折，但到六十年代中期，已经逐渐形成了具有中国特色的文艺理论教材体系和人才培养模式。新时期以来，国内学界渴望交流和追赶西方最新思潮的焦虑心态，刺激了文艺学对于各种新潮理论的热烈追逐。这一方面使得文艺学关注的问题和方法获得了空前的扩展，成为引领文艺研究走向的时代先锋；另一方面也使得文艺学陷入无尽的话语转换和失落之中。80年代中期兴盛的"文艺美学热"，以看似维护美学纯粹性和自足性的姿态，实际上传达了强烈的为自由文艺发展开道的意识形态吁求。"美学热"退潮之后，在中国出现了较多的文艺学专著和流派，中国的文艺学教学被认为已经走入了体系相对完备的时期。此时的大多数文艺理论教材主张将文艺看成一种特殊的精神实践活动，但对于这种实践活动的阐释却不自觉地陷入审美自足论的体系当中。对于文学本质、文学活动主体、文本分析和接受的分类和安排，几乎使文艺学变成了一套完整的知识体系。与学科的知识化趋势相匹配，高等学校的文艺学教育也形成了从本科、硕士到博士的分层培养体系。深受苏式"专业"分科观念影响的当代中国高等教育，更是将文艺学的研究对象细化到所谓文艺原理、西方文论、中国古典文论、中西诗学比较等分级门类当中。从这一点来说，文艺学教学和研究在完成了专业化和体系化的同时，又可能变成知识分类和学科规划的体制化生产。

从文化研究（Cultural Studies）反学科的角度来看，任何一门学科一旦被建立起完备的体系，就可能成为压抑多元思想和自身发展的体制化禁锢，就应该对自我进行批判性的考察。因此，站在21世纪的起点上，我们应该对文艺学学科体系保持批判性的警觉。文艺学并不简单是一套可以不断修补和扩充的知识体系，它涉及学科之间的权力关系。例如，对于文艺原理、西方文论、中国古代文论、文艺美学等分支学科的划分，使得文艺学的研究和教学越来越多地被带上了资格准入、岗位占领和学位等级认证的体制化色彩。这种体制性的分化正好暗合了中国高校文学教育体制和管理体制方面的科层化趋向。后者在培养专业人才和专业态度的同时，却容易使学生逐渐丧失关注公共问题的热情。因此，文艺学应当借鉴文化研究的方法和经验，不能自足于狭义的审美诉求，必须面向现实的社会文化尤其是大众文化发言，寻找在学术体制之外与广泛的社会运动建立动态联结的新可能，从而激活文艺学自身的再创造。

与之相应，文学理论教材的编写也得适应时代的变化而变化，不断整合古今中外的各种文学理论资源以及与文学相关度较高的其他各种新兴文化资源，努力开创新的局面。

第二十四章

台湾当代文学思潮

黎湘萍　张重岗

以1987年的"解严"为界线，台湾当代社会大致可划分为两个不同的阶段。与之相应，台湾的文学理论和思潮在两个时期呈现不同的发展景观。

20世纪50—80年代，台湾的文艺理论在两种范式的交织中发展："旧范式"作为政治文化的隐喻，视文学为工具，以官方倡导的"战斗文艺"理论为代表；"新范式"由学界中人发展起来，作为旧范式的反拨，扬弃了政治隐喻的美学观，倡导具有精神内蕴的"语言美学"。20世纪90年代以来，台湾知识界建构了多元发展的开放性文化场域，同时隐藏着危机和转机，其中引人注目的是"左翼"与本土/后殖民论之间的对垒以及文学场域从台湾向东亚的延展等动向。

第一节　旧范式的衰微

这里借用库恩的"范式理论"对战后台湾文论与美学的流变进行描述，"范式理论"比较适合描述思想的传统和创新之间的关系。

传统文学观念和理论与现代文学观念和理论之间的差异是多方面的，而最根本的差别表现在各自对"语言"在文学作品中的地位与作用的不同理解上。根据这种根本差别，我们可以把传统文学观念和理论叫作

"旧范式"，把现代文学观念和理论叫作"新范式"。前者倾向于把语言当作一种"工具"或"媒介"，因为它所构建的"文论"更多地是作为一种"文化隐喻"而存在的；后者则把语言看作人的"精神的存在方式"，而文学中的语言则是一种隐含多重意义的"审美对象"。"新"与"旧"并不表明时间上的先后之分，而是表明性质上的根本差异，因为同一历史时期内可以有两种或多种对立相反的因素并存，有些因素是属于"旧"的范围，有的则预示着一种新的发展方向，而它们的存在都有自己的现实依据。台湾从农业社会向工商社会的"转型"使现实的经济基础发生了"裂变"，也使得整个传统的意识形态、价值观念面临"危机"，文学理论新旧范式并存以及其消长变化，也可以在这种社会"转型"的基础条件下找到原因。

一　人的流动及其美学

1942年9月，国民党政府的中央文化运动委员会在重庆创办了一份《文化先锋》，时任国民党中宣部部长和文化运动委员会主任的张道藩在创刊号发表了《我们所需要的文艺政策》①。这篇论文肯定了抗战时期文艺的社会化现象，赞赏文艺家从象牙塔中走出来，回到社会大众之中，让文艺成为唤醒国民的重要力量。"文艺已不是有闲阶级的唯美主义者们在贫乏的内容上玩弄文学的东西，而变成了抗战的生力军，它负起了唤起民众、组织民众的积极责任。它摆脱掉专门学者、美学家，以及超然派的文艺家们的羁绊，而跳到从事社会工作者的怀里，与抗战建国发生联系，唯智主义的美学原理、文艺原理、文艺批评与由此而影响到文艺界的形式主义的论调，在现在伟大的时代，已失去了原有的势力。"② 正由于原来那些有势力的玄妙理论与现实脱节，已无法作为指导现实的文艺创作的理论，因此，张道藩提出了一套他认为能够适应文艺的社会化需要的文艺政策，这套政策的理论基础是"三民主义"，张道藩把它概括为"四条基本

---

① 张道藩：《我们所需要的文艺政策》，《文艺先锋》第1卷第1期。
② 张道藩：《我们所需要的文艺政策》，载《张道藩先生文集》，（台北）九歌出版社1999年版，第597页。

原则"和"六不五要",所谓"四条基本原则",即"文艺要以全民为对象"的"全民性文艺"原则;"事实定解决问题的方法"的"实事求是原则";"仁爱为民生的重心"的"仁爱、平等、服务、牺牲"的精神"以及"国族至上"的"国族主义原则";所谓"六不",即"不专写社会的黑暗""不挑拨阶级的仇恨""不带悲观的色彩""不表现浪漫的情调""不写无意义的作品""不表现不正确的意识";所谓"五要",即"要创造我们的民族文艺""要为最受苦痛的平民而写作""要以民族的立场来写作""要从理智里产作品""要用现实的形式"。张道藩关于文艺的理念,奠定于"文艺是人类生活意识的表现"这一基点上,所谓"生活意识即人类在求生存时与战争环境接触后所产生的思维理想等等"[①]。1921—1926年先后留学英法学习美术的张道藩,其专业是美术,抗战时期,也写过一些戏剧作品。由他出面来制定一套"适合"当时情况的"文艺政策",显然是因为他作为国民党官员的身份,而不是因为他的理论素养。张道藩试图用这套文艺政策来抗衡此前四个月毛泽东的《在延安文艺座谈会上的讲话》,其意图是很明显的。这篇文章一发表,在《文化先锋》杂志上引发讨论,该刊第8、第20、第21期推出了"文艺政策讨论"特辑,讨论的时间从1942年10月延续到1943年2月,参与讨论的人有该刊的李辰冬、梁实秋、王梦鸥、陈铨、赵友培、钱穆、常任侠、夏贯中等人,他们意见不一,各抒己见,这些人士,大部分都在战后去了台湾。

张道藩在抗战时期针对毛泽东《在延安文艺座谈会上的讲话》而提出的一套"文艺政策",实际上并没有获得文艺界的广泛认同。到台湾之后,蒋介石亲自主导文艺理论的方向与政策的制定,于1953年出版了《民生主义育乐两篇补述》,据此,张道藩于1954年4月又写了一篇长文《三民主义文艺论》,这是对蒋介石的文艺论述的阐述,也是对他1942年发表的《我们所需要的文艺政策》的文章的进一步完善。这篇洋洋洒洒的长文,包括"实质论"(上下)、"创作方法论"(上下)、"形式论"(上下)共六篇,分别论述了三民主义文艺论的本质与特质、文艺与民族

[①] 张道藩:《张道藩先生文集》,(台北)九歌出版社1999年版,第600页。

文化的关系、写实主义为主的创作方法、写实主义与非写实主义的综合运用、形式的错综变化与通俗问题、形式的优美与创造问题等。

在蒋介石、张道藩的带动下，随同国民党政府退守台湾的一批文化人，在50年代几乎主导了台湾的文艺理论与美学的方向，40年代不可能在中国大陆获得广泛共识的以三民主义为理论基础的国民党文艺政策，迁徙到台湾之后，在50年代生根开花。1928年赴法国巴黎大学学习比较文学和文学批评的李辰冬，以中国古典文学研究为主，他的博士学位论文《〈红楼梦〉研究》（1934）、译作《浮士德研究》（1945）、文艺论著《新人生观与新文艺》（1945）都出版于他在大陆的时期，而以《〈红楼梦〉研究》最引人注目（此书获得1944年度的国民党教育部学术奖）。到台湾之后，曾在大陆主编过《文化先锋》《文艺先锋》《新思潮》的李辰冬，主要用力于他在1948年为自己提出的一个十年计划。1953年4月出版的《文学新论》，则是他因"时势的需要"而提前写作的。这本书是在张道藩的鼓励下完成的，李辰冬在书中提出了"文学是意识的表现"和"意识决定一切"的论断，带有蒋介石所服膺的王陆心学的特征，而这也是"流动"到台湾的人们在风雨飘摇的时代最需要的理论与美学。

作为40年代的《文化先锋》撰稿人之一的王梦鸥，1930—1936年求学于日本早稻田大学。在大陆时期曾创作过一些剧本，其学术论述则偏于中国古代经学，他的一系列关于《礼记》的研究论文，如《原礼》《礼与大一》《礼教与社会生活》《原士与儒》《物底升华与人之再生》《六艺与儒学》，均发表于《文化先锋》（1942—1948）。然而真正发生影响的，却是他到台湾之后发表的有关文艺理论与美学的论著。王梦鸥在台湾的最早的文艺理论论著是台北重光文艺出版社于1959年出版的《文艺技巧论》（此书于1984年由学英文化出版社再版时改名为《文艺论谈》）。早在张道藩发表《我们所需要的文艺政策》时，王梦鸥就以《戴老花眼镜谈文艺政策》[①] 进行质疑，他在台湾政治大学任教时期撰写的文论，也没有像李辰冬那样紧密追随张道藩的路子，而是另开新路，以国学研究的根底，

---

① 王梦鸥：《戴老花眼镜谈文艺政策》，《文化先锋》第1卷第21期。

去介绍西方诗学和美学的流派和方法；又以西方美学的修养，重新解读了中国古典文论所蕴含的美学思想。收入《文艺论谈》的《中国艺术风格试论》《中国艺术之抽象观念化》《〈诗学〉以后的文评略述》《浪漫主义文艺之特质》《左拉的自然主义文艺》《20世纪初期的文学批评》《漫谈文学欣赏》《诗境界》《文艺技巧论》《论作品的结构》《狄葆德小说结构论》《现代小说之基本动向》《小说人物的构成》《情节的间歇作用》《现代短篇小说的性质》《论悲剧》《喜剧的笑》《电影编剧问题》等，涉及基本理论、文学史、作家作品评论和美学问题研究。

从张道藩、李辰冬、王梦鸥三人的文论，我们可以看到一条延续自大陆时期的不同于"左翼"文论的路线，在台湾的特殊历史环境下得到发展，而他们彼此的差异，也是50年代中后期在学院内部的文论与美学日渐与官方文论和文艺政策的差异所在。正是这些差异的存在，预示了台湾文论与美学的近60年来日渐多元、丰富而复杂的发展方向。

台湾文论60年的发展表明，新旧两种范式是并列甚至交叉前进的。以官方倡导的"战斗文艺"理论为代表的旧范式和"语言美学"新范式都是在共同的现实环境上产生，而且几乎同时出现。根据"战斗文艺"的"理论原则"进行创作的"反共文学"作品很快就夭折了。一是它们缺乏丰富的创作土壤，再就是大凡靠一种概念去演绎的"文学作品"最终都必然使自己向着"偏型"的文学类型去发展，其极端化便是日趋僵化，丧失了文学的生命力和美学价值。但是作为一种理论，却还会以各种新的面貌延续下去并发生一定的影响。"战斗文艺"理论即从50年代延续到70年代，因为它本来就是"概念性"的东西，借助官方的或者具有"影响力"的媒体与个人的力量，而逐渐被"知识化"，因此，常常在现实需要的时候就应运而生。但我们感兴趣的不是战斗文艺理论作为一种传统范式的延续过程及其效用，而是"新范式"——台湾语言美学之诞生、发展和理论化的过程。它并不是在传统范式"突然"断裂、"死亡"之后立刻诞生，并从此单独地生存下去，而是在传统所赖以产生的土地上崛起的一股异质的新的力量。它吸收了传统的许多因素——例如，强调理性、知性的观念，以避免文学流于肤浅与庸俗等——但它对理性的强调却不像传统范式那样指向异己的"社会集体"，而带着强烈的个性主义色彩和现代人的历史感，新范式的构建过程恰恰是构建者们（他们形成了一个理论共同体）所意识到的现实的历史过程，它不仅仅表明了一种理论由萌芽走向成熟的"纯学术"规律，而且表明了人们在其现实基础发生裂变的过程中某种精神变迁史，称之为"新遗民"对"生命情调"的选择。

笔者这里所用的"范式"（paradigm）概念借自美国科学史家托马斯·S.库恩。库恩认为科学发现具有三个特征：一、反常现象的发现（它统统非已有理论所预见，超乎传统规范）；二、发现反常的这个人和他的集体的许多成员为使这反常现象变成合规律的现象而奋斗；三、科学发现不仅仅是科学知识的积累和增加，在某种意义上，它们对于早已有的知识有反作用[1]。因此，新的发现要求一系列的调整，当这些调整越来越明显的时候，可以把它看作"科学革命"。科学革命的结果就是新范式的诞生。据此，库恩把科学发展的趋势描述为"前科学→常规科学（范式之建立）→危机→科学革命→新的常规科学→新的危机"这样一个过程。"前科学"的特点是群龙无首、杂乱无章，呈现比较幼稚的"多元"局面。经过这个阶段之后，逐渐形成一种为大家所共同遵守的规范或科学基质，即建立起一个科学共同体的成员所共有的信念、价值标准和技术"范式"。"范式"主要指由定律、原理、实验工具和方法所形成的科学研究的具体范例，学习科学的人与这种范例时常接触，于是在潜移默化中形成了科学传统中"未可明言"的意识（tacit knowledge）。"范式"的出现标志着一门学科由前科学走向科学。在"范式"确立之后，人们一般不再怀疑自己，不考察"范式"是否正确，而考虑自己是否合乎规范。随着反常现象的发现和日渐增多，根据"归纳思维"原则建立起来的传统范式因无法解释新现象而日益受到怀疑。"危机"出现了，这是百家争鸣的"多元化"的新阶段。直到"革命"爆发，产生新的常规科学，即新的范式。库恩的"范式"概念导源于美国哲学家米歇尔·博兰尼（Michael Polanyi）的支援意识（subsidiary awareness）。博兰尼认为，当一个

---

[1] ［美］托马斯·S.库恩：《科学发展的历史研究》，载《必要的张力》，江树生等译，福建人民出版社1981年版，第174—175页。

人在集中思想解决某个问题的时候，总有一个兴趣、一个意图，这思想意识中的集中点被称为"集中意识"（focus awareness），它属于"显"的层次。直接表现在我们具体的意向、关怀和解决问题的方式上。此外，还有一个更深的"隐"的层次，那是人们在"集中意识"里解决面临的现实问题时的基础和根据，这就是我们过去在成长过程中通过学习等方式从师承学派传统、文化价值系统等接受过来的"支援意识"，是我们在教育、熏陶下潜移默化而形成并深植于心的"传统"①。

不论是库恩的"范式"还是博兰尼的"支援意识"，事实上都强调了科学新发现与"传统"的相互依存的关系。新范式的建立是对传统范式"扬弃"的过程，它不是在具体的时间、空间，由某一个人突然完成，而是涉及许多人甚至许多"共同体"的复杂的历史过程。从整体文化发展的角度去看，新范式与旧传统处于互补的关系之中（例如牛顿与爱因斯坦），而不是两种相反的因素；但从文化发展的某个具体环节上看，新范式却是对它之前的那个旧范式的"反动"，正如库恩所说，它的形成对旧的知识具有一种反作用。在这个意义上说，新范式既是历史发展到一定阶段上的必然结果，就必然反映了这个阶段里的人们（共同信奉此一范式的"共同体"）关于自己和社会、世界的一种新的感受力、新的认识，因而也具有它本身以外的意义，例如，共时的政治意义、社会学意义和"历时"的文化意义，等等。

根据"新范式"与传统之间的这种关系，可以看到，它的建立有四个因素是不可或缺的：1. 传统在延续过程中因具体条件发生变化，现实具备了新现象产生的基础，在社会生活中，表现为旧的体制逐渐发生裂变，人们从传统的断层中发现了自己生活的新价值；2. 这种新的价值不是孤立的、偶然的，而是普遍的、必然的，为一个或几个共同体所接受；3. 现实的必然性发展使新的价值观得以延续和巩固，而不是断裂；4. 新的价值观要求得到说明和证明，要求得到确认，于是必然的趋向"理论化"或"知识化"，成为一种新的传统。台湾文学理论的历史发展，即其

---

① 关于博兰尼的"支援意识"概念，转引自林毓生《再论自由与权威的关系》，载《思想与人物》，（台北）联经出版公司1983年版，第67—68页。

"语言美学"的建构过程，是我们得出这一观点的事实根据。

二 文论与美学作为政治文化的隐喻

1949年，国民党在大陆全线崩溃，大势已去，只好退居宛如汪洋中一叶扁舟的台湾岛。只要想一想孙中山一手创建的这一大党曾经怎样领导中国资产阶级从事推翻千年帝制的革命，建立中国第一个资产阶级"共和国""中华民国"，怎样进行艰苦而悲壮的北伐战争，后来又怎样在内战与被迫抗日中渐失民心，终于仓皇南去，偏安海隅，人们不难想象那些依然在海峡彼岸张扬"三民主义"的"孤臣""孽子"们的强烈的"遗民"意识与悲剧意识。这也就是为什么在20世纪50年代的台湾突然盛行着"战斗文艺""反共文学"，高喊着通过建设"以伦理、民主、科学为内容，以民族的风格、革命的意识、战斗的精神，熔铸而成的三民主义'新文艺'"来强化人民的"反共意识"的根本原因了[①]。翻开这个时期占主导地位的"反共文艺"的理论文章，会发现所有的文艺种类，包括小说、诗歌、戏剧、音乐、绘画等，都被赋予了"反共"的"繁重"而"艰巨"的"战斗任务"。例如，1951年创刊的《文学创作》杂志（由有官方背景的"中国文艺协会"领导）在1953年5月号刊出"战斗文艺论评专号"，发表了张道藩的《论文艺作战与反攻》、齐如山的《论评剧的特质及其战斗力》、虞君质的《论文学与战斗》、梁宗之的《论小说的战斗性》、王聿均的《论诗歌的战斗性》、施翠峰的《论绘画的战斗性》、李中和的《论音乐的战斗性》等文章，把各种艺术体裁都纳入"战斗文艺"的行列之中。在自称为"三民主义"文学理论的论著里，例如，标榜

[①] "国军第一届文艺大会宣言"（1965年7月），转引自尹雪曼主编的《中华民国文艺史》，（台北）正中书局1976年版，第104—105页。国民党到台湾之后，对文艺加强了控制，1950年3月起，其"中央改造委员会"在政纲中列入了"文艺工作"一项。蒋介石在1953年著《民主主义育乐两篇补述》（1953年11月14日在国民党第七届中央委员会第三次全体会议上发表。收入《国父全集》第一卷"附录"，台北1981年再版）提出了"民生主义社会文艺政策"的重点和方向。是此后"战斗文艺"运动的指导思想。直至70年代，国民党都没放松对文艺的"指导工作"。1971年的"中央文艺工作研讨会总决议文"仍然要求"继续贯彻战斗文艺运动，使文艺充分发挥作为思想作战前锋的功能"云云。

"民生史观文学论"的李辰冬的《文学新论》（1953年初版，1975年重版）和获得1966年"中山文艺奖文艺理论奖"的王集丛的《文学新论》（1965），都留下了以"意识"为中心的痕迹。李辰冬认为"意识决定一切"，它"决定"文学的内容与形式、文学的价值、表现的技巧，是美感与共鸣的基础；"人类意识的组合是文艺作品的最大功用"；因此，决定文学作品的价值的标准便是作者"最为真挚"的"生活意识"，最能代表作者"人格"的"终身的最高理想"。① 王集丛的基本论点是，文艺作为"万物之灵"的"人类生活的产物"，是"人生的反映"，其最大的目的是发扬人性、消除兽性。因此，"文艺要善，传达善良的感情和思想"，"文艺还要真要美，把所有的生活写得真切美妙，通过此真切美妙的描写而对人生起着善的影响"。② 李、王二人的方法论、本质论、起源论、发展论、功能论、价值论、关系论、创作论、批评论等，都贯穿着相同的主题。这一现象令人回想到近代梁启超的"新小说"理论，"五四"时期的"文学革命"、二三十年代的"革命文学"，甚至可以追溯得更为久远。传统的"言志""载道"观念，他们对于所言之"志"、所载之"道"和"革命意识"的理解是不一样甚至相反的。但是，把文学当作一种"工具"或"手段"以达到更为根本的功利目的却几乎一脉相承。此外，传统文论习惯于把文学置于整个文化系统当中来考察。比如，先秦时代的《易传》所提出的"人文"观念，就比较系统地表现于梁朝刘勰的《文心雕龙》当中，其中的"纯"文学——诗、骚、乐府等，就与现在很难被看作"文学"的许多应用文类——如奏启、书记、章表等合并在"文"这一系统中，这似乎正是为了强调"纯"文学的"持人情志"之用，即使之发挥类似"经史"的"经邦济世"的"补助"功能。清代章学诚提出"六经皆史"，使《诗经》（文学）、《易经》（哲学）、《礼记》（某种意义上的政治学）与史类的《尚书》《春秋》在"史"的层次上统一起来，其实也就在逻辑上使它们都处在互相补充、互相说明的有机统一的网络里。换言之，"诗"也可以当作"经"来读，当作"史"来读。中国传统向

---

① 李辰冬：《文艺新论》，（台北）东大出版公司1975年版，"1953年初版自序"，第九章。
② 转引自尹雪曼《中华民国文艺史》，（台北）正中书局1976年版，第99页。

来就重视"诗教""乐教""史教""礼教""象教"等，把文学艺术乃至历史、哲学统统归属于一定的政治道德教化的大前提下。以致后代的文学批评家们为了提高"非正统"文学（例如诗之"余"的词曲、戏剧、小说等）的地位，必须赋予它们以经史所具的、严肃的"教化"内涵，或者通过批评来强调其严肃的道德意义。宋代苏辛对词的改造，明清时期李贽、张竹坡、金圣叹等人对《水浒传》《金瓶梅》《西厢记》等小说戏剧的评论，乃至近代有人提倡把"新小说"当作"经史"来读，等等，都足作例证①。蒋介石1955年出面提倡"战斗文艺"，后来又提出"文化为文艺的根干，文艺乃文化的花果"，1968年5月在一次"文艺会谈"上又说："今天文艺工作者的使命与路向，必须使民族文化与时代精神结合起来，以把握务本与求新的原则，而增强其承前启后的责任。同时，基于时代精神与革命任务的配合需要，更要促进文艺与武艺的结合，加强发挥文艺的战斗力量，使其一方面担当起三民主义政治作战与心理作战的前锋，一方面力挽当前偏颇颓靡以及畸形发展的文艺逆流，而将其导向三民主义新文艺以'仁'为本的主流。"②几乎不露痕迹地承袭了上述传统。一方面把文学置于文化系统之中，赋之以普遍的、严肃的"文化意义"与现实的政治宣传任务；另一方面又强调文学本身在形式方面的"美学"特征③，从而更有效地言"志"载"道"，成了传统文学观念及其理论的逻辑。它的社会基础是专制体制之下的"集体主义"。这就是为什么国民党到台湾之后"痛定思痛"，悟出了文艺的特殊的凝聚力量，因而匆忙中借

---

① 例如，无名氏在近代"新世界小说社报"第六、第七期上发表"读新小说法"，即宣称新小说宜作"史"读，宜作"子"读，宜作"志"读，宜作"经"读。"以小说读小说，则思想所有之事，不必世界所无之事；小说又宜以非小说读小说，则世界所有之事，不必思想所有之事……因其所有而有之，则万物莫不有，唯知幻观之无非实观也，方可读吾新小说"云云。见舒芜等编《中国近代文论选》上册，人民文学出版社1981年版，第273—274页。

② 转引自尹雪曼主编《中华民国文艺史》，（台北）正中书局1976年版，第979页。

③ 蒋介石1953年11月14日发表的《民生主义育乐两篇补述》也是这样理解文学的："……发源于诗的文学，乃是传统思想与情感的一种艺术。因为文学是思想与情感的传达者，所以他必有其充实的内容；因为文学是一种艺术，所以他又必有其优美的形式。"见《国父全集》，（台北）中国国民党中央委员会1973年版，第269页。

助"战斗文艺"渡过最初几年的精神危机①。因为如此,这个时期出现的几乎所有得到官方资源支持的"理论"都具有比较浓厚的文化隐喻的色彩,它们意不在文学自身,而在其倡导的政治文化的建设。

然而,"战斗文艺"理论作为政治文化的隐喻,一种政治理论和意识,在"指导"文艺创作方面彻底失败了。如果说它有什么"积极意义"的话,那就是它在客观上导致了人们对于自由、民主、民权等问题的深入讨论,为"新遗民"构建新的文学和文学理论打下了观念上的基础。它的负面影响在于,经过历时二十多年的强化宣传,它也"成功"地把大陆所选择的另外一条现代化的道路做了适合自己需要的形塑,构建了大陆的"另类"形象,成为后来两岸互相沟通的重要的心理障碍。就当时台湾岛内的真实状况而言,人们所接受的与其说是官方所宣扬的一套政治教条,毋宁说是他们所信奉的"人本主义"②。此外,这种理论对于"噩梦初醒"的人们也具有某种维持精神平衡的效果,仿佛虽然失去了"天堂",但也逃脱了"地狱"。1954 年,"中美共同防御条约"缔结之后,惶惶不安的人们在美国舰队的卫护下渐渐有了喘息的机会。"被回忆所束缚,不采取新行动,活在自我欺瞒中"(白先勇语)的反共文学作家们事实上也难于掩饰自己的挫败感了。挥之不去的精神创伤犹如噩梦一般骚扰着到台"遗民"的内心深处,在高喊"反共",以及由此引发关于自由、民主、人权等思想的研究和阐释之后,他们有机会反思传统价

---

① 国民党到台之后,认为它在大陆失败,有一个重要的因素就是忽视了对文艺的利用。因此,它加强了对文艺的"领导"工作。例如,在政纲中列入"文艺工作"项目,制定文艺政策,召开各种文艺大会、座谈会,在军队里培养和鼓励创作。实行蒋介石所谓的"文艺"与"武艺"相结合方针,等等。参见尹雪曼主编《中华民国文艺史》第 12 章第 5 节"复兴时期的文艺运动"等,(台北)正中书局 1976 年版,第 977、104—108 页。

② 国民党到台后有两大基本任务,一是在整个意识形态领域竭力抵制共产主义思想,一是开放门户,从事经济建设,并尽量缓和本省人和外省人的矛盾。解决第一个问题的方针之一,就是鼓吹三民主义的"人本主义"。"国军第一届大会宣言"(1965)就宣称,"新文艺运动的目的,就是在提高人性的尊严,谋求人类的幸福。这一崇高真善美的文艺思想,如果用现代的语汇来说,称之为'人本主义'也未尝不可,但我们相信,它比 15 世纪的'人文主义'更积极,比 18 世纪的'新人文主义'更进步。因此,新文艺也可以称为'进步的人文主义'"。见尹雪曼主编《中华民国文艺史》,(台北)正中书局 1976 年版,第 990 页。

值体系（包括"三民主义"思想）在动乱之后的存在依据以及自己的功罪，尽管这种反思仅仅停留在表面上，没有深入地探触到历史剧变的内在原因。

> 在失血的天空中，一只雀鸟也没有。相互倚着倚着而抖颤的，工作过仍要工作，杀戮过终也要被杀戮的。无辜的手啊，现在，我将你们高举，我是多么想如同放掉一对伤愈的雀鸟一样将你们从我双臂释放啊！①

"军中诗人"商禽的这首《鸽子》诗可以看作那种"反思"或"忏悔"的写照。一些怀乡文学（比如林海音《城南旧事》、聂华苓《台湾轶事》），以迥异于反共八股的面貌，在难以抑制的乡愁中透露出某种离心的力量。"现代派"正悄悄酝酿，以纪弦为首的"现代"诗社，以覃子豪、余光中为核心的"蓝星"诗社，以痖弦、洛夫、张默为骨干的"创世纪"都是在1951—1956年间破土而出的，他们率先以奇崛的语言形式，象征的意象去探索人们的心的奥区；白先勇在60年代以一系列小说（后结集为《台北人》）描绘了处于历史断层之间的人们价值失落之后的惶惑不安和无目的的追求。总之，经过战乱之后重新开始的新的现实环境为人们提供了充分的反思历史的机会。

---

① 商禽：《梦或者黎明》十月丛刊，第一册，（台北）十月出版社1969年版，"鸽子"，第45页。对历史的反思是由诗人与作家来进行的。这件事很具有讽刺意味。国民党人比较缺乏自我批评的精神。他们把自己在大陆的失败都归咎于中国共产党和苏俄的"蛊惑人心"而没有深刻地反省自己在历史上犯下的错误，例如，蒋介石把他们失败的原因之一归结为坐视共产党对文艺的利用（《民生主义育乐两篇补述》），蒋经国也说青年被中共解除了"精神武装"与国民党军事上的失败同样关键，这是他们在军队中加强思想政治工作的指导思想。有的论者正确地指出，国民党到台之后所做的总检讨只停留在"痛悔自己和共产党比起来，控制不够严密，手段不够残狠的技术层面上，对反省自我的工夫，则付之阙如"。（李绿：《台大学生运动30年回顾》，台北《夏潮论坛》1983年第一卷第9期。）

第二节 新范式的兴起

传统价值观念面临危机，而文学，首先以独特的语言形式来表现这种危机对于人的深刻影响。面对新的"现代派"文学，面对历史对现实的人的震撼，传统理论除了自圆其说或是硬把自己的观念去规范新的文学现象（精神现象），显得笨拙甚或可笑，已经到了必须采取"开放"的姿态，自我扬弃以适应新情况，建立新的理论范式，否则将因无能为力而被抛弃的地步。这个时期，历史选择了夏济安。他通过创办《文学杂志》（1956）引进"新批评派"的文学理论，倡导"纯文学"创作，启发了新一代的文学新意识。[①]

一 突破原有文论与美学框架

美籍华人学者陈世骧曾经对夏济安作过比较恰如其分的评价，认为他的遗著是西方"新潮"涌入之后，从事新文学研究成就斐然的"发轫"之作，他"先站在这个新潮的主流中"，是"这个新阶段幸而产生的一个人"。陈世骧指出，"谈到新阶段新潮内中西文化撞击对中国文学进一步的建设性，而提出济安的地位贡献，我们决不是蔑视上一代，的确，中西贯通的前辈，和他们筚路蓝缕，以至今犹持续的成绩，都是昭昭可指的。但需要说明的是夏济安奋起为中国新文学努力的时候，一方面国家的危难是空前的，一方面50年代以来国际文化关系的转变大开放，当时就自由

[①] 夏济安（1916—1965），江苏吴县人。1955年春季曾在美国印第安纳大学读了一个学期，翌年始在台湾主编《文学杂志》。在主编这份杂志期间，所介绍的西方文论，正是当时在英美文坛起主导作用的"新批评"。作为第一个引介"新批评"的人，夏氏自己的文学观亦深受这一理论的影响，在他的影响下，白先勇、欧阳子等人后来创办了《现代文学》杂志，在文学创作上标志着一个新的历史时期。以后的"纯文学"理论一直受到夏氏开创的这一条路线的影响。1959年3月，夏济安再次出国，先后在西雅图、华盛顿大学、柏克莱大学任教并作研究工作。1965年2月23日脑溢血不治去世，遗著有《黑暗的闸门》（*The Gate Of Darkness*）（华盛顿大学1968年英文版）、《夏济安选集》，（台北）志文出版社1971年版。

中国说，也是空前的。因此斯人之出，既可说极难能，又可说好际遇。而终是有他特殊的可贵"。① 陈氏的评价有两点值得注意，一是把夏济安与他的前辈相区别，强调他是在中西文化交流的"新潮"中脱颖而出，把夏济安放在"国家的危难环境是空前的"时期与国际文化关系发生"转变大开放"的50年代以来的历史当中来考察。正是这两点使夏氏的文学思想带上了鲜明的时代特征。陈世骧正确地指出，夏氏的思想，寸步不离文学园地，"甚至多于技巧处深入精辟"，而且把文学本身的考察与文化的考察结合起来。但是陈氏没能深入地分析夏氏文学观念的"异质"之所在，也没有发现它与后来的文学理论的血缘关系，同时似乎忽略了它在当时的政治文化意义。

无论夏济安是否被他的继承者们所忽视，他都是他们的前驱。因为他们共同的"新范式"的基本观念都已经在夏济安的评论文章里初露端倪。夏氏的文学观念有两个基本点：一、反工具论；二、强调"文字之美"。由第一点引发了纯文学理论"无用之用"体系的建立与完善，从第二点人们发现了人跟语言文学的深刻关系，他与语言文学构筑的文学世界以及与外部实在世界（社会与自然）的双重关系。"语言"作为人们安身立命，追求人生意义和价值之所的"本体"性质不仅使人们找到了抗衡异己的外部世界的最佳方式，而且可以帮助人们由形而下的世界提升到形而上的世界，从似乎浅层的世俗世界逃到似乎高深的哲学（美学）境界。由"语言"入手而引起的文学观念的一系列"革命"，在台湾是从夏济安开始的。在他之后，王梦鸥、刘文潭、姚一苇、徐复观、刘若愚、叶维廉、柯庆明、蔡源煌、龚鹏程等人都沿着相同的方向，以各自的方式继续了这场"革命"。我把具有相同思想倾向和共同方法论基础的这些文论家们放在一个"共同体"内，并不意味着他们彼此之间一定有直接的相互影响的关系。事实上，每个人都从共同而又稍有差异的国际文化交流的大背景中选择自己的"参照系"，但他们的共同选择却恰恰表明某种共同的现实处境。

---

① 陈世骧：《〈夏济安选集〉序》，载《夏济安选集》，（台北）志文出版社1971年版，第4—5页。

夏济安宣称,"小说家究竟不是思想家,他的可贵之处,不一定是揭示什么新思想,也不一定是重新标榜某种旧思想,他所要表现的是,他在两种或多种人生理想面前,不能取得协调的苦闷,直截了当地把真理提出来,总不如把追求真理的艰苦挣扎的过程写下来那样有意思和易于动人。小说家不怕思想矛盾、态度模棱。矛盾和模棱正是使小说内容丰富的重要因素。问题是,小说家有没有深切地感觉到因这种矛盾和模棱而引起的悲哀"。[1] 他解释道:"我并不是说,现有的社会不需要改善。小说家可能有他自己一套社会改造的思想,但是小说家必须使他的作品有别于宣传。"[2] 他认为,一本教忠、教孝的小说与一本宣传民主自由的小说一样是"不可能写好"的。作家感兴趣的应是"善恶朦胧""善恶难以判别常被混淆""善恶之易于颠倒位置"的人生事实[3]。实际上,就是认为文学应该摒弃关于人的简单的政治、道德划分,而把笔触深入更为丰富复杂的人性世界。"善恶""忠奸"只是道德、伦理、政治上的概念,远不足以穷尽人内在外在世界的更为生动丰富的内涵。夏氏在论述"文字之美"与诗的关系时强调,新诗人的主要任务是"争取文字之美"。他认为,"诗的取材是次要的,诗的表现方式才是最重要的问题"[4]。"好诗是文学艺术最高的表现,一国文字的精微、气势、情韵、节奏、巧妙等性质,大多是在诗里才可以得到完美的统一,或是充分的发挥。一国文字是否能成为'文字的文字'就是看这种文字里有多少种'美'的性质。而这些美的性质能够提高到什么程度"[5]。他所谓的"文字之美"并非语言的堆砌,过分雕琢和浓妆艳抹等"畸形现象",而是指文字的准确传神,即以恰如其分的文字创造出可以充分表现人的复杂完整之内外世界的艺术。

王梦鸥1964年发表的《文学概论》吸收了韦勒克、沃伦《文学理

---

[1] 夏济安:《旧文化与新小说》,载《夏济安选集》,(台北)志文出版社1971年版,第5页。

[2] 同上。

[3] 同上。

[4] 《对于新诗的一点意见》,载《夏济安选集》,(台北)志文出版社1971年版,第88页。

[5] 《白话文与新诗》,载《夏济安选集》,(台北)志文出版社1971年版,第78页。

论》以及德·索绪尔《普通语言学教程》的观点，同时也从传统批评论著（例如《文心雕龙》《诗品》《诗人玉屑》《四溟诗话》等）获得许多养料，然而除了它的系统性之外，其基本观点与夏济安并无不同。王梦鸥把文字定义为"语言艺术"，他说："现代所谓'语言艺术'，一面是谈心意的活动，一面是谈言词的活动，言词固是记号，而心意之现形，其实也是记号。然则，构成文学的原则，实际只是记号（广义的）构成原理了。"① 他的独特之处在于把"心意活动"与记号联系起来，而不是将二者割裂，分置于"内容"与"形式"的概念之中。记号既是心意活动之显现，那么，它就不仅是一种"容器"，而本身就是一种精神现象。这种理解，比夏济安关于"文字之美"的论述更进了一步。在王梦鸥《文学概论》里，"语言"被看作文学问题的核心，围绕着它来展开语言艺术（文学）的多方面、多层次的讨论，包括记号作用、语言界限、韵律形式和可变性及其变化的界限，文学中的意向、意向表达的层次以及文学批评等文学内在批判的论证和阐述。王氏后来又在《文艺美学》（1971、1976）里完善了"语言美学"的概念②。明确指出"文学"是"表现美的文学工作"。他说："所谓'文字工作'，是为'表现'而设，而'表现'则又为'美'的目的所有。倘把文字、表现、美当作文学的三大要素，则美之要素则又统摄其余二者。有文字表现而不美。不得成为文学，美而不用文字表现，亦不得称为文学。"③ 文学有别于其他艺术之处在于所用的符号不同，而它所以成为艺术品，是因为与别的艺术品一样服务于审美目的。因此，"审美目的"是文学的艺术特质，而文字系统则是它的"有意味的"表现形式，"凡不具备这审美目的，或不合于审美目的，纵使有个文字系统或构成，终究不能算作艺术的文字"④。以此为基点，王氏构建

---

① 转引自尹雪曼主编《中华民国文艺史》，（台北）正中书局1976年版，第98页。因资料缺乏，本文无法对《文学概论》这部被认为最具系统性的论著进行详细探讨。仅能借助第二手资料略加评述。

② 本文所谓"语言美学"系采自王梦鸥的提法。他在《文艺美学》（台北，1976年）提到了这一概念。详见该书第113页。

③ 王梦鸥：《文艺美学》，（台北）远行出版社1976年版，第29页。

④ 同上书，第131页。

了自己的"文艺美学"体系,以"适性论"(合目的性原理)、"意境论"(假象原理)、"神游论"(移感与距离原理)三大原理来分析文艺美学的构成及条件,探讨文学创作活动,作品的本体构成和鉴赏活动的美学规律。把美学引入文学,创立"文艺美学",王梦鸥是第一个人。而他严谨的体系与论证,实际上只是夏济安"朴素"的"反工具论"与"文字之美"论的理论化罢了。

标榜"艺术本位论"的另一位重要理论家姚一苇,承认从语言或符号的角度去研究文学的本质与特性,是一个很重要的趋势。但他强调不能停留在"语意学"的范围,而必须进入"艺术"领域。其《艺术的奥秘》(1968)的论旨不是别的,正是"从艺术的本位出发,以艺术作为独立的思考对象,故虽亦涉及各种知识与各种学问,但系寓知识与学问于艺术上表现方法与形式之中"[1]。姚一苇认为艺术品"表现为人类的价值",是"形成人类精神文明的重要环节。"因此,对艺术的研究可有不同的角度,可以从人类学、历史学、民俗学、社会学去论断艺术,也可以从心理学、生理学与美学的角度去探讨艺术[2]。这些理论都极欲使文学退回"纯艺术"的领域,而不是作为政治宣传工具向单一社会功能褊狭地发展,以至于贫血僵化。文学作为艺术,其实也就是使现实人生的复杂性、多面性审美完整地表现出来,使之本质上蕴含着丰富圆融的文化(心理)内容,发挥其多元的价值功能和社会效果。

20世纪50年代是与"纯文学"格格不入的时代,因而夏济安的声音虽与当时相当"传统"的官方理论很不协调,却也如杯水微澜,在极狭小的文学圈子里来回传送,但在六七十年代,这一微弱的呐喊却受到了广泛的注意,并通过王梦鸥、姚一苇这些大家之手理论化、学术化,与政治意味极浓的"战斗文艺"理论形成鼎立之势。在这个意义上看,纯文学性质的艺术本位理论也不可避免地带有一种反对政治权威的色彩。对旧规范的突破,往往以重新解释评价旧规范里某些"被忽略"的方面展开,表面上看似乎是在旧的范围内补苴罅漏,但事实上,从古代的"诗言志"

---

[1] 姚一苇:《艺术的奥秘》"自序",(台北)开明书店1968年版。
[2] 同上。

到"诗缘情"再到"妙悟说""神韵论",到现代的"意识形态论"(本质主义)向"语言哲学"过渡,都隐藏着仅从纯文学观点解释不了的更为深刻的内容,这就是摆脱旧规范之束缚,通过"纯文学"重建富有自由精神的个性。

夏济安开拓的这条文学路线,到了 80 年代,政治色彩较之王梦鸥、姚一苇时期似为减弱,而其玄学气息则越来越浓。这一方面固然是由于新一代文论家不仅熟悉了他们的前辈所熟悉的西方"古典主义",连"新批评""结构主义"在他们眼里都已作为"古典",时兴的胡塞尔现象学、海德格尔存在哲学(尤其是他的语言哲学)、维特根斯坦的分析美学以及后期语言哲学、柯林伍德的历史观念、伽达默尔的解释学、吕格尔的象征哲学、茵加登的现象学美学、德里达的解构方法,等等,都已成为年轻一代随手可用的思想武器。另一面,是由于急剧变化、节奏加快、动荡不安而又暧昧不明的"工商社会"造成了更深刻内在的"意义危机"或"文化危机"。叶维廉的一段话代表了他们对"意义危机"的理解:"现代诗人的焦虑,原来是起自'语言究竟能不能为直观的世界存真'这个哲学的思考的。事实上,所谓'语言的危机'亦是现代哲学、美学、诗学搅痛忧困的'认识论的危机'。请看卡谬(Albert Camus)在他的《表达的哲学论》一文里所谈的话,'最要紧的是,要决定我们的语言究竟是一个谎言还是真理。'从马拉海通过史妲儿(Gertrude Stein),由庞德到后期的现代派,由克依克果(Kierregaad)到海德格到德里达(Derrida),这个问题仿佛从《启示录》中惊怖神异的世界深处里回响出来。"①

叶维廉把现代诗人的焦虑困扰归咎于关于语言能否真实反映世界的"哲学思考",只是说出了某种结果和现象,并没有把握到真正的根本原因。问题的关键并不在于怀疑语言(意)的价值,而在于为什么会引起这种痛苦的怀疑,为什么会产生导致焦虑困扰的"哲学思考"。显然,这个根本原因只能在现实社会当中寻找。龚鹏程感到了这一点,"我们不

---

① 叶维廉:《语言与真实世界》,载《比较诗学》,(台北)东大图书公司 1983 年版,第 110—111 页。

幸地处于这一丛丛荆棘、一波波巨浪之间,除了面对雷轰电闪的满天云雾之外,只能一步步苦苦向前"①。他认为"意义危机"发生于社会转型、新旧价值观念交错冲突之际,往往表现为"道德的迷失""存在的迷失""形上的迷失"(即终极信念的失落)。因此,这个时期的文学理论主要表现为,在坚持纯文学理论的基本逻辑的同时,想通过其语言哲学方法论力挽颓风,建立新的属于个人的信念。因此,相对传统的"集体主义"而言,它的哲学基础是自由自主的个性主义,也因此而呈现所谓的"多元"趋势。

刘若愚把文学定义为"艺术功用与语言结构的交搭",文学的非艺术功用——例如社会的、政治的以及道德的功用——都有可能在作品中自觉地达成,但这些功用却并非一件作品之所以是艺术作品的原因。他认为:"作家创造一个想象境界的过程,是一个语言化(verbalization)的过程(或语言的具体化)(verbal incarnation)。它包括对作为艺术媒介之语言的种种可能性的探索与一个独特的字句结构的创造。"② 因此,文学的主要艺术功用是双重的。第一,在作者方面,通过创造现象的境界而扩大现实。在读者方面,由再造想象的境界而扩大现象。第二,作者与读者双方对创造的冲动与满足③。柯庆明《文学美综论》(1983)也是从语言的特质去理解文学本质及其审美特性的。他认为"文学的直接目的呈现在我们的生命目的。因为语言作为一种符号系统的特质,它所代表的正是我们的意识,也就是意义化了的感知。当我们将经验或感受加以语言化,我们正是将我们的感知意义化,而使它转成为一种明显的意识。就在这一点上,文学显示了它的迥异于其他艺术的特质,当某些其他的艺术,可以就它所触及的感觉领域去追寻该领域的纯粹美感形式时,文学却没有这种独具的感觉领域,但是其他的艺术只能反映或表现生命感受之际,文学却可以将这种生命感受意识化,使它具有意义的体认而成为一种生命

---

① 龚鹏程:《思想与文化》"自序",(台北)业强出版社1986年版。
② 刘若愚:《中西文学理论综合初探》,载郑树森编《现象学与文学批评》,(台北)东大出版社1984年版,第145页。
③ 同上书,第131页。

意识的呈露"①。由于语言的这种特质，文学既反映某种生存的感受，更表现对这种感受之意义的认识与体会，因而使文学除了所具备的美学价值之外，还兼有伦理学上的意义。因此，"文学所直接表达的永远就是一种独特的、实质的伦理判断"，它不是悬空的"普遍命题"，而是某种特殊的人生经验，独特的人格形相和独异的生命抉择，三者同时被赋予美感与伦理的价值，并交织成达到这种价值之体认与感知心理经验的历程②。批评家蔡源煌认为文学的本源不是"外在世界"，而是作家（"诗人"）的"内在情感"③。他的立论也是根据他对语言文字之本质的认识。在他看来，从"现实"过渡到文学作品，必须借助"文字"这一媒介。因此，人对现实的认识都经过了主观的解释。虽然文字世界的价值依赖于它对现实的关系，但它却不能把现实"临摹"或照相似地复制出来。现实的时空和小说的时空不是完全重合，而只是部分逼近。"文字表现所能做到的只是对现实的一种补足，一项变形替代，就文学来看，乃是拿构筑出来的——虚拟的世界（constructed world）来作为真实世界的替代。"④因此，文学创作所强调的"真"，最重要就是作家的良心或良知⑤。龚鹏程的《文学散步》（1985）没有王梦鸥、姚一苇那种"科学主义"的面貌，他似乎也无心去建立一种完满自足的封闭体系，却有意以"导论"的形式激发人们形成自己的文学观念和理论。龚氏认为："文学的定义如何并不重要，重要的是这种替文学定义的活动，以及由此活动而带来的实际影响，因为这些影响产生了每个时代的文学作品。"尽管如此，他还是把文学的本质（作为一种物性的存在）界定为"语言的构组"⑥。他说："文学作品所构成的世界是作者以其想象建筑起来的语言世界。在这个世界中，一切意义都来自语言结构的组织，而在外在社会永远不相等（虽

---

① 柯庆明：《文艺美综论》，（台北）长安出版社1983年版，第5页。
② 同上书，第6—7页。
③ 蔡源煌：《文学的信念》，（台北）时报出版公司1983年版，第6页。
④ 同上书，第15—16页。
⑤ 同上书，第19页。
⑥ 龚鹏程：《文学散步》，（台北）汉光出版社1985年版，第31页。

然未必不相干）。"① 要使符号表现现实，关键在于意义。作品中的意义的显现包括三个结构系统：1. 文化意义系统；2. 作者的意义系统；3. 作品本身的意义系统。作者心灵的真实（而非外部世界之真）是作者建构意义系统的核心。关于文学的目的，他说："文学作品的创造，本身就是一种已经自我体现了的价值。一幅画，不能吃，不能卖钱，作者也死了，可是画本身仍然能够具显为一种'艺术'。所以艺术本身即是自我显现的目的，非任何其他目的的工具。……唯有这种目的之自我体现者，才能成就多种工具性功能。例如，一幅画，可以有教化群众，提升人性，卖钱……各种用途。可是这些用途都必须建立在'它是一件艺术品'之上，唯其因为它是一件艺术品。所以，才能有这许多功能，却不能因为它有这些功能，所以它是艺术品。……文学不能是为了某些特定的目的外在的目的而作，否则，便成了政治宣传、道德讲义、经济论述或商业广告之类。但是，假如我们真的完成一篇文学创作，却可以有美感、道德、政治、经济等多种功能……一切价值与功用，均因它是一文学作品而得于完成。"②

显然，50 年代的夏济安纯文学路线非但没有中断，而且经过六七十年代的王、姚、刘和 80 年代的叶、柯、蔡、龚等人的努力而得到越来越深入和完备的发展，它扬弃了文论作为政治文化隐喻的传统做法，而把焦点集中在文学自身的系统上面，使文学成为审美的对象，文论也因而纳入美学的系统（而不是政治的系统）③。科学主义的论证融合着"人本主义"的理想，纯文学理论事实上成为吸收了传统性因素的"个性主义美

---

① 龚鹏程：《文学散步》，（台北）汉光出版社 1985 年版，第 149—150 页。
② 同上书，第 122—123 页。除了这些学院里的文论家之外，一些诗人作家也有着相同的看法。例如，诗人洛夫关于诗语言的观点与这些学院文论家无分轩轾。参见洛夫《孤寂中的回响》一书。
③ 七十年代的台湾文坛，局势微妙，1977 年爆发了"乡土文学"与"现代派"文学的论战。看起来，纯文学理论在论战似乎没有派上用场。事实上，它却对沟通双方起到了很重要的作用。这场论战本质上并不是纯文学的论战，而是几十年来社会矛盾尖锐化和表面化的必然结果。此外，在这场论战中上场的"现实主义"文学理论（如陈映真、尉天骢等的文论）一直处于理论界的边缘，而不是台湾学院论述的主流。

学理论"。它的建构过程一方面显示了理论本身要求自我完善的内在力量，而更为重要的是它也反映了社会现实的固有矛盾。

二 新旧文论与美学的差异

从"语言"的本质，它的实用功能与审美功能，它内聚的社会、文化、心理因素，考察文学本身的问题（存在方式与功能），从语言与实在的关系考察文学与现实（社会、历史、世界）的关系，从语言与思想的关系，考察文学对于人（创作者与接受者）的价值和意义，这种思想方法有别于传统的思维方法（例如，古代从"政教合一"的立场出发的儒家方法或现代从"意识形态"的角度考察文学诸问题的方法等），但它并没有彻底抛弃传统的方法，从台湾文论立足于文学本体（审美的语言作品）来调和文学（艺术）与政治、道德、伦理等之间的矛盾，可以看到这一点。他们不再谈论类似"文以载道"的问题，但并不表明对这个问题进行全盘否定，只不过更注重探讨"文"作为"文"的特征。根据语言哲学把"人—语言—诗（文学）"看作三位一体的基本观点，他们把"文学"看作人的一种存在方式，文学活动（创作与鉴赏）成为人们追求、探索、重建某种"形上"意义（存在的终极信念）的精神现象，而不是单纯的功利行为。他们也把"道德""伦理""政治"等内容纳入思考的范围，但不让他们成为主宰，而成为融入文学作品众多精神价值中的因素。黄宣范说，"语言哲学"不应以解决传统哲学问题（如存在主义与唯心主义之争）为目的，而以"分析意义"为需要，从而更能解决或澄清传统的哲学问题。他引用谭美（M. Dumet）的话作为论据：

> 由于哲学的首要任务在于分析意义，分析越深入越需要一套正确的概括性的意义理论，也就是一套了解语言的模型。意义的理论追求就是这样一套模型。意义理论是一切哲学的基础，而不是笛卡儿所说的知识论。[1]

---

[1] 黄宣范：《语言哲学》，（台北）文鹤出版社1983年版，第7页。

这就是说，语言哲学并不企求建立一套知识论，而是要建立"意义理论"，它同样要解决传统的哲学问题，但超越了原来的视野，上升到更高的层次。英美的语言哲学与欧陆的语言哲学相结合，便成了中国版本的语言哲学，以前者的科学方法（维特根斯坦）和后者的人本主义（海德格尔）构筑成自己的"语言美学"或文艺美学，以追求意义的姿态来重新评估传统文学问题，建立一套文学意义理论。如果说"新批评派"（夏济安）对此还不很自觉的话，那么，接受美学、阐释学、现象学派就越来越自觉地这样做了，有深厚中国文化背景的王梦鸥、徐复观、刘若愚、龚鹏程等人更容易接受海德格尔式的人本主义语言哲学。

除了从语言哲学的角度来了解文学作为语言作品的本质或普遍性外，理论家们也注意到文学与其他语言作品明显不同的特殊性。例如，徐复观提出的文学三要素（语言文学、思想感情、形相），虽以"语言文学"居首，但是以"形相"（文体即艺术表现）为依归。语言文学只有经作者创造性想象，融入其深刻的精神体验和血肉最终化为艺术性的"文体"（形相）时，才能称为"文学"。[①] 王梦鸥则以"审美目的"作为文学的必要条件，姚一苇的文学理论以亚里士多德的基本准则为渊源，也强调构成美的因素的想象、动作之完整（意念和人格）和美的整体的表现（美的形式）。这使他们有可能通过建立一种最富于个性的"纯艺术"模式来达到追求普遍的人生意义的目的。艺术作品表现所要表现的对象，是为了追求艺术家想要追求的意义，理论则还要探索这种表现自身的意义以及那种意义的意义。这是理论的价值所在。就是说，"理论"不限于研究艺术品所描述的那些"对象"——从语言哲学的角度去思考，这些对象是空虚的，但又是有意义的。因此，理论研究意义的意义，不研究对象是否真实，而研究意义是否有价值。既然研究的是"意义"，那就要研究意义的表现形式（表达式），即作品所创造的有意味的形象，分析形象不在探索它是否有——对应的现实原型（这是不可能的），而在于指出它具有的新意义和新价值。当然，这仍然需要以它所来自的那个现实作为基本的断定真伪的

[①] 徐复观：《文心雕龙的文体论》，载《中国文学论集》，（台北）学生书局1985年版，第2页。

参照系。在社会与个人的关系问题上，传统理论往往强调前者的统一和和谐，"新范式"则把砝码放在后者之上。因此，这是"文化危机"（"意义危机"是其内容）时代的个性主义理论，它要帮助"危机"社会中的个人凭借最美好的文学世界渡过危机。龚鹏程对宋代文化的理解，看来正可代表在台湾的"遗民"的心态："老僧，代表了宋代文化的特质。他见山不是山，见水不是水，山川物色，可以目击道存，他内定其志，风骨嶙峋。在生命人格上展现出一种淡泊澄观的美，他步履沉稳，学养丰富，对宇宙社会秩序性的关怀，更非坐声歌而行声舞的唐诗可比"①。在某种意义上说，"新范式"是一种"老僧"理论。由于对语言的理解不同，使传统文学观念和理论与现代文学观念与理论具有本质性的差别，根据刘若愚的看法，中国传统文学理论系统中大致可以分六种理论，从不同的角度解决文学的基本问题：1. 形上理论；2. 决定理论；3. 表现理论；4. 技巧理论；5. 审美理论；6. 实用理论②。但是，无论是哪一种理论（即使是很重视语言问题的"形上理论"）③都未能像现代文论那样把文学语言提到"本体"的位置来强调。相反，他们往往把文学语言看作一种"工具"或类似舟筏的媒介，即使是注意到文学语言所独具的审美功能（艺术表现功能）的文论家，也没有把文学语言本身看作"目的"，即看做显现人的精神本体的活的生命体。因此，文学作品往往被分为两大块，"内容"与"形式"。在新范式的"语言美学"中，这种区分失去了意义，文学语言不再是一种"包装"着"内容"的"形式"或达到意义的"媒介"，它就是价值、意义、灵魂、精神、风格。具体些说，新旧范式（旧范式包

---

① 龚鹏程：《诗史本色与妙语》，（台北）学生书局1986年版，第199页。
② 参见刘若愚《中国的文学理论》，四川人民出版社1987年版。
③ 形上论与实用论（前者以道释为代表，后者以儒墨为代表）看起来似乎互相对立，前者重个人，后者重社会。但即使是重个人的形上论，也与现代理论有所不同，表现在他们对语言的看法上。例如，老庄和禅宗都重道而轻言。主张"得意忘言""得鱼忘筌"，妙语派、神韵派虽重语言的表现功能，但落脚点亦在言外之意、韵外之致，也有舍弃言象（物象）之意。新范式（现代理论）虽然也注意到了语言的游戏作用（受维特根斯坦的影响），注意到"表达的痛苦"和语言符号所具有的"透义性"与自我解构特性，但从文学的立场出发（而不是哲学的立场），它仍然强调语言对现实、对意义（精神价值、感受世界的方式）的凸显作用。语言表达式规定了意义。语言使人得以在作品中突出地存在，使人可以强化自己的意识（海德格尔的影响）。

括50年代的台湾官方理论即"战斗文艺"理论）的主要差异表现在以下两个方面。

一、旧范式建立在中国政教合一的大传统上。因此，文学从它被当作理论意识的对象起，就被看成了达到一定政治、道德、伦理等社会目的的"工具"（如决定论、实用论）。文学的存在价值被理论家们系在政治教化大系统上。如果文学不追求或达不到一定的社会目的，最多只能是"雕虫小技"。新范式则把文学看作一种严肃的生存方式，一种自觉自由地追求人生意义，进行自我意识的探索历程。例如，姚一苇对"严肃性"的强调，刘若愚认为文学就是"境界和语言"的双重探索［《中国诗学》（1962）］。"文学可以定义为艺术功用与语言结构的交搭"，是精神的"语言化过程"（刘若愚《中西文学理论综合初探》）。诗人洛夫亦云："写诗是一种永无止境的追求——对开拓新境界的追求，对经营意象的追求，对事物与语言新感觉的追求。"又云："对于一个现代诗人，语言已不仅是传统观念与情感的通用媒介，而是一个舞者的千般姿态，万种风情，某些诗人甚至企图使诗成为一切事物和人类经验的本身。"[①] 因此，文学不再是一种达到某种狭隘的功利目的的"工具"，而成为更深刻的、具有普遍人类意义的个人的存在方式，它的多元的社会功能恰恰由此产生。

二、旧范式对语言的重视仅仅表现为对技巧（修辞）的利用。既然技巧（修辞手段）属于"内容—形式"二分法里的"形式"范畴，那么，文学语言的修辞，必然只能属于文学理论当中非本质的层次。例如旧范式中的审美论与技巧论即是如此。比如提倡骈文，讲求声律的文论家（沈约等）往往只重诗赋辞藻之丽、音韵之美这些浅层次的东西，忽略了文学语言除"丽"之外的深层理性之美，即带有较深人生意味的人的本体意义。新范式则相反，它直接提出，具有审美目的（不仅仅是辞藻之美丽漂亮）的语言就是文学本体和目的。文学的结构、功能都是依靠文学语言来显现、强化和发挥的。考察文学语言不再停留在技巧或修辞的水平，而且上升到哲学和美学的高度。文学语言的建构便是一种特殊的审美的生命探索过程。

---

① 洛夫：《孤寂中的回响》，台北东大出版公司1981年版，第139—140、163页。

总而言之，从旧的范式发展到新的范式，在台湾表现了中国社会由农业经济发展到工商经济的历史进程。社会的"转型"，使人们的价值观念经受了考验，发生了变化和调整。外部世界的变动尤其是与人们生活密切相关的社会结构发生裂变时，他们的精神状态和心理承受能力都集中表现于文学领域。台湾文论的"新范式"只是表明了某种主体意识的困惑和觉醒，人们的共同选择以及为之付出的代价。

第三节　左翼与本土/后殖民论的角力

左翼与本土/后殖民论之间的角力，是台湾20世纪90年代以来最引人瞩目的思想文化现象。从70年代的乡土文学论战开始，经过"美丽岛""解严"等事件，"何谓台湾""台湾文学的定位"等议题引发思想界的持续追问。这些不同脉络的话语，建立在对台湾及整个中国乃至世界的进程和前途的差异性理解之上。如何解释台湾的历史和现在，如何以台湾为契机思考中国和世界，如何在世界视野中重建台湾的生机？种种鲜活的问题，成为不同倾向的知识人展开论述的动因。与此同时，台湾知识界为建构开放性的文化场域，开辟了诸多有意义的路径和议题，形成了颇具活力的对话关系。在此过程中，文学始终扮演着重要的角色。

一　本土化思潮的兴起及其与后殖民理论的联姻

台湾本土化思潮的兴起及其与后殖民理论的联姻，是"解严"以来台湾文学领域难以回避的话题。如果说本土化思潮试图接续的是台湾知识人自日据时期就萌生的主体性诉求的话，后殖民理论的浮现则为这一诉求提供了国际性的视野和话语。在历史和理论两方面，本土/后殖民论者进行了梳理和阐释，以问题化的方式作了现实和历史的勾连，同时提出了自己的文学史假说。其中，这一脉络的内部也存在着分歧，显示出不同的侧重和方向。即便是同一表述者，也存在着思路上的转换和论述上的调整。对本土/后殖民论述的理路及其演变的观察，有助于切入台湾学界内部的问题和症结。

本土化思潮在文学界的推手是叶石涛。他的初期表述见于1977年在《夏潮》杂志发表的《台湾乡土文学史导论》一文。该文呼应史明《台湾四百年史》(1962)的说法，在乡土文学论战中，突出本土的倾向，强调文学上的台湾意识，改变了论战反西化的初衷。此后，叶石涛拥有了自己的支持者，如陈芳明、林梵、李敏勇、李乔、宋泽莱等。叶石涛于1987年"解严"前夕出版《台湾文学史纲》，更具体地论述了台湾文学主体性的主张。通过文学史的梳理，他将台湾文学主体性从发生、发展到确认划分为三个阶段：一、在日据时期20世纪20年代的关于台湾话文和乡土文学的论争中，台湾文学的主体性问题初见萌芽；二、在光复初期《新生报》《桥》副刊关于台湾文学定位问题的论战中，这一主体性得到发展；三、在20世纪70年代关于乡土文学的论争中，台湾文学的主体性得到确认，台湾文学至此得以正名。[1] 姑且不论这一说法的历史内涵如何，单就台湾意识和主体性问题而言，这种提法具有一定的号召力，引起了台湾学界部分知识人的共鸣，后续的研究乃至谱系性展开不乏其人。同时，问题的症结也就此埋下：首先，以主体性论述来规约历史，容易使活的历史沦为理论的奴婢；其次，主体性论述本身并非圆满的概念，这样一个凝聚情感、传达情绪的临时性概念，可能被转化为超越性追求的障碍；最后，这一主体性概念所具有的指涉性，可能引发不必要的怨恨，加剧内部族群的分裂，成为区域和解的壁垒。

　　进入20世纪90年代之后，叶石涛在年轻的学人中找到了后继者。游胜冠于1991年完成的硕士学位论文《台湾文学本土论的兴起与发展》，可以说是叶石涛理念的具体展开。吕正惠在为该书写的序言《殊途也许会同归》中提到："胜冠论文的主题是从叶石涛《台湾文学史纲》的重要论点发展出来的。……胜冠的论文根据叶先生所提的大纲，搜集更完整的资料，加以铺排、论证，我想应该是目前有关这一问题最完整的论述。"[2]

　　游胜冠的研究动因是对"台湾文学的定位"的追问。不过他的论文

---

[1] 叶石涛：《台湾文学史纲》，(台北)文学界杂志社1987年版。
[2] 吕正惠：《殊途也许会同归》，《台湾文学本土论的兴起与发展》，(台北)群学出版公司2009年版，第4页。

的展开更接近于宣示而非论证,由此,他区分出了台湾文学中的两种意识形态:"当台湾社会因特殊的历史因缘,分裂为'台湾''中国'两种不同意识形态时,台湾文学的'台湾'自我(本土论)与'中国'自我(中国文学论)的对话就不断在相应的时机出现,争执谁才是台湾文学的真正自我。"[1] 由于他的目的在于建立自主的台湾文学,他把批判的目标集中地指向了中国的文化霸权:"回顾台湾文学的发展,台湾文学本土化运动遭遇的最大阻力,非但不是随帝国主义势力入侵的日本和西方文化,反而是台湾作家的'中国意识'与'中国立场'。"[2] 由于理念上的执着,为了强调"中国文化帝国主义"的压力,他甚至看轻了给第三世界带来深重灾难的真正的帝国主义及伴随而来的日本同化政策和西方强势文化的危害:"战前的日本同化政策、战后因国民党依附美帝,西方外来文化强势侵入,使台湾文学丧失民族性与自主性,固然是本土论兴起的主因,然而更耐人寻味的是,在本土论者眼中,'中国文化帝国主义'却是使台湾文学失去主体性的力量,在回归台湾社会现实的本土立场中,通常倾向与'中国'分离,建立自主的台湾文学。"[3] 以上的表述,应理解为一个热血青年对理念的坚持和维护。这种理念由于停留在意识形态的层面,其中表露出的立场貌似激进,实则保守,最大的困扰在于缺乏进一步展开的空间。如何回到理性层面,是观察这一论述能否完成转化、深入的症结所在。

从该篇论文所试图建立的"多元互为主体论"中,可以感受到作者在理论突破上的尝试和困扰。这是在面对台湾内部族群关系时提出的命题。不过在处理汉族、原住民的族群关系时,游胜冠的目光显得有点游移。如何面对原住民文化,对于台湾主体性论者来说,是一个棘手的问题。游胜冠提出的解决方式,是"跳脱汉人种族、历史文化视野的台湾文学本土化"。[4] 这里显示了论者的自我批判和宽容精神。其中的难解之

---

[1] 游胜冠:《台湾文学本土论的兴起与发展》,(台北)群学出版公司2009年版,第1页。
[2] 同上书,第375页。
[3] 同上。
[4] 同上书,第382页。

处，在于这一包容性、开放性的观念是建立在狭隘的立场之上的："'多元互为主体论'所揭示的理论内容，才是真正摆脱汉民族沙文与本位主义、真正站在台湾整体立场建构的平等、具包容性的台湾文学本土论。"①他一方面对原住民敞开怀抱，另一方面却在汉移民中制造新的对立："从台湾多元性的角度来看，所谓中国文学与台湾文学之争，只不过是战前的早期汉移民产生的'台湾意识'与战前的汉移民的'中国意识'之争。"②他一方面倡导互为主体观念，另一方面却仍在意识形态的逻辑中转圈："以'互为主体'的立场取代'霸权意识''沙文主义'，台湾文学的前景才会是光明的。"③令他始终不能释怀的是台湾的中国民族主义者这一潜在的论敌，在原住民问题上他对陈映真的指责显示了自己极深的成见："在不同的台湾文学论迭次提出当中，只有以'台湾民族论''台湾人论'与'多元族群论'为基础的台湾文学论尊重原住民异质文化的存在。陈映真以中国概括台湾所显露出的固然是大中华沙文主义，但以汉移民的台湾历史视野所提出的自主化论、本土化论，不经意闪过的，何尝不是以汉移民为台湾主体的汉族中心意识。"④事实上，像陈映真这样的中国民族主义者在台湾身处弱势，难觅霸权、沙文主义的影子，但在本土论的驱使下，与"左翼"思想者进行有效的对话几乎不太可能，看来培植真正的互为主体的宽容意识仍需时日。

该论文出版时，吕正惠、陈万益分别为之作序。其中，陈万益的《坚韧茁壮·野地滋蔓》作了正面的回应和深化。序言简要地勾勒了台湾文学研究在困境中挣扎、断裂、延续的历史。作者认为，这一台湾文学研究脉络，大约分为两期：一是战前战后的一代；二是70年代以来的一代。第一期的研究，因禁忌而终结，形成了历史的断层："台湾新文学自二〇年代生发，即以相当坚韧的性格在官方压抑下，于野地滋蔓茁壮，前辈学者黄得时、杨云萍、廖汉臣、王诗琅等人在战前战后即已经勾勒了整

---

① 游胜冠：《台湾文学本土论的兴起与发展》，（台北）群学出版公司2009年版，第383页。
② 同上书，第382页。
③ 同上书，第383页。
④ 同上书，第382—383页。

个源流，民国四十三年《台北文物》两期'新文学、新剧运动专号'是他们对日据时期文学业绩的总回顾、总整理，具有继往开来的重要意义，可是一期被查禁，使台湾文学研究成为禁忌，断层于是形成。"① 第二期在困境中坚守，至今仍受到质疑："七〇年代，张良泽苦心孤诣搜集、整理史料，在成大中文系的'新文艺'课程上传承一线香火，因为乡土文学论战，使日据时期文学备受文坛瞩目，在七〇年代末期重新闪耀其辉光；可惜美丽岛事件发生，张氏去国，文坛在党外运动中介入政治话题，台湾意识昂扬，叶石涛、彭瑞金等人推动文学的本土化为台湾文学正名。学院里头虽有不少人关心文学发展，但是，只有林瑞明一人坚持苦守阵营，在学术边缘地区护守杨逵、赖和；相对而言，国立大学的中文系则传出'台湾没有文学'的无知与偏见。"② 陈万益的梳理，从历史的层面提供了台湾文学研究的内在传承及其与社会政治之间的关联等信息。这种历史资源的挖掘和疏通，作为自我的发现，在跳脱意识形态约束的前提下，有益于互为主体性对话的深度展开。

后殖民论在台湾文化界的登场与 20 世纪 90 年代本土化运动的展开几乎是同步的。两者的来源不同，但在特定情形下形成了互相呼应的势头。这也是此期台湾文学本土化思潮较之前有所深化的部分。后殖民论如何与本土化思潮衔接？在理论的挪用、对接和转化中，可能产生哪些值得期待的趋向？对于研究者来说，是颇为诱人的课题。

把后殖民理论挪用于台湾文学研究的领域，较早尝试的学者是邱贵芬。她在《"后殖民"的台湾演绎》一文中，回顾了后殖民理论与本土论述之间的最初交会："头一次挪用'后殖民'一词，将西方后殖民理论搬上台面，并引以用来讨论当时台湾文化关切的问题，或许可推至廖朝阳与我在 1992 年全国比较文学会议会里和会外的后续辩论。"③ 邱贵芬提到，

---

① 陈万益：《坚韧茁壮·野地滋蔓》，《台湾文学本土论的兴起与发展》"序"，（台北）群学出版公司 2009 年版，第 7 页。
② 同上。
③ 邱贵芬：《"后殖民"的台湾演绎》，《文化研究在台湾》，（台北）巨流图书公司 2000 年版，第 290 页。

她的意图是借用西方后殖民理论对文化、殖民等问题的反思，切入当时台湾文学定位问题的纷争，为本土派的文学主张提供理论上的支撑。但事实上，当研究者试图通过引入后殖民理论，进一步合理化本土派抵制传统中国中心文学史观、重整台湾文学典律的理论思考的同时，反而提供了另一方面的研究视野的打开，那就是对于第三世界文化论述的接纳。这样，过去视若冰火的本土派文学和第三世界文学之间的对垒有所缓和。不过，为了与陈映真系列有所区隔，她强调这是一种本土认同与第三世界文学的联结："1992年的这次论战挪用西方后殖民论述来探讨本土文化问题的结果，使得台湾本土论述有结合第三世界文化论述的契机，可以放在一个较宏观的理论格局里来探讨，'第三世界文学'观不必然和中国民族主义的认同挂钩，而可以和本土认同连结。"① 即便如此，第三世界文学视野的引入，仍算得上此期理论思考的重要转折。但在处理本土文化重整运动所触及的语言问题时，后殖民论者遇到了一些困难。其中的两难处境在于，如果赞同本土化的台语/福佬语运动，将伴随着另一种语言暴力（李乔）；如果选择保留台湾国语为沟通工具，那么，反殖民的动力将容易被消解（廖朝阳）。最终邱贵芬选择了赞同本土运动，但反对本土被化约为"福佬"及其潜在的"福佬沙文主义"倾向的立场。由此可见，后殖民理论与台湾问题之间存在着巨大的错位和裂隙。不过，后殖民理论的引介也有另一面的收获，即为台湾的跨科系资源整合提供了新的可能，这样便扭转了外文系自白先勇、王文兴的现代主义时期以来回避文学和文化的政治面的态度。不同资源的参与，使得台湾文学研究得到了更大的发展空间。

后殖民的台湾论述，很快就从本土论的一隅摆脱了出来。从1995年2月开始，在《中外文学》及其他刊物上发生的关于后殖民、国族认同、文化建构等问题的论争，持续了一年多的时间，参与的学者有陈昭瑛、陈芳明、廖朝阳、廖咸浩、陈光兴等人。他们分别从本土论、非本土论、左翼等不同的立场发表论述，使得问题得以充分展开。其中，廖朝阳的"空白主体"说、陈光兴的"后国家"概念等创见引人关注。此次讨论，

---

① 邱贵芬：《"后殖民"的台湾演绎》，《文化研究在台湾》，（台北）巨流图书公司2000年版，第291—292页。

使得后殖民讨论拥有了丰富的面向。

在文学领域，陈芳明、游胜冠等人仍然坚持从本土角度联结后殖民论，并以此来构建自己的文学史论，书写台湾新文学史。陈芳明在《后殖民台湾：文学史论及其周边》一书的自序中，宣讲"我的后殖民立场"："所谓后殖民立场，唯在主体的追求而已。近十年来，本土论述的崛起，已经蔚为风气，并且也成为拆解殖民论述的重要利器。这是台湾文学研究的一个转折，也是一个断裂；至少对于东方主义式的权力支配，台湾年轻世代已毅然予以反击。"① 这样看似坚决的立场，表面上显示了独特的视角，但同时隐藏着论述上的隐患。

其中的困境，表现在两个方面。

首先，他纠结于所谓历史的伤害，沉浸在"抵抗的快感"之中："钻研台湾文学越深，我的后殖民立场也就越清楚。站在这个立场上，我当然能够透视日本殖民强权与中国殖民强权之间微妙的共谋关系。在文学作品里穿梭探索时，往往使我带有一种抵抗的快感。"② 对伤害的执着，使得历史被拘禁在指斥的牢笼中，难以获得真正的解放。

其次，是对于第三世界概念的挪用。通过与第三世界概念的关联，陈芳明试图为台湾找到后殖民论述的特殊视角。但这种说法有两面性。一方面，他把台湾从第三世界的普遍经验中区分出来，特别强调台湾区别于西方殖民地的受害经验："在第三世界蔓延的英国风（Anglophone）与法国风（Francophone）作家不断受到讨论时，存在于台湾殖民史上的东洋风作家却是国际学界中的失语族群。从而，台湾殖民史的受害经验也未能找到恰当的发言位置。"这一阐释，在世界视野中突出了被忽视的台湾问题的重要性。另一方面，他提出一个似是而非的判断，称真正属于第三世界的应是台湾而非中国大陆。其理由是中国大陆仅仅在政治经济上受到帝国主义的压迫，台湾则除政治经济之外还在文化上受到殖民主义的侵扰，因而所受到的伤害比前者更为深重："从后殖民的观点来看，台湾文学绝对是属于第三世界的文学。台湾作家在语言思考与国族认同上的混乱，乃是

---

① 陈芳明：《后殖民台湾：文学史论及其周边》，（台北）麦田出版公司2002年版，第16页。
② 同上。

不折不扣第三世界文学的主要特色。中国社会并没有这种现象，即使以最宽松的定义来看，中国文学并不能划入第三世界的范畴。饱受帝国主义侵略的中国，未曾丧失过历史记忆与历史发言权。中国文学的传统，也从未因帝国主义的干涉，而发生过断裂。甚至在国族认同与文化认同方面，中国知识分子也不曾受到严厉的政治挑战。当其文化主体仍然保持得极为完整时，中国自然就不符合第三世界文化的规格。"① 这一说法，突破了思想的底线，挑战的是人的常识。若了解其中的内在动因并非历史和学术，而是与中国争夺文化上的发言权，那么，这一论述的合理性需要打上问号。如何以开放的心态来面对近代以来殖民主义的世界性难题，仍有很大的论述空间。

陈芳明的台湾新文学史书写，正是上述后殖民史观的实践。在与后现代论述的比照中，他解释了台湾文学后殖民史观的成立："台湾新文学运动从播种到开花结果，可以说穿越了殖民时期、再殖民时期与后殖民时期等三个阶段。忽略台湾社会的殖民地性格，大约就等于漠视台湾新文学在历史进程中所形塑出来的风格与精神，这部文学史的史观，便是建立在台湾社会是属于殖民地社会的基础之上。"② 不过，他也对被滥用的后殖民批判有所反省，而试图走向美学的发现和创造："真正的后殖民文学，在于消化历史上所有的美与丑，把受害的经验转化成受惠的遗产。献身于艺术的追求者，在于卸下权力的枷锁，走出思想的囚牢，以旺盛的创造力、生命力，换取丰饶的美学。"③ 在思想松绑的同时，美学和精神的内涵得以释放。但如何把历史和文学从理论的囚牢中拯救出来，仍是一项未完成的事业。

与陈芳明相比，游胜冠的态度更加锐利。在《后殖民？还是后现代？——陈芳明台湾文学史书写的论述困境》一文中，他批评陷于两难论述困境中的陈芳明，为了成全族群和谐，架空了后殖民的诠释框架。他认可后者以"解严"为界限，划分再殖民、后殖民的历史断代框架；却质疑关于

---

① 陈芳明：《后殖民台湾：文学史论及其周边》，（台北）麦田出版公司2002年版，第14页。
② 陈芳明：《台湾新文学史》，（台北）联经出版公司2011年版，第25页。
③ 同上书，第9页。

"解严"后多元性、包容性的历史性质说明，认为多元和谐共存的价值取向使得后者的后殖民史观沦为了后现代史观。游胜冠从后殖民角度提出的台湾文学诠释路径是"内部解殖"。① 在《殖民主义与文化抗争：日据时期台湾解殖文学》一书中，他延续之前的本土化、主体化理路，进一步强调"内部解殖"的问题："本书除了梳理殖民时期知识分子的文化位置，在探讨解殖民文学的过程中，还希望找到后殖民知识分子内部殖民的根源，以及解决清理之道。"② 在清理精神上的殖民化问题时，他有意识地与张良泽、陈映真两种对立的立场区别开来，选择了一种他所说的"左翼"知识分子的反支配的本土主义立场。通过对这份文化遗产的挖掘，他试图宣讲一种广义范畴上的反抗意识，通过解精神殖民化来重建台湾的主体性。这样的处理，固然渗透着为历史负责的意识，但仍然不脱台湾后殖民史观的两大困扰——向后看的创伤情结和自我中心的封闭心态。

如何突破单一性的本土化文学史书写，对于陈建忠来说，则是一个自觉的挑战。他的思考经历了一个发展的过程。在早些年发表的《后戒严时期的后殖民书写——论钟肇政〈怒涛〉中的"二二八"历史建构》一文中，他提出的问题是如何从钟肇政的小说文本中，找到建构台湾后殖民主体性的启示。这一路径，建立在战后初期历史记忆殖民的论断的基础上。但作者对战后历史状况的追问，保持着思考的张力。在讨论陈映真、陈芳明的论战时，他看到"两者虽有'去中国化'或'一统中国'的意识形态差异，却都不约而同指出所谓继日本殖民后的另一次'殖民'史实，战后台湾不是沦为美国经济与文化的新殖民地（国府为其虎从），便是国府依赖戒严体制进行再殖民统治"。③ 这样的论述，与作者之后从美国新闻处入手讨论台湾文学史书写的问题有逻辑上的递进关系。至《"美新处"（USIS）与台湾文学史重写》一文，他便立足于战后台湾的抵殖民

---

① 游胜冠：《后殖民？还是后现代？——陈芳明台湾文学史书写的论述困境》，引自爱思想网：http://www.aisixiang.com/data/20451.html。

② 游胜冠：《殖民主义与文化抗争：日据时期台湾解殖文学》，（台北）群学出版公司2012年版，第26页。

③ 陈建忠：《后戒严时期的后殖民书写——论钟肇政〈怒涛〉中的"二二八"历史建构》，引自豆丁网：http://www.docin.com/p-325699400.html。

文学论述，重新考察了支配台湾文学场域的体制性权力机制。作者认为，台湾文学场域在戒严与冷战时期所受到的非文学性强力干预架构，是两面互济的文化霸权体制：一是刚性的、直接的"国家文艺体制"，一是柔性的、间接的"美援文艺体制"。台湾本土论者多着眼于前一方面，但陈建忠对此则有新的衡断，认为这是处于流亡阶段的反共政权对文艺的干预，突出了其中的冷战格局的影响。他对后一方面的强调，引入了一个重要的考察视角，其意义不仅在于弥补"解严"以来台湾文学史书写的缺憾，更是一种思考路径的转换。正如作者所述："真正的文学史的后殖民思考，乃是借由将'美新处'为代表的文化与文学体制入史，以突出台湾当年的第三世界文学与思想亲美的性格。"[1] 这样的思考，从战后台湾的历史困境出发，逐渐延伸开来，建立起了区域对垒、全球冷战的考察格局，无形中突破了本土论述的旧有约束。在打开视野的同时，作者重新反思了现代主义文学在台湾的历史处境，认为这是美式文艺观念在台湾的美学典律再造，考虑到其中所内在的美援文艺体制的干预，作者把后殖民批判的矛头指向了美国的新殖民主义。

综上所述，台湾的本土论者借助后殖民理论回溯历史，在其历史批判的背后，隐藏着精神上的困扰及其突破的途径。真正深刻的历史认知，需要历史感受、思想反省和文化语境之间的往复辩难和多层次融合。对后殖民论者来说，对理论本身的反思显得尤为重要。换句话说，去理论化本身也是一个课题。回到本土论、后殖民论的原初本义，在本源性的层面、比较性的视野中来面对台湾的文学和历史，或许有助于找到开启历史之门的钥匙。

二 左翼论述的代际差异及其接合

与台湾的本土/后殖民论形成对峙的是左翼的论述。在20世纪90年代躁动的本土化浪潮中，左翼的声音显得有些孤寂。只有置身于当时的语境，才能够理解陈映真一派所宣扬的理想主义的意义及其略显传统的论争

---

[1] 陈建忠：《"美新处"（USIS）与台湾文学史重写：以美援文艺体制下的台、港杂志出版为考察中心》，《国文学报》第52期。

话语的丰富内涵。与此同时，台湾的新左翼逐渐成长起来，并从学院派的论争中脱颖而出。随着时势的变迁，两代左翼的接合成为可能，其中的机缘是新左翼对传统左翼的重新发现。由此，台湾的左翼脉络有了思想再出发的契机，历史出现了新的转机。

作为台湾左翼的标志性人物，陈映真在"解严"前后的本土化狂欢中虽然有无助之感，但并未迷失，也没有消沉，而是持续地进行思想的辩难，以唤起世人对历史的深入思考。针对叶石涛、张良泽、彭歌等的论述，他发表《"乡土文学"的盲点》（1977）、《思想的荒芜——读〈苦闷的台湾文学〉敬质于张良泽先生》（1981）、《西川满与台湾文学》（1984）、《精神的荒废——张良泽皇民文学论的批评》（1998）、《近亲憎恶与皇民主义——答覆彭歌先生》（1998）等文章，对台湾的本土化倾向、皇民化意识进行剖解和批判。在乡土文学论争二十周年纪念会上，他发表文章《向内战与冷战意识形态挑战——70 年代台湾乡土文学论争在台湾文学思潮史上的划时代意义》（1997），把乡土文学论争的意义拓展至颠覆战后冷战与内战意识形态的层面，实现了思想上的一次重大突破。

2000 年发生的陈映真与陈芳明关于台湾新文学史等的论争，进一步触动对台湾社会文化的深层思考，并在东亚思想界产生一系列的连锁效应，如 2003 年陈映真和藤井省三的论争、2004 年松永正义和藤井省三的论争。

该次论争的起因，是 1999 年 8 月起陈芳明在《联合文学》开始连载的书稿《台湾新文学史》。针对陈芳明的绪论性首章《台湾新文学史的建构与分期》，陈映真发表《以意识形态代替科学知识的灾难》（《联合文学》2000 年 7 月号），质疑陈芳明的台湾社会性质论和历史分期。陈芳明则答以《马克思主义有那么严重吗？——回答陈映真的科学发明与知识创见》（《联合文学》2000 年 8 月号）。二陈的论争共交锋三个回合，火药味浓烈，显示了文学史建构及其背后的国族想象的差异。更为根本的差别，在于对历史的认知，在于对 1990 年前后所发生的一系列事件如台湾解严、东欧巨变等的判断。论争双方历史理解的分歧焦点，集中在应当从后革命还是后殖民的视角来认知台湾的历史和文化。这一歧异，为后续的思想开展开启了有待深化的空间。

陈映真与藤井省三的论争，同样表现为左翼论述与后殖民论述之间的歧异。1998 年，藤井省三在东京东方书店出版论文集《台湾文学这一百年》，2004 年将由台北麦田出版公司发行汉文版。陈映真迅速做出回应，在《人间思想与创作丛刊》2003 年冬季号上发表《警戒第二轮台湾"皇民文学"运动的图谋——读藤井省三〈百年来的台湾文学〉：批评的笔记（一）》，揭示藤井省三在文学中宣讲台湾民族主义的真实意图："近十几年来，日本有一撮研究台湾文学的学者们，不遗余力地为把台湾文学'从中国枷锁中解放'出来；为宣传一种'既不是日本文学也不是中国文学'、表现了'台湾民族主义'的'台湾文学'，并且明目张胆地为台湾皇民文学涂脂抹粉，把当时为日本侵略战争服务的台湾'皇民文学'说成'爱台湾'、向慕'日本的现代性'的文学，而不是彰久明甚的汉奸文学。……藤井省三是其中之一。"[1] 对于陈映真的批判，藤井省三并不服气。他为自己做出辩解，称自己从台湾人主体性的角度讨论台湾文学，旨在突破尾崎秀树的名著《决战下的台湾文学》的殖民地论述，即压迫—抵抗、压迫—屈服的两项对立主轴观念；并在文章中借用西方理论——即哈贝马斯的"公共圈理论"和安德森"想象的共同体"理论——作为论述工具，以证明日治时期日本语读书市场的成熟和台湾民族主义的形成。[2] 学术理论上的挪用和表述，使得他与传统的"右翼"学者有所区别，显示了学院化的后殖民取向。王德威对此解释道："这一立场与其说代表了右翼皇民文学的遗绪，不如说是显现学界广义的后殖民主义趋向。"[3] 不过，后殖民论者在挪用西方理论的同时，也把自己封锁在了理论的坚硬外壳之中。如何消解理论的障蔽，需要更深刻的历史认知作为回应。

作为与藤井省三论争的一方，松永正义的文章《日本之于台湾的意义》显示了历史认知的思想洞察力。松永正义从更为复杂的视角来观察

---

[1] 陈映真：《警戒第二轮台湾"皇民文学"运动的图谋——读藤井省三〈百年来的台湾文学〉：批评的笔记（一）》，《人间思想与创作丛刊》，（台北）人间出版社 2003 年版。

[2] 藤井省三：《回应陈映真对拙著〈台湾文学这一百年〉之诽谤中伤》，载《台湾文学这一百年》，（台北）麦田出版公司 2004 年版，第 299—300 页。

[3] 王德威：《〈台湾文学这一百年〉后记》，载《台湾文学这一百年》，（台北）麦田出版公司 2004 年版，第 307—308 页。

台湾在日本殖民时期的诸现象：首先，在殖民统治之下，被殖民者要用自己的语言乃至统治者的奴隶语言来追求与统治者不同的近代，当时的文言文正是起了这样的作用；其次，在阅读被压抑社会的文学时，需注意写出来的文学背后大多数作家的沉默；最后，思考台湾民族主义问题时应把战前和战后放在一起，这样才不致误解并挪移它与中国民族主义之间在冷战时期的对立。① 以上现象正是为藤井省三等学者所忽视的理解殖民地台湾的重要法门。

松永正义的另一篇文章《现在阅读竹内好的意义》，则体现了他深广的人道关怀和思想视野。这是一篇借助竹内好的视角，重新观察亚洲和近代问题的思想笔记。他把思考的重心转向竹内好思想与历史之间的关联，从重读竹内好中寻找对于现在的启示。作者以自己阅读竹内好《何谓近代》的1970年为界，区分了战后的两个"二十五年"。其间，历史情境发生了巨大的变化，不过竹内好在对近代的结构认知上的思想始终保持着鲜活的价值。在文章中，松永正义提到竹内好的两次思想搏斗及思想在落空之后仍然存有的价值内涵："竹内好生涯曾两度挺身一搏，一次是他写《大东亚战争与吾等的决意（宣言）》，将希望寄托于'大东亚战争'，另一次则寄希望于战后的中国革命，但两次都彻底落空。然而落空不是关键，要知道当一个人为理想而搏时，不会落空的东西是不能被称作思想的。"② 就思想缘起而言，竹内好对于近代（近代文学）的思考，起始于两个方面的怀疑，一个是关于对亚洲而言何谓近代，或者对近代而言何谓亚洲的思考；另一个是关于作为近代的超克的可能性的中国革命的思考。松永正义强调，把这两者联结起来的是"民族"，即"流淌在年迈的洋车夫那裸露的脊背上的汗水"。这便构成了一种思考的张力。具象化的"脊背上的汗水"，实则是中国现实社会的混乱和矛盾的浓缩，但竹内好并未停留于此，而是扭转了思考的方向，把这种对象的矛盾转变为认知者自身的矛盾，从而提出了"从抗日的角度理解中国"的命题，以此完成了认识论上的飞跃。正是在这层意义上，竹内好剖析了"日本近代的双重构

---

① 赵京华：《殖民历史的叙述与文化政治——日本的台湾文学研究》，《读书》2007年第8期。
② 松永正义：《现在阅读竹内好的意义》，《开放时代》2007年第3期。

造（都市和农村）"和日本思想界的状况。松永正义提到谷川雁《原乡的夕阳》中民族主义的原像，认为这才是日本与亚洲相通的地方。如果说在竹内好的时代，日本社会还存在这种张力的话，那么，80年代之后日本的民族主义已经面目全非。松永正义分析的日本社会思想状况，或许可以作为理解藤井省三的学术之所以产生的背景性材料。

与上述剑拔弩张的对垒有所不同的是另一对关系——吕正惠和游胜冠。身为游胜冠的论文导师，与陈映真处于同一战壕的吕正惠为其论文写了《殊途也许会同归》的序言。这是台湾当代思想史上一篇有意味的文献。阅读这篇序言，可以领略到不同立场的师生之间的思想碰撞。这里没有硝烟，没有意气，字里行间洋溢着的是素朴的精神往还的气息。

作为不同立场的对话者，吕正惠在序言中作了三个技巧性的处理：一是抛开立场的差异，二是回归历史解释，三是祈望殊途同归。他之所以能够抛开立场的差异，基于对游胜冠的立身处世状况的判定。他并没有直接就其思想发言，而是首先望闻问切，发现了后者身上的质朴、真诚的品质，并以此为出发点，把后者定位为"质朴而有乡土气"的"台湾人"，找到了思想对话的原点。吕正惠分析道，这一类型的年轻台湾人之所以选择了"台独"的立场，并非别有所图，而是因为他们身上承载了太多的负面历史负担，即台湾三四十年来不正确的历史教育和曲折的政治发展状况。由于这种外在的负担，使得游胜冠在立场选择上完全出自内心的真诚，并得出了貌似真诚的结论。二人立场的差异，正是由于这种心理导因在作怪，对此，身为导师的吕正惠虽然了解其中的缘由，却也无能为力。作为学者，他唯一能做的是从学术上进行疏通，从回归历史本身的基本视点出发，来扭转年轻学人"以今律古"的历史诠释谬误。其中，重要的是对两次乡土文学论争的观察：一是"二〇年代的'台湾话文'问题，表面上是针对北京白话文，其实真正的目的是要在日文教育的包围下解决汉文书写的问题。"二是"七〇年代的'乡土'原先是用来反对'西化'，而不是针对'中国'而发（这点胜冠的论文也提到，并没有隐瞒）。"[①]

[①] 吕正惠：《殊途也许会同归》，《台湾文学本土论的兴起与发展》"序"，（台北）群学出版公司2009年版，第4页。

这样坦诚而富于见地的表述，可以称得上是互为主体性交流的极佳例证。而游胜冠的乡土品质，也为思想的破冰和交流留下了空间。这正是吕正惠在其身上寄予希望的原因："我相信，只有像胜冠这一类型的'台湾人'（质朴而有乡土气）了解到'真正'的历史，并且也了解到两岸的和解以至于统一，是符合'台湾人民'的利益时，两岸的和解与统一才是顺畅的。"① 这种对乡土气的颇具深意的阐发，回到了乡土文学论战的最初起点。回归历史本身，从历史演变中观察人性，在社会底层发现未来，可说是吕正惠思想对话的要义。

吕正惠以一个学术中人，亲身经历了三十年来台湾社会的变迁和"左翼"运动的起承转合。他的《三十年后反思"乡土文学"运动》等文章，可谓台湾"左翼"思潮的备忘录。该文也是他在大陆杂志上发表的最早有影响力的文章。在文章中，吕正惠对"左翼"思潮在20世纪70年代乡土文学论战以来的历史处境做了条分缕析的剖解，同时也坦率分析了自己在不同时期的精神状态。在台湾"左翼"阵营中，吕正惠有独特的身份。他首先是一个"南部出生的台湾人"，先天具有省籍情结，只是出于对攻击陈映真和藐视中国的人士的义愤，才从最初的局外人转化为真正的"左翼"中人。作者记述："从那个时候开始，我才跟陈映真熟悉起来，其时应该是一九九三年。"② 以此为界，他从自己的特殊位置出发，做出两个独到的观察：一是70年代盛极一时的"左倾"思潮的消歇；二是"左翼"在新时期的重新出发。

针对70年代"左倾"思潮突然消失的疑问，吕正惠最初并没有答案。他感受到了陈映真的孤独，对"乡土文学阵营"的"内部争执"和最终的分裂同样感到焦灼和不解。在90年代，他落入了精神的低谷，与许多台湾朋友的关系变得紧张。经过漫长的阅读和求索，他逐渐形成了自己的历史观，完成对自己的改造——从"中华民国"的一个小知识分子转换身份成为一个全中国的小知识分子，才终于得以走出精神的危机。这

---

① 吕正惠：《殊途也许会同归》，《台湾文学本土论的兴起与发展》"序"，（台北）群学出版公司2009年版，第4页。

② 吕正惠：《三十年后反思"乡土文学"运动》，《读书》2007年第8期。

时，他得出了自己的解答，那就是 70 年代的陈映真派（主要是《夏潮》杂志那一批人）不了解"中国之命运"，尤其是"现代中国之命运"。值得注意的是，他同时强调问题的关键不在于"左"。这一洞见，与竹内好认为日本的"左翼"是近代主义者有可比性，可谓东亚社会思潮中的意味深长之处。其中的要害，在于所谓的"左翼"能否进入社会的底层结构，能否深入体察并把握底层的感情。

左翼重新出发的契机，来自新、老两代左翼的接合。两代左翼的分歧，从吕正惠的分析中可探知一二。在他为刘小新《阐释台湾的焦虑》（台湾版）所写的序言中，针对书中所提到的新左翼阵营中的"人民民主论"（《岛屿边缘》）和"民主左翼论"（《台湾社会研究季刊》），提醒道："不管是人民民主论，还是民主左翼论，都被迫面对一个无法克服的现实问题：台湾最大多数的人口是闽南族群，占台湾人口的四分之三以上，可以说是'人民'中的绝大多数。然而这些'人民'却被本土论及民进党所裹胁，成为'民粹威权主义'下的群众，成为 20 世纪 90 年代台湾新霸权论述的基础。"[①] 他对这两种倾向不表赞同的原因，在于后者因对民众的不了解，可能使得自己的论述最终落空。但他欣喜地看到，新左翼阵营中的勇敢者如陈光兴、赵刚等人在思想上终于开始接近陈映真了。虽然吕正惠与陈映真也有分歧，称他们接近于左派意义上的"同志"，有感情却气质不相投，同处孤独却不能相濡以沫，但正因为如此，当他看到赵刚所写的论述陈映真的文章后，才情不自禁地为之喝彩，称之为陈映真的知音。他甚至提出一个历史的假设："如果赵刚这些评论写在 90 年代，我相信陈映真会受到很大的感染，也许他的作为会是另一个样子。"[②] 历史不能假设和重复，但两代左翼的接合却有望为台湾思想界拓出一条新路。

有意味的是，新左翼与传统左翼有了何种接合的契机？其中的关键，在于新左翼逐渐跳出西方的知识话语，重新发现了民间、底层和亚洲的意

[①] 吕正惠：《黯然回首，但要勇敢的面对新形势》，载刘小新《阐释台湾的焦虑》"序"，（台北）人间出版社 2012 年版。
[②] 吕正惠：《为赵刚喝采》，《求索：陈映真的文学之路》"序"，（台北）联经出版公司 2011 年版。

义。以陈光兴为例，他的思想开展，是从西方话语入手，走知识化的去殖民、去冷战、去帝国的分析和批判。自20世纪90年代以来，他与《台社》同人在参与社会活动和街头运动的过程中，感受到政治社会的活力和要求，改变知识方式的迫切感越来越强，促成了知识思考上的历史转向。陈光兴自述道："除了在思想上贴近政治社会的变动外，我们也慢慢发现我们90年代初期开始惯用的知识方式面临了瓶颈，必须在原有欧美的学院训练外寻找其他的知识方式与出路（我们目前暂时称之为'历史转向'）。"① 即便如此，传统左翼的资源仍被忽略。直至2007年前后，在绕了一个大圈之后，陈映真的宝藏才终于出现在这一寻找新的知识出路的路途中："在寻找贴近历史现实的另类思想资源的路途中，我们发现过去舍近求远，没有认真挖掘、整理台湾战后批判的思想界以陈映真为代表的宝藏。"② 两代左翼虽然仍有分歧，但还是发现了契合之点，并因思想的碰撞产生了新的感知方式和思考方式。陈光兴的《陈映真的第三世界》和赵刚的《求索：陈映真的文学之路》，便是这次寻宝的重要收获。

陈光兴重读陈映真的缘起，首先是治台湾思想界长期以美国为参考坐标受到的内伤，重新发现内在于台湾的第三世界想象；同时希望借此开掘第三世界的精神世界，为超克现行霸权更替体制、寻找民主人性的新世界提供思想上的资源。这大致是一种跨文化研究的理路，与陈映真本身的思想形成内在的张力。

陈光兴在自述中解释了自己对陈映真认识的转变："直到后来开始有意识的走向亚洲与第三世界的路，意图重新发现贴近我们生存状况的思想资源的时候，才慢慢察觉他早就上路了，绕过他很多线接不起来。"③ 对陈映真理解的加深，使他发现台湾以"政治的陈映真"来站队的单一化思路，不仅遮蔽了陈映真思想与文学的丰富性与复杂性所开启的空间，同时阻碍着台湾主体性进行多重自我定位与认识的可能。他认为，在陈映真

---

① 陈光兴：《道上同志》，《求索：陈映真的文学之路》"序"，（台北）联经出版公司2011年版。
② 同上。
③ 陈光兴：《陈映真的第三世界——狂人/疯子/精神病篇》，《台湾社会研究季刊》第78期。

精神世界的或隐或显的诸多面向中,"第三世界"这一具有笼罩性的思想面向,受到了极大的忽视。文章从陈映真第三世界论述的几个界标——《"乡土文学"的盲点》(1977)、《中国文学和第三世界文学的比较》(1983)、《对我而言的"第三世界"》(2005)——入手,分析了后者关于第三世界的基本思维和问题关怀。透过第三世界的视角,陈光兴重新解释了被曲解的陈映真的民族主义和马克思主义,称前者是开放的,后者是聚焦的,两者均指向第三世界的国际主义。

陈光兴返回陈映真的根本动力,在于如何开始理解第三世界的精神状况。在此,他发现了陈映真的两重意义:一是拓展了政治经济学之外的精神情感世界,其中的批判性建立在内在的混乱矛盾暧昧等情绪之中;二是脱离了姿态高昂的中国文人传统,为第三世界知识分子树立了放低身段、贴近现实的相处之道。在陈光兴的解读中,特别注意到陈映真的行走式思想的活力,后者通过亲身接触第三世界的感性经验,才可能在认识论上进行富有现实感和历史感的深化。与之相类似,陈映真的呈现式的小说世界,继承鲁迅"不指出路"的传统,直面历史的复杂性,寻求将历史与现实联结的方式,传达出了超越理论的永恒价值。

与陈光兴的侧重点和解读路径不同,赵刚进入的是陈映真的小说世界。赵刚从社会学路径进入文学,兴趣点不在文学意义上的批评,而是观察陈映真的小说是否具有真正的思想力量,帮助我们反思各层次的存在状态。由此,他发展出了一种有别于常规文学研究的阐发小说家思想的认知方式。这种方式,是通过对小说家自我剖析和学界现有研究的有意识背离,进入小说家的文学世界,在思想和文学的紧张状态中逐渐接近后者的精神核心,观察其忧悒、感伤、苦闷的表层背后所蕴藏的巨大思想价值。

赵刚对陈映真的重新解读,一开始就是在与后者的自我认知及学界的流俗解释之间的思想角力中进行的。这一有意识的思想角力的结果,是回到陈映真的早期小说,从中发现了左翼青年的反思性主体状态。陈映真在1975年出狱后以许南村为笔名发表的《试论陈映真》,历来被视作陈氏自我认知、理性反省的名文。但赵刚的思想角力,避免了把陈映真理解引向惯常所见的早期现代主义、后期现实主义的解读陷阱。他宁愿采用笨办法,如陈光兴所说,"把小说放回它所由之产生的原有时代的政治社会中，去体会一个左翼分子如何面对自己身存的历史环境与课题，包括解读出中间因为时代的政治限制所表现出那些非常隐讳、暧昧的面向，以充分释放出其中深刻的思想含量，使之成为今天重建台湾左翼文化的润土"。① 他发现，陈映真的小说与他的杂文同中有异，其中信念与怀疑互噬，传达着思索的紧张状态。赵刚感叹陈映真左翼思想的多层次繁复、内在紧张与开放性，认为其中潜藏着巨大的思想解放的能量："陈映真思想内容的丰富让人惊诧，而这个思想者的怀疑、怜悯、开放，却又无比坚持于信与爱的思索轨迹，则更让人废书而叹而思，进而让人得以找到反思自我主体状态的新契机。这是青年陈映真给左翼青年、给左翼、给所有人的礼物。"② 从理性的陈映真返回到多层次紧张状态中的陈映真，赵刚突破认知的外部硬壳，趋近了陈映真思想的内核。

赵刚的解读，每每引发观者的击节叹赏，着实是一个难解之谜。除了他那摄人心魄的修辞之外，更根本的原因在于他融入了自己的主体意识，在意识的深层与阅读对象形成了内在的对话，从而激活对象成为思想的主体，使得陈映真展现出了跨越时代的鲜活魅力。正如吕正惠所言："那一阵子我也常常想起赵刚这一、两年来这种沉迷读陈映真、执着想陈映真、热衷写陈映真的'非理性'行为。我相信我了解这种行为，这叫作'造次必于是，颠沛必于是'，这是一种十足的投入。这种投入是一种精神需求。我很了解，赵刚借由阅读陈映真所想探求的、所企图建立的、那一种模糊的说不出的东西，和我心中所向往、所寄托的，并不一致；但那种'路漫漫其修远兮，吾将上下而求索'的锲而不舍，我也很了解。"③ 在重读陈映真的过程中，赵刚投入的是自己的整幅生命，是对于自己的左翼之路的切肤感怀和深刻省察。可以说，他借助陈映真对自己和当下的处境作了思想上的诊断和治疗。这一诊疗的结果是，他发现了陈映真的挣扎的主体状态与坚定的信念之间的张力，并视之为一个开放性的思想构

---

① 陈光兴：《道上同志》，《求索：陈映真的文学之路》"序"。
② 赵刚：《颉颃于星空与大地之间——左翼青年陈映真对理想主义与性/两性问题的反思》，《台湾社会研究季刊》第 78 期。
③ 吕正惠：《为赵刚喝采》，《求索：陈映真的文学之路》"序"。

造体，从而在两个时代之间建立了精神上的通道。正是在主体状态和历史处境的互通上，赵刚串联起了两个时代，从而在当下的语境中复活了陈映真的思想。

最后回到这一部分的中心论题：左翼的代际差异和接合。在重读陈映真过程中，不可避免会碰到左翼的代际差异的问题。陈光兴对此的解释远为复杂，认为其中有历史动态、内部张力等相互制约的因素。其中，历史外部环境的影响不容忽视，比如，传统左翼与政党政治之间的关联更为密切，新左翼则更多在国家体制之外的社会空间中发挥作用。在左翼内部也并不仅仅是代际差异，既有代际的呼应（如吕正惠对赵刚的激赏），也有世代内部的歧异（如赵刚与陈光兴的异同）。以上的状况表明，左翼思潮在基本的视界之外，还蕴藏着内在的活力和无限的潜能，显示了这一脉络与历史、现实互动的多维向度。

第四节　文学场域的阐释与延展

台湾知识界关于文学场域的讨论，表现为两个相关的面向：一是台湾文学场域的阐释，二是东亚（包括东北亚、东南亚）跨域文学场的延展。对于台湾文学场域的分析，致力于考察文学生产、文化策略与文学体制之间的关系。在具体的阐释实践中，关于战后现代主义文学、殖民地文学等问题的研究，涉及台湾在不同时期的现代性经验和文化机制。

作为思想和文学的场域，台湾如何突破封闭性的本土视野成为一个问题。在文化和地理位置上，台湾作为东北亚、东南亚的连接点，通过对文学与殖民主义、民族主义等议题的思考，拓展出了跨界知识场域的学术路径。东亚文学场的讨论，可说是跨域文学场延展的典型案例，其背后含藏着知识共同体、亚际研究等富有深意的探寻方案。东南亚民族主义现象曾为《想象的共同体》的写作提供灵感，但西方式的民族国家观念阻碍着后殖民时代的族群和文化理解，旅居台湾的马华学者感同身受，把文学视为一种反制的力量，在反思南洋文化场域的基础上，提出了第三世界共同诗学、离散华文文学等拓展性的观念。

一 台湾文学场域的阐释

张诵圣对台湾文学场域的阐释，受启发于布迪厄的场域理论。布迪厄的学术动力，来自对法国古典社会理论的反思。他提出习性、场域和实践等概念，超越人文主义与实证主义两类社会学的主客观二元对立，终结了空泛的大社会研究范式。作为一种普遍性理论，场域观为诸多领域的研究提供了思想动力。那么，在台湾文学阐释中的应用如何呢？

张诵圣把场域理论引入台湾文学研究，源于自身的方法论困惑。之前，她的研究工作集中于对台湾现代主义文学的内在价值释读。1993年出版的《现代主义与本土对抗：当代台湾中文小说》旨在为台湾现代主义辩护，后者在八十年代的乡土文学论战中遭到了猛烈批评。该著作的研究路径，是揭示西方现代主义对台湾小说的正面影响和现代派小说在台湾当代社会发展中的意义。但是在与左翼的激进批评进行对话的过程中，张诵圣意识到这部在比较文学影响研究框架中的著述，在方法学上存在着两个难以克服的局限：一是以作家作品为分析对象，难以系统处理历史脉络里的丰富文学现象；二是难以厘清政治经济乃至文化思想领域里的历史动力，如何作用于文学生产的活动。在内源批评理论和外源庸俗化批评的夹缝中，张诵圣找到了布迪厄的场域理论，试图拓出台湾文艺社会学阐释的新格局。

布迪厄的场域理论，固然有助于揭示文艺实践的真实及其与社会历史的复杂关系。但是，场域理论在台湾文学阐释中的有效性，取决于论者对台湾文学现象和历史演变的把握。张诵圣先前在台湾现代主义文学及相关领域的造诣，有助于论者避开理论移植的陷阱，触及台湾文学场域的一些关键问题。

其一是台湾文化场域的自主性问题。

作为首要的前提，文化自主性决定着文化场域的形成和发展。台湾在60年代，出现了形成自主性文化生产场域的一些条件，比如艺术自主原则的倡导、精英知识分子群体的出现、文学同人杂志的兴盛等。但是，从比较的视野可以发现，与布迪厄所考察的19世纪法国文化场域相比，台湾的文化自主性受到了外在因素的强力干扰，属于一种半自主的文化场域。这一判定，在为台湾文学场域定调的同时，点出了文化场域的评判标准和发展方向。

在台湾文化场域的形成中，张诵圣强调"艺术自主"原则的倡导所起的作用。这一趋向，与布迪厄所论述的欧洲"为艺术而艺术"观念有相近之处，可以说是60年代台湾文化场域的核心。在90年代重估台湾现代主义文学之际，她坚持从文化场域的生产方式来解释这一现象，认为前者以台湾的政治压抑氛围、外省人的战争创伤体验解释现代主义苍白疏离的风格，仍然是反映论思想的一种延伸。在她看来，台湾现代主义对艺术自主原则的信仰，在受到西方文学观念启发的同时，更重要的动因来自台湾本土社会里的"精英主义"。① 这种以西方近代文明为楷模、积极追求"高层文化"的精英式文化生产方式，本身是20世纪的潮流。此一现象，虽然可从现代性认知模式、战后新殖民主义、后殖民论述等角度给以批判分析，但从历史的视角来看，更有意义的则是它与当时软性威权统治下的主导文化之间的关系。

这就牵涉到台湾文化场域中的政治和市场因素。与布迪厄所论影响欧洲文化场域的经济因素不同，台湾的文学生产体现出更多的非西方特色，那就是政治因素，通过软性威权体制和新殖民主义全球化逻辑，对文学场域形成了持续的影响。现代主义美学的自我定位，表明台湾文学仍然处在走向自主性的中途。现代主义与威权政治的共谋，使之摇摆于文化正当性和政治正当性之间，消解着自身的合法地位。

如果说政治因素在五六十年代的台湾文化场域中占据着主导位置的话，那么，随着政治监管在80年代开始松动，文化场域的自主性获得了长足进展。但是，半自主场域的吊诡之处在于，随着威权政治的淡出，文化市场逐渐跃升为文化场域的外在主导者。由此，张诵圣把文化生产场域向自主状态迈进的过程，描述为从"政治从属"向"市场本位"的转移。这种状况，凸显了半自主文化场域中外在权力的控制作用。②

---

① 张诵圣：《现代主义文学在台湾当代文学生产场域里的位置》，载《现代主义·当代台湾：文学典范的轨迹》，（台北）联经出版公司2015年版，第268页。
② 张诵圣：《论台湾文学场域中的政治和市场因素》，《华文文学》2014年第4期。

布迪厄曾论述文化场域的两种评判原则：一是自律性原则，二是他律性原则。与法国文化场域相比，台湾文化场域中两者之间的关系更为复杂。政治或商业的他律性原则，对文化正当性的自律性原则构成了极大的冲击。在这种情形下，探寻文化自身的动力，成为迈向自主性文化场域的必由之路。

其二是台湾文化场域的权力争夺问题。

文化场域，实质上是权力场，充斥着资本的竞逐和权力的争夺。发生在场域中不同位置之间的竞争，为场域带来了发展的动力。在其中起决定作用的，是这些位置所拥有的资本，包括经济资本、社会资本、文化资本和象征资本等。

台湾的文学场域同样如此。在一定意义上，台湾文学史就是围绕文学正当性论述的主导权而展开的角逐史。在场域争夺战中，新崛起的势力通过攻击先前的主导文化，翻转旧有的文学秩序。张诵圣举出余光中的《下五四的半旗》（1963），说明现代主义美学的上位策略。余光中对"五四"散文成就的批评，目的在于树立现代主义美学的主导地位。至70年代，现代主义美学开始退出历史舞台的中心，则是受到来自乡土文学派现实主义美学的攻击。不可忽视的是，在现实主义和现代主义之间的较量，既是一场意识形态和文艺实践的冲突，也是媒体霸权崛起的表征。后者以公共意见论坛为平台主导社会舆论，发行副刊形成新的文学出版工业，取代了过去的精英文学杂志。这一市场化导向，为80年代之后文化场域的演变埋下了伏笔。

作为台湾政治文化的重要转折期，80年代文化生态的吊诡之处在于，在文化市场兴盛的外观下，戒严体制仍然是文学生产的障碍。在此情境中，本土新兴势力与国民党的对垒，在政治和文化场域中成为历史演进的推力。由此，张诵圣把80年代之后的台湾文学史主潮，描述为国民党主导下的主流美学与新兴的本土美学之间的激烈冲突。随着本土派台湾文学论述在90年代政治层面的成功上位，如何在文化场域内部获取其文化上的正当性成为一个问题。在这个历史背景下，游胜冠与张诵圣于2001—2002年所发生的一场论战，就有了争夺文化主导权的浓重意味。

论战的触发点之一，是1999年春的台湾当代文学经典选拔事件。文学经典的确定，意味着文化场域秩序的重新整合。张诵圣发现，这次经典的选拔存在两种声音，一是主流媒体，二是本土抗议。二者的冲突，隐含着政治正当性与文化正当性之间的纠葛。本土论者虽然竭力护卫新近取得的政治正当性，但主流媒体却本着文化的要求作出了对于台湾文学经典的诠释。令张诵圣感到释然的是，现代主义话语在很大程度上为入选作品和评论提供了依据。从场域的权力逻辑出发，现代主义论述成了新兴的本土论者需要瓦解的文化障碍。

作为现代主义的辩护者，张诵圣随之成为本土论者攻击的目标。2001年10月，游胜冠发表专栏文章《权力的在场与不在场：张诵圣论战后移民作家》，对张诵圣的族群立场提出质疑。他肯定后者应用布迪厄场域理论诠释台湾文学的有效性，同时，指责后者以族群真理取代理论真理，卫护以战后移民为主的作家群体。特别对她关于现代派作家追求"高层文化与世界性艺术"的定位提出质疑，认为并未遵循布迪厄外部分析的教诲，对于他们所获取的物质或象征利益有意略过不提。更为致命的是，他把张诵圣归入这一共通的获利群体，以此质问后者在台湾民主化、反特权过程中的保守反动立场。

针对游胜冠出于政治立场的尖锐指责，张诵圣随后在《游胜冠〈权力的在场与不在场：张诵圣论战后移民作家〉一文之回应》中从学理的角度给以回应。她指出游胜冠误读了自己关于中产阶级、高层文化的说法，并辩称自己居于中间偏"左"的立场。对于后者，游胜冠穷追到底，在《徘徊于左、右立场之间的论述——再论张诵圣教授台湾文学论述中真理与立场的共谋》《揭开"现代主义""前卫性"的神秘化面纱——论外文系出身的战后移民学者反本土论述的意识形态位置》等文章中，认为张诵圣等人从自己的政治位置和族群立场出发，以去脉络化的方式争夺台湾文学的诠释权。

在这场涉及面不广的文化场域之争中，焦点在于台湾文学话语权的竞逐。主要的取向是台湾文学本土论者力图从现代主义论者手中攫取战后文化的解释权。不过，前者虽然从台湾现场吸纳了颠覆性的力量，但身上所携带的怨恨政治基因极可能反噬自身。这也是张诵圣一再告诫学术文化场域在受到政治他律性主导之际，应保持文化相对自主性的原因。在这个意义上，现代主义并未过时，它虽然被指责为国民党威权政治的共谋，却因其抗衡的美学内蕴而拥有持久的文化生命力。

上述本土主义与现代主义之间的话语权之争只是台湾文学场域竞逐的一隅。当代台湾的文学生产场域是一个结构性的存在。在这一结构中，张诵圣大致区分出主流、现代、乡土、本土四种美学位置。这些不同位置之间的竞争，构成文学场域的发展动力。为了寻求突破，她转向东亚现代主义，探究现代主义精神的扩散问题。借助东亚文学之间的比较研究，在不同的参考架构和历史脉络中，重新描述当代台湾文学的发展。[①] 从场域竞争的角度来说，这也可以说是一种文化资本的积累方式。

二 东亚文学场的建构

台湾作为思想文化的场域，在扎根于历史和现实的同时，需要开启富于张力和内涵的开放性视野。从台湾走向东亚，成为拓展学术思想的有效途径。东亚文学场的建构即是一个具体的学术实践案例。

东亚文学场，被柳书琴指称以东亚区域内殖民地、沦陷区和伪满洲国等前沿地带文学为支点拓展出的文化互涉场域。作为学术的实践，东亚文学场的建构经历了独特的发展过程。最初的起步，是韩国圆光大学金在涌所主持的持续十年之久的"殖民主义与文学论坛"。至2015年，韩国金在涌、日本冈田英树和大久保明男、中国大陆刘晓丽和李海英、台湾柳书琴等学者共同创立"东亚殖民主义与文学研究会"，形成了互动合作共享的学术机制，在举办学术会议、翻译文献史料、促进学术交流等方面达成了共识。

在学术思想方面，关于东亚文学场的思考发展出哪些有价值的取向呢？柳书琴对此作了论述。首先，这是东亚转型文化的重要一翼。她从学术转型的角度界定东亚研究，视之为"后冷战"时期东亚新秩序下文化转向的产物。从历史的角度看，东亚殖民地文化经历了两次转向，先是从日本帝国体制转为单一国家体制，晚近则发展到全球化阶段。全球化的视

[①] 张诵圣：《文学场域的变迁——当代台湾小说论》，（台北）联合文学出版社2001年版，第152—153页。

野打开了后民族、跨国家的新思路，也带来了文化交流和冲突的新问题。后殖民理论延续、葛兰西对西方文化霸权的批判，使之成为一时显学。东亚文化同样需要面对西方中心主义的问题，如何突破后殖民思维而提供新的思想面向，成为东亚转型文化研究的重要课题。

其次，东亚文学场的提出，旨在建立亚际特色的方法论和诠释学。东亚现代文学的研究，受到上述文化转向的触发，跳出过去的国族史观、单一地方史和断代史研究，开始关注民族国家文学之外的地理边陲、历史异态和体制内他者等问题。以其学术实践的能量，消解着文学研究中的西方中心主义观念。由此，殖民地、沦陷区、伪满洲国、弱势族裔和跨国社群等的文学成为学术研究的焦点。在新的学术思路带动下，新史料、新方法和新问题涌现出来。这些富有活力的现象，共同形成一个能动的场域，为东亚旧殖民地等前沿地带的文学诠释和思考提供了动力。[1]

基于上述理念，柳书琴以台湾、朝鲜、满洲的殖民主义与文化交涉为主题，于2016年在台湾清华大学组织了关于东亚文学场的研讨。那么，东亚文学场的文化交涉如何可能，又有何种理论意义呢？

东亚文学场的建构，首要的途径是方法论的思考。在方法论上，面临两方面的问题：一是怎样理解殖民主义与文学之间的关系，即殖民主义如何制约文学，文学反过来又如何溶渗殖民话语？二是以何种理论框架诠释殖民主义与文学之间的关系，焦点问题在于，是否有可能突破现有的民族主义理论和后殖民主义理论，发现其他解读的可能性？[2]

在对上述问题的思考中，具有启示意义的是朝鲜、台湾殖民地文学比较研究。这一比较研究注目于对"全球非殖民化论述"的理论内涵的拓展。在金在涌看来，东方学的非殖民化论述，局限于西欧经验，对殖民地抵抗运动的评价不免失于简单。在此方面，东亚殖民地文学及其抵抗，不仅可以弥补后殖民理论的不足，且可能为全球非殖民化论述提供新的观点。其中最重要的一点就是殖民地抵抗的多样性。金在涌特别举出金史良

---

[1] 柳书琴主编：《东亚文学场——台湾、朝鲜、满洲的殖民主义与文化交涉》，（台北）联经出版公司2018年版，第27—28页。

[2] 同上书，第31页。

与吴坤煌、张文环交往的例子，强调他们关于殖民地问题的思考，试图在民族主义、无产阶级国际主义之外，开发出东亚殖民地的另类国际主义和乡土书写抵抗之路。这种新思路的打开，体现了注重横向连带思考的东亚文学场的价值。

关于伪满洲国文学的研究，同样揭示了西方学术路径的缺失和东亚的内在解殖属性。张泉对杜赞奇《主权与本真性："满洲国"与东亚式现代》的批评，集中于后者的方法论问题。杜赞奇试图借助文学叙事的话语，跳出民族历史的叙事，建构关于"满洲国"的复线历史。但他的标志性的复线历史观，在伪满洲国叙事诠释中出现了重大偏误。除了"满洲国"的民族国家定位之外，以《绿色的谷》为支撑的碎片化话语也难以承担复线历史之重。相反，伪满洲国文学的诠释方法，隐藏在这些文学本身之中。刘晓丽以"解殖性内在于殖民地文学"一语，指明伪满洲国文学的内在抵抗性。她在旧有的反殖文学和抗日文学之外，特别发掘出解殖文学的新类型，并给以存在论的解释。她认为，解殖文学深入历史现场，成为隐去了作者情绪的零度写作，但却在内部以文学的传统和属性消融着殖民统治的合法性。由于这种隐蔽的状况，解殖文学长期受到忽视，但也正因为如此，它成为一种新的方法论。与金在涌关于全球非殖民化论述的讨论相呼应，解殖文学凸显了东亚殖民地的文化特性，从中可以看到东亚文学场研究的价值趋向。

作为东亚文学场的倡导者，柳书琴首先从具体案例入手，辩证地考察本土场域与跨域传播、政治控制与文化自主、殖民主义与文学生产之间的关系。通过文学史料的发掘和解读，揭示殖民主义下文学场域的演变和不同文人群体的因应策略。在殖民主义全球化来临之际，殖民地与类殖民地文学的都市书写和文化互涉，显现出殖民现代性批判的新动向。

她借鉴布迪厄的场域理论，从文化资本的角度解释台湾文学场域的分化及不同文化群体在殖民统合下的应对策略。台湾文学场域的演变，从20世纪20年代开始出现了传统文学、新文学和通俗文学共存的现代多元场域状况。令她感兴趣的是，通俗报刊如《三六九小报》在殖民地文化改造中发挥非官方、非严肃、非主流的特性，通过整合某些本土文化资本，对建构台湾文化主体产生了一定的影响。在殖民统治下，以府城为中心的小报文人采取发行通俗杂志的策略,将汉文与大众联结起来,以维系台湾的文化主体。他们所选择的通俗而不同化的自我定位,标示出了在非殖民化运动中的特殊位置。①

在柳书琴看来,通俗文学在殖民地台湾的兴起,虽然与殖民当局对新旧文学的不同控制方式有关,但通俗文学场域所拥有的汉文文化资本是使之得以保持生命力的重要原因。这种深层的汉文文化资本,在实践中通过促进通俗文学读书市场的发展发挥其效用。她注意到,《三六九小报》的创刊与兰记图书部转向经销通俗读物的策略调整几乎同步,两者的合作带动了文化资本的融合提升,使之不仅渡过各自的危机,并且促成了台湾通俗文艺场域的发轫。在这一过程中,兰记图书部转向中国大陆通俗读物的经销策略,在彰显汉文的深层意蕴的同时,增强了与汉文读者之间的联系。这种连带性的通俗汉文共同体的培育,可谓东亚抵制殖民文化的特色案例。

对于殖民主义全球化现象的认知,使得柳书琴发现了诠释东亚殖民地文学的途径。她首先把台湾和东北的被殖民视为殖民主义全球化历程的组成部分,在此认识的基础上,找到了区域性批判的钥匙。其中的机制,在于帝国殖民体制通过强化对殖民地的上下统属关系,压抑着不同类型殖民地之间的横向联系。作为反制力量的,是那些在殖民都市中的流动精英,他们的文化活动使得殖民地的横向交流成为可能。殖民地文学的横向连带在这种认知视野中获得了批判性的意义。

正是在横向连带的文化批判中,东亚文学场获得了存在论的基础,即区域性反殖民的价值内涵。为了强调东亚都市书写的关联性,柳书琴特别提出"节点都市"的概念。② 这一概念,从殖民统治的角度来看,指的是帝国主义地方统治的中心和区域联系体系的节点。反过来,若从文化批判的视角看,则可理解为被殖民地知识人构筑文化反制网络的支点。就文学

---

① 柳书琴:《通俗作为一种位置:〈三六九小报〉与20世纪30年代台湾的读书市场》,《中外文学》第33卷第7期。

② 柳书琴:《殖民都市、文艺生产与地方反应——1930年代台北与哈尔滨都市书写的比较》,《中国现代文学研究丛刊》2011年第3期。

而言，殖民地的都市书写，在此整体性反殖民视野中凸显出全新的批判性意义。

因此，柳书琴对哈尔滨和台北殖民地都市书写的比较，并不是一个普泛性的比较文学研究，而是方法论层面的关于东亚殖民地文化研究的整体性建构。由此，她看到了殖民主义在东亚语境中的推进，殖民地知识人视野的开启及文化批判功能在农村叙事和都市叙事之间的位移。更有价值的是触及到了有关殖民地文化的一个诠释学难题，即民族主义话语和现代性话语的对立。

东亚文学场的方法论在上述意义上或可被称为以文学为场域的中间地带批判。其突破性内涵在于，一方面点出了民族主义分析框架的不足，这一框架不能有效分析帝国/殖民地经济结构、文艺生产和地方反应之间的联系；另一方面指出现代性分析框架的浮泛，东亚殖民现代性作为殖民主义全球化现象的一环，在乡村和都市书写中透露出了重重的症状和危机。扩而言之，在抵抗与妥协之间寻求第三条道路的殖民地文化研究，可在这里寻觅到思想开启的契机。

三 南洋文化场域的反思

旅台马华学者如林建国、张锦忠等，借鉴后殖民、新左翼和多元系统理论等西方思想资源，重新思考马华文学的文化属性和历史位置。其论述取向是试图界定马华文学相对于中国文学的主体性，争取在马来西亚文学中的正当权益，进一步通过文化批判和主体反思找到自身发展的方向。

林建国于1991年发表的《为什么马华文学》是一篇路标性的论文。此前一年，黄锦树在台大中学会主办的《新潮》上发表《"马华文学"全称之商榷：初论马来西亚的华文文学与华人文学》，提出了马华文学的定位问题。他以华人文学取代华文文学，从马来西亚华人族群的视角出发，把马华文学归于大马文学的范畴，借此从中国文学的诠释视野中摆脱出来。林建国赞同黄锦树的立场，称其宣示是具有深层政治意涵的动作；同时认为，表面上以血缘论界定的华人族群文学，与马来文学相对，在伦理和道德的层面凸显马来西亚的多语和多元文学现象，打破了官方的血缘中心历史诠释视野。林建国的批判集中在血缘观上，视之为中国本位论和大马"国家文学"论述的意识形态,以此确立马华文学的穿透性位置和颠覆性力量。他由此确定马华文学研究者的"作战"任务就是维持这种颠覆性,以防范血缘论一元观念的笼罩。

林建国从文化批判的视角扭转了马华文学的问题意识,从"什么是马华文学"转向"为什么马华文学",以更彻底的文化策略追问马华文学存在的主体性问题和历史位置。他的方法是一方面检视马华文学研究者的由来和历史位置,另一方面分析马华文学论述作为意识形态交锋场域的文化内涵。他把研究的关怀重点放在马华及大马作家身上,考察其文学书写背后的意识形态论述逻辑。

值得注意的是,林建国以"异质性空间"来描述马华文学的场域。他否定了面对中国本位论和大马国家论述的妥协态度,拒绝被遗忘和被操纵,拒绝被放逐在历史之外。反过来,寻找文学的对话和认识价值。他在树立马华文学的位置时,强调与四十年前"马华文艺独特性"论争的差别。他认为当时希望与中国文学"划清界限"的问题在今天已经得到解决,现在的问题架构应转向当年无力处理的另一个问题,那就是马华文学与马来文学及其他语族文学(包括原住民文学)之间的关系。这一问题架构需要在暴露马来西亚国家机器的运作逻辑的前提下找到适当位置才有望建立。在此意义上,他引入历史概念作为思考此一问题的关键一步。

在他看来,回到大马的历史才是思考马华文学的恰当途径。这一以退为进的选择,乃是当下情境中的必由之路:"掌握'南洋'的历史,特别是大马(华人)的历史,是扩大原有视野的唯一办法。"① 此一做法,由于能直面马来西亚国家文学的宰制问题而具有了鲜明的现实内涵。国家文学的提法,乃是 1969 年马来西亚"五一三"种族暴动事件的直接后果。林建国锐利地指出,这一概念分裂了大马人民的记忆,使得本来共享一个历史情境的马来文作家和马华作家,成为相互龃龉的两造。回到大马历史,是在大马华人民间社团《国家文化备忘录》(1983)以马来西亚抗辩

---

① 林建国:《为什么马华文学》,《赤道回声:马华文学读本Ⅱ》,(台北)万卷楼图书公司 2004 年版,第 28 页。

国家逻辑的意义上，追怀人民记忆在马来西亚独立后与官方记忆的对抗及独立前与殖民地统治者的对抗。在这样的历史场域中，马华文学找到了自身存在的理由和意义。在这里，林建国显示出对单一民族国家思维的批判立场，他所找到的依托则是大马尤其是马华的历史。

这一理路所面对的焦点问题，是对单一民族国家文化思维的解构和超越。西方式的民族国家思维，乃是殖民者留下的遗产。对抗这一意识形态的策略，首当其冲的是重建马来西亚的多元民族历史文化，同时不能忽略更广阔的南洋乃至亚洲历史。甚至可以说，马来西亚多元文化在很大程度上是南洋乃至亚洲文化内部交往的直接后果。这也是林建国把历史拓展到南洋视域的原因。

在这里，林建国显示出历史视野上的两面性。他的南洋视域，以马来西亚为本位，有所警觉于中国与南洋之间的交往关系。虽然他对现代的民族国家意识形态提出批判，在历史维度上有所拓展，但只能立足于异质性空间进行消极的抵制。反过来说，他在反制的意义上受到了国家意识的制约，未能向前跨进一步，拓展至亚洲内部的交往场域。追究其根源，与他所处的时代有莫大关系。从比较的眼光来看，在林建国等马华思考者的眼前，历史的一大实景是新加坡的崛起，新华作家的政治归属提供了很大的启示。这为马华思考者摆脱中国影响、转向国家内部的文化政治提供了绝佳的参照。对他们来说，国族政治及其在历史视野上的延伸思考，成为追问马华文学定位的巨大动力。但历史意味着什么，本身就是一个值得反思的开放性问题。其中的最大动因，当来自与中国传统乃至亚洲内部之间的深度对话。

林建国的《方修论》（2000）是继《为什么马华文学》之后的又一篇力作。这篇文章的特出之处在于从新左翼的视角出发，在马华文学场域中重新建构了第三世界的政治诗学。他通过回到方修，直面马华文学的内在问题和外在困境之间的辩证，在东西方的思想勾连中重新激活现代性的议题。

林建国从人类学家列维-斯特劳斯那里找到了理解方修的钥匙。列维-斯特劳斯以朝圣般的感悟，道出了人类学的终极关怀与马克思思想之间的微妙联系，因为后者深深地触及了"现代性"不变的结构。由此以观，方修那一代人所表现出来的左翼思想倾向，或许仅仅是其马克思情结的表层部分。经由列维-斯特劳斯的方式来释读方修，反倒更能透视到后者所触碰到的深层问题："方修他们当年从事了这样的人类学，提供的知识也就不只是文学，还有身世，以及在这片废墟里像结构一般不能改变的命运，他们和马克思的渊源也就比自己想象的深远。"①

回到历史，方修写作时所面对的现代性问题，乃是殖民主义在亚洲的退场及其继续衍生的状况。在形态上，这是一种被迫继承的西方现代性的变种。由此带来的写作上的迫切感和使命感，促生了方修文学史的内在气质。林建国强调，对此的阐释不能仅仅停留在现象的表层，相反，需要借助精神分析、马克思主义和人类学才能深入其深层的结构。正是在这个意义上，他赞誉方修建构了第三世界文学史写作的"共同诗学"。

与林建国不同，张锦忠从文学史书写的角度对方修进行反思，称"方修对马华文学史（书写）的看法固然值得'发现'，方修之外的'美丽新世界'可能视野更宽广"。②他的文学史论述，借鉴以色列学者埃文-佐哈尔（Itamar Even-Zohar）的多元系统理论（polysystem theory），显现出结构化、动态化的倾向。他采用这一方法论的架构，重新解释一些旧问题，如马华文学与中国文学、西方现代主义的关系等。之后又进一步提出新兴华文文学的概念，试图从离散和流动的视角，重新组构华文文学的版图。

埃文-佐哈尔的多元系统理论是70年代初期在研究以色列希伯来文学模型时发展出来的解释方法。1975年出版的《历史诗学论文集》对多元系统的概念和应用作了讨论。这一思想，因受到晚期俄国形式主义思想的影响，不免带有注重形式化的系统结构，忽视主体性和主体间性的倾向。但这种宏观的系统考察，在文学的整体考察方面显示出特有的优势。尤其是对于异质的系统观念的看重，不仅给文学研究带来了活力，且能揭示不同文学形态之间的动态关系。张锦忠的英文博士学位论文《文学影

---

① 林建国：《方修论》，《中外文学》第29卷第4期。
② 张锦忠：《离境，或重写马华文学史》，载《南洋论述：马华文学与文化属性》，（台北）麦田出版公司2003年版，第50页。

响与文学复系统之兴起》及后续研究,即是这一理论在马华文学研究领域的具体应用。

张锦忠首先界定马华文学的复系统性质。在马来西亚存在着马来文、华文、淡米尔文和英文等四个文学复系统,共同构成多元语文的"马来西亚文学大复系统";这一客观的存在,与官方的国家文学论述形成冲突;其次,应从人类学的角度而非纯粹语文的角度来界定马华文学,才能彰显其复系统性质,由此以观,马华文学是包含白话中文文学、古典中文文学、峇峇马来文学、英文文学、马来文学的复系统。马华文学史的书写,如从这些脉络出发,方能淡化或异质化中国文学影响论的影响。但问题在于,由于其他脉络趋于衰亡或在主流之外,在马华文学的论述中占据主导地位的是白话为主的现代中文文学,因此中国文学影响论才能够拥有独尊的地位。

其次,他讨论了现代马华文学与中国文学、西方文学之间的关系。关于中国文学的影响之说,他从比较文学之影响研究的角度,认为"影响"(influence)的说法失之模糊,更准确地说应该是一种"干预"(interference)。其中的潜台词是马华文学自成一新兴系统的判断。最初,随着19世纪移民华人社会的基层结构的出现,产生了内部的消费者、生产者、市场和建制,在此基础上,逐渐形成了一个众声杂沓的文学复系统。按照他的复系统理论,马华文学的新兴系统,因受到中国文学的左右或干预,应属于"依赖"系统。中国文学对马华文学的干预,主要通过南来作家、市场运作等中介方式,为马来西亚输入大陆新思想,直接促成了风行马华社群近半个世纪的现实主义路线。这一主导性方向,随着战后亚洲和马来亚国内政治结构的改变才有所调整。到60年代,受欧美和港台影响的另一种文学路向即新马现代主义崛起之后,出现了可与现实主义抗衡的文学系统。

文学复系统的理论为重新考察马华文学史提供了多元共存、交互影响的多重动态视角。但是,复系统理论也暴露出自身的缺陷,因偏重结构性考察,疏失于历史生成条件的考察,在主体问题上也较难深入。张锦忠对此有所警觉,之后转而聚焦于作家主体的离散和流动,找到了重写马华文学史的动源。

他参照新兴英文文学的状况,试图突破旧有的华文文学研究框架,建构新兴华文文学的理论。新兴英文文学指的是由"英国文坛移民三雄"奈保尔、拉什迪、石黑一雄等人所兴起的离散族裔小说潮流。这些来自加勒比海、印度和日本等地的作家,写作兼具出生地的风味和旅居国的氛围,糅合了东方和西方、现代和第三世界、边陲和大都会的视野,体现出混杂性和跨国性的特质。张锦忠认为马华文学的现状与此相近,故而不采纳旅台、本地的惯常分类法,提倡"流动的华文文学""跨国华文文学"及"新兴华文文学"的说法。①

张锦忠认为,离境一直是马华文学的象征,更是从马华文学到新兴华文学的写照。他不只看到离散与流动是当下马华文学的特征,同时也是马华文学从诞生之初就携带的基因。因此断言:"马华文学便是这样不断离境与流动的现象。"② 这种离散的特性,在新马的文化场域中蔓延,成为马华文学的文化表征。虽然文学的地方感性使得马华文学拥有了自己的属性,马华作家也因追寻到自己的国家和认同而成为离散终结者,但是马来西亚建国后的政治经济状况却使之继续离散。作为当代离散华文文学的一支,马华文学与其他支系一起集结汇流,共同形成了新兴华文文学的局面。基于以上历时性、共时性的考察分析,张锦忠勾勒了基于离散视域的重写马华文学史论述。

综上所述,台湾及东亚文学研究作为一个能动性的场域,打开的面向是多重的。就台湾场域而言,不同位置之间的话语权竞争,在带来文化活力的同时,凸显了资本的无形力量。因而观察台湾文学场域的发展,需要深入考量文学与政治、市场等因素的复杂关系。作为一种延展,与台湾相关的东北亚、东南亚文学场域,则发展出了横向连带的殖民主义批判、第三世界共同诗学、离散华文文学等不同的思想取径。这些思想的探索,极大地推动了关于华人文学的地域性、区域性和全球性思考。

---

① 张锦忠:《(八〇年代以来)台湾文学复系统中的马华文学》,载《赤道回声:马华文学读本Ⅱ》,(台北)万卷楼图书公司2004年版,第149页。
② 张锦忠:《离境,或重写马华文学史》,载《南洋论述:马华文学与文化属性》,(台北)麦田出版公司2003年版,第43页。

第二十五章

香港、澳门中国文学理论与评论[①]

周建增 蒋述卓

自明季末期以来,香港和澳门地区便开始出现了明确的文学活动。汤显祖、张穆、陈恭尹、屈大均、梁佩兰、王韬、潘飞声、胡礼垣和黄世仲等人均以其在地性书写,参与香港、澳门两地的文学实践,促成了港澳地区中国文学的早期发生。[②] 及至20世纪20年代起,学海书楼和香港大学中文学院相继成立,赖际熙、陈伯陶、朱汝珍等人撰文讲学,于文学创作

[①] 有关香港文学主体,刘以鬯曾指出:"持有香港身份证或居港七年以上,曾出版最少一册文学作品或经常在报刊发表文学作品。"(刘以鬯编:《香港文学作家传略》,(香港)香港市政局公共图书馆1996年版,前言,第 iii 页)陈国球则认为,香港文学和香港作家应考虑四个原则:"一、'香港文学'应与'在香港出现的文学'有所区别;二、(在一段相当时期内)居住在香港的作者,在香港的出版平台(如报章、杂志、单行本、合集等)发表的作品;三、(在一段相当时期内)居住在香港的作者,在香港以外地方发表的作品;四、受众、读者主要是在香港,而又对香港文学的发展造成影响的作品。"(陈国球:《香港文学大系1919—1949》,(香港)商务印书馆2016年版,总序,第22页)据此,本文所言香港、澳门中国文学研治群体及其研究成果包括:第一,居住于香港、澳门七年以上的学者,于居住期间在港澳或以外地方完成的学术成果;第二,未居住于香港澳门的学者,发行于港澳地区且对港澳学界产生过重要影响的学术成果。此外,在港澳高校完成的博士、硕士学位论文亦纳入考察范围。

[②] 参见罗香林《中国文学在香港之演进及其影响》,载《香港与中西文化之交流》,(香港)中国学社1961年版,第179—221页;李德超《中国文学在澳门之发展概况》,载《澳门文学论集》,(澳门)澳门文化学会1988年版,第9—24页;郑炜明《十六世纪末至一九四九年澳门的华文旧体文学概述》,载《澳门文学研讨集》,(澳门)澳门日报出版社1998年版,第51—72页。

之外，另辟文学研究之路，开始对中国文学展开积极探讨。① 同时，随着中国新文化运动的深入发展，以及许地山、施蛰存、邵荃麟、徐迟等学人在内地与港澳之间的频繁流动，对文学思潮、文学理论和作家作品展开思考的评论文章不断见诸报端，② 记录了港澳地区学者对中国文学的初步关注与思考。

不过，真正对中国文学进行集中、深入研究，则是要等到 20 世纪 50 年代以后。这首先是因为大量学者从大陆播迁至香港、澳门，兴学授课，办刊著文，培养了一批批从事中国文学研究的学子和学者，产生了相当可观的中国文学研究论著。③ 其次，受大陆、台湾和美国等多方力量较量、斡旋的影响，香港地区的文化事业发展较为自由和迅速，中国文学研究亦呈现繁荣之势。④ 最后，随着香港、澳门的回归，本土学者在自身求索以及与大陆学者的交流过程中，产生了新的学术焦虑和期待，形成了其对本土文学的关注，从而催生了香港、澳门本土文学研究这一新课题。

在这种情况下，梳理、考察 1949 年至今香港和澳门地区的中国文学理论与评论史，不仅有助于我们把握香港、澳门地区文学研究的发展状况，更有助于我们总结其在百年港澳中国文学研究进程中的代表性地位，进而审视其在中国现代学术史上的价值和意义。

第一节　中国古代文论研究

在香港、澳门中国文学理论与评论史上，最具有学术积淀、思想厚度

---

① 参见邓又同编《学海书楼主讲翰林文钞》，（香港）香港学海书楼1991年版。

② 参见陈国球、林曼叔编《香港文学大系一九一九——一九四九·评论卷》第 2 卷，（香港）商务印书馆2016年版。

③ 有关南来学者对香港、台湾之学术贡献，可参见鲍绍霖、黄兆强、区志坚编《北学南移——港台文史哲溯源》，学人卷（2卷）、文化卷，（台北）秀威资讯科技股份有限公司2015年版。

④ 参见古远清《香港当代文学批评史》，湖北教育出版社1997年版，第28—55页。

与文化意味的成果当属对中国古代文学理论所展开的阐释和研究。这是因为钱穆、唐君毅、饶宗颐、徐复观、陈耀南、陈国球、黄维樑、邓国光等著名学者以其深厚的学术根基，垂范以文，授学于人，涌现出一批高质量的研究成果，并形成了一支高素质的研究队伍，实现了对中国古代文论的有效把握和深刻阐发。

回顾 70 年来香港、澳门的中国古代文论研究史，我们可以发现，其总体演进脉络始终离不开高等学校中文教育的不断发展。1949 年以前，港澳两地设有中文学院的高校仅有香港大学一家。这一时期，在许地山的带领下，港大中文学院虽开设有文学批评的相关课程，但其研究规模不大。[①] 1949 年以后，罗香林、饶宗颐、刘百闵等学者南来香港，担任香港大学中文系教师，制定系统的中国文学课程纲目，并专设"文学批评"一科。[②] 其后，钱穆、唐君毅等人创办新亚书院，讲授《庄子》《文心雕龙》等专书。[③] 至 1963 年，新亚书院与崇基学院、联合书院合并为香港中文大学，更加集中、有力地展开中国古代文论研究。[④] 1990 年起，邓国光、施议对等人任教于澳门大学中文系，则开启了澳门地区研治中国古代文论的历史进程。可见，香港、澳门之中国古代文论研究，乃是伴随着港澳两地高等学校中文教育的发展，而不断开拓与深化。

以此观之，我们可将 70 年来香港澳门中国古代文论研究史划分为以下三个阶段。

第一阶段为 1949—1969 年。此时期中国古代文论研究集中于香港地区，其研究主体以南来学者为主导。所谓南来学者，是指出于各种原因而

---

① 罗香林曰："许先生则分课程为三组，一为文学，二为历史，三为哲学。前人研习文学，只重视诗文，今则更及于词曲、小说、戏剧、与文学批评等。"又云："惜是时方值对日抗战，戎马生郊，香港未几，陷入日军手中。海水群飞，公私涂炭，而香港研究中国文学之风气，亦以阻焉。"[罗香林：《香港与中西文化之交流》，（香港）中国学社 1961 年版，第 211—212 页]

② 罗香林：《香港大学中文系之发展》，载《香港与中西文化之交流》，（香港）中国学社 1961 年版，第 232—238 页。

③ 参见《新亚书院概况》，课程纲要，（香港）新亚书院 1955—1977 年版。

④ 如联合书院亦开设有以《文心雕龙》为研究对象的文学批评课程。（香港中文大学联合书院图书馆：《联合书院概览 1966—1967 年度》，第 146 页）

由大陆南下香港的学者。他们具有深厚的学术功底，一开始就产生了具有开拓性和引领性的学术成果，并推动了香港学子对相关理论问题的深入探讨。这一时期的香港中国古代文论研究，往往通观性论著较少，中观和微观研究较多。在通观性论著中，较有分量的首推程兆熊之《中国文话》《中国诗学》和《中国文论》（1963），① 均是作者在香港大学时的课堂讲义，勾勒出了中国文学理论的基本面貌。此外，刘百闵《中国文学上所谓"气"的问题》（1963）和黄兆杰《中国文学批评中的"情"》（1969），分别对中国古代文论中的"气"和"情"范畴进行历史梳理，亦具有一定的学术代表性。在中观和微观研究论著方面，我们可将之概括为："一个命题""一个主流"和"三个重点"。

首先，以儒道思想为契入处的中国艺术精神命题。首提此一命题的学者是唐君毅。1944 年，唐君毅发表《中国文化中之艺术精神》，从主体层面进入艺术精神，指出其"融摄内心外界、精神与物质、超形界与形界之对待"，并点出"儒道二家正同是最含艺术性的哲学学说"。② 但他并没有进行深入探讨。直至移居香港以后，他才对此展开进一步阐释。1951 年，唐君毅之《中国艺术精神》认为："中国文学艺术之精神，其异于西洋文学艺术之精神者，即在中国文学艺术之可供人之游。"③ 对此，他从建筑、书画、音乐和雕刻四个方面展开论述，其立论之基正在于儒家之"游"。如他以孔子之"游于艺"，来说明中国艺术精神之主客相泯以见气韵和风神；又如以《礼记·学记》之"藏焉、修焉、息焉、游焉"，来点明中国文学艺术包孕着可供寻觅探索的美学世界。这说明，唐君毅之中国艺术精神旨在主体意识显现后的主客弥纶，其思想依归尤其重视礼乐文化。及至 1964 年，在讲演录《中国文学与哲学》一文中，唐君毅再添中国艺术精神之道家维度。他在重申中国哲学之主客同真、天人合一特质时，指出中国文学内容主要受儒、道两家影响："大约受儒家影响者之中国文学，多善于表现'生'之情，而以性情胜、气象胜，受道家影响之

---

① 此三册讲义后结集为《中国文话文论与诗学》，（台北）台湾书局 1979 年版。
② 唐君毅：《唐君毅全集》第 16 卷，九州出版社 2016 年版，第 40—41 页。
③ 唐君毅：《唐君毅全集》第 9 卷，九州出版社 2016 年版，第 203 页。

中国文学，多善于表现'化'之意，而以神韵胜、胸襟胜。"① 此处以"生"理解中国文学之儒家面向，与其《中国艺术精神下之自然观》多有契合之处。以"化"对接中国文学之道家面向，则细化和丰富了此前论述中一笔带过的道家思想。这具体表现为"超尘俗以自化于自然""化自然物之质实以归于虚灵""取美化之自然物与人物以入文学"和"将人间惊天动地之历史化入寂天寞地"四类。② 可见，以儒道思想契入中国艺术精神，在唐君毅的论述中已初现端倪。

　　对此一命题进一步深化，尤其是从庄子哲学入手发现主体存在的学者，则是徐复观。早在1964年间，徐复观论著《中国艺术精神》的主体部分《由音乐探索孔子的艺术精神》《中国艺术精神主体之呈现》《释气韵生动》三章，便已在其创办于香港的《民主评论》上分期发表，③ 与唐君毅的学术理念可谓同声相应，又有所超越。这是因为徐复观跳出了唐君毅的直感式概述，对中国艺术精神进行了学理阐释和具体论证。徐复观旗帜鲜明地指出："中国文化中的艺术精神，穷究到底，只有由孔子和庄子所显出的两个典型。"④ 这即是说，孔子标榜仁乐合一，其目的在于实现道德与艺术的终极统一，夹杂着功利成分；庄子之艺术精神则不然。"庄子之所谓道，落实于人生之上，乃是崇高地艺术精神；而他由心斋的工夫所把握到的心，实察乃是艺术精神的主体。"⑤ 这种以道化人生，以心斋求虚、静、明的姿态，凸显出了艺术主体的存在和意义，并折射出其艺术化的人生追求和纯粹化的艺术精神。可见，与孔子相比，庄子之美学思想更具有文艺适用性和历史穿透力。对此，徐复观进一步考察了庄子思想在魏晋玄学的延展，并梳理出了一条魏晋以降受庄、玄思想影响而形成的中国画美学线索。这就将庄子的艺术精神弥撒于整个中国美学系统之中，折

---

① 唐君毅：《唐君毅全集》第13卷，九州出版社2016年版，第247页。
② 同上书，第248—249页。
③ 《孔子"为人生而艺术"的艺术精神初稿》分两篇发表于第1、2期，《庄子艺术精神主体之呈现》分三篇发表于第11、12、13期，《释气韵生动》分三篇发表于第17、18、19期。参见谢莺兴《徐复观先生学行年表》（四），《东海大学图书馆馆刊》2017年第14期。
④ 徐复观：《中国艺术精神》"自序"，华东师范大学出版社2001年版，第4页。
⑤ 同上书，第2页。

射出其对中国美学精神的巨大贡献，彰显出了中国艺术的美学本位和纯粹追求。在此意义上说，徐复观之于中国艺术精神命题的意义，不仅在于他对之进行了理论阐释和实际证明，更在于他建构起一个以庄子为核心的中国美学系统，展现出了中国艺术的至高境界。

受唐、徐二人影响，新亚书院学子郑捷顺继续对中国艺术精神展开申说。其完成于1966年的硕士学位论文《庄子哲学中的艺术思想的研究》，虽在概念使用和基本框架上与前人多有对应，但亦有补充、丰富和提升之处。如在艺术精神理解上，郑捷顺认为庄子艺术精神的特质在于其超越性。通过对主体自我的发现，确立起一个异于"形躯我"的"情意我"，以成就"离形、去智、不追求价值实现的纯粹观赏心灵"。[①] 又如在艺术主体上，他拈出"至人""神人""真人"和"圣人"四种，认为其为最能逍遥游之人，乃是庄子理想中的纯粹艺术化人物；再如在庄子美的分析上，他于徐复观提出的"孤立化的知觉"之外，结合唐君毅的"间隔观"，从形象的直觉、心理的距离和无我浑然三方面进行了详细论述。总之，经由上述三人的不断阐发，中国艺术精神作为一个学术命题，得以正式确立。这也表明，此时期的先秦文论研究取得了较为突出的学术成就。

其次，以《文心雕龙》为核心的魏晋六朝文论研究主流。魏晋六朝文论是此时期香港中国古代文论研究的一大主流，又以《文心雕龙》研究为其中流砥柱。1954年，饶宗颐发表《〈文心雕龙〉与佛教》，首次提出刘勰之为伟大文学理论家，"并不是单靠着他的文学修养，而受过佛教思想的浸润启发，倒是一个顶重要的内在因素"。[②] 对此，他从刘勰的知识背景，以及《文心雕龙》的思想、体例、用词等方面，进行了具体阐发。1962年，饶宗颐主编《〈文心雕龙〉专号》，不仅以《刘勰文艺思想与佛教之关系》《〈文心雕龙〉探原》《刘勰以前及其同时之文论佚书考》申说刘勰与佛教及儒道思想、《文心雕龙》与其前后文论著作之间的紧密

[①] 郑捷顺：《庄子哲学中的艺术思想的研究》，硕士学位论文，香港中文大学，1966年，第224页。

[②] 饶宗颐：《饶宗颐二十世纪学术文集》第11卷，（台北）新文丰出版股份有限公司2003年版，第1070页。

关联，而且推出《〈文心雕龙〉集释》《唐写本〈文心雕龙〉景本说明》等文章，显现出《文心雕龙》研究的笺注释读角度。这在同时期南来学者的研究中亦有所体现。如黄孟驹侧重探讨刘勰与王充之间的思想关联，程兆熊、蒙传铭则注重对《文心雕龙》及其注疏进行解读。① 可见，思想探源与理论解读，乃为此时期《文心雕龙》研究的两大进路。

这在香港本地学子的论述中得到了延伸。在思想探源上，石垒之《〈文心雕龙〉的本体论》（1967）延续饶宗颐的思路，从"道""自然""神理"三个层面，对刘勰文艺思想与佛教文化之关系展开了文本对读。黄继持之《〈文心雕龙〉与儒家思想》（1962）则认为刘勰是以儒家文化为思想基础，并"折中调和儒家与魏晋以来的文论"。② 这就体现出《文心雕龙》思想根源的复杂性和多元性。对此，罗萤、王煜、邓仕樑等人则从文本关系入手，考察了《文心雕龙》与《周易》《诗品》《文赋》等论著之间的内在传承与变异。③ 在理论解读上，人们多选取某些篇章、术语、范畴展开解读。如李直方就针对《明诗》篇之"慷慨以任气""庄老告退而山水方滋"说和《辨骚》篇之"哀志"说展开阐释，谢正光针对《颂赞》中"讹体"的意义进行解释。与此不同，古兆申之《刘勰的文学观》（1969）则试图对刘勰的文学思想进行整体把握。该文首先梳理了刘勰的文质论、夸饰论、文笔辨、才性学、声律论和通变说，与其前代、当代论述之间的关联，进而指出刘勰之"原于'道'而以'情志'为中心的文学观"，④ 具有深远的历史影响和前瞻的理论视野。这就显示出《文心雕龙》文本内涵的丰富性和世界性。

---

① 黄孟驹：《王充〈论衡〉与刘勰〈文心雕龙〉》，《联合书院学报》1967年第6期；程兆熊：《文心雕龙讲义——刘勰文学批评理论之疏说与申论》，（香港）鹅湖出版社1963年版；蒙传铭：《刘毓崧书〈文心雕龙后〉疏证》，《新亚书院学术年刊》1969年第11期。

② 黄继持：《〈文心雕龙〉与儒家思想》，载饶宗颐主编《〈文心雕龙〉研究专号》，（香港）香港大学中文学会1962年版。

③ 罗萤：《〈文心雕龙〉与〈诗品〉述评》，《文坛》1954年第12期；王煜：《〈文心〉沿袭〈文赋〉的思想》，《东方》1961年第9期；邓仕樑：《〈易〉与〈文心雕龙〉》，《崇基学报》1969年第1期。

④ 古兆申：《刘勰的文学观》，硕士学位论文，香港中文大学，1969年，第211页。

在《文心雕龙》之外,魏晋六朝的其他文论著作也得到了学者们的广泛研讨。如在通论研究方面,邓仕樑《两晋诗论》(1968)专列"两晋文学理论略说"一章,概述了陆机、陆云、左思、皇甫谧、挚虞、李充和葛洪的文论观点。在《文赋》研究方面,饶宗颐指出陆机《文赋》是以琴道之应、和、悲、雅和艳来说明文学创作规律;[1] 林炳昌则对《文赋》的创作年代、英译本、文学理论内涵进行了考察、评论和分析。[2] 在《诗品》研究方面,黄兆显考释了"左思其源出于公干"的内涵,陈炳良提炼了钟嵘论诗的关键之处,何士泽和郑建南则以传统笺疏的方法对《诗品》进行了详细注释。[3] 在文选研究方面,钱穆《读〈文选〉》(1958)指出纯文学觉醒于建安时代,并以此对《昭明文选》中的作品进行解读;黄兆杰探讨萧统及其《昭明文选》中所体现的道德主义,以此说明中国诗学与道德观念之间的紧密关联;[4] 尤光敏则考察了徐陵《玉台新咏》的编撰目的、体例,并对诗话序跋对书中诗人的论述展开了品评。[5] 这些研究论著,与前述学者对《文心雕龙》的研究,共同汇聚成一股研究主流,显现出此时香港学界对魏晋六朝文学批评的一种集体注视。

再者,以文章理论、诗歌理论和词学理论为代表的唐以来文论研究重点。与先秦、魏晋六朝文论的集中性探寻相比,此时期人们对唐宋元明清文论的研究显得较为薄弱,呈现出散点研究的特质,如理学文论方面,仅有黄继持之《朱子文学思想述评》(1967)、《"文与道""情与性"——理学家之文艺思想试论》(1968);戏曲研究方面,只有梅应运《李笠翁戏剧论概述》(1964)、萧宓《李笠翁谈戏曲唱词》(1964)二文;小说研究方面,则仅有陈庆浩的硕士学位论文《脂本评语的情况和分析》(1968),均

---

[1] 饶宗颐:《陆机〈文赋〉理论与音乐关系》,《中国文学报》(日本)1961年第14卷。
[2] 林炳昌:《〈文赋〉研究》,硕士学位论文,香港中文大学,1968年。
[3] 黄兆显:《〈诗品〉"左思其源出于公干"考释》,《香港大学中文学会会刊》1966—1967年;陈炳良:《钟嵘〈诗品〉论诗指要》,《大陆杂志》1969年第3期;何士泽:《诗品论疏》,硕士学位论文,香港中文大学,1969年;郑建南:《〈诗品〉序校释》,《新亚书院中国文学系年刊》1969年第7期。
[4] 黄兆杰:《道德视域下的〈昭明文选〉》,硕士学位论文,香港大学,1965年。
[5] 尤光敏:《徐陵及其〈玉台新咏〉》,硕士学位论文,香港大学,1964年。

未能产生集约效应。

不过，在分散的研究格局中，我们仍可发现由南来学者所引领而形成的三个研究重点。

一是文章理论研究。20世纪50年代初，罗香林辑录方苞《古文约选例言》、刘大櫆《论文偶记》、姚鼐《古文辞类纂序》等古文理论合编为《古文辞义法》，作为香港大学中文系文学理论读本。这为此后香港学界对古代文章学的研究提供了材料基础。1958年，钱穆在《新亚学报》上发表《杂论唐代古文运动》一文，将唐代古文运动追溯至其时的古诗运动，并以纯文学理念观照和论述了韩愈和柳宗元的古文理论。这开启了香港学界对唐以降古文的理论研讨，并推动了当地对此一问题的关注。如伍锦仁《隋唐之文学复古运动》（1958）、苏曾懿《古文及唐宋古文八大家之研究》（1959）、金中枢《宋代古文运动之发展研究》（1960）、杨家教《顾亭林先生文论探源》（1968）等文均与之相关，至于何世权《清代桐城文派之文学理论》（1958）、周启庚《桐城派文论》（1959）和陈经豪《谈谈曾国藩的文学主张》（1963）等桐城派文论论文，则可视为对唐宋古文运动的清代追踪。

二是诗歌理论研究。1956年，吴天任发表《元遗山论诗的特识》，首次对元好问论诗的形式和内容进行了评价，这是香港地区第一篇研究元好问诗论的论文。其后，王韶生《元遗山论诗三十首笺释》（1966）、陈湛铨《元遗山论诗绝句讲疏》（1967）则以传统注疏的方式，对元好问的三十首论诗绝句展开了细致的解读。这形成了对元好问诗论的集中探讨，为此后香港学界对之的持续关注奠定了学术基础。在元好问诗论之外，尚有一些对唐以降诗论的散点研究，包括叶绮莲《杜诗学》（1965）、梁君仪《中晚唐诗论管窥》（1967）的唐代诗论研究，潘重规《朱子诗序旧说叙录》（1967）、龙祯祥《朱子之诗经学》（1967）的南宋诗论探讨，刘若愚《清代诗说论要》（1957）和黄华表《桐城诗派》（1958）、《桐城诗派道咸诗派》（1959）的清代诗论研寻。

三是词学理论研究。这主要集中于清代词学方面。1955年，饶宗颐在《人生》第7、8期发表《〈人间词话〉平议》，首次对王国维词学展开评价，认为《人间词话》之"意境说""境界说"前人已有端倪，并非王国维之创见。这既显示出其不囿成说的批判精神，也奠定了香港对

《人间词话》的批评态度，推动了人们对王国维词学的研究兴趣。如王韶生、荻枫、禚梦庵、陈胜长等人均发表相关评论，《民主评论》还专门发表了徐复观和丁雨关于"隔"与"不隔"的讨论文章。[1] 在王国维词学之外，朱祖谋词学亦是一个相对热闹的话题，王韶生著有《彊村论词》（1958）、《朱彊村〈望江南〉词笺释》（1965），饶宗颐则撰有《朱彊村论清词〈望江南〉笺》（1961—1964）。此外，江润勋和邝士元则分别以综论和专论的形式对词学评论史和常州词派进行研究，[2] 显示出此时香港本地学者对词学理论的深入探讨。

总之，第一阶段的香港中国古代文论研究，总体上是以南来学者为主导，香港本地学子往往是在前者的带动和启发之下，对相关论题展开研讨。在这一过程中，我们可以看到，罗香林、唐君毅、徐复观、饶宗颐、钱穆、王韶生、陈湛铨等人在香港的中国艺术精神命题、《文心雕龙》、六朝文论、文章理论、诗歌理论和词学理论研究发挥了引领性作用，使得香港中国古代文论研究初具格局，呈现兼具深度与广度的学术面貌。

第二阶段为1970—1999年。此时期中国古代文论主要集中于香港地区，澳门地区则处于起步阶段，其研究主体主要为在南来学者所营建的教育环境中成长起来的香港学者。他们凭借香港得天独厚的地理、语言和文化优势，或在港接受文学教育，或赴外攻读博士学位，以更开阔的学术视野和理论眼光，对前辈学者所奠基而成的中国古代文论研究进行了深化、丰富和开拓。如在通论方面，黄维樑之《中国历代诗话词话和印象式批评》（1976），抓住诗话词话这一中国文学批评的代表形式，指出其为重直觉感悟、笼统概括的印象式批评，它与"19世纪西方印象主义画法，

---

[1] 王韶生：《王国维文学批评著述疏论》，《崇基学报》1968年第1期；王韶生：《论王静安之文学》，《崇基校刊》1968年12月；荻枫：《王国维与〈人间词话〉》，《文坛》1964年第5期；禚梦庵：《〈人间词话〉札记》，《人生》1965年第8期；陈胜长：《读〈人间词话〉及〈词学通论〉作词法》，《新亚生活》1967年第14期；徐复观：《诗词的创造过程及其表现效果——有关诗词的隔与不隔及其他》，《民主评论》1959年第12期；丁雨：《论诗词中的隔与不隔》，《民主评论》1959年第12期。

[2] 江润勋：《词学评论史》，硕士学位论文，香港大学，1963年。后出版为《词学评论史稿》[（香港）龙门书店1966年版]；邝士元：《常州派家法考》，《人生》1968年第3期。

颇为近似",又与佩特、王尔德所谓"有分析,重理性"的印象式批评大异其趣。[1] 这就在程兆熊对中国文学批评的泛论基础上,突出了中国文学批评的特质及其与西方文学理论的差异。黄兆杰之《中国早期文学批评》(1983)选取《毛诗序》《离骚经序》《典论·论文》《文赋并序》《诗品序》《文心雕龙·神思》等13篇具有代表性的文论论著进行英译,开启了香港学者译介中国古代文论的旅程。此外,邓国光之《文原》(1997),远探《周礼》之文体发源,中览刘勰、孔颖达和韩愈之诗学思想,近研祝尧、翁方纲之文体理论,可谓"一部文体发展史的雏形",[2] 展现了澳门中国古代文论研究的文体学路径。在专论方面,陈耀南、邓仕樑、陈国球等学者,以其自身的努力,带动香港学界承传、发展了前期的诸多论题,并形成了新的学术主流。具体而言,此一时期的中国古代文论研究可从以下四个方面展开考察:

第一,先秦两汉文论研究有所开拓。在五六十年代,香港学界对先秦两汉文论的关注主要集中于先秦时期的儒道美学思想研究上,较少触及文学批评层面上的考察,甚至两汉文论几乎未有专文探讨。进入70年代以后,此一情况有所改变。一方面,出现了3篇有关诗经学的硕士学位论文。其中,陆婉仪细致梳理了《毛传》《郑笺》注解《诗经》的异同情况,认为《郑笺》宗于《毛传》者少,异于《毛传》者多,说明《郑笺》表面上以《毛传》为宗,实则既对《毛传》有所批判,又对齐鲁韩三家诗有所吸收,显现出其以经序为准的文学批评策略和目的。[3] 这从训诂学的角度突出了《郑笺》与《毛传》之异。其后,叶勇则以《周南》《召南》为例,则指出郑笺宗毛诗者多,承三家诗者甚少。这与前述研究形成鲜明对比,因叶氏以郑笺"注诗宗毛为主"为立论之基,陆氏则以郑玄博通四家诗为研究路径。[4] 可见,理论预设不同,其研究结论往往相

---

[1] 黄维樑:《中国诗学纵横论》,(台北)洪范书店1977年版,第1页。
[2] 2013年,邓国光出版《文章体统:中国文体学的正变与流别》一书,是对其多年来文体学研究的总结之作,较《文原》更为理论化和系统化。引文参见邓国光《文原——中国古代文学与文论研究》"自序",(澳门)澳门大学出版中心1997年版。
[3] 陆婉仪:《诗经传笺异同考》,硕士学位论文,香港中文大学,1970年。
[4] 叶勇:《二南郑笺采三家诗说研究》,硕士学位论文,香港中文大学,1995年。

异其趣。与前两者不同，胡应湖从诗之起源切入，通过论述周公作诗和孔子编诗的不同教化面向，指出其所奠定的诗教传统，对中国人之道德修养和中国文学之文体技法均产生了深远影响。[①] 这就将诗教传统追溯至西周时期，并申明了此一传统的历史意义。

另一方面，产生了有关辞赋学的专论文章。如许子滨之《屈原行义王逸说考辨》（1994）于两汉评屈诸家中独标王逸，指出其"以忠信仁义、同姓无相去之义推崇屈子之行义"，[②] 不仅发时人及前人之所未发，而且尤能显明屈原之志。作者对"同姓无相去之义"进行知识考古，认为王逸此说实合于礼仪规约和时代背景。这种历史还原研究法，既显现出王逸对屈原的同情之理解，亦彰显出作者求索史实的严谨态度。又如郑良树之《司马迁的赋学》（1994）通过对司马迁辑录屈原、贾谊、司马相如赋作，及其自身的辞赋创作，指出其赋学观包含"言志"与"讽谏"两个层面。这种从作品编选角度发现文学观念的做法，乃是香港中国古代文论研究的一大路径，具有独特的方法性。

第二，《文心雕龙》及魏晋六朝文论依然是研究重镇。这一时期，南来学者对《文心雕龙》仍有所探讨，如王韶生撰有《〈文心雕龙〉对于中国文论的影响》（1970）、蒙传铭著有《从〈序志〉篇看〈文心雕龙〉的体例》（1970）、《刘勰〈知音〉篇"六观"新探》（1975）等。其中，饶宗颐、潘重规更是分别出版了《〈文心雕龙〉集解》《唐写〈文心雕龙〉残本合校》（1970）两书，显示出他们对《文心雕龙》的深厚的学术积淀和深入的学术探索。

不过，此期之《文心雕龙》研究，更多涌现出的是香港学者的身影。如此前已崭露头角的石垒，在此时出版《〈文心雕龙·原道〉与佛义疏证》（1971）和《〈文心雕龙〉与佛儒二教义理集》（1977），继续对其前理念展开论证和丰富。其后，陈耀南出版《〈文心雕龙〉论集》（1989），别开研究史和比较阐发之生面。如其《〈文心雕龙·原道〉众说平议》《〈文心·风骨〉群说辨疑》分别评骘了当代学界对《原道》《风骨》两

[①] 胡应湖：《周孔诗教及其对后世之影响》，硕士学位论文，香港中文大学，1971年。
[②] 许子滨：《屈原行义王逸说考辨》，硕士学位论文，香港中文大学，1994年。

篇的诸种理解，可谓简明的现代"原道""风骨"研究史；其《〈文镜〉与〈文心〉——刘勰与空海文学理论价值若干比较》《〈史通〉与〈文心〉之文论比较》则将《文心雕龙》与空海《文镜秘府论》和刘知几《史通》进行比较，试图以文本的跨时代比较沟通六朝文论与唐代文论。与陈耀南不同，黄维樑的《文心雕龙》研究则致力于中西比较和古今对接。如《精雕龙与精工瓮——刘勰和"新批评家"对结构的看法》（1989）论述了刘勰与新批评家对文本结构的高度重视，指出好作品"是一只精工瓮，是一条精雕龙"；①《〈文心雕龙〉与西方文学理论》（1991）则通过《文心雕龙》与《诗学》《文学理论》的比较，指出刘勰文论视野之广阔、架构之宏伟。这凸显出了《文心雕龙》的世界意义。又如《现代实际批评的雏形——〈文心雕龙·辨骚〉今读》（1989）和《〈文心雕龙〉"六观"说和文学作品的评析——兼谈龙学未来的两个方向》（1996），通过对《辨骚》《知音》篇的解读，指出刘勰文论为具有现代价值的文学批评资源，尤其是"六观"说，"在实际衡量作品上，照顾周到，其理论极具实用价值"。② 黄维樑还将之运用于白先勇、余光中等人作品的批评之中。这就焕发出了《文心雕龙》的现实意义，彰显出其绵长的理论生命力。此外，黄兆杰与卢仲衡、林光泰二人合作，于1999年推出英文版《文心雕龙》，这是继施友忠之后的第二个英译全本，对《文心雕龙》的海外传播将起到重要的促进作用。可见，这时期的《文心雕龙》研究，除了延续以往的思想探源、理论解读之外，还在文本跨时代、跨文化比较和文本翻译等方面取得了进展，显示出香港学界对《文心雕龙》研究的不断深入。③

---

① 黄维樑：《中国古典文论新探》，北京大学出版社1996年版，第52页。
② 同上书，第27页。
③ 这在同时期的香港高校博硕士学位论文中亦有所体现。此时期有关《文心雕龙》研究的博硕士学位论文共计9篇，除韩尧森《刘勰修辞论研究》（1976）、朱国能《〈文心雕龙〉创作论研究》（1982）、关丽眉《〈文心雕龙〉与美学》（1987）、李永鸿《〈文心雕龙〉"文体"理论研究》（1988）、招祥麒《刘勰〈文心雕龙〉诗论之研究》（1995）、周一龙《〈文心雕龙〉新窥——其修辞与逻辑运用》（1996）注重理论解读以外，尚有梁加珠《刘勰与柯立律治的"有机美学"》（1986）明确进行中西跨文化比较，梁建辉《王充刘勰文论比较研究》（1989）和林浩光《刘勰〈文心雕龙〉与司空图〈诗品〉风格学的比较研究》（1996）则侧重中国文论内的跨时代比较。

除此之外，人们对魏晋六朝的其他文论仍保持着研究热情。这一方面体现在有关《典论·论文》《文赋》《诗品》《玉台新咏》《文选》的研究文章不断涌现，如黄兆杰《〈文选序〉与萧统的文学观念》（1985）认为《文选序》最重要的思想，并非"事出于沉思，义归乎翰藻"二句，"而是文章乃完整之单篇一个观念"。① 此外，钟肇熙则探究南北朝诗经学，不断完善香港地区的中国历代诗经学研究链条。② 另一方面则体现在出现了一批新的专论文章。如范畴专论方面，包括梁后养《六朝文论中"新"之观念》（1971）、叶明媚《嵇康声无哀乐论研究》（1977）、袁燕萍《从气、势观念看六朝文论的开展》（1987）、关秀琼《从人的自觉看魏晋文论与儒、道思想之关系》（1988）、胡永超《晋诗轻绮辨》（1994）、赖卓彬《言尽意论与言不尽意论》（1996）、廖志强《南朝文笔说》（1999）等。其中，邓仕樑《释"放荡"——兼论六朝文风》（1983）指出"六朝文学的精神在于'放荡'"，③ 其内涵包括放逸、放旷、傲诞、纵逸和通倪，可谓于凸显人的崛起之中，切中了六朝文风之命脉。专人专论方面，包括苏森明《曹植诗及其文学批评》（1981）、刘庆华《沈约研究》（1981）、余汝丰《任昉〈文章缘起〉研究》（1982）和邓仕樑《萧子显的文论》（1987）等。其中，邓国光的博士学位论文《挚虞及其文论研究》（1990）为第一部深入探讨挚虞文论的学术专著。该文考察了挚虞在经学、礼学、史学和文学等方面的突出成就，指出其文论源出于其经学背景，具有"崇文章之用，以息两汉夷薄文翰之风""宏情志，归本正源，匡救文弊"和"树大体，轨范属辞"等特质。④ 这一研究不仅确立了挚虞在魏晋六朝文论中的突出地位，而且点明了中国古代文体学的起点和成就。可见，此一时期香港学者在承继南来学者的研究之外，另立研究范式，别开研究领域，推动了魏晋六朝文论研究的纵深发展。

---

① 邝健行、吴淑钿编：《中国古典文学研究论文选粹》（文学评论篇），江苏古籍出版社2003年版，第238页。

② 钟肇熙：《南北朝诗经学研究》，硕士学位论文，香港大学，1971年。

③ 陈国球编：《香港地区中国文学批评研究》，（台北）学生书局1991年版，第114页。

④ 邓国光：《挚虞及其文论研究》，博士学位论文，香港大学，1990年，第19页。该著同年出版为《挚虞研究》［（香港）学衡出版社］。

第三，隋唐和宋元文论研究有所拓展。此时期的隋唐文论研究，主要包括诗论和文章学两个重点。在诗论上，既有宏观探讨，如郑佩芳《唐代诗人评唐诗之研究》（1971）、李秉刚《中唐诗派研究》（1988）和刘卫林之《中唐诗境说研究》（1999）；亦有微观专论，如王晋江《文镜秘府论探源》（1978）、李贵生《〈毛诗正义〉文艺思想研究》（1995）。其中，以《二十四诗品》研究最具话题性。如陈国球和陈炳良均以西方文论进行观照，指出其既涉及创作论，亦包含读者接受论；[1] 陈胜长则从著作权入手，坚持司空图为《二十四诗品》的作者，显现出香港学者对陈尚君、汪涌豪等大陆学者的辨伪工作的一种回应。[2] 在文章学上，则有黄振锋《初唐经学家及史学家之文论》（1977）和邓国光《韩愈文统探微》（1992）。黄文认为初唐经学家孔颖达、陆德明之文论思想强调经世致用，而史学家如魏征、颜师古、刘知几之文论观念则于此之外，排斥艳丽之文，展现出了经学、史学视野下文学观念的不同面向。邓著则指出韩愈以孟子之恻恻当世为人生动力，以文章写作明道和为戏，实现了教与乐的统一。这就揭示出韩愈古文不为人熟知的游戏性和艺术性，丰富了韩愈的文论面貌。

在宋元文论研究方面，程兆熊和陈国球对北宋诗论进行了可贵的探索。他们通过考察邵雍《击壤集》，指出其诗乃性情之诗，其诗论乃近情之诗论，打破了理学家"排斥情感"的刻板形象。[3] 不过，研究重点主要落于南宋诗学和元好问诗论。南宋诗学方面，邓仕樑《〈沧浪诗话〉试论》（1971）指出严羽以禅喻诗仅是一种表述手段，并非表明其推崇王、孟之风。其后，李锐清《〈沧浪诗话〉的诗歌理论研究》（1992）一书指出严羽以禅喻诗重在标榜气象、兴趣和空音镜像，以还诗歌本来之艺术面

---

[1] 陈国球：《〈二十四诗品〉导言》，载《二十四诗品》，（台北）金枫出版社1987年版；陈炳良：《"雄浑"试解——兼论〈二十四诗品〉的主旨》，《岭南学院中文系系刊》1997年第4期。

[2] 陈胜长：《〈二十四诗品〉发隐兼论其作者问题》，《中国文化研究所学报》1996年第1卷。

[3] 程兆熊：《论邵康节的〈首尾吟〉及其诗学》，《新亚书院学术年刊》1970年第12卷；陈国球：《锻炼物情时得意，新诗还有百来篇——邵雍〈击壤集〉诗学思想探析》，《岭南学院中文系系刊》1998年第5期。

目。这就将严羽视为革新北宋以前诗风的关键人物,赋予其极高的学术地位。对此,萧淳铧亦指出魏庆之受《沧浪诗话》等论著影响颇深,其创作论多宗严羽,而作家论则独成"言、意、格"合一的评价体系。① 胡国贤探究了《诗集传》中所体现朱熹的诗学思想,张志诚在此基础上,将其文论思想纳入研究范围,李家树则指出朱熹并非攻诗序之最力者。② 沿此路径,李家树出版《传统以外的诗经学》(1994),选取《诗总闻》《诗经世本古义》《诗经原始》三书,阐释了宋迄清的诗经学发展导向。此外,陈德锦《南宋诗学创作论研究》(1985)以创作论契入,试图对南宋诗学进行整体性把握。黄治平《韩愈诗评价与宋以后诗学关系研究》(1995)以韩愈为中心,历述其诗在宋、明、清三代的评价情况,勾勒出了韩愈诗之评论史。元好问诗论方面,在前人笺注的基础上,邓昭祺和罗慧萍对之继续展开探讨。如邓文认为其对阮籍、张华、谢灵运、李白、柳宗元乃至晋代诗风,均有其异于传统理解的独到之见;③ 罗文则指出其诗歌创作论和批评论均具有儒家重文的底色,反映了元代北方诗坛的文化背景和诗学观念。④ 这就从理论总结、批判的角度,深化和丰富了元好问诗论研究,展现出元代文论的面貌和价值。

第四,明清文论替代魏晋六朝文论,成为此时期的研究主流。在五六十年代,香港学界对明代文论几无问津。然而,进入 70 年代以后,这一情况得到了极大的改善,这是因为香港学者对明代诗学的主要方面进行了深入的探讨。1971 年,林章新之《袁中郎及其文学》,对袁宏道文论的背景、渊源和内容进行了考察。翌年,黄兆杰则在《淡江评论》发表《〈四溟诗话〉新论》,对谢榛诗论展开了研究。这标志着香港学界开始对明代复古与反复古诗学展开探讨。

---

① 萧淳铧:《〈诗人玉屑〉诗论研究》,博士学位论文,香港中文大学,1999 年。
② 胡国贤:《朱熹〈诗集传〉诗论初析》,硕士学位论文,香港大学,1972 年;张志诚:《朱熹的文学论》,硕士学位论文,珠海书院,1976 年。后出版为《朱熹的文学观》[(香港)圣类斯中学 1979 年版];李家树:《〈国风·诗序〉与〈诗集传〉之比较研究》,硕士学位论文,香港大学,1976 年。后出版为《国风毛序朱传异同考析》[(香港)学津出版社 1979 年版]。
③ 邓昭祺:《元好问论诗绝句研究》,博士学位论文,香港大学,1984 年。
④ 罗慧萍:《元好问诗论研究》,硕士学位论文,香港中文大学,1988 年。

在复古诗学研究上，颜婉云《王世贞〈艺苑卮言〉诗论析论》（1975）考察了七子派王世贞的诗论，认为以拆分之眼光理解，则其诗论未能创新；以整体之视角观照，则其诗论却具有熔铸众说以显周密通圆的特质。这体现出作者对王世贞成就的动态和辩证把握。其《明前后七子诗论析评》（1981）则将研究范围扩大至整个七子派，全面梳理了他们的诗论思想在观念、成就和风格上的差异。这揭示出了七子派内部的丰富面向。不过，颜婉云的研究仅停留于具体观念的梳理和比较，尚未予以复古诗学以明确的历史定位。这为陈国球所补充。其《胡应麟诗论研究》（1982）指出胡应麟以诗史观、诗体论以及悟、法与兴象风神之关系论，建立起了一套完整的复古理论。这就于七子派外，彰显了胡应麟在明代复古诗学中的突出地位。沿此思路，《唐诗的传承——明代复古诗论研究》（1988）通过对复古派批判宋诗、承纳唐七律五古的考察，指出七子派之外，高棅、杨慎、胡应麟、胡震亨和许学夷诸人，对学古识古、个人与传统、文学史观之探讨皆有重要贡献，复古实为明季一大文学主潮。这就扩充了复古诗学的内涵，并肯定了其在中国文论史上的地位。其后，有关复古诗学的研究论文不断出现，如李美凤《许学夷〈诗源辨体〉"靖节诗自为一源"说探微》（1995）、杜宗兰《谢榛的生平及其诗学理论》（1999）和司徒国健《〈皇明诗选〉与陈子龙"经世"诗说研究》（1999）等。此外，吴学忠《胡应麟论小说述评》（1995）则是香港较为薄弱的小说理论研究中的一篇探索之作。

在反复古诗学上，黄继持《泰州学派对文学思想之影响》（1973）揭示了泰州学派对李贽童心说、汤显祖主情说和袁宏道性灵说的重大影响，显示出对明代反复古诗学的一种知识考古姿态。其后，许芷亮《袁宏道和他的文学理论》（1976）专辟两章，对袁宏道以性灵为核心的反复古文论思想及其历史渊源进行考察，凸显出了袁宏道之于公安派的意义。彭健威《明代竟陵派研究》（1983）则从文学观念、创作理论和学习理论等方面考察竟陵派的文论思想，呈现了明代反复古诗学的另一面向。总体而言，此时期的明代文论以复古诗学研究为重心，反复古诗学研究相对薄弱。

至于清代文论研究，则产生出了不少新的研究成果。一是文论家专论，包括对钱谦益、冯班、陆时雍、叶燮、查慎行、赵执信、沈德潜、袁枚、翁方纲、李调元、洪亮吉、方东树、况周颐、章太炎、刘师培和梁启超等人的研究。① 其中，尤以王夫之和王渔洋研究最为集中。如在王夫之研究上，杨松年《王夫之诗论系统探索》（1970）通过对王夫之诗论"情""气""势"等概念的剖析，指出其建构了以情感为核心的诗论系统，可与刘勰、严羽和叶燮等诗论家相媲美。此后，黄兆杰不仅在《王夫之文学理论中的情与景》（1978）中借助"情""景"关系论展现王夫之的诗学特色，还英译了《姜斋诗话》（1987），以推动学界对王夫之诗学的深入研究。其后，林伟业《王夫之诗学研究》（1994）指出王夫之以对情意的重新阐释，建构起了一种儒家美学和阅读诗学。这就揭示了王夫之主情诗学的丰富内涵。在王渔洋研究上，包括李锐清《王渔洋神韵说之探讨》（1974）、陈凯文《王渔洋的神韵说及其诗的成就》（1982）等。其中，以陈炜良完成于1970年的博士学位论文最为全面深入。《王士禛于清代文学之地位及其诗论之探讨》论及王渔洋融粹汉唐以来诸家文论思想乃成神韵说，指出"情实"为其诗歌之至境，以唐为鹄的兼融性情与学问则为其抵境之良方。此外，作者还对神韵说之优劣、背景、价值以及影响进行了评述。这就完整地展现出王渔洋诗学的内涵，点明了其在清代

---

① 车洁玲：《钱谦益诗论》，硕士学位论文，香港大学，1973年；郭天健：《冯班诗论研究》，硕士学位论文，香港中文大学，1990年；严宇乐：《重建诗歌传统：陆时雍诗论探析》，硕士学位论文，香港中文大学，1997年；潘汉光：《叶燮诗论钩沉》，硕士学位论文，香港大学，1987年；陈联波：《查慎行的诗学研究》，硕士学位论文，新亚研究所，1981年；林长泰：《赵执信诗论诠释》，硕士学位论文，香港大学，1994年；谭卓培：《沈德潜〈宋金三家诗选〉研究》，硕士学位论文，香港中文大学，1996年；陈岸峰：《沈德潜诗学理论与明代复古诗说之关系探析》，硕士学位论文，香港科技大学，1999年。后出版为《沈德潜诗学研究》（齐鲁书社2011年版）；彭国强：《袁枚的诗论》，硕士学位论文，香港大学，1978年；李锐清：《翁方纲"肌理说"的理论》，《中国文化研究所学报》1988年第1卷；詹杭伦：《李调元和他的〈雨村赋话〉》，《新亚学术集刊》1994年第12期；吴妙慧：《洪亮吉〈北江诗话〉研究》，硕士学位论文，香港科技大学，1996年；谢锡伟：《方东树诗论研究》，硕士学位论文，香港浸会大学，1994年；莫巨智：《蕙风词话研究》，硕士学位论文，香港中文大学，1993年；汤友诚：《章太炎的文学思想》，硕士学位论文，香港中文大学，1977年；陈燕：《刘师培及其文学理论》，硕士学位论文，香港大学，1986年。后出版为《刘师培及其文学理论》[（台北）华正书局1989年版]；陈芷珊：《传统与新变：〈饮冰室诗话〉研究》，硕士学位论文，香港中文大学，1996年。

诗学中具有突出地位。

二是流派专论。如郑滋斌《虞山学派中之义山诗学研究》（1989）指出虞山学派以一派之力推举李商隐，使其人其诗得以彰明，然衡说诗艺、好用比兴，则使虞山诗学流于琐碎和附会。吴淑钿《近代宋诗派诗论研究》（1994）拈取清末推举宋诗如道咸诗派、同光派为研究对象，指出其注重创作主体的道德实践，强调学问、理气和性情的滋养，以成就以人为本的诗论核心。李贵生《清代扬州学派文学思想研究》（1999）则以汪中、凌廷堪、江藩、焦循和阮元五人为扬州学派主力，梳理其依于经学的文论思想，发现了乾嘉考证学派之文论意义。

当然，人们对已有论题仍有所关注。如邝健行《桐城派前期作家对时文的观点与态度》（1991）针对方苞、刘大櫆和姚鼐等人所涉及的"以时文为古文""以古文为时文"进行了辩证思考；林世鸣《桐城派古文理论研究》（1992）则从本源、文体、创作和风格四个方面展开探讨，试图对桐城派文论进行整体性把握。又如蒋英豪《论王国维文学》（1973）除了讨论王国维词学以外，还将其小说评论和戏曲批评纳入研究视野，全面地呈现了王国维的文学批评情况。黄维樑《王国维〈人间词话〉新论》（1977）、徐复观《王国维〈人间词话〉境界说试评》（1977）延续饶宗颐的观点，指摘其见解不新、论证不严。对此，陈永明《王国维〈人间词话〉新诂》（1980）则认为其论说有一贯的系统："用外来观念、解释、批评传统文学，言之条理井然，卓然成理，是《人间词话》最突出的成就。"[1] 这展现出香港学界对王国维词学态度的转变。再如文世昌《李渔戏剧理论的研究》（1972）、程张迎《论金圣叹评点〈水浒传〉的小说理论》（1983）和梁家荣《论李渔的小说"结构"观》（1992），则记录了香港学者对中国古代小说、戏剧理论的微弱研寻。

可见，第二阶段的中国古代文论研究，香港学者以其自身的学术探索和坚持，带动澳门中国古代文论研究，于承继前人研究论题之外，重点研讨近世诗学，推动了明清诗学这一研究主流的形成。它与五六十年代南来

---

[1] 邝健行、吴淑钿编：《中国古典文学研究论文选粹》（文学评论篇），江苏古籍出版社2003年版，第233页。

学者所主导的魏晋六朝文论研究主流，成为20世纪香港、澳门中国古代文论研究的两大高峰，展现出其本土学术的茁壮成长。

第三阶段为21世纪以来。此时期的中国古代文论研究仍主要集中于香港地区，澳门地区有所突破。由于香港、澳门先后回归，这时两地的中国古代文论研究群体发生了剧烈的变化。这一方面表现为多数原先以古代文论为主攻方向的香港学者，如陈炳良、陈国球等人，将研究重心放在香港本土文学研究，其古代文论研究成果有所减少，或转为以指导博硕士学位论文为主。另一方面，随着陆港澳台学术交流的日益密切，大陆和台湾学者，如杨义、张健、张宏生和吴宏一等人，有赴香港澳门讲授、研讨古代文论的情况；香港澳门年轻学者，如魏城璧、马云骎等人，则有在大陆高校接受文学教育以后，返回当地进行古代文论研究的情形。可见，近年来的香港、澳门中国古代文论研究，乃是多方学者共同推进的结果。

21世纪以来，明清文论依然是香港、澳门中国古代文论的研究主流。这一方面体现在诗论研究不断深化。如在明代诗学研究上，香港科技大学陈国球指导多位博硕士生论文对复古诗论进行了深入探讨。一是唐诗选本与复古诗论关系研究。杜治国《确立诗歌的正典：李攀龙诗论、选本及创作研究》（2004）以李攀龙为研究个案，以正典化为理论视角，首先阐述了李攀龙复古理论的丰富内涵，进而指出这在其《古今诗删》《唐诗选》乃至古诗、律诗和绝句创作中得到了贯彻和落实。杨彦妮《明代中后期唐诗选本研究》（2010）从合集、类书和蒙学书三个方面，对《十二家唐诗》《古诗纪》《唐诗类苑》《千家诗》和《唐诗七言绝句》等唐诗选本，展开了细致考察，认为这些选本融会复古诗论新说和传统诗学常识，影响了当时人们对唐诗传统的理解和接受。二是复古诗论的知识考古。陈颖聪《高棅的诗学理论及其影响与流变》（2011）则以严羽之盛唐意识为契入点，指出高棅《唐诗品汇》乃是明代盛唐意识的传播标志，影响了有明一代的诗学理论，铸就了以唐诗为核心的诗歌批评史。孔健《士与国家：明代弘治、正德年间文学复古运动研究》（2013）则从文人士子与国家政治的互动关系入手，还原了前七子派文学复古运动的文学、思想和政治语境，说明了明代复古文学思潮发生之必然。这些研究论著，不仅说明了明代复古诗学的丰富内涵、理论意义和历史价值，而且生发出了中国文学经典化、文学编选与文学观念之关系等研究方向。而在反复古诗学研究上，澳门大学马云骎《李东阳诗学研究》（2005）认为李东阳虽在明代诗歌复兴上有积极之功，但其诗论在与前七子派的论争中被严重削弱。在此意义上说，以李东阳为主的"茶陵学派"之说，乃是钱谦益的精心缔构。这就在予以李东阳诗学以具体的历史定位之余，还原了明代中期复古与反复古诗学的竞争状况。容运珊《江盈科及其诗学研究》（2011）指出江盈科乃为公安派之主力，他以"元神活泼说""性情说"突破了袁宏道"性灵说"之樊篱，并以客观包容的态度面对复古与革新两大文学思潮，展现出公正的学术眼光。上述论著扩充了明代反复古理论研究的深度和广度。

在清代诗学研究上，主要包括清代对其前代文论之批评和清代当代诗学批评两方面。在清代对其前代文论之批评方面，杜宗兰、张锦少和庄文龙分别对胡承珙《毛诗后笺》、王先谦《诗三家义集疏》和马其昶《毛诗学》展开研讨，呈现了清代诗经学的旺盛局面；[1]何继文、陈芷珊、方秀莹和闻晓虹则分别对翁方纲的宋诗学、钱谦益的杜诗学、七子诗学以及沈德潜的李杜诗学进行研讨，展现出港澳地区对跨时代文论阐释的重视。[2]在清代当代诗学批评方面，除了新增吴乔、屈大均、陶澍、曾国藩、王闿运和黄节等人的专论研究以外，[3]还出现了对清诗话进行整体研讨的著作。如吴宏一主编出版《清代诗话知见录》（2002）和《清代诗话考述》

---

[1] 杜宗兰：《胡承珙〈毛诗后笺〉中的经典与诗学研究》，博士学位论文，香港大学，2007年；张锦少：《王先谦〈诗三家义集疏〉研究》，博士学位论文，香港中文大学，2007年；庄文龙：《马其昶〈毛诗学〉析论》，硕士学位论文，香港岭南大学，2017年。

[2] 何继文：《翁方纲的宋诗学》，博士学位论文，香港中文大学，2002年；陈芷珊：《〈钱笺杜诗〉研究》，博士学位论文，香港大学，2005年；方秀莹：《沈德潜论李杜诗》，硕士学位论文，香港中文大学，2008年；闻晓虹：《钱谦益"列朝诗集"选评明代前后七子研究》，硕士学位论文，澳门大学，2016年。

[3] 周瑞冰：《吴乔及其诗论研究》，硕士学位论文，香港中文大学，2008年；董就雄：《屈大均诗学研究》，硕士学位论文，香港浸会大学，2004年。后出版为同名专著（学苑出版社2009年版）；梁树风：《陶澍〈靖节先生集〉研究》，硕士学位论文，香港中文大学，2009年；吴巧云：《曾国藩诗学观探论》，硕士学位论文，香港中文大学，2007年；孙莹莹：《"以诗为教"：黄节（1873—1935）诗歌及诗学研究》，博士学位论文，香港大学，2013年。

（2006）两书，对有清一代的大量诗话作品进行辑录和介绍。这为香港地区的清代诗学研究提供了宝贵的资料参照；程中山《清代广东诗话研究》（2007）则勾稽清代广东诗话近百种，并对以黄培芳、张维屏、梁九图、何曰愈、梁启超和黄节为代表的广东诗论家群体的诗学主张，进行了分析和评价，凸显出了广东在清代诗学中的重要地位。此外，对此前已涉及的诗论家的探究愈加深入全面。如董就雄《叶燮与岭南三家诗论比较研究》（2008）指出叶燮诗论具有融会新旧的特色，其中屈大均、陈恭尹和梁佩兰对之影响颇深。对此，作者从本体观、发展观、创作观和鉴赏观四个方面展开论证，点明了岭南三大家与叶燮之间的师承关系，厘清了叶燮诗论的重要思想渊源。又如叶倬玮《翁方纲诗论研究》（2009）摆脱以往单纯的考据学视角，指出"肌理说"乃是翁方纲在面对"渔洋神韵"和"李何格调"之后，所提出的一种诗论主张，折射出其兼融汉宋之学的学术思想。这就廓清了翁方纲肌理说的生成路径，实现了对其诗学思想的全面把握。

另一方面则表现在词、辞赋、文章、小说和戏曲等文体理论研究有所突破。词学方面，这时期除了徐玮、李庆雄分别对之前已触及的况周颐和王国维词学有所探讨之外，还出现了不少新的词论家专论，如谢章铤、王鹏运和谭莹等。[①] 其中，以林浩光《周济的词论研究》（2003）和李蕴娜《吴衡照〈莲子居词话〉研究》（2006）较具代表性。这是因为它们以个案带动常州词派乃至清代词论史研究，具有以小见大的学术特色。其外，何晓敏和金春媛在澳门大学施议对的指导下开展词原研究，如前者之《词原考论》（2013）从词体的产生渠道入手，考察其句式和歌法的演变历程，认为词体当来源于词调。这从本体论的角度论证了词体的产生；后者之《唐宋大曲论考》（2014）则从文体演变入手，指出集诗乐舞于一体的大曲乃是唐宋已降歌词的一个重要源头。这就发展论的角度说明了词体的诞生。此外，吴志廉《晚清词学与经学关系研究》（2016）和林怡劭《明

[①] 曾智聪：《谢章铤词学研究》，硕士学位论文，香港中文大学，2005 年；胡丽华：《王鹏运词及其词论研究》，硕士学位论文，香港中文大学，2006 年；刘喜仪：《谭莹〈论词绝句〉论唐宋词研究》，硕士学位论文，香港中文大学，2008 年。

清之际"词史"研究与"新词史"专题》(2017),对词学史以及词学与经学之关系进行宏观把握,丰富了词学研究的理论面貌。

辞、赋、文方面,陈炜舜专注于明代楚辞学研究,其《明代楚辞学研究》(2003)从思想更迭的角度,阐述了明代楚辞阐释由道学、古学、心学乃至东林学的阐释和演变轨迹;《屈骚纂绪》(2008)则对张之象、陈深、叶向高和归有光等人的楚辞学进行个案研究,以补充丰富其楚辞学史述。詹杭伦重点关注清代赋学,其《清代赋论研究》(2000)对清代赋论著作进行历史梳理和分类考察,重点探究了"以赋论赋"和律赋批评的理论问题,提升了香港地区赋学研究的理论高度。江志豪(2004)、王益钧(2006)分别对清代牛运震和孙德谦的文章学理论进行了分析和评论;黎必信《清初明文批评研究》(2012)和谢嘉茵《欧阳修散文风格研究:茅坤"唐宋八大家文钞"本色义案说》(2014)则延续港澳一贯的跨时代文论批评研究思路,对清初的明代文章学和明代茅坤的唐代文章学研究进行审视,改变了长期以来以桐城派文论为主的明清文章学研究局面。

小说和戏剧方面,谭元、欧阳洁美探讨了金圣叹的评点学,傅琳娜、许景昭、黎必信和姚春琳则分别梳理了有关《聊斋志异》《水浒传》《三国志演义》和《红楼梦》的评点文本,基础涵盖了明清时期的重要小说评点家,展现出对小说评点理论的集中思考。[1]魏成璧《冯梦龙戏曲改编理论研究》(2010)和翁汉强《晚明文人戏曲观念研究——以张岱〈梦忆〉为中心》(2012)分别以冯梦龙和张岱为例,对明代戏曲理论进行了可贵的探索;李碧和古灵娟则在张宏生的指导下,分别撰写了《清代观剧诗研究》《情欲之外:〈牡丹亭〉在清代思想文化中的诠释研究》(2016),研讨清代观剧诗和《牡丹亭》阐释史。上述研究成果表明,新世纪以来香港地区的明清文论研究,既有对学术传统的不懈坚守,亦有对薄弱环节

---

[1] 谭元:《金圣叹评点学研究》,硕士学位论文,香港浸会大学,2000年;欧阳洁美:《金圣叹〈西厢记〉评点研究》,硕士学位论文,香港中文大学,2000年;傅琳娜:《〈聊斋志异〉诸评研究》,硕士学位论文,香港中文大学,2003年;许景昭:《〈水浒传〉文本评改研究》,硕士学位论文,香港科技大学,2005年;黎必信:《论毛纶、毛宗岗对〈三国志演义〉的修订与评点》,硕士学位论文,香港中文大学,2006年;姚春琳:《情爱观念:〈红楼梦〉文本及其脂砚斋评本研究》,硕士学位论文,香港大学,2016年。

的努力改善，展现出勃勃生机。

宋元文论是继明清文论之后，较为热闹的一个研究领域。这重点体现在张健的宋代诗学研究上面。其《沧浪诗话校笺》（2012）以元刊本《沧浪吟卷》为底本，从"解题""校勘""笺注"和"总说"四个方面对《沧浪诗话》进行了详细解读，较郭绍虞《沧浪诗话校释》更为全面丰富。其《知识与抒情：宋代诗学研究》（2015）指出知识与抒情的关系乃是宋代诗学的核心问题，因为在面对唐代抒情传统之时，北宋诗学高扬知识传统，南宋诗学则在批判知识传统之中回溯盛唐，重建了抒情传统。这就概括了宋代诗学的发展脉络，实现了对其的整体把握。此外，澳门大学陈国明《〈沧浪诗话〉"五法"义研究》（2009）对严羽的诗法五说，包括体制、格力、气象、兴趣和音节，进行了深入的剖析和评价。其外，钱泽红重点探讨了中国古代重要文论范畴"味"在宋代诗歌理论中的发展面貌；[1] 冯志弘梳理了北宋古文运动的发生背景、演进过程和历史意义，对香港地区之古文运动理论研究所有补充和完善；[2] 吴锦龙则探讨了元人对西昆体、欧阳修、梅尧臣、苏轼、黄庭坚、江西诗派、四灵诗派和江湖诗派诗歌的评论，[3] 改变了以往以元好问诗论为尊的元代文论研究格局。

与以往相比，21世纪以来香港澳门的唐以前文论研究，显得相对薄弱。这不仅体现在研究成果数量有所减少，而且表现在研究议题多有重复、研究范围不断缩小。如以往蔚为大观的魏晋六朝文论研究，如今仅有少量论著展开探讨，未能如21世纪以前那样形成一种集约化、广泛化的研究态势。[4] 虽然如此，这时期的《文心雕龙》研究还是取得了一定的进展。如邓国光《〈文心雕龙〉义理研究：以孔子、屈原为枢纽轴心的要义》（2012）和欧阳艳华《征圣立言：〈文心雕龙〉体道思想研究》（2015），探讨了《文心雕龙》与孔子、屈原乃至儒家思想之间的关系，展现出港

---

[1] 钱泽红：《宋代诗论中以"味"论诗研究》，博士学位论文，香港中文大学，2004年。
[2] 冯志弘：《北宋古文运动的形成》，博士学位论文，香港浸会大学，2006年。后出版为同名专著（上海古籍出版社2009年版）。
[3] 吴锦龙：《元代宋诗批评研究》，博士学位论文，香港大学，2008年。
[4] 与香港相比，近年来澳门地区对魏晋六朝及以前文论的研究热情较高，邓国光、邓骏捷等人指导硕士研究生完成相关论文逾10篇。

澳学界对刘勰所原之道的不懈探寻。不过，最具代表性的应属黄维樑出版于 2016 年的首部《文心雕龙》专著——《〈文心雕龙〉体系与应用》。该书汇集了黄维樑在 2000 年以后发表的多数单篇论文，划分为体系建构、现代意义、实际批评和余论四个部分，以前三部分最能凸显其"让雕龙成为飞龙"的学术理念。[1] 该书首先提出应以《文心》为基础，以西方为参照，建构起"情采通变"文论体系，即包含情采、风格、文体、剖情析采、通变和"文之为德也大矣"五个层面。此处各层面间看似多有重复，实则体系相当明朗。这是因为它们分别对应作品的本体、外延、批评、流变和功用，确立起文本这一理论内核，赋予中国文论以语言性和文学性特质。在此基础上，黄维樑对《文心雕龙》展开了现代阐释和运用。这一方面体现在通过对《时序》《论说》《谐隐》等篇的新铨，指出《文心雕龙》在文学史梳理、学术论文写作以及雅俗之辨等方面的现代价值；另一方面则体现在以《镕裁》《知音》等篇中的批评理论，对屈原《离骚》、范仲淹《渔家傲》、韩剧《大长今》和莎剧《铸情》等，进行了有效的文本解读和批评。在此意义上说，黄维樑的《文心雕龙》研究，具有鲜明的中西比较眼光和古今对接视野，不仅激发了中国文论的涵括力和生命力，而且彰显了中国文化的当代价值和世界意义。

从总体上看，新世纪以来香港澳门的中国古代文论研究，虽在研究主体上呈现多元化的特质，但因其中大多数学者以近古文论为重点，无疑壮大了明清文论这一研究主流，并促进了宋元诗学的进一步发展，从而形成了"轻唐以前文论，而重宋以后文论"的发展面貌。这就与第一阶段南来学者的研究形成对照和补充，完善了香港、澳门中国古代文论的研究谱系。

总之，70 年来，香港、澳门的中国古代文论研究，以香港地区为发展主线，经历了三个阶段，依次是南来学者主导期、香港学者主流期和多方学者推进期。在这一过程中，港澳学界的中国古代文论研究重心发生了巨大转移，具体表现为由中古文论研究转向近古文论探寻。此一发展轨迹的背后，既呈现了港澳中国古代文论研究的本土化进程，也折射出了港澳

---

[1] 黄维樑：《〈文心雕龙〉：体系与应用》，（香港）文思出版社 2016 年版，第 21 页。

学界对中国古典学术的总体兴趣之所在。

第二节　中国现当代文学评论

自近代以来，香港、澳门便以其独特的文化身份，参与中国的现代化进程。其包容多元的文化环境，更是吸引了诸多义人学者至此开展文化活动。在这一过程中，人们对其所处时代的文学，亦给予了相当程度的关注，这就形成了香港、澳门文学研究之另一端——中国现当代文学评论。

香港、澳门中国现当代文学评论的发展脉络，可分为四个阶段。

第一阶段为 1949—1964 年。这一时期的中国现当代文学评论集中于香港地区。受政治立场和美元文化影响，人们多未能真正从学术角度出发，对中国现当代文学展开理性和客观的评价。如徐訏、史剑、丁淼、赵聪和李文等右翼知识分子，针对大陆文艺思潮、运动和作品所展开的评论，往往浸润着浓厚的政治意识形态偏见。对此，古远清将之概括为三个方面："确认'反共抗俄'是右翼文艺的发展方向；对台港两地反共文学作品的批评与检视；经常关注大陆文艺发展的动向，对其文学运动及时作出回应，对其文艺代表作作出批判或讨伐。"[①] 在此，我们可以看到，这些文人虽对中国现当代文学有着高涨的评论热情，但却常是以文艺批评之名，阐发政治立场和纾解政治怨愤，缺乏文学性和学术性。这就导致此时香港的中国现当代文学评论，未能如同期的中国古代文论研究那样，一开始便确立起鲜明的学术典范。

不过，此一时期的中国现当代文学评论，并非没有有益和深度之作。如在中国现代文学史探索方面，1954—1955 年间，曹聚仁出版《文坛五十年》正、续篇，"以四围师友的生活为中心"，"以史人的地位"，[②] 历述清代末年以迄 20 世纪中叶，中国文坛的新旧变迁、思想脉动和文学创作。这种叙述方式，既具有鲜明的史学特点，又饱含鲜活的个体经验，展

[①] 古远清：《香港当代文学批评史》，湖北教育出版社 1997 年版，第 36 页。
[②] 曹聚仁：《文坛五十年》，东方出版中心 1997 年版，第 3 页。

现了曹聚仁对中国现代文学发展史的独特观照。其后，李辉英出版《中国新文学廿年》（1957），从文学改革讲起，梳理了 1919—1939 年间中国现代小说、戏剧、散文等文体的创作状况。该书虽在体例上模仿王瑶的《中国新文学史稿》，但作为早期香港中国现代文学史写作的摸索之作，有其一定的时代意义和史料价值。

在作家作品专论方面，曹聚仁之《鲁迅评传》（1956）以其对鲁迅及其相关材料的深入了解，站在史学家的立场，呈现出血肉丰茂的鲁迅形象，并对之作出了较为公允的评价，驳斥了此前郑学稼和王士菁等人对鲁迅的偏见和诋毁。张向天《鲁迅旧诗笺注》（1959）首次系统地收集了鲁迅的旧体诗歌共 46 题计 61 首，并对之进行疏解、翻译和评价，展现了鲁迅在旧体文学创作方面的造诣。余思牧在鲁迅、冰心等人作品的评论之中，突出了巴金。其《作家巴金》（1964）首次对巴金的生平、创作和思想展开了全面梳理和分析，推动了香港乃至大陆地区的巴金研究进程。李英豪《批评的视觉》（1966）在引介和阐发西方现代主义之时，亦对中国的现代主义文学展开研判。如《剖论中国现代诗的几个问题》旗帜鲜明地指出，中国现代诗蒙受情绪至上论和浅薄的知性主义的戕害，缺乏东方之蕴藉性和整一性。这就彰显出其融粹东西文化精义的现代主义追求。此外，李英豪还对洛夫、叶维廉和纪弦等人的诗作进行深度评论，集中展现了香港学者对台湾文学的研究兴趣。可见，此时期香港中国现当代文学评论虽为右翼文人所左右，但也不乏有识之士，对现代文学史、现代作家作品，展开了初步的探索和可贵的讨论。这为中国现代文学学科在香港的建立，奠定了一定的知识储备和研究基础。

第二阶段为 1965—1980 年。此时期为香港中国现当代文学的学科建制期。1965 年秋，在姚克的主导下，香港中文大学联合书院开设了"现代中国文学"和"文学批评（一）"两门课程。① 其中，现代中国文学"以现代之纯文学为主。自清末以至五四运动，下及抗战……皆为讲授之课题"。② 这标志着中国现代文学作为学科在香港中文大学的正式建立。

---

① 香港中文大学联合书院图书馆：《联合书院概览 1965—1966 年度》，第 68—72 页。
② 同上书，第 125 页。

1967年春，杨堃文在香港大学完成了题为《现代中国小说思潮（1917—1949）》的硕士学位论文，这是目前所见香港最早的一篇以中国现代文学为评论对象的高等学位论文，则暗示了香港大学有可能在香港中文大学之前，率先开展中国现代文学教育。1979年，在《当代中国大陆作家评介》一书中，黄南翔率先提出了"中国当代文学"概念。从范围上说，中国当代文学"自然应该包括中国大陆、港台以及海外的华文文学创作在内"；① 从时间上说，则应以1942年毛泽东发表《在延安文艺座谈会上的讲话》为起点。这显示其明晰的当代文学学科观念，以及包容客观的文学史眼光。上述表明，60年代中期以迄70年代末期，中国现当代文学学科观念便已在香港地区产生，其中中国现代文学学科还产生了诸多学院派研究成果。

在此一背景下，此时香港的中国现当代文学评论，首先重视文学史的梳理和撰写。其中，以中国现代文学史成果最为丰硕。如杨堃文《现代小说思潮（1917—1949）》虽以小说思潮史为名，概述了文学改良期（1917—1925）、成长期（1925—1937）和抗战前后（1937—1949）的现代小说创作状况，但文中以更大篇幅论述了其间文艺理论的发展与演变，实则是一部中国现代文学理论史。这在当时的香港学界无疑具有首创之功，与夏志清《中国现代小说史》重文本剖析形成补充之势。此后，李辉英出版《中国现代文学史》（1970），这是香港地区首部完整的中国现代文学史著作。该书分列文学革命的开始和进展、中国现代文学的演变和高举抗战文艺大旗三编，每部分介绍宏观的文学运动和背景，进而细分文体描述诗歌、散文、小说和戏剧的创作状况。这就从写作框架和具体内容两个方面，突破了此前的《中国新文学廿年》，展现出李辉英对中国现代文学发展史的不断求索。其后，司马长风推出三卷本《中国新文学史》（1975、1976、1978），注重以纯文学、纯中国立场整合中国新文学，将之分为文学革命（1915—1918）、诞生期（1918—1920）、成长期（1921—1928）、收获期（1929—1937）、凋零期（1938—1949）和沉滞期（1950—1965）六个阶段，展现出其独特的文学史观。这引来了夏志清的批评。其《现代中国文学史四

---

① 黄南翔：《当代中国大陆作家评介》"前言"，（香港）高原出版社1979年版，第1页。

种合评》指出司马氏文学史在诸多方面均有失当之处，如其对 1928 年以后的文学史分期不够准确。这一定程度上揭示了司马氏史识的偏差，但其对司马氏的文学观念、写作策略和作家评论则多有误读。对此，司马长风撰写长文《答复夏志清的批评》一一进行了驳斥。此次论争记录了香港学者与海外学者在中国现代文学史建构方面的对话，展现出双方在文学立场和观念上的分野。

在中国当代文学史写作方面，出现了林曼叔、文船山和程庆浩合著的《中国当代文学史稿（1949—1965 大陆部分）》（1978）一书。该书为第一部诞生于大陆以外的中国当代文学史著作，从文艺政策、作家组织、思想论争和文体创作四个角度，阐述了 1949—1965 年间的大陆文学发展史，呈现出了中国当代文学的主体部分。这就与杨堃文、李辉英和司马长风等人的中国现代文学史著作，共同显示出了香港学者对中国现当代文学的关心之所在，对同时期大陆和台湾的中国现当代文学研究具有补充和参照意义。

其次，重视对作家作品的分析和评论。这一方面体现在出现了不少综述、综论现当代作家作品的著作。如黄俊东《现代中国作家剪影》（1972）、赵聪《现代中国作家列传》（1975）、李立明《中国现代六百作家小传》（1977）和《现代中国作家列传》（1979—1982），以及林曼叔《中国当代作家小传》（1976）、黄南翔《当代中国大陆作家评介》（1979）和彦火《当代中国作家风貌》（1980）等书，以立传、速写和简介的方式，展现了中国现当代文学史上的作家群体面貌；又如林世濬和吴茂生对中国现代重要的小说派别展开宏观把握。前者梳理了鸳鸯蝴蝶派小说的发展轨迹、文学本质及其与传统通俗小说、上海租界之间的紧密关联，阐发了社会政治因素对小说流派盛衰的影响，具有较为自觉的理论意识；[1] 后者则将写实主义小说放置到具体的历史语境中进行考察，认为其并非完全以西方为鹄的，而是作家基于中国的发展和需要，而做出的文学选择，凸显出了较为深邃的历史眼光。[2]

---

[1] 林世濬：《上海鸳鸯蝴蝶派小说研究》，硕士学位论文，香港大学，1972 年。

[2] 吴茂生：《论中国现代写实主义小说的兴起与发展（1917—1937）》，硕士学位论文，香港大学，1976 年。

另一方面则体现出在产生了一批专论现当代作家作品的著作，包括刘绍铭、刘以鬯、梁锡华等知名学者对曹禺、闻一多、周作人、钱锺书、沈从文、卞之琳、徐志摩、萧红、何其芳、端木蕻良和朱光潜等人文学思想的考察。[①] 其中，以对鲁迅和老舍的评论最为集中和突出。在鲁迅评论方面，70年代曾发生了一场波及海外的论争。其始作俑者为胡菊人发表于《明报》上的《鲁迅在30年代的一段生活》。该文直指"文化大革命"期间人们将鲁迅奉为完人的做法，从"九一八"事变后鲁迅与日本人的关系着手，强调鲁迅并非神人，亦有儿女之情和人性的弱点。这引来了香港陈蝶衣和美国夏志清等人的称许。但其认为鲁迅暗中勾结日人，则促发了更多人的反对。如香港学者张向天发表了大量文章，以严谨的态度、扎实的史料和深入的剖析展开了全面驳斥；日本学者竹内实亦发表《中国的30年代与鲁迅》一文，对胡菊人的说法进行了善意的批评。在论争之外，亦有学者对鲁迅展开更为多元的评论。如陈燕龄《鲁迅早期的杂文》（1973）梳理了鲁迅1907—1927年间的杂文作品，并从文学观念、思想情趣和艺术特色三个方面进行细致剖析；张向天《鲁迅作品学习札记》（1975）、《鲁迅诗文生活杂谈》（1977）和《鲁迅日记书信诗稿札记》（1979）专注于鲁迅作品的批评，以及与之有关的史料考释和订误；黄东涛《鲁迅〈故事新编〉浅释》（1979）则对鲁迅的《故事新编》展开逐篇阐释，以此勾勒鲁迅的思想变化轨迹。此外，尚有姜添《鲁迅诗注析》（1976）和何林《鲁迅散文诗注析》（1977）。上述著作显示出，此一时期香港学界对鲁迅及其作品有着高涨的评论热情，较为深入和全面地展现了鲁迅的文学成就。

在老舍评论方面，1973—1974年间，胡金铨《老舍和他的作品》分

---

① 专著方面，包括刘绍铭：《曹禺论》，（香港）文艺书屋1970年版；林曼叔：《闻一多研究》，（香港）新源出版社1973年版；刘以鬯：《端木蕻良论》，（香港）世界出版社1977年版；梁锡华：《徐志摩新传》，（台北）联经出版公司1979年版。学位论文方面，则有鲁焕珍《周作人散文研究》，硕士学位论文，香港中文大学，1974年；麦炳坤：《论钱锺书的散文和小说》，硕士学位论文，香港中文大学，1976年；谭端英：《沈从文小说中的自然主义》，硕士学位论文，香港中文大学，1978年；陈少元：《卞之琳诗艺评论》，硕士学位论文，香港中文大学，1978年；陈宝珍：《萧红小说研究》，硕士学位论文，香港中文大学，1979年；麦中成：《论何其芳的散文》，硕士学位论文，香港中文大学，1980年。

8期发表于《明报月刊》，不仅对老舍的生平、作品进行介绍和描述，还在斯坦福大学图书馆发现了刊载《四世同堂》之《饥荒》的《小说》杂志，并将之影印至香港，推动了香港地区的老舍研究。其后，郭懿言完成硕士学位论文《老舍小说主题研究》（1975），剖析了老舍小说中的婚姻、时局、北平、民族教育、国人陋习、下层生活以及理想与现实之矛盾等主题，弥补了胡金铨对老舍作品述而不论的缺憾。此后，黄东涛出版《老舍识小》（1979）一书，则通过对老舍《小坡的生日》《月牙儿》《龙须沟》等作品的分析，指出老舍人品和文品之真挚，肯定了老舍其人其文的历史成就。这些论著的产生，无疑与同时期大陆学者对老舍的淡化处理形成鲜明对照，展现了香港学界迥异于大陆学界的学术旨趣。

此外，此时期香港学界对台湾文学亦有较为活跃的评论。如余光中在《青青边愁》（1977）第四辑中，分别评论了胡兰成、张系国、夏菁的散文、小说和诗歌；在《分水岭上》（1981），则阐述了洛夫、张晓风的诗歌和散文风格。又如黄维樑专论余光中在台期间的散文和诗歌作品。《余光中：最出色最具风格的散文家》（1968）肯定其散文在文学史上的地位；《诗：不朽之盛事》（1975）则强调其《白玉苦瓜》在现代诗史上的意义。这引来了曾幼川、曹懋绩等人对余光中诗歌的关注，他们批评其诗不守语言规则，并对现代诗歌表示不解。[①] 此外，黄维樑还主编《火浴的凤凰》（1979）一书，收录了港台及海外学者的44篇余光中作品评论文章。再如叶如新则试图全面地推介台湾文学创作者。其《当代台湾作家选论》（1981）收录其1979—1980年间发表于《海洋文艺》的大量文章，介绍了包括吴浊流、白先勇、黄春明、郑愁予和陈若曦等诸多作家在内的文学作品，向我们集中展现了台湾地区丰富多样的文学创作形态。

可见，第二阶段香港之中国现当代文学评论，在学科建制、文学史写作、现代作家作品评价以及台湾文学评论等方面取得了进展。其中，以文学史写作和现代作家作品评论成就最为突出。一方面，香港学者以其浓厚的历史建构热情，推出了多部中国现代和当代文学史；另一方面，他们在

---

① 曾幼川：《对余光中的期望》，《当代文艺》1978年10月号；曹懋绩：《新诗给我的迷惘》，《当代文艺》1978年10月号。

较为宽松、自由的文化环境中，对当时不受大陆重视的老舍、沈从文和钱锺书等人的文学创作，展开了深度评论。这就于受政治意识形态所裹挟的大陆和台湾地区之外，彰显了其较为独立开放的评论风格和较为客观理性的学术态度。

第三阶段为1981—1999年。这时的中国现当代文学评论开始出现澳门学者的身影，如云惟利出版《白话诗话》（1988）一书，借鉴中国传统诗评形式，融合现代学术理念，点评具有代表性的现代诗文本，以凸显诗人及其时代的创作风貌。这是澳门地区首部系统研治中国现代诗的著作，标志着澳门之中国现当代文学评论的发生。

不过，香港学者仍是港澳地区中国现当代文学评论的主力军。此时香港之中国现当代文学评论，较之前期，取得了更为深入全面的进展。一方面，基于前期所取得的成就，香港学者努力进行拓展和总结，不断调整和创新评论视角。如在文艺思想评论方面，黎活仁及其学生就展开了集中而深入的求索。1987年，黎活仁完成题为《中国的"社会主义现实主义"》的博士学位论文。[①] 该论著围绕"社会主义现实主义"，梳理了1923—1986年间中国左翼文艺思潮的发展史。在论述过程中，作者重点考察了马克思文艺思想的苏联化和日本化，及其对中国左翼文艺思想的影响，展现出宏阔的中外文论比较视野。此后，黎活仁指导学生对中国现代文艺思想进行了多番探讨，如白云开《五四期间文学与群众的关系》（1988）、梁敏儿《自然主义与茅盾的文学理论》（1989）和郑振伟《1927年前郑振铎的文艺思想》（1991）。这些论著虽讨论范围、对象不一，但均具有鲜明的中外文论比较意识，注重呈现和剖析现代文学家文艺思想的域外来源，极大地提升了香港对中国现代文艺思想的评论品位。

在文学史写作方面，卢玮銮一改此前人们直接描述大陆文学状况的做法，注重从香港的角度观察中国现代文学史。其《中国作家在香港的文艺活动》（1981）考察了1937—1941年间大陆作家在港的文艺活动，重

[①] 围绕此一论著，黎活仁先后出版了《卢卡契对中国文学的影响》（1993）和《文艺政策论争史（一九一九至一九四九）》（2007）两书，扩充和深化了其对苏、日、中三国文艺理论思想交流和影响的研究。

点梳理了中华全国文艺界协会香港分会和中国文化协进会的发展历程，并描述了戴望舒、端木蕻良、茅盾和夏衍四人在香港的文艺活动史。这就还原了中国现代文学在大陆以外的演进过程，突出了香港对于书写完整的中国现代文学史的重要意义。沿此路径，王宏志《历史的偶然：从香港看中国现代文学史》（1997）总结和剖析了50—70年代香港产生的现代文学史著作。在书中，他除了探讨曹聚仁、李辉英和司马长风的文学史著作以外，还视徐訏《现代中国文学的课题》为香港中国现代史写作的代表，这是因为徐訏在对中国现代文艺理论的叙述中，贯穿着一条从晚清到50年代的时间隐线。在此基础上，他总结到，香港学者写作中国现代文学史，往往采取一种非政治的写作态度，但"'非政治'的态度本身，也是一种政治态度"。[①] 这就既一针见血地指出了香港有别于大陆和台湾的文学史写作策略，亦旗帜鲜明地认识到香港学者文学史写作背后的政治诉求，突出了文学与政治之间的紧密纠葛。这种深入而辩证的剖析方式，呈现了香港学者在中国现代文学史写作进程中的学术地位，亦折射出了以香港观照中国现代文学的方法论意义。

此一视角亦反映在现代作家作品评论方面，如刘以鬯以其对端木蕻良的深入研究，著有《端木蕻良在香港的文学活动》（1983）一文，描述了端木蕻良两次赴港的文学经历，并旁及萧红在港期间的文学创作，较卢玮銮的介绍更加细致入微；又如苏伟贞撰有《张爱玲的香港时期小说》（1999），对张爱玲在1952—1955年间创作于香港的两部长篇小说《秧歌》《赤地之恋》展开分析，并以此评判其在中国新文学中的突出位置。

当然，这并非此时香港现代作家作品评论的唯一视角。如在评论方法上，注重运用多种理论分析文学作品。如陈炳良在《张爱玲短篇小说论集》（1983）、《照花前后镜：香港、鲁迅、现代》（1987）等书中，就大量使用新批评理论对现代小说作品展开深入剖析；陈惠英《感性、自我、心象——中国现代抒情小说研究》（1996）则以高友工的抒情美典体系，

[①] 王宏志：《历史的偶然：从香港看中国现代文学史》，（香港）牛津大学出版社1997年版，第44页。

来观照1919—1989年间的小说创作状况，较早地将中国抒情传统嫁接到中国现代文学研究当中。在评论内容上，突出了主题学，尤其是性别话题的研究和探讨。如杨玉峰《"五四"短篇小说主题研究：1917—1927年间的中国妇女解放问题》（1983）就探讨了短篇小说中的封建妇女、"新女性"形象及其解放问题，并对鲁迅、庐隐等人的妇女解放思想展开分析，较为全面地呈现了中国现代文学中的女性意识。其后，霍玉英和陈亚凤分别从现代女作家和男作家的短篇小说入手，探究其各自不同的女性观。① 林幸谦（1996）借助西方理论，深入剖析了张爱玲小说中所体现的女性主义思想。② 岑金倩（1996）则对现代历史剧中的女性人物展开分析，扩充了香港探讨此一话题的文本范围。③ 上述评论著作表明，此时香港之中国现代文学评论，已不再满足于对已有对象的重复讨论，而是追求以新视角、新理论展开创新探讨，以推动学术的进步和发展。

另一方面，针对前期的薄弱环节，香港学者积极展开开拓和补充，不断完善和优化评论结构。如在当代文学评论方面，李怡和璧华在辑选《中国新写实主义文艺作品选》时，对"新写实主义"文学展开了评论。在《文艺新作中所反映的中国现实》《中国新写实主义文艺的兴起》（1980）两文中，李怡高度肯定1979年后出现的"新写实主义"作品，因其在揭露社会矛盾和问题上达到了前所未有的高度。这就从文艺社会学的角度，指出了新时期以来文学创作的积极意义。其后，璧华出版《中国新写实主义文艺论稿》（1984）、《中国新写实主义文艺论稿二集》（1987），收录了其在1979年2月至1987年4月间发表的125篇文章，在对大陆文坛对孙敬轩、白桦等人文学作品的批判的解读过程中，强调解放思想、勇闯禁区

---

① 霍玉英：《中国女作家短篇小说中的新女性（1917—1937）》，硕士学位论文，香港中文大学，1991年；陈亚凤：《文学研究会四个男作家短篇小说中的女性：以1921—1931的〈小说月报〉为依据》，硕士学位论文，香港中文大学，1994年。

② 林幸谦：《从女性主义视角重读张爱玲的小说》，博士学位论文，香港中文大学，1996年。后修订扩为《历史、女性与性别政治：重读张爱玲》［（台北）麦田出版社2000年版］、《张爱玲论述：女性主体与去势模拟书写》［（台北）洪叶图书公司2000年版］等专书。

③ 岑金倩：《现代历史剧中之女性人物研究》，硕士学位论文，香港大学，1996年。

对于文学创作的突出意义。此外，刘达文之《中国文学新潮（1976—1987）》（1988）则重点探讨了存在主义、现代主义与朦胧诗歌之间的紧密关联。在这一过程中，他们对卢新华、刘心武、张贤亮、韩少功、徐敬亚、顾城、北岛和舒婷等人作品的剖析，导引了香港地区对新时期以来作家作品的评论热情。

这集中体现在90年代以后出现了一批以此为研究对象的博硕士学位论文。这些研究成果大体上可分为两类：一是对某一文学体裁或作家群体进行整体把握，包括庄柔玉《从困境到求索——中国当代朦胧诗研究》（1990）、孙爱玲《血泪的见证：八十年代归侨作家的作品研究》（1990）、洛枫《中国当代诗歌的城市形象》（1991）、陈家春《文革后中国大陆爱欲描写的小说》（1994）、李小玲《起点的困惑：中国当代女性主义小说写作初探》（1998）、许子东《当代小说中的"文革叙事"》（1997）和陈志宏《〈今天〉诗群研究》（1998）等。其中，以庄柔玉、孙爱玲和许子东的研究最具代表性。这是因为他们或及时地捕捉新时期以来文学的发展动向，或全面地占有具有研究的文学资料，或独到地发现文学发展过程中的特殊叙事，展现出扎实的文学功底和敏锐的学术眼光。二是对个别作家作品展开微观分析，包括余婉儿《王安忆小说中的女性意识》（1995）、梁婉仪《论邓友梅的小说》（1995）、吴国坤《魔幻叙事、社会语言与农民意识：莫言小说中的现实主义困惑》（1996）、李铭贤《莫言〈天堂蒜苔之歌〉研究》（1997）、林绮雯《论王安忆小说中的上海文化意涵》（1997）和黄少梅《宗璞小说研究》（1998）等。在此，对王安忆和莫言小说创作的重点关注，体现出其与同时期现代文学评论有着较为一致的主题学研究视角。

在台湾文学评论方面，这种主题学研究亦有所体现。如李仕芬之硕士学位论文《爱情与婚姻：台湾当代小说研究》（1989）以施叔青、廖辉英、袁琼琼、李昂、萧飒和苏伟贞六位台湾女作家为例，探讨了女性与爱情、婚姻、性、外遇和自我之间的问题，展现出女性身份对女作家文学创作的重要影响；其博士学位论文《台湾当代女作家小说中的男性角色》（1997）则在此基础上，增加了李黎和平路两位女作家，考察其作品中男性的承担、男性与母亲和女性、父亲与儿子之间的复杂关系。这与现当代文学评论中对性别问题的重视一脉相承。又如林幸谦、张婉雯、钱学武以及邝可怡等人的论著，大都探究台湾知名作家白先勇、陈映真、余光中和张大春作品中的多重主题思想。① 这些研究成果均突出了此一时期香港之中国现当代文学评论对文本思想解读的偏好。当然，这时的台湾文学评论亦有从艺术技巧切入的例子，如伦志文和黄丽明，即是探讨杨牧文学作品的艺术成就。② 尤其是黄丽明，通过对其作品之抒情声音、互文性、时间叙事和历史叙述的深入剖析，展现了杨牧包纳中西、融贯古今的跨文化诗学面貌。上述论著的产生表明，经过一段时间的探索，香港之台湾文学评论已初具规模，日益成为其中国现当代文学评论的重要组成部分。

可见，第三阶段香港、澳门地区的中国现当代文学评论，乃是在前期学科建制形成的良好基础之上，继续深化现代文学史写作和作家作品评论，并不断开拓当代尤其是新时期以来文艺思想和作家作品，以及台湾作家作品评论。这种纵向挖掘和横向开拓并进的评论路径，体现出香港学者不断寻求评论视角的创新和评论结构的完善。

第四阶段为21世纪以来。这时的中国现当代文学评论，香港地区乃是在前期的基础上进一步深化和拓展；澳门地区则在施议对和朱寿桐等人的带领下，在中国现代旧体文学和汉语新文学理论上建树颇多。

具体而言，在文学史研究方面，香港学者将讨论范围扩大到香港以外学者的文学史实践，以强化其形成于80年代的文学史反思姿态。如陈国球《文学史书写形态与文化政治》（2004）除了探讨司马长风文学史论述以外，还将柳存仁在港期间的教材《中国文学史》纳入评论视野，辩证

---

① 林幸谦：《生命情结的反思：白先勇小说主题思想之研究》，（台北）麦田出版社1994年版；张婉雯：《陈映真小说研究》，香港中文大学出版社1996年版；钱学武：《余光中诗题材研究》，香港中文大学出版社1997年版。后出版为《自足的宇宙：余光中诗题材研究》，（香港）香江出版有限公司1998年版；邝可怡：《张大春"新闻小说""历史小说"叙事研究》，香港中文大学出版社1998年版。

② 伦志文：《真与美的追求——杨牧的散文理想与艺术》，硕士学位论文，香港科技大学，1994年；黄丽明：《搜寻的目光：杨牧的跨文化诗学》，博士学位论文，香港科技大学，1999年。后出版为同名专书[（台北）洪范书店有限公司2015年版]。

地剖析了柳著中国古典文学史书写中体现出的历史与真实、文学史与叙事体之间的复杂关系，拓展了香港的文学史写作内容。此外，他还讨论了晚清现代教育背景下文学研究的观念发生，及其后林传甲、胡适和林庚等人的文学史实践，勾勒出其由历史书写转向诗性书写的发展轨迹。沿此路径，陈岸峰重点考察了晚清疑古与反传统浪潮对胡适白话文学史观，及其在顾颉刚诗经学研究的延伸，勾勒出了疑古思潮与中国文学史更新之间的关联；在此基础上，他还讨论了钱基博、周作人、王瑶、唐弢和夏志清等人的文学史著作，呈现了一条由远及近、由内而外的中国现代文学史实践链条。① 张健则专注于中国文学批评史实践的反思，其《文学观念与文学批评史：20世纪三十年代关于郭绍虞〈中国文学批评史〉的评论》（2010）、《借镜西方与本来面目——朱自清的中国文学批评研究》（2011）、《从分化的发展到综合的体例：重读罗根泽〈中国文学批评史〉》（2013）等论文，集中展现了20世纪三四十年代中国学者面对古代文论所作出的历史梳理和现代转换。这些论述拓宽了香港学者对文学史的反思范围，凸显出了香港学界长期以来的文学史研究传统。

在作家作品评论方面，以女作家为研究对象或从女性的角度切入问题，仍是此一时期香港中国现当代文学评论的重中之重。这不仅体现在新增了不少对梅娘、陈染、林白、铁凝、刘索拉、池莉、朱天文等女作家的专门论著，还表现在注重从媒介、男性和文体等多角度观照女性文学。② 如李月娥探讨了20世纪初上海月份牌中的女性形象，黄白露剖析了作为男性作家的许地山的女性关怀，梁珊珊则研探了"五四"女作家

---

① 陈岸峰：《疑古思潮与白话文学史的建构——胡适与顾颉刚》，齐鲁书社2011年版；陈岸峰：《文学史的书写及其不满》，（香港）中华书局2014年版。
② 王艳杰：《六十年代出生女作家的"个人化写作"研究——以陈染、林白为例》，硕士学位论文，香港中文大学，2004年；叶嘉咏：《论朱天文〈炎夏之都〉、〈世纪末的华丽〉与〈荒人手记〉中的"记忆"》，硕士学位论文，香港中文大学，2005年；张颂贤：《女性情谊：论林白、铁凝和王安忆的小说》，硕士学位论文，香港岭南大学，2006年；杨嘉莹：《刘索拉小说研究》，硕士学位论文，香港大学，2007年；杨帆：《战火阴霾下的挣扎与求索：论梅娘四十年代小说创作》，硕士学位论文，香港中文大学，2011年。其中，有关张爱玲的研究论文逾10篇，展现出此时期香港地区的"张爱玲研究热"。

书信体小说的女性书写策略。① 在这一过程，我们可以发现，人们越来越注重从城市的角度审视女性文学。如葛亮重点探讨了王安忆小说中的城市印象，濮方竹在研究池莉小说中的城市呈现的基础上，进一步梳理了新时期以来女性小说对城市的想象。② 这就形成了此时香港中国现当代文学评论的另一特色——空间观照。这尤其体现在台湾文学评论方面。据统计，此一阶段香港有关台湾文学的博士学位论文计有 6 篇，以空间为研究视角的多达 4 篇，包括陈淑彬《余光中诗歌边陲性论析》（2002）、黄自鸿《台湾城市小说中的空间》（2006）、叶嘉咏《地理空间的意义——朱天文小说中的"行旅"研究》（2009）和史言《台湾新诗中空间意象探究》（2011）。可见，此一时期香港之中国现当代文学评论在延续前期的女性视角之外，还特别重视对文学作品进行空间解读，展现出城市香港的学术旨趣。

此外，这一时期人们还尤其注重探讨中国现当代文学与中国古典文学之间的关系。这不仅表现在对古今文体关系的探讨上，如马世豪《中国新诗与古典诗关系研究（1917—1937）：以闻一多、卞之琳、林庚和郭沫若为中心》（2016），探讨了中国新诗人如何吸收古典诗歌资源，以熔铸现代诗之形式、思想和语言。还重点体现在对中国现代旧体文学创作的研究上，如香港朱少璋、黄小蓉等人就进行了可贵的探索。③ 不过，用力最深、成就最高者当属澳门大学的施议对。这首先是因为他注重对中国现

---

① 李月娥：《传统与摩登之间：上海月份牌中的女性形象（1910 年代至 1930 年代）》，硕士学位论文，香港科技大学，2000 年；黄白露：《许地山研究：异域情调与女性关怀》，硕士学位论文，香港科技大学，2003 年；梁珊珊：《"五四"女作家书信体小说（1917—1927）研究》，硕士学位论文，香港中文大学，2006 年。

② 葛亮：《王安忆小说中的城市印象》，博士学位论文，香港大学，2006 年；濮方竹：《论池莉小说中的城市呈现》，硕士学位论文，香港大学，2012 年；濮方竹：《中国新时期女性小说中的城市想象》，博士学位论文，香港大学，2016 年。除此之外，严绮婷《江南小镇：中国当代小说中的空间场景》（硕士学位论文，香港浸会大学，2001 年）、邹文律《后毛泽东时期中国大陆小说的乌托邦书写研究》（博士学位论文，香港中文大学，2012 年）等文，体现出以空间观照文学的勃兴。

③ 朱少璋：《现代新诗人旧体诗研究》，博士学位论文，香港浸会大学，2002 年；黄小蓉：《吕碧城及其词研究》，硕士学位论文，香港中文大学，2008 年。

代旧体词创作进行文献整理。其《当代词综》(2002)以四册的巨大体量收纳了1862年以迄1941年出生的300余位作者的3000余首词作，将之划分为承先启后、词坛中坚和后起之秀三代，并于第二代中推出徐行恭、张伯驹、沈祖棻等十大当代词人。这就在文献勾稽过程中，完善了中国词作的选集谱系，展现出了中国现代旧体文学创作的兴盛之貌。在此基础上，施议对出版《民国四大词人》(2016)一书，以十大当代词人中的四位——夏承焘、唐圭璋、龙榆生和詹安泰为例，论述了他们在词创作、词学文献学、词学学和词学文化学方面的突出贡献，勾勒出了词之创作与研究的现代发展史，深化了港澳学界对此一领域的研究。此外，施议对还指导澳门大学研究生开展现代词作评论，产生相应硕士学位论文多达14篇，[1] 论及对象包括梁披云、胡适、盛配、徐培钧、黄咏雩和罗忼烈等人，拓宽了对中国现代旧体文学创作的研究，亦凸显出了澳门对中国现当代文学评论的重要贡献。

澳门之于中国现当代文学评论的另一贡献，乃是朱寿桐提出的汉语新文学概念。2009年，朱寿桐首次公开发表论文，对此一概念进行阐释。他指出："汉语新文学概念旨在整合通常所说的中国现当代文学、台港澳文学和海外华文华文文学。"[2] 这里把言说对象框限于新文学之中，旨在统合与文言文传统相对的白话文写作。而将汉语视为整合的内在依据，则是因其"既能显示出新文学传统的本质力量，又能克服由于国族分别或政治疏隔对汉语新文学加以人为分割的现实难题"。[3] 这就强化了汉语的文学本质，以全局性超越了国族性和政治性，蕴含着一种理论统括力。此

---

[1] 包括郑丽湘《梁披云及其"雪庐诗稿"研究》(2000)、陈少娟《吕碧城及其"晓珠词"研究》(2007)、欧阳艳华《唐圭璋及其词学研究》(2007)、谭碧娜《施蛰存词学业绩研究》(2009)、罗凯华《詹安泰词学业绩述略》(2010)、金春媛《张伯驹"丛碧词话"笺证》(2011)、崔雪樱《胡适词学主张及创作实践》(2011)、黄倩敏《民国词人盛配白话词研究》(2012)、林颖《民国词人黄咏雩研究》(2012)、张贺《罗忼烈治词业绩研究》(2013)、王丹丹《徐培均治词业绩研究》(2013)、李婷婷《民国词人盛配白话词研究》(2013)、何婉珊《胡适词学研究》(2014) 和黄惠玲《民国词人盛配白话词研究》(2014)。

[2] 朱寿桐：《汉语新文学：作为一种概念的学术优势》，《暨南学报》2009年第1期。

[3] 朱寿桐：《"汉语新文学"概念建构的理论意义与实践价值》，《学术研究》2009年第1期。

后，朱寿桐对之进行历史梳理和理论建构。如其《汉语新文学通史》（2010）以近代文学改良运动为起点，历述百余年来汉语新文学的理论思潮、文体创作、文学流派、文学社团诸方面的一发展线索，既指明大陆文学的演进，亦点明台港澳及海外文学的特色，展现出汉语新文学史观的包容宏阔特质；其《汉语新文学通论》（2018）则在此前研究的基础上，从内涵论、范畴论、传统论、存在论、文体论和外延论六个层面，对汉语新文学概念进行考察，既阐释其本质和重点，亦阐明其渊源与流布，更彰显其体裁、区域和民族特色，可谓较为周圆地建构起了汉语新文学理论体系。这表明，新世纪以来，澳门学者以其深厚的学术积淀和前瞻的学术理念，对港澳中国现当代文学评论作出了突出的学术贡献。

总之，70年来香港、澳门之中国现当代文学评论，香港先发其声，搭建起中国现当代文学学科，不断创新评论视角和优化评论结构，在文学史写作与反思、现当代以及台湾作家作品评论诸多方面取得了丰硕的成果。至80年代中期以后，澳门锐意开拓，选取独特的研究视角，对中国现当代旧体文学以及汉语新文学理论研究作出了重要贡献，展现出勃发的学术生命力。这表明，香港、澳门之中国现当代文学评论，以其独特的文学眼光和学术洞见，促进了当代中国文学理论与评论的长足发展。

第三节　港澳本土文学探索

在面对古代和现当代中国文学的过程中，一批具有香港或澳门意识的学者，对其自身所处环境的文学发展状况，亦有所关注和研讨，从而产生了具有本土特色的香港、澳门文学评论。其中，与对中国古代文论研究和中国现当代文学评论的薄弱探讨相比，澳门学者对其本土文学有着更为高涨的热情和深入的研究，颇有与香港之香港文学评论形成并列之势，故下文分而论之。

香港之香港文学探索的发展脉络，可分为三个阶段。

第一阶段为1949—1969年。这一时期香港学界的学术关注点，主要集中于中国古典文学和现当代文学，对香港文学的研究可谓凤毛麟角。就目及之处，最早对之展开学术探讨的学者是罗香林。1953 年，罗香林在《学术季刊》第 4 期上发表《中国文学在香港之演进》。该文将 1842—1941 年间的香港文学分为四个时期，指出百年香港文学形态经历了从宗教经典翻译（1842—1873）、报刊政论与文学（1874—1911）、隐逸怀古创作（1912—1926）到经学文学研讨（1927—1941）的变化过程，勾勒出了香港古典和现代文学发展史，展现了香港文学包含翻译、创作和研究在内的多元面向。1955 年，在《当代中国自由文艺》第 2 章中，李文对徐訏、易文、徐速、黄思骋等人的小说、诗歌、散文和戏剧创作，进行了点评和分析。这就将香港当代文学创作纳入研究进程。沿此路径，针对蔡炎培发表于《当代文艺》的现代诗作《晓镜——寄商隐》（1969），宋逸民、万人杰和徐速之间展开了一场长达 3 个月的笔战。其论争焦点虽停留于词语表面，未能对现代诗歌理论进行深入探讨，但已彰显出了人们对其本地文学的积极回应。上述批评实践表明，香港学者研治香港文学，乃是兼顾历史与现场，注重于故纸文献和流行刊物之中发现香港文学的存在，孕育着一种香港本土意识。

第二阶段为 1970—1999 年。此一时期香港学界明确以主动性、本土化姿态探索香港文学。这重点体现在围绕"香港文学"这一话题，香港学界展开了一系列探讨。首先，香港报刊发表了一批集中讨论香港文学的专辑文章。如《展望》（1970）、《中国学生周报》（1972）、《时代青年》（1978）等刊物推出专题研讨香港文风和创作路线，《八方》（1979）、《新晚报》（1980）、《新火》（1982）、《文艺季刊》（1983）、《香港文学》（1986）等刊物则以"香港文学"为题组织专辑。其次，香港学界将"香港文学"视为一门学科，并召开多次学术研讨会。1975 年 7 月，香港大学开办"香港文学四十年文学史学习班"，邀请黄俊东、戴天、蔡炎培、许定铭、吴萱仁、罗卡和胡菊人等人讲述 1930—1975 年的香港文学史。[①] 同年 10 月，香港中文大学开设"二十年来香港文学"课程。梁秉钧以一人之力，讲授了包括力匡、马朗、刘以鬯、何达在内的当代作家作品，其

---

① 吴吕南等：《香港四十年文学史学习班资料汇编》，（香港）香港大学 1975 年版。

目的在于凸显香港本地的文学。① 可见，在学科建制努力下，香港学界的本土意识不断彰显，"香港文学"已然成为一门学科。受此推动，香港地区开始出现相关学位论文，并举行了一系列研讨会。包括1985年香港大学召开"香港文学研讨会"，1988年、1999年香港中文大学两次举办"香港文学国际研讨会"，1997年起香港公共图书馆之"香港文学节"专设香港文学研讨会等。这些学术活动的开展，使"香港文学"的概念不断清晰，进入香港人的文化生活之中，成为一个具有讨论性的公共话题。

这一时期的香港文学研究主要有以下三个主题。

一是香港文学史料整理与文学史写作。香港学界对文学史料的重视，自1975年吴吕南等人编印《香港四十年文学史学习班资料汇编》便已开始。其后，杨国雄、黄康显和黎活仁等人亦致力于文学资料的整理，如黄淑娴编有《香港文学书目》（1996、1997），胡从经编有《香港近现代文学书目》（1998）。其中，最具代表性的是卢玮銮、郑树森和黄继持三人。90年代初，他们从作品选、文献选和大事编年三个角度，对1927—1969年的香港文学资料展开爬疏。截至1999年，已出版《香港散文选》《香港小说选》《香港新诗选》《香港文学大事年表》《香港文学资料册》《早期香港新文学作品选》《早期香港新文学资料选》《国共内战时期香港文学资料选》共5种计8册。文学史料的收集和整理，其背后是香港学者撰写香港文学史的学术期待。如卢玮銮就明确指出整理、校订第一手资料，是"为了编写《香港文学史》，及香港文学研究深化等提供方便"。② 但她认为，当前的文学史料库尚未真正建成，故"不赞成在最近的短期内匆忙写出《香港文学史》"。③ 黄继持亦言："为香港文学写史，条件还未具备。文学作品与出版资料之散佚与遗失，尚可待史料工作者寻觅搜罗。"④ 可见，香港文学史料乃是建构香港文学史的基础和前提。这时期虽未出现香港文学通史，

---

① 梁秉钧：《香港文化空间与文学》，（香港）青文书屋1996年版，第218页。

② 卢玮銮：《香港文学研究的几个问题》，载黄继持、卢玮銮、郑树森《追迹香港文学》，（香港）牛津大学出版社1998年版，第73页。

③ 同上书，第74页。

④ 黄继持：《关于"为香港文学写史"引起的随想》，载黄继持、卢玮銮、郑树森《追迹香港文学》，（香港）牛津大学出版社1998年版，第86页。

却涌现了不少回溯性质的单篇论文。如黄维樑《生气勃勃：1982年的香港文学》（1985）、《香港文学的发展》（1996），刘以鬯《五十年初期的香港文学》（1987），李国柱《香港文学研究的过去式、现在式、未来式》（1986）、卢玮銮《香港早期新文学发展初探》（1987）、黄康显《香港文学的发展与评价》（1996）、黄继持《香港小说的踪迹》（1997）以及郑树森《五、六十年代的香港新诗》（1998）等，即是以某一时段的香港文学作为考察对象，从社团、报刊、出版、体裁等角度梳理其发展进程。这些论著均建立在扎实的文学史料基础之上，为香港文学通史写作奠定了坚实基础，展现出香港学者对文学史写作的审慎态度，以及以事实为根据的学术追求。

二是香港文学理论研究。这首先体现在对香港文学定义展开思考。如黄维樑在《香港文学研究》（1985）一文中将香港文学喻为一种无烟工业，因其"大部分是内销的，但也十分多元化，且为香港人提供精神的粮食"。[①] 他进一步指出香港文学的特质在于多元性，这是因为香港文学包纳高雅与通俗，香港作家包含本土与外来。对于后者，郑树森《香港文学的界定》（1992）指出土生土长作家是香港文学的应有之义，但作为广义层面的外来作家，应根据具体情况重新界定，不可统而纳之。这就丰富了黄维樑关于作者问题的论述，体现出一种辩证思维和理性态度。上述探讨说明了香港文学的研究对象和范围，指出了香港文学的研究方向和重点。其次，对香港文学与中西方文学关系展开研究。如梁秉钧之《香港小说与西方现代文学的关系》（1985），从比较文学的角度，梳理了西方现代主义文学思潮在香港的推介、发展，及其在香港小说创作中的映现。黄继持之《化故为新："香港现代文学与中国古典关系"漫谈》（1998）认为，在50年代以前，香港新旧文学并存，呈现相对却相安的局面；50年代以后，此一局面有所改变，这是因为旧体文学创作参与了香港的现代化进程，现代文学尤其是通俗小说则吸收了古典文学因素，展现出浓厚的中国传统文化气息。梁、黄二人以中西方文学对视香港文学，说明了香港文学的复杂构成，为香港文学理论研究寻找到了新的学术增长点。最后，对香港文学与香港文化关系展开探讨。80年代中期开始，梁秉钧就尝试

---

① 黄维樑：《香港文学初探》，中国友谊出版公司1987年版，第2页。

以香港文化观照香港文学。他指出，香港是一个混合古今中外的都市，为艺术家和作家提供了"丰富的素材、敏锐的感受，以及狭窄而却复杂的背景"。① 对此，梁秉钧在《香港文化空间与文学》（1996）一书中继续申说，强调以文化多元观探讨香港文学。如在评论马朗的早期诗作时，他指出其作品混杂着来自大陆的抒情之声和源于香港的都市之音。"香港，实在不是个孤立的地方，在时间上，在空间上，是与其他地方互相连结的。"② 可以说，梁秉钧以其文化姿态解读香港文学，既彰显了香港的文学特质，亦折射出了文学的香港意义。

三是作家作品研究。这是该时期香港文学研究与评论的主要内容，多数以"香港文学"为题出版的书籍均包含了大量作家作品研究。如黄维樑《香港文学初探》（1985）、《香港文学再探》（1996），陈炳良编《香港文学探赏》（1991），王一桃《香港文学评析》《香港，文学之桥》（1994），东瑞《我看香港文学》（1995），梅子《香港文学识小》（1996）等评论专集均大篇幅收录了各自对香港作家作品进行研究的学术文章，由此推出了黄谷柳、刘以鬯、舒巷城、金庸、西西、亦舒、也斯等一批香港代表作家，以及《虾球传》《酒徒》《穷巷》《鹿鼎记》《我的前半生》《像我这样的一个女子》《剪纸》等一批香港文学代表作。在这一过程中，作家作品研究展现出专论和略览两种不同面向。在专论方面，以金庸小说研究最具代表性。首开风气的是倪匡的"五看金庸小说"系列论著（1980—1984），高扬武侠小说为文学作品的旗帜，展现了金庸小说的文学世界，开启了"金学研究"。其后，杨兴安《金庸笔下世界》《金庸小说十谈》（1983），吴霭仪《金庸小说的女子》《金庸小说的男子》（1989）、《金庸小说的情》《金庸小说看人生》（1990），霍惊觉《金学大沉淀》（1990），冷夏《文坛侠圣——金庸传》（1994），潘国森《总论金庸》《杂论金庸》《武论金庸》（1995）以及项庄《金庸小说评弹》（1995）等书，将金庸小说研究推向了高峰，昭示了香港武侠文学的兴盛局面。在略览方面，则出现了数部概述香港作家的传记体著作，包括沈西城《香港名作家韵事》

---

① 梁秉钧：《书与城市》，（香港）香港出版公司1985年版，第113页。
② 梁秉钧：《香港文化空间与文学》，（香港）青文书屋1996年版，第16页。

(1984)、苏赓哲《嘉芙莲是一头猫》（1990）、罗孚《南斗文星高——香港作家剪影》（1993）和香港作联编《香港作家小传》（1996）等。其中，以刘以鬯主编的《香港文学作家传略》（1996）最具代表性。该书共收入作家 561 人，其中已故作家 102 个，健在作家 459 个。每个作家均附有照片、传记和书目，其涉及范围之广、资料汇聚之丰，可谓全面呈现了香港作家群体的基本面貌。

可见，第二阶段的香港学界，以积极主动的姿态介入香港文学，对香港文学史料、文学史写作、香港文学理论以及香港作家作品进行了多层面研究和探讨，展现出香港文学的丰富内涵，昭示了香港本土文学研究力量的形成与壮大。总之，香港之香港文学研究已初具格局。

第三阶段为 21 世纪以来。此时期香港文学研究颇有繁荣之势。这重点体现在香港学界推出了两套大型作家作品研究丛书。一是自 2005 年起，香港天地图书有限公司选取当地知名文学评论家如许子东、黄子平、刘绍铭、冯伟才、黄念欣、罗贵祥等人的论著，辑为"香港文学评论精选集"。截至 2016 年，该套丛书已出版达 14 册；① 二是从 2006 年起，香港文学评论出版社有限公司以香港作家为编辑对象，汇编寒山碧、司马长风、曹聚仁、徐訏、黄庆云、侣伦、李辉英、也斯、叶灵凤、陶然、何达、刘以鬯、犁青等作家作品的评论专集，名为"香港文学研究丛书"。截至 2014 年，该套丛书亦出版达 14 册。② 这两套丛书，

---

① "香港文学评论精选集"发行具体情况如下：2005 年，发布许子东《香港短篇小说初探》、黄子平《害怕写作》、梅子《人文心影》、黄灿然《在两大传统的阴影下》、叶辉《新诗地图私绘本》、刘绍铭《激流倒影》和黎海华《细致与磅礴》；2007 年，推出冯伟才《游方吟》、许迪铿《形势比人强》、王宏志《本土香港》以及黄念欣《晚期风格：香港女作家三论》；2008 年，发布罗贵祥《他地在地：访寻文学的评论》与徐霞《文学·女性·知识——西西哀悼乳房及其创作谱系研究》；2016 年，出版冯伟才《本土、边缘与他者》。

② "香港文学研究丛书"发行具体情况如下：2006 年，林曼叔、孙德喜编《寒山碧作品评论集》；2009 年，林曼叔编《司马长风作品评论集》，璧华编《曹聚仁作品评论集》，寒山碧编《徐訏作品评论集》；2010 年，周蜜蜜编《黄庆云作品评论集》，黄仲鸣编《侣伦作品评论集》，张双庆编《李辉英作品评论集》；2011 年，陈素怡编《也斯作品评论集小说部分》，方宽烈编《叶灵凤作品评论集》、蔡益怀编《陶然作品评论集》；2012 年，秀实编《何达作品评论集》，梁秉钧、黄劲辉编《刘以鬯作品评论集第 1 集》；2014 年，卡桑编《犁青作品评论集上下篇》。

分别以评论家和评论对象为纲,对香港文学展开"撒网式"研讨,颇有构建当代香港文学及批评经典体系的味道,展现了香港学界主宰香港文学的雄心和魄力。具体而言,此时期香港文学研究有以下四个重点内容。

一是香港文学史料整理与文学史写作的深入开展。在史料整理方面,沿着 90 年代的步伐,卢玮銮等人不仅推出了《国共内战时期香港本地与南来文人作品选》《香港新文学年表》(2000)、《沦陷时期香港文学作品选》(2013) 和《沦陷时期香港文学资料选》(2017) 等,还与香港中文大学图书馆紧密合作,以"香港文学档案"为主体建成"香港文学资料库",[①] 实现了香港文学史料的电子化和在线化。其外,陶然从 2000 年起编选、出版"《香港文学》作品选系列",至今已达 20 卷,包括小说选 10 卷、散文选 5 卷、笔记选 3 卷和文论选 2 卷。[②] 陈国球等人则于 2014—2016 年间爬疏 1919—1949 年的香港文学资料,编成《香港文学大系》,包括新诗、散文、旧体文学、通俗文学、儿童文学、小说、戏剧、评论、文学史料和导言集共 10 种计 13 册。[③] 此外,书目类文献亦有所突破,出现了马辉洪《香港儿童文学作家书目》(2006)、黄淑娴《香港文学电影片目》(2007)、许旭筠《香港文学外译书目》(2011)、邹颖文《香港古典诗文集经眼录》(2011)、方宽烈《20 世纪香港出版文学书目提要》(2012) 等。这些资料汇编表明,新世纪以来的香港文学理论与评论,在儿童文学、翻译文学等方面取得了新成果,扩充了香港文学研究的学

---

① 参见 http://hklitpub.lib.cuhk.edu.hk/,检索日期:2018 年 12 月 24 日。
② "《香港文学》作品选系列"年表如下:2003 年,《伞:〈香港文学〉小说选》《Danny Boy:〈香港文学〉小说选》《秋日边境:〈香港文学〉散文选》《面对都市丛林:〈香港文学〉文论选》;2005 年,《夜读杂抄:〈香港文学〉文论选》《尚未发生:〈香港文学散文选〉》《垂杨柳:〈香港文学〉小说选》《鹫或羔羊:〈香港文学〉小说选》;2009 年,《片瓦渡海:〈香港文学〉散文选》《野炊图:〈香港文学〉小说选》《银牦牛尾:〈香港文学〉小说选》《这么近,那么远:〈香港文学〉笔记选》;2012 年,《黑夜里的闪电:〈香港文学〉笔记选》《西游补:〈香港文学〉小说选》《解冻:〈香港文学〉小说选》《家具清单:〈香港文学〉散文选》;2016 年,《繁华落尽见真淳:〈香港文学〉笔记选》;2017 年,《土瓜湾叙事:〈香港文学〉散文选》《审死书:〈香港文学〉小说选》《迷踪:〈香港文学〉小说选》。
③ 陈国球、陈智德编:《香港文学大系》,(香港)商务印书馆 2014—2016 年版。

术版图。

在文学史写作方面，香港学者虽对撰写香港文学通史仍保持一种理性和审慎态度，但在专门史和断代史写作方面有所突破。这首先是因为出现了两部体裁文学史，分别是何杏枫《香港话剧口述史》（2001）和寒山碧《香港传记文学发展史》（2003）。前者从口述的角度，描述了20世纪30—60年代香港话剧的发展史；后者则从出版的角度，回溯了1949—1997年香港传记文学的演进史。其外，陈国球主编《香港文学大系》之《导言集》，收录其"总序"和此前各卷编者的导读论文，形成了对1919—1949年香港文学的整体观照，亦可视为一部以体裁为纲的香港现代文学史，对中国现代文学具有补充作用。如日本学者黄英哲指出《香港文学大系》"作为中国文学另一敷演展场的文学史复线视野，正可与中国境内的白话文学作品相互参照对话"。[①] 此外，杨玉峰编《腾飞岁月：1949年以来的香港文学》（2008），陈智德《解体我城：香港文学1950—2005》（2009）、《地文志：追忆香港地方与文学》（2013）、《这时代的文学》（2018）等书均在具体的作家作品批评过程中，勾勒出了不同时期的香港文学发展进程。在此意义上说，新世纪以来香港学者所取得的成果，显示出其钩稽史料的有效性，推动了香港文学史写作的历史进程。

二是香港文学理论的深入求索。这首先体现在出现了一些深入探讨香港文学与现代主义理论关系的力作。如陈国球《香港五六十年代现代主义运动与李英豪的文学批评》（2006）一文，梳理了50—60年代叶维廉、马朗和昆南等人在香港创办文艺刊物，推介和创作现代主义文学的情况，并对李英豪的文学评论展开知识考古，指出其批评实践蕴含着复杂的文化政治和国族想象意味。又如，黄劲辉等人主编《刘以鬯与现代主义》（2010）一书，将刘以鬯的文学创作和批评放到香港文学、文化的发展脉络中进行考察，通过文本细读、历史回溯、中西比较等方法，呈现刘以鬯与香港现代主义的紧密关联，以凸显其在香港文学乃至中文文学史上的地位。再如，郑蕾的专著《香港现代主义文学与思潮》（2016）则以"香港现代文学美术协会"为中心，还原现代主义文学、思潮的发生和发展，并结合

[①] 陈国球编：《重遇香港文学》，（香港）商务印书馆2018年版，第167页。

具体文本，论述了香港现代主义文学的都市文化特色、跨媒介创作特点以及浪漫精神特质。

其次，产生了香港文学与抒情传统对接这一新话题。最早介入此一话题的学者是陈惠英。在《抒情传统与现代社会》（2002）一文中，她以黄碧云的小说为例，讨论了抒情与文类之间的关系，认为其文学创作虽以小说为载体，但却融汇散文、诗歌等不同文类的语言，显现出抒情的特质。在《抒情的愉悦》（2008）一书中，陈惠英以更大的篇幅，讨论了西西、董桥、王家卫作品与抒情传统之间的关系。这就实现了香港文学与中国抒情传统的对接。其后，陈国球进一步展开探讨。其《香港的抒情史》（2016）收录作者新世纪以来研治香港文学的主要论文，包含"走进文学史""可记来时路"和"申且抒中情"三部分，分别从文学史、文学批评史和文学批评实践三个角度呈现香港文学抒情的史迹。"这本书以'抒情'为题，是因为我相信香港还是有情；情所栖遁处，就在于可以载心的香港文学。"[1] 在陈国球看来，抒情传统虽是发轫于海外汉学的中国传统文学命题，但却具有强大的理论涵涉性，可作为研讨香港文学的重要视角。对此，陈智德《板荡的抒情：抗战时期的香港与文学》（2018）聚焦抗战时期的香港文坛，论述南来作家与本土作者在动荡岁月中的抒情话语，呈现了香港现代文学史的"抒情记忆"谱系。这就进一步实现了香港文学与中国文论的沟通。它与前述人们对西方现代主义文论的探讨，共同构成了香港文学理论的两大支系，深化了此前学者对香港文学与中西方文学关系的研究，展现出香港学者以中西文论熔铸本土文论的理论视野。

三是香港旧体文学研究的不断开拓。自1874年以来，香港就集聚了众多具有古典文学创作能力的作家、学者，产生了大量旧体文学作品。对此，新世纪以前香港学界仅有零星研讨，未能汇聚成一股研究力量。新世纪以来，这一局面得到了明显改善。这有赖于王晋光、程中山、陈炜舜、黄小蓉等人的努力。如以黄坤尧为例，2004年，他出版《香港诗词论稿》一书，标志着香港旧体文学研究得到了真正的开拓和研讨。该书从陈步墀

---

[1] 陈国球：《香港的抒情史》，（香港）香港中文大学出版社2016年版，第vii页。

1909年编纂香港第一套丛书"绣诗楼丛书"讲起，指出其为晚清文学在香港的延续，促进了香港旧体文学的发展。在此基础上，黄坤尧论述了刘景堂、芳艳芬、陈湛铨、饶宗颐、苏文擢、黄剑珠、刘绍进、林佐瀚等人的古体诗词创作，并对"京穗港诗赛""香港诗词创作比赛"等当代旧体文学创作情况进行了述评。此外，作者还指出，21世纪的诗词写作既要以本位文化为指导，亦要"结合新诗和歌词的创作一起思考，三位一体，包容古今，从新语言中追求创意和灵感"。① 这为旧体文学的当代发展提供了具体的创作指引。2008年，黄坤尧主编《香港旧体文学论集》，该书除了收录14篇香港诗词研究论文以外，还对中国现代诗词、传统文学的发展及理论进行专题探讨。这展现出了香港旧体文学研究的广度和深度。可见，香港旧体文学研究的开拓，不仅指明了香港文学的丰富内容和创作特色，也显示出中国传统文学创作形式的持久生命力。

四是香港文学媒介研究的不断拓展。一方面，香港文学与电影关系研究深入展开。如刘燕萍《女性与命运粤剧·粤语戏曲电影论集》（2010）在充分观察五六十年代香港粤剧、粤语戏曲电影发展的基础上，选取帝女、龙女、玄女、才女、婢女和妓女等六类女性为研究对象，指出她们大多改编自古典文学作品或民间文学名著，并被赋予了该时期香港的文化记忆和社会教化功能。梁秉钧等编《香港文学与电影》（2012）将研究范围上溯至30年代，下沿到八九十年代，指出逾半个世纪的香港文学与电影，展现出丰富多样的文化生态。这是因为文字与影像的转换过程，实际上涵涉着政策、空间、媒介和立场的多元对话。在此基础上，黄淑娴之《香港影响书写：作家、电影与改编》（2013）将研究视野扩大至整个20世纪，从作者、空间和文体三个角度入手，既梳理作家鲁迅、张爱玲、梁秉钧等对影视文学创作的论述，也探讨导演徐克、许鞍华、关锦鹏等以影像回应文学的姿态，说明了文字、影像和现实三者之间的多元互动。这些论述表明，香港之香港文学研究，不仅停留于纸面文献的爬疏，还将视野拓展至与之密切相关的声音和影像资料，折射出了香港文学的跨媒

---

① 黄坤尧：《香港诗词论稿》，（香港）当代文艺出版社2004年版，第195页。

介性。

另一方面，报刊文学研究集中推进。近年来，香港高校出现了一批以报刊文学为研究对象的高等学位论文，如吴兆刚《五十年代〈中国学生周报〉文艺版研究》(2007)、叶淑敏《文字与图像的"出位之思"》(2011)、陈子谦《"火红年代"青年刊物的身份探索与文学探赏》(2016)、陈伟中《"六七暴动"前后香港的左派文艺刊物》(2016)等。这些论著强调报刊在文学发展过程中的首发地角色，认为其对理解香港文学理论，考察文学实践和探讨文学生产等方面均具有突出作用。如钟云晴考察了1933—1949年《大公报》的《文艺副刊》和《文艺》两个文艺副刊，指出其在引发全国性文艺论争过程中，不仅催生了"京派"文学流派，还开独立书评形式之先，并为报纸文艺副刊树立起了"文学保姆"的核心理念。又如沈海燕以《星岛晚报·星晚》为园地，梳理了五六十年代欧阳天、徐訏、易文和刘以鬯四位"和平文艺"作者的连载小说，认为"副刊的连载小说是结集成书和改编成电影的前置文本，在报刊、出版业、电影业三个香港文化产业中担当了非常重要的角色"。[①] 这就点明了报纸文艺副刊在文学生产过程中的关键地位。因此，以报刊为对象和方法展开的香港文学研究，不仅还原了香港文学及其批评的呈现和传播面貌，还强调了报刊在香港文学发展进程中的重要地位，凸显了香港文学的报刊载体性。

可见，1949年以来，香港学者之香港本土文学研究注重从多媒介角度爬疏香港文学史料，挖掘代表作家和经典作品，并致力于香港文学史和香港文学理论建构。这显示出香港学者具有严谨的学术态度和扎实的学术功夫，已凝聚为一股独立、有力的学术力量，成为当下香港文学研究的主体队伍。

与香港相比，澳门地区的本土文学研究发展相对滞后，这是因为50年代人们尚未对澳门文学展开研讨，直至60年代方才开始。考察此一阶段以后的澳门文学研究史，我们可将其分为三个时期。

---

① 沈海燕：《南来（香港）"和平文艺"作者——一九五、六〇年代〈星岛晚报〉副刊"星晚"的连载小说研究》，博士学位论文，香港岭南大学，2016年。

第一时期为 1960—1980 年。此期居住于香港的澳门学者开始进行以澳门文学为主体的研究活动。据郑炜明所述，曹思健自 60 年代始，便开始辑录明末至清末有关澳门的诗歌作品，并一一加以笺释，著成《澳门诗钞》。① 其中，《屈大均澳门诗考释》曾发表于《珠海学报》1970 年第 3 期，对屈大均在澳门期间所作与澳门相关的诗作进行笺注考释，以再现其在澳门的社会活动。沿此路径，方宽烈《澳门当代诗词》搜集了辛亥革命后至 60 年代与澳门相关的古诗词，并对其中的本事进行钩沉，"作为旁证，以补澳门史之不足"。② 这与曹思健的澳门古典诗歌研究形成补充，显示出此时期澳门本土文学研究的史学本位特点。与此不同，李德超的硕士学位论文《中国文学在澳门之发展》（1973）坚守文学本位，概述了自晚明到 20 世纪中叶澳门地区旧体文学的发展状况，指出其"可视为岭南文学之支脉"，具有"所咏皆为内地之不易见者""多入番语新词"以及"多有伤时念乱之吟"等特色。③ 这是第一篇以澳门文学为题的高等学位论文，向我们展示了澳门旧体文学新旧混杂的特质。此外，李德超尚有《汪兆镛与澳门之关系》（1975）一文，论及汪兆镛的古体诗歌和骈体文创作。可见，第一时期的澳门本土文学研究，乃是以古典文学作品的笺疏、分析为主，勾勒出了澳门文学的丰富内容和久远历史，展现出迥异于香港以现当代文学为研究重心的古典面向。

第二时期为 1981—1999 年。此时期的澳门文学研究开始明确出现本土力量。这是因为生长于澳门的诗人韩牧旗帜鲜明地提出建立"澳门文学"的形象的号召，主张从发掘和发展两个方面入手，即发掘、整理澳门文学史料与组织文艺团体、出版年度文选、举办文学奖和发展儿童文学结合起来。④ 这不仅为澳门文学指明了切实可行的发展方向，亦为澳门文

---

① 郑炜明：《澳门文学研究史略（至 2000 年止）》，载郑炜明《澳门文学史》，齐鲁书社 2012 年版，第 237—238 页。

② 方宽烈编：《澳门当代诗词纪事》"前言"，（澳门）澳门基金会 1996 年版。

③ 李德超：《中国文学在澳门之发展概况》，载芦荻等《澳门文学论集》，（澳门）澳门文化学会、澳门日报出版社 1988 年版，第 15—16 页。

④ 韩牧：《建立"澳门文学"的形象》，载芦荻等《澳门文学论集》，（澳门）澳门文化学会、澳门日报出版社 1988 年版，第 191—197 页。

学研究重视史料整理和历史建构奠定了思想基础。

受此影响，澳门学界首先展开文学史料整理和文学史建构。80年代中期，澳门东亚大学中文学会编"澳门文学创作丛书"，出版了再斯、叶贵宝、苇鸣、云力和韩牧等人的作品集计5册，首次集中展现了澳门的文学创作风貌。90年代中后期，澳门基金会主导发行了"六选二目一拾遗"，包括《澳门新诗选》《澳门短篇小说选》《澳门散文选》《澳门当代剧作选》《澳门中葡诗歌选》《澳门文学评论选》，邓骏捷编《澳门华文文学研究资料目录初编》《澳门粤语话剧研究资料目录初编》，以及凌钝编《澳门离岸文学拾遗》。90年代末，澳门基金会与中国文联出版社合作推出了"澳门文学丛书"，出版了林中英、穆欣欣、江道莲、陶里、黄文辉、李鹏翥、廖子馨等人在内的文学创作与评论集共计22册。①

在此基础上，澳门学界积极进行文学史建构。这首先表现在回溯性文章大量涌现，包括陈业东《抗日时期澳门诗坛一瞥》、穆欣欣《九十年代澳门戏剧状况》、廖子馨《澳门散文四十年历程》、庄文永《八十年代澳门华文文学概论》（1998）等。其中，李鹏翥之《澳门文学的过去、现在及将来》从报刊、出版、社团和活动等多个角度，说明当代澳门文学的成绩和问题，并提出九个方面的建议，对澳门文学史建构起到了推动作用；郑炜明则分别对澳门古典、现代和当代文学进行了历史回溯，勾勒出了一条完整的澳门文学发展线索。② 再者，产生了澳门文学研究史上第一部体裁史著作，这就是田本相、郑炜明主编的《澳门戏剧

---

① "澳门文学丛书"包括苇鸣《自我审查》、丁楠《次等聪明》、林中英《自己的屋子》、凌棱《爱在红尘》、穆欣欣《戏笔天地间》、唐思《澳门风物志续篇》、黄文辉等编《澳门青年文学》、李观鼎《边鼓集》、李鹏翥《濠江文谭新论》、廖子馨《我看澳门文学》、鲁茂《白狼》、周桐《晚情》、江道莲《长衫》、方欣《爱你一万年》、寂然《月黑风高》、陶里《马交石》、林玉凤《忘了》、淘空了《黄昏的再版画》、流星子《生命剧场》、冯刚毅编《冯刚毅诗词选》、赵阳《没有错过的阳光》和未艾《轻抚那人间的沧桑》。

② 郑炜明：《16世纪末至1949年澳门的华文旧体文学概述》，程祥徽、郑炜明编《澳门文学研讨集——澳门文学的历史、现状与发展》，（澳门）澳门日报出版社1998年版，第81—132页；《五四至七十年代中期澳门新文学概述》，《香港文学》1999年第180期；《80年代至90年代初的澳门华文文学》，《行政》1995年第3期。

史稿》。该书以穆凡中、王智豪、汪春、陈柏添等澳门学者和作家为撰写主力，历述了明末以至 1997 年澳门地区的戏剧活动史，显示出澳门戏剧文学历史之悠久、内容之丰富。此外，出现了澳门文学研究史上第一部类文学史著作，即刘登翰主编之《澳门文学概观》。该书亦以陶里、李观鼎、施议对等澳门学者和作家为研究主力，虽未以文学史命名，但将近 400 年的澳门文学划分为古近代和现当代两部分，于每个部分细分阶段，并描述其创作概况和总结其发展特点，已初具澳门文学史轮廓。

其次，澳门学界对澳门文学形象进行了多层面探讨。如在陆港澳文学关系上，李成俊强调指出澳门文学受到了来自中国文学和香港文学的双重影响；何紫则视港澳文学为一体，认为其具有抗衡殖民文化、恶质文化和渣滓文化的意义。[1] 在文学主体上，张志和认为澳门文学的主体应是澳门人或对澳门文学作出投入和贡献之人，郑炜明则指出作品主题涉及澳门的作者亦纳入澳门文学的研究范畴。[2] 在文学特色上，汪春提出"土生文学"概念，认为中葡混血土生澳门人所进行的文学创作乃是澳门文学的应有之义，别开澳门特色文学研究之新径；周文彬以兼容性涵盖澳门文学，指出其具体表现在作家组合、作品内部、文学流派等方面；李观鼎则从澳门文学批评入手，认为其特色在于本土性、温和性、体验性和业余性，凸显了澳门文学研究的多元面向。[3] 这些论述从批评与批评之批评两

---

[1] 李成俊：《香港・澳门・中国现代文学》，载芦荻等《澳门文学论集》，（澳门）澳门文化学会、澳门日报出版社 1988 年版，第 25—44 页；何紫：《从"澳门文学"谈起》，载芦荻等《澳门文学论集》，（澳门）澳门文化学会、澳门日报出版社 1988 年版，第 163—167 页。

[2] 张志和：《澳门文学的百花向我们招手》，载芦荻等《澳门文学论集》，（澳门）澳门文化学会、澳门日报出版社 1988 年版，第 155—162 页。郑炜明：《写在澳门文学座谈会之前》，载芦荻等《澳门文学论集》，（澳门）澳门文化学会、澳门日报出版社 1988 年版，第 200—201 页。

[3] 汪春：《论澳门土生文学及其文化价值》，硕士学位论文，暨南大学，1994 年；周文彬：《论澳门文学的兼容性》，载《澳门文学研讨集——澳门文学的历史、现状与发展》，（澳门）澳门日报出版社 1998 年版，第 555—564 页；李观鼎：《试谈澳门文学批评的特色》，载《澳门文学研讨集——澳门文学的历史、现状与发展》，（澳门）澳门日报出版社 1998 年版，第 467—474 页。

个方面，树立起了澳门文学形象，揭示出了其丰富的文学内涵和宽广的研讨空间。

此外，澳门学界还对澳门作家作品展开了积极评论。如在1986年首届澳门文学研讨会上，金中子，鲁茂，胡培英，韩牧、芦荻、邓耀荣、周树利和李宇樑分别就澳门散文、小说、新诗和戏剧进行了宏观评述。1997年，第二届澳门文学研讨会召开，与会者除了延续以往研究路数外，还以多种理论对具体作家作品进行研讨。包括彭海玲、林中英以女性视角解读江道莲之《长衫》《施舍》和澳门作家群之《七星篇》，郑炜明、陈颂声以文化视野观照飞历奇之《爱情与小脚趾》和胡晓风之旧体诗词，张建华、林玉凤以叙事理论分析寂然小说。在这一过程中，澳门学界形成了一支具有影响力的评论家队伍和一批具有代表性评论著作。如李鹏翥《濠江文谭》（1994）、李观鼎《边鼓集》（1996）、陶里《逆声击节集》《从作品谈澳门作家》《让时间变成固体：现代诗新读》（1991、1995、1999）、穆凡中《澳门戏剧过眼录》（1997）、邓景滨《澳门联话》（1993）、黄晓峰《澳门现代艺术和现代诗评论》（1993）、庄文永《20世纪八十年代澳门文学评论集》《澳门文化透视》（1994、1998）、廖子馨《论澳门现代女性文学》《我看澳门文学》（1994、1999）、黄文辉《澳门青年文学》（1999）等。这些著作以随笔、短评或专论等形式，从现代主义、女性主义等角度，对澳门作品、作家、文化乃至历史进行了多层面探讨，呈现、拓宽了澳门文学的地景和风貌，凸显出此一时期澳门文学研究的热闹之势。

第三时期为21世纪以来。此一时期的澳门文学理论与评论研究，乃是在承传前期的研究基础上，继续推进和拓展，取得了较为突出的成果。这重点体现在以下四个方面。

一是文学史料整理和文学史建构成果涌现。在文学史料整理方面，2001年，汪春、谭美玲主编《澳门土生文学作品选》；2009年起，李观鼎等人主编《澳门人文社会科学研究文选》，至今已出版文学卷计3册；2010年起，澳门基金会主导编选《澳门文学作品选》，至今已有8册之多；2014年起，澳门基金会与作家出版社合作推出"澳门文学丛书"。截至2016年，该丛书共出版计47册，① 可谓形成了较为系统的澳门文学谱系；此外，2015年，王国强出版《澳门文学书目初编》一书，汇聚了与澳门有关的古今文学文献共计3750条，乃迄今为止最为全面的澳门文学史料汇编著作。

在文学史建构方面，2004年，郑炜明结合前期研究，将其1999年博士学位论文《澳门文学发展历程初探》修改为《澳门文学史初稿》出版；2012年，此书被修订为《澳门文学史》，成为第一部由澳门学者独立撰写而成的文学通史著作。该书分列6章，实则可划分为三个部分：一是首章对澳门文学的界定，二是第二、三章对16世纪末至20世纪90年代澳门文学史的概述，三是第四、五和六章对戏剧文学、土生文学、葡语文学、外语文学和民间文学等澳门特色文学的研究。可见该著采取点面结合的书写策略，既勾勒出澳门文学逾400年的发展史，亦凸显了其发展进程中的亮点和特色，不失为澳门文学史写作的标杆。此外，吕志鹏撰有《澳门中文新诗发展史研究》（2011）一书，在大量报刊资料的基础上，梳理了1938—2008年间澳门新诗的发展进程，并通过对比大陆、香港和台湾地区的新诗写作，点明了澳门新诗的革命、政治和现代性意味，凸显出其对华文文学的区域性意义。

二是文学理论建设有所推进。这一方面体现在李观鼎的澳门现代文学

---

① 2014年，推出林中英《头上彩虹》、吕志鹏《在迷失国都下被遗忘的自白录》、姚风《枯枝上的敌人》、李宇樑《狼狈行动》、李鹏翥《澳门古今与艺文人物》、梁淑淇《爱你爱我》、李成俊《待旦集》、邓晓炯《浮城》、穆凡中《相看是故人》、李观鼎《三余集》、穆欣欣《寸心千里》、寂然《有发生过》、鲁茂《拾穗集》、袁绍珊《流民之歌》、吴志良《悦读澳门》、贺绫声《如果爱情像诗般阅读》、黄坤尧《一方净土》、水月《挥手之后还会再见吗》、王祯宝《曾几何时》、黄德鸿《澳门掌故》共20册；2015年，发行邢悦《被确定的事》、凌谷《无边集》、太皮《神迹小说》、周桐《除却天边月没人知》、黄文辉《历史对话》、卢杰桦《拳王阿里》、程文《我成我书》、初歌今《不渡》、龚刚《乘兴集》、朱寿桐《从俗如流》、程祥徽《多味的人生之旅》、罗卫强《恍若烟花灿烂》、李烈声《回首风尘》、尹红梅《木棉絮絮飞》、凌棱《世间情》、陶里《岭上造船笔记》、冯倾城《未名心情》、殷立民《殷言快语》、姚风《龙须糖万岁》、沈幕文《且听风吟》共20册；2016年，出版凌雁《凌腔雁调》、谭健锹《炉石塘的日与夜》、陈志峰《寻找远方的乐章》、钟怡《我在海的这边等你》、杨开荆《图书馆人孤独时》、贺越明《海角片羽》、李文娟《吾心吾乡》共7册。

批评史研究。在《论澳门现代文学批评》（2002）中，李观鼎在其90年代的"澳门文学批评四大特色"之外，再添"杂糅性"一说，认为"李鹏翥式的杂语，陶里式的独语，黄文辉式的重语"构成了澳门文学批评的现状。① 这就说明澳门文学批评集传统批评范式和现代批评范式于一身，形成了亦庄亦谐的批评风格。在此基础上，李观鼎指出，澳门现代文学批评始于80年代初"建立澳门文学形象"的呼唤，并形成了文学史叙述、体裁批评和专题批评这三种批评形式。这种批评之批评，较为全面地总结了澳门学界在短短20年的文学批评成果，廓清了长期以来人们的"澳门缺乏文学评论"的偏见，展现出鲜明的批评视野和理论洞见。

另一方面体现在朱寿桐的移民文学、汉语新文学与澳门文学关系研究。朱寿桐主编之《澳门新移民文学与文化散论》（2010）认为来自澳门以外的作家群，与澳门性情化的文化生态相互交融，"强化了澳门文学的职业化、非专家化和非经典化的生态"。② 新移民作家不仅主动展开文学创作，凸显出鲜明的流浪情结、人文精神、先锋气质和寻根意识；还积极介入文学研究，使澳门文学形象从呼唤变为实践，从构想化为现实。这种对移民文学的研寻，说明了澳门文学的动态发展，赋予了澳门文学以融贯内外、包容多元的文化意味。朱寿桐专著之《汉语新文学与澳门文学》（2018）则将澳门文学视为汉语新文学的板块之一，认为其在与世界文学的对接和交流过程中，产生了独特的文学书写、文学组织和媒体形态，形成了"肯定社会生活和文化生活的开放性"和"中西方文化与文学交会圆融的历史眼光"，③ 成为汉语新文学发展进程中的一个典范。这就在肯定历史成就、彰显文学特色之中，强调了澳门文学兼具中国性与世界性的双栖发展方向，进一步提升了澳门文学的学术形象和理论品位。

三是土生文学研究不断发展。李淑仪博士学位论文《16—20世纪澳门葡语文学的探索与研究》（2000）指出，在澳门近400年的文学发展史中，形成了以葡萄牙语进行创作的三大作家群，分别是"宗主国殖民色

---

① 李观鼎：《论澳门现代文学批评》，作家出版社2002年版，第7—8页。
② 朱寿桐：《澳门新移民文学与文化散论》，中国社会科学出版社2010年版，第10页。
③ 朱寿桐：《汉语新文学与澳门文学》，社会科学文献出版社2018年版，第75页。

彩作家群""澳门葡侨具华化色彩作家群"和"澳门土生葡人作家群"。其文学创作"除了具有澳门本土特色之外,也具有受中华文化影响的深刻痕迹"。① 这就揭示出了澳门文学的混杂性特色,赋予了澳门土生文学以中葡乃至中外文化交流的意义。汪春博士学位论文《论澳门土生文学的文化身份》(2004)则继续从文化身份入手,探讨了土生葡人的历史起源、创作背景以及代表作品。通过对"美丽蛋家女"和"澳门语"的分析,她认为土生文学凸显了"我是谁"的身份认同焦虑问题,这是因为中国文化认同和澳门地理认同往往交织于一体。这再次印证了澳门文学的混杂性特质,彰显出中外文化碰撞的复杂性和多元化。

四是近代文学研究不断深化。如 2000 年,邓景滨出版《实业诗人第一家:郑观应诗歌研究》,指出作为实业家的郑观应,其诗歌创作记录了其以振兴实业富民强国的思想,开辟了以经济题材入旧体诗的新领域,展现了中国近代创业史的艰辛历程和宝贵经验。2004 年,邓景滨与叶晋斌合著《澳门杂诗图释》,以图文并茂的形式,对汪兆镛避居澳门期间而成 74 首古体诗进行笺注,以此呈现了澳门的历史图景。2014 年,彭海铃之《文学风景——澳门历史城区文学游踪》以澳门城区的景点为纲,梳理大量相关的旧体诗词,于随笔化的笔触之中再现了澳门的文化景观。这与前述邓景滨、叶晋斌的研究,共同编织出了澳门地理与文学之间的紧密关联。在此基础上,陈业东对澳门近代文学进行了理论概括。他认为澳门近代文学的上限远至明末清初,下限迟至 20 世纪 40 年代后期。这是因为此一时期的澳门文学,往往寓新旧文化于旧体诗词之中,"几乎没有经历传统概念的'古代文学'和'现代文学'两个阶段"。② 这意味着澳门近代文学与中国近代文学发展并不一致,呈现澳门文学"润西风之早,而离传统之晚"的独特面貌。

从上述论证,我们可以看出,70 年来香港、澳门学者的本土文学研究,均经历了从隐本土、本土以至显本土的历史过程,表达了港澳学界把握本土文学研究话语权的文化焦虑和学术努力。在这一过程中,香港以其

---

① 李淑仪:《16—20 世纪澳门葡语文学的探索与研究》,博士学位论文,暨南大学,2000 年。
② 陈业东:《澳门近代文学探微》,(澳门)澳门理工学院 2014 年版,第 6 页。

得天独厚的经济和教育资源，率先展开本土文学研究，其面对香港文学史、文学理论往往采取一种谨慎和存疑的态度。而澳门则在落后的情况下，努力呈现其较为久远的文学积累，展现出一种从容和自足的姿态。可见，香港、澳门的本土文学研究的具体步伐并不一致，其所形成的学术特色和风格亦不尽相同。

通过上述梳理，我们可以看到，1949 年以来，香港、澳门地区的中国文学理论与评论取得了较为突出的成就。这首先体现在对中国古代文学理论进行了深度研究。饶宗颐、钱穆、唐君毅、徐复观、陈耀南、陈国球、黄维樑、邓国光等学者，以其独特的学术眼光，不断开拓中国古代文论研究，不仅生发出了中国艺术精神这一具有深远影响的理论命题，而且形成了魏晋六朝文论和明清文论两大研究主流，折射出港澳两地中国古代文论研究兴趣的重大转移。其次，对中国现当代文学展开了积极评论。曹聚仁、李辉英、司马长风、林曼叔、刘以鬯、黎活仁、施议对、朱寿桐等学者，以其自身的努力求索，在文学史写作与反思、中国现当代作家作品研究、台湾文学评论、中国现当代旧体文学研讨以及汉语新文学倡导等方面，取得了丰硕的学术成果。最后，对香港澳门本土文学进行热情探索。一批成长于斯、关心于斯的香港、澳门学者，如卢玮銮、黄继持、郑树森、刘以鬯、梁秉钧、陈国球、黄维樑、李鹏翥、李冠鼎、郑炜明等人，通过不断挖掘爬疏两地的文学史料，并以迥然不同的学术态度展开分析和评论，形成了其各具特色的研究路径。总之，70 年来香港、澳门之中国文学理论与评论，在中国古代文论研究、中国现当代文学评论以及港澳本土文学探索三个方面建树颇多。这既代表了近代以来香港、澳门中国文学研究的主要成就，亦为同时期大陆的中国文学理论与评论，提供了独特的参照视角和丰富的借鉴经验。

如果对香港、澳门展开比较的话，那么，我们可以发现，70 年来两地中国文学理论与评论的发展状况完全不一致。在香港地区，其中国古代文论研究和中国现当代文学评论自 50 年代便已开始，并迅速产生了具有影响力、号召力的学术命题和学术成果。这得益于香港特殊的文化位置和丰富的教育资源，吸引了一批批文人学者到此开展学术活动，并培养、形成了一支高素质的中国文学研究队伍；其香港文学探索，则是肇生于自身长期的文学实践经验之中，乃是一种天然而生的本土行为。但在澳门地区，其成规模的中国文学研究总体上发轫于80年代以后，较香港地区晚了整整30年。

在这一过程中，澳门地区的学术研究力量，尤其是中国古代文论研究和中国现当代文学评论，主要依靠"进口"。80年代中期始，饶宗颐、罗忼烈、邓国光等香港学者，赴澳门创办中文教育，[①] 带动了此地的中国古代文论研究；90年代以后，成长于大陆学术语境之中的施议对、朱寿桐等人，则到澳门展开中国现当代文学研究，推动了其中国现当代文学评论。至于澳门本土文学探索，并非如香港那样自然生发于文学实践之中，而是催生于外界的呼唤、号召和倡导之下，体现出一种鲜明的行动特质。可见，澳门之中国文学理论与评论，肇生于香港和大陆的中国文学理论与评论发展进程之中。

在此意义上说，70年来，尽管香港、澳门历经殖民以至回归这一社会变迁，但其中国文学理论与评论的发展和推进，却始终离不开大陆学术力量的加持和付出。正是陆港澳三地的学术互动与交流，使香港和澳门之中国文学研究具备了多元开放的气质，为中国之学术发展注入了能量与生机。总之，70年来香港、澳门之中国文学理论与评论，既是其自身学术进步的突出体现，亦是中国学术共同体形成之重要一环。

---

① 施议对：《饶宗颐与澳门的学艺之缘》，《澳门理工学报》2017年第3期。

第二十六章

当代中国文论话语体系建设的历史、演变及路径

李圣传

自 1949 年以来，当代中国文艺理论建设取得了长足发展，尤其是在文艺理论话语的学科化、体系化，文艺理论研究方法的多样化、多元化上，成绩有目共睹，并基本形成了文学基础理论、文艺美学、古代文论、西方文论、马克思主义文论竞相发展的学科格局。然而，在学科发展、理论繁荣的背后，学界越来越意识到文论发展背后存在的诸多缺陷，其中尤为突出的便是文论建设中合符本土化、特色化的具有"中国学派"性质的文艺理论话语仍然缺场。这种创新型理论话语的不足或谓之中国特色文论话语建构的吁求，直接引发新时期以来文论研究领域中的多次争论。很显然，原创性理论话语之不足，既有源自学术内部文论话语知识生产和学理建构的时代限制，也有学术外部教育机制体制及社会文化取向的历史原因。习近平在哲学社会科学工作座谈会上曾就加快构建中国特色哲学社会科学提出明确要求："只有以我国实际为研究起点，提出具有主体性、原创性的理论观点，构建具有自身特质的学科体系、学术体系、话语体系，我国哲学社会科学才能形成自己的特色和优势。"[1] 因此，在全球化、跨文化语境的世界文论整体格局中，系统清理本土文论话语建构的历史进程，并在反思与调整中加快构建充分体现中国特色、中国风格、中国气派

---

[1] 习近平：《在哲学社会科学工作座谈会上的讲话（2016 年 5 月 17 日）》，人民出版社 2016 年版，第 19 页。

的社会主义特色文论话语体系，显得尤为必要。

第一节 "苏联模式"的改造与突破：共和国早期特色文论话语体系建设

长期以来，学界在"十七年"文艺学与美学研究上均有意无意地存在着双重前置性偏失：一是将"十七年"文论话语与"苏联模式"话语硬性捆绑，并不加甄别地予以等同；二是将"十七年"美学文论话语简单化地视为意识形态化的阶级斗争产物，并在"自律性"的审美文论建构路径上予以排斥。这种"后文革"语境中凝结成的学术态度，直接决定了"十七年"文论话语在当下文学理论建设中的边缘地位。事实上，在荆棘丛生的"文艺从属政治"的意识形态革命话语语境内，在政治夹缝中仍然存在着一套"派生性"文论话语，并表现出一种对"苏化文论模式"自觉改造与突破，以建立符合中国实际的特色文论话语体系的理论追求。这种革命一元化话语语境中对"本土化"文学艺术规律特性的求索与总结，充分体现在"调整时期"（1961—1962）以周恩来为主导，以周扬为桥梁，以蔡仪、以群、邵荃麟、张光年等为代表的一大批文艺理论家在"反教条化"与"去苏化"过程中试图创建符合"中国实际"并具有中国特色的文艺理论话语体系的努力过程中。

一 "模仿"与"独创"：从"以苏联为师"到"探索中国社会主义建设道路"

"文艺学"作为一门学科，主要是1949年以后"苏联模式"体制全面引进后形成的，其学科建设更被纳入共和国早期国家意识形态话语的建构中。众所周知的是，1949年以前的文艺界，便出版了一大批颇具影响的文学理论著作，较具代表性的有刘永济《文学论（附录四种）》[①]（1912

[①] 其《文学论》共分六章：第一章"何谓文学"；第二章"文学之分类"；第三章"文学的工具"；第四章"文学与艺术"；第五章"文学与人生"；第六章"研究我国文学应注意者何在"。参见刘永济《文学论（附录四种）》（民国版本）。

年)、潘梓年《文学概论》① (1925 年)、田汉《文学概论》② (1927 年)、舒舍予《文学概论讲义》③ (1930—1934 年讲稿,齐鲁大学铅印本)、程千帆《文论发凡》④ (1943 年)、王秋萤《文学概论》(1943 年)、顾仲彝、朱志泰《文学概论》(1945 年,"青年知识文库")等,较有代表性的译著有太田善男编《文学概论》(1906 年)、本田久雄《新文学概论》(1912 年)、盐谷温《中国文学概论》(1926 年)、亨德《文学概论》(1935 年,"万有文库")等。然而,1949 年中华人民共和国成立,在"新的人民的文艺"指引下,亟须在文艺理论领域对过去的理论话语作出批判与清理,并运用新的马克思主义原则方法进行话语重建,以尽快适应新的意识形态国家话语的统一要求。

问题在于:1949 年以前的文论话语基本是在古代文论话语与西方文论话语的融合中进行体系创建的,符合马克思主义理论指导方法和原则的系统性文学理论著作仍处空白状态。然而,大一统意识形态的政治要求又亟须文学理论话语作出调整与改变。正是在这种境况下,加之"以苏联为师"的"一边倒"政策,全面引进、学习、模仿苏联文学理论话语便成为新中国建设马克思主义文学理论体系的必然选择。由此,不仅苏联《真理报》《党的生活》《文学问题》《哲学问题》等杂志上的文论美学文章通过国内"学习译丛"《译文》"哲学译丛"《新建设》《哲学研究》等

---

① 其《文学概论》分为五讲:第一章"鸟瞰中的文学";第二章"内质与外形";第三章"文学中理智的要素";第四章"文学的流变及派别";第五章"文学的分类和其比较"。参见潘梓年《文学概论》,北新书局 1925 年版。

② 其《文学概论》分上编"文学的本质"(第一章 序言,第二章 文学的定义,第三章 文学的特性,第四章 文学的要素,第五章 文学与个性,第六章 文学与形式)和下编"社会的现象之文学"(第一章 文学的起源,第二章 文学与时代,第三章 文学与国民性,第四章 文学与道德)。参见田汉编《文学概论》,中华书局刊本。

③ 其《文学概论讲义》综合古今,分为十五讲,依次为:引言、中国历代文说(上、下)、文学的特质、文学的创造、文学的起源、文学的风格、诗与散文的分别、文学的形式、文学的倾向(上、下)、文学的批评、诗、戏剧、小说。

④ 后屡经修订改书名为《文论要诠》(开明书店 1948 年版)《文论十笺》,分上下两辑,依次为:文学总略(论文学之界义)、诗教上(论文学与时代)、南北文学不同论(论文学与地域)、文德(论文学与道德)、质性(论文学与性情)、文赋(论体制与体式)、诗教下(论内容与外形)、模拟(论模拟与创造)、叙事(修辞示例)、古文十弊(文病示例)、后记。

杂志源源不断地即时翻译到国内，季摩菲耶夫《文学原理》（1953）、毕达可夫《文艺学引论》（1958）、谢皮洛娃《文艺学概论》（1958）、柯尔尊《文艺学概论》（1959）等一批苏联文论教材也引进到国内，更有毕达可夫、柯尔尊等苏联专家应邀到北大、人大、北师大等高校讲授文艺理论课程，自此铸就了新中国文学理论的"苏联范式"。①

毋庸置疑，对"苏联文论模式"的模仿与照搬，在中华人民共和国初期有其特殊意义：一是提供了马克思主义文学理论的立场、观点与方法，为建构社会主义文学理论体系提供了话语框架和经验范式；二是快速实现了由"旧"到"新"、从"无"到"有"，在一元化革命语境中瞬间建立起了符合马克思主义原则方法的文艺学学科体系和话语体系；三是通过模仿与学习苏联，在"照搬"与"照抄"中掀起了理论学习与讨论的高潮，在文化水平和学术训练普遍较为低下的状况下，迅速培养了一大批文艺理论知识人才，为后期文艺学的学科发展与建设起到奠基性作用。与此同时，必须清楚地看到，对苏联话语模式不加选择地移植与模仿，也对后来文学理论的建设发展产生了难以估量的后果：一是"左"的思想甚嚣尘上，阶级话语、政治话语、党派话语对学术话语进行了霸权式的挤压，造成学术话语成了意识形态话语的附庸品；二是苏联模式话语框架，强行阻断了传统文论话语与西方文论话语，造成学术发展上的倒退；三是苏联社会主义现实主义的方法原则及其思想命题，不加批判地移植到中国文学经验中，造成对中国文学独特经验及客观规律属性的忽视。

这种不加分析的模仿与"全盘苏化"，因国内国际政治形势的变化，到1958年前后引起毛泽东的重视，由此得到扭转。1958年3月，毛泽东、刘少奇、周恩来等同志在成都召开了中共中央工作会议。会上，针对经济与发展工作中的"冒进"与"教条主义"问题等倾向，毛泽东尖锐地指出：

---

① 参见张文勋、李世涛《关于北京大学文艺理论进修班（1954—1956）的回忆——张文勋先生访谈录》，《文艺理论研究》2007年第2期。

> 规章制度从苏联搬来了一大批,如搬苏联的警卫制度,害死人,限制了负责同志的活动,前呼后拥,不许参观,不许上馆子,不许上街买鞋。……搬苏联的很多,害人不浅。……搬,要有分析,不要硬搬,硬搬就是不独立思考,忘记了历史上的教条主义的教训。……苏联的经验只能择其善者而从之,其不善者不从之。把苏联的经验孤立起来,不看中国实际,就是不择其善者而从之。①

隔天会议中,毛泽东在此基础上再就"坚持原则"与"独创精神",对教条主义问题进行了批评:"学习有两种方法:一种是专门模仿;一种是有独创精神,学习与独创相结合。硬搬苏联的规章制度,就是缺乏独创精神。"② 事实上,毛泽东对"教条主义"的批评与发掘民族优秀传统是紧密相关的。对此,早在1956年便指出:"教条主义要整,但是要和风细雨地整。要重视他们,但是要说服他们重视民族的东西,不要全盘西化。应该学习外国的长处,来整理中国的,创造出中国自己的、有独特民族风格的东西。"③

对"民族风格""中国特色"的反复强调,之所以在1958年得到如此高的重视,当然是与"老大哥"苏联的微妙关系息息相关。"中苏关系破裂"使得苏联"撤走全部在华专家",举国上下尤其是经济生产和重大科研项目研究顿时陷入"中途停顿",④ 这迫使中国走上"独立自主、自力更生"的道路。此外,因"苏共"自身存在的问题以及国际形势的变化,毛泽东对苏联社会主义建设经验也不甚满意,由此在包括文艺领域在内的各个领域中强调突破苏联模式的"教条",闯出一条适合中国实际状况的发展路径。这也是毛泽东批判"模仿"、鼓励"创新"的初衷。

---

① 《毛泽东1958年3月9日在成都会议上的讲话记录》,转引自逄先知、金冲及主编《毛泽东传(1949—1976)》,中央文献出版社2003年版,第647页。
② 《毛泽东1958年3月10日在成都会议上的讲话记录》,转引自逄先知、金冲及主编《毛泽东传(1949—1976)》,中央文献出版社2003年版,第648页。
③ 毛泽东:《同音乐工作者的谈话(1956年8月24日)》,载中共中央书记处研究室文化组编《党和国家领导人论文艺》,文化艺术出版社1982年版,第23页。
④ 参见中共中央文献研究室编《毛泽东传(1949—1976)》(下),中央文献出版社2003年版,第889页。

然而，在不愿意"照搬"而自身"经验"又不足的情况下，战时革命经验向经济建设上转移的做法，却导向了急于求成、违背客观规律的"大跃进"。当然，尽管"成都会议"因种种复杂原因无法自控地导向到"大跃进"，但毛泽东针对社会各领域就"苏联制度"不加反思地"照搬"这一"教条主义"路线的批判，以及"以苏联为鉴"进而探索中国社会主义建设道路的思想，却为文学艺术领域一系列从"中国实际"出发的新政策、新路线、新思路的出台，奏响了先声。

二 文艺政策路线"调整"及其对中国特色文论话语生产的制度影响

因经济建设中战时革命经验的运用以及"实事求是"原则的抛弃，使得1958年后中国实际道路的探索倒向"大跃进"，进而又在"反右倾"等种种斗争中陷入"左"的路线上。这些"左"的思潮和错误，严重破坏了社会主义政治经济发展，最终走向"三年困难"期。正是在这种严峻的历史条件下，周恩来、刘少奇、陈毅等党中央领导及时发现问题，努力调整社会主义建设方向，进而在"左"的革命语境中赢得了一定的宽松气氛，尤其是在文学艺术领域，为本土特色文论话语的产生提供了政策性的宽松土壤。

其一，1959年周恩来在中南海紫光阁文艺座谈会上"关于文化艺术工作两条腿走路的问题"讲话，就文艺工作者"如何走路"为文学艺术本土化发展指明了方向。因1957年"反右"运动，"左"的思想较浓，部分文学艺术家不敢写作、不敢发言，文化艺术的发展处于消极状态。对此，周恩来在讲话中鼓励文艺界人士：一方面既要"学习政治"也要"结合实际"，发扬实事求是思想，联系实际生活，防止"与中国的具体实际情况相脱离"；另一方面既要"思想性"也要"艺术性"，既要"浪漫主义"又要"现实主义"，还要"敢想、敢说、敢做"，要充分发扬艺术的"独特风格""没有独特风格的艺术就会消亡"，要兼容并包，在"两条腿走路"中将文化艺术工作推向前进。①

---

① 周恩来：《关于文化艺术工作两条腿走路的问题（1959年5月3日）》，载中共中央书记处研究室文化组编《党和国家领导人论文艺》，文化艺术出版社1982年版，第29页。

其二，1961年周恩来"在文艺工作座谈会和故事片创作会议上的讲话"再次提出"调整、巩固、充实、提高"的文艺文化方针，并就"文艺规律"和"文艺领导"等作出诸多重要指示，为文学艺术本土化健康发展提供了路线图。周恩来在讲话中就文艺工作尤为强调如下几点：一是"标语口号不是文艺"，尽管"文艺为政治服务"，但只有"通过形象思维才能把思想表现出来"；二是文艺"有它的客观的发展规律"，要注意解决文艺作品"数量方面搞得很好，质量不高"的问题，尤其要加强艺术家的"艺术修养"，不断在实践中"积累经验和才能"；三是要注意"领导问题"，领导者不仅"要有自我批评精神，不是层层对下批评"，还要"深入群众"，实事求是调查研究，不能随便抓辫子、挖根子、戴帽子，要努力营造"又有集中又有民主，又有纪律又有自由、又有统一意志、又有个人心情舒畅、生动活泼，那样一种政治局面"；此外，文艺工作者也要"解放思想，敢想敢说敢做"，做到"知无不言，言无不尽"。① 陈毅也在戏曲工作座谈会指出艺术家"要解放思想，解除顾虑"，而"凡是我们掌权的同志、领导同志，要注意这个问题，不要随便去批评人"。②

其三，1962年刘少奇在"七千人大会"、周恩来在"广州会议"以及邵荃麟在"大连会议"的报告讲话，进一步为社会主义文艺新思想、新体系、新观念的产生提供了政治保障。刘少奇在讲话中指出："错误的过火的斗争，使群众和干部不敢讲话，不敢讲真话，也不让讲真话。这样，就严重损害了党的生活、国家生活和群众组织生活中的民主集中制，使上下不能通气，使我们在工作中的许多错误长期不能发现，长期拖延不能改正。"③ 周恩来也从"信任他们""帮助他们""改善关系""解决问题""承认过去有错误""承认了错误还要改"六个方面就对待知识分子

---

① 周恩来：《在文艺工作座谈会和故事片创作会议上的讲话》，载《周恩来选集》下卷，人民出版社1984年版，第330、336、346页。
② 陈毅：《在戏曲编导工作座谈会上的讲话（1961年3月22日）》，载中共中央书记处研究室文化组编《党和国家领导人论文艺》，文化艺术出版社1982年版，第115页。
③ 刘少奇：《刘少奇在大会上的讲话》，载《变局：七千人大会始末》，中国青年出版社2006年版，第155页。

的问题进行了阐释，强调"科学研究要走群众路线，不要搞群众运动"。①邵荃麟则集中就艺术题材以及作家艺术家的主体观察力、感受力不足，鼓励作家要写"中间人物"，文学题材的"现实主义创作基础"要进一步深化，② 等等。

以上与文学艺术相关的几次会议以及会议中周恩来、刘少奇、陈毅、邵荃麟等同志的讲话，不仅对各种"左"的倾向对文学艺术的扼制提出了批评，还鼓励作家、艺术家要敢于发言、勇于创新。正由于此，使得"调整期"（1961—1962）文学艺术获得了十分短暂而又难得的学术发展机遇。包括"高校统编教材编写"在内的文化艺术新探索，努力建立中国实际道路的理论话语也由此拉开帷幕。仅就文艺政策路线"调整"及相关指导方针对文论话语产生的影响而言，尤为鲜明地表现在如下三个方面。

第一，尊重并掌握文艺发展规律，反对"唯政治标准论"，防止政治对文化艺术的粗暴干预。周恩来极为重视文学艺术自身的艺术规律及其艺术特性，在关于文化艺术"两条腿走路"时便指出艺术品"既要有思想性，又要有艺术性"，"思想性是要通过艺术形式表现出来。否则还叫什么艺术品"。③ 随后，在文艺工作座谈会上再次强调："毛主席指出文艺为工农兵服务，就是我们的政治标准。为工农兵服务，为劳动人民服务，为无产阶级专政制度下的人民大众服务，这只是文艺的政治标准。政治标准不等于一切，还有艺术标准，还有个如何服务的问题。服务是用文艺去服务，要通过文艺的形式。文艺的形式是多种多样的，不能框起来。"④ 文艺不是政治，"标语口号不是文艺"，文艺有其独特的艺术形象，是多元化的，正如周扬所说"要注意艺术，不要以政治代

---

① 周恩来：《论知识分子问题》，载《周恩来选集》下卷，人民出版社1984年版，第366页。
② 邵荃麟：《在大连"农村题材短篇小说创作座谈会"上的讲话》，见《邵荃麟评论选集》上册，人民文学出版社1981年版，第393页。
③ 周恩来：《关于文化艺术工作两条腿走路的问题（1959年5月3日）》，见中共中央书记处研究室文化组编《党和国家领导人论文艺》，文化艺术出版社1982年版，第27页。
④ 周恩来：《在文艺工作座谈会和故事片创作会议上的讲话》，载《周恩来选集》下卷，人民出版社1984年版，第336页。

替艺术",① 这就防止将文艺工具化、简单化,在充分强调文艺自身特性及客观规律的基础上,为文学艺术的健康发展明确了要求。

第二,改进领导作风、改善文艺风气,鼓励作家、艺术家解放思想、敢于发言,实事求是地推动社会主义文艺事业健康向前发展。周恩来指出,近三年(1958—1960)文学艺术领域由于作家思想的"束缚",文艺界的作风与空气并不理想,究其根源则在于文艺上许多的不良做法:"先是抓辫子,抓住辫子就从思想上政治上给戴帽子,从组织上打棍子……还有挖根子",这些做法"并不合于马克思列宁主义",现在要"把这种风气反过来","只有把那种坏的、不好的偏向去掉,正风才能建立起来",在这种政治局面下,作家、艺术家才能真正"解放思想,敢想敢说敢做"。② 对此,周恩来同志对"领导问题"提出了要求:

> 知无不言,言无不尽;言者无罪,闻者足戒;有则改之,无则加勉。这样,我们的干部就可以得到教育,健康的风气才能造成,社会主义的文艺才能得到更好的发展,活动的天地就可以非常广阔。③

第三,倡导"思想性"与"艺术性"相结合,"中国的"与"外国的"相结合,进而在"有机地结合"中创造出中国自己的、有独特民族风格的理论话语。在"反教条主义"路线上,毛泽东便主张"中国的和外国的,两边都要学好","应该是在中国的基础上面,吸取外国的东西。应该交配起来,有机地结合",要"学习外国的长处,来整理中国的,创造出中国自己的、有独特的民族风格的东西"。④ 在倒向"左"的路线后,周恩来又在不断强调"破除迷信解放思想",尤其是针对文艺领域诸如

---

① 周扬:《在北京文艺工作座谈会上的总结报告》,载《周扬文集》第四卷,人民文学出版社1991年版,第57页。

② 周恩来:《在文艺工作座谈会和故事片创作会议上的讲话》,载《周恩来选集》下卷,人民出版社1984年版,第325—328页。

③ 同上书,第346页。

④ 毛泽东:《同音乐工作者的谈话(1956年8月24日)》,载中共中央书记处研究室文化组编《党和国家领导人论文艺》,文化艺术出版社1982年版,第23页。

"时代精神""典型人物""人民内部矛盾""生活真实、历史真实与艺术真实"等敏感话题,更是鼓励思想界"敢想、敢说、敢做,提倡首创精神",① 这也为文艺界的发展带来朝气,文学艺术学领域由此出现了新的气象,新的形势。

总体而言,在"抓辫子""戴帽子""打棍子""挖根子"等不良风气中,以周恩来为代表的党中央高层,通过各种文艺讲话和座谈,不仅努力扭转"左"的政治局面和文艺风气,更向文艺界人士传达了"敢说、敢想、敢做"的信号。"调整期"文艺部门的这些方针政策,不仅"接续了马克思主义文学理论的血脉,结合中国当时的实际,提出了并部分回答了文学理论在中国遇到的新课题",② 更在中国实际路线的探索中为推进文学理论发展、建设民族理论话语体系提供了十分有力的制度保证。

三 "调整期"文论话语的"去苏化"突破与话语重建

受苏联模式话语影响,"苏化"文论的知识话语与模式框架、经验方法与观念命题几乎完全挪移到当代中国文学理论及教材建设中。尤其是50年代中后期出版的一系列文学理论教材,诸如徐中玉《文学概论讲稿》(1956)、刘衍文《文学概论》(1956)、郭光《文学概论》(1956)、李树谦/李景隆《文学概论》(1957)、林焕平《文学概论》(1957)、吴调公《文学概论》(1957)、霍松林《文艺学概论》(1957)、冉欲达等编著《文艺学概论》(1957)、钟子翱《文艺学概论》(1957)、山东大学中国语言文学系文艺理论教研组编《文艺学新论》(1959)、南京师范学院中文系理论教研组编《文艺学概论》(1959)等,基本沿袭了苏联文学理论的基本范式和理论话语。这种"苏化模式"的理论前置及其话语膨胀,到了"调整期"(1960—1961),尤其是中苏关系破裂和苏联专家撤离后,在探索中国实际道路的情势下得到一定的突破。

---

① 周恩来:《对在京的话剧、歌剧、儿童剧作家的讲话》(1962年2月17日),载中共中央书记处研究室文化组编《党和国家领导人论文艺》,文化艺术出版社1982年版,第59、60、63、70、73—74页。

② 童庆炳:《走向新境:中国当代文学理论60年》,《文艺争鸣》2009年第9期。

这种理论话语的突破集中表现在周扬主导下蔡仪《文学概论》和以群《文学的基本原理》两本国家统编教材的写作上。众所周知，国家层面负责统编教材的编写：一方面源于中苏关系破裂，需要走"独立自主、自力更生"的道路，文学教材同样需要在前期苏联教材基础上予以突破，探索符合民族实际道路的理论教材；另一方面是已有教材水平较低，不能继续采用。① 这种情况下，中央成立了专家组，集结全国各地优秀人才，集中编写文科教材。② 就这样，受中央委托，周扬直接参与了新中国的教材建设，并代表中央予以指导，进而在教材编写工作中明确提出："过去搬英美的理论，后来搬苏联的，后来又搬政策，这不行。要创造我们自己的理论。"③

可以说，正是在这种相对宽松的意识形态语境中，给予了学术话语突破政治框架和"苏联模式"并创造新的理论话语提供了可能。1961年7月，周扬在文科教材外文组汇报会上就提出要打破"框子"，敢于求新：

> 不要把政治标准看成死东西。对古人、今人、对党员、对朋友的要求应该有所不同。合乎人民的利益，这就是政治标准。政治标准第一，不是政治口号第一，不是政治概念第一。什么都想搞个框子，以今求古，把框子搞小，这不符合我们的利益。北京大学的《中国文学史》受我们某些报告的影响，用反人道主义、反和平主义的标准去衡

---

① 参见李金花《当代文学理论的教材建设与范式建构（1950—1970年）》，《延安大学学报》（社会科学版）2018年第5期。

② 周扬曾指出："现在编教材，实际上是在一九五八年的做法上的一个更新：第一，是坚持新方向、新观点，但又把那时候欠缺的资料补充起来，把新的观点和充实的资料结合起来；第二，过去是集体编书，现在也是，但不是大集体，而是小集体；第三，五八年强调青年的作用，但过分了，轻视老年人的作用。……第四，五八年编书是要求快，限期完成，时间太短，影响了质量。我们今天则更多地注意质量，在高质量的前提下也要求快。"参见周扬《在〈中国古典文学作品选〉编写会议上的讲话》，载《周扬文集》第4卷，人民文学出版社1991年版，第131—132页。

③ 周扬：《关于〈教育学〉编写工作的谈话》，载《周扬文集》第4卷，人民文学出版社1991年版，第72页。

量中国古代文学。第一版本来是比较"左"的，第二版肯定了一点古人。文代会后，又想改得比第一版还"左"。我劝他们不要这样做。①

紧接着，在8月份《文学概论》教材编写中再次提出要总结"中国经验"、阐释"中国现象"：

> 通过这次搞教材，我们应该把中国的历史经验和几十年革命文学的理论经验条理化一下。历史就是过去的经验，没有历史就没有理论。文学理论如果不总结中国的经验就很难成为我们自己的理论。……文学概论要多用中国的文学现象来说明论点，至少要运用现有成果。②

1962年文科教材汇报讲话中，周扬还指出在阐释中国问题的同时，还要打破苏联教科书模式的流弊，根据实际经验努力形成中国特色：

> 我们现在见到的苏联的教科书、一般的文艺理论书，资料丰富，但逻辑结构不太好，有的问题还没有讲清楚，又跳到另一个问题上去了。他们知识掌握得比我们多，但作学问的方法有缺点，条条罗列，条条之间没有联系，一般地讲就是教条主义。……知识不能教条主义地搬，要从我们的实际出发，采用我们自己经过实践检验的经验。③

在周扬的直接领导下，加之以上对"中国的经验""中国的理论""中国的文学现象"等原则的强调，文学理论话语也在意识形态话语和学术话语的调和中开始了突破，尤其是对"政治框架"的淡化和对"苏联模式"的突破，努力在"中国的经验"的理论总结中，探索建设民族文

---

① 周扬：《在文科教材外文组汇报会上的发言》（1961年7月1日），载《周扬文集》第4卷，人民文学出版社1991年版，第3页。
② 周扬：《周扬对编写〈文学概论〉的意见》（1961年8月9日），载童庆炳主编《新时期高校文学理论教材编写调查报告》，春风文艺出版社2006年版，第178页。
③ 周扬：《在文科教材政治、哲学组汇报会上的讲话》（1962年3月16日），载《周扬文集》第4卷，人民文学出版社1991年版，第136—138页。

论的本土话语。

首先，文论话语的突破与创建体现在了作为国家统编教材之一的以群主编的《文学的基本原理》（1963年）一书中。相较苏联文学理论教材，该教材不仅系统贯彻了周扬相关指示精神，还在一定程度上呈现了努力突破"苏化"模式体系的痕迹，竭力彰显"中国文学经验"。正如该书"绪论"所言："我国的文学实践有自己的经验、自己的传统、自己的规律，因此，我们更要认真地继承我国历代文学理论的宝贵遗产，从屈原到鲁迅，我们都要重视他们的经验结晶，珍视他们的理论发现。"① 因此，相较于苏联文论教材，如毕达可夫《文艺学引论》中关于"绪论""文学的一般学说""文学作品的构成""文学的发展过程""结论"② 这一典型"文学本质论——文学作品论——文学发展论"的逻辑体制，以群的《文学的基本原理》不仅在章节模式上按照"绪论""第一编"（文学与社会生活，文学与政治，文学发展中的继承、革新与各民族文学的相互影响）"第二编"（文学的形象化与典型化、世界观与创作方法）这一周扬称谓的"文学的外部关系"和"文学的内部关系"两个方面，实现了对过去教材模式上的"去苏化"努力，还在具体章节内容上紧密联系中国文学实际例子实现对"文学与社会生活的关系""上层建筑与政治的关系"以及"文本的内部结构"③ 的理论阐发。这不仅极为鲜明地凸显出周扬文艺思想对60年代文学理论话语改造与建构的影响，还充分表明"调整期"文论话语在"去苏化"与"本土化"话语创建过程上的理论努力。

其次，文论话语的突破与创建，同样体现在另一本国家统编教材蔡仪主编的《文学概论》之中。相较于苏联文论教材以及受"苏化模式"影响严重的本土教材，如"文艺理论"（华东师范大学中文系资料室编写）中对"文学的阶级性和党性"部分对"党性"与"工农兵"的强调，

---

① 以群主编：《文学的基本原理》（上），上海文艺出版社1963年版，第2页。
② ［苏］依·萨·毕达可夫：《文艺学引论》，北京大学中文系文艺理论教研室译，高等教育出版社1958年版，第3—8页。
③ 周扬：《周扬对编写〈文学概论〉的意见》（1961年8月9日），载童庆炳主编《新时期高校文学理论教材编写调查报告》，春风文艺出版社2006年版，第169—170页。

"世界观与创作方法"部分对"资产阶级各种颓废派文学、社会主义现实主义"①等的强调,仍陷于"政治框架"以及"苏化模式"中,而蔡仪主编的《文学概论》尽管在论点与模式上仍未完全走出"苏化文论模式"的话语影响,但在章节与内容安排上,相较之前已经有了很大突破,并融入了新的理论话语。例如,在第三章"文学的发生和发展"中关于"百花齐放、推陈出新是社会主义文学发展的规律",第四章"文学作品的内容和形式"中对文学作品风格的强调,第五章"文学作品的种类和体裁"、第六章"文学的创作过程"、第七章"文学的创作方法"、第八章"文学欣赏"、第九章"文学批评"等,均可谓是对"苏化模式"话语体系的有效突破,②更为"本土化"文学理论话语体系的创建和批评提供了基石,在1979年出版后引发巨大反响。③

此外,文论话语的突破与创建,还体现在诸多极具时代文学色彩并契合时代现实问题的文论概念、文论命题以及围绕相关文学作品展开的讨论之中。较有代表性的如邵荃麟通过农村题材小说创作提出的诸多文论命题:一是题材上的"矛盾论"与"无冲突论",指出"回避矛盾,不可能是现实主义",而"粉饰现实,回避矛盾,走向无冲突论"也是不可取的,作家在正确反映农村中的问题上责任重大;④二是人物艺术形象塑造上的"中间状态人物论",指出当前小说创作"创造的人物绝大部分是先进人物","强调写先进人物、英雄人物是应该的"但"反映中间状态的人物比较少。两头小,中间大;好的、坏的人都比较少,广大的各阶层是中间的,描写他们是很重要的";⑤三是"边缘题材"与"题材的广阔论",指出作家应该在"深入生活"中发现问题,看到日常生活中蕴藏的

---

① 华东师范大学中文系资料室编:《文艺理论》(内部参考),1961年11月。
② 蔡仪主编:《文学概论》,人民文学出版社1979年版,第1—4页。
③ 该书作为全国高等院校中文系编写的教科书,1961年夏成立《文学概论》编写组,1963年夏完成讨论稿,随后中断,直至1978年才修改定稿。参见蔡仪主编《文学概论》"编写说明",人民文学出版社1979年版。
④ 邵荃麟:《在大连"农村题材短篇小说创作座谈会"上的讲话》,载《邵荃麟评论选集》上册,人民文学出版社1981年版,第393页。
⑤ 同上。

创作原料。这些理论命题，不仅就当时中国文学创作的实际症结进行了生动诊断，还深刻总结出了本土文学创作的理论特点。与邵荃麟对"无冲突论""中间人物状态论""题材广阔论"的倡导一样，张光年针对文艺创作现实弊端尤其是"题材问题上的清规戒律"，同样提出了"题材多样化"这一影响极为广泛的文论命题：

> 提倡描写重大题材，正是要从根本上大大地扩展和充实文艺创作的题材内容；而重大题材本身又是多样化的。革命斗争和社会主义建设，包含着无限丰富的内容，为文学艺术提供了多种多样的题材；而处理这些重大题材，也要按照作家的不同个性，通过多种途径、多种方法、多种形式、风格来表现。……必须看到，采取这种题材或那种题材，这不但是作家的充分自由，也根据于作家的不同情况，不能强求一律。……取消了它们选取题材、处理题材上的特点，就是取消了这些风格、体裁、形式和流派的特色，就是取消了它们的存在。所以，题材的多样化是必要的。①

题材多样化、风格体裁多样化、形式流派多样化的主张，为突破文学创作方法与题材上"统一化""样板化"模式并推动文学观念持续变革和发展提供了策略，也为文学创作及文学批评实践的开创性发展及其多元局面指明了方向。邵荃麟、张光年等理论批评家针对现实文学状况提出的如上文论命题、理论话语，都是在中国实际文学问题基础上提出的，不仅具有浓郁的"本土化"色彩，还显现出意识形态语境中学术话语的艰难突围之路。尽管这些理论主张很快因"左"的声势均受到批判和攻击，却为新时期文学理论批评与文学创作的开拓起到重要推动作用，其价值和意义深远。

如上文论话语的生产，首先得益于"调整时期""文艺政策方针"的路线调整、"文艺领导"的方式改进以及"文艺规律"的重视，鼓励在

---

① 《文艺报》专论（张光年执笔）：《题材问题》，载《中国新文学大系（1949—1976）第二集·文学理论卷二》，上海文艺出版社1997年版，第146页。

"敢说、敢想、敢做"中去探索中国实际问题。正如周扬所言:"到了一九六零年至一九六二年我们国家进行调整、巩固的时期,由于贯彻调整、巩固、充实、提高的方针,我们在实际工作中克服了一些缺点、错误。我们克服了经济工作中的一些错误。同样地在我们的文化工作中也注意克服一些错误,着重强调提出发扬民主,强调'百花齐放、百家争鸣',要克服粗暴。"① 正是由于有了"调整时期"诸种政策层面的文艺保障,尤其是有了周恩来、刘少奇、周扬等中央领导的支持和实践落实,使得理论话语呈现短暂而又独特的勃勃生机。② 无论是以群、蔡仪主编的文学理论教材,还是邵荃麟、张光年等理论批评家围绕文学创作及相关作品展开的时代讨论和提出的相关理论命题,尽管观点上仍未完全摆脱"苏联模式"的阶级话语的理论影子,但应客观看到在"反教条主义""反政治工具论""反样板化"和"探索中国实际问题"的路线上,既呈现出文论话语"去苏化"突破和本土文论话语重建的理论倾向,还清晰彰显了对本土文学特性和客观规律的追寻以及对建立中国特色文论话语体系的探索和尝试。

第二节 身份危机与内在要求:九十年代中后期的民族理论话语重构

新时期以来,当代中国文论在译介西方文艺理论以及研究整理中国古代文论和现代文论上下了很大功夫,并取得了可喜成绩。然而,由于文论建构在意识形态话语取向、学术路径选择以及理论话语表达上的偏失,同样导致原创性中国文论话语的不足。这种原创性理论话语的缺失,尤为深

---

① 周扬:《关于当前文艺工作中一些问题的意见》,载《周扬文论选》,人民文学出版社2009年版,第465页。

② 仅1961年以来,全国高等学校文科教材就编辑出版了100多种,不仅突出了"知识性",教材质量有了质的提高,还在有"破"有"立"中既突破了种种"框框",又创新式地提出了许多"学术创建"。参见周扬《高校文科教材编写工作漫谈》,载《周扬文集》第4卷,人民文学出版社1991年版,第262—263页。

刻地体现在如下几个方面。

一是文论话语由"政治化"转向"学术化"过程中，理论话语在"个人化"转向中丧失了意识形态动力。由于特殊革命需要，20世纪中国文论话语显现出极为明显的学术话语与政治话语的交糅倾向。由此，在社会主义现实主义方法路径上，体现阶级性、人民性、党性、政治性、典型性等原则的革命文论话语生产占据社会主流，且有着极为广泛的社会影响力。矛盾、周扬、郭沫若、邵荃麟、黄药眠、蔡仪等党的文艺理论家，不仅扮演着这种革命政治型文艺理论家的知识生产角色，还长期处于社会与文论的核心地位上。然而，进入新时期后，思想解放与意识形态的松动，这种"他律性"与阶级性理论话语引发了学界的极大不满，不仅"为文艺正名"的呼号直接对"公式化""概念化""三突出""主题先行"等"文艺为政治服务"原则提出了挑战，① 还为"写什么和怎样写，只能由文艺家在艺术实践中去探索和逐步求得解决"② 松了土。这种革命话语对文学理论束缚的解除，的确为文学与文学理论在个人话语的自主性追求路径上提供了可能。然而，"共同话语"的终结以及随之而起的"个人话语"的解放，在为中国文论带来前所未有广阔发展路径的同时，却因多元话语与思想文化的差异导致理论的错位与断裂，造成理论家与社会的隔膜以及读者接受上的隔膜。有意味的是，与当代中国文论由"社会政治话语"转向"个人学术话语"，由"文学外部"转向"文学内部"不同，西方后现代文论却开启了"文化转向""政治转向"且在后现代主义文论、女权主义文论、后殖民主义文论等文学批评路径上获得了世界性影响。反观中国80年代中后期的文论建设，尽管在文艺心理学等学科研究中取得较大成绩，但总体上由于丧失政治话语的外部支撑以及学科化的学术转向，不仅原创性的文论研究思想难以形成，甚至使得文论家在社会政治的边缘化过程中丧失了社会批判的热情以及文论话语建构的理论冲动。

---

① 本刊评论员：《为文艺证名——驳"文艺是阶级斗争的工具"说》，《上海文学》1979年第4期。

② 邓小平：《在中国文学艺术工作者第四次代表大会的祝词》（1979年10月30日），载《邓小平论文艺》，人民文学出版社1989年版，第9—10页。

二是文论研究在"学院化"中回归学科化、专业化，与现实语境和文学实践相互疏离与脱节。新时期以来的当代中国文论话语及其批评体系，实则长期处于调整与建构过程中，其中很大原因就在于文论话语体系始终难以适应和解决现实文艺文化现象。因八九十年代社会文化的巨大转型，尤其是市场化、媒介化的冲击，刚刚由"泛政治化"转向"学科化"的文论话语还很难做出反应，传统文艺理论话语及其批评体系无力适应新的社会现实，而新的文论话语批评体系又没有及时建立起来。这种文论研究与社会现实语境的脱节，造成文艺理论知识生产的滞后，更难以在现实互动中走向话语创新。此外，由"学院化""学科化"催生的"专业化"使得理论家、作家与批评家在职业分工中日渐远离、逐渐隔膜，文学理论家不再关注文学作品，作家则不再关心玄奥生涩的文学理论，这种理论与实践的疏离，不仅造成"专业批评者关注现实的意识有所不足，针对纷繁复杂的文艺、文化审美现象所表现出的分析阐释能力和话语建构能力仍显匮乏"，① 这种阐释与建构的乏力，使得文艺理论在新的时代社会现象面前越发显露出理论话语表达上的无力，由此也无法实现文论话语的创新，更遑论构建中国特色文论话语体系。

三是理论基点"他者化"，理论话语多元共生但思想家淡出。众所周知，自80年代西方文论大量涌入起，中国文论便在"苏化模式"的挣脱下与传统、西方、当代话语实现重构，由此实现跨越性发展。然而，西方文论的大量涌入造成了当代文学理论的诸多弊端。其中之一便是理论的"泛他者化"，即忽视本土文化与学理经验，盲目引进与照搬西方理论话语，并在削足适履与盲目依附中阐释本土文学经验，最终因文化学理根基的不同丧失了理论话语言说的有效性，导致文学理论的杂合性缺失。尤其是当代西方文论新概念、新名词、新流派的照搬与引入，不仅在中西异质文化语境中造成话语范畴的错位，更因文论话语的仓促认同造成了当代文论话语的断裂及其"范式"危机。某种层面上说，20世纪中国文论理论大量移植引进中的"俄苏化"与"欧美化"，问题不在译介本身，其根源是缺乏"本土化"之后的批判改造，即没能实现"落地生根"，获得新的生

---

① 党圣元：《新时期四十年中国文论反思：问题与导向》，《社会科学辑刊》2017年第5期。

命力。这种创造性或创新性转化的不足，当然与缺乏具有原创性理论的思想家有关，这或许也是李泽厚提出"思想家淡出、学问家凸显"的缘由。

以上文论家回归书斋后身份的边缘化，文论话语面对新文化现象在理论表达上的乏力，文论"他者化"依附中理论批判和创新性能力的不足，也滋生出学界日益浓重的身份焦虑和危机感。尤其是在西方文论流派风起云涌，新话题、新热点、新生长点此起彼伏时，却蓦然发现没有自己的理论"话语"，多元话语景观背后杂陈的是"范式"的危机——由此，一种基于文论"失语"上的普遍性失望与焦虑，再次开启了学界"重建中国文论话语"的尝试。

一 文化病态、文论失语与话语重建

文论失语正是基于当代中国文论在西方话语流派多元移植引进与仓促认同下发出的时代警报。关于"失语症"，曹顺庆较早敏锐地指出："中国现当代文化基本上是借用西方的理论话语，而没有自己的话语，或者说没有属于自己的一套文化（包括哲学、文学理论、历史理论等）表达、沟通（交流）和解读的理论和方法"，"这种理论的贫乏，理论话语的失落，不仅仅表现在现当代，在古代文化研究上同样如此"，这便是"中国文化的失语症"。[①] 曹顺庆不无忧虑地进一步认为："这种'失语症'，是一种严重的文化病态。这种文化病态，是中西文化剧烈冲撞（甚至可能是极为剧烈冲撞）的结果"，[②] 究其根源，则在于"我们根本就没有自己的一套意义生成与表述的方式和学术规则，没有我们自己的而非别人的文论研究方法"。[③]

客观说来，"失语症"的焦虑在 90 年代中期语境中弥散不无道理。在短短二十来年时间中，现代西方近百年的文论思潮与话语轮番登场，尽管每一套文论话语都给中国文论带来了一股新风，却又在话语狂欢中令人目不暇接。这种多元话语的狂轰滥炸不仅让当代文论风云变幻、理论话语

---

① 曹顺庆：《21世纪中国文化发展战略与重建中国文论话语》，《东方丛刊》1995年第3辑。
② 曹顺庆：《文论失语症与文化病态》，《文艺争鸣》1996年第2期。
③ 曹顺庆：《"话语转换"的继续与重建中国文论话语》，《文艺争鸣》1998年第3期。

杂陈交错，更令文论家与读者无所适从、难以选择，最终只能在盲从依赖中导向"失语"。

问题已经明晰，那么，这种"失语"背后衍射的"文化病态"该如何化解呢？曹顺庆认为，"失语症"的症结在于没有自己的"话语"，那么，"重建当代中国文论话语"必须有一个最基本的文化基础："其一是在立足当代现实的基础上，清理并正确认识中国传统文论话语，认识中国文论所独具的话语模式与特色，并从中发现其生命力和理论价值之所在。其二是将中国文论话语适用于古今一切文学，考验其适应性；结合当代文学实践，用中国文论话语阐释当代文学艺术作品，尝试其共通性、普遍适用性；……其三，在恢复中国文论话语、激活其生命力的同时，促进中国文论话语与西方文论话语相互对话，在对话和交流中互释互补，最终达到融汇共存与世界文论新的建构。"①

以上便是"失语症"焦虑者提出的文论失语的症结及其疗救药方。对此，学界反响不一。持认同者，一方面从各个角度分析了文论"失语"的内因外由，另一方面则积极探寻走出"失语"的文论重建路径。诸如陈洪便从时代思想文化处境和古代文论自身特点出发讨论了"失语"的深层意涵，并从中西古今融合与传统文论价值再生角度对走出"失语"实现"话语重建"提供了方案。②

学界更大的反响是对"失语症"论调的质疑，并由此引申出"文论危机"根源及其化解的探讨。蒋寅认为："文学的理论是门经验性的学科，带有很强的工具性质。它给我们提供的只是对既有文学现象的抽象说明，为文学阐释和文学批评提供一套工具。文学不断发展，理论随之更新。所以，我理解的文学理论是相当技术的学问，它具有某种一般性。不同种族、不同文化背景中孕育出的文学理论，固然在思维方式和表达方式上具有不同的特色，但这种特色植根于不同的文学经验，比较诗学和比较文学所有的对话都只是文学经验的对话和交流。明乎此，我们就不难察

---

① 曹顺庆：《21世纪中国文化发展战略与重建中国文论话语》，《东方丛刊》1995年第3辑。
② 陈洪、沈立岩：《也谈中国文论的"失语"与"话语重建"》，《文学评论》1997年第3期。

觉,'失语'尤其说中国文论失语,是个多么成问题的问题了。"① 朱立元更明确指出:"'失语症'论对当代中国文论的缺陷和危机的判断,存在着明显的错位。它只就中国文论话语系统较多吸纳西方文论话语的某些表面现象而推断中国当代文论缺少自己的话语,进而认为'失语'是其最根本的危机。它完全没有顾及当代中国文论与现实的关系,没有分析它是否贴近当今现实,是否能回答新现实提出的新问题,即是否适合现实语境。"② 在朱先生看来,中国当代文论的问题或危机不在所谓"失语",而是在于文论建设与文艺发展现实不相适应。在陶东风看来,"失语"论者实则代表着文论领域一种"20 世纪 90 年代普遍的民族主义倾向",在"怎样才能抵制西方文论霸权""如何把中国的文论传统发扬光大"而不是"文学理论到底应该如何发展"的民族主义诉求路径上最终影响了论者的学术立场、态度乃至具体观点。③

以上对"失语症"论调的批评与质疑,或许在讨论层面上有所偏差,批评者认为当下文论的危机并非在"失"语,而提出者重在失"语",指"失去了中国文化与文论的学术规则",强调将中国传统文化同现代化对立进而导致中国文化与文论"自我否定、自我矮化、自我丑化"之建设模式;④ 前者表现的是对当下文论建设的整体性反思,而后者表现的是集中对传统文化的现代性焦虑。当然,无论是提出"失语症"者,还是批评"失语症"者,对当代中国文论建设中存在问题的认识却是共通的:不仅在"问题的提出"上引出思考并在"面对现状寻求出路"上体现了较好的愿望,⑤ 还在"文论话语重建"路径上引出了建立当代中国特色文论话语的各种可能。

---

① 蒋寅:《文学医学:"失语症"诊断》,《粤海风》1998 年第 5 期。
② 朱立元:《走自己的路——对于迈向 21 世纪的中国文论建设问题的思考》,《文学评论》2000 年第 3 期。
③ 陶东风:《关于中国文论"失语"与"重建"问题的再思考》,《云南大学学报》(社会科学版)2004 年第 5 期。
④ 曹顺庆:《再说"失语症"》,《浙江大学学报》(人文社会科学版)2006 年第 1 期。
⑤ 罗宗强:《古代文论研究杂识》,《文艺研究》1999 年第 3 期。

二 重构民族理论与"中国古代文论现代转换"的尝试

"失语症"的讨论衍生出"话语重建"的思考，并进一步延伸到中国古代文论当代境遇的反思中，试图激活传统文论遗产，使之内化为当代中国特色文论话语建设的宝贵资源。正如学者所言："如果真有心治疗今日的文论失语症，首先必须回到我们所处的语境，明白我们面临的问题。只有在问题之中，我们才能明自身的处境，产生言说的冲动，才能有真正的言说者出现。否则，我们看到的只能是他人的'问题'，我们所有的言说便都只是针对一个'他人'，而看不到自身的局限。我们便永远只能以人论断人，以有限衡量有限，而找不到真理的所在。"[①] 回到中国语境、回到当代问题、回到民族文论传统中，在"重构民族理论意识"中建设当代文论话语体系，成为学界的普遍心态。由此，"中国古代文论现代转换"成为世纪之交新的议题。

"中国古代文论的现代转换"涉及如何理解中国古代文论的现代处境，如何看待传统以及如何实现古代文论的现代转换，究其根本，就是如何建立起具有中国特色的当代文论话语体系，从而在世界文论中改变"失语"的尴尬局面。钱中文指出：

> 在当今建设具有我国民族特色的社会主义大文化的背景上，在经过近十年来文艺理论自身的反思之后，一个建设有中国特色的文艺理论的设想又被提了出来。这一设想实际上在60年代初就已出现了，但是在很长时间内没有得到实现。什么原因？这主要是长期以来，文艺理论研究中的狭隘功利主义指导思想，与长期对我国古代文论所持的文化虚无主义立场所致。[②]

因此，在西方文论大量涌进而本土文论渐于"失语"的90年代语境

[①] 张卫东：《回到语境——关于文论"失语症"》，《文艺评论》1997年第6期。
[②] 钱中文：《建设有中国特色的当代文论——"中国古代文论的现代转换"学术研讨会开幕词》，《陕西师范大学学报》（哲学社会科学版）1997年第1期。

中，反对"虚无主义"与盲目西化的要求，便再次激发了对建立起当代中国特色文论话语的内在要求。如果说倡导"中国古代文论的现代转换"目的是要"大力整理与继承古代文论遗产，使其自成理论形态，一种具有我国民族独创性的古代文论体系"进而"唤醒民族的理论意识，寻回失去的理论自我"，[1] 那么，什么叫"现代转换"，如何"转换"以及"转换"的出发点、立足点和目标方向是什么，便成为能否在"古代文论现代转换"中走出"失语"真正建立起中国特色文论话语体系的关键。

首先，在"现代转换"的出发点上，"古为今用""洋为中用"是基本态度，实现传统文论资源的当代化、民族化，尤其是要在"思维模式"上实现转化，建立新的文艺思维。张少康认为，摆脱西方话语的束缚，走出文艺学的困境，关键要在"中国传统文论的基础上"发展并提出"我们自己的'话语'"，这既是"实现古代文论的'现代转换'"的内在要求，也是"建设当代文艺学的历史必由之路"，究其途径：一是要"以古代文论为母体和本根"；二是要"正确认识和深入研究中西文论的异同"并在"中国古代传统文论的基础上，而不是按照西方的体系模式"来建设具有中国特色的当代文艺学；三是要"认真地探讨中国古代文论的主要精神及其当代价值"，[2] 唯有以中国古代文论为母体和本根并吸取西方文论的有益营养，才能建设有中国特色的当代文艺学。与此不同，孙绍振则对"转换"提出了"民族主义情绪"的警觉，认为西方文论的引进"结束了文学理论自我封闭、自我窒息、自我麻醉的危机状态，推动了我国文论的高速发展"，却也在多元话语交织中造成了"文论话语和范畴的断裂和错位"，消除如上障壁，古代文论向现代转化是一条途径，但"转化"并非"民族主义情绪爆发"，亦非"简单求同"而是"求异"，因为"每一个范畴的派生，都意味着文化历史语境和思维模式的反复搏斗"[3]。

其次，在如何"转换"上，古今融合、激活传统与当代阐释等策略，

---

[1] 顾祖钊：《略论中国古代文论的现代转换》，《人文杂志》1997年第2期。
[2] 张少康：《走历史发展的必由之路——论以古代文论为母体建设当代文艺学》，《文学评论》1997年第2期。
[3] 孙绍振：《西方文论的引进和我国文学经典的解读》，《文学评论》1999年第5期。

是学者们的不同主张。童庆炳指出，中国古代文论的研究既要打破"西方文论的逻辑框架"，也要避免"与现实的文论建设"脱节，只有遵循"历史优先原则""对话原则""自洽原则"，才能真正将古代文论中有价值的部分显露出来，进而"建立起我们自己的现代文论新形态"。① 党圣元认为，促进当代中国文论转型重构以实现"文论话语本土化"转化的路径之一便是"对中国古代文论范畴及其体系予以现代阐释和重新建构"，② 其方法在于"将传统文论、传统文论范畴与传统文化哲学结合起来进行研究"，③ 以使传统文论范畴真正显示其价值和文化意蕴。黄卓越则从意义转换角度对古代文论研究模式提供了三种路径，即："对评论性资料"话语系统的清理；引入对"观念史"的研究以及"文化境域"的视角。④

再次，在"转换"的目标与方向上，学者们也提出了不同看法。钱中文认为，古代文论的现代"转换"，就是要用"当代性"去审视古代文论，用当代的眼光去大力整理与继承古代文论遗产并使之形成"一种具有我国民族独创性的古代文论体系"，从而建立起"真正具有中国特色的文论系统"。⑤

此外，对于"转换"的立足点及其困难，学者们也提出了意见。王元骧便认为，古代文论与西方文论都具有不同的哲学传统，要想批判地继承历史遗产使古代文论为今天所用实现"现代转换"，就必须"吸取西方近代哲学中的科学精神和主体意识，引入知性分析"，没有经过"否定性环节"则很难达成"有机的融会和结合"并成为建设当代文学理论的思想养料。⑥ 李春青更直截了当地指出，所谓"话语转换"实则是中国古代诗学研究上的"方法论迷误"，因为尽管这种研究"借鉴现代学术规范与

---

① 童庆炳：《古今对话——中国古代文论研究的学术策略》，《文艺争鸣》1996 年第 6 期。
② 党圣元：《中国古代文论的范畴和体系》，《文学评论》1997 年第 1 期。
③ 党圣元：《中国古代文论范畴研究方法论管见》，《文艺研究》1996 年第 2 期。
④ 黄卓越：《古代文论的模式变换：来自学术史视角的检索》，《天津社会科学》2001 年第 4 期。
⑤ 钱中文：《建设有中国特色的当代文论——"中国古代文论的现代转换"学术研讨会开幕词》，《陕西师范大学学报》（哲学社会科学版）1997 年第 1 期。
⑥ 王元骧：《试论古代文论的"现代转换"》，《学术研究》1997 年第 1 期。

话语",但将"古代诗学那些不规范、不明确的概念——贴上现代学术话语的标签"实则并不见效,因为"只有充分尊重中国古代诗学自身的诸特性并以开放的态度吸纳现代学术方法、阐释视角中的有价值因素,方能建构起一种既能切近对象深层底蕴,又符合现代学术规范的新的阐释模式"。①

应该说,"中国古代文论的现代转化"这一话题,不仅话题本身隐藏着极为丰富而复杂的当代文论问题意识,更蕴含着传统文论与当代文论接轨与融合的构建问题,尤其是在当代中国文论"过于跟随西方文论而脱离中国古代文论传统"的状况下,②这一问题至今仍未过时,尚待解决与推进。只不过古代文论有其特定的社会历史文化形成场景,有其独特的哲学基础和理论旨趣,如何有效地实现转化并接入当代文论话语建构中,不仅有待进一步实践尝试,还有着广阔的话语空间,也必定继续对中国特色文艺理论研究及其话语建构产生持续而深远的影响。

第三节 "强制阐释"批判与新时代中国特色文论话语体系建设

进入21世纪以来,尤其是党的十八大以来,伴随中国崛起以及跨文化交流对话中"外交方针"的调整和国际地位的提升,对中国话语、中国学派的建构要求在国家层面提上了议程。新时代中国特色文论话语建构的要求,使得文学理论领域再次掀起了文论话语建构的追求。这其中,基于对当代西方文论"强制阐释"系统批判基础上提出的"公共阐释论"等文论话语,不仅是中国学人立足当代语境、本土问题与当下现实作出的话语研判,还在立足本土、回到现实、归根文学等路径层面,为构建当代中国特色社会主义文论话语体系奠定了新的方向。

---

① 李春青:《中国文化诗学论纲——对古代文论研究方法的一种构想》"主持人语",《文艺争鸣》1996年第6期。
② 朱立元:《关于中国古代文论现代转换的再思考》,《中国社会科学》2015年第4期。

一　当代西方文论反思与"强制阐释论"批判

因百年中国的特殊国情，打开"西方"与世界接轨成为民族复兴的普遍心态，尤其是改革开放后，学术领域中对域外理论的大量译介成为一大潮流。然而，随着西方后现代主义文论影响的加剧以及本土文论建构中出现的范式危机与话语焦虑，对西方文论模式的批判反思便成了当前文艺理论界建构本土特色文论话语的出发点。这其中，尤以张江提出并引发的关于当代西方文论的"强制阐释"问题，影响深远。

张江撰写的以《强制阐释论》为代表的系列文章紧扣"当代西方文论的问题缺陷"与"中西文论的文化错位"这一结节点，在充分肯定当代西方文论对中国当代文论建设产生积极影响的前提下，深入考察其"有效性"并思考中国文论的"正当性地位"及其"当代重建"问题，认为当前中国文学理论建设最迫切、最根本的任务就是"由对西方理论的追逐"重归"文学实践"，进而提出了"系统发育""本体阐释"等理论命题。[1] 张江认为，当代西方文论的总体特征和根本缺陷之一就是"强制阐释"，即"背离文本话语，消解文学指征，以前在立场和模式，对文本和文学作符合论者主观意图和结论的阐释"。[2] 与过度阐释立足"文本"，"虽对文本及作者意图作了过度阐释，但意图依然是阐释文本"不同——强制阐释却从"理论"出发，"是一个现成的、用以剪裁文本、试图证明其正确的理论"，进而在"认识起点和终点关系"的颠倒上丢失了"阐释的基础"。[3] 究其特征，张江总结有四：一是"场外征用"，即"依据文学场外征用理论，对文本和文学做了非文本和非文学的强制阐释"；[4]

---

[1] 张江对西方文论理论缺陷的批评反思见其系列论文《当代西方文论若干问题辨识——兼及中国文论重建》，《中国社会科学》2014年第5期；《当代西方文论的理论缺陷》（上、下），《文学报》2014年7月3日—8月14日。

[2] 张江：《强制阐释论》，《文学评论》2014年第6期。

[3] 张江：《关于"强制阐释"的概念解说——致朱立元、王宁、周宪先生》，《文艺研究》2015年第1期。

[4] 张江：《关于场外征用的概念解释》，《清华大学学报》（哲学社会科学版）2015年第2期。

二是"主观预设",即"批评者的主观意向在前,预定明确立场,强制裁定文本的意义和价值";三是"非逻辑证明",即"在具体批评过程中,一些论证和推理违背基本逻辑原则,有的甚至是逻辑谬误,所得结论失去依据";四是"混乱的认识路径",即"理论建构和批评不是从实践出发,从文本的具体分析出发,而是从既定理论出发,从主观结论出发,颠倒了认识和实践关系"。① 张先生认为,正是以上西方文论"强制阐释"的根本缺陷,从根本上抹杀了文学理论及批评的本体特征,导引文论偏离了文学,因而亟须正视其"阐释模式"的有效性,进而在当代中国文论反思重建的基础上重新确立中国文论在世界文论话语中的合法性地位。

张江的观点一经发表,立即引发学界轰动。文艺理论界学者也纷纷撰文,予以积极回应和争鸣。立论与观点上有赞同、亦有分歧。仅就学术观点的差异性而言,较为集中地体现在如下两个层面。

一是"强制阐释"之"场外征用"的观点分歧。与张江的"对文本和文学进行非文学的强制阐释"理解不同,朱立元认为:"一种有阐释力的文学理论不可能、也不应该只停留在文学自身的审美特质的阐释上",而应该在意识形态内涵的充分发掘和深度阐释中对"哲学(包括美学)、历史学、社会学、心理学,乃至经济学、法学等其他学科的适度借用或者利用",这有它天然的合理性。② 朱立元还建议进一步区分"场外征用"与"应用某些场外理论在文学场域内进行的审美性以外(非文学)的种种阐释和评论",因后者的落脚点仍是为了阐释和评价文学,因而不应视为场外征用。③ 周宪也指出"文学是文学,但不止于文学",狭义的文学观强调文学内在的元素和价值,但也不必然排斥广义的文学观,即"文学与其他社会历史范畴的相关性的考量,这是一种离心式的散焦性文学观,它由文学出发却不限于文学"。④ 王宁也指出,需区分理论上的"场

---

① 张江:《强制阐释论》,《文学评论》2014年第6期。
② 朱立元:《关于场外征用问题的几点思考》,《清华大学学报》(哲学社会科学版)2015年第2期。
③ 朱立元:《关于场外理论文学化问题的几点补充意见》,《探索与争鸣》2015年第1期。
④ 周宪:《场外理论的场内合法性》,《探索与争鸣》2015年第1期。

外征用"与文学的"跨学科研究",因文学的跨学科研究既立足于文学这个"本",同时也"平等对待文学与其他相关学科及其他艺术门类的关系,揭示文学与它们在起源、发展、成熟等各阶段的内在联系及相互作用",因此其旨归依然是文学。①

二是"强制阐释"之"前置立场"的观点分歧。张江认为西方文论强制阐释的一大弊端就在于"文本阐释之前,阐释者已经确定了立场,并以这个立场为准则,考量和衡定文本"。然而,在朱立元看来,"任何理解和阐释都不可能没有阐释者先在的立场和前见,这是进入阐释的不可逾越的前提"且"不带任何立场的阅读和阐释是不可能的"。② 周宪同样认为,"作为人文学科组成部分的文学理论,前置立场不但无法消除,而且在某种程度上说是相当重要的",因为"文学研究者的价值立场甚至意识形态立场一定是先在的",因此,"前置立场非但不可去除,而且对文学研究很重要,那么,我们需要考察的是如何合理运用前置立场来阐释具体文学文本"。③

随着"强制阐释"讨论的持续深入,论争的话题也由"场外征用""主观预设"逐步向"意图与阐释""公共阐释"推进。张江认为,阐释是一种公共行为,阐释的公共性决定于人类理性的公共性以及认知的真理性与阐释的确定性,公共阐释的内涵是"阐释者以普遍的历史前提为基点,以文本为意义对象,以公共理性生产有边界约束,且可公度的有效阐释",公共阐释具有"理性阐释""澄明性阐释""公度性阐释""建构性阐释""超越性阐释""反思性阐释"六大特征。④ 从"强制阐释"到"本体阐释"再到探索建构"公共阐释",以张江为代表的中国学者不断发声,不仅映射出当代学人在理论建构上的话语诉求,也凸显出大国崛起语境下对"中国话语""中国学派"理论建构的强烈吁求。如果说对当代

---

① 王宁:《场外征用与文学的跨学科研究再识——答张江先生》,《清华大学学报》(哲学社会科学版) 2015 年第 2 期。

② 朱立元:《关于"强制阐释"概念的几点补充意见——答张江》,《文艺研究》2015 年第 1 期。

③ 周宪:《前置结论的反思》,《学术研究》2015 年第 5 期。

④ 张江:《公共阐释论纲》,《学术研究》2017 年第 6 期。

中国文论的反思与重建是一项长期系统的浩大理论工程，那么，"强制阐释论"和"公共阐释论"则是嵌入这项工程的地桩，并为全面反思当代西方文论缺陷以及建设发展中国特色文论话语体系打开了一扇窗口。

二 "强制阐释"之后中国文论话语体系的重建方向及路径

由于西方后现代文论思潮的根底性影响，加之"强制阐释论"的外围抨击和推挤，当代文论话语建构的本土性焦虑还使得越来越多的学人：或是自觉重返理论发生现场，以期激发和拓展本土文论话语的新空间；或是深入当代文论思潮，以期反思当代文论话语建构的利弊缺失；抑或是关注百年"学案"和"史案"，以期在具体文案的爬梳与清理中实现文论话语的创新发展。可以说，文艺理论的健康发展离不开对学科基础理论问题的回顾总结，这也是文艺学学科主张从现实语境和本土经验出发，有效规避对西方文论的片面引进，实现文论话语有效性和在地性的重要缘由。为此，重视对文艺理论学科基础性话语的爬梳与研讨，加强对百年中国文论话语建构的反思、批判与整理，既是文艺学学科健康发展与创新转型的重要环节，也是当前文论研究的主要动向。具体而言，受"强制阐释论"的刺激、启发或影响，文艺理论界正试图从多条路径重新出发，借此克服西方文论话语霸权影响下百年中国文学研究中的西方规范及其弊端，不断推动当代中国文论的健康发展，构建中国特色文论话语体系。

（一）激活与重构：中西文论关键词比较研究

在深入批判当代西方文论话语霸权及其流弊影响的学术声浪中，唯有构建起中国特色的文学理论话语体系，方能真正摆脱"失语"症候、彰显民族文论话语的"合法性"。为此，"关键词研究"——对文学理论关键词进行不断清理、激活、重构与创造，成为"强制阐释"之后学界学人共同倡导的一条理论突围路径。

其一，通过"关键词"构建，实现理论转场，重建中国文论合法性。张政文认为，当前文论哑语症状的主要病因在于"文学理论撤离中国火热的文学现实生活""与中国本土文论传统自断血脉""误读西方理论，食洋不化"三个方面，而关键词作为"建构一门学科理论知识形态的基石，是深化理论话语的环节和阶梯"，因此，通过"关键词"构建这一基本途径，是"促进场外理论走进当代审美活动和文艺实践的理论转场，实现当代中国文论的本土性和当下性"的有效策略，其建构途径有三：一是"综合运用中西文化比较方法，厘清当代中国文论关键词的基本范畴，确立'以我为主'的关键词构建原则"；二是"弘扬中华美学精神、激活中国古代文论的核心概念，挖掘关键词建设的传统资源"；三是"围绕'中国精神'，回归当代中国文艺实践，注重关键词构设的本土化和当下化"。① 杨守森也指出："关键词的创新，是一门学科或某一理论学说不断发展的重要标志；中国当代文艺学的发展便与'文学主体性''审美意识形态'之类具有理论创新意义的关键词的上位有关；重视对关键词的生成方式与规律的探讨，加强对关键词的敏感意识与创新意识，是促进中国当代文艺学进步发展的重要问题。"②

其二，通过中西文论关键词比较，在互文见义、互识互证中激活中国传统文论的生命力。在理论构想层面，李春青指出"文论关键词往往是一种文化系统的集中体现，在其形成过程中必然会与各种因素转化为自己的内涵"，因而关键词比较研究就是要透过"他者"而窥视"自我"，进而借助"他者"来重建和丰富"自我"。③ 罗剑波指出，文论关键词比较的"枢机"或"关键"不仅是如何以现代（西方）语言形式重述古代文论术语，更是为了激活中国传统文论蕴含的多重面相。④

应该说，从关键词比较入手，不仅能克服当下文论空乏、游移的理论弊端，还能在古今中西比较融会中切实找到文论的立足点与沟通处，在差异中对话与阐发，进而在当下语境的不断重构中逐渐形成我们时代的文论话语体系。

（二）从"危机"到"突破"：发现传统文论的"当代性"

除"关键词"清理比较外，还有一批文学基础理论、古代文论领域

---

① 张政文：《当代中国文论"关键词"构建的基本途径》，《文艺争鸣》2017 年第 1 期。
② 杨守森：《关键词创新与中国当代文艺学》，《山东师范大学学报》（社会科学版）2016 年第 1 期。
③ 李春青：《浅谈中西文论关键词比较的意义与方法》，《文艺争鸣》2017 年第 1 期。
④ 罗剑波：《问题导向与中西文论关键词比较》，《文艺争鸣》2017 年第 1 期。

的学者，试图从"百年中国文学批评史"出发，通过对中国传统文论与美学话语的激活，克服当代文化无根性危机，破除西方话语的"强制遮蔽"及其"庭训的困局"，并在"文化自信"的时代回应中重建民族美学的理论自信，实现中国当代文学理论的整体突围。

其一，发掘传统的文论、思想、概念、话语方式、思维方式，参与当下文论建设。党圣元在《传统文论的当代价值与民族美学自信的重建》一文中十分精辟地提出了一个"中国传统文论与美学思想"作为"文化乡愁"的重要概念，认为"中国当代文学理论批评正面临着西方学术话语霸权和当代中国社会转型的双重挑战"，而应对这一挑战的有效办法就是以"当代眼光""国学视野""文化通识"意识对传统文论进行"现代阐释""当代选择"和"大文论"话语体系建构，为实现这一学术理想，应重点关注四个方面的问题：一是"将传统文论作为当代文论一种必不可少的'视角'"；二是"强调对待传统文论的'当代眼光'和'当代选择'"；三是"当代文论的困境使得传统文论的'现代阐释'获得新机遇"；四是"传统文论当代性意义的生成来自古今思想、中西思想的'碰撞'"。① 李春青通过对百年"文学批评史"的研究，同样提出如何"积极地、主动地"弘扬传统资源，"把传统的文论、思想、概念、话语方式、思维方式能够激活，进入我们当下的文论建设中"，② 才是当下文艺理论重建突围的重要任务。

其二，重视传统文论话语资源的选择、综合和重构。张晶认为，对传统文论话语的选择有一个"继承选择的问题"，选择阐释的对象后又有一个"综合与重构"的问题：一方面阐释"不能脱离对古代文论原典的理解和客观解释"；另一方面，综合与重构的目的还是将之"同当代的、当下的文论建设结合起来"，③ 真正推动、发展与繁荣文艺理论。韩经太同

---

① 党圣元：《传统文论的当代价值与民族美学自信的重建》，《山西大学学报》（哲学社会科学版）2017年第4期。
② 李春青：《百年"文学批评史研究"之反思》，《山西大学学报》（哲学社会科学版）2017年第4期。
③ 张晶：《传统文化与阐释的选择、综合和重构》，《山西大学学报》（哲学社会科学版）2017年第4期。

样指出，建构当下的文艺理论体系必须"更多地依靠中华民族五千年所积淀的丰富多彩的文艺理论思想，包括一些范畴、概念、术语等，不是全盘接受，是依靠，要结合我们当下以及西方的经验完成建构"，① 与此同时，还必须积极回应诸如"云计算"及"技术改变"等新形态样式对文艺学学科的挑战和冲击，以不断重构当下文论话语。

（三）重提"文化诗学"：一种行之有效的"文学阐释学"路径

著名文艺理论家童庆炳逝世后，2016年10月29日在福建连城举行了"文化诗学与童庆炳学术思想研讨会"，百余学者就童庆炳文艺思想尤其是其晚年倡导的"文化诗学"思想进行了集中研讨，由此让这一世纪之交十分时髦而近年来却"不温不火"的学理思潮再次跃入理论视界，成为构建当代中国特色文论话语体系不可或缺的一个环节。

其一，文化诗学为当代中国文论打开了新的视界。马大康认为，童庆炳基于"文学活动的基点"上提出的"文化诗学构想"，真正找到了"将文学与历史相关联的内在机制"，并在"各种资源有机整合"中为"文学理论建设打开了新视界"。② 江守义基于当前文论界"马克思主义文论、西方文论和古代文论"研究现状指出，"马克思主义文论有天然优势而想指导建立有中国特色的文艺理论、西方文论强势而有现实情怀、古代文论弱势而想实现现代转换"，在这样的语境中，"童庆炳的文化诗学显出独特的价值，它是在和三种文论对话基础上提出的一种研究路径，是对当前中国文论走向的一种探索"。③

其二，文化诗学为文学研究与文化研究之"综合"提供了未来拓展的方向。赵勇《从"审美中心论"到"审美/非审美"矛盾论——童庆炳文化诗学话语的反思与拓展》一文则在历史脉络中全面回顾与总结了童庆炳"文化诗学"思想形成的语境、脉络及思想内核，更在当前文论发展趋势下对"童庆炳文化诗学思想"进行了反思，直陈其思想在"文学、

---

① 韩经太：《漫谈百年研究中的三个"三十年"》，《山西大学学报》（哲学社会科学版）2017年第4期。

② 马大康：《文化诗学——行为结构——历史化》，《文化与诗学》2016年第2期。

③ 江守义：《从文论格局看童庆炳文化诗学的研究路径》，《文化与诗学》2016年第2期。

文化现实交往互动的通道"关闭中难于将"关怀现实"与"介入现实"落到实处,而这恰恰为拓展"文化诗学"提供了方向,即"把'审美中心论'的单维结构变为'审美/非审美'的矛盾组合(二律背反)"进而在"纯文学与大众文化的'接合部',在文学研究与文化研究之间"实现"文化诗学"的更新与发展。①

其三,中国文化诗学作为一种有效的文学阐释路径,仍是文学理论发展的重要选择。作为中国文化诗学实践的重要代表,李春青曾反复指出:"文化诗学不是一种理论,而是一种实践",② 中国文化诗学作为一种"有效的文学阐释路径",它不"预设立场与原则",不标榜"解构与建构",而是在学术史的流变中"呈现研究对象生成过程的复杂关联及其所表征的文化意蕴",进而在文化语境的重建中"对所阐释的对象产生新的理解,获得新的意义",③ 而这种"历史化、语境化"的研究策略在当前文化语境中,对于处理"古"与"今"、"古"与"西"的关系问题尤其具有实践意义。

可以说,无论是"关键词研究",还是"激活传统文论",抑或是"文化诗学"的新拓展,都是"强制阐释"之后近些年文艺学界超越西方话语模式积弊,实现理论突围所做出的积极回应,也在各自路径的探索中迈出了有益的尝试。综合看来,在问题与反思中不断调整、重构,在古与今、中与西的跨文化阐释中不断融通、交流与对话,仍是当前实现中国特色文论话语体系建设与发展的根本宗旨。

(四)媒介文艺学:当代文论转型与新媒体时代的文论话语体系建设

当下时代,网络文学、数字文学、新媒体艺术等凭借新媒介平台衍生的新文学形态正在不断增生繁衍,并以强劲的话语生产能力和新的文化逻辑"向当代文学场"中心挺进,也已成为当前文学文论研究中不可忽视

---

① 赵勇:《从"审美中心论"到"审美/非审美"矛盾论——童庆炳文化诗学话语的反思与拓展》,《北京师范大学学报》(社会科学版)2017年第6期。

② 李春青、程正民、赵勇等:《中国"文化诗学"研究的来路与去向》,《河北学刊》2017年第2期。

③ 李春青:《论文化诗学与审美诗学的差异与关联》,《北京师范大学学报》(社会科学版)2016年第5期。

的新文学现象。据此，媒介、图像与视觉文化在近年来的文艺理论研究中持续走热，并在"微时代"审美范式、语图关系、文学精神、媒介文学阅读、媒介文艺批评以及视觉文化政治等领域不断更新与拓展，预示着文论研究的未来趋势。

首先，对"泛审美时代""微时代"之审美范型、空间意识及文学精神的捕捉与关注。王德胜近年来对"微时代"予以了持续关注，认为"微时代"不仅改变了人们"生活的既定观念"，还打破了"向来所保持的文化—历史的'时间性'建构意识"，提出了一个"美学批评的空间意识建构"问题，并认为这一新的美学特点，不仅能激发"生活参与性"、改变"空间体验方式"，① 更可能在"移动互联网"这一更大的场域中实现对"大众艺术经验"的影响，进而实现美学批评的有效性。

其次，对网络与媒介文艺批评标准的理论探讨。欧阳友权针对近年来网络文学快速发展且日益得到主流话语认可的现状，继提出"网络文学入史"课题后在梳理"新媒体文艺学"学理结构基础上进一步提出要构建新媒体文论话语，② 以适应当代文论话语体系建构的要求。陈定家则对网络文学领域的价值困境表示忧虑，并呼吁一种健康有效的"媒介文艺批评"以进行引导，③ 与之相辅相成的是，单小曦则倾心于理论建构，试图建立起网络文学的批评标准及其理论体系，④ 以便对网络文艺现象进行有效阐释。

再次，对人工智能、语图关系及视觉文化的研讨也是新媒介文化语境下构建文论话语体系的一大趋向。诸如黄鸣奋通过人工智能对文学创作渗透影响的探讨，一方面试图对人工智能所具备的"人工性、类智性、似能性"与文学创作的"文化性、创造性、作用性"进行比较，另一方面则努力揭示其对文学发展的新机遇和挑战。⑤

---

① 王德胜：《"微时代"：美学批评的空间意识建构》，《浙江社会科学》2017 年第 1 期。
② 欧阳友权：《新媒体文艺学的学理结构探析》，《创作与评论》2016 年第 2 期。
③ 陈定家：《试论新媒介文化的批评标准与叙事逻辑》，《中州学刊》2017 年第 3 期。
④ 单小曦：《网络文学评价标准问题反思及新探》，《文学评论》2017 年第 2 期。
⑤ 黄鸣奋：《人工智能与文学创作的对接、渗透与比较》，《社会科学战线》2018 年第 11 期。

可以说，随着电子媒介的不断渗透、网络衍生品的不断涌现、技艺的不断复制、文学的审美形态与文学观念的巨大变化，均需我们对行之改变的审美范式、审美观念、审美精神予以批判反思，而图像与视觉文化对经典文学叙事的冲击也必然吁求人们对视觉性、视觉建构、图像政治作出理论回应。尤其是在这样一个"泛审美"时代中，媒介与人工智能对文学形态的影响、"微时代"的精神询构、媒介文艺批评的价值引导、视觉文化形态下的视觉话语建构，乃至城乡互动审美及公民社会的审美想象力等话题，仍是"新时代"文艺理论的话语趋势，也是面向现实中真正构建中国特色文艺理论话语体系的增长点。

总而言之，正如习近平所指出的："我们社会主义文艺要繁荣发展起来，必须认真学习借鉴世界各国人民创造的优秀文艺。只有坚持洋为中用、开拓创新，做到中西合璧、融会贯通，我国文艺才能更好发展繁荣起来。"[①] 同理，中国文论话语体系建设也离不开开拓创新，而其文论话语的创新建构也必须坚持洋为中用、中西合璧、融会贯通，只有立足当下现实生活，同时努力实现当代中国文艺文化现实及其创作实践同古今中外一切人类优秀理论成果紧密结合起来，并在其交叉接合部不断碰撞、对话和阐发，在面向时代现实中实现返本开新，这才是永葆文论活力进而实现中国特色文论话语体系建构的有效方式。

[①] 习近平：《在文艺工作座谈会上的讲话》（2014年10月15日），人民出版社2015年版，第26页。

第二十七章

中华人民共和国成立以来文艺人民观的发展

赵炎秋

"人民"是马克思主义文艺思想的核心概念，也是中国马克思主义文艺思想的核心概念。为人民服务是马克思主义文艺思想和中国马克思主义文艺思想的一条贯穿始终的红线。但在中华人民共和国成立以来的不同发展时期，"人民"这一概念却有着不同的内涵，呈现不同的意义，对文学产生着不同的影响。因此，厘清"人民"在新中国发展过程中不同时期的内涵与意义，及其在中国马克思主义文艺思想中的作用与影响，有着重要的理论与实践意义。

探讨不同时期中国马克思主义文艺思想中"人民"的内涵有着多条途径，本章将中华人民共和国成立 70 年的历史分为共和国前 30 年、新时期和新时代三个时期，以领袖人物的论述为核心、联系文艺思想界的讨论的文艺家们的创作，从三个层面共同审视新中国"人民"观的发展以及在文学界的影响。以领袖人物的论述为核心是源自我国的特殊国情，领导人的人民观对社会和文艺界的人民观起着引领的作用。

第一节 共和国前 30 年的人民观

共和国前 30 年指 1949—1978 年，这一时期中国社会文艺人民观的核心是毛泽东对于人民的有关论述。不过，毛泽东的人民观又是对早期中国马克思主义人民观的继承与发展。因此,要了解毛泽东的人民观,必须先了解早期中国共产党人对于人民的看法。

毛泽东说:"十月革命一声炮响,给我们送来了马克思列宁主义。"①中国马克思主义文艺思想的正式形成,是在1917年"俄国十月革命"之后,其骨干力量是早期中国共产党人如李大钊、陈独秀、瞿秋白、毛泽东、肖楚女等,和受社会主义思想影响的知识分子如鲁迅、郭沫若、茅盾、成仿吾、叶圣陶等。②"俄国十月革命"的主战场在城市,革命的主力是工人,走的是在城市发动起义,然后影响、辐射农村的道路。所以,工人既是俄国"人民"的核心,也是它的主体。工人是俄国无产阶级革命的主要力量,农民在革命的过程中既是工人阶级的同盟军,同时也是革命的对象。俄国革命的这一特点,对早期中国共产党人产生了很大影响。在革命的初期,他们走的也是在城市积聚力量,发动革命,然后扩展到农村的道路。这自然会影响到他们的人民观。具体表现在李大钊和陈独秀对"人民"的看法上。

李大钊观念中的人民,更接近于工人的概念。1918年,李大钊发表《庶民的胜利》,文中指出第一次世界大战的胜利,是"庶民"的胜利,认为第一次世界大战,实际上是专制主义与民主主义、资本主义与劳工主义的对抗。对抗的结果"是资本主义失败,劳工主义战胜"。"须知今后的世界,变成劳工的世界。我们应该用此潮流为使一切人人变成工人的机会,不该用此潮流为使一切人人变成强盗的机会。"③ 李大钊文中所说的"庶民"实际上等于劳工也即工人。李大钊将中国的"庶民"与俄国的"庶民"等同起来,但没有意识到,俄国的"庶民"以工人阶级为主体,而中国"庶民"的主体则是农民。这一点在《Bolshevism 的胜利》一文中

---

① 毛泽东:《论人民民主专政》,载《毛泽东选集》第四卷,人民出版社1991年版,第1471页。

② 茅盾1921年加入了中国共产党,是早期中国共产党人。但他大革命失败后与党组织失去联系,失去党员身份,直到去世后才被追认为中国共产党党员,再次入党。因此,将他作为共产主义知识分子似更为合适。

③ 李大钊:《庶民的胜利》,载《李大钊文集》第三卷,河北教育出版社1999年版,第101、102页。

表现得更加清楚。在这篇文章中，李大钊认为，陀罗慈基（托洛茨基）"所亲爱的，是世界无产阶级的庶民，是世界的劳工社会"。① 在这里，李大钊直接将无产阶级与庶民、劳工等同起来。

陈独秀的"人民"首先指的也是工人。在《中国劳动者可怜的要求》一文中，劳动者与工人实际上是同义词："外国劳动者都有休息，中国怎样？外国劳动者每天只做八点钟工，中国怎样？外国各业工人都有工会，中国怎样？"② 自然，陈独秀没有忘记农民，他认为，"农民占中国全人口之大多数，自然是国民革命之伟大的势力，中国之国民革命若不得农民之加入，终不能成功一个大的民众运动"。但他并不把农民看作革命动力，他指出，"有人见农民之疾苦而人数又如此众多，未曾看清这只是国民革命的一大动力，以为马上便可在农民间做共产的社会革命运动，这种观察实在未免太粗忽了"。他认为，"共产的社会革命固然要得着农民的同情与协助，然必须有强大的无产阶级为主力军，才能够实现此种革命的争斗并拥护此种革命的势力建设此种革命的事业，因为只有强大的无产阶级，才有大规模的共同生产共同生活之需要与可能，独立生产之手工业者及农民都不需此。尤其是农民私有观念极其坚固，在中国，约占农民半数之自耕农，都是中小资产阶级，不用说共产的社会革命是和他们的利益根本冲突，即无地之佃家，也只是半无产阶级，他们反对地主，不能超过转移地主之私有权为他们自己的私有权的心理以上；雇工虽属无产阶级，然人数少不集中；所以中国农民运动，必须国民革命完全成功，然后国内产业勃兴，然后普遍的农业资本化，然后农业的无产阶级发达集中起来，然后农村间才有真的共产的革命之需要与可能"。③ 陈独秀在"人民"的范畴里吸纳进了农民群体，却在革命中坚力量的层面将其拒之门外。他认为农民的主体是有产阶层，与无产阶级的利益诉求不一致，因此不可能真正地参

---

① 李大钊：《Bolshevism 的胜利》，载《李大钊文集》第三卷，河北教育出版社 1999 年版，第 109 页。

② 陈独秀：《中国劳动者可怜的要求》，载《陈独秀文集》第二卷，人民出版社 2013 年版，第 65 页。

③ 陈独秀：《中国国民革命与社会各阶级》，载《陈独秀文集》第二卷，人民出版社 2013 年版，第 497—498 页。

加无产阶级的革命，无法成为真正的革命力量。他认为，农民真正地成为革命力量的前提是他们的无产阶级化，无产阶级化的前提是农业资本化，农业资本化的前提则是资本主义在中国的发展与勃兴，而要在中国发展资本主义则需国民革命的成功。这样，他就把农民排除在了中国"共产的社会革命"的依靠力量之外，这也是他主张中国革命分两步走——先进行资产阶级革命，再进行无产阶级革命——的根本原因之一。这样，农民也就难以进入其"人民"范畴的核心。

毛泽东的人民观吸取了早期中国共产党人有关人民的思想，但又有重大的调整。这主要表现在两个方面：一是对农民阶层的高度重视，二是区分了"人民"的阶级构成。

毛泽东思想中"人民"的内涵十分明确，那就是"工农兵"。在《在延安文艺座谈会上的讲话》中，毛泽东明确指出："最广大的人民，占全人口百分之九十以上的人民，是工人、农民、兵士和城市小资产阶级。所以我们的文艺，第一是为工人的，这是领导革命的阶级。第二是为农民的，他们是革命中最广大最坚决的同盟军。第三是武装起来了的工人农民即八路军、新四军和其他人民武装队伍的，这是革命战争的主力。第四是为城市小资产阶级的劳动群众和知识分子的，他们也是革命的同盟者，他们是能够长期地和我们合作的。这四种人，就是中华民族的最大部分，就是最广大的人民群众。"不过，在毛泽东的思想中，小资产阶级是需要改造的，他们必须在革命实践中将立足点"移到工农兵这方面来，移到无产阶级这方面来。只有这样，我们才能有真正为工农兵的文艺，真正无产阶级的文艺"。因此，小资产阶级虽然是人民的一部分，但不是主体，而是边缘，是应该团结、改造、利用的部分。因此，虽然"我们的文学艺术都是为人民大众的"，但"首先是为工农兵的，为工农兵而创作为工农兵所利用的"。[①] 由此可见，毛泽东的"人民"大致等于"工农兵"。不过，"兵"是武装起来了的工人农民（土地革命战争时期，我党领导的队伍，就叫中国工农红军）。因此，毛泽东的"人民"的主体实际上还是

---

① 毛泽东：《在延安文艺座谈会上的讲话》，载《毛泽东选集》第3卷，人民出版社1991年版，第855、857、863页。

"工农"。从这个角度看，毛泽东的人民观与李大钊、陈独秀的区别不是很大。其实不然，这里的关键是对农民的看法。李大钊对农民比较忽略，陈独秀基本上是将农民排除在了革命的力量之外。而毛泽东对于农民的看法截然不同。他不仅把农民看成革命的重要力量，而且认为农民是中国革命成功的关键因素。革命胜利后，毛泽东依然把农民放在重要的位置。他指出："人民民主专政的基础是工人阶级、农民阶级和城市小资产阶级的联盟，而主要是工人和农民的联盟，因为这两个阶级占了中国人口的百分之八十到九十。推翻帝国主义和国民党反动派，主要是这两个阶级的力量。由新民主主义到社会主义，主要依靠这两个阶级的联盟。"[①] 由此可见，毛泽东思想中的"人民"，农民在任何时候都是其最重要的组成部分之一。文艺为人民服务，本质就是为工农兵服务，也就是为工农服务。

再就是划分"人民"中的阶级构成。毛泽东的"人民"主要是工人、农民、士兵和城市小资产阶级，有时还包括资产阶级，抗日战争时期还包括了一部分地主阶级（开明士绅）。不过，构成人民的这些阶级与阶层，地位并不是平等的。其中，工人是核心、领导阶级，农民是主体、工人阶级的可靠同盟军，小资产阶级处于边缘，虽然是人民的一部分，但却是团结、改造、利用的对象。至于资产阶级与地主，大多数时候处于人民的外面，有时进入外围，有时则是人民的对立面，是斗争、打击的对象。尤其是地主，因为他们既是剥削阶级，又不代表先进的生产力，除了在抗日战争这一特殊的历史时期，基本上属于打击的对象。这样，人民内部实际上以阶级为标准，分为了几个等级。这种阶级论的人民观，在社会主义革命时期有其一定的必要性，但到了社会主义建设时期，其弊病也就暴露出来了。

毛泽东人民概念的另一重要特点，是政治属性统率一切。所谓政治属性统率一切，是指以政治（阶级）属性为标准，将人民中的群体与个体的其他属性分门别类地归属到相关的类别之中。如政治上是革命的，那么，其道德、品性，甚至修改与习惯等也都是好的、向上的、健康的、积极的；反之亦然。自然，严格地说，毛泽东并没有这方面的明确的论述，

---

① 毛泽东：《论人民民主专政》，载《毛泽东选集》第4卷，第1478—1479页。

但他的相关论述中，的确有着这方面的思想并为这种思想的发展准备了充足的空间。他强调，"没有贫农，便没有革命。若否认他们，便是否认革命。若打击他们，便是打击革命"。从阶级、从革命、从政治的角度看，这一论述是正确的。但如果将这一论述绝对化，便容易形成对于贫农的一切都不能否认、打击的观点。在《在延安文艺座谈会上的讲话》中，毛泽东说，"在这里，我可以说一说我自己感情变化的经验。我是个学生出身的人，在学校养成了一种学生习惯，在一大群肩不能挑手不能提的学生面前做一点劳动的事，比如自己挑行李吧，也觉得不像样子。那时，我觉得世界上干净的人只有知识分子，工人农民总是比较脏的。知识分子的衣服，别人的我可以穿，以为是干净的；工人农民的衣服，我就不愿意穿，以为是脏的。革命了，同工人农民和革命军的战士在一起，我逐渐熟悉他们，他们也逐渐熟悉了我。这时，只是在这时，我才根本地改变了资产阶级学校所教给我的那种资产阶级的和小资产阶级的感情。这时，拿未曾改造的知识分子和工人农民比较，就觉得知识分子不干净了，最干净的还是工人农民，尽管他们手是黑的，脚上有牛屎，还是比资产阶级和小资产阶级知识分子都干净"。[①] 这段论述的影响是十分广泛的。从思想感情变化的角度看，无疑是正确的。但实事求是地说，它也的确给政治属性统率一切的观点留下了广阔的发展空间，它将思想上的是否"干净"作为了身体上的是否干净的评判标准。这里，政治——阶级成了衡量的标准。工人、农民即使在个人卫生上有不干净的地方，但只要你在思想感情上转到工人、农民一边来，你也就不会觉得不干净了。为什么要把思想感情转到工人、农民一边来呢？原因当然在于他们是革命的主要力量，在政治上是进步的。从这里再往前走一步，便会得出工人农民的一切都应肯定的结论。

　　毛泽东的人民观在整个共和国前30年，是中国社会主流的人民观。但也不是完全没有争议。争议的焦点不在"人民"内涵，而在人民的阶级构成。在阶级构成上，争论的焦点也不在否定这种阶级构成，而在于是否强调这种构成，以及是否能够一视同仁地对待人民中的所有成员。这种

[①] 毛泽东：《在延安文艺座谈会上的讲话》，载《毛泽东选集》第3卷，人民出版社1991年版，第851页。

争论在学界与文艺界主要以"阶级论还是人性论"的讨论表现出来。在1966年之前，这个争论尚属于胶着状态：郭沫若、马文兵等学者更强调文学的阶级性，而巴人、钱谷融等学者则在阶级论的基础上更加重视"人性"的部分。巴人从50年代文艺界政治性太浓、文艺性太弱的角度出发，提倡作品只有"通情"（人性普遍之情）才能"达理"（无产阶级革命之理），认为"描写阶级斗争为的叫人明白阶级存在之可恶，不仅要唤起同阶级的人去斗争，也应该让敌对阶级的人看，看了发抖或愧死，瓦解他们的精神。这就必须有人人相通的东西做基础。而这个基础就是人情，也就是出于人类本性的人道主义"。[①] 钱谷融则更为激进，在《论"文学是人学"》中，他认为文学的本质是表现人、提高人，阶级性只是从具体的人当中概括出的特质。从具体的人身上我们可以看出阶级性，但从阶级性的共性中我们却无法看到具体的人。马文兵对这些"人性论"持反对意见，他曾直接和巴人争论，认为巴人的人性论忽视了阶级剥削的现实，这种忽视阻碍了阶级革命的进程，巴人所提倡的那种含混的人性论根本无法落实到具体的革命实践当中去。郭沫若在新中国成立后也在坚持阶级论，他所理解的人性是基于阶级论中对受迫害群体的人道关怀，这种人性需要在来自社会当中的政治革命中才能实现。两者的争论，表面上看是人性与阶级性的争论，实际上牵涉到对人民的阶级构成的不同的看法。强调阶级性，自然肯定、强化人民的阶级构成，强调人性，自然缓和、弱化人民的阶级构成。对人民的阶级构成的看法与对人性与阶级性的看法是联系在一起的。

对阶级性等问题的争论也牵涉到不同知识分子对其生存境遇的观察与思虑，争鸣的展开程度显示了某一时期政治尺度的宽松。周恩来在政治领导人中所持的态度是比较宽松的。他认为，"真正的中间态度，基本上是不存在的，一个时期的动摇，怀疑是有可能的。有一种人他对新生事物怀疑一下，观察一下，我觉得应该允许，怀疑并不等于对立。对立就是敌视新中国，这不能允许。在学习中，对某一个问题持怀疑态度是可以的，因

---

① 巴人：《论人情》，载《中国新文学大系1949—1976：文学理论卷2》，上海文艺出版社1997年版，第189页。

为真理并不是一下子就能被人们接受的。真理愈辩愈明，我们不怕怀疑"。① 国家领导人的这种态度是争论能够展开的原因，也给持人性论的学者以一定的宽松环境。但是在阶级斗争不断被强化的时期，这种宽松的氛围不可能持久。"极左"思潮逐渐得势，1966年之后开始占据主导地位，阶级论压倒了人性论，阶级斗争被强调到无以复加的地步，人民内部的阶级构成被不断地强化。通过对毛泽东"无产阶级专政下继续革命"理论的发挥，"极左"思潮将"人民"的内涵窄化到只剩下无产阶级先锋队的地步。作为小生产者的农民是资本主义产生的温床，因此要不断地被教育，不断地向工人老大哥学习，知识分子和小资产阶级更加边缘，资产阶级已不再是先进生产力的代表，成为人民的对立面，地主阶级则早已被打翻在地，而且被"踏上了一只脚"。人性论则被定义为资产阶级意识形态，已经无人敢于问津。而且新的"阶级敌人"还在不断地被挖掘出来，甚至"逍遥派"也成为批判的对象。其结果是，人民被等同于革命派，而革命派又在不断地变化，不断地被重新界定。本来应该是占人口绝大多数的人民成为了人口中的少数。这严重地背离了毛泽东人民观的本意。后来遭到清算，也就不足为奇了。

毛泽东的人民观深刻地影响了共和国前期的文艺思想和文学创作。这种影响表现在四个方面。其一，文学作品以阶级作为人物塑造、事件评价的标准。如柳青的《创业史》。小说以阶级为标准，将小说人物分为富农、富裕中农和贫下中农三大类型。富农以姚士杰为代表，不仅思想反动，而且品德恶劣、生活糜烂；富裕中农以郭世福为代表，思想落后，自私自利，损人利己；贫下中农以梁生宝为代表，思想进步，大公无私，品德高尚。这样写自然阵线分明，但同时也就简化了人物，消除了人物的复杂性。《创业史》是"十七年"文学的上乘之作，尚且如此，其他的作品也就可想而知。其二，农民与农村成为这一时期文学创作的主要题材。从丁玲的《太阳照在桑干河上》到柳青的《创业史》到周立波的《山乡巨变》到浩然的《艳阳天》，这一时期的大部分作品，都是描写农村的，一

---

① 周恩来：《关于知识分子的改造问题》，载《周恩来统一战线文选》，人民出版社1984年版，第220页。

些战争题材作品，也大都是以农村为背景。而欧阳山的《一代风流》、草明的《原动力》等以城市、工厂为描写对象的作品，不仅在数量上占少数，而且质量也总体比不上农村题材的作品。其三，农民成为文学中的主角与正面人物。20世纪前半期的文学作品，其中的农民往往被边缘化，并且被居高临下地描写。如叶圣陶的《多收了三五斗》、茅盾的《春蚕》。《多收了三五斗》通过对谷贱伤农这一现象的描写，对造成这一现象的社会原因进行了深入的探讨，对卖粮的农民表示了同情。但小说作者并没有把自己与农民放在同一层面，而是站在一个更高的水平悲悯地俯视着他们。鲁迅的小说也有这种情况，《风波》《故乡》等作品中的农民往往是卑下的。作者对他们的态度是"哀其不幸，怒其不争"，而这一"哀"一"怒"也就显示出作者自己的位置。鲁迅的小说以批判国民性为主要任务之一。这国民性自然是中国民众消极的一面，但却往往通过农民表现出来。共和国前期，中国文学中的农民形象发生了大的变化，他们不仅成为文学作品中正面描写的对象，而且成为作品的正面甚至英雄人物。如浩然的《艳阳天》、周立波的《山乡巨变》、梁斌的《红旗谱》等，农民成为绝对的主角，其代表人物成为绝对的正面人物。这与毛泽东的文艺思想和人民概念是分不开的。其四，在农村题材作品中，农村因素往往取得正面价值，如纯朴、善良、厚道等。城市因素则往往以负面形象出现。周立波的《暴风骤雨》中，正面的人物形象除了工作队，大都是地道的农民，而那些在外面做生意、跑大车等沾染了城市习气的，大多比较油滑。李准的小说《李双双小传》中的同名主人公之所以进步、积极，是因为她是一个典型的农民，一直待在乡里，而她的丈夫孙喜旺的油滑、自私、怕事，则是因为他在城里饭馆做过几年学徒，沾染了城里人不好的习惯。柳青的《创业史》中，梁生宝见徐改霞夏天搽雪花膏，也以为她是沾上了城里人的不良习气，变得浮华了。乡村的主角是贫下中农，而作为参照的城市因素却不是工人，而是商人、小贩、没改造好的知识分子、游手好闲的花花公子等。这样，农村题材作品中的城市因素，自然就成了被批评的对象。这与农民在这一时期的被肯定和地位的提高是分不开的。

第二节　新时期以来的人民观

概括地说，毛泽东的人民观是阶级论人民观。阶级主要是从经济的角度划分的，阶级观念在社会主义革命时期起着不可忽视的作用，它有利于调动经济地位低下的阶级与阶层参加革命，夺取政权。但到了社会主义建设时期，再从经济的角度划分阶级已不合适，因为在新的政权下，富裕起来的人是既得利益者，他们不会反对现政权，而贫困的人反而有变革的要求。但是因为各种原因，阶级的存在又是必要的，却又不能按现时的经济状况重新划分阶级，于是尽管经济现状已经变化，几年、十几年甚至几十年前（根据离"土改"的时间而定）划分的阶级却没有变化，并成为区分敌我、确定革命的力量和对象的标准。这无异于胶柱鼓瑟，极大地影响了社会主义建设的发展。直到新时期，这种思想与做法才得到改变。而阶级论的放弃，必然要导致人民观的变化。

"文化大革命"结束后，经过短暂的过渡，邓小平成为党和国家的实际领导人。在新的历史起点上，邓小平敏锐地意识到，"任何革命都是扫除生产力发展的障碍。社会主义总要比资本主义优越。社会主义国家应该使经济发展得比较快，人民生活逐渐好起来，国家也就相应地更加强盛一些"。"经济长期处于停滞状态总不能叫社会主义。人民生活长期停止在很低的水平总不能叫社会主义。""讲社会主义，首先就要使生产力发展，这是主要的。"[①] 而要发展生产力，就不能以阶级斗争为纲，以政治运动的形式推动各项工作。而应该法律化、规则化，以经济建设为中心，调动全民的积极性，发展科学技术，充分发挥知识分子、科学技术人员的作用。邓小平从社会主义建设和经济发展的层面重新考虑人民的定义，建构起了新的人民观：首先，"人民"的概念在邓小平这里得到了扩容，他扩大了概念的涵盖范围。邓小平思想中的人民实际上就是全民，是所有没有

[①] 邓小平：《社会主义首先要发展生产力》，载《邓小平文选》第 2 卷，人民出版社 1994 年版，第 311、312、314 页。

被剥夺政治权利的公民。在以阶级斗争为纲的年代被视为敌人的所有阶层与个人如地富反坏右等一律摘帽，各种表格、政审不再查家庭出身，所有人都是人民的一员。其次，"人民"的内部构成在邓小平这里得到了调整，阶级论视野下的人民成为公民论视野下的人民，阶级出身不再成为划分人民内部成员等级的标准。工农这一主体没有大的变化，但知识分子却被划入工人内部，成为工人阶级的一部分，不再是在两张"皮"之间寻找归属的一堆乱"毛"，而是本身就是"皮"的重要组成部分。邓小平明确指出，"科学技术是第一生产力"，"知识分子是工人阶级的一部分"，"要把'文化大革命'时的'老九'提到第一"。① 他认为，作为脑力劳动的知识分子"与体力劳动者的区别，只是社会分工的不同。从事体力劳动的，从事脑力劳动的，都是社会主义社会的劳动者"。而且，"随着现代科学技术的发展，随着四个现代化的进展，大量繁重的体力劳动将逐步被机器所代替，直接从事生产的劳动者，体力劳动会不断减少，脑力劳动会不断增加，并且，越来越要求有更多的人从事科学工作，造就更宏大的科学技术队伍"。② 这一认识十分深刻，也比较超前。随着科学的发展，技术水平的不断提高，传统意义上的体力劳动会越来越少，技术含量复杂，要求劳动者具有较高文化水平的工作岗位会越来越多，脑力劳动取代体力劳动成为主要的工作形式将会成为常态，知识分子占人口的比例会越来越大。邓小平的论断意义重大，它不但改变了工人的构成，而且调整了人民的内部结构，先锋队的构成也不再纠结于政治的区分，而是从生产力发展的层面重塑其任务。这种新的人民观顺应了时代的发展，有利于最大限度地发挥知识和知识分子的力量，推进社会主义建设的发展。

邓小平将知识分子划入工人阶级的范围有两个重要理由：其一，科学技术是第一生产力，既然如此，从事科学技术工作的知识分子也就是生产者，是物质财富的创造者，而不是以前所谓的"吃闲饭"的，靠着工人

---

① 邓小平：《科学技术是第一生产力》，载《邓小平文选》第3卷，人民出版社1999年版，第275页。

② 邓小平：《在全国科学大会开幕式上的讲话》，载《邓小平文选》第2卷，人民出版社1994年版，第89页。

农民创造的物质财富而生存。其二，脑力劳动和体力劳动都是劳动，脑力劳动者和体力劳动者都是社会主义社会的劳动者。这第二条理由的巨大意义尚未得到学界的充分认识。实际上，它不仅把握了历史发展的趋势，而且改变了阶级划分的基础和主要标准。以前，划分阶级的基础和主要标准是个体在社会中的经济地位与经济状况，现在则成了劳动，至于劳动所获得的经济收入，基本上被忽略了。换句话说，不再是经济因素而是包括体力劳动和脑力劳动在内的劳动本身成为阶级、阶层划定的主要标准。而既然体力劳动和脑力劳动都是劳动，按照这一思路，生产物质产品的劳动和生产精神产品的劳动，在生产第一线的劳动和从事管理、服务的劳动也应该都是劳动，从事后一种劳动的人也应该都是劳动者。这一理论的深远影响，以后还会继续显现。

与政治领导人的思考相一致，新时期开始后，学界与文艺界对于"人民"这一概念进行了讨论。20世纪80年代初的人道主义大讨论中，人性论重新成为大家关注的焦点。朱光潜认为："很明显，到了共产主义时代，阶级消失了，人性不但不会消失，而且会日渐丰富化和高尚化。那时文艺虽不再具有阶级性，却仍然要反映人性，而且反映具体的人性。所谓'具体'，就是体现于阶级性以外的其他定性，体现于另样的具体人物和具体情节。就是说，那时候的文艺，将帮助人影响人，把人性提得更高，更完美，更善良。"[①] 此时的人性论除了要恢复文艺建设的工作之外，还承担了政治反思的任务。共同的人性标准淡化了人民中的阶级等级与区分。除朱光潜外，敏泽、倪斌、钱中文等都撰文参与过讨论。敏泽（《论人性、阶级性与文学》）的做法是重新阐释唯物主义史观，认为人性和阶级性是对立统一的关系，可以相互转化，借此来反对"极左"思潮片面强调阶级对立、斗争的观点。倪斌（《试论文学的人性、人道主义和阶级性》）则重新阐释了资本主义的人性论和人道主义，认为这是资本主义上升期的重要理论之一，它包含了对底层人的同情和关注，这是其合理性的成分。"极左"思潮将这些定义理解得过于狭隘了，我们需要重新评估人性论的价值。钱中文的文章《论人性共同形态描写及其评价问题》稍晚

---

① 朱光潜：《关于人性、人道主义、人情味和共同美问题》，《文艺研究》1979年第3期。

一些。文章从艺术创作的角度为人性论提供了合法性的支撑,认为典型、真实性、道德等概念都是在社会共同感受的基础上形成的,它们源自作家对于具体生活的观察与归纳,极左思潮所倡导的阶级论实际上将文学导向了庸俗的社会批评。从这些分析可见,此时的理论家们在调动不同的理论资源重新论述人性论,淡化人民中的阶级色彩,这与邓小平的人民观是一致的。虽然80年代伊始也经历了关于《苦恋》的争论、关于"资产阶级自由化"的争论等一系列波折,但总而言之,这种对人性论的强调置换了人民概念当中的阶级论内核,基于共同人性的平等意识逐渐成为对人的理解,乃至构筑人民观念的核心内容。工人固然仍然是人民中的先锋阶层,农民仍然是人民中人数最多的阶层,但这并不意味他们在国民权利、公民地位上比其他阶层享有更多的权利。

这次对人性论的讨论也影响与推动了学界、文艺界对于人民性的探讨。在21世纪前后,大致形成了三种走向:一种是对宏大人民观的摒弃。这种观念拒绝的是人民观当中求"群"的意图,代表人物有陈晓明等。这种观念与此时学界对西方后现代主义的引入相关。这些理论家认为求"群"的意图往往受政治、经济等操纵,人民概念的形成往往是权力操作的结果。因此,文学的研究需要转向个体,转向个体的内在欲求,才会形成新的意义。这种论点在90年代以后激起了巨大的反响,成为许多理论家与作家写作的起点。但也有不少理论家对此现象表达过忧虑,孔范今就说过:"不能由此认为,表现人性中的自然欲求在社会历史发展中是此可彼不可,只是在特定历史时期才能被认可的事情。我的意思只在于说明,某种特殊性的强调与历史特定条件的内在联系,而且,不能由此误解为只有生命的自然欲求才是文学所钟情的人生内容。"[①] 求"群"的意图很快被演绎为文学表达中的个体与集体之争,人民观在这里变成了有待回应的问题。另一走向是公民观。理论家试图用这套观念重组文学理论的体系,王晓华为代表人物之一。王晓华的说法是:"人民是公民共同体,公民则是国家与社会的主权者,因为人民就是主权者的联合……文学要建构真正

---

① 孔范今:《对当前文坛四个问题的反思》,载《中国新时期思想研究资料》(下),山东文艺出版社2006年版,第197页。

的人民性，就不能不表现所有人民的主权者身份，没有公民性之维，人民性在文学和现实生活中都落不到实处。"① 这也是我国市场改革深入以后形成的新的思维方式。这种公民化人民观在思想界引发了以邓正来、萧功秦为代表的理论家的广泛讨论，他们和文艺界的讨论一起，形成了当下人民观建构的一股不可忽视的思潮。第三种走向是社会主义新人观。这种论点以罗岗、张旭东的说法最为典型。他们都是在市场现代化遭遇困境的语境下试图返回毛泽东时期的社会主义实验，从中探索能够超克当下困境的理论资源。这部分理论家所说的人民，指的是从革命时期提取的带有集体主义、平等意识和理想主义色彩的未来主体结构。他们是在现实困境中寻找历史资源，并运用于未来的主体性建构进程。诚如罗岗所说"……更关键在于，是否能够在'现代中国'与'革命中国'相互交织的大历史背景下，重新回到文学的'人民性'高度，在'人民文艺'与'人的文学'相互缠绕、彼此涵纳、前后转换、时有冲突的复杂关联中，描绘出一幅完整全面的20世纪中国文学图景：既突破'人的文学'的'纯文学'想象，也打开'人民文艺'的艺术空间；既拓展'人民文艺'的'人民'内涵，也避免'人的文学'的'人'的抽象化……从而召唤出'人民文艺'与'人的文学'在更高层次上的辩证统一……"② 这里的人民观念也蕴含了他们从历史中截取出的社会主义新人想象，人民文艺在这个层次上回到了毛泽东的大众文艺当中。综上可见，90年代以来在讨论人与人民问题的时候，核心词会已经从阶级、身份、人性转向了个体、市民和主体，词语的转变也意味着认知方式的变化。

对于文学创作来说，此时较为重要的变化在于，以前以政治身份为基础划分阶级并进而确定人物的身份、地位，以及思想情感的正确、健康的模式基本被抛弃了，评价人物的标准更加多元化，除了经济、政治，还有伦理、文化以及个性、修养等，而这些并不是与经济、政治必然挂钩的。文学需要表达的是更加多样的人民，王若水的说法是："文化工作要求科学性与革命性的统一，真实性与政治性的统一，只能把立足点放在为人民

---

① 王晓华：《我们应该怎样建构文学的人民性》，《文艺争鸣》2005年第2期。
② 罗岗：《"人民文艺"的历史构成与现实境遇》，《文学评论》2018年第4期。

服务上。政治工作者与文化工作者都应该了解人民，倾听人民的呼声，懂得人民的愿望与要求。"① 这里所用的是扩大了内涵的人民定义，文艺不仅是为工农兵服务，还需要为所有公民服务。公民可以多样化理解，这就扩大了文学的范围。这首先表现在文学中的人物结构出现了前所未有的变化，比如出现了对原先受到批判的人物重新进行书写的作品，这些作品也在理论界获得了广泛的承认，比如古华的《芙蓉镇》、邓友梅的《那五》、陆文夫的《美食家》等。另外，也出现了很多以往从未出现过的新人物、新题材。比如阿城的《棋王》、徐星的《无主题变奏》、韩少功的《爸爸爸》、池莉的《烦恼人生》，甚至是余华的《活着》等。文学作品中的人物包括主要人物与正面人物便由过去的工农兵向其他阶层扩展，任何阶层的成员都有可能成为文学作品中的主要人物或正面人物。

文学表现的范围也得到了极大的拓展。20 世纪五六十年代，农业题材、军事题材、工业题材是文学创作的三大主题，其他如知识分子题材、城市题材、生活题材的作品则比较少。新时期之后，后一方面的题材明显增多。仅就茅盾文学奖获奖作品而言，从 1982 年到 2011 年，获奖作品共 36 部（不包括荣誉奖）：1. 姚雪垠：《李自成》；2. 古华：《芙蓉镇》；3. 魏巍：《东方》；4. 莫应丰：《将军吟》；5. 李国文：《冬天里的春天》；6. 周克芹：《许茂和他的女儿们》；7. 刘心武：《钟鼓楼》；8. 张洁：《沉重的翅膀》；9. 李准：《黄河东流去》；10. 路遥：《平凡的世界》；11. 凌力：《少年天子》；12. 刘白羽：《第二个太阳》；13. 霍达：《穆斯林的葬礼》；14. 孙力、余小惠：《都市风流》；15. 陈忠实：《白鹿原》；16. 刘斯奋：《白门柳》；17. 刘玉明：《骚动之秋》；18. 王火：《战争和人》19. 阿来：《尘埃落定》；20. 王安忆：《长恨歌》；21. 张平：《抉择》；22. 王旭烽：《茶人三部曲》；23. 熊召政：《张居正》；24. 张洁：《无字》；25. 徐贵祥：《历史的天空》；26. 柳建伟：《英雄时代》27. 宗璞：《东藏记》；28. 麦加：《暗算》；29. 贾平凹：《秦腔》；30. 迟子建：《额尔古纳河右岸》；31. 周大新：《湖光山色》；32. 张炜：《你在高原》；33. 刘醒龙：《天行者》；34. 毕飞宇：《推拿》；35. 莫言：《蛙》；36. 刘震云：《一句顶一万句》。

---

① 王若水：《文艺·政治·人民》，《文艺理论研究》1980 年第 3 期。

粗略观察一下，我们就可发现，其中一半左右的作品，是20世纪80年代以前较少涉及的题材。而像刘心武的《钟鼓楼》、王安忆的《长恨歌》、毕飞宇的《推拿》这种描写一般市民生活的作品；王旭烽的《茶人三部曲》这样描写民族资产阶级的作品；阿来的《尘埃落定》、迟子建的《额尔古纳河右岸》这种正面描写少数民族高层生活的作品；王火的《战争和人》、徐贵祥的《历史的天空》这种比较客观地描写国民党军队抗战的作品；宗璞的《东藏记》这样描写知识分子的作品，在以前都是不可能出现的。它们涉及的题材或者不在主流，或者过于敏感。但在新时期人民观发生巨大转变的背景下，它们都变成了可以描写的领域。文学的题材与范围得到空前的扩展。

第三节　新时代以来的人民观

从历史的角度看，邓小平的人民观无疑是中华人民共和国成立后文艺人民观发展史上的一个重大进展。不过邓小平是从总体的角度看待人民的，考虑的侧重点在人民这个集合体，不在组成人民的每一个具体的个体。[①] 习近平的"人民"概念在范围上继承了邓小平人民概念的范围，但在人民的内部构成上有新的发展。党的十八大之后，中国特色社会主义进入新时代。这一时期我国社会主要矛盾已经转化为"人民日益增长的美好生活需要和不平衡不充分的发展之间的矛盾"。与新时期我国社会的主要矛盾"人民日益增长的物质文化需要同落后的社会生产之间的矛盾"相比，我们可以注意到，十九大提出的我国社会的主要矛盾已经暗含了人民是由不同群体以及不同个体组成的这一内涵。"人民日益增长的物质文化需要"和"落后的社会生产"都是从总体着眼的；而"人民日益增长的美好生活需要"和"不平衡不充分的发展"则考虑到了不同的群体和个人。因为不同的人群与个体对"不平衡不充分的发展"的感受是不同

[①]　这只是说在当时具体的历史条件下，邓小平考虑问题的侧重点在总体意义上的人民，而不是说邓小平没有认识到人民的个体构成，或者暗示他不重视人民中的个体。

的，既然这成为新时代的主要社会矛盾，就意味着对于人民中的不同群体和个人，以及他们的不同愿望、诉求的肯定。这一思想其实在习近平《在文艺工作座谈会上的讲话》中就已有明确的阐述："人民不是抽象的符号，而是一个一个具体的人，有血有肉，有情感，有爱恨，有梦想，也有内心的冲突和挣扎。不能以自己的个人感受代替人民的感受，而是要虚心向人民学习、向生活学习，从人民的伟大实践和丰富多彩的生活中汲取营养，不断进行生活和艺术的积累，不断进行美的发现和美的创造。"① 这段论述虽然是从作家与人民的关系角度出发的，但是却明确地肯定了人民是由"一个一个具体的人"组成的，没有个体，也就没有人民这一总体。习近平的这一人民观既包括了全民，又注意了个体，是对中国特色社会主义进入新时代后中国现实发展的顺应、总结与升华，也是中国马克思主义人民观的新发展。

另外，还应注意的是，习近平的人民观的国际视野。这并不是说，习近平的人民观是建基在全球考虑的基础之上的，也不是指习近平的人民观的国际影响。而是说，与毛泽东、邓小平不同，习近平的人民观是在一个更具开放度的中国社会的基础上构建的，包涵了更广的国际视野、更高的国际格局。这表现在三个方面。其一，在习近平的思想中，中国人民的命运与世界人民的命运是联系在一起的。"人类命运共同体"理念的提出，就是明证。在全球化加速发展的时代，世界各国都紧密地联系在了一起，任何国家、任何民族都是这个联合体的一部分，都不可能独善其身。一国人民的命运实际上要影响到他国人民，反过来亦是如此。建构中国特色的人民观不能不考虑"人类命运共同体"这一重要的国际背景。其二，既然中国与世界是联系在一起的，建构中国特色人民观就不能完全局限于中国，也要考虑世界各国社会的"人民观"。虽然世界各国通行的人民观并不相同，但重视人民的个体构成，却是很多国家的通行做法。习近平重视人民的个体构成，这一人民观虽然是基于中国社会的实际，顺应时代的发展提出来的，但不能不说其中有着国际性的视野。其三，就文艺来说，习近平比以往中国任何一届领导人都更强调文艺的国际性，强调文艺的国际

---

① 习近平：《在文艺工作座谈会上的讲话》，《人民日报》2015年10月15日要闻第2版。

视野。他要求中国艺术家向世界各国展示中国形象、表达中国思想,使世界各国熟悉、理解中国。这其中当然也就包括了让世界了解中国人民,让中国人民的思想、感情、爱好、习俗走向世界的成分。习近平指出:"国际社会对中国的关注度越来越高,他们想了解中国,想知道中国人的世界观、人生观、价值观,想知道中国人对自然、对世界、对历史、对未来的看法,想知道中国人的喜怒哀乐,想知道中国历史传承、风俗习惯、民族特性,等等。这些光靠正规的新闻发布、官方介绍是远远不够的,靠外国民众来中国亲自了解、亲身感受是很有限的。而文艺是最好的交流方式,在这方面可以发挥不可替代的作用,一部小说,一篇散文,一首诗,一幅画,一张照片,一部电影,一部电视剧,一曲音乐,都能给外国人了解中国提供一个独特的视角,都能以各自的魅力去吸引人、感染人、打动人。"① 而用文艺让世界了解中国人民,自然只能通过对一个个具体的中国人的描写,涉及每个具体的中国人。人民观的国际视野在习近平对文艺的要求中也表现了出来。

人民是习近平文艺思想的核心之一。可以从以下几个方面探讨。

其一,习近平认为,文艺之所以存在而且发展,最根本的原因在于人民需要文艺。他指出,"人民的需求是多方面的。……随着人民生活水平不断提高,人民对包括文艺作品在内的文化产品的质量、品位、风格等的要求也更高了"。文艺工作者们必须不断"创作生产出人民喜闻乐见的优秀作品,让人民精神生活不断迈上新台阶"。② 其二,文艺需要人民。人民需要文艺只是问题的一个方面,另一方面,文艺更需要人民。"人民是文艺创作的源头活水,一旦离开人民,文艺就会变成无根的浮萍、无病的呻吟、无魂的躯壳。""文艺只有植根现实生活、紧跟时代潮流,才能发展繁荣;只有顺应人民意愿,反映人民关切,才能充满活力。""一切轰动当时、传之后世的文艺作品,反映的都是时代要求和人民心声。"③ 人民的生活是文艺的根,人民的意愿、要求、情感、关切是文艺的魂,离开

---

① 习近平:《在文艺工作座谈会上的讲话》,《人民日报》2015 年 10 月 15 日要闻第 2 版。
② 同上。
③ 同上。

了人民，文艺将毫无价值，文艺家将一事无成。其三，文艺要热爱人民。"文艺工作者要想有成就，就必须自觉与人民同呼吸、共命运、心连心，欢乐着人民的欢乐，忧患着人民的忧患，做人民的孺子牛。"① 文艺热爱人民的关键，是文艺工作者在理论与实践上都真正地热爱人民，与人民利益相连、感情相牵，认识人民、了解人民、真正成为人民中的一员。这样，其创作的作品，才可能是热爱人民的作品，是人民需要的作品。其四，人民是文艺作品的检验者和评断者。习近平认为，人民是文艺作品是否合格的最权威的评判者。"一部好的作品，应该是经得起人民评价、专家评价、市场检验的作品，同时也应该是社会效益和经济效益相统一的作品。"② 不过，专家是人民的一部分，社会效益和经济效益评价的最终依据是人民。人们常说的历史与时间的检验的最终标准还是人民，某一和多个时间节点上的人民。经得起未来的检验，归根结底是经得起未来时代的人民的检验。因此，归根结底，人民，才是文艺作品最终的评判者。

除此之外，习近平文艺思想的其他方面，也与其人民观有着密切的联系。比如文艺精品思想。习近平强调文艺精品，认为"优秀作品反映着一个国家、一个民族的文化创造能力和水平"。要求"把创作生产优秀作品作为文艺工作的中心环节，努力创作生产更多传播当代中国价值观念、体现中华文化精神、反映中国人审美追求，思想性、艺术性、观赏性有机统一的作品"。但是"优秀作品并不拘于一格、不形于一态、不定于一尊，既要有阳春白雪、也要有下里巴人，既要顶天立地、也要铺天盖地。只要有正能量、有感染力，能够温润心灵、启迪心智，传得开、留得下，为人民群众所喜爱，这就是优秀作品"。③ 由此可见，各种文艺类型，各类文学作品，都可以产生优秀作品。纯文学有精品、通俗文学也可以有精品；阳春白雪有精品，下里巴人也可以有精品；全国性戏剧有精品，地方性戏剧也可以有精品。之所以这样，其中一个重要原因是人民由个体构成，人民的每一个成员，都有权利享受自己所喜爱的文艺类型、享受自己

---

① 习近平：《在文艺工作座谈会上的讲话》，《人民日报》2015年10月15日要闻第2版。
② 同上。
③ 同上。

喜爱的文艺作品。文艺要满足人民多样化的要求，就不能人为地抬高某些艺术门类，将这些门类置于其他门类之上，在这些门类进行大投入、大产出，实行精品战略，而对文艺的其他门类则不闻不问，听其自生自灭。应该在所有文艺类型都实行精品战略，创造出优秀作品，满足人民群众多种多样的精神需求。习近平的人民观在文艺精品思想中得到了鲜明的体现。

习近平的人民观激起了学界与文艺界的诸多共鸣。很多理论家都借助于对其人民观的理解来回应文学在当下所遇到的问题，调整与建构中国特色文艺理论体系。丁国旗发挥了《在文艺工作座谈会上的讲话》中"以人民为中心"的创作导向，认为将文艺的评判权交到人民手上的论点表达的是由具体的人民而非其他因素来评判艺术作品好坏的论点。赵炎秋认为对"具体的个体"的重视回应了文论界当下的结构性矛盾，其价值在于在肯定创作自由的前提下对文艺精品的呼唤。毕光明将"人民"的定位问题挪到了作家应该"怎么写"的问题上谈，认为如何理解"人民"会决定作家以怎样的姿态面向生活。董学文、张永清认为"文艺为人民服务"的要求是批评当代文学平面化、市场化现象的重要标准。也有一些学者从国民性的角度解读习近平的人民观。如张玉能从文学民族化的角度讨论习近平的人民观，认为文学应该由民族性走向世界性；万建中则将国民观放在具体的民族文艺建构的层面进行阐释，认为国际性给了民族文艺建构一个发展的良机。

习近平的文艺观已经并将继续对新时代中国文学产生重大的影响。这可以从以下几个方面探讨。

首先，习近平的人民观有利于文学作品人物的刻画。文学的核心是人，人是复杂多样的，既有共性，又有个性。强调人民的个体构成，在人物塑造时，必然会注意到人物的个性，使文学作品中的人物更加形象鲜明、多姿多彩；强调人民的整体性，必然会更多地注意共性，注意人民利益一致的方面，这会在一定程度上削弱对个性的关注。对个性的关注削弱到一定程度，便会出现类型化的倾向。马克思主义经典作家反对这种倾向。恩格斯曾经对"恶劣的个性化"进行过批判。但他批判的是那种脱离社会内涵，抓住人物的某种怪癖进行夸大描写的现象。对于人物的个性本身，并不反对。在致敏·考茨基的信中，他指出："对于这两种环境里的人物，我认为您都用您平素的鲜明的个性描写手法给刻画出来了；每个人都是典型，但同时又是一定的单个人，正如老黑格尔所说的，是一个'这个'，而且应该是如此。"他认为，人物应该有自己的特点，个性不应"消融到原则里去"。① 这里的原则指作者的理想、共性等。人物应该有共性，但共性应该通过个性表现出来。而重视个性就应该注重人物的个体性，把人物看作"一个一个具体的人，有血有肉，有情感，有爱恨，有梦想，也有内心的冲突和挣扎"。只有这样，才能写出活生生的人，写出人的千姿百态。

其次，习近平的人民观有利于文学创作的全面繁荣，风格、流派的丰富多彩。习近平的人民观有两个重要的侧面。一个是它的范围，那就是所有没有被法律剥夺政治权利的中国公民；一个是它的构成，那就是一个个具体的个人。文艺为人民服务，也就是要为所有的中国公民服务，为每一个中国公民服务。每一个中国人都有权力欣赏文学作品，享受精神与情感的满足，享受美的愉悦。但文学作品总有自己特定的读者，每一部作品都有自己内定的读者群体，为所有读者而写的文学作品实际上是很难存在的。为满足人民丰富多彩的阅读的需要，就需要有丰富多彩的作品。众多的作家与文学作品在竞争、碰撞、融合中形成自己的风格，相同风格的作家作品组成一定的流派。多样的风格与流派必然形成文艺的繁荣。这是一个方面。另一方面，人民群众的欣赏需要是多种多样的，与之相应的文学作品也是多种多样的。每一种类型的文学作品都有人需要，为满足这种需要，每一种类型的文学作品都应该创造出自己的优秀作品。纯文学作品有自己的优秀作品，通俗文学作品也应该有自己的优秀作品，小说有自己的优秀作品，诗歌、散文、戏剧也应该有自己的优秀作品。优秀作品遍及文学的各个门类、样式，文学创作的全面繁荣自然就有了保障。

最后，习近平的人民观有利于文学思想情感的多样性。文艺为人民服务，人民由个体构成。习近平特别强调，作家"不能以自己的个人感受代替人民的感受，而是要虚心向人民学习、向生活学习，从人民的伟大实

---

① 恩格斯：《致敏·考茨基》，载《马克思恩格斯选集》第 4 卷，人民文学出版社 1972 年版，第 453 页。

践和丰富多彩的生活中汲取营养,不断进行生活和艺术的积累,不断进行美的发现和美的创造"。① 这一论述可以从两个方面理解。其一,作家不能以自己的主观思想、感受、体验来臆测、代替人民的思想、感受和体验。而应该深入人民之中,客观真实地体会、了解、把握人民的思想、感受和体验。其二,人民由无数个体组成,每个个体都是"有血有肉,有情感,有爱恨,有梦想,也有内心的冲突和挣扎"② 的。组成人民的个体,每个人的思想、情感、体验都是不一致的。作家应该深入把握每个个体的具体情况,既要在不一致中找到一致,又要在一致中体现出不一致,而且要将一致通过不一致表现出来,共性蕴含在个性之中。强调人民的个体构成也就意味着每一个个体的活生生的思想、情感与体验都有必要在文学作品中表现出来。按照这个思路去创造,必然导致文学作品思想情感的多样性。

马克思认为:"人类始终只提出自己能够解决的任务,因为只要仔细考察就可以发现,任务本身,只有在解决它的物质条件已经存在或者至少是在形成过程中的时候,才会产生。"③ 其实,思想的形成也是如此。思想不可能凭空产生,它只能产生于导致它产生的社会历史条件已经形成或正在形成的时候。中华人民共和国成立70年文艺人民观的变化与发展,从根本上说,也是由其所处的社会历史条件所决定的并随着社会历史条件的变化而变化的。不过,也应看到,一定的人民观念在中国社会发展的一定的历史时期又是稳定的,它影响到中国社会、思想的各个方面,对中国文艺的发展产生了重要的影响。研究这种变化与影响,对于当前文艺思想和文艺创作是有意义的。

---

① 习近平:《在文艺工作座谈会上的讲话》,《人民日报》2015年10月15日要闻第2版。
② 同上。
③ 马克思:《〈政治经济学批判〉序言》,《马克思恩格斯选集》第2卷,人民出版社1995年版,第83页。

结　语

资源分层、内外循环、理论何为
——中国文论 70 年三题

高建平

1949 年中华人民共和国的成立，为几千年的中国历史掀开了新的一页，也使中国文艺理论有了一个新的开端。从那时起到今天，文艺理论已经走过了 70 年，其间有时起伏曲折，有时辉煌耀眼，几乎在每一个时段，都各有具体的焦点话题，形成各种激烈的争论，也有不少理论上的成果。本文在诸多的理论探讨和争论中，提取三个问题为线索，以期从这三个侧面对这 70 年文艺理论发展作概略描述。

一　文论资源的层次论

关于当代中国文艺理论形成的资源，学术界有着多种表述。我们曾经有"单一来源"说，认为文艺理论来源于西方；有"双重来源"说，即中国古代的文论加西方文论；有三重来源说，即中国古代文论资源、西方资源，以及"五四"以来形成的现代中国文论资源。现在看来，仅仅说到此还是远远不够的。对中国文论资源的认识本身就是一个过程，也受特定的理论语境的制约。在回顾过去 70 年的文论变迁史时，应该从历史过程的角度来看待这些资源。实际上，这里所说的不同的资源，是在不同的语境下出场的，甚至这种"单一来源说""双重来源说"和"三重来源说"本身，也是一些特定时期历史语境下的产物。

中国当代文学的起点，应该追溯到 1949 年的"文代会"。1949 年 7

月 2 日至 19 日，在全国战场大局已定之时，在解放了的北平召开了中华全国文艺工作者代表大会（史称"第一次文代会"）。一些来自原"国统区"的进步的作家，与一些来自原"解放区"的作家，相聚在即将成为新的人民政权的首都北平，实现了文艺队伍的"会师"。在会上，毛泽东主席即席发表了著名的"我们欢迎你们"的讲话。他说："因为你们都是人民所需要的人，你们是人民的文学家、人民的艺术家，或者是人民的文学艺术工作的组织者。你们对于革命有好处，对于人民有好处。因为人民需要你们，我们就有理由欢迎你们。再讲一声，我们欢迎你们。"[①] 这里的"我们"，是中国共产党和刚刚进城的人民军队，"你们"是参会的文艺工作者。革命不能没有文艺这一条战线，因为"人民需要你们"，所以"我们欢迎你们"。这方面的意思得到了明确的表达，而这是由当时的形势所决定的。这次大会成立了中华全国文学艺术界联合会，通过这个联合会的建立和其他各种工作安排，对"会师"后的这两支队伍进行了合并和整编。"我们欢迎你们"之后，就是欢迎"你们"加入"我们"，由此开始实现对全国文学艺术工作的全面领导。

这次会议同时也应被视为当代中国文学理论的起点。文学理论的建设，当然不能仅仅是两个方面的人合到了一道，通过整编开始共同工作，而是要实现思想脉络的会合和发展。

20 世纪 50 年代的文学理论，实现了两种理论资源的结合。首先是以毛泽东的《新民主主义论》和《在延安文艺座谈会上的讲话》，以及共产党的其他重要领导人的论著和讲话等为代表的、来自原根据地的文艺理论的观点。这些论著和讲话，原本就是马克思主义与中国实践结合的产物，也曾受到俄苏文艺理论的影响。有关文艺的阶级属性、意识形态功能，以及推动文艺大众化的进程等方面的观点，瞿秋白很早就倡导。从 1927 年至 1936 年的"左翼"十年中，中国的"左翼"文艺理论家们从苏联吸收了众多的文艺观点。毛泽东的《在延安文艺座谈会上的讲话》，两处引用了列宁的语录，还举了法捷耶夫《毁灭》一书的例子。

[①] 中华全国文学艺术工作者代表大会宣传处编：《中华全国文学艺术工作者代表大会纪念文集》，新华书店 1950 年东北初版，第 3 页。

在 50 年代初中苏友好的大形势下，各行各业都在向苏联学习，同时，由于面临着怎样让革命的文艺思想系统化，适应取得全国政权以后的新形势，也适应大学文科教育的需要这些新的任务，在这一时期，苏联系列的教材开始大举进入中国。曾留学美国芝加哥大学的诗人查良铮（穆旦）翻译出版了三卷本苏联的权威教材——季摩菲耶夫的《文学原理》，由上海平明出版社在 1953—1954 年陆续出版。1954 年，北京大学聘请苏联专家毕达可夫来华开设文艺理论研究班，1955 年，北京师范大学聘请苏联专家柯尔尊开设文艺理论研究班。他们的研究班产生了巨大影响。许多当时的年轻学者，例如霍松林、蒋孔阳、李树廉、林焕平等人，迅速参照苏联文论的框架，写出了自己的文学理论教材。

这种理论上的结合，是在向苏联学习的大气氛中形成的。这实际上也是一次"会师"，是思想上的交融和会合。套用胡风的一首长诗所描绘的，这时，时间开始了。

对待苏联理论的态度，在 50 年代有一些变化。从 50 年代前期理论上一边倒，到 50 年代的后期，尤其是苏共二十大以后，对苏联经验的反思，在文艺理论上也体现了出来。

在 1953 年的"第二次文代会"上，周扬说道："我们把社会主义现实主义作为文艺创作和文艺批评的最高准则，工人阶级作家应当努力把自己的作品提高到社会主义现实主义的水平，同时积极地耐心地帮助一切爱国的、愿意进步的作家都转到社会主义现实主义的轨道上来。"[1] 这一"最高原则"的提法，此后就有了变化。1956 年 4 月，毛泽东在《论十大关系》的报告中指出："最近苏联方面暴露了他们在建设社会主义过程中的一些缺点和错误，他们走过的弯路，你们还想走？过去我们就是鉴于他们的经验教训，少走了一些弯路，现在当然更要引以为戒。"[2] 这是中国人探索自己的社会主义道路的开端。同月，毛泽东在中共中央政治局扩大

---

[1] 周扬：《为创造更多的优秀的文学艺术作品而奋斗——一九五三年九月二十四日在中国文学艺术工作者第二次代表大会上的报告》，原载《文艺报》1953 年第 19 期，引自周扬《周扬文论选》，人民文学出版社 2009 年版，第 405 页。

[2] 毛泽东：《论十大关系》，《毛泽东文集》第 7 卷，人民出版社 1999 年版，第 23 页。

会议上说："艺术问题上的百花齐放，学术问题上的百家争鸣，应该成为我们的方针。"① 这一方针为文艺发展、理论探索打开了大门。此后，在新民歌运动和"大跃进"的推动下，毛泽东于1958年3月在成都举行的中央工作会议上，针对新诗的发展道路提出："中国诗的出路，第一条民歌，第二条古典，在这个基础上产生出新诗来。形式是民歌，内容是现实主义和浪漫主义的对立统一。太现实了就不能写诗了。"② 到了1960年的"第三次文代会"，周扬的报告就集中论述了"革命现实主义和革命浪漫主义两结合"的创作方法，同时提出了批判修正主义的论题③。这种国际政治形势的变化，在文学理论教材中的反映却没有那么明显。文学理论教材仍然大体维持了原有的框架，采取了"社会主义现实主义"和"两结合"的创作方法并存的写法。

在"大跃进"的年代，北京大学和北京师范大学曾有学生编写《中国文学史》和《中国民间文学史》，但这毕竟不是正常的做法。当时，没有出现学生编写文艺理论教材的情况，尽管这可能是最缺的一种。这方面的原因不详，也许与文艺理论教材的编写更有难度有关。到了1961年，在经历了50年代的文论建构和发展变化以后，中央决定开始编辑两部教材，即后来以群主编的《文学的基本原理》和蔡仪主编的《文学概论》。这两部教材，都有建立中国自己的文论体系的意愿，但从总体理论框架上看，仍是苏联模式与中国根据地模式的结合或混合。

文学理论的建设受到一个重要方针的影响，这就是"古为今用，洋为中用"。这个方针原本并不是针对文艺理论，而是针对当时的文艺界特别是艺术界的状况提出来的。受当时"京剧革命"的影响，1964年9月1日，中央音乐学院二年级学生陈莲给毛泽东写信，指出中央音乐学院的教学，仍是"长期地、大量地、无批评地学习西方资产阶级的音乐文

---

① 毛泽东：《在中共中央政治局扩大会议上的总结讲话》（1956年4月28日），载《毛泽东文集》第7卷，人民出版社1999年版，第54页。
② 转引自朱寨主编《中国当代文学思潮史》，人民文学出版社1987年版，第343—344页。
③ 周扬：《我国社会主义文学艺术的道路——一九六〇年七月二十二日在中国文学艺术工作者第三次代表大会上的报告》，《周扬文论选》，人民文学出版社2009年版。

化"，"只教继承，不教批判"，或者"抽象地批判，具体地继承"。这封信被中共中央办公厅秘书室摘要刊登在1964年9月16日编印的《群众反映》第79期上。毛泽东看了以后，于1964年9月27日，给当时的中宣部长陆定一写了一段批示，肯定了这封信的内容。在写完批示、署好落款和日期之后，却意犹未尽，又加了这八个字："古为今用，洋为中用。"① 从当时的大背景看，这段话具有既反对"食古不化"，又反对"唯洋是举"，要对古代的和外国的文艺进行改造，以期建立新的文艺的意思。

从50年代到60年代，文艺理论上的古与今、中与西的问题，当然会不断涌现出来。这突出地体现在，一方面在文艺理论中流行50年代初年形成的中苏合璧的体系，一方面在艺术实践上仍在延续中国传统艺术与西方的艺术。当时在文艺领域里的革命，就是致力于对既有的文艺进行改造：现代京剧是一个试验，类似的试验还在国画、音乐、舞蹈等各个领域中进行着。

在经历了"文化大革命"的教训以后，从"改革开放"之初的"新时期"，到面对全球化浪潮的"新世纪"。外部的大形势发生了巨大的变化，中国的文艺理论，仍在遵循"古为今用，洋为中用"的方针，但不断赋予这个方针以新的内容。

"改革开放"之初，随着恢复高考招生，大学文科教育也回到正轨。为了适用教学的需要，以群主编的《文学的基本原理》出了新版，并多次重印。蔡仪主编的《文学概论》在"文化大革命"以前就已经完成初稿，这时也成为规定教材正式出版并大量印行。这两部教材的基本框架，都可以看出苏联教材的痕迹。

教材模式最终还是在"改革开放"的语境之下，通过对古代和外国的文艺理论的学习和吸收而得到改变。在这一时期，"古为今用，洋为中用"的方针，就被理解为：古代的理论资源，经过现代的转换以后，可以进入当下的理论体系之中，服务于当代；而外国的理论资源，也可以被

---

① 参见孙国林《"古为今用，洋为中用"文艺方针是怎样诞生的》，《文艺理论与批评》2010年第4期。

我们所吸收，成为中国文论的一个组成部分。

在吸收国外文学理论方面，20 世纪 80 年代，韦勒克和沃伦合著的《文学理论》、伊格尔顿的《20 世纪西方文学理论》、佛克马和易布思合著的《二十世纪文学理论》、艾布拉姆斯的《镜与灯》、沃尔夫冈·凯塞尔的《语言的艺术作品》等西方文论著作被陆续介绍到中国，对文学理论教材的写法形成了巨大的冲击。在这一时期，一些杂志也开辟专栏，介绍国外的文艺理论，刊登一些原本学习英美文学的年轻学者所写的介绍外国文艺理论和批评方法的文章，受到热烈的欢迎。在这时，出现了一个翻译的大潮，在这个大潮的冲击下，原有的文艺理论体系显得过时。

在引进国外的文艺理论的同时，对中国古代文艺理论的研究取得了突出的成果。1979 年，王元化的《文心雕龙创作论》一书出版，在文艺理论界产生巨大轰动。同年，郭绍虞主编的《中国历代文论选》分为四卷本和一卷本两种版本出版。1981 年，敏泽所著《中国文学批评史》（上下两卷本）出版。除此以外，还有蔡钟翔等所著五卷本《中国文学理论史》和张少康等所著两卷本《中国文学理论批评发展史》。这些书的出版，引导一些当代文论研究者回到古典，去挖掘一个理论上的富矿，也在年青一代的文论学者中出现了学习古典文论的热潮。

"改革开放"给文艺界带来了自由讨论的空间，而这时，围绕着"古"与"今"、"洋"与"中"也产生了激烈的讨论。西方文论的引入，是否带来了"失语"？能否使中国古代文论通过"转换"以适应当代社会的需要？这成为一个大话题，吸引了众多学者的参与。文论建设从古代文论中吸取营养，这件事从晚清到"五四"，直到 20 世纪的 20—40 年代，已经有很多人开始做，然而，只是到了 80 年代，在西方文论大举进入中国文论界时，才有人把这个问题以二元对立的方式提出来。建设中国文论，能否从古代文论框架出发，将之"转换"为适应当代需要的文论？由此引发的讨论，要求明确西方文论与中国古代文论资源在当代文论中的定位。在这种背景下，"古为今用，洋为中用"的方针获得了新的内容。我们可以有古代的和外国的文论的专门研究和阐释，但还是要为当下的文艺实践服务。经世致用，应该是我们出发点和落脚点。在"体"和"用"的关系上，"古"和"洋"都仅仅是"用"，而当下中国的文艺实践，才是"体"。

在这一背景下,20世纪前半期的文论资源重新得到了关注。解决上述中西二元对立的立场,有一个很好的办法,就是重新审视20世纪前半期文论家们的努力,寻找"接着讲"的可能。20世纪50年代的文论,采取的是从"反帝反封建"的立场出发,建立文论的新开端的做法。"反帝"不等于反西方文论,"反封建"不等于反古典文论,但这种政治态度对文论资源的取舍必然会产生一定的影响。这一时期的基本立场,是用当时已经建立起来的理论来改造现存的、来自古代和西方的文艺,以建立社会主义的新文艺为理想。从80年代起,文论自身的建设成为文论学者关注的中心。文论学者不满既有的体系,而多方寻找资源。然而,"古"与"洋"本身却形成了二元对立。这时,从20世纪前期中西交会的大背景下形成的各种文论成果中吸取资源,不再取理论上"纯而又纯"的立场,应该成为破解这种中西二元对立的一个重要途径。从晚清到"五四",再到20世纪的20年代到40年代,许多文论家和美学家,在将古代文论现代化、西方文论中国化的过程中,做了许多的工作,取得了不小的成果。我们不能一笔抹去,从头再来,而是应该总结其经验,以"接着讲"的态度,既肯定已有成果,又致力于新的创造,讲出新时期的新理论来。

由此可见,当我们论述中国文论70年的理论资源时,必须具有一种层次的观念。在这70年中,不同的资源,是适应了不同时期的需要,逐渐进入中国文论之中的。只有理解了这种层次观,才能历史地、立体地看待中国文论所吸收的各种资源,看清其发展轨迹。

二 外部研究与内部研究的循环

关于文学研究,有所谓的"外部研究"和"内部研究"的说法。韦勒克、沃伦的《文学理论》将这种说法明确化,从而也在中国流传开来。关于"外"与"内",有所谓的作家个人的"外"与"内"的说法。依照这种说法,社会、经济、政治、文化对文学的影响因素,是文学之"外",而创作者的个性、心理则是"内"。还有一种说法则是,文学艺术作品的"文本"本身之外是"外",文本之"内"则是"内"。这里主要取后一种说法。

在韦勒克、沃伦的《文学理论》一书于1984年在中国出版,[①]及其所代表的"英美新批评"派的文学批评方法流行之前,文学上的"内"和"外"的区分,并不很明显。许多文学批评的文章和著作,都是持兼容的态度,既讲"外",也讲"内",并且认为这两者是文学批评必不可少的两部分。

当曹丕讲"盖文章,经国之大业,不朽之盛事"之时,他讲的是文章之功用,属于"外",而当他讲"夫文本同而末异,盖奏议宜雅,书论宜理,铭诔尚实,诗赋欲丽"时,他讲的是文体之学,属于"内"。同一部《文心雕龙》,在"原道""宗经"中,讲的是"外",而在"情采""丽辞""比兴""夸饰"等篇目中,讲的就是"内"。同样,当张彦远讲"夫画者,成教化,助人伦,穷神变,测幽微,与六籍同功,四时并运,发于天然,非由述作"之时,他讲的是"外",而当他论"气韵生动""骨法用笔"等绘画六法时,他讲的是"内"。从这个意义上讲,一部完整的文艺理论著作,总是要既讲"外",又讲"内"。

50年代初年的文学理论教材,也是如此。从1953年至1954年陆续出版的季摩菲耶夫的《文学原理》共分为三卷,第一卷是《文学概论》,讲一般文学知识。第二卷是《怎样分析文学作品》,讲文学作品本身。第三卷是《文学的发展过程》,讲文学的历史发展。由此构成关于文学的"本质论""作品论"和"发展论"三个组成部分。如果说"本质论"和"发展论"里杂有"内"与"外"的话,那么,"作品论"则主要是讲"内",讲作品是如何构成的。

1954年,苏联专家毕达可夫在北京大学所讲的课程,分成四个部分:第一,文学的一般学说,其中包括"作为意识形态的文学",也包括形象性和典型性,党性和人民性,爱国主义性,艺术的历史性和全人类性,等等;第二,文学作品的构成。其中包括内容和形式的统一,思想和主题基础,作品的形象体系,结构与情节,文学作品的语言;第三,文学的发展

---

① [美]雷·韦勒克、奥·沃伦:《文学理论》,刘象愚、邢培明、陈圣生、李哲明译,生活·读书·新知三联书店1984年版。

过程。文学与社会生活，方法、风格和文学流派，艺术方法和潮流，包括历史上的各种文学流派。第四，讲社会主义现实主义。① 这种做法，也是既包括"外部规律"，也包括"内部规律"。

中国当时的两本最著名的教材也是如此。以群主编的《文学基本原理》分为三编：第一编讲述文学与社会生活，阶级属性和服务对象，以及文艺的继承与革新等，第二编讲文学的形象、典型，创作方法，以及内容与形式、语言与体裁等，第三编讲文学的鉴赏和评论。

蔡仪主编《文学概论》共分九章：第一章，文学是反映社会生活的特殊的意识形态；第二章，文学在社会生活中的地位和作用；第三章，文学的发生和发展；第四章，文学作品的内容和形式；第五章，文学作品的种类和体裁；第六章，文学的创作过程；第七章，文学的创作方法，分别讲历史上的各种创作方法，并归结到"社会主义现实主义"和"两结合"上来；第八章，文学欣赏；第九章，文学批评。② 这种区分的办法，顺序与季摩菲耶夫和毕达可夫不同，内容也有很大的区别，但基本框架还是如此。

综上所述，这些文艺理论的著作，仍是努力保持内外平衡的。当然，溯其本源，苏联引进的文艺理论体系，具有一个重要的出发点，这就是，这种理论是当时的苏联在组织了对后来被称为"俄国形式主义"的理论的批评之后才建立起来的。因此，有着一个深厚的重"外"轻"内"的背景。

韦勒克、沃伦的《文学理论》一书引进到中国，对改变流行的苏联体系的教材具有重要的意义。作为教材，这本书仍是既讲"外"，也讲"内"。这本书的第三部分专门列出标题"文学研究的外部方法"（the extrinsic approach to the study of literature），并在其中包括了"文学与传记""文学与心理学""文学与社会""文学与观念""文学与其他艺术"。在这本书的第四部分，列出标题"文学的内部研究"（the intrinsic study of

---

① ［苏］依·萨·毕达可夫：《文艺学引论》，北京大学中文系文艺理论教研室译，高等教育出版社1958年版。

② 蔡仪主编：《文学概论》，人民文学出版社1979年版。

literature），并在其中列出"文学作品的存在模式""悦音、韵律和音步""风格与风格主义""意象、隐喻、象征与神话""叙事性作品的本性与模式""文类""评价"："文学史"。[①] 这部书在中国的出版，使得"外部规律"与"内部规律"的说法得以清晰化。对于何为"内"，何为"外"，这本书也给了一个明确的回答，不是指"人"的内与外，而是指"文"的内与外，这与此前的一些划分也有着明显的区别。然而，正是这部仍保持内外平衡的著作，在中国开启了一个规模巨大的"向内转"的运动。韦勒克和沃伦的《文学理论》被带进中国，给中国学者深刻印象的，是对文本分析的重视，而这正是中国过去的教材比较弱的一面。

在80年代，产生这种"向内转"的原因有两个方面。第一，经历了"文化大革命"以后，淡化作品的政治性，回到作品的文学性上来，成为一个时代的普遍要求。此时，出现了"美学热"，许多文艺理论研究者也参加到美学的讨论之中。"美学热"是从"形象思维"的讨论开始的。毛泽东在《给陈毅同志谈诗的一封信》中讲，诗要用形象思维，用比兴的手法，等等，这些都给文艺理论起了示范的作用。在"美学热"中，关注文艺的审美规律和特性，从而使注意力回到了作品的本身。

第二，这时流行的西方文论的影响。韦勒克和沃伦的这本书所介绍的是英美新批评的方法，重视文本的细读。与此同时，一些重要的英美新批评的论著也被介绍到中国。例如，温姆萨特和比厄斯利所写的《意图谬误》和《感受谬误》，艾·阿·瑞恰兹著的《文学批评原理》，都在中国产生了巨大的影响。除了新批评以外，发源于欧洲大陆的一些文学批评流派，也被介绍到中国。佛克马、易布思的《二十世纪文学理论》一书于1988年译成中文出版。这本书介绍了俄国形式主义、捷克结构主义和苏联符号学，以及法国结构主义和叙事学的方法。这两种方法起源不同，方法也不同。英美新批评从对文本的感性阅读经验出发，并由此出发进行分析，而发端于欧洲大陆上的文学理论，从形式主义到结构主义，都从语言

---

① René Wellek & Austin Warren, *Theory of Literature: A seminal study of the nature and function of literature in all its contexts*, London: Penguin Books, 1993. 这里的一些词的翻译与前引中译本略有不同。

学出发，利用语言学所构建的模型来进行文学作品的形式和结构分析。然而，它们都有一个共同的特点，即关注文本本身的研究。

在中国1985年前后，一度还流行过用自然科学方法论对文学文本进行研究的现象，尽管后来学术界放弃了这种研究，但它带来的影响，仍是深远的。作为文论现象的进一步发展，直至今日，在中国文论界，仍有不少人继续从事从叙事学到文学阐释学的研究，取得了不俗的成果，这些研究都是以文本为中心的。

值得注意的是，当我们谈到这种"外部研究"和"内部研究"之分时，在文学界常常有一些学者将之与文学和美学上的"他律"和"自律"混淆起来。应该指出，这两对概念固然会有一些联系，但本质上是不同的。"外部研究"和"内部研究"的区分，是从研究角度上说的。其中"外部研究"是指在文学研究中，从外部来研究文学作品与社会生活、个人与社会的历史文化环境、创作与接受者的心理、一个时代的哲学观念和政治文化思潮等各方面的情况，也包括文学所使用的媒介，其制作情况，文学与市场的关系，等等；"内部研究"则是指研究文学的形象、语言、风格、体裁、文体和文类，诗歌中的节奏和韵律，叙事性文学作品中的人物、视点、时间和空间，叙述与描写，等等。

这与文学、美学上的"他律"（heteronomy）与"自律"（autonomy），说的不是一回事。"自律"一词来源于康德，指"自身给予规律"，它相对于"他律"，即接受外在、其他学科给定的规律。[①] 深受康德和叔本华影响的王国维在《红楼梦评论》这篇名作中使用这两个词。他以两部作品为例，对两者作了区分："故《桃花扇》之解脱，他律的也；而《红楼梦》之解脱，自律的也。且《桃花扇》之作者，但借侯、李之事，以写故国之戚，而非以描写人生为事。故《桃花扇》，政治的也，国民的也，历史的也；《红楼梦》，哲学的也，宇宙的也，文学的也。"[②] 在此以后，"为艺术而艺术"一系的文学主张，就更接近"自律"，而重视文学的社会功用的一派，就更接近"他律"。在此后的文艺发展中，重视文艺的社

---

① *A Companion to Aesthetics*, ed. by David Cooper, Oxford: Blackwell Publishers, 1995, p. 33.
② 王国维：《红楼梦评论》，《王国维文集》第1卷，中国文史出版社1997年版，第10页。

会功用的占据着主导地位,"为艺术而艺术"派随着形势发展而日益被边缘化,从"文学革命"到"革命文学",文学关注社会,促进社会进步成为主流。然而,关于文学作品中的文学性的思考,总是不断被提出来。文学如何才能达到"自律"?"纯文学"是否还存在?1978年以后在美学界形成的"美学热",对"自律"和"纯文学"观念的复归,是一个推动。由于"美学热"而形成的对康德和席勒的重新关注和深入研究,以及对"审美无功利"思想理解的深化,都推动了文学"自律"意识的重新兴盛。

经历了"后现代"风潮洗礼的文学批评界,到了21世纪之初,仍回到了"纯文学"的讨论中。2001年,李陀在《上海文学》发表了《漫说"纯文学"》一文,发起了关于"纯文学"的讨论。对此,陈晓明写道:"在这样一个什么东西都在旺盛生长的时代,我们感到文学还是有一种内在之力,可以沉静地以它的方式存在,存在于文本中,存在于书写中,存在于虔诚的阅读中。当我说出'纯文学'不死这种句子时,我觉得我是真正与文学同在。"[1] 毕光明则认为,"纯文学"也能从事历史批判。纯文学"是文学的一个特殊类型,特在它更艺术地处理经验,表达思想感情,能满足人们的更高精神需求,因而为爱美文而又懂美文的人所欣赏"[2]。这是说,通过文学之"纯",实现文学之于人生、社会和历史的目的。

文学批评界围绕着"纯文学"的激烈争论,以及上述"他律"与"自律"的讨论,与文学研究界所讲的"外部规律"与"内部规律"区分,从本质上说是两回事。韦勒克和沃伦的《文学理论》一书,开宗明义的第一句话就是:"我们首先必须区分文学和文学研究。两者是截然不同的两种活动:一种是创造性的,是一种艺术;而另一种,如果称为科学不太精确的话,也是一类知识或学问。"[3] "他律"与"自律"是对文艺作品的分类,说明一些作品以文艺所服务的功利性目的为主旨,而另一些

---

[1] 陈晓明:《不死的纯文学》,北京大学出版社2007年版,第4页。
[2] 毕光明、姜岚:《纯文学的历史批判》,北京大学出版社2013年版,第301页。
[3] René Wellek & Austin Warren, *Theory of Literature: A seminal study of the nature and function of literature in all its contexts*, London: Penguin Books, 1993, p. 15.

作品则回归艺术本身，以艺术本身为目的。如果这做不到的话，那至少是在既有的作品中强调其文学性或艺术性。与此不同，文学研究中的"外部规律"与"内部规律"之争，是本可以共存的两种文学研究的路径发生的冲突，出现了谁更占优势，要压倒对方的问题。

20世纪80年代中国文学研究界的"向内转"，所强调的是文艺研究中的对作品本身的分析研究。由此，开始了从语言学出发，对文学作品的以文本为中心的研究。在此以后，所出现的是再一次"向外转"。钱中文先生曾经指出过中外文论发展的两次错位："一次是80年代前，西方文学理论的主导研究是一种内在研究，而我们则把文学理论的外在研究发展到了极致。结果是两者都走入绝境，难以为继。另一次是80年代开始，当全球化语境正在形成之中，西方文学理论的主导倾向，由内在研究而走向外在研究，而且声势越来越大。而我国的文学理论，则由外在研究而走向内在研究，大力探讨文学理论自身的问题、规律等等。"[1] 这种错位，既由传播、翻译、接受和解读过程所造成的时间差所决定，也由不同的国情和特定情境下对理论的需求所决定。钱中文接着写道："从目前的双方文学理论的情况来看，说不定可能是第三次错位了。"[2] 从后来的发展情况看，钱中文于2001年所作的这一推测是有道理的。

在"向内转"以后，中国文学理论界开始了声势浩大的"向外转"的运动。乔纳森·卡勒在概括这种"向外转"时写道："文学理论的著作，且不论对阐释发生何种影响，都在一个未及命名，然经常被简称为'理论'的领域之内密切联系着其他文字。这个领域不是'文学理论'，因为其中许多最引人入胜的文字，并不直接讨论文学。"[3] 这部出版于1982年的著作，对当时出现的结构主义以后的种种理论思潮进行了分析和阐释。他关于从"文学理论"到"理论"的评述，不仅适用于解构主

---

[1] 钱中文、刘方喜、吴子林：《自律与他律——中国现当代文学论争中的一些理论问题》，北京大学出版社2005年版，第276页。

[2] 同上。根据此书第273页的注释，钱中文的这篇文章以《全球化语境与文学理论的前景》为题，发表于《文学评论》2001年第3期。

[3] [美]乔纳森·卡勒：《论解构》，陆扬译，中国社会科学出版社1998年版，第2页。

义，而且对"新批评"和"结构主义"之后的新马克思主义、心理分析、女性主义、新历史主义等诸多理论模式普遍适用。在一段时间里，这构成了普遍的理论潮流。然而，到了世纪之交，当中国学术界追随这些理论，实现着"向外转"的转向，甚至走向一种极端的理论，进行"没有文学的文学理论"研究之时，正像钱中文先生所指出的，我们正在"第三次错位"。文学理论不能偏离文学，当代的"后理论"就是一次回归文学的运动。回归文本细读，回归文学性和审美性，这成为一个新的潮流。我们不能总是这样"错位"下去。

姚文放整理了《当代文学理论导读》一书的一些观点，作了如下描述：

> 随着"理论"的进一步发展，它的很多弊端暴露出来，譬如它对于种种时髦学说表示热衷，但它高踞于观念的、创造的、批评的话语的等级序列之上，否认理论与实践之间的相互影响、相互作用的必要性，则使这些学说最终变成了不着边际、抽象沉闷的教条。它刻意与文学批评和作品阅读隔绝开来，偏好那玄虚晦涩、令人望而畏的论说文体，最终导致对于文学研究正业的偏离。这些弊端引发了"后理论"向重视文学阅读、崇尚审美经验的"前理论"回归的冲动。[1]

在当代西方，正在出现一种"文学性"的复归。正如彼得·威德森所说："'文学性'创造了'诗性的现实'，通过原初文本的'制作'，从不成形的事物中塑造出'模式'与'主题感'，这就表明，正是过去的与现在的文学写作了我们……永久地改变了我们感知事物的方式。"[2]

拉曼·塞尔登认为这种"复归"，可以用"后理论转向"来概括。他提出了三种"后理论转向"的特点：第一，回归"诗学"，即"文

---

[1] 姚文放：《从形式主义到历史主义：晚近文学理论"向外转"的深层机理探究》，北京大学出版社2017年版，第372页；[英]拉曼·塞尔登等：《当代文学理论导读》，刘象愚译，北京大学出版社2006年版，第328—333页。

[2] [英]彼得·威德森：《现代西方文学观念简史》，钱竞、张欣译，北京大学出版社2006年版，第194页。

学"和"文学性";第二,回归"发生学研究",即研究版本目录学,考察文本从手稿到成书的演化过程;第三,回归"审美",从而提出"新审美主义"。①

钱中文所指出的"错位"现象的根源,在于我们一直跟着西方的理论走,再由于传播和翻译的滞后,从而出现的时间差。回归本位,回到"内外兼修"的立场上来,面对文学活动的实践,从中上升和总结出理论,并在此基础上,吸取古代和外国理论的优长之处,才是正确的理论发展之道。

三 文学理论与文学实践关系的变迁

关于"理论何为"问题,实际上一直伴随着过去 70 年的文学理论的发展。文学理论毕竟是文学的理论,它必然地与文学实践保持某种关系。这种关系一直处在动态的变化之中,由于某种冲击,平衡被打破,又由于文学理论自身的要求,实现着再平衡。

50 年代初年的文学理论,是从向文学提出要求、规定文学应该如此的立场开始的。我们认定文艺具有某种特征,要求文学符合这种特性。当周扬论述社会主义现实主义创作方法时,他说:"工作阶级应当努力把自己的作品提高到社会主义现实主义的水平。"② 这种文艺理论是提出一个"应该努力"去实现的目标,因而是一种"规训"的理论。从文艺理论与实践的关系看,这种"规训"性的文艺理论要求对文艺实践具有指导性。这里所说的实践,不仅指文艺创作,而且包括文学批评和文学史的写作,以及有关文学的各种管理、组织、出版活动。文学实践中的各行各业,都在学习理论,并将理论贯彻到具体的研究活动之中。这种指导关系,还在大学教学中体现出来。大学的文学课程教学,也要先对学生讲授一些文艺

---

① [英]拉曼·塞尔登等:《当代文学理论导读》,刘象愚译,北京大学出版社 2006 年版,第 354—369 页。
② 周扬:《为创造更多的优秀的文学艺术作品而奋斗——一九五三年九月二十四日在中国文学艺术工作者第二次代表大会上的报告》,周扬《周扬文论选》,人民文学出版社 2009 年版,第 405 页,着重号为引者所加。

理论知识，让学生对文艺有一些概念性了解，然后结合各门课的教学来理解和消化这种理论。

这种理论及其所形成的对文艺实践的这种关系，从对过去的旧文艺进行改造的意义上看，是迫切需要的。在社会改造的过程中，通过理论的力量改造旧文艺，再通过新文艺塑造，实现文艺为人民服务的要求，这具有重要的意义。然而，正像所有正确的理论往前多走一步，就会变成谬误一样，文艺理论对文艺实践的指导意义，后来发展成了用关于文艺的理论思维取代文艺创作中的形象思维，这就导致文艺创作中概念化、口号化盛行，以致在"文化大革命"期间"三结合"即"领导出思想，群众出生活，作家出技巧"的"创作经验"流行。

批判"文化大革命"时期的文艺思想是从恢复对"形象思维"的讨论开始的。1977年12月31日，《人民日报》发表了毛泽东《给陈毅同志谈诗的一封信》，重启了在"文化大革命"前就曾进行的关于"形象思维"的讨论，这一讨论在当时具有多方面的意义。从理论与实践的关系看待"形象思维"讨论，我们可以发现，原有的理论对实践的指导和"规训"，甚至理论在文学中的直接表达，引起了反弹。这时，通过"形象思维"的讨论，开始了对文艺相对独立性的一定程度的尊重。列宁说，"绝对必须保证有个人创造性和个人爱好的广阔天地，有思想和幻想、形式和内容的广阔天地"。[①] 那么，如何保证并保卫这个"广阔天地"？理论在其中起什么作用？这个问题必须回答。如果存有一种"形象思维"，至少作家艺术家可以此来认识感知世界，而不只是传达某种既有的抽象思想。这是拉近理论与文艺实践的一个尝试，受到文艺界和美学界的普遍欢迎。

从1978年起的"改革开放"，带来了新一轮关于"理论何为"的思考。在20世纪80年代，中国社会科学院文学研究所文学理论研究室，由王春元和钱中文牵头，组织了一套"现代外国文艺理论译丛"。这个译丛的第一辑第一本，就是韦勒克、沃伦合著的《文学理论》一书。在这本书以后，又组织翻译了多本国外重要文艺理论著作。这一套译丛以及同一

---

① 列宁：《党的组织和党的出版物》，中国社会科学院文学研究所文艺理论研究室编《列宁论文学与艺术》，人民文学出版社1983年版，第68—69页。

时期的其他几套译丛的出版，改变了人们对文艺理论性质的认识，冲破了原有的文艺理论体系。在这一时期，学术界所关注的，是从50年代开始在西方一些国家开始流行的批评方法，例如，英美新批评、俄国形式主义，以及法国结构主义等。中国学术界在80年代学习这些方法，形成了"诗学"研究和"叙事学"研究。这些研究取得了许多重要成果。至今，对这两方面的研究，仍有许多人倾注着巨大的精力。在此基础上，一些学者关心"批评学"的研究，尝试编辑批评手册一类的书，以期对文学批评进行指导。除此以外，还有一些更具有理论倾向的学者从事美学与文艺理论的关键概念和范畴的研究。这种关键概念和范畴的研究，虽然不直接接触文艺作品，但毕竟通过概念分析影响文艺批评，从而最终对文艺创作和文学史的书写产生影响。

这一时期所实现的，是文艺理论从"规训"向"描述"的转化。随着文艺的语言学转向，文艺理论也就不再以论述"文艺应该是什么"为中心任务，而将目光转向对既有的、公认的文艺作品的描述上来。这种描述性理论，一方面具有贴近文学作品的文本本身的特点，或者是直接从文本的阅读经验中总结理论，或者是运用语言学的方法来研究文学作品。从理论与实践的联系的角度看，这种理论与作品的分析的联系有着直接性；但从另一方面看，这些理论将审美和价值的评价抽空，只关注作品的文本或结构分析，就像语言学只研究语言，而不涉及语言写了什么内容一样。

文学理论对文学的偏离，是从后现代主义的大潮开始的。乔纳森·卡勒所说的"理论"代替"文学理论"现象，造就了一种"新文类"。他后来在《文学理论》（1997）一书中写道："这种意义上的理论已经不是一套为文学研究而设的方法，而是一系列没有界限的、评说天下万物的各种著作，从哲学殿堂里学术性最强的问题到人们以不断变化的方法评说和思考的身体问题，无所不容。"[①] 这种转向的原因，与西方国家在20世纪60年代以后的文化转向有着密切的关系，而这种理论从20世纪90年代开始，开始对中国产生着深远的影响。

如果说，20世纪50年代的中国，文学理论所追问的是"文艺应该是什

---

① [美]乔纳森·卡勒：《文学理论》，李平译，辽宁教育出版社1998年版，第4页。

么",而到了80年代,学术界所关注的,是"公认的文艺作品究竟是什么",到了90年代以后,在一些"后现代"研究者那里,所研究的话题已经与文学无关。如果说,他们所写的东西与文学还能找到一丁点联系的话,那么,他们所关心的只是"可以借用既有的文艺作品说一点什么"。

这是一个文学理论走出文学的大潮。在中国的学界被统称为"文化研究"。在走出文学、让文学理论研究者跨界和扩容的号召声中,研究者走出文学,要么从社会学、心理学、文化现象研究、政治批判等方面寻找出路,要么用晦涩的语言在进行理论的自我繁殖。当文学研究者不再研究文学,而宣称要研究一种"没有文学的文学理论"时,就自然会激发一种反弹,产生"接地气"的要求。"接地"的理论,是一种什么样的理论?这种口号的提出者并没有说清楚。他们只是对那些晦涩的理论表示不满,对一些理论研究者自娱自乐的态度抨击而已。的确,如果让理论继续这样飘浮下去,不及物,不接地,那么,正如钱中文所说,会"第三次错位"。

当代西方文论,并不像一些人所想的那样,沉湎于理论的自我繁殖。占据主流的,仍是对文艺本身的关注,和深入的对文学现象的分析。建立中国的文艺理论,仍需要立足于文学实践本身。理论需要有理论品格,也须有接地性,这两者是相辅相成的。这是说,理论思维有其自身的特点,有自身的资源和传承性,但同时,文学实践无时无刻不在影响着理论,赋予理论以时代的特点。①

使用乔纳森·卡勒关于"理论"取代"文学理论"一语的人,没有注意到他近年来向文学的复归。对此,姚文放在总结了卡勒的思想之后,写下了这样一段话:"卡勒力图说明,对于在文化研究中涌现的种种'理论'仅仅表示不屑一顾和拒之于千里之外是草率的,合理的途径在于重视文化研究与文学理论的相互依存关系,倡导两者之间的互补双赢和共存共荣,并在此基础上推动文学理论的复兴。"② 法国著名学者孔帕尼翁在

---

① 参见高建平《理论的理论品格与接地性》,《文艺争鸣》2012年第1期。
② 姚文放:《从形式主义到历史主义:晚近文学理论"向外转"的深层机理探究》,北京大学出版社2017年版,第371页。

一本讨论作为颠覆性的"理论"与凝结下来的"常识"之间冲突的著作中,指出,"目前所要做的,一方面是尽量避开那些海市蜃楼、人为陷阱,避免那些割裂文学研究的致命悖论,另一方面是抵制理论、常识、排中律思维强加给人的两难选择,因为真理往往居于二者之间"。① 孔帕尼翁想要"执其中",而我更想要做的是公允平和,兼收并蓄,实现"理论"洗礼后的文学理论的复归。

钱中文说到"三次错位",这都是由于中国文论跟在西方学者后面走,从而出现了时间差,又执其一端而造成的。随着中国改革的深化,开放之门越来越大,这种"跟着走"的局面也就终结了。文学理论要回归文学,这是中国文学研究界的要求,也恰好符合西方文论走到今天之时所出现的回归潮流。

文学理论需要有理论品格,也需要有接地性。一些认为理论晦涩的人呼唤"接地",从情感上我们可以认同,但不能以此而取消理论。理论有其自身的传承性,有学科形成的思维和写作的方式,要保持这种理论品格,同时,理论也需要联系实际,在文学实践的推动之下向前发展。

四 终结"河东河西"说,用中国文艺理论阐释中国实践

回顾过去70年的中国文论,我们不由得想起,在十年前庆祝中国文论60年之际,有一个流行的说法,叫作"三十年河东,三十年河西"。这个谚语,本来只是具有比喻意义,说明世事盛衰兴替,变化无常,这里却倒用本意,说明中国文学理论在中华人民共和国建立后的前30年,具有某种"东方性",受苏联体系的影响;而后30年,在改革开放的大潮影响下,受西方流行的一些流派的影响。两个"30年"之后,下一步又如何?是不是沿着这个循环再走下去?再来一次"河东"?这是不行的。历史的发展,不能走"风水轮流转"之路,这也不是"否定之否定"的表现。辩证法讲"否定之否定",讲的是事物内部的矛盾运动,造成历史的螺旋式前进。这绝不是说,历史的发展,像走旋转楼梯一样,受外在设

---

① [法]安托万·孔帕尼翁:《理论的幽灵——文学与常识》,吴泓缈、汪捷宇译,南京大学出版社2011年版,第20页。

施的规定制约,向东后就要向西,向南后就要向北。

文论的发展,正如前面所说,还是要回到实践上来,立足在文学的创作、欣赏和批评的实践之上。我们曾经用西方的理论阐释中国实践,用古代的理论阐释当代的实践,这在当代中国的理论的建设过程中,也许是不可避免的,也在一定的历史时期具有积极意义。然而,理论归根结底还是要植根实践,借来的理论有助于我们自己的理论的生长,就像引来的种子种在自己的土地上一样,有一个适应水土的问题。在走出"东""西"摇摆以后,历史经过发展终于走进这样的一个时代,要建立中国文论的话语体系,用中国的文艺理论来阐释中国的文艺实践。这是推动中国文艺繁荣之道,也是促进中国文论丰富发展之道。

共和国70年的历史,经历了沧桑巨变,70年文论的发展,也伴随着当代文艺的发展而丰富发展。也许,我们可以用"新开端、新时期、新时代"来概括这70年国家、社会和文学的成长,或者,我们还可以更细致一点,用"新开端、新变化、新时期、新世纪、新时代",对70年的历史作分段理解。但是,列出一些专题来研究,可以帮助我们走进70年文论的内部,对文论的发展作更为细致的分析。

附录一

中国大陆文学理论大事记
（1949—2018）

1949 年

3月24日，中华全国文学艺术工作者代表大会筹备委员会召开第一次全体会议，郭沫若为筹委会主任，茅盾、周扬为副主任，沙可夫为秘书长。

7月2—19日，中华全国文学艺术工作者第一次代表大会在北平举行，19日，中华全国文学艺术界联合会正式成立。这次会议标志实现了两支文艺队伍的"会师"。在大会上，茅盾作了关于国统区文艺工作的报告《在反动派压迫下斗争和发展的革命文艺》，周扬作了关于解放区文艺工作的报告《新的人民的文艺》，对过去的文艺工作进行了总结。周恩来在会上作了政治报告，郭沫若作了总报告《为建设新中国的人民文艺而奋斗》，对新时代的文艺进行了规划。朱德代表党中央致祝词，毛泽东到会，并作了讲话。

7月24日，中华全国文学工作者协会正式成立，茅盾当选主席，丁玲、柯仲平等为副主席。此后，中华全国戏曲工作者协会、诗歌工作者联谊会等相继成立。

7月27日，中华全国戏曲改进会筹备委员会成立，《人民日报》发表了毛泽东为该会的题词："推陈出新"。

8月，上海《文汇报》上展开了对"小资产阶级人物能不能作为文艺作品的主角"问题的讨论,11月何其芳在《文艺报》上发表文章,阐明文艺的工农兵方向。

9月25日,由全国文联主办的《文艺报》(半月刊)第1卷第1期正式出刊。

10月19日,新颁发的人民政协的《共同纲领》中第四十一条规定:中华人民共和国的文化教育方针为新民主主义的,即民族的、科学的、大众的文化教育。第四十五条规定:提倡文学艺术为人民服务,启发人民的政治觉悟,鼓励人民的劳动热情,奖励优秀的文学艺术作品,发展人民的戏剧电影事业。

10月25日,"文协"机关刊物《人民文学》创刊。毛泽东为该刊题词:"希望有更多好作品出世"。

11月15日,北京市成立大众文艺创作研究会,赵树理等被推选为执行委员,该研究会的主要任务是开展普及大众的新文艺运动。

本年度,从"文代会"召开之后到年底,全国各省市共成立了四十个地方文联或文联的筹备机构,出版了四十种文艺刊物。

1950年

1月10日,《文艺报》第1卷第8期展开对朱光潜美学思想的讨论。

1月×日,《人民文学》第1卷第3号发表萧也牧的小说《我们夫妇之间》。

2月1日,《文艺学习》(天津文协)创刊号上发表了阿垅的《论倾向性》;《起点》第2期发表了张怀瑞(阿垅)的《论正面人物与反面人物》。

2月1日,中国"美协"机关刊物《人民美术》在京创刊。

3月12日,《人民日报》发表陈涌批评阿垅的文章,并加编者按。《文艺报》第2卷第3期全文转载并加"编辑部的话"。文章批判阿垅《论倾向性》一文对毛泽东《在延安文艺座谈会上的讲话》存在"鲁莽的歪曲","以反对为艺术而艺术始,以反对艺术积极地为政治服务终",针对阿垅"艺术即政治"——"不论什么人,不论什么作品,只要把艺术搞好便够了,好的艺术便自然是好的政治了"的观点提出批评。

3月14日,时任中宣部副部长的周扬在北京召开京津文艺干部会,阿垅从天津赶往北京参加此次会议。周扬在会议的发言中，点名批判了阿垅及其两篇文章，并说阿垅属于一个"小资产阶级作家小集团"。这件事成为胡风案件的前奏。

3月29日，中国民间文艺研究会成立，郭沫若任理事长，老舍、钟敬文任副理事长。

3月×日，电影《清宫秘史》在京、沪上映，5月3日停映。

4月1日，全国剧协编辑的《人民戏剧》在上海创刊。创刊号卷首刊发了毛泽东1944年看了《逼上梁山》后写给杨绍萱、齐燕铭的亲笔信。

5月26日，丁玲主持召开《文艺报》编辑部加强刊物的政治性、思想性与战斗性座谈会。

5月，周扬发表《论〈红旗歌〉》，热情鼓励第一个反映工人生活的话剧《红旗歌》；本月出刊的《人民文学》也发表了茅盾的《关于反映工人的作品》和艾青的《论工人诗歌》。

7月1日，综合性半月刊《新观察》创刊。

11月27日，文化部召开全国戏曲工作会议，讨论如何贯彻党的戏改政策以及帮助艺人学习和创作等问题。周恩来到会指出："要以歌颂人民、反映人民的真实生活和教育人们的戏曲报答人民，要把人民的力量鼓舞得更雄伟，这就是戏曲改革的光荣任务。"

本年度，文化部陆续发出通知，禁演某些具有严重封建毒素的旧戏，至1952年止，共禁演26部，包括京剧《杀子报》《探阴山》《大劈棺》，评剧《黄氏女游阴》等。

1951年

1月8日，中央文学研究所举行开学典礼，郭沫若、茅盾、周扬等出席。该所由文化部领导，全国文联协办，主要培养有一定文学水平的青年作家和工农作家。很多老作家、理论家担任教学工作，后改为"文学讲习所"。

2月×日，由赵丹主演的电影《武训传》，在全国各大城市上映。

4月3日，中国戏曲研究院成立，院长梅兰芳。毛泽东为该院题名并题词："百花齐放，推陈出新"。周恩来题词为："重视与改造、团结与教育，二者不可缺一"，提出了党对戏曲工作的领导方针。

4月25日，《文艺报》发表批评电影《武训传》的文章。

5月5日，经周恩来签署，政务院发布《关于戏曲改革工作的指示》，提出"改戏、改人、改制"的号召。5月7日，《人民日报》发表社论《重视戏曲改革工作》。

5月12日，周扬在中央文学研究所作《坚决贯彻毛泽东文艺路线》的演讲，后发表于5月17日的《光明日报》。

5月20日，《人民日报》发表毛泽东撰写的社论：《应当重视电影〈武训传〉的讨论》。

6月10日，《人民日报》发表陈涌的文章《萧也牧创作上的一些倾向》，批评萧也牧的小说《我们夫妇之间》《海河边上》表现了"小资产阶级的观点和趣味"。

6月×日，《解放军文艺》（月刊）创刊。

7月23—28日，《人民日报》连载了经毛泽东亲笔修改的《武训历史调查记》，说武训是一个"大流氓、大债主和大地主"。这样，《武训传》的讨论就变成了全国性的政治大批判。

7月25日，《文艺报》刊登叶秀夫的文章《萧也牧的作品怎样违反了生活的真实》。

8月8日，《人民日报》发表周扬的文章《反人民、反历史的思想和反现实主义的艺术——电影〈武训传〉批判》，总结对电影《武训传》的批判。

8月10日，《文艺报》刊登丁玲的文章《作为一种倾向来看——给萧也牧同志的一封信》。同时，刊登贾雯的文章《关于影片〈我们夫妇之间〉的一个问题》。

8月26日，《人民日报》刊登夏衍的文章《从〈武训传〉的批判，检查我在上海文学艺术界的工作》。

8月×日，《文艺报》第4卷第8期发表了一组文章继续批评萧也牧，《新华月报》9月号上发表题为《对萧也牧作品的批判》综述文章。

10月，一些报刊就新编历史剧和神话剧问题展开讨论。这场讨论是由8月份北京11个戏曲剧团上演《天河配》以及历史剧《信陵公子》引起的。讨论批评了杨绍萱的反历史主义倾向，12月5日《人民日报》就杨绍萱的错误观点刊载了读者来信综述。

11月10日，《文艺报》发表一批读者来信，就《关于高等学校文艺教学中的偏向问题》展开讨论。

11月24日，北京文艺界召开整风学习动员大会，会上胡乔木作了《文艺工作者为什么要改造思想？》的讲话。周扬作了《整顿文艺思想、改进领导工作》，丁玲作了《为提高我们刊物的思想性、战斗性而斗争》的讲话。会后，全国各地文艺界开始整风学习。

1952年

1月10日，《文艺报》第1期发表社论《文艺界应展开反贪污、反浪费、反官僚主义的斗争》。3月19日，全国文联发出通知，号召各地文联组织文艺工作者参加"三反""五反"运动，并组织相关创作。

3月10日，《文艺报》第5期发表社论：《对资产阶级展开思想斗争是革命的迫切任务》，同期刊载一组揭发批评上海文艺界资产阶级倾向的文章。

5月10日，《文艺报》9—16期开展"关于塑造新英雄人物形象"的讨论。

5月23日，全国文联召开文艺座谈会，纪念毛泽东《在延安文艺座谈会上的讲话》发表十周年，《人民日报》发表了社论《继续为毛泽东同志所提出的文艺方向而奋斗——纪念毛泽东同志的〈在延安文艺座谈会上的讲话〉发表十周年》。

5月25日，舒芜在《长江日报》上发表《从头学习〈在延安文艺座谈会上的讲话〉》，检讨他的《论主观》一文的错误观点。6月8日，《人民日报》转载该文时加"编者按"，第一次提出"以胡风为首的一个文艺上的小集团"这一说法。

7月×日，第14期《文艺报》发表冯雪峰的长篇论文《中国文学中从古典现实主义到无产阶级现实主义发展的一个轮廓》，这是建国后第一篇全面而系统地论述现实主义发展史的文章。四年以后引起讨论。

9月×日，俞平伯的《红楼梦研究》由棠棣出版社出版。

10月×日，蔡仪的《中国新文学史讲话》由新文艺出版社出版。

10月×日，人民文学出版社开始有计划地进行中国古典文学名著的校勘和重印的工作。初步计划将"四大名著"、《儒林外史》《聊斋志异》等，校勘重印，并对屈原、曹植、李白、杜甫等诗人的选集、全集进行注释出版。

12月×日，全国文协组织召开"胡风文艺思想讨论会"，林默涵、何其芳分别在会上作题为《胡风的反马克思主义的文艺思想》和《现实主义的路，还是反现实主义的路？》的发言。

1953 年

1月10日，《文艺报》第1期上发表社论：《克服文艺落后现象，高度地反映伟大的现实》，号召全国文艺工作者在大规模的经济建设时期，深入生活，加强学习，掌握社会主义现实主义创作方法，创作出高度反映现实的作品。

1月11日，《人民日报》转载周扬为苏联文学杂志《旗帜》所写的论文：《社会主义现实主义——中国文学前进的道路》。

2月22日，北京大学文学研究所成立，郑振铎、何其芳任正、副所长。1956年改为中国科学院文学研究所。

4月，全国文协创作委员会组织在京作家、批评家和文艺界领导学习社会主义现实主义理论，主要讨论以下问题：一、对社会主义现实主义的力量及其和过去现实主义的关系与区别；二、关于典型和创造人物问题；三、关于讽刺问题；四、关于文学的党性、人民性问题；五、关于目前文学创作上的问题；历时两月余。

4月×日，斯大林的《社会主义现实主义原则是艺术科学的最高成就》由《文艺月报》发表，引起讨论。《文艺报》1954年2月28日、刊登李梁的文章《斯大林与文学艺术》，1954年3月期刊登张因凡的文章《学习斯大林同志对文学艺术的不朽指示》。

7月×日，《译文》杂志创刊，1959年改名为《世界文学》。

8月×日，《长江文艺》创刊。

8月×日，《文艺报》第16—17期连载刊出吕荧《美学问题——兼评蔡仪教授的〈新美学〉》一文，并加发了"编者按"，指出："对于文艺理论的学术性的研究，我们现在还很缺乏，但这种研究在现在也很重要。吕荧同志这篇文章，是批评蔡仪同志的'新美学'的，这是一个值得重视的工作。我们发表它，希望引起研究者的注意和讨论。"

9月23日至10月6日，中华全国文学艺术工作者第二次代表大会召开。会议期间，文联和各协会通过了章程，进行了改组，选举了文联全国委员和各协会理事。文联定名为中华全国文学艺术界联合会，全国文协改组为中国作家协会，全国剧协改组为中国戏剧家协会。10月8日《人民日报》为第二次"文代会"闭幕发表了社论《努力发展文学艺术的创作》。

11月20日，李准的小说《不能走那条路》在《河南日报》发表，《人民日报》次年1月26日转载，引发讨论。

11月28日，中国文联举行第二届全国委员会主席团扩大会议。会上通过组织文艺界学习过渡时期总路线、努力宣传总路线的决议。《文艺报》第23期发表了《国家在过渡时期的总任务和文学艺术的创造任务》的社论。

本年，《苏联文学艺术问题》由人民文学出版社出版，该书由曹靖华等翻译。

苏联文艺理论家季摩菲耶夫著《文学原理》，由查良铮译，分三卷于1953—1954年在上海平明出版社陆续出版。

1954年

1月19日，中国文联在北京举行全国委员会主席团第二次扩大会议，确定1954年工作计划，根据总路线的要求，发展文艺创作，并组织文艺界学习总路线。

1月25日，《文艺报》第2期发表李琮的《〈不能走那条路〉及其批评》。

3月24日，文化部召开第四次全国文化工作会议，指出当前文艺创作落后于现实，有放松领导的倾向，因此要求加强领导，在为工农兵服务的政治方向下，鼓励各种文艺自由竞赛，开展批评与自我批评。

4月10日,《文艺报》第7期发表康濯的《评〈不能走那条路〉及其批评》,对李琮的文章进行反批评,指出关于李准小说的讨论是涉及扶植新生力量的态度问题。

4月27日,中国作协编辑的文艺普及刊物《文艺学习》创刊,该刊主要任务是向广大青年进行文学教育,普及文学知识,提高群众文学欣赏能力,并培养文学队伍的后备力量。

6月30日,《文艺报》1954年第12期上发表了侯金镜的《评路翎的三篇小说》,对其《洼地上的"战役"》《战士的心》《你的永远的忠实的同志》提出了批评,认为在部队中造成了不良影响。

7月22日,胡风向中央提出关于文艺问题的三十万言"意见书":《关于解放以来的文艺实践情况的报告》。

9月×日,《文史哲》发表蓝翎、李希凡《关于〈红楼梦简论〉及其他》,批评俞平伯在《红楼梦研究》中的唯心主义观点。《文艺报》第18期转载并加"编者按",认为"作者的意见显然还有不够周密和不够全面的地方,但他们这样的去认识《红楼梦》,在基本上是正确的。"随后全国展开了对《红楼梦研究》中的资产阶级立场、观点和方法的批判,同时展开了对胡适唯心主义思想的批判。

10月16日,毛泽东给中央政治局的同志和其他有关同志写了《关于红楼梦研究问题的信》,认为李希凡、蓝翎的文章"是三十多年来向所谓的红楼梦研究权威作家的错误观点的第一次认真的开火"。

10月28日,《人民日报》发表袁水拍的文章《质问〈文艺报〉编者》,对《文艺报》转载李希凡、蓝翎的论文时所加的"编者按语"提出批评。

《文艺报》第21号发表编辑部文章《热烈地、诚恳地欢迎对〈文艺报〉进行严厉的批评》。全国展开了对胡适反动唯心主义的批评。

10月31日至12月8日,中国文学艺术界联合会主席团和中国作家协会主席团召开联席扩大会议,连续召开八次会议讨论《红楼梦研究》问题和《文艺报》的问题。中国科学院和中国作协也召开联席会议,并组织专题批判小组,撰写批判文章。11月7日至11日,胡风两次发言,批评《文艺报》文艺批评中的庸俗社会学观点,并点名批评袁水拍、何其芳等人。11月17日，袁水拍发言反驳胡风对他的指责，指出他发表在《人民日报》的文章《质问〈文艺报〉编者》是"受到党的指示而写的"。12月8日，联席会议作出《关于〈文艺报〉的决议》，决定改组《文艺报》。周扬在《我们必须战斗》的发言中提出：一、开展对胡适资产阶级唯心论的斗争；二、《文艺报》的错误；三、胡风先生的观点和我们的观点之间的分歧。按照联席会议12月3日的决定，批评胡适思想的讨论会从12月29日开始至次年3月结束，共召开了21次会议。

11月10日，《人民日报》刊登王若水的文章《清除胡适的反动哲学遗毒——兼评俞平伯研究〈红楼梦〉的错误观点和方法》。

巴人著《文学论稿》（上、下册）由上海新文艺出版社于1954年出版，1956年再版。

1955年

1月2日，《人民日报》《光明日报》等开始刊载批判胡风的文章。

1月7日，《人民文学》1月号刊载一组文章，批判胡适资产阶级唯心论和评论俞平伯对《红楼梦》的研究。

1月20日，中共中央宣传部向党中央提出了关于开展批判胡风思想的报告。中宣部认为，胡风的文艺思想，是彻头彻尾的资产阶级唯心论，是反党反人民的文艺思想。从此文艺界围绕胡风文艺思想的不同意见的讨论变成了对胡风的政治讨伐。

2月5日，中国文联主席团和中国作协主席团决定举行第十三次扩大会议，准备对胡风的文艺思想进行批判。

2—3月，全国各地主要报刊纷纷发表文章，批判胡适资产阶级唯心主义文艺观，批判胡风资产阶级文艺思想和批判俞平伯在《红楼梦研究》中的错误观点。

3月10日，中国文联主席团召开扩大会议，讨论1955年工作计划，决定在文艺领域内开展反对资产阶级思想的斗争。

4月3日，中共中央发布《中共中央关于宣传唯物主义思想、批判资产阶级唯心主义思想的指示》。

4月×日，中国民间文艺研究会编辑的《民间文学》创刊。

5月13日，《人民日报》公布了胡风第一批批判材料。《文艺报》第9、10期转载胡风的文章《我的自我批判》。

5月24日，《人民日报》公布《关于胡风反革命集团的第二批材料》。

5月25日，全国文联主席团和作协主席团召开联席扩大会议，讨论"胡风集团"事宜。会议通过决议，开除胡风中国作协协会会籍，撤销其担任的中国作家协会理事、《人民文学》编委等职务。

6月10日，《人民日报》公布胡风等人第三批材料，并发表社论：《必须从胡风事件吸取教训》，正式将胡风等人定性为"反革命集团"。

6月20日，人民出版社出版《关于胡风反革命集团的材料》，毛泽东为该书写了序言，并补写了两条按语。按语里说，"胡风所领导的一批人，据说都是'青年作家'和'革命作家'，被一个具有'资产阶级理论''造成独立王国'的共产党宗派所'仇视'和'迫害'，因此，他们要报仇"。"过去说是一批单纯的文化人，不对了，他们的人钻进了政治、军事、经济、文化、教育各个部门里。过去说他们好像是一批明火执仗的革命党，不对了，他们的人大都是有严重问题的。他们的基本队伍，或是帝国主义国民党的特务，或是托洛茨基分子，或是反动军官，或是共产党的叛徒，由这些人做骨干组成了一个暗藏在革命阵营的反革命派别，一个地下的独立王国。这个反革命派别和地下王国，是以推翻中华人民共和国和恢复帝国主义国民党的统治为任务的。他们随时随地寻找我们的缺点，作为他们进行破坏活动的借口。那个地方有他们的人，那个地方就会生出一些古怪问题来。这个反革命集团，在解放以后是发展了，如果不加制止，还会发展下去。现在查出了胡风们的底子，许多现象就得到了合理的解释，他们的活动就可以制止了。"（节录）

7月27日，《人民日报》发表《坚决地处理反动、淫秽、荒诞的图书》的社论。

11月15日，《人民日报》发表社论《作家、艺术家们，到农村去》，在文联和各协会组织安排下，大批作家深入农村。

11月16日，作协为了加强理论批评工作，决定在创作委员会内设立理论批评组，并举行第一次会议，周扬、林默涵、刘白羽等出席会议，周扬在会上就加强文艺理论批评队伍、批评的社会作用、党性原则等做了讲话。

11月×日，为纪念列宁《党的组织和党的文学》发表五十周年，《文艺报》第21期发表林默涵的文章《党性是我们文学艺术的灵魂》。《人民文学》第12期发表杜埃的《列宁与党的文学原则》和吴伯箫的《齿轮和螺丝钉》等。

12月27—30日，中宣部召集关于"丁玲、陈企霞事件"的传达报告会。所谓"丁陈事件"，是指本年度8月3日至9月6日，中国作协党组召开第十六次扩大会议，对丁玲、陈企霞进行的批评，当时是作为人民内部矛盾处理，到了1957年"反右"期间，则上升为敌我性质，丁玲、陈企霞被定性为"反党集团"，1979年得到平反。

本年，《人民文学》8月号刊登臧克家的《胡风反革命集团的"诗"的实质》；古典文学研究者展开了对李煜词的讨论，讨论延续到了1956年秋。

1956年

1月×日，文艺报社组织文艺界人士召开了"朱光潜美学思想座谈会"，会议由林默涵主持，会议商定由黄药眠和蔡仪写作评论朱光潜的美学文章。

1月×日，文艺领域开始进行社会主义改造，一些民间职业剧团改为国营剧团。

2月15日，《文艺报》第3期转载苏联《共产党人》杂志的文章《关于文学艺术中的典型问题》，批判马林科夫关于典型问题的观点。

2月27日—3月6日，中国作协第二次理事会（扩大）在北京举行。茅盾致开幕词，周扬作《建设社会主义文学的任务》的报告。

3月1日—4月20日，文化部举办的第一届全国话剧观摩演出在北京举行。会演期间，文化部召开了话剧工作会议，总结了中华人民共和国成立六年来话剧工作的经验，讨论了接下来的任务、工作规划等。

4月28日，毛泽东在中共中央政治局扩大会议上提出：艺术问题上的"百花齐放"，学术问题上的"百家争鸣"，应该成为我国发展科学、繁荣文学艺术的方针。

5月26日，陆定一在中南海怀仁堂向文艺界和科学界作关于"双百"方针的报告。报告以《百花齐放，百家争鸣》为题，发表于6月13日《人民日报》。

6月×日，《文艺报》第12期刊登朱光潜的《我的文艺思想的反动性》，随后引发一系列讨论。贺麟、黄药眠、蔡仪、敏泽等人发表了对朱光潜美学思想的批判和相互论争的文章，由此拉开了五六十年代著名的"美学大讨论"，讨论持续到1964年前后。

8月24日，毛泽东在中南海怀仁堂与音乐工作者谈话，从本月起《人民音乐》和全国报刊展开音乐"民族形式"问题的讨论。

9月25日，周扬在中国共产党第八次代表大会开幕会上作《让文学艺术在建设社会主义伟大事业中发挥巨大作用》的发言。

9月，《人民文学》9月号发表何直（秦兆阳）的论文：《现实主义——广阔的道路》，同期刊登秋耘的《不要在人民的疾苦面前闭上眼睛》，王蒙的小说《组织部新来的年轻人》发表。

12月22日，文化部宣布自1957年元旦始，废除"审查影片"制度。

12月×日，《文艺报》第24期发表张光年的《社会主义现实主义存在着、发展着》，以及综述《中国古典文学与现实主义问题的讨论》。

1957年

1月7日，《人民日报》发表陈其通、陈亚丁、马寒冰、鲁勒四人的文章《我们对目前文艺工作的几点意见》，反对"双百"方针。3月10日，毛泽东接见全国宣传工作会议的部分新闻工作者时对这篇文章的错误观点提出批评。

1月25日，《诗刊》创刊号上发表毛泽东于1月12日致臧克家的《关于诗的一封信》，同期还刊发了毛泽东诗词十八首。

2月×日，文艺界开始讨论陈其通等四人《我们对目前文艺工作的几点意见》的文章和王蒙的小说《组织部新来的年轻人》。

2月×日，《新建设》第2期发表高尔泰《论美》一文，并加发了"编者附记"，指出："本文基本论点是：美是主观的东西，客观的美是不存在的。我们认为：这样的论点是很值得商榷的。不过，本文尚能言之成理，而且还代表着一部分人的看法；因此，本着'百花齐放，百家争鸣'的精神，我们把它发表出来。我们还打算在下期发表和本文论点相反的文章。希望读者注意。"

3月1日，《人民日报》刊登陈辽的《对陈其通等同志的"意见"的意见》。文章列举大量事实，批评陈其通等文章的错误观点。这是学术界最早的一篇批评陈其通等人的文章。

3月18日，《人民日报》发表了茅盾的《贯彻"百花齐放，百家争鸣"，反对教条主义和小资产阶级思想》，其中深刻分析了陈其通等四人文章的错误，认为他们对文艺形势的估计是不符合事实的，批评的方法是教条主义的。

3月15日，《光明日报》综合报道苏联文艺界讨论现实主义问题。

3月21日，由北京师范大学中文系主任黄药眠主持的"美学论坛"在北师大开讲，论坛先后邀请蔡仪、朱光潜、李泽厚三位美学讨论主将到场演讲，演讲文章均公开发表，有力推动了当时美学讨论的展开。作为东道主，黄药眠则于5月27日和6月3日作总结发言，并先后作了"苏联美学研究状况"和"美是审美评价"两场学术报告，对蔡仪、朱光潜、李泽厚相关讨论观点进行了评述和反击，但随即被错划为"右派"，文章未能发表。

3月×日，文学研究所编辑的大型文学研究、文学批评季刊《文学研究》创刊，1959年起，改名《文学评论》。

4月10日，《人民日报》发表社论：《继续放手，贯彻"百花齐放，百家争鸣"的方针》，批评陈其通等人的观点。

5月10日，文化部发出京剧《探阴山》开禁的通知。14日又发出通知，决定将新中国成立之初禁演的《杀子报》《大劈棺》等剧目开禁。

5月23日，《文艺月报》第5期发表钱谷融的论文：《论"文学是人学"》。

6月8日，《人民日报》发表社论《这是为什么?》，开始全国"反右"运动。

6—9月，中国作家协会党组召开扩大会议，批判所谓"丁玲、陈企霞反党集团"。

7月12日，《人民日报》发表社论：《扭转〈文艺报〉的资产阶级倾向》和《文艺报》编辑部的《我们的自我批评》。

7月14日，周恩来在中宣部、文化部和全国文联召集的文艺界人士座谈会上讲话，指出"希望文艺界的同志们站稳立场，明辨是非"。他在讲话中谈到了改革与鸣放、内行与外行、集体与个人、新生力量与创作、整风与自我批评等问题。

9月16、17日，中国作协党组扩大的二十五次会议，周扬作总结发言。发言稿后来以《文艺战线上的一场大辩论》为题，于1958年2月在《文艺报》发表（发表时由毛泽东作了补充和修改）。

9月19日，《人民日报》刊载赫鲁晓夫文章《文学艺术要同人民生活保持密切的联系》。

10月×日，《文艺报》《文艺学习》开始批判"写真实"。

11月×日，《解放军文艺》11月号发表解驭珍、克地的文章《评〈论"文学是人学"〉》。

1958年

1月11日，茅盾《夜读偶记——"关于社会主义现实主义以及其他"》，从《文艺报》第一期开始连载。

1月26日，《文艺报》第2期设"再批判"专栏，并加"编者按语"（由毛泽东修定），再次批判丁玲、王实味、萧军、罗烽、艾青等人于1942年在延安写的文章，主要是丁玲的《三八节有感》、王实味的《野百合花》、萧军的《论同志之"爱"与"耐"》、罗烽的《还是杂文时代》、艾青的《了解作家、尊重作家》。

2月×日，《人民文学》第1、2期设立"作家谈写真实"专栏，发表茅盾的《关于所谓写真实》等六篇文章。

3月3—5日，文化部、中国剧协、中国音协和北京市文联召开首都戏剧、音乐座谈会，讨论创作如何反映"大跃进"的问题。

3月8日，中国作协书记处讨论《文学工作大跃进三十二条》（草案）；《人民日报》发表报道题为《中国作协发出响亮号召：作家们！跃进，大跃进》。10日召开评论工作跃进大会，《人民日报》13日报道题为

《发动一切文学评论理论，浇花除草，繁荣创作》。

3月15日，文化部召开第一次全国艺术科学研究座谈会，戏剧、音乐、舞蹈、美术等研究和教学人员三百余人参会。刘芝明作总结发言。《光明日报》载《艺术科学研究要紧跟上大跃进，指导艺术实践，解决迫切问题》。

3月22日，毛泽东在成都会议上讲话，要注意搜集民歌。4月14日，《人民日报》社论：《大规模地收集全国民歌》。此后，全国掀起搜集民歌的高潮。

3月×日，《学术月刊》3月号刊登蔡仪的文章《朱光潜的美学思想为什么是主观唯心主义的》。

3月×日，毛泽东在成都举行的中央工作会议上谈及新诗发展的道路时说："形式是民歌，内容应是现实主义和浪漫主义对立的统一。"这个意见当时没有公开发表，但很快流传开来。6月1日《红旗》杂志创刊号发表周扬的文章《新民歌开拓了诗歌的新道路》，正式传达了毛泽东的意见，并指出："毛泽东同志提倡我们的文学应当是革命的现实主义和革命的浪漫主义的结合，这是对全部文学历史的经验的科学概括，是根据当前时代的特点和需要而提出的一项十分正确的主张，应当成为我们全体文艺工作者共同奋斗的方向。"

4月8—11日，中国作协召开文学评论工作会议。《人民日报》文艺部、《文艺报》《人民文学》《文学研究》《解放军文艺》《戏剧报》等编辑部的负责人与会。会议交流了评论规则，讨论了中华人民共和国成立以来文学评论工作的成绩与问题等。

5月3日，林默涵在《人民日报》上发表《现实主义还是修正主义》，批判秦兆阳的《现实主义——广阔的道路》一文中的观点。

5月×日，毛泽东在中共中央第八届代表大会第二次会议上提出："无产阶级文学艺术应该采用革命现实主义与革命浪漫主义相结合的创作方法。"

6月11日，《文艺报》发表社论《插红旗，放百花》。

9月13—20日，中共中央宣传部召开文艺创作座谈会，会议提出"创作和批评都必须发动群众，依靠全党全民办文艺"。与会者表示要像生产一千零七十万吨钢一样，在文学、电影、戏剧、音乐、美术、理论研究等方面都争取"大跃进"，放"卫星"。

9月×日，苏联专家依·萨·毕达可夫的《文艺学引论》1958年9月在高等教育出版社出版，该书收入毕达可夫1954年春至1956年夏在北大中文系讲课的讲稿。

9月×日，《文艺报》第18期发表专论：《文艺放出卫星来》。

9—10月，全国各地报刊热烈讨论革命现实主义和革命浪漫主义相结合的创作方法。

10月×日，文化部在郑州召开全国文化行政会议，讨论庆祝建国十周年文艺放"卫星"问题。

12月×日，《毛泽东论文学和艺术》由人民文学出版社出版。

1959年

1月×日，《人民文学》1月号发表郭沫若《就目前创作中的几个问题答〈人民文学〉编者问》，对如何理解革命的现实主义与革命的浪漫主义相结合的创作方法和文学创作如何表现人民内部矛盾等问题发表看法。

2月×日，中央宣传部召开宣传工作会议。陆定一、周扬就"大跃进"中文艺工作的一些问题和偏向发表讲话，文化部检查了1958年的工作。

4月×日，《文艺报》第7期开辟"文艺作品如何反映人民内部矛盾"专栏，讨论赵树理的短篇小说《锻炼锻炼》。

5月3日，周恩来邀请人大代表、政协委员中的部分文艺界代表和委员，以及在京部分文艺工作者，在中南海紫光阁举行座谈会。周恩来在会上作了《关于文化艺术工作两条腿走路的问题》的讲话。

6—7月，周扬、林默涵、钱俊瑞、邵荃麟、刘白羽、陈荒煤、何其芳、张光年等人在北戴河举行会议，讨论改进文艺工作的方案，开始起草"文艺十条"。

7月2日—8月16日，中共中央在庐山先后举行了政治局扩大会议和八届八中全会，"庐山会议"之后，在全党开展了一场"反右倾"斗争。

7月11日，《新建设》杂志编委会邀请部分在京哲学、美学、文艺工作者举行座谈会，朱光潜、蔡仪、李泽厚、宗白华等参加了会议，会议肯定了美学讨论的成绩，也提出了一些建设性意见，对前一段的美学讨论作出阶段性反思。

10月9日，《人民日报》发表文化部部长沈雁冰的文章《新中国社会主义文化艺术的辉煌成就》，总结建国十周年文学艺术的辉煌成就。

12月8日，中共中央宣传部召开全国文化工作会议。会议认为修正主义、资产阶级思想影响仍是文学艺术上的主要危险，其主要表现是以人性论反对阶级论，以人道主义反对革命斗争；并强调所谓19世纪欧洲资产阶级文学艺术在当前的消极作用。会议还错误地提出必须开展一个彻底批判资产阶级文学艺术的运动，批判修正主义，批判19世纪欧洲文学。

12月×日，《马克思、恩格斯论文艺》出版，共四卷，1966年出齐。

1960年

1月26日，《文艺报》第2期、《文学评论》第1期及一些报刊，开始对巴人、钱谷融、蒋孔阳等提出的有关"人性论""人道主义"观点进行批判。

1—9月，《戏剧报》开辟"关于正确反映人民内部矛盾问题"的讨论专栏，对海默的《洞箫横吹》等作品进行批判。

1—11月，《戏剧报》开辟"关于'推陈出新'问题"的讨论专栏，对张庚1956年以来的有关讨论戏曲遗产中"人民性""忠孝节义"道德观念等问题的文章，进行了批判。

4月×日，《文艺报》第8期发表钱俊瑞为纪念列宁诞辰九十周年的文章《坚持文学的党性原则，彻底批判现代修正主义》，提出批判"各种各样资产阶级思想和修正主义思潮""资产阶级人道主义""和平主义""反社会主义的'写真实'""借口创作自由反对党的领导"等。

5月×日，《文艺报》《解放日报》《上海文学》《复旦》，先后批判蒋孔阳的修正主义文艺观点。

7月22日—8月13日，第三次全国文学艺术界代表大会在北京举行，周扬作《我国社会主义文学艺术的道路》的报告，大会选出了文联和各协会的领导机构。

9月25日,周扬传达邓小平指示:编一点历史戏,使群众多长一些智慧。

11月×日,周扬召开历史剧座谈会,号召历史学家编写历史题材的戏,并请吴晗负责编《中国历史剧拟目》。

1961年

1月9日,《北京文艺》第1期发表吴晗的新编历史剧《海瑞罢官》。

1月31日,《文汇报》发表细言的文章《关于悲剧》,随后展开悲剧问题大讨论,主要讨论的问题有:一、什么是悲剧;二、社会主义社会有无悲剧;三、悲剧的主角与悲剧题材;四、人民内部矛盾能否产生悲剧;五、社会主义时代悲剧的特征。《戏剧报》第9、10期合刊发表讨论综述文章《关于悲剧问题的讨论》。

1月×日,新编历史剧《海瑞罢官》(京剧)首次在北京公演。

2月14日,《文学评论》第1期,开辟专栏展开"关于文学上的共鸣问题和山水诗问题的讨论"。从第1期到第6期,以及其他报刊都发表了很多有关这个问题的学术文章。

3月19日,《北京晚报》开始发表邓拓的《燕山夜话》。

3月26日,《文艺报》第3期发表专论(张光年执笔)《题材问题》,提出"为了促进社会主义文艺的百花齐放,必须破除题材上清规戒律",对于近来一个时期表现在题材问题上的片面化、狭隘化观点的新的滋长,不能采取熟视无睹的态度;第6、7期开辟专栏"题材问题讨论",发表了夏衍、田汉、老舍、周立波、冯其庸、胡可等人的文章。

4月8日,《文艺报》编辑部召开"批判地继承古代文艺理论遗产"座谈会。

4月×日,高等学校文科教材编选计划会议在北京召开。

6月19日,周恩来在文艺工作座谈会和故事片创作会议上讲话,讲了"物质生产与精神生产问题""阶级斗争与统一战线问题""为谁服务的问题""文艺规律问题""遗产与创造问题""领导问题""话剧问题"。

8月10日,《剧本》第7、8期发表田汉的京剧剧本《谢瑶环》、孟超的昆曲剧本《李慧娘》、丁西林的历史剧剧本《孟丽君》。

8月31日，《北京晚报》发表繁星（廖沫沙）的《有鬼无害论》。

10月10日，《前线》开始设立专栏"三家村札记"，发表吴南星（吴晗、邓拓、廖沫沙）的杂文。

1962 年

3月6日，周恩来在广州召开的全国科学技术工作会议上作了讲话《论知识分子问题》，陈毅也发表讲话转达周总理的意见："你们是人民的科学家，社会主义的科学家，无产阶级的科学家，是革命的知识分子，应该取消资产阶级知识分子的帽子。今天，我跟你们行'脱帽礼'"。这就是著名的为知识分子"脱帽加冕"的广州会议。

4月30日，中共中央批准中央宣传部定稿的《关于当前文学艺术工作若干问题的意见（草案）》（简称《文艺八条》），由文化部党组、文联党组下发全国各地文化艺术单位贯彻执行。"文艺八条"是：一、进一步贯彻执行"百花齐放、百家争鸣"的方针；二、努力提高创作质量；三、判断地继承民族遗产和吸收外国文化；四、正确地开展文艺批评；五、保证创作时间，注意劳逸结合；六、培养优秀人才，奖励优秀人才；七、加强团结，继续改造；八、改进领导方法和领导作风。

7月25日—8月24日，中共中央在北戴河召开工作会议，在会上毛泽东提出"阶级斗争必须年年讲、月月讲、天天讲"。

9月24—27日，中国共产党八届十中全会在北京举行，毛泽东作了《关于阶级、形势、矛盾和党内团结问题》的讲话，把社会主义社会中仍在一定范围内存在的阶级斗争作了扩大化和绝对化的论述，提出了"千万不要忘记阶级斗争"的口号。

1963 年

1月4日，中共中央华东局书记柯庆施在上海部分文艺工作座谈会上提出"大写十三年"的口号，《文汇报》1月6日作了报道。

1月起，在哲学、史学、经济学、文学艺术等领域开展全面的批判运动。当时的批判者可归纳为：杨献珍的"合二而一论"，翦伯赞的"让步政策论"，周谷城的"时代精神汇合论"，邵荃麟的"写'中间人物'论"，以及孙冶方在经济学、罗尔纲在历史学的观点等，受到批判的还有五六十年代发表的一大批文艺作品（包括小说、戏剧、电影）。这一批判运动，成为"文化大革命"的先声。

3月29日，中共中央批转文化部党组6日通过的《关于停演"鬼戏"的请示报告》，报告点名批评了孟超创作的昆曲《李慧娘》和廖沫沙的"有鬼无害论"。

4月3日，中共中央宣传部在新侨饭店召开文艺工作会议，会议就柯庆施提出的"写十三年"问题展开了激烈的争论，周扬、林默涵、邵荃麟在发言中都认为"写十三年"的口号有片面性，反对"只有写社会主义时期的生活才是社会主义文艺"的观点，张春桥讲"写十三年十大好处"。

5月6日，《文汇报》发表文章《"有鬼无害"论》，批判孟超的《李慧娘》和廖沫沙的《有鬼无害论》。

12月12日，毛泽东在中共中央宣传部文艺处编印的一份关于上海举行故事会活动的材料上作了批示："各种艺术形式——戏剧、曲艺、音乐、美术、舞蹈、电影、诗和文学等等，问题不少，人数很多，社会主义改造在许多部门中，至今收效甚微。许多部门至今还是'死人'统治着。不能低估电影、新诗、民歌、美术、小说的成绩，但其中的问题也不少。至于戏剧等部门，问题就更大了。社会经济基础已经改变了，为这个基础服务的上层建筑之一的艺术部门，至今还是大问题。这需要从调查研究着手，认真地抓起来。许多共产党人热心提倡封建主义和资本主义的艺术，却不热心提倡社会主义的艺术，岂非咄咄怪事。"这就是著名的"12·12批示"。

1964年

3月4日，中国文联和各协会为落实毛泽东"12·12批示"开始整风。

4月6日—5月10日，中国人民解放军第三届文艺会演在京举行，林彪在会演汇报会上提出：创作要做到"三结合""三过硬""四边"。"三结合"指领导、专业人员（包括专业创作人员、文工团员、电影演员等)、群众(包括业余创作和业余文化活动)相结合;"三过硬"是指学习毛主席著作过硬,深入生活过硬,练基本功过硬;"四边"就是要边看、边想、边写、边改。

6月5日—7月31日,全国京剧现代戏观摩演出在北京举行,《红旗》发表社论:《文化战线上的一个大革命》。

6月27日,毛泽东在《中央宣传部关于全国文联和所属协会整风情况报告》的草稿上,作出批示:"这些协会和他们所掌握的刊物的大多数(据说有少数几个好的),十五年来,基本上(不是一切人)不执行党的政策,做官当老爷,不去接近工农兵,不去反映社会主义的革命和建设。最近几年,竟然跌到了修正主义的边缘。如不认真改造,势必在将来的某一天,要变成匈牙利裴多菲俱乐部那样的团体。"7月11日,毛泽东的批示作为中共中央正式文件下发。

7月2日,中共中央宣传部召开中国文联各协会和文化部负责人会议,贯彻毛泽东"6·27批示";各协会再次开始整风。

7月初,根据毛泽东的意见,中央决定成立由彭真、陆定一、康生、周扬、吴冷西组成的文化革命五人小组,彭真为组长。

9月27日,毛泽东在中央音乐学院一个学生的来信上批示:"古为今用,洋为中用"。

《文艺报》第8、9期合刊发表编辑部文章《"写中间人物"是资产阶级的文学主张》和《关于"写中间人物"的材料》。

11月10日,《剧本》11月号发表翁偶虹、阿甲改编的京剧现代戏剧本《红灯记》。

12月×日,《文学评论》第6期发表季星的文章《评周谷城的时代精神"汇合论"和他的反社会主义的文艺路线》,批判周谷城的"时代精神汇合论"。

12月×日,《林家铺子》《不夜城》《红日》《革命家庭》《兵临城下》《聂耳》等影片都被打成"毒草",进行批判。

《文艺报》第11、12期合刊发表《文艺报》资料室编写的综合材料:《十五年来资产阶级怎样反对创造工农兵英雄人物的?》。

1965 年

2月18日，《北京日报》刊登廖沫沙的检讨文章《我的〈有鬼无害论〉是错误的》。

《人民日报》报道：京剧《芦荡火种》修改重排，改名为《沙家浜》。

2月×日，周扬召集各协会和主要刊物负责人会议，布置"二十三条"。提出写批评文章不要"打空炮""乱猜""乱扣帽子"，要防止"片面化和绝对化"，不能搞教条主义。

3月1日，《人民日报》发表齐向群的文章《重评孟超新编〈李慧娘〉》，并加"编者按"，指出《李慧娘》是一株反党反社会主义的毒草。

4月×日，《戏剧报》第4期社论：《搞好"三结合"，坚决"三过硬"，创作更多的好作品》；《电影艺术》第4期社论：《"三结合"是繁荣创作的好方法》，另有一些报刊相继发表提倡"三结合"。

11月10日，《文汇报》发表姚文元的文章《评新编历史剧〈海瑞罢官〉》，揭开了"文化大革命"的序幕。

11月29日，《北京日报》转载姚文元文章时加"编者按"提出展开不同意见的讨论；11月30日，《人民日报》转载时加"编者按"指出："我们认为，对海瑞和《海瑞罢官》的评价，实际上牵涉到如何对待历史人物和历史剧的问题，用什么样的观点来研究历史和怎样用艺术形式来反映历史人物和历史事件的问题。这个问题，在我国思想界中存在种种不同意见，因为没有系统地进行辩论，多年来没有得到正确的解决。""我们希望，通过这次辩论，能够进一步发展各种意见之间的相互争论和相互批评。我们的方针是：既容许批评的自由，也容许反批评的自由；对于错误的意见，我们也采取说理的方法，实事求是，以理服人。"

1966 年

2月2—20日，江青以受林彪委托的名义在上海同刘志坚、谢镗忠、李曼村、陈亚丁四人开始举行"部队文艺工作座谈会"，会议纪要经毛泽东亲自修改定稿为《林彪同志委托江青同志召开的部队文艺工作座谈会纪要》（简称《纪要》）。《纪要》彻底否定了建国以后文艺界的工作，认为"'写真实'论、'现实主义广阔道路'论、'现实主义深化'论、反'题材决定'论、'中间人物'论、反'火药味'论、'时代精神汇合'论,等等,就是他们的代表性论点,而这些论点,大抵都是毛主席《在延安文艺座谈会上的讲话》中早已批判过的。电影界还有人提出所谓'离经叛道'论,就是离马克思列宁主义、毛泽东思想之经,叛人民革命战争之道。"4月10日,《纪要》作为中共中央文件下发全党全国。

2月3日,中共中央文化革命五人小组召开扩大会议,彭真主持制定《关于当前学术讨论的汇报提纲》(即《二月提纲》),出席会议的有五人小组成员彭真、陆定一、康生、吴冷西,以及许立群、胡绳、姚溱、王力、范若愚、刘仁、郑天翔,共11人。

2月7日,中央文化革命五人小组向中共中央提交《二月提纲》试图对学术讨论中"左"的偏向加以适当的限制。

2月9日,《南方日报》发表文章《三支射向社会主义的毒箭》,批判《海瑞罢官》《谢瑶环》《李慧娘》。

2月12日,中共中央同意并转发《二月提纲》。

3月28—30日,毛泽东在杭州三次同康生、江青等人谈话,严厉指责北京市委、中央宣传部包庇坏人,不支持"左派"。说吴晗、翦伯赞是学阀,上面还有包庇他们的大党阀(指彭真),并点名批评邓拓、吴晗、廖沫沙担任写稿的《三家村札记》和邓拓写的《燕山夜话》是反党反社会主义的。毛泽东号召地方造反,向中央进攻,说各地应多出一些孙悟空,大闹天宫。毛泽东的这一谈话,预示着"文化大革命"的风暴日益迫近。

4月1日,《人民日报》发表何其芳文章《夏衍同志作品中的资产阶级思想》,系统批判了夏衍"对资产阶级民主醉心和鼓吹""歌颂人道主义的美妙"及"超阶级的'良心论'"。

4月16日,《北京日报》发表《关于〈三家村〉和〈燕山夜话〉的批判材料》和《前线》《北京日报》的"编者按"。

4月18日,《解放军报》发表社论:《高举毛泽东思想伟大红旗,积极参加社会主义文化大革命》,全面公布了《林彪同志委托江青同志召开的部队文艺工作座谈会纪要》的观点和内容,在社会上提出了"文艺黑线专政"论。

5月4—26日，中共中央政治局扩大会议在北京举行。会议通过了由毛泽东主持制定的中共中央通知（简称《五·一六通知》）。《五·一六通知》标志着"无产阶级文化大革命"开始。

5月10日，《解放日报》《文汇报》发表姚文元的文章《评"三家村"——〈燕山夜话〉、〈三家村札记〉的反动本质》；《人民日报》11日转载。

5月×日，郑季翘在1966年5月《红旗》杂志发表了一篇文章：《文艺领域里必须坚持马克思主义的认识论》副标题是"对形象思维的批判"。一开头就给形象思维作了判决式的定论："所谓形象思维论，不是别的，正是一个反马克思主义的认识论体系，正是现代修正主义文艺思潮的一个认识基础。"这篇文章成为从50年代开始的关于形象思维讨论的终点，也为"文化大革命"时期的种种文艺思想的发展在理论上扫清了道路。

5月28日，经中央政治局扩大会议的决定，撤销了原文化革命五人小组，成立中央文化革命小组（简称中央文革小组），组长陈伯达，顾问康生，副组长江青、张春桥等，组员有王力、关锋、戚本禹、姚文元等。该小组名义上隶属于政治局常委之下，实际上它逐步取代中央政治局和中央书记处，成为"文化大革命"的指挥机构。8月底，由江青代理中央文革小组组长。

6月1日，《人民日报》发表社论：《横扫一切牛鬼蛇神》，"文化大革命"在社会上迅速展开，风暴席卷全国。

6月20日，中共中央批转文化部《为彻底干净搞掉反党反社会主义反毛泽东思想的黑线而斗争的请示报告》，作为中央文件发布全党全国。报告提出，文艺界有一条又长又粗又黑的反毛泽东思想的黑线，必须对文艺队伍实行"犁庭扫院""彻底清洗"。

7月1日，《红旗》杂志重新发表毛泽东《在延安文艺座谈会上的讲话》，"编者按"称：这篇讲话针对以周扬为代表的30年代资产阶级文艺路线作了系统的批判。此后，全国各大重要报纸、期刊分别刊登有关批判周扬的文章。

8月1—12日，中共中央八届十一中全会在北京召开，5日，毛泽东写了《炮打司令部——我的一张大字报》，8日，全会通过《关于无产阶级文化大革命的决定》（简称《16条》）。5月的中央政治局扩大会议和八届十一中全会的召开，是"文化大革命"全面发动的标志。

10月12日，《人民日报》发表劫夫等谱写的四首毛主席语录歌，开了"文化大革命"时期大唱"语录歌"之风。

11月28日，首都举行文艺界无产阶级文化大革命大会。江青否定了建国十七年文艺工作的成绩，第一次在公开场合攻击"旧中宣部""旧文化部"和"旧北京市委"，并对彭真、陆定一、周扬、林默涵等十一人进行点名批判，称他们是"反革命修正主义分子"。

12月26日，《人民日报》发表文章《贯彻执行毛主席文艺路线的光辉样板》，文中首次将现代京剧《沙家浜》《红灯记》《智取威虎山》《海港》《奇袭白虎团》，芭蕾舞剧《红色娘子军》《白毛女》，交响音乐《沙家浜》称为"革命艺术样板"和"革命现代样板作品"，并特别突出江青的功绩，由此形成了"八个样板戏"的说法。

1967年

1月3日，《人民日报》转载《红旗》1967年第1期姚文元的文章《评反革命两面派周扬》。除周扬以外，还点名批判了夏衍、田汉、阳翰笙、林默涵、齐燕铭、陈荒煤、邵荃麟、何其芳、翦伯赞、于伶和茅盾、巴金、老舍、赵树理、曹禺等。

1月11日，《人民日报》发表朝晖的文章《为复辟资本主义效劳的美术纲领》，批判蔡若虹、华君武。"编者按"称他们是"美术界的反党头目"，美协是"裴多菲俱乐部式的反革命团体"。

2月17日，中共中央发布《关于文艺团体无产阶级文化大革命的决定》。

4月1日，《人民日报》转载戚本禹的文章《爱国主义还是卖国主义？——评反动影片〈清宫秘史〉》（原载《红旗》第5期），首次批判国家元首刘少奇。以此文的发表为标志，全国掀起对刘少奇及其《论共产党员的修养》的批判。

5月10日，江青《谈京剧革命》发表。《红旗》杂志第6期为此发表社论《欢呼京剧革命的伟大胜利》。

5月23日，现代京剧《智取威虎山》等八个"样板戏"同时上演；历时37天，演出218场。演出期间《沙家浜》等剧本在《红旗》、《人民日报》发表。

5月25—28日，《人民日报》相继发表毛泽东关于文学艺术的五个文件：《看了新编历史剧〈逼上梁山〉后给延安平剧院的信》（1944年）；《应当重视〈武训传〉的讨论》（1951年）；《关于〈红楼梦研究〉问题的信》（1954年）；《1963年、1964年关于文学艺术问题的两个批示》。

5月29日，《人民日报》全文发表《林彪同志给中央军委常委的信》（1966年3月22日）、《林彪同志委托江青同志召开的部队文艺工作座谈会纪要》，文章《无产阶级文化革命的重要文件》，并转载《红旗》第9期社论《两个根本对立的文件》。

5月31日，《人民日报》以《革命文艺的优秀样板》为题发表社论，称八个样板戏"宣告了反革命修正主义文艺黑线的破产"，"工农兵昂首屹立在舞台上的新时代到来了！被封建主义、资本主义、修正主义颠倒的历史，在我们手里颠倒过来了！"

5月×日，中央文革成立文艺组，江青任组长，戚本禹、姚文元任副组长。

7月19日，《人民日报》发表署名"首都批判资产阶级反动学术'权威'联络委员会"的大批判文章《京剧舞台上的一场大搏斗——彻底清算党内最大的走资本主义道路的当权派伙同彭真、周扬破坏京剧革命的滔天罪行》。

8月5日，《人民日报》头版套红发表毛泽东于1966年8月5日写的《炮打司令部——我的一张大字报》，并发表社论《炮打资产阶级司令部》。

8月31日，《人民日报》发表署名"中国戏曲研究院全体革命同志"的文章《张庚是利用旧戏复辟资本主义的急先锋》。"编者按"：《张庚是中国赫鲁晓夫在戏曲界的代理人》。

10月22日，《人民日报》发表师红游的文章《揭穿萧洛霍夫的反革命真面目》。"编者按"：《外国修正主义文艺的中心是苏修文艺；萧洛霍夫、西蒙洛夫、爱伦堡、特瓦尔多夫斯基之流，特别是苏修文艺鼻祖萧洛霍夫的一些作品，流毒很大》。

11月9日、12日，陈伯达、康生、江青两次召集中直文艺系统部分单位军代表和群众代表座谈会，提出文艺界要再"乱"一下。江青说："像新影，像芭蕾舞剧团，这是属于捂着的，没有真正地搞好革命的大联合、革命的三结合"，"这样的单位，再乱一下是有好处的"。

1968 年

2月21日，江青、姚文元、陈伯达在天津文艺界一次大会上，点名攻击方纪、孙犁等20多位作家艺术家，诬陷一些文艺工作者"参与文艺黑会"和参与导、演"黑戏"《新时代的狂人》。

5月23日，《文汇报》发表于会泳的文章《让文艺舞台永远成为宣传毛泽东思想的阵地》，该文首次公开提出并阐释了"三突出"的创作原则，该原则受到江青等人的赞同和推广，被称为"文艺创作塑造无产阶级英雄人物必须遵循的一条原则"。三突出指出：在所有人物中突出正面人物，在正面人物中突出英雄人物，在英雄人物中突出主要英雄人物。

6月×日，上海市文化系统召开"彻底斗倒批臭无产阶级的死敌——巴金"的电视斗争大会。《解放日报》和《文汇报》接连发表批判文章，称巴金为"反共老手"。

7月28日，"工人、解放军毛泽东思想宣传队"奉命进驻清华大学，以此为开端，工宣队和军宣队相继进驻大学、文艺新闻单位和其他有关单位。

9月×日，除台湾省外，全国各省、自治区、市革命委员会均已成立，《人民日报》《解放军报》发表社论《无产阶级文化大革命的全面胜利万岁!》。

10月13—31日，中国共产党第八届扩大的十二中全会在北京举行。毛泽东主持会议说："这次无产阶级文化大革命对于巩固无产阶级专政，防止资本主义复辟，建设社会主义，是完全必要的，是非常及时的。"会议给刘少奇戴上"叛徒、内奸、工贼"三项帽子，作出了把刘少奇"永远开除出党,撤销其党内外一切职务"的决定。

1969 年

3月9—27日,九大预备会在北京召开。毛泽东在预备会上提出九大的任务是总结经验,落实政策,准备打仗。它成为九大的指导思想。

4月1日下午5时,中国共产党第九次全国代表大会正式开幕,成为"文化大革命"的转折点。

6月19日,江青在人民大会堂接见几个文艺团体人员时说:"有些人就是搞真人真事,真是可恶之极呀!"这以后,江青、张春桥、姚文元等在不同场合一再宣扬文学创作"不要写真人真事""作品要离开真人真事""不提倡写活着的真人真事""可以脱离真人真事"等论调。

7月16日,《人民日报》发表署名上海革命大批判写作小组的文章《评斯坦尼斯拉夫斯基"体系"》,称斯氏戏剧艺术理论是"现代修正主义艺术理论基础"。

9月×日,《红旗》第10期文章提出要"学习革命样板戏,保卫革命样板戏"。

11月3日,《人民日报》发表上海京剧团《智取威虎山》剧组文章《努力塑造无产阶级英雄人物的光辉形象——对塑造杨子荣等英雄形象的一些体会》,文章提出了姚文元根据于会泳文章改定的"三突出"创作原则。

1970 年

1—4月,上海发生"桑伟川事件"。事件始末如下,上海市委写作组以丁学雷笔名,在1967年7月11日《人民日报》上发表文章,把小说《上海的早晨》说成是"为刘少奇复辟资本主义鸣锣开道的大毒草"。桑伟川不同意丁学雷的观点,投文《文汇报》予以驳斥。丁学雷于1970年1月24日再次在《人民日报》上发文,诬陷《上海的早晨》是毒草,并把桑伟川的文章指为为毒草翻案的"毒草文章"。前后4个月内,上海文教系统和有关单位组成"批桑"班子,对桑伟川进行批判批斗。

5月×日,《红旗》第5期发表样板戏《红灯记》1970年5月演出本,《红旗》第 6 期发表样板戏《沙家浜》1970 年 5 月修订本。

7 月 15 日,《人民日报》发表文艺短评:《做好普及革命样板戏的工作》,由此,所谓"唱样板戏,做革命人"活动遍及城乡,风靡全国。

7 月 × 日,《红旗》第 7 期发表现代舞剧《红色娘子军》1970 年 5 月演出本。

9 月 19 日,《红旗》第 10 期发表清华大学革命大批判写作小组文章《"国防文学"就是卖国文学——揭穿周扬"国防文学"的反动本质》。

10 月 1 日,革命现代京剧《智取威虎山》彩色影片在北京和全国陆续上映。这是"文化大革命"中我国摄制的首部艺术影片。

10 月 × 日,为纪念抗美援朝二十周年,各地重新放映《英雄儿女》《打击侵略者》等五部影片,受到热烈欢迎。这是"文化大革命"中首次重映"文化大革命"前摄制的影片。

1971 年

4 月 15 日—7 月 31 日,全国教育工作会议在北京举行。在会议通过并经毛泽东同意的《全国教育工作会议纪要》中,提出了所谓"两个估计",即:解放后十七年"毛主席的无产阶级教育路线基本上没有得到贯彻执行","资产阶级专了无产阶级的政";大多数教师和解放后培养的大批学生的"世界观基本上是资产阶级的"。这次会议作出的"两个估计"和提出的许多"左"的政策,使广大知识分子长期受到严重压抑。

7 月 × 日,国务院文化组成立,吴德任组长,刘贤权任副组长,成员为石少华、于会泳、浩亮、刘庆棠、王曼恬、吴印咸、狄福才、黄厚民。后于会泳任副组长。

9 月 13 日,发生"九·一三"事件。此后,批林整风运动在全国展开。

1972 年

2 月 × 日,上海"虹南作战史"写作组体现"三突出"创作原则,由"土记者和农村干部相结合,业余和专业相结合"集体创作的长篇小说《虹南作战史》,南哨所写的长篇小说《牛田洋》,由上海人民出版社出版。

5月21日，闻军的文章《一石激起千层浪——赞革命现代京剧〈海港〉的艺术构思》刊登在《光明日报》上。

5月23日，为纪念《讲话》发表30周年，以国务院文化组名义举办的全国美展和全国影展在北京中国美术馆开展，至7月23日结束。

7月×日，毛泽东针对当时文艺界问题提出批评说：现在电影、戏剧文艺作品太少了。

8月14日，《解放军报》发表高玉宝的文艺短论：《文艺创作不能凭空编造假人假事》，驳"反真人真事"论，于会泳组织文章进行围攻，并称"这是有背景的"。

9月×日，全国工业美术展览会在北京民族文化宫和农展馆先后展出后，被"四人帮"诬蔑为是"试探性的""文艺黑线回潮的急先锋"。

1973年

1月1日，周恩来、叶剑英、李先念等政治局成员接见部分电影、戏剧、音乐工作者。周恩来根据人民群众的强烈反映，指出电影太少，"这是我们的大缺陷"，"总结七年来这方面的工作，还是薄弱的，文化组要把电影工作大抓一下"。江青却唱反调说："不是七年，是解放以来，二十几年电影的成绩很少，放毒很多，取得经验太少，很糟。"江青并指定于会泳、浩亮、刘庆棠抓创作，成立文化组创作领导小组办公室，由于会泳任组长。随之在报刊出现的"初澜""江天"就是这个办公室写作班子的笔名。

5月×日，《朝霞》丛刊第一辑出版，上海市委写作组召开大型座谈会以示庆祝，扩大影响。

8月13日，国务院批准将原中央直属九所艺术院校合并，成立中央五七艺术大学。周恩来批示将中央歌舞团、东方歌舞团和中央民族乐团合并为中国歌舞团，下设东方歌舞队，并对组建中国话剧团和中国歌剧团作了指示。

11月×日，中央五七艺术大学成立，江青任名誉校长，于会泳任校长，浩亮、刘庆棠、王曼恬任副校长。

11月×日，发生了"无标题音乐问题"事件。江青、张春桥针对周恩来圈阅的一份同意邀请两位外国音乐家来华演出的报告，从上海发难掀起一场全国性的批判运动，批判无标题音乐问题。他们攻击周恩来的表态是"开门揖盗"，表示要"与反革命修正主义路线斗争"。从12月15日，初澜发表《要重视文化艺术领域的阶级斗争》起，报刊共发表批判文章一百多篇。

12月×日，人民文学出版社重新出版李希凡、蓝翎的《红楼梦评论集》。作者在书前加有题为"中国小说史研究中的一场尖锐的斗争"的代序，书后附有题为"三版后记"的长文。

1974 年

1月19日，新华社讯，彩色故事片《火红的年代》《艳阳天》《青松岭》《战洪图》将在全国陆续上映。消息称，这是"把革命样板戏的经验运用于故事影片的一次可贵的实践"。这是"文化大革命"以来首次上映新的国产故事片。

1月20日，《朝霞》月刊创刊，《朝霞》"创刊号"被姚文元吹捧为全国文艺刊物的"样板"。

1月×日，《红旗》第1期发表初澜的文章《中国革命历史的壮丽画卷——谈革命样板戏的成就和意义》。

5月5日，《人民日报》发表初澜的文章《在矛盾冲突中塑造无产阶级英雄形象——评长篇小说〈艳阳天〉》。文章称："长篇小说《艳阳天》这种把生活中阶级斗争日常的现象集中起来，把其中的矛盾和斗争典型化，在尖锐、复杂的矛盾冲突中塑造无产阶级英雄典范的有益经验值得我们学习和借鉴。"

7月12日，《人民日报》发表江天的文章《努力塑造无产阶级英雄典型》。

7月18日，《人民日报》发表方进的文艺短评：《要塑造典型，不要受真人真事局限》。

7月×日，《红旗》第4期发表初澜的文章《京剧革命十年》。此文系统地发挥了江青等从1968年开始鼓吹的所谓"空白"论、"创业期"

论、"新纪元"论，称"过去的十年，可以说是无产阶级文艺的创业期"，"第一批八个革命样板戏的诞生"宣告了"中国社会主义文艺的新纪元的到来"。

8月13日，国务院文化组举办的上海、广西、湖南、辽宁文艺调演在京开幕。期间，报刊广泛宣传"小戏也要写阶级斗争"，否则便是"无冲突论"。

9月20日，《中国摄影》复刊，这是"文化大革命"以来最早复刊的文艺刊物。

10月16日，《人民日报》发表梁效的文章《批判资产阶级不停——学习〈关于红楼梦研究问题的信〉》。

11月2日，《人民日报》发表初澜《谈文艺作品的深度问题》的文章，称"以党的基本路线为纲，敢于揭示矛盾冲突，深刻反映阶级斗争，这对于文艺作品的深度来说，有着重要意义"。

1975年

1月×日，四届人大在京举行，原国务院文化组改组为文化部，于会泳任部长，浩亮、刘庆棠任副部长。春节期间，周恩来审看影片《海霞》，朱德、李先念等中央领导人也先后观看了此片，一致表示肯定和赞赏，建议有关部门放映此片招待国际友人。于会泳等人拒绝执行这一指示，并于6月间秉承江青意见，派人查封《海霞》全部底片和样片，发动对《海霞》的批判，称"《海霞》是黑线回潮的代表作"。影片编导谢铁骊、钱江上书毛泽东、周恩来。毛泽东于7月29日，在谢、钱信上批示："印发政治局全体同志。"

2月×日，江青等人审看影片《创业》后，指责该片"在政治上、艺术上都有严重问题"，并授意于会泳等给《创业》捏造了"十大罪状"，下令停止洗印，停止宣传，停止向国外发行。

7月25日，毛泽东对电影《创业》作者反映"四人帮"给电影《创业》安了十大罪名的来信写了批语："此片无大错，建议通过发行。不要求全责备，而且罪名有十条之多，太过分，不利调整党的文艺政策。"

7月31日，在邓小平主持下，中央政治局审看了《海霞》的两个版本（送文化部审看的片子和经过修改的片子），肯定了这部影片，决定将修改版在全国公开上映。

7月×日，根据毛泽东的指示，中共中央批准《人民文学》《诗刊》等杂志复刊，批准举办聂耳、冼星海纪念演出会，并解禁了一小批被判为"毒草"的影片，还出版了鲁迅著作和其他少数文艺作品，文艺界的状况开始好转。但不久，就开始了"反击右倾翻案风"，文艺界的风向再次逆转。

8月14日，毛泽东就《水浒》发表谈话，说："《水浒》这部书，好就好在投降。做反面教材，使人民都知道投降派。《水浒》只反贪官，不反皇帝。屏晁盖于一百零八人之外。宋江投降，搞修正主义，把晁盖的聚义厅改为忠义堂，让人招安了。"姚文元闻讯后立即给毛泽东写信，称毛的讲话有重大的深刻的意义，请求印发毛的谈话和他的信并组织评论文章。毛泽东批示同意。随后，《红旗》《人民日报》相继发表短评和社论，掀起所谓"评《水浒》"运动，将对一本古典名著的个人评价演化为政治思想战线上的一次重大斗争。江青等借题发挥，将批判矛头直指周恩来、邓小平，影射他们"架空毛主席"。

8月×日，《红旗》第9期发表一系列评《水浒》的文章：短论《重视对〈水浒〉的评论》；方岩梁的文章《使人民都知道投降派——学习鲁迅对〈水浒〉的论述》；北京大学、清华大学大批判组的文章《一部宣扬投降主义的反面教材——评〈水浒〉》。

9月15日，全国"农业学大寨"会议开幕。邓小平的讲话说："毛主席讲过，军队要整顿，地方要整顿，工业要整顿，农业要整顿，商业也要整顿，我们的文化教育也要整顿，科学技术队伍也要整顿，文艺，毛主席叫调整，实际上调整也就是整顿。"

10月28日，周海婴（鲁迅之子）写信给毛泽东，提出关于鲁迅书信的处置和出版、鲁迅著作的注释以及关于鲁迅研究等建议。11月1日，毛泽东批示："我赞成周海婴同志的意见，请将周信印发政治局，并讨论一次，作出决定，立即实行。"根据批示，国家文物局宣布鲁迅博物馆自1976年1月1日起归国家文物局直接领导，并任命李何林为鲁迅博物馆馆长兼鲁迅研究室主任。

11月×日，《解放军文艺》编辑部写了一份《学习毛主席关于〈创业〉批示的基点认识》的材料，对当时占据主流的文艺主张提出若干不同看法。于会泳污蔑这份材料是"修正主义典型语言"。后来，将这份材料中的一些话摘录出来，作为"翻案风"的证据。

1976年

1月8日，周恩来逝世。

1月×日，《诗刊》《人民文学》复刊。

3月16日，在张春桥的授意下，于会泳等人召开文化部创作座谈会。京、津、沪、黑、鲁、皖六省市和清华、北大两校（"梁效"）写作组18名作者参加。于会泳在会上号召写"与走资派斗争的作品"。

3月×日，《红旗》杂志第3期发表初澜文章《坚持文艺革命反击右倾翻案风》。

3月下旬，《舞蹈》《人民戏剧》《美术》《人民电影》《人民音乐》等相继复刊。

3月下旬—4月5日，北京市上百万群众，连续几天到天安门广场悼念周恩来，声讨"四人帮"，形成声势浩大的群众性的革命诗歌运动。4月4日晚，中央政治局开会讨论天安门前群众活动的情况，会议认定是一次"反革命性质的反扑"，5日，天安门广场上的广大群众采取的抗议行动，被宣布为"反革命事件"，遭到镇压。

4月18日，《人民日报》发表社论《天安门广场事件说明了什么》，号召把批判邓小平、反击右倾翻案风的斗争推向新高潮。

7月30日，一批新影片包括彩色故事片、戏曲片、美术片在国庆期间上映。为纪念鲁迅先生诞生95周年、逝世40周年而拍摄的彩色文献纪录片《鲁迅战斗的一生》也同时上映。

9月9日，毛泽东逝世。

10月6日，以华国锋、叶剑英、李先念等为核心的中央政治局，对江青、张春桥、姚文元、王洪文实行隔离审查，江青反革命集团被粉碎。全国亿万群众衷心拥护，随即举行盛大的集会游行，热烈庆祝粉碎"四人帮"的历史性胜利。"文化大革命"的十年内乱至此结束。

1977 年

2月7日，《人民日报》《红旗》《解放军报》发表经汪东兴决定、报华国锋批准的社论《学好文件抓住纲》，公开提出"凡是毛主席作出的决策，我们都坚决维护，凡是毛主席的指示，我们都始终不渝地遵循"（即"两个凡是"）的方针，其实质是要把毛泽东晚年的"左倾"错误延续下来。

2月13日，《人民日报》发表文化部批判组文章《还历史以本来面目——揭露江青掠夺革命样板戏成果的罪行》。

4月5日，《毛泽东选集》第五卷出版。文艺界就第五卷中刊载的"双百"方针进行讨论。

5月18日，《人民日报》发表文化部政策研究室批判组的文章《评"三突出"》。

5月×日，为纪念《讲话》发表35周年，北京市京剧团选演了历史京剧《逼上梁山》的三场戏：《风雪山神庙》《火烧草料场》和《造反上梁山》，这是"文化大革命"以来首次上演古装戏。

11月20日，刘心武的短篇小说《班主任》在《人民文学》第11期上发表。

11月21日，《人民日报》编辑部邀请文艺界部分同志座谈，揭批江青与林彪破坏文艺事业的罪行，并批判他们否定文艺工作成绩的"文艺黑线专政"论，指出"文化大革命"前的十七年，文艺工作的成绩是主要的，这是任何人都否定不了的事实。

12月28日，《人民文学》编辑部邀请在京的作家、诗人、文学评论家、翻译家和文学编辑等一百多人举行座谈会，批判"文艺黑线专政"论，并讨论繁荣社会主义文艺创作等问题。会议期间，华国锋为《人民文学》题词：坚持毛主席的革命文艺路线，贯彻执行百花齐放、百家争鸣的方针，为繁荣社会主义文艺创作而奋斗。会后，《红旗》杂志1978年第1期发表了《一场捍卫毛主席革命路线的伟大斗争——批判"四人帮"的"文艺黑线专政"论》。《人民日报》1978年2月6日发表文章《"文艺黑线专政"论的出笼和破灭》。

1977年的12月31日《人民日报》和1978年1月《诗刊》第1期发表了《毛主席给陈毅同志谈诗的一封信》。此后开始了对形象思维的第二次大讨论。这一讨论成为开启思想禁区的一个突破口，为此后的真理标准问题的讨论，新时期文艺的繁荣和文艺理论的发展，起了重要的推动作用。

1978年

1月20日，《人民文学》第2期刊登"马克思、恩格斯、列宁、斯大林、毛泽东论题材""高尔基、鲁迅论题材"。同期还发表批判"四人帮"有关题材问题谬论的文章。

2月×日，《文学评论》在北京复刊。

3月×日，邓小平在全国科学大会开幕式上发表讲话。他指出，四个现代化，关键是科学技术的现代化。我国知识分子"总的来说，他们中绝大多数已经是工人阶级和劳动人民自己的知识分子，因此，也可以说是工人阶级的一部分。"

4月5日，中共中央批准中央统战部和公安部关于全部摘掉"右派分子"帽子的请示报告，决定全部摘掉"右派分子"的帽子。

5月11日，《光明日报》刊登题为《实践是检验真理的唯一标准》的特约评论员文章。当天，新华社转发了这篇文章。12日，《人民日报》和《解放军报》同时转载。

5月27日—6月5日，中国文学艺术界联合会第三届全国委员会第三次扩大会议在北京举行。会议批判了"四人帮"炮制的"文艺黑线专政论"，并宣布中国文联正式恢复工作。

6月12日，中国文学艺术界联合会主席郭沫若在北京逝世，享年86岁。

6月×日，中共中央宣传部1978年1号文件转发文化部关于恢复优秀传统剧目的请示报告。

7月15日，《文艺报》复刊。

8月11日，卢新华的短篇小说《伤痕》在《文汇报》发表。

8月×日，大型文学刊物《十月》在北京创刊。

9月2日，《文艺报》编辑部在京举行短篇小说座谈会，围绕《班主任》《伤痕》《最宝贵的》《献身》等作品进行了讨论。

12月5日，《文艺报》《文学评论》编辑部在北京召开文艺作品落实政策座谈会，为杜鹏程的《保卫延安》，李建彤的《刘志丹》，陶铸的《思想、感情、文采》，《理想·情操·精神生活》，赵树理的《三里湾》，刘宾雁的《在桥梁工地上》，王蒙的《组织部新来的年轻人》，吴晗的《海瑞罢官》等作品和作者平反。

12月14日—26日，中国社会科学院外国文学研究所和华中师范学院联合举办的马列文艺论著学术讨论会在武汉举行。会议讨论了关于现实主义问题、关于世界观与创作方法关系问题、关于悲剧问题等几个问题，展开争鸣，进行了广泛的学术交流。会议成立了马列文艺论著研究会。

12月18日—22日，中共十一届三中全会在北京举行。此次全会提出的方针是：解放思想，开动机器，实事求是，团结一致向前看。十一届三中全会是建国以来中国共产党历史上具有深远意义的伟大转折，这次全会从根本上冲破了长期"左倾"错误的严重束缚，开始了系统的拨乱反正，结束了1976年10月以来党的工作在徘徊中前进的局面，成为新的历史时期的开端。

本年度，中国文联及各协会，根据中央五十五号文件精神，成立专案复查小组，对1957年、1958年被错划成右派分子的作家、艺术家、文艺编辑、翻译家以及文艺组织工作者等，进行了实事求是的甄别，重新作出结论，予以改正。

1979 年

1月×日，胡风恢复自由。中国作协党组撤销分别于1955年和1958年加给丁玲的"反党集团""右派"等结论。

2月5日，中国文联筹备组在京召开省市（自治区）文联工作座谈会，会议讨论了重新组织文艺队伍的问题。

2月10日，中国社会科学院文学研究所在昆明召开全国文学学科规划会议，来自全国各主要高校、科研机构以及部分出版部门等一百多人与会，围绕着文学研究工作如何适应四个现代化建设这个中心议题，进行了讨论。

2月22日，中共北京市委作出决定，推倒林彪、"四人帮"强加在"三家村"头上的一切污蔑和不实之词，恢复邓拓、吴晗、廖沫沙的政治名誉。

2月23—24日，周扬《关于社会主义时期的文学艺术问题》在《人民日报》连载刊出。

3月12日，《文艺报》刊登《评大连会议和"中间人物"论》，为"写中间人物论"及"现实主义深化论"翻案，邵荃麟得以正名。

3月16—23日，《文艺报》编辑部召开文学理论批评工作座谈会，这是粉碎"四人帮"之后第一次全国性的文艺理论工作问题的讨论会。

4月4日，中央组织部、宣传部、文化部、全国文联在北京召开全国落实知识分子政策座谈会。这是粉碎"四人帮"以来专门研究落实文艺界知识分子政策的一次重要会议。

《上海文学》4月号刊发"本刊评论员"文章《为文艺正名——驳"文艺是阶级斗争的工具"说》，认为把文艺理解为"阶级斗争工具"不全面，也不科学。由此，先是在上海，后来在全国范围内展开讨论。讨论的内容也从"工具论"扩展到文艺与政治的关系上来。

话剧《报春花》在《剧本》4月号上发表。

5月3日，中共中央批转总政治部关于撤销1966年2月《部队文艺工作座谈会纪要》的指示，对受《纪要》影响被错误批判、处理的人员和文艺作品，要实事求是地予以平反。

5月29日，社会主义文学创作方法学术讨论会及全国高等院校文艺理论研究会成立大会在西安举行，大会决定成立"高等学校文艺理论研究会"，周扬担任研究会名誉会长，陈荒煤被推选为会长，黄药眠、陈白尘、徐中玉被推选为副会长，徐中玉兼任秘书长。1985年3月第四届年会上，更名为"中国文艺理论学会"。

《文艺研究》第3期刊登毛泽东1956年8月24日《同音乐工作者的谈话》，为全面理解毛泽东文艺思想提供了研究材料。谈话中指出，"中国人还是要以自己的东西为主"，成为日后民族文艺思想的重要来源，并引发了相关的学术讨论。

《文艺研究》第 3 期刊登朱光潜的《关于人性、人道主义、人情味和共同美问题》。文章结合时代历史发展要求，谈到"当前文艺界的最大课题就是解放思想，冲破禁区"，以欣慰的笔触呼唤文学创作自由的境界，呼唤解放思想。

5 月×日，上海文艺出版社编辑的作品集《重放的鲜花》出版，其中选取了《在桥梁工地上》《组织部新来的青年人》《本报内部消息》等被长期禁锢的作品。

6 月×日，蔡仪主编的《文学概论》由人民文学出版社出版。

9 月×日，《美学论丛》创刊，由中国社会科学院文学所理论室编辑出版。

10 月 30 日—11 月 6 日，中国文学艺术工作者第四次代表大会在京举行。邓小平代表中共中央、国务院向大会致辞，提出"人民是文艺工作者的母亲"。会议选举茅盾为文联名誉主席，周扬当选为文联主席，巴金、夏衍等为副主席。

10 月×日，大型理论刊物《美学》创刊。由中国社会科学院哲学研究所美学研究室与上海文艺出版社合编。

1980 年

1 月 8 日，中国作协举行主席团会议，强调 1980 年要以繁荣文学创作、活跃理论批判为中心，扎实地开展工作。下设作家权益保障委员会、理论批评委员会、外国文学委员会等部门。

1 月 9 日，《光明日报》发表程代熙的文章《人学·人性·文学》。作者从 1928 年 6 月 12 日高尔基提出他所从事的工作是"人学"开始，梳理了"人学"与"文学"相联系的理论过程，论证了马克思主义的人学含义，批驳抽象人性论的观点，最后指出，文学不必逃离对人性的描写，关键在于对人性作出具体的刻画和具体的分析。

1 月 15 日，《文学评论》第 1 期开辟"文艺和政治关系问题的讨论"专栏，发表罗荪的《文艺·生活·政治》、梅林的《文艺和政治是上层建筑范畴内的问题》等文章。同期还刊登刘梦溪的《关于发展马克思主义文艺学的几点意见》，该文认为马克思主义文艺学没有建立理论体系，我们今后应当把建立完整的理论体系作为发展马克思主义文艺学的一个现实目标。这篇文章引发了理论界的争论。

4月19—21日,《文艺报》《文学评论》《文艺研究》编辑部在北京联合举行"关于马克思主义文艺理论继承和发展问题座谈会"。会议就如何估价马克思主义文艺理论体系等问题进行了讨论。

5月7日,《光明日报》发表谢冕的文章《在新的崛起面前》,文中认为,对创作中出现的一批所谓"新奇""古怪"的诗应当宽容与支持。蓝翎在7月21日《人民日报》上发表《"看不懂"的推想》发表不同意见。此后,各地报刊也就所谓"朦胧诗"问题展开了讨论。

6月4—11日,第一次全国美学会议在昆明举行。会议就美的本质、中国美学历史方法论以及艺术门类的美学、审美本质、形象思维等专题举行报告会。同时成立"中华全国美学学会",朱光潜当选会长。

6月25—7月3日,"毛泽东文艺思想学术讨论会"在长春举行。会议围绕如何正确评价毛泽东文艺思想、如何准确理解毛泽东文艺思想体系等问题进行了讨论。

6月×日,由全国高等学校文艺理论研究会主办的《文艺理论研究》(季刊)在上海创刊。

7月26日,《人民日报》发表社论《文艺为人民服务、为社会主义服务》,正式提出用"文艺为人民服务,为社会主义服务"的口号代替原来的"文艺从属于政治"或"文艺为政治服务"的口号。

7月31日—8月15日,全国高校文艺理论研讨会在江西庐山举行,会议主要研讨了文艺与政治、文艺的真实性与倾向性等问题。

8月10日,《诗刊》发表章明的《令人气闷的朦胧》,由此引发关于"朦胧诗"问题的讨论。

8月27日,《人民日报》开辟"关于文艺真实性问题的讨论"的专栏,本期刊登了王蒙、李准与丹晨的三篇文章。

9月29日,中共中央转批公安部、最高人民法院、最高人民检察院党组的报告,决定对"胡风反革命集团"平反。

10月15—23日,全国马列文艺理论学术讨论会第二次会议在天津南开大学举行,集中讨论了人性、人道主义问题,中宣部副部长贺敬之到会讲话。这是中华人民共和国成立以来，学术理论界就这个问题首次举行的学术讨论会，会议讨论了"人性""阶级社会有无共同人性""共同人性与阶级性的关系""人性与人的本质""文艺作品与人性的关系""异化概念""马克思主义与人性论、人道主义的关系"几个问题。同时，从1981年到1983年之间，涌现了大量相关话题的讨论文章。

11月25日—12月2日，中国外国文学学会第一届年会在成都举行，会长冯至作报告。

1981年

1月23日，我国第一个以研究比较文学为宗旨的群众性学术组织——北京大学比较文学研究会成立。该会决定出版会刊《比较文学研究会通讯》，并编选"比较文学丛书"。

1月×日，《上海文学》第1期发表徐俊西文章《一个只得重新探讨的定义——关于典型环境和典型人物关系的疑义》，第4期发表程代熙的《不能如此轻率批评恩格斯》的答辩文章，从第8期开始又陆续有文章发表，就此问题展开讨论。

3月27日，著名作家、文学评论家茅盾逝世。

3月×日，《诗刊》第3期发表孙绍振的《新的美学原则在崛起》，第4期发表程代熙的《评〈新的美学原则在崛起〉——与孙绍振同志商榷》一文。4月29日，《人民日报》选载了程代熙的文章，《文艺报》《诗探索》等刊物对此进行讨论。

6月13—22日，毛泽东文艺思想研究会1981年年会在延安举行，会议就如何认识运用和发展毛泽东文艺思想问题进行讨论，并计划出版《毛泽东文艺思想研究》论丛。

7月17日，邓小平在《关于思想路线上的问题的谈话》中指出，党对思想战线和文艺战线的领导是有显著成绩的，但工作中存在着涣散软弱的状态，对错误倾向不敢批评，而一批评有人说是打棍子。他还批评了根据《苦恋》拍摄的电影《太阳和人》。

7月22日，《文艺报》第14期发表王春元的《关于马克思主义的"新人"说》，从第15期起陆续有文章发表，就什么是社会主义新人形象、塑造社会主义新人形象在文艺创作中的地位等问题展开讨论。

10月28日—11月7日，全国高等院校马克思主义文艺理论研究会在黄山举行学术讨论会，讨论典型环境中的典型性格、文艺的真实性与倾向性、艺术生产和物质生产不平衡关系、文艺批评标准等问题。

11月13—19日，中国社会科学院文学研究所文艺理论研究室《美学论丛》编辑部与华中师范学院中文系在武汉联合召开"《美学原理》提纲"讨论会。

12月18—23日，中国作家协会第三届理事会第二次会议在京举行，胡乔木同部分作家会谈，中宣部副部长、中国文联主席周扬在闭幕式上讲话。选举巴金为新一届中国作家协会主席。

1982年

3月12日，《文学评论》编辑部在北京召开人性、人道主义讨论会。

3月25日，甘肃省文联主办的《当代文艺思潮》（季刊）在兰州创刊。

5月5—12日，中国文联、中国社会科学院文学研究所在北京联合召开"毛泽东文艺思想讨论会"，就如何科学评价、正确对待毛泽东文艺思想进行了讨论。

5月7日，胡乔木1981年8月8日在中央宣传部召集的思想问题座谈会上的讲话《当前思想战线的若干问题》经作者再次修改补充，在《文艺报》第5期重新发表。

6月25日，《文艺研究》第3期发表《周扬同志关于当前文艺问题的一些意见》。

7月7日，《文艺报》从第7期起开辟"关于现实主义问题的讨论会"专栏，刊登《现实主义和自然主义在真实性问题上的区别》等文章。

8月×日，《上海文学》第8期刊登冯骥才、李陀等人对高行健的《现代小说技巧初探》一书的评价意见，由此引发有关"现代派"问题的争鸣。《文艺报》第9期发表文章对冯骥才的观点发表异议，《文艺报》从第10期起开辟关于"现代派文学"问题的讨论专栏。《读书》《人民日报》等报纸杂志也跟进讨论。

9月13日，河北文联主办的《文论报》（半月刊）在石家庄创刊。

9月13—19日，中华全国美学学会、天津美学学会等联合主办的"《1844年经济学—哲学手稿》美学问题学术讨论会"在天津进行，会议围绕马克思早期美学思想的特点和历史地位、实践美学思想的内容及其意义、美的规律等问题展开了讨论。

10月15—19日，《文艺报》进行第一次关于现实主义和现代主义问题座谈会，与会代表着重就现实主义的发展，如何研究、借鉴西方现代派等问题交换了意见。

11月7—13日，中国社会科学院文学研究所、南宁师范学院等单位在南宁联合召开马克思美学思想讨论会。70余名专家学者与会，会议主要讨论的问题有：《手稿》的评价问题；关于人的本质力量对象化、人化自然、实践与审美的关系、美的规律；马克思美学思想的哲学基础等问题。

11月8—9日，《文艺报》举行第二次关于现实主义和现代主义问题座谈会。

1983年

1月7日，《文艺报》第1期继续开辟关于"现代化与现代派问题的讨论会"专栏。联系徐敬亚的《崛起的诗群》所持的文艺观点，就我国文艺创作的方向、道路、传统与革新等问题，展开了争鸣探讨。

1月10日，《当代文艺思潮》编辑部和中国文联理论研究室在京联合召开座谈会，讨论该刊第1期上徐敬亚《崛起的诗群》及该文所代表的一股否定革命文艺传统、否定文学是社会生活的反映的文艺思潮。

1月24—29日，《文艺报》《文艺研究》《文学评论》三家编辑部联合召开我国新时期文学与人性、人道主义问题的学术讨论会。冯牧、陈荒煤等人讲话。

3月1—7日，中国社会科学院主持的"全国文学艺术、外国文学学科规划会议"在广西桂林召开，这是建国以来第一次将哲学、社会科学科研规划项目列入国家的五年计划。会议在文学方面落实了《美学原理》（蔡仪主编）、《中国当代文学思潮》（朱寨主编）等12个国家重点科研项目。

3月16日，《人民日报》刊登周扬在纪念马克思逝世100周年学术报告会上的宣读的论文《关于马克思主义的几个理论问题的探讨》，同时刊载黄楠森等在该会上对周扬论文观点表示异议的发言摘要。

3月19—27日，全国马列文论研究会纪念马克思逝世100周年学术讨论会在昆明召开，从马恩美学文艺学体系、美和艺术的本质等方面，讨论马恩对文艺学科的贡献及其现实意义。全国各地从事马列文论教学与研究的140多名代表参加会议，提交论文120多余篇。

3月×日，为纪念马克思逝世100周年，人民文学出版社出版了《马克思恩格斯美学思想论集》《马克思恩格斯斯大林论文艺》《马克思论艺术和社会理想》等书籍。

4月5日，《文汇报》从即日起连续发表何满子《论浪漫主义》和郑伯农的《关于创作方法的几个问题》（5月24日）等文章，就浪漫主义和现实主义问题展开争鸣。

5月26日—6月1日，由四川省社会科学院文学研究所、四川省作协等单位联合筹办的全国毛泽东文艺思想研究会1983年年会在成都举行，讨论的问题包括如何运用艺术辩证法思想，研究文艺创作中存在的问题；探索民族化、大众化、与现代化的关系等。

8月29—31日，由中国社会科学院和美术学术交流委员会联合主办的"第一届中美双边比较文学讨论会"在北京举行。美方代表有厄尔·迈纳，刘若愚、白之等十人代表团，中国代表团有王佐良、钱锺书、杨宪益、杨周翰等人。

9月13日，《人民日报》刊登综述文章《〈文艺报〉等报刊关于西方现代派文学与我国文学发展方向问题的讨论》。

9月17日，《当代文艺思潮》编辑部在兰州召开美学研究与当前文艺思潮座谈会，就美学为繁荣社会主义文艺服务等问题进行了讨论。与会者批评了当前文艺思潮中出现的"自我表现"等错误观点。

10月5—11日，为纪念毛泽东同志诞辰90周年，中国文联在山东烟台召开"毛泽东文艺思想学术讨论会"，就在新的历史条件下如何进一步学习和运用毛泽东文艺思想的科学体系进行了讨论。冯牧作了《毛泽东文艺思想是发展社会主义文艺的指针》的发言，该文后来发表在《文艺报》第 12 期。

11 月 5 日，中国文联主席周扬对新华社记者表示，拥护党的决定和清除精神污染的决策，并就发表论述"异化"和"人道主义"文章的错误作了自我批评。

12 月 7 日，《文艺报》第 12 期发表《鲜明的旗帜，广阔的道路》，认为，要更高地举起社会主义文艺旗帜，应当注意"坚持马克思列宁主义、毛泽东文艺思想对文艺实践的指导"，"坚持反映社会主义的新时代"；"坚持走群众化、民族化的道路"。

12 月 15 日，《文学报》刊登林默涵 11 月 19 日在全国文化厅（局）长会议上的讲话摘要《谈文艺战线清除精神污染问题》。

1984 年

1 月 3 日，胡乔木在中共中央党校作题为《关于人道主义和异化问题》的讲话。《理论月刊》第 2 期发表了这个讲话的修订稿。《人民日报》（1 月 27 日）、《红旗》杂志（第 2 期）等报刊转载了讲话全文。

3 月 11 日，中国文联、中国作协邀请在京部分理论家、作家共 40 余人，就胡乔木的文章《关于人道主义和异化问题》举行座谈会。

4 月 11—17 日，为纪念列宁逝世 60 周年，全国马列文艺论著研究会在厦门召开第六届年会，讨论列宁的唯物主义反映论对文艺的指导作用、"两种民族文化"的学说等文艺思想。

4 月 19 日，《当代文艺思潮》编辑部在厦门大学召开座谈会，着重就新技术革命形势下文艺学的现代化问题等进行讨论。该刊从第 1 期开始连续发表多篇运用"三论"方法（信息论、控制论、系统论）研究文艺学的文章。

5 月 9 日，中宣部副部长贺敬之与《文艺研究》编辑部工作人员进行座谈会，提出新形势下的文艺要处理好三个关系，即破与立、理论联系实际、坚持方向的一致性与"百家争鸣"的关系。

5 月 15 日，《文学评论》第 3 期发表刘再复的论文《论人物性格的二重组合原理》，这是作者《性格组合论》系列论文的首篇。论文引起很大反响与争议。《文学评论》第 6 期刊登有关刘文引起争议的综合报道。《文艺报》从第9期起在该刊开辟"复杂性格"问题的讨论专栏。刘再复《性格组合论》一书的片段还在《文艺报》《中国社会科学》《读书》等多种刊物上发表。

5月19日，邓颖超在政协文艺界联组会上讨论时，就如何发展和繁荣文化艺术发表意见。她说，近几年文艺界是有成绩的，前一段在反对和抑制精神污染时出现的某种不适当的做法，党中央得知后，立即进行了纠正。"现在的中央下了决心，不能让过去的、深刻的、带血的教训重犯。"

10月24日，由中华全国美学学会、湖北省美术学会、武汉大学、华中师范学院联合举办的"中西美学与艺术比较讨论会"在武汉召开。会议的中心议题是，进行中西美学与艺术的比较研究，以探讨建立具有中国作风、中国气派的马克思主义美学体系。

11月×日，文学研究的方法论问题已成为文艺理论界普遍关注的问题。《文艺报》第11期、《文学评论》第6期就此展开讨论。《文艺研究》《当代文艺思潮》也发表文章，强调文艺理论与研究方法需要更新和发展。

12月29日，中国作协召开第四次代表大会。

1985年

1月10日，《文学评论》编辑部在京举行该刊优秀理论文章授奖会。钱中文的《论当前文艺理论中的现代主义思潮》获一等奖。

1月29—31日，"马克思文艺理论研究资料丛书"编委会在京举行扩大会议，讨论文艺理论批评方法问题，会上就系统论、信息论、控制论、符号论、结构主义、审美经验现象和接受美学等七种方法论和传统方法的联系问题展开了讨论。

2月×日，《外国美学》创刊，主编汝信，顾问朱光潜。本月，《读书》第2、3期发表刘再复《文学研究思维空间的开拓》。

3月17日，《上海文学》编辑部、《文学评论》编辑部与厦门大学等单位在厦门召开全国文学评论方法论讨论会。

3月20日，全国高等学校文艺理论研究会第四届年会暨学术讨论会在桂林举行，各地代表就如何建设具有中国民族特色的马克思主义文艺理论,如何开创文艺理论研究的新局面,文艺理论研究的方法论问题进行了讨论。会议决定将该会更名为"中国文艺理论学会"。

4月14—22日,中国社会科学院文学研究所、江苏省作协等十二个单位联合举办的"文艺学与方法论问题学术讨论会"在扬州召开,代表们就如何看待文学研究引进并移植系统论、控制论、信息论等科学方法问题、新方法与传统方法、马克思主义哲学的关系问题进行了探讨。

6月7日,《文艺报》第6期刊登关于"复杂性格"问题讨论来稿综述《从生活出发,塑造多样化的人物形象》。该文介绍了《文艺报》从1984年第7期开始历时半年多的关于"复杂性格"讨论的基本情况。

6月8日,文艺理论家、诗人胡风在京逝世,终年83岁。

7月8日,《文汇报》发表刘再复的文章《文学研究应以人为思维中心》,文章发表后引起讨论与反响。同年,他在《文学评论》第6期发表《论文学的主体性》,其观点引起理论界、文艺界的重视,并由此展开长时间的讨论。

8月26—30日,中国作协委托《文艺报》在京召开青年文艺理论批评工作座谈会,30余位青年理论批评家受邀就文学理论批评的现状与问题展开研讨。

10月13—20日,中国艺术研究院外国文艺研究所、华中师范大学等单位在武汉召开全国文艺学研究方法论学术讨论会。与会人员就以马列主义为指导来正确解决马克思主义方法论与其他方法论的关系问题等进行了研讨。

10月29日—11月2日,由中国社会科学院文学研究所和外国文学研究所、北京大学、深圳大学等30多个单位发起,在深圳召开了中国比较文学学会成立大会暨首届学术讨论会。与会代表120多人。会议选举季羡林、杨周翰为正副会长。

1986年

1月×日,《文艺争鸣》(双月刊)在吉林长春创刊。

2月20日,中共上海市委宣传部召开"加强对西方现代文化思潮的研究"座谈会。3月17日,《文汇报》刊登伍蠡甫、钱谷融、蒋孔阳等人在座谈会上的发言摘要。

3月6日，朱光潜在京逝世，享年88岁。

4月16日，《红旗》第8期发表陈涌的文章《文学方法论问题》，对刘再复"主体性"文学观点提出批评。

6月2日，中国社会科学院文学研究所在北京举办"庆贺蔡仪同志从事学术活动60周年学术讨论会"，中国社会科学院副院长汝信到会讲话，肯定蔡仪对美学研究的贡献。

8月3—10日，全国民族高校文艺理论研究会第七届学术讨论会在贵州省镇宁布依族苗族自治县召开。会议就民族风土人情及审美特征问题进行了讨论。

8月26日—9月11日，《文论报》刊登鲍昌的文章《为建设开放的、发展的、自我调节的马克思主义文艺理论体系而努力》。文章分为上下两部分，分析了马克思主义文艺理论所面临的挑战，认为马克思主义理论的全部价值在于其是"批判的和革命的"。该文以宏大的笔触对马克思主义文艺理论的发展策略、进一步发展的方向进行深入分析，并结合当时中国理论环境提出，要为建设一个开放的、发展的、自我调节的马克思主义文艺理论体系而努力。

9月1日，由中国艺术研究院马克思主义文艺理论研究所主办的《文艺理论与批评》（双月刊）在北京创刊。

《星星》诗刊社开展的"我最喜爱的当代中青年诗人"评选结果揭晓，舒婷、北岛等人入选。

10月18日，《文艺报》发表鲁枢元的《论新时期文学的"向内转"》。

11月6—10日，中国社会科学院文学研究所、江苏省社会科学院、北京大学等单位在苏州市联合召开了"文学观念学术讨论会"，与会者围绕文学观念变革更新与文学本质特征、研究现状和走向等问题展开了讨论。

12月2—9日，国家教育委员会社会科学发展研究中心、北京大学、中国人民大学、复旦大学等15家单位发起的"全国高校第一届文艺学研讨会"在海口市举行。会议就我国现代文学理论的走向和趋势，我国现代文学理论的体系和形态两大议题展开探讨。

12月20日，宗白华在京逝世，享年89岁。

1987年

1月7日，《人民日报》发表题为《旗帜鲜明地反对资产阶级自由化》的社论。

2月20日，唐达成代表中国作协书记处宣布《人民文学》主编刘心武停职检查、《人民文学》编辑部作出公开检查等项决定。21日《人民日报》刊登评论员文章《接受严重教训、端正文艺方向》。

4月14日，《人民日报》从本日起刊登林默涵和姚雪垠在全国政协六届会议大会上的发言《坚持而持久地反对资产阶级自由化》（14日）、《关于我国社会主义文学的发展方向刍议》（30日）。

5月10—12日，中国延安文艺学会、中国艺术研究院等单位主办的纪念《在延安文艺座谈会上的讲话》发表45周年学术讨论会在北京举行，余秋里、胡启立、邓力群等中央领导同志出席开幕式。王震在会上发言《满腔热忱地对待人民事业》。19日，中国作协和解放军艺术学院分别召开纪念会议；22日，中国文联和中国作协联合召开座谈会；23日，中国社会科学院文学研究所《文学评论》举办《讲话》研讨会。

6月8—11日，华东师范大学和浙江海宁市人民政府联合主办的首次"国际王国维学术研讨会"在上海举行，来自内外的研究者80余人，对王国维的生平、学术思想等问题进行讨论。

6月20日，《文艺报》发表周崇坡文章《新时期文学要警惕进一步"向内转"》，并设专栏展开关于新时期文学是否"向内转"问题的讨论。

7月23—26日，由中山大学中文系举办的文艺心理学学术讨论会在广州召开，40多位学者与会代表们围绕"中国文艺心理学的现状及展望"这一议题展开讨论。

7月×日，《当代文艺思潮》停刊。

9月3日，著名文艺理论家黄药眠在北京逝世，享年84岁。

9月19日，作协书记处决定恢复刘心武《人民文学》月刊主编职务，并派他前往美国作为期6周的访问活动。

9月21—22日，中国人民大学在京主持北京地区文艺学研究生首次学术讨论会，中国社会科学院研究生院、北京大学、北京师范大学的博士、硕士研究生就文艺学研究中马克思主义文艺理论建设等争议较大的问题展开讨论。

12月×日，《当代文艺探索》停刊。

1988年

3月下旬，由中国作协鲁迅文学院、武汉大学、华中师范大学、中国社会科学出版社联合举办的全国第一次文学批评研讨会在武汉举行。与会40余位代表围绕建设文学批评的必要性和可能性，文学批评学学科的性质、任务与前途进行探讨。

5月5—10日，全国第五届文艺理论年会在安徽芜湖召开，会议的中心议题是"新时期文学的现实主义问题"。代表们就以下问题进行了研讨：关于现实主义基本含义与概念的界定；关于新时期文学中现实主义的问题；关于现实主义与现代主义的关系。

6月25日，一项专题讨论海峡两岸文学的大规模国际学术会议"当代中国文学国际学术会议"在台湾召开。大陆学者刘再复、谢冕提交了论文。

7月12日，《文汇报》发表王若水的《现实主义与反映论问题》。

7月16日，中国社会科学院《文学评论》编辑部在京举行"胡风文艺思想反思座谈会"，许多专家对最近中共中央为胡风进一步全面平反表示欢迎，对胡风文艺思想进行了实事求是的评价。

8月27日，《上海文论》开辟"重写文学史"专栏，旨在重新研究并评价中国新文学史上的重要作家、作品和文学思潮与文学现象。此举后来引发广泛的讨论。

9月10日，《文汇月刊》第2期发表刘再复的《谈文学研究与文学论争》一文对姚雪垠及《李自成》重新评价。随后该刊第6期发表了姚雪垠的《〈刘再复谈文学研究与文学论争〉一文读后》，进行反批评。刘、姚之争引发广泛关注。

10月×日，由中国社会科学院文学研究所、外国文学研究所、北京大学、福建师范大学等16个单位发起举办的"文学理论建设与中外文化交流学术讨论会"在福州举行,与会代表认为文学理论建设的时机已经出现。

11月8—12日,中国文联第五次代表大会在京举行,邓小平等中央领导人出席开幕式。大会由中国文联党组书记吴祖强主持,夏衍致开幕词,胡启立代表中共中央和国务院向大会致祝词。曹禺当选为全国文联执行主席,林默涵致闭幕词。

12月3—8日,"西方马克思主义理论与美学理论学术讨论会"在成都举行。与会学者就西方马克思主义的概念、范畴、西方马克思主义文论美学的起源、发展、基本特征等问题进行了热烈讨论。

1989年

3月10日,新华社全文刊发《中共中央关于进一步繁荣文艺的若干意见》。

4月×日,《文学评论》第2期发表夏中义的文章《新潮的螺旋——新时期文艺心理学批判》,此文后来引起较大的争议。

5月15—19日,由中国作协等单位举办的全国首次胡风文艺思想学术讨论会在武汉举行。

5月16日,由《上海文学》杂志社举办的中国四十年文学道路研讨会在沪召开。来自全国各地作家、评论家及日本、新加坡的学者60余人参加了会议,与会者就毛泽东思想问题、毛泽东话语体系、社会主义制度与中国当代文学的关系、知识分子与民众、革命的经典与再浪漫化等专题作了发言。

7月6—7日,中宣部召开文艺界座谈会,要求切实反对资产阶级自由化,繁荣和发展社会主义文艺。

7月24—29日,由北京师范大学、郑州大学、华中师范大学、陕西师范大学及长沙水电师院等单位联合举办的"全国文艺心理学研讨会"在长沙召开。与会代表就文艺心理学的任务、性质、方法以及中国古代文艺心理学思想的发掘等问题展开讨论。

7月31日,著名文艺理论家周扬逝世。

9月8日,由中国电影文化发展中心、北京大学比较文学所和天津

《文学自由谈》编辑部共同主办的"女权主义文学及电影"研讨会在京召开。与会者就女权主义批评对象的再界定，文学与电影中女权主义研究的比较、女权主义批评在中国等问题展开讨论。

12月18日，中宣部文艺局与人民文学出版社在京联合召开《邓小平论文艺》研讨会。代表们联系实际就《邓小平论文艺》的基本思想理论，其核心和精髓，对马列文论和毛泽东思想的继承和发展以及对社会主义文艺的指导作用和重要意义等问题进行广泛而深入的探讨。

1990年

2月15日，中国艺术研究院马克思主义文艺理论研究所与《文学理论与批评》编辑部在京召开"关于文艺的党性原则问题"讨论会。与会者就文艺党性原则的重大意义、基本内容、党性与人民性的关系、党性与创作自由、创作个性的关系等问题进行了讨论。

3月1日，中共中央邀请文艺界知名人士到中南海座谈，江泽民作《团结奋斗，繁荣社会主义文艺》的讲话。

3月17日，《文艺报》头版刊登茅盾1978年6月11日致林默涵的信，信中阐明：不同意十七年工作执行"左"倾路线的提法。

4月15—19日，中国文联、中国作协在河北保定联合召开文艺思想座谈会，来自全国各地的百位理论家、作家、艺术家就如何进一步肃清资产阶级自由化的影响、繁荣文艺创作、建设文艺队伍等问题展开讨论。

5月×日，全国毛泽东思想研究会成立10周年纪念会暨学术讨论会在延安召开，会议围绕如何坚持和发展毛泽东文艺思想，进一步发展和繁荣社会主义文艺等问题进行了讨论。

6月14日，《文艺理论与批评》编辑部在京召开"关于文艺的意识形态性问题"座谈会，围绕文艺的意识形态性问题进行了讨论。

11月2—5日，国家教委社会科学发展研究中心、山东大学等单位，在济南联合举办"文学主体性问题"讨论会。60位学者、理论工作者就文学的主体性问题进行了研讨。

11月10—14日，全国马列文论研究会第11届年会学术讨论会在广西柳州召开。讨论会的中心议题是坚持和捍卫马克思主义文艺理论，反对文艺领域内的资产阶级自由化思潮，澄清理论是非，并对西方马克思主义文学、美学思想进行了分析和评价。

1991 年

1月8日，李瑞环会见电视连续剧《渴望》剧组人员，强调"文艺作品要寓教于乐"。

1月8日，受中国作家协会委托，《文艺报》在京举办马克思主义文艺理论研讨会。会议的主要内容是：认真地、科学地总结文艺思潮，进一步思考一些深层次的理论问题，进一步澄清被资产阶级自由化搞乱的思想理论是非和历史是非问题。

3月×日，《文学评论》等单位在京举行"新写实主义"问题座谈会，与会者就当代小说创作中的"新写实主义"进行了讨论。

4月15日，中宣部文艺局等九家单位在京联合举行纪念毛泽东同志"百花齐放，推陈出新"题词40周年大会。

4月22—28日，中华全国美学学会等单位，在厦门举办"当代中国美学研究前景展望"学术讨论会，200余名与会代表分别就中西文化碰撞中的当代中国美学、传统中国美学的现代意义、美学如何面对文化中的文学艺术、美学的现实功用、美育与现代人的全面塑造等问题展开了讨论。

8月7—11日，《文学评论》、国家教委社科中心、《人民日报》文艺部等单位，在江西庐山联合召开马克思主义文艺理论建设讨论会。与会50位专家、学者就建设马克思主义文艺理论问题进行了讨论。

10月29—11月3日，《文学评论》、中国艺术研究院马克思主义文艺理论研究所、《光明日报》文艺部等16家单位，在重庆联合举办全国新时期文艺论争学术讨论会。100余名与会者就反映论、人道主义、重写文学史、主体性、主旋律与多样化、本质论、新时期文艺论争的实质以及文艺理论队伍的建设等问题展开讨论与争鸣。

1992 年

1月×日，中宣部文艺局编选的《当代文艺思潮的若干理论问题与重大事件》一书，由中国文联出版公司出版。

2月28日，美学家蔡仪在京逝世，享年86岁。

4月7日，为纪念《在延安文艺座谈会上的讲话》发表50周年，《文艺报》在京举行座谈会。与会代表就如何在新的历史条件下坚持和发展《讲话》精神进行讨论。

4月11—13日，由四川省社会科学联合会主持的"邓小平文艺思想讨论会"在成都召开。会议就邓小平文艺思想中关于艺术与政治的关系、文艺的人民性、文艺的党性原则、文艺在精神文明建设中的地位和作用等观点展开讨论。

5月7日，中国社会科学院在京举行纪念毛泽东同志《在延安文艺座谈会上的讲话》发表50周年学术讨论会。

5月18日，新版《毛泽东论文艺》（增订本）由人民出版社出版。

6月9日，中国社会科学院文学研究所在京举办蔡仪学术讨论会。与会60余位专家学者就蔡仪的美学体系以及对文艺理论的贡献等议题展开讨论。

9月18日，《文艺报》编辑部在京召开"文学价值观"讨论会。与会者就"文学价值论"与"商品价值"的联系与区别、"文学价值论"与"反映论"的关系等问题进行讨论。

10月上旬，中国社会科学院文学研究所、外文所等17个单位，在开封河南大学举办1992年"全国中外文学理论学术讨论会"。与会者90余人就文学在商品经济大潮下的作用与价值、文学中的群体意识和个人意识、中西诗学中的异同和比较等问题展开讨论。

10月上旬，由中华美学学会青年学术委员会等单位主办的"文化变革与90年代中国美学"学术讨论会在青岛召开。与会50余位专家学者和青年美学工作者就美学自身的变革、美学对文化变革及整个社会变革的作用等问题展开讨论。

1993年

1月×日，王蒙在《读书》发表评价王朔作品的文章《躲避崇高》。《文学报》开辟专栏"如何看待王朔现象"，并选摘各报刊评价王朔的文章。

2月18日，华东师范大学师生举行了一场座谈会，其讨论对话文章《旷野上的废墟——文学和人文精神的危机》随后在《上海文学》1993年第6期发表。该文提出的文学和人文精神危机的问题，引发《读书》《十月》《光明日报》及《文汇报》等相继刊发大量争鸣文章，由此拉开了文艺理论界对人文精神问题长时间的讨论。

4月21日，中国社会主义文艺学会在京成立，陈涌当选为会长。在随后举行的理论研讨会中，与会者就如何繁荣社会主义文艺创作和文艺评论、如何看待文化市场、如何继承革命文艺传统、如何批评地吸收世界各国文化新成果等问题进行了讨论。

5月×日，中华美学学会在京举行"美学与现代艺术"学术研讨会。与会者围绕美学与现代艺术这一中心议题展开讨论。

6月×日，由《文学评论》、《文艺报》、黑龙江教育出版社、黑龙江大学联合举办的"建设有中国特色的马克思主义文学理论"学术研讨会在哈尔滨召开。大会以建设有中国特色的马克思主义文学理论为议题，对其历史、现状与对策等重要理论问题和实践问题进行了广泛、深入的探讨和研究。

9月×日，《读书》杂志开始集中介绍赛义德的思想，随后关于后殖民主义的介绍和讨论成为热点。

10月22—24日，中国社会主义文艺学会等单位，在京联合召开"毛泽东与中国现当代文艺研讨会"，与会代表热情颂扬了毛泽东为中国革命文艺事业建立的丰功伟绩，同时就当前文艺现状进行了讨论。

12月23日，中国文联在京举行纪念毛泽东同志诞辰100周年座谈会，与会者就在社会主义改革开放历史的新时期，如何深入学习马列主义、毛泽东思想和邓小平建设有中国特色社会主义的理论，做好文艺工作，如何使文艺为经济建设服务等问题展开座谈。

本年度，西方马克思主义成为学术界关注的热点话题，对于西方马克思主义的研究态度已经从最初简单的唯物唯心二元批判转变为学术研究。对于西马的评价话语发生转变，抛弃了先前的"反马克思主义"论调；并开始积极探讨西马的发展状况，发展动因，而且将其置于马克思主义的发展大旗之下。

1994 年

5月6—8日，由中国比较文学学会后现代研究中心、北京大学英文系联合发起主办的"20世纪中外文艺思潮国际研讨会"在江苏连云港召开。

7月13—17日，由北京大学与加拿大多伦多维多利亚联合主办的"诺思洛普·弗莱与中国"国际研讨会在北京大学举行。

7月×日，"中国中外文艺理论学会"在京成立并召开座谈会，在京40余名专家学者参加并畅谈面向21世纪的中外文艺理论的大趋势。

10月21—28日，由中国社会主义文艺学会等22个单位联合举办的文化市场与文化建设问题学术讨论会在云南楚雄召开。与会者就在市场经济体制下文艺体制改革、文化市场建设的得失成败在于是否有利于充分调动文艺工作者积极性、创造性，有利于出作品、出人才，繁荣事业和满足需要，有利于经济发展和社会进步等一系列问题进行讨论。

10月下旬，中国美学学会、汕头大学"当代审美文化研究"课题组等单位联合在京举行当代审美文化前瞻学术研讨会。与会学者肯定审美文化在总体上是积极向上的，并指出要积极发挥理论在当代审美文化中的引导作用。

12月7日，《文艺报》邀请在京部分专家、学者举行"大众文化"研讨会。与会者认为"大众文化"是当前一个突出的世界性和时代性的文化现象。

本年年初，以上海学者为主在《读书》杂志上发起了关于人文精神的讨论，这个话题一直延续到了1996年以后。

1995 年

2月22—24日，全国作协工作会议在京召开，中宣部副部长、中国作协党组书记翟泰丰就作协工作和繁荣文学问题作了重要讲话。与会代表还就如何落实党中央和江泽民总书记对繁荣文艺创作的重要指示等问题进行了热烈的讨论。

4月×日，《文艺报》在京举办"新人文精神"问题研讨会，与会者就人文精神的失落或危机、建设或重建等问题展开讨论。

5月×日，中国社会科学院文学研究所文艺理论研究室主持召集北京大学、北京师范大学、中国人民大学等单位的专家学者40余人，就精神文明建设与文学艺术的角色功能展开讨论。

6月×日，《中国新文艺大系》50卷问世。

8月6—10日，由北京大学、弗吉尼亚大学和大连外国语大学联合举办的"文化研究：中国与西方"国际研讨会在大连举行，会议探讨的议题主要包括：文化研究在西方的历史演变和现状；中国当代文化研究的可能性探讨；后现代主义和后殖民主义及其在中国和西方的批评性回应；文化研究与文学理论的未来等。

《东方丛刊》第3期刊登四川大学曹顺庆教授的文章：《21世纪中国文化发展战略与重建中国文论话语》，作者提出中国文论的"失语"问题，在学术界引发持久讨论。

10月9—11日，由北京大学比较文学与比较文化研究所和中国比较文学学会共同主办的"文化对话与文化误读"国际学术研讨会在京举行，来自25个国家的120多位代表分别就文化相对主义、东西方文化的多元性、以及文化转型期的价值重建等热点问题进行研讨。

12月7日，由中国社会科学院文学研究所理论室发起并组织的"精神文明与文艺的消闲性"专题座谈会在中国社会科学院文学研究所举行。会议由杜书瀛主持。朱寨、钱中文、童庆炳、何西来、姜昆等来自北京和外地文艺界、文艺理论界和批评界50多人参加了座谈会。王蒙写信对会议表示支持和祝贺。

1996年

4月×日，华中师范大学文学批评学研究中心组织的"文学史研究的方法与范式"研讨会在武汉举行。与会者就文学史与文学评论、文学批评的关系，过去文学史研究存在的问题，文学史的正名，文学史的观念、方法和范式，文学史的类型和功能等议题展开研讨。

6月28日，中国社会科学院文学研究所、《文艺报》等六家单位，在京联合举办蔡仪美学思想研讨会，与会者就蔡仪的美学思想在中国美学史上的地位等问题进行了探讨。

10月17—21日，由中国中外文艺理论学会、中国社会科学院文学研究所、陕西师范大学中文系联合举办的"中国古代文论的现代转换"学术研讨会在西安召开，与会专家、学者围绕着中国古代文论的现代转换这一中心议题进行了广泛的学术交流。

10月25日，作家、文艺理论家陈荒煤在京逝世，享年83岁。

12月16日至20日，中国文联第六次全国代表大会和中国作协第五次全国代表大会在京举行。

1997年

3月14日，中国文联第六届全国委员会第二次全体会议在京举行，会议强调今后文联工作要以建设有中国特色社会主义理论为指导，认真学习贯彻党的十四届六中全会决议，认真学习贯彻江泽民同志在第六次文代会和第五次作代会上的重要讲话。

4月1—3日，中宣部在京召开文艺评论工作座谈会，会议分析了当前我国文艺评论工作的现状，研究如何更好地坚持为人民服务、社会主义服务的方向，坚持"百花齐放、百家争鸣"的方针，加强和改进文艺评论工作。

5月中旬，中国社会科学院文学研究所在京举办"90年代文学态势与研究策略主体研讨会"，与会者呼吁文学批评家应深入生活。

6月16—17日，在杭州召开了由杭州大学主办的金庸学术研讨会。

6月24—28日，来自美、英、加与中国的45名学者在湖南师范大学参加了由中国社会科学院外国文学研究所和湖南师范大学外语学院联合举办的"批评理论：中国与西方国际研讨会"。美国杜克大学詹姆逊参会，研讨会围绕后现代主义和晚期资本主义的文化逻辑、"全球化"与民族性、詹姆逊专题研究三个方面进行探讨。

8月×日，第三届全国文艺心理学研讨会在京召开，与会专家学者就文艺心理学的未来发展、90年代以来创作心理和消费心理的新特征等议题进行了深入讨论。

10月16日，《人民日报》刊登张骏严的文章《"人文精神"讨论的新进展》，认为肇始于80年代中期的人文精神讨论在进入90年代以来开始转向大众话语，另一方面在学术界也有了新的进展，这是90年代针对商品经济中的拜金主义等消极现象而提出的。

12月上旬，中国古代文学理论学会和广西师范大学在桂林联合举办"中国古代文论的现代转换、古今文论融洽、中国古代文论在外国传播等新情况、新问题"研讨会。

1998年

2月25日，由《文艺报》主办的"文化工业"问题研讨会在京举行，与会专家及从事文化产业的工作者对什么是"文化产业"、如何认识西方"文化工业"现象，以及"文化工业"现象在当代中国是否已经出现等问题进行讨论。

4月×日，由中华美学学会、贵州师范大学等单位联合主办的"百年中国美学"学术讨论会在贵阳召开，近80名美学专家围绕20世纪中国美学历程及其学术建构等问题进行了广泛深入的研讨。

5月7日，为纪念"真理标准讨论"、党的十一届三中全会召开20周年，中国社会科学院文学研究所理论室邀请学术界有关学者、专家召开专题讨论会，讨论文艺学发展变化的历史进程，以及文艺学研究中的一系列重要问题。

6月9日，由北京语言文化大学比较文学研究所和比较文学学会后现代研究中心共同主办的"后现代主义之后的西方理论思潮"研讨会在京举行。

10月上旬，由中国中外文艺理论学会、四川大学联合主办的"西方文论与中国文论建设"学术研讨会在成都举行，会议的主要议题是世纪之交的中国文论建设问题。

10月29日，文化部在京召开全国邓小平文艺理论研讨会。

10月×日，北京语言文化大学、国际比较文学协会研究委员会、南京师范大学在南京共同举办"读解民族：文学和民族身份建构"研讨会。50余名中外专家、学者就文化接受及其在东西方的变形、民族身份在文学经典形成中的作用、一种民族身份在另一种文学文本中的表现、翻译和文学作品的误读、全球化和文化身份的建构，以及全球化与本土化的辩证关系等议题进行讨论。

12月6—18日，中国作协在京召开全国文学理论研讨会。

12月19日，著名学者钱锺书逝世。

1999年

5月17日，由中国中外文艺理论学会和南京师范大学文学院联合举办的"1999世纪之交：文论、文化与社会研讨会"在南京召开，来自全国各地的100余位学者与会，就文学理论、文化与社会的相互关系问题展开讨论。

5月28—30日，《文艺研究》为纪念创刊20周年举行的"世纪之交：中国文艺理论研讨会"在京召开，来自全国各地的文论家和学者就中国文论的学术资源和经验进行研讨，并展望文论在21世纪的发展趋势。

6月16—19日，由中国文艺理论学会、江苏省作家协会、南京师范大学文学院、《文艺理论研究》编辑部联合主办的中国文艺理论学会第七次年会在南京举行。会议的主要议题是"20世纪中国文论的回顾与展望"。

6月26日，著名美学家蒋孔阳逝世。

6月28日，《王朝闻集》出版暨王朝闻从事学术活动70周年座谈会在京召开，与会者就王朝闻同志的思想体系、理论建树、学术影响、文论风格等议题进行座谈。

7月×日，由山东大学美学研究所、广西师范大学等10家单位联合举办的《周来祥美学文选》学术讨论会在京举行，与会者对周来祥教授50年美学研究成果给予了充分肯定。

8月15—18日，中国比较文学学会第六届年会在成都举行，200多位中外学者就面对新世纪与人文精神、亚太文化与文学、大众传媒与比较文学、文化与翻译、异质文化中的华文文学等问题展开讨论。

10月28—31日，由中国中外文学理论学会和安徽大学中文系联合主办的"新中国理论五十年"学术研讨会在合肥市召开，50余位与会专家、学者对50年来的诸多理论现象展开讨论。

本年度《芙蓉》杂志第 6 期发表葛红兵《为二十一世纪中国文学写一份悼词》，在文坛引起较大争议与影响。吴中杰在《文学报》（2000 年 4 月 6 日）著文《评一种批评逻辑》对葛红兵的文章进行评论。此后，一系列争议文章出现。

本年度关于文学本体论问题在学术界展开了新一轮的讨论。朱立元的《当代文学、美学研究对"本体论"的误解》发表后，张弘的《作为美学基础的本体论的若干问题》、高建平的《关于"本体论"的本体性说明》等文章发表了各自的看法，陈英武的《美学与本体论建构——兼与张弘、高建平先生商榷》对以上两文进行了回应。

2000 年

1 月上旬，海南大学文学院、《文艺研究》编辑部在海南岛联合举办"现代性与文艺理论"研讨会，与会者围绕"现代性"术语的应用区分、西方文化的现代性问题、中国文论的现代性问题、中国文论的现代性——限度与越界等问题进行探讨。

1 月 13—15 日，中国作协理论批评委员会首次全体会议在京举行，中国作协党组副书记王巨才讲话。28 名委员对近年来文学理论批评现状及发展前景等问题展开讨论。

3 月 21 日，《文艺报》发表两篇文章对葛红兵《二十世纪中国文学写一份悼词》和《为二十世纪中国文艺理论批评写一份悼词》进行批评。

5 月 8—11 日，"面向新世纪的马列文论研究"学术研讨会暨全国马列文论研讨会第 17 届年会在上海举行，与会者就马克思主义文艺学的回顾与前瞻、马克思主义文艺学的当代形态即其他一些相关问题展开讨论。吴介民当选为名誉会长，吴元迈当选会长。

5 月 30—6 月 1 日，中国社会主义文艺学会在京举办"社会主义与世纪之交的中国文艺"研讨会，70 多位专家学者就如何正确评价社会主义文艺产生后的历史地位，如何展望社会主义与世纪之交的中国文艺等问题展开探讨。

7 月 26 日，中华美学学会、中国中外文艺理论学会、武汉大学美学研究所、北京语言文化大学比较文学研究所、广西师范大学中文系等多家单位,在桂林联合举办"马克思主义美学的现状与未来"国际学术研讨会,50多位中外专家、学者就如何使马克思主义美学回归文本、面向当下、立足发展、东方马克思主义美学和西方马克思主义美学研究、文化"全球化"与马克思主义等问题展开讨论。

7月29—31日,北京语言文化大学、中国中外文艺理论学会、美国加州大学厄湾分校、山东大学等国内外多家单位在京共同举办"文学理论的未来:中国与世界"国际学术研讨会,百余名中外学者就"全球化"浪潮冲击下文学理论批评的未来前景、中国文学理论批评话语的建构、中国的文学研究者与国际学术界的平等对话、文学理论与文化研究的冲突与共融、马克思主义与全球化理论、20世纪中西方文论的历史回顾等理论课题进行交流切磋。德里达、詹姆逊、佛克马、伊塞尔等著名国外学者与会参与对话。

12月5日,中宣部在京召开文艺评论工作座谈会。

12月15—16日,中国社会科学院文学研究所文艺理论研究室和当代文学研究室在京召开"全球化时代的中国美学"与"90年代文学批评的回顾与检讨"研讨会,50余位专家和学者围绕当代中国美学的处境及发展方向、一个世纪以来接受西方美学的反思,以及传统中国美学的继承和发展、八九十年代文学批评的比较与评价、90年代文学批评与全球化语境、文学批评视野下的90年代文学创作等议题进行深入讨论。

2001年

1月18日,由北京语言文化大学比较文学研究所和文化学院主办的"迈入21世纪的比较文学:中国与世界研讨会"在京举行,50余位专家学者就比较文学现状以及在"全球化"时代的未来前景进行讨论。

3月15—20日,中国社会科学院文学研究所、《文学评论》编辑部、《东方文化》编辑部和华南师范大学等单位在华南师范大学举办"价值重建与21世纪文学"研讨会,50多位专家学者就新世纪的价值观念与文学体系、欲望与价值的分析、价值重建与西方文论的关系等问题展开探讨。

4月1—3日,北京师范大学文艺学研究中心召开"当代文学理论创新趋势与教学改革"研讨会,来自全国126所高校的219名代表出席会议，围绕文论的前沿问题与教学问题展开讨论。

4月23—27日，中国社会科学院文学研究所、《文学评论》编辑部、文学理论研究室和扬州大学等单位在扬州联合举办"全球化语境中的文论研究与教学"学术研讨会，与会50多位专家学者就关于全球化的认识、全球化语境中的我国文论研究的策略以及文学理论的教学改革、对文学理论学科建设的反思与前瞻等问题进行讨论。

4月29日—30日，由北京师范大学中文系与北京师范大学文艺学中心联合主办的"文艺学与文化研究学术研讨会"在京举行，讨论文学与文化研究问题。

5月10—12日，教育部人文社会科学重点研究基地山东大学文艺美学研究中心揭牌仪式暨文艺美学学科建设与发展研讨会在济南举行。本次研讨会由山东大学文艺美学研究中心和首都师范大学联合主办。

6月14—16日，由北京文联研究部主办的"网络批评、媒体批评与主流批评"研讨会在天津召开。与会者就网络批评、媒体批评的兴起和作用，以及他们对主流批评的影响和三者之间既对立又统一的相互关系，从不同的角度进行了认真的探讨与交流。

6月22日，《中国20世纪文艺学学术史》研讨会在中国社会科学院文学研究所召开。

7月23—26日，由中华美学学会、中外文艺理论学会等单位联合主办，广西师范大学中文系承办的"马克思主义美学的现状与未来"国际学术研讨会在桂林举行。来自美国、澳大利亚、香港特别行政区以及中国大陆多所高校和研究部门的50余位专家学者出席了此次大会。会议讨论的主要问题是：一、回顾马克思主义美学研究与阐发的发展历程；二、分析在当代文化语境下，马克思主义美学的发展现状；三、展望马克思主义美学的发展前景。

7月29—31日，由北京语言文化大学主办的"文学理论的未来：中国与世界"国际研讨会在北京举行，来自不同国家和地区的百余名专家学者共同探讨了全球化浪潮下的文学批评理论的未来前景、中国文学理论批评话语的建构以及中国的文学研究者与国际学术界的平等对话等问题，并成立了国际文学理论学会。

8月7—10日，中国社会科学院文学研究所和清华大学人文社科学院在京联合召开"文化视野与中国文学研究"国际讨论会，中外学者近百人就全球化时代的文学与文化研究所面临的重大挑战、中国传统文学的文化内涵与21世纪中国文学的民族、国家主题等相关问题进行探讨。

10月10—13日，厦门大学中文系、中国中外文艺理论学会等单位在厦门联合举办"新理性精神与文学研究方法论"全国学术研讨会，与会50多位专家学者就在现代性条件下和后现代语境中，如何坚守理性精神、在全球化潮流中怎样凸显"中国立场"并发出"中国声音"等议题展开广泛的探讨。

11月2日，武汉大学中文系、《文艺研究》编辑部等单位在武汉联合举办"高新技术产业化时代文艺的发展问题"学术研讨会，50余名专家、学者围绕高新技术时代文艺的发展方向及其特征、网络文化及信息技术革命对文艺功能的深刻影响等问题进行了广泛讨论。

12月1—2日，《文学评论》编辑部、中国人民大学中文系在京共同举办"人的全面发展与文艺学建设"理论研讨会，与会学者就人的全面发展问题与文艺学的理论创新、马克思主义思想的当代发展、人文关怀、人文理性与人的现代性、多元社会与复杂人格的文学表现方式、全球化时代东西方人性观在文学中的碰撞、传统与时代——人的发展与文学的发展、多媒体时代人的审美趋向与文化变异等展开研讨。

12月18—22日，中国文学艺术界联合会第七次全国代表大会、中国作家协会第六次全国代表大会在人民大会堂开幕。江泽民、李鹏等党和国家领导人出席。江泽民同志作重要讲话。周巍峙当选文联主席，97岁的巴金老人第三次当选中国作协主席。

12月18—22日，第七次全国文代会第六次全国作代会召开，中共中央总书记、国家主席江泽民在会上发表重要讲话。他强调指出：努力建设我国的先进文化，使它在全国人民乃至世界人民中间具有强大的吸引力和感召力，与努力发展我国的先进生产力，使我国加快进入世界生产力发达国家的行列，都是我们实现社会主义现代化的战略任务。

2002 年

2月×日，首都师范大学文学院陶东风教授在《浙江社会科学》第1期发表《日常生活的审美化与文化研究的兴起——兼论文艺学的学科反思》一文，引发学界对于"日常生活审美化"以及"文艺学学科边界"问题的广泛讨论。

3月27日，由《文学评论》编辑部、南京大学中文系共同主办的"文学研究中的跨学科发展研讨会暨《文学评论》编委会"在南京召开，与会专家就何谓文学研究中的跨学科发展及跨学科的几种分布方式、如何跨学科及跨学科的具体案例、跨学科的限度及方法论问题、跨学科的好处等问题进行了讨论。

4月×日，《文学评论》第2期刊登高建平《论文学艺术评价的文化性与国际性》一文，该文提出"复数的世界文学"这一概念，试图在文学评价的相对主义和普遍主义之间寻找一种相互沟通的思想。

5月22日，中宣部、文化部等多家单位在京联合召开座谈会，纪念《在延安文艺座谈会上的讲话》发表60周年。

5月25—26日，由中国社会科学院文学研究所理论室、云南大学人文学院等单位联合召开的"文艺学与文化研究学术研讨会"在昆明召开，与会专家学者就文化研究与文艺研究、经济全球化与文化全球化与文化的民族性等问题进行了深入而热烈的讨论。

6月21—24日，由苏州大学主办的首届生态文艺学科建设研讨会在苏州举行。与会者认为生态文艺学的提出与建立对我国文论建设很有意义，对文学艺术的发展及社会思想文化的发展都将有积极贡献。

6月22—23日，"马克思主义与后现代主义"国际学术研讨会在武汉华中科技大学举行，来自海内外的40余位学者参与讨论。

6月22—28日，中国社会科学院文学研究所《文学评论》编辑部、哈尔滨师范大学中文系在哈尔滨联合主办"世纪之交文化转型与文学发展研讨会"，学者们重点就全球化语境下的中国文论建设、文化研究及其对文学研究的影响、关于当下文论的困境及应对策略等问题进行了讨论。

8月2—12日，由中国中外文艺理论学会、陕西师范大学、新疆大学等单位主办的"全球化语境与民族文化、文学的前景国际学术研讨会"分两个阶段在陕西师范大学和新疆大学两校举办。会议的主题有三个：对全球化语境以及全球化概念的理解和态度；全球化语境下中国古代文论现代转换的命运及态度；树立自信的学术研究心态，坚持多元的学术研究方法。

8月23—25日，由山东大学美学研究中心主办的"审美与艺术教育国际学术研讨会"在青岛举行。国内外100余位专家学者以"全球语境下的审美文化与艺术教育"为议题，围绕当代审美文化研究、文化产业中的审美活动、艺术教育的规律及特点、美育的社会功能与实践等前沿问题展开了讨论。

9月22—26日，在江西省南昌市召开"全球化语境下的中国当代文学理论建设与创新"学术讨论会。会议由山东大学文艺美学研究中心、中国人民大学中文系和北京师范大学文艺研究中心三个全国文艺学重点学科联合主办，江西师范大学文学院具体承办。40余位专家学者针对当代中国文论与批评现状进行了深刻的反思，提出了全球化语境中的中国文论与批评建设的诸多意见。

10月10—11日，由《文艺理论与批评》编辑部、西南师范大学中文系、四川大学文学院等单位主办的"人民美学与现代性"学术讨论会在重庆举行，与会者就重提"人民性"的现实意义与价值，并就建构"人民美学"的理论困境等问题展开讨论。

10月18—20日，由中华美学学会与北京第二外国语学院合作主办的"美学与文化：东方与西方"国际学术研讨会在京举行。这次会议是中外美学思想交流史上的一次盛会，吸引了分别来自英、美、德、意、日、韩、加、印度、荷兰、芬兰、希腊、土耳其、斯洛文尼亚、克罗地亚、澳大利亚和中国（包括台湾和香港）的近百名美学家。以汝信会长为代表的中华美学学会理事会主要成员、以佐佐木健一主席为代表的国际美学学会执行委员会的主要成员，均亲莅此会，参与讨论。在本次会议上，高建平首次提出的"美学在中国与中国美学"的区别问题，在学术界引起讨论。

12月1—3日，江汉大学人文学院与武汉大学人文学院在武汉联合召开"文化生态变迁与文学艺术发展"学术研讨会，与会 30 余位专家、学者就马克思主义美学与生态的关系，生态批评与文化生态，21 世纪中国文学生态意识，文化生态与近现代中国的文学自治思潮，生态批评的"两难处境"问题，道家文化的三大理论及其对生态文学的启发价值，当下语境中的生态批评等话题进行深入探讨。

12 月 22 日，"多元对话时代的文艺学建设与钱中文文艺理论研究"学术讨论会在中国人民大学召开，来自全国各地高校、科研院所的文艺理论界的知名专家、教授约 60 人围绕"新理性"精神与文学理论的发展、钱中文文艺理论研究及多元对话时代的文艺学建设与创新等议题展开讨论。

2003 年

9 月 17—19 日，由《文学评论》编辑部和四川师范大学文学院共同主办的"中国现代诗学研讨会"在成都举行，来自全国 20 所大学与研究机构的 30 多位专家就近十年来中国现代诗学的研究现状与问题，现代诗学若干重要命题，现代诗学体系诸题及研究前景等，作了广泛深入的讨论。

10 月 24—27 日，中国社会科学院文学研究所与南阳师范学院在南阳市联合举办了"文论何为"学术研讨会。60 多位来自全国各地的专家学者围绕全球化与中国文论的发展道路、西方思想的影响与中国文论的建构等问题展开了激烈讨论。

10 月 25—26 日，由华中师范大学、中华美学学会等单位联合举办的"全国东方美学学术研讨会"在武汉召开，来自全国各地的东方美学专家就东方美学发展中的重要问题进行了讨论。

11 月 2 日，人大复印资料《文艺理论》编辑部、《文艺研究》编辑部与首都师范大学文学院在京联合召开"日常生活审美化与文艺学美学学科"研讨会，与会学者就我国文艺学学科的研究现状、问题及未来发展等进行了广泛讨论。

11 月 8 日，"俄罗斯形式学派学术研讨会筹划会并 20 世纪俄罗斯文论关键词写作讨论会"在北京师范大学举行，本次会议由中国社会科学院外国文学研究所文艺理论室和文学理论研究中心主办，40多位专家学者与会。

11月16—18日，苏州大学、华东师范大学、《文艺理论研究》编辑部等单位合作举办的"文艺理论视野中的中国问题"研讨会在苏州召开。40余名专家学者就中国文论是否存在"中国性"问题、中国现代性和理论原理建设等问题展开了热烈讨论。

11月×日，《文艺研究》杂志社召开"日常生活的审美化与文艺学的学科反思"国际学术讨论会。

12月3—4日，"第四届全国文艺学及相关学科建设研讨会"在广州暨南大学召开，来自全国文艺学及相关学科领域的70多位学者、专家参加了会议。会议的中心议题是"文艺学学科的拓展与边界"，会议着重探讨了当下文艺学学科建设、文艺学与相关学科的关系等问题。

12月中旬，全国马克思主义文论学会第二十届年会暨"国外马克思主义文论与中国文论建设"学术研讨会在西南师范大学文学院举行，来自中国社会科学院、北京大学、中国人民大学、北京师范大学、四川大学等高校和科研机构的代表出席了这次研讨会。与会者围绕外国马克思主义文论现状、发展趋势以及中国新世纪文论建设的有关学术问题展开了热烈而深入的研讨与对话。

12月26—28日，在毛泽东同志诞辰110周年之际，由华中师范大学文学院等单位主办的"毛泽东文艺思想和20世纪中国文学理论批评国际学术研讨会"在华中师范大学和三峡大学举行。国内外80余名专家学者就以下几个问题发表了自己的看法。一、毛泽东文艺思想的本体研究；二、毛泽东文艺思想对20世纪中国文学的影响；三、毛泽东文艺思想所涉及的一些带有普遍性的文艺问题特别是文艺和政治的关系问题等。

2004年

1月7日，复旦大学杜威研究中心正式成立，由刘放桐教授任中心主任，"杜威思想的当代意义"学术研讨会在复旦大学美国研究中心同时举行。

1月9—11日，中国社会科学院外国文学研究所文艺理论研究室和文学研究所文艺理论研究室联合成立"文学理论研究中心"。9日至11日，该中心在京举办成立大会暨首届学术研讨会。会议主题为"跨文化的文学理论：问题与前景"。此次会议的议题主要有：一、当代中国文学理论所面临的挑战与我们的应对策略；二、跨文化视野中的文学理论、思想资源、发育空间、研究路径；三、现代外国文论关键词研究构想与中国文论关键词研究基本思路；四、近年来国外文学理论教材的最新状况与当下国内文学理论教材建设问题。

3月26—28日，由中国社会科学院世界文明比较研究中心、国际符号学学会主办，南京师范大学外语学院协办的"符号学与人文科学国际研讨会"在北京举行。

3月31日，按照中共中央关于坚持科学的发展观和促进文化发展的精神，文化部部长孙家正邀请在京的哲学、艺术学部分专家就"文化建设与发展"问题举行座谈。

4月10日，《文学评论》编辑部、首都师范大学文艺学重点学科、《文学前沿》编辑部等单位，在北京联合主办了"身体写作与消费时代的文化症状"学术讨论会。会议就商品化、消费主义潮流不断向文化文学领域深入、文学中部分写作经历着由形而上向形而下、从上半身滑向下半身的运动等文化现象展开讨论。

6月6日，"全球化与本土化国际学术会议"在郑州大学召开，美国学者詹姆逊与会。他认为，经济全球化不应当是文化霸权而应当是文化的多样化。

6月10日，中国人民大学出版社出版四卷本《詹姆逊文集》。10日，由中国人民大学出版社与人民大学中文系联合主办的"'詹姆逊与中国'学术研讨会暨（四卷本）文集首发式"召开。本次研究会围绕"詹姆逊与中国的现代化""詹姆逊与中国的文化研究"等问题进行。

6月8—11日，由中国中外文艺理论学会与中国人民大学中文系主办、清华大学比较文学与文化研究中心等多家单位参与协办的"多元对话语境中的文学理论建构国际研讨会暨中国中外文艺理论学会第三届代表会议"在中国人民大学召开。来自国内外的300余名专家学者参加了会议。

6月12—14日，由清华大学外语系和比较文学与文化研究中心联合发起主办的"批评探索：理论的终结？"国际研讨会在北京举行。参加单位有国际文学理论学会、美国芝加哥大学《批评探索》杂志以及中国中外文艺理论学会等单位。会议主要围绕如下几个论题进行讨论：当代文学理论的反思；一种阐释理论以沟通东西方；全球化语境下的文学研究；从中国的视角阐释西方文学；从西方的视角阐释中国文学；文学文本的语象阐释等。

6月14—17日，由中南大学文学院、《文学评论》编辑部、《文艺理论与批评》编辑部联合举办的"网络文学与数字文化"学术研讨会在长沙召开。会议围绕网络文学的性质、定位、价值导向等问题展开了广泛的交流和讨论，对数字技术时代的社会文化转型、网络图像审美嬗变等问题进行了深入探讨。

6月19—20日，由中国中外文艺理论学会、中国社会科学院文学理论研究中心、河北教育出版社、湘潭大学四家单位主办，湘潭大学文学与新闻学院承办的"巴赫金学术思想国际研讨会"在湖南湘潭市举行。来自俄、美、中的40多位专家学者出席了会议，就巴赫金的学术思想、在世界范围内的传播与影响、巴赫金与新世纪中国人文学科等重要理论问题展开讨论。

6月25—27日，中华美学学会第六届全国美学大会暨"全球化与中国美学"学术研讨会在长春市举行，本次会议由中华美学学会、吉林大学文学院和中国文化研究所联合主办。会议主要论题有：全球化背景下的美学和艺术学研究、中国传统美学及其现代意义、全球化时代的媒介和审美文化批评等。

6月28—30日，《文学评论》编辑部、四川大学文学与新闻传播学院以及四川师范大学在成都联合召开了全国"消费时代的文学与文化研究"学术讨论会。与会者就当前中国消费社会与消费文化中的种种现象和所面临的问题进行了讨论。

7月24—27日，《外国文学评论》杂志与苏州大学在苏州联合主办"外国文学与本土视角"学术研讨会，170多位学者与会。会议的议题有：全球化进程中的外国文学与现代价值观、当代文化的多元性与民族文学、民族文化前景；当代文学的生存方式与大多消费文化市场之间的关系；城市文学与乡土文学以及生态批评；文学翻译与外国文化的传播等。

7月25—30日，全国"文化研究中的话语实践"学术研讨会在乌鲁木齐举行。此次会议由湖南科技大学外国语学院与新疆大学外国语学院和《外国文学》杂志社联合承办，研讨会的主题有：全球化与文化研究；翻译的文化政治；理论还剩下什么；现代主义文学与现代性；少数族裔文学研究等。

8月6日，由中国艺术研究院主办、中国艺术研究院马克思主义文艺理论研究所承办的"邓小平文艺理论与中国特色文化建设"研究会在北京召开。

9月18—20日，山东大学文艺美学研究中心、山东大学文学与新闻传播学院、曲阜师范大学共同主办的"全国审美文化学术研讨会"在山东日照举行。

9月18—20日，由中国社会科学院哲学所美学研究室和北京第二外国语大学跨文化研究所合作召开了"实践美学的反思与展望国际学术研讨会"。

10月8—9日，由上海社会科学院上海研究中心、中共上海市委党校哲学部联合举办的"马克思主义与当代文化建设"学术研讨会在上海社会科学院举行，英国拉夫堡大学社会科学系默多克教授等学者参加了研讨会。默多克提出了"现代性死亡"的重要命题。

10月23日，法国当代著名哲学家、解构主义理论思潮的鼻祖雅克·德里达于10月8日逝世，在国际学界产生了极大反响。清华大学比较文学与文化研究中心发起主办的"德里达与中国：解构批评与思考"学术研讨会在北京举行，学者们认为，德里达在20世纪的哲学界、文学理论乃至国际思想界的影响是巨大的。他的逝世是整个人类思想界和理论界的重大损失。

10月30—31日，由《文学评论》杂志社和复旦大学中文系文艺学博士点联合举办的"全球化语境下的文艺学应对策略"学术研讨会在复旦大学举行，与会学者就"全球化文化语境与文艺学研究范式的变迁"等前沿问题进行了探讨。

12月21日,"中央实施马克思主义理论研究和建设工程"文学课题组第一次全国学术研讨会在江西师范大学召开。会议对当前中国文学创作现状、中国文学理论与批评现状、中国高校文学理论教材与教学现状和马克思主义文学理论等四个调查研究报告进行了讨论。文学课题组的任务是,全面研究新时期以来文学与文学理论的创新发展,对所取得的最新成果进行调研总结,在此基础上编写出以马克思主义理论为指导的、反映当代文学和文学理论最新成果的新编文学理论教材,供全国高校使用。

2005 年

1月29—30日,由中国传媒大学文学院和《文学评论》编辑部联合主办的"交叉与融通:文艺学学科建设2005高峰论坛"在京召开。

3月4—7日,由《文学评论》《文学遗产》、郑州大学文学院共同举办的"文学——文化研究与学科建设学术研讨会"在郑州大学召开。大会就文学与文化研究的历史、现状、意义与价值以及相关的学科建设问题进行研讨。

6月18—21日,由西北大学文学院承办的"中国文学理论第14届年会暨国际学术研讨会"在西安召开,大会内容涉及中国古代文学理论的诸多问题。

6月26—28日,由华中师范大学文学院主办的"文学批评与文化批判"国际学术研讨会在武汉举行。美国著名马克思主义批评家弗雷德里克·詹姆逊提交了《什么是辩证法?》的论文。

8月13—16日,中国比较文学学会第八届年会暨国际学术研讨会在深圳大学举行,国际比较美学学会前主席佛克马,中国比较文学学会会长乐黛云等到会。

8月19—22日,山东大学文艺美学研究中心在青岛主办了"人与自然:当代生态文明视野中的美学与文学国际学术研讨会",会议议题有:中国当下生态文学与生态美学研究态势;西方生态批评和环境美学;中国生态智慧和生态文化;生态伦理和生态美学。

10月16—19日,由中华美学学会主办、徐州师范大学承办的"美学在中国与中国美学学术研讨会"在徐州举行。

10月17日，中国作家协会主席巴金在上海逝世，享年101岁。

2006年

6月26—28日，由中华美学学会、中国社会科学院哲学研究所和四川师范大学共同主办的"美学与多元文化对话"国际学术研讨会暨国际美学协会执委会在四川成都召开，来自世界各国的20多名国际美学协会会长、副会长、秘书长和理事，以及国内20余位学者参加了此次会议。会议主要讨论了"美学与全球化、多元文化的交流与对话、美学前沿问题"等热点话题，会议的部分论文收入《国际美学年刊》第11期。

7月16—19日，"新世纪文艺学的发展走向"学术研讨会在湖北举行，来自京、沪、鄂等地的60余位专家学者参加会议。

10月6—8日，由美国杜克大学和中国清华大学共同发起主办的第四届中美比较文学双边讨论会在美国杜克大学举行。本次会议讨论的主题为"文学与视觉文化：中国视角与美国视角"，试图检视在中国和美国的文化语境下文学和视觉文化的重要地位和最新发展。

10月19日，为纪念马克思主义文艺理论家、美学家蔡仪先生诞辰100周年，由中国社会科学院文学研究所、深圳大学文学院、上海社会科学院三家单位联合主办的"蔡仪学术思想研讨会"在京召开，会后出版论文集《美学的传承与鼎新：纪念蔡仪诞辰百年》。

10月20—22日，由中国社会科学院文学研究所承办的"马克思主义美学与当代中国和谐社会建设"学术研讨会在北京召开，会议就"马克思主义美学在当代中国的理论创新""马克思主义美学与当代中国和谐社会建设""马克思主义美学在当代世界的发展""马克思主义美学在中国的发展以及老一辈美学家在中国美学发展中的贡献"等议题进行研讨。

11月10—14日，中国文学艺术界联合会第八次全国代表大会、中国作家协会第七次全国代表大会在北京召开。胡锦涛同志在开幕会上发表重要讲话指出，文艺工作是党和人民事业的重要组成部分，在党和人民事业发展中具有十分重要的地位。

11月12日，在中国文学艺术界联合会第八届全国委员会第一次会议上，孙家正当选新一届中国文联主席。周巍峙被推举为中国文联名誉主席。同日，在中国作家协会第七届全国委员会第一次会议上铁凝当选新一届中国作协主席。

2007年

4月27—28日，由浙江工商大学人文学院、《文艺报》和《文艺争鸣》共同主办的"新世纪文学批评的建构"全国学术研讨会在杭州举行。来自中国社会科学院、中国文联、北京大学、中国人民大学、武汉大学等30多个学术机构和高校以及《光明日报》《文艺报》《文艺争鸣》杂志社等媒体的50多位专家学者从不同角度和层面对新世纪文学批评存在的问题及其建构展开了深入讨论与交流。

6月9—11日，北京第二外国语学院比较文学与跨文化研究所发起和主办了"文学与哲学的对话"国际学术研讨会，来自国内外20余所大学和科研机构的专家学者60余人出席了会议。本次会议采取主题发言与自由畅谈相结合的形式，就文学与哲学的界限、哲学化的诗歌与诗化的哲学、现代文学与哲学的审美主义、哲学与文学书写的未来等理论问题展开了深入探讨。

6月23—25日，中国中外文艺理论学会和华中师范大学文学院在华中师范大学联合主办了"文学理论三十年——从新时期到新世纪"学术研讨会暨中国中外文艺理论学会第四届代表大会。与会代表围绕30年文学理论研究实绩、研究新动向和新问题，以及未来文学理论新的走向等议题展开了广泛而深入的交流与探讨。

8月19—21日，中国社会科学院文学研究所主办的"文学史写作的理论与实践"国际学术研讨会在京召开。

9月22日，中国社会科学院文学研究所理论室、中国青年政治学院中文系联合英国诺丁汉纯特大学TCS研究中心，在中国青年政治学院共同举办了"消费社会与文学理论的新挑战"国际学术研讨会。与会学者就消费社会与消费文化对当前文学产生的实际影响，以及如何加强文学理论回应现实问题的能力等问题展开讨论。

10月22—24日，"马克思主义文艺理论中国化"学术研讨会暨全国马列文论研究会第 24 届年会在山东聊城大学召开。来自全国各地高校及科研院所近 80 位学者出席了会议，与会代表围绕马克思主义文艺理论中国化、建构科学的马克思主义文艺理论的基本途径以及国内外马克思主义文艺理论研究的发展等重大问题展开了热烈讨论。

2008 年

4 月 19—21 日，中国社会科学院文学研究所和河南大学在开封联合召开"改革开放 30 年与中国文学研究"学术研讨会，与会学者充分肯定了改革开放对文学研究的积极促进作用和深远影响。

7 月 16—17 日，由中国中外文艺理论学会、北京师范大学文艺学研究中心、陕西师范大学文学院、西北大学文学院、兰州大学文学院和青海民族学院联合主办，青海民族学院文学院承办的"理论创新时代：中国当代文论改革与审美文化转型"学术研讨会在西宁市召开。与会专家学者就改革开放 30 年来文学理论研究和审美文化研究的发展历程、取得的成就及未来发展趋势等一系列问题进行了广泛而深入的讨论。

7 月 23—27 日，由南京大学文学院、哈尔滨师范大学文学院联合主办的"文学理论范式及其转换"国际学术研讨会在哈尔滨——黑龙江大兴安岭漠河举行。本次会议共设如下论题：文学理论范式及其演进、文学理论的知识形态、现代性和后现代性语境中的文学理论、"艺术终结"与"理论之后"、日常生活审美化与文学理论、文学理论与文化研究、跨学科研究与文学理论、现代大学体制与文学理论等。

10 月 16—19 日，中国中外文艺理论学会叙事学分会首届国际会议暨第三届全国叙事学研讨会在江西南昌赣江宾馆举行。本次会议由中国中外文艺理论学会叙事学分会和江西省社会科学院联合主办，江西省社会科学院文化研究部和《江西社会科学》杂志社承办。会议的主要议题为：1. 叙事学前沿理论；2. 叙事理论与实践：东方与西方；3. 叙事理论的拓展：跨学科、跨媒介叙事；4. 从新的视角重新阐释叙事作品。

10 月 18—19 日，由中国社会科学院文学研究所理论室与天津师范大学文学院、天津市美学学会共同举办的"马克思主义美学与当代社会"国际学术研讨会在天津举行，来自中国各地研究机构、大学，以及美国、斯洛文尼亚等国的专家学者约70人参加了会议。

11月14—16日，为纪念全国马列文论研究会成立30周年，由全国马列文论研究会和华中师范大学文学院联合举办的"马克思主义文论与21世纪"学术研讨会暨学会第25届年会在武汉召开。

11月×日，为迎接改革开放30周年，由中国作家出版集团和中文在线共同主办、《长篇小说选刊》杂志社和17k文学网共同承办的"网络文学十年盘点"活动正式启动。

12月4日，中国社会科学院举办了"第二届媒介文化与网络文学高层论坛"，来自中国社会科学院、中国人民大学、中国传媒大学、解放军艺术学院、北京语言大学等单位的40余名学者、专家和红袖添香、晋江原创网、17K等著名文学网站的主编参加了会议。

12月12日，由中国艺术研究院马克思主义文艺理论研究所主办的"回顾与展望：改革开放30年全国马克思主义文艺理论研究"学术研讨会在北京隆重召开。

2009年

6月13日，中国艺术研究院在京召开纪念《文艺研究》创刊30周年学术研讨会。

6月16日，由四川省委宣传部、四川省作协、四川出版集团主办，四川日报社协办，当代文坛杂志社、天地出版社承办的"抗震文艺与中国精神研讨会暨四川抗震文学书系新书见面会"在成都举行。

同月，由著名作家学者王蒙、王元化担任总主编的《中国新文学大系》第五辑（1976—2000）30卷，由上海文艺出版集团上海文艺出版社编纂完成，全部出齐。

7月16—21日，"新中国文论60年"国际学术研讨会暨中国中外文艺理论学会第六届年会在贵阳举行。本届大会的主题是"新中国文论60年"，与会学者围绕建国60年来中国文艺理论的经验和教训展开了深入的探讨。

8月15—17日，由中华美学学会和鲁迅美术学院共同主办，《社会科学辑刊》编辑部和鲁迅美术学院文化传播与管理系承办的中华美学学会第七届全国美学大会暨"新中国美学六十年"学术会议在沈阳召开。会议讨论主题包括当代中国美学论争问题、中国美学与西方美学对话与融合问题、关于美学与当代生活关系问题以及各学科领域建设性的探讨。

10月22—24日，由中国中外文艺理论学会叙事学分会主办、四川外语学院承办的第二届叙事学国际会议暨第四届全国叙事学研讨会在重庆举行。会议围绕"叙事学的宏观理论探讨、中国叙事学传统研究、非文字媒介和非文学叙事研究、作品的叙事学阐释"四个议题进行了讨论。

10月29日，中国作协在京召开文学创作座谈会，中共中央政治局委员、中央书记处书记、中宣部部长刘云山出席会议并讲话。他强调，广大文学工作者要坚持"二为"方向和"双百"方针，从当代中国人民伟大创造中寻找和发现文学创作崭新的主题、情节、语言、诗情和画意，反映伟大时代的历史巨变，描绘人民群众的精神图谱，为时代写史、为时代画像、为时代立言。

2010年

4月23—26日，中国中外文艺理论学会第七届年会暨"文学理论前沿问题"国际学术研讨会在扬州大学召开。此次会议围绕当代马克思主义文艺理论形态建构、文学理论"走出去"与"本土化"、文学本质与知识化、文学理论与当代文学实践、中国古代文论及西方文论研究的前沿问题等专题展开深入而富有建设性的讨论。

5月14日，由中国社会科学院文学研究所主办的"后现代思潮研究暨毛崇杰《走出后现代》一书座谈会"在北京召开。来自全国的几十位专家学者就"走出后现代"、毛崇杰近几年来富有激情的理论创获及其直面问题的学术方法等进行了探讨，提出了很多有价值的观点。在简要的总结和回应中，毛崇杰认为，后现代除多元化之外更重要的是过渡性，我们应该立足本土带着自觉的世界公民身份意识，在马克思主义与后现代主义及中国古代思想传统之间对话，以全球思维适应这种过渡性，这就是"走出后现代"。

7月27—30日，全国高校美学——艺术学高级研讨会在北京召开，会议由教育部人文社会科学重点研究基地北京大学美学与美育研究中心、北京大学艺术学院主办，北京大学出版社承办。此次研讨会围绕中国文化与中国艺术、艺术概论课、艺术院校理论教育等话题展开讨论。

8月9—13日，第18届世界美学大会在北京大学召开，400多位来自世界各国的美学家与600多位国内学者，在"美学的多样性"主题下，围绕美学、哲学、艺术、教育等问题展开广泛的讨论。这是世界美学大会举办以来参加人员最多、规模最大的一次大会，也是世界美学大会第一次在中国举行。

10月19日，第五届鲁迅文学奖获奖作品共30篇（部）产生，其中中篇小说、短篇小说、报告文学、诗歌、散文杂文、文学理论评论各5篇（部）。

11月9日，中国社会科学院举办"纪念钱锺书诞辰100周年学术研讨会"，深切缅怀钱锺书先生对中国文化作出的杰出贡献。与会专家围绕钱锺书的文学创作、钱锺书与当代文学、外国文学及中西文化比较等主题进行了深入研讨。

11月×日，《钟山》评出"30年（1979—2009）十大诗人"——北岛、西川、于坚、翟永明、昌耀、海子、欧阳江河、杨炼、王小妮、多多。

2011年

3月26日，由中国作家协会主办的《张炯文存》出版座谈会在北京中国现代文学馆召开。中国作协主席铁凝出席并致辞，全国人大常委金炳华，中国作协名誉副主席翟泰丰，中国社会科学院副院长李慎明等到会讲话。铁凝在致辞中代表中国作协对《张炯文存》的出版表示衷心祝贺，对张炯同志多年来在文学研究领域作出的杰出贡献致以深深的敬意。雷达、白烨、包明德、吴思敬、何向阳、樊发稼等在研讨会上发言。

4月23—26日，首届中英马克思主义美学双边论坛在上海交通大学人文学院举行。会议就中国与英国审美现代性的不同经验进行了比较，并对建立审美现代性阐释的新模式进行了着力探讨。

5月13—16日，由中国社会科学院哲学研究所、中华美学学会与中共浙江省开化县委县政府共同主办的"生态文明的美学思考"全国学术研讨会暨中华美学学会2011年年会在国家生态县之一开化县隆重举行。来自全国各高等院校、研究院所的100余位专家学者及开化县有关生态美学问题的专家与会，就生态文明问题各抒己见。会议分议题包括生态美学的哲学思考、生态美学视野下的中小城市规划与发展等内容。

6月20日，中国中外文艺理论学会年会暨"国外马克思主义文论与中国当代文论建构"国际学术研讨会在四川大学隆重开幕。本次研讨会以"国外马克思主义文论与中国当代文论建构"为总主题，分议题涉及当代西方马克思主义文论，俄罗斯、东欧新马克思主义文论与其他文艺学流派，中国当代马克思主义美学与文论建构，马克思主义文论与其他批评学派的结合，中西诗学比较，现代传媒、网络文学与中国当代文论建构等。本次会议还组织了"马克思主义与形式论""实践存在论美学""文学知识学""马克思主义文艺理论研究现状"青年学者论坛、《中外文化与文论》编委会扩大会议等5个圆桌会议，进一步就文艺美学的相关问题展开研讨。

6月30日，著名美学家周来祥逝世。

8月27—28日，"中荷文化交流：文学、美学与历史"论坛在中国北京香山饭店隆重举行。该论坛是中国社会科学院为落实与荷兰教科部签署的双方科学合作交流谅解备忘录中所确立的双方开展联合科学专题研究项目（JSTP）的实施，启动和促进中国与荷兰在人文科学方面的学术合作与研究，委托中国社会科学院文学研究所与项目合作伙伴荷兰莱顿大学联合筹办的。与会学者就全球化对中国和荷兰文学艺术的影响，地方性知识在全球化时代建构文学和艺术的积极意义，中国与欧洲不同的美学传统及其相互对话的可能性，文学艺术研究的新视角及其意义，媒介文化与互联网对文学研究的启示等，展开了深入的对话与探讨。

10月18日，在中国共产党第十七届六中全会上通过《中共中央关于深化文化体制改革推动社会主义文化大发展大繁荣若干重大问题的决定》。

10月22—23日，由北京师范大学文艺学研究中心主办的"文艺学新问题与教学改革"学术研讨会在北京举行。

2012 年

5月11日，中国社会科学院文学哲学学部主办了"继承传统迎接挑战——纪念毛泽东《在延安文艺座谈会上的讲话》发表70周年学术研讨会"。与会专家就《讲话》的历史语境来谈其历史功绩和影响，并且结合当下文艺实际讨论了《讲话》对文艺发展的启示和意义，体现当下文艺美学界对《讲话》以及受此影响的中国文艺发展历史的正视与反思。

5月下旬，"中国社会科学论坛"暨"美学与艺术：传统与当代"国际学术研讨会在江苏徐州召开。会议邀请了国际美学学会前会长阿诺德·柏林特以及现任会长柯提斯·卡特等外国学者以及国内各高校、研究机构的专家，共同交流与探讨美学和艺术在当下的存在和发展状况。

8月8—10日，由中国中外文艺理论学会、山东师范大学文学院与中国社会科学院文学研究所文艺理论研究室主办，山东师范大学文艺学省级重点学科承办的"21世纪的文艺理论：国际视域与中国问题"国际学术研讨会暨中国中外文艺理论学会第九届年会在山东师范大学召开。

10月19—21日，"新媒介与当代文论转向"研讨会暨中国中外文艺理论学会新媒介文论分会成立大会在河南大学召开。本次会议由中国中外文艺理论学会和河南大学主办，来自中国社会科学院、清华大学、浙江大学、中国人民大学、北京师范大学以及荷兰伊拉斯谟大学、奥地利克拉根福大学、意大利博洛尼亚大学、韩国仁川大学、美国普林斯顿大学等单位的80余位学者参与了研讨。会议围绕"媒介"维度下的文论走向、文学方法论下的媒介文化研究、媒介文化的传播机制研究、视觉文化转向等当代文论"媒介"转向与新媒介文论建构的几个突出视角展开，体现出理性与智慧和谐对话的良好学术氛围。

11月16—19日，由中国文艺理论学会主办，沈阳师范大学文学院、辽宁大学中国文艺思想研究中心联合承办的中国文艺理论学会第十一届年会暨"中国当代文艺理论建设"学术研讨会在沈阳师范大学召开。中国文艺理论界的专家、学者180余人出席了本次会议。

12月10日，莫言获得诺贝尔文学奖并参加授奖仪式。

2013 年

7月×日，第19届世界美学大会在波兰克拉科夫市亚捷隆大学举行，会议期间，中国学者高建平当选为新一届国际美学协会主席。这是中国学者第一次当选国际美学协会主席。

8月15—18日，由中国中外文艺理论学会、湖南师范大学文学院、中国社会科学院文学研究所文艺理论研究室、湖南省评论家协会联合主办，由湖南师范大学文艺学省级重点学科、湖南省文艺理论学会承办的中国中外文艺理论学会第十次年会暨"文学理论研究与中国文化发展"学术研讨会在长沙举行。此次会议选举产生了以高建平为会长的新一届理事会成员。来自全国各大高校和科研院所的400多位专家就"文学基础理论研究的困境与出路""中外文论交流与当代文化建设""本土文艺理论建设的意义与途径"等议题进行了广泛的讨论。

9月25日，童庆炳《莫言的硕士学位论文与高密东北乡文学王国》一文在《北京师范大学学报》（社会科学版）第5期发表，引发社会关注。

11月6—9日，由中国中外文艺理论学会叙事学分会主办、南方医科大学外国语学院承办的"第四届叙事学国际会议暨第六届全国叙事学研讨会"在广州南方医科大学召开。来自美国、英国、以色列等国家的国际知名叙事学专家，以及中国台湾及国内20多个省市的100余所高等院校、研究所、出版社的180余位专家学者、青年教师和硕博士研究生与会。与会代表紧密围绕着中西叙事学研究的各个热点和前沿问题进行了热烈深入的探讨和交流。

11月9—10日，由复旦大学中文系、上海大学中文系、上海师范大学人文学院以及《学术月刊》杂志社联合主办的"当前中国美学文艺学理论建设暨纪念蒋孔阳先生诞辰90周年学术研讨会"在复旦大学召开。

11月21—23日，"第六届文艺学及相关学科发展学术研讨会"在广州召开。与会代表围绕"文艺学及相关学科建设、西方文论参照下的中国文论建构、对文学史写作的反思、文学理论的知识生产与文化研究、中国文论研究的学术传统与现代转型"五个方面话题展开了研讨。

12月7日，首都师范大学文学院、中国当代文学研究会在京共同举办主题为"莫言：全球视野与本土经验"学术研讨会，与会代表就莫言的文学道路、创作经验等进行了讨论，从不同角度解读莫言创作的本土经验与文学传统，并运用新方法、新视角对莫言的小说文本进行细读和阐发。

12月14日，"网络与文艺：2013北京文艺论坛"在京召开。本届论坛由北京市文联主办、北京市文联研究部承办、中国人民大学文学院协办。以"网络与文艺"为主题，分析网络对当代文学艺术的影响，把握网络条件下文艺发展的特点与趋势。

12月18日，国家新闻出版广电总局电影局、中国电影家协会、中国社会科学院文学研究所、中国现代文学馆、中国电影资料馆、中国电影研究中心等单位在京联合举行"陈荒煤诞辰100周年纪念会暨《陈荒煤文集》首发式"，缅怀并纪念这位曾在中国当代电影史和中国现当代文学史上都留下光辉篇章的革命文艺家，追忆和怀念陈荒煤在电影、文学等多个领域的重要贡献与卓越建树。

2014年

4月8日，"新世纪文艺学建设丛书"座谈会暨文学理论现状研讨会在中国社会科学院召开。此次会议由中国社会科学院文学理论研究中心、文学研究所理论室及外国文学研究所理论室主办。"新世纪文艺学建设丛书"由钱中文、高建平和刘方喜主编，河北大学出版社2013年出版。丛书共四种，分别是：周启超《开放与恪守：当代文论研究态势之反思》、高建平《美学的当代转型：文化、城市、艺术》、刘方喜《批判的文化经济学：马克思理论的当代重构》和金元浦《文学，走向文化的变革》。

8月16—18日，由中国中外文艺理论学会、中国社会科学院文学研究所、河南大学文学院与国际美学协会联合举办的中国中外文艺理论学会第十一届年会暨"面向时代的文学理论与批评"国际学术研讨会在河南开封召开。会议期间，为促进中外学术交流与中外学者的沟通互动，国际美学协会主席高建平研究员还主持了"视觉文化与文学理论"研讨专题，来自美国的国际美学协会前主席 Curtis L. Carter 和美学家 Tyrus Miller 以及斯洛文利亚的著名学者 Ales Erjavec 分别做了专题发言。

9月23日，第六届鲁迅文学奖颁奖典礼在北京中国现代文学馆举行。本届评选采取实名投票公开的方式，历经半年时间，从符合申报条件的1359部参评作品中严格评选，最终在中篇小说、短篇小说、报告文学、诗歌、散文杂文、文学理论评论、文学翻译等7个门类中评选出34篇（部）获奖作品。

10月15日，习近平在京主持召开文艺工作座谈会，并发表重要讲话，强调文艺是时代前进的号角，最能代表一个时代的风貌，最能引领一个时代的风气；广大文艺工作者要坚持以人民为中心的创作导向，创作更多无愧于时代的优秀作品。

10月18日，中国文艺理论学会第十二届年会暨"百年文学理论研究中的中国话语"学术研讨会在京开幕。本届会议由中国文艺理论学会主办、北京师范大学文艺学研究中心承办。除大会发言外，会议还设六个分会场进行讨论，共有来自全国各高校及科研院所的200余位学者、专家参会研讨。

10月24—25日，由北京师范大学国际写作中心、北京师范大学文学院主办的"讲述中国与对话世界：莫言与中国当代文学国际学术研讨会"在京举行。与会专家学者从莫言等当代作家的作品着手，深入探讨了在当今的时代语境中，中国作家应如何加强写作，用文学的方式向世界展示中国现实、中国精神。

11月22日，中国文学批评研究会在京成立。中国文学批评研究会由中国社会科学院副院长张江任会长，李敬泽、朱立元、程光炜、陈晓明、南帆等任副会长。当天，《人民日报》"文学观象"专栏作者座谈会同时举行，王伟光、黄坤明和人民日报社总编辑李宝善出席座谈会并讲话。刘玉琴、高建平、陈晓明、梁晓声等作家、评论家分别发言。

11月23日，中国社会科学院第一届马克思主义文艺理论论坛暨"马克思主义文艺理论与中国文学发展"研讨会在京举行。论坛由中国社会科学院马克思主义理论学科建设与理论研究工作领导小组主办，中国社会科学院文学研究所承办。与会学者围绕"马克思主义文艺理论的核心价值""马克思主义文艺理论的'中国化'成就""马克思主义文艺理论与中国特色社会主义文艺理论话语体系建构""马克思主义文学批评的当代发展"等议题展开讨论。

11月×日,张江《强制阐释论》在《文学评论》2014年第6期发表,《文艺争鸣》2014年第12期予以全文转发,引起学界关于"强制阐释论"的广泛研讨。

12月6日,"文艺学前沿问题暨学科建设研讨会"在安徽大学召开。会议期间,与会学者就文艺学前沿问题展示了自己最新的研究成果。

12月8日,评论家何西来在京逝世,享年76岁。

12月10日,上海文化艺术领域的综合性最高奖项——上海文学艺术奖揭晓评选结果。作曲家吕其明,画家陈佩秋、方增先,京剧大师尚长荣,"连环画泰斗"贺友直,文学翻译家草婴,电影表演艺术家秦怡,文艺理论家徐中玉、钱谷融,越剧表演艺术家徐玉兰,"话剧皇帝"焦晃,舞剧编导舒巧等12人,获得第六届上海文学艺术奖"终身成就奖"。在停办12年之后,上海文学艺术奖于2014年重启评选,为上海文艺创作重设了"标杆"。

2015年

3月×日,《中国文学批评》创刊,由中国社会科学院主管,中国社会科学杂志社与中国文学批评研究会合办,张江任主编,王利民、高建平、王兆胜任副主编。

4月×日,《中国社会科学》推出"当代中国文论的反思与重建"专栏,共发表高建平《从当下实践出发建立文学研究的中国话语》、周宪《文学理论的创新问题》、南帆《中国文学理论的重建:环境与资源》、朱立元《关于中国古代文论现代转换的再思考》、姚文放《大众文化批判的"症候解读"对当代中国文论重建的启示》以及王宁《世界诗学的构想》六位学者的讨论文章。

5月16日,由北京师范大学文艺学研究中心、上海交通大学中文系、清华大学人文学院联合主办,北京师范大学文艺学研究中心承办的"百年学案2015南北高级论坛"在北京师范大学京师大厦召开。与会教授学者就当前文学理论发展的成就与问题、路径与方法,以及当代西方文论的有效性、文学理论批评的历史语境化等议题进行了热烈研讨。

6月14日，著名文艺理论家童庆炳先生逝世，享年80岁。

7月10—12日，中国社会科学院第二届马克思主义文艺理论论坛暨"马克思主义文学批评的理论与实践"学术研讨会在山东威海举行。本次会议由中国社会科学院马克思主义理论学科建设与理论研究工作领导小组主办，中国社会科学院文学研究所与山东大学（威海）文化传播学院承办，来自国内数十所高校、研究机构的近100位教授、学者围绕"马克思主义文艺批评理论研究、马克思主义文艺批评的方法与实践、我国马克思主义文艺批评与研究现状、马克思主义文艺批评的其他问题"展开了讨论。

9月1日，由中国作协创研部、《光明日报》文艺部共同主办的"《三体》与中国科幻原创力研讨会"在京举行。会上，国内众多科幻文学研究专家围绕中国科幻文学的现状及未来发展展开了热烈讨论。

10月×日，《中国文艺评论》（月刊）创刊，中国文联主管，中国文联文艺评论中心、中国文艺评论家协会主办，庞井君任主编。杂志倡导运用历史的、人民的、艺术的、美学的观点开展文艺评论，倡导说真话、讲道理，注重导向性、专业性和学术性，致力于追踪和研究当代中国文艺创作和文艺理论评论发展前沿问题，突出当下性和针对性，努力开拓文艺理论新天地，开创文艺评论新风。

10月3日，中共中央印发《关于繁荣发展社会主义文艺的意见》，就"做好文艺工作的重大意义和指导思想""坚持以人民为中心的创作导向""让中国精神成为社会主义文艺的灵魂""创作无愧于时代的优秀作品""建设德艺双馨的文艺队伍"以及"加强和改进党对文艺工作的领导"六个方面提出了诸多重要意见。

10月4日，著名文艺理论家陈涌在北京逝世，享年96岁。

10月9日，闽派文艺理论家批评家高峰论坛暨"闽派诗歌"研讨会在北京中国现代文学馆举行，来自北京、福建等全国多地近100位专家学者齐聚一堂，对"全媒体时代的文艺与批评"进行深入研讨，并就"闽籍学者文丛"和"闽派诗歌"展开讨论。

10月19日，中国作协在中国现代文学馆举行严文井百年诞辰纪念座谈会，中国作协主席铁凝出席座谈会并致辞。

10月21日，陈涌先生追思会在北京召开。丁振海、吴元迈、徐可、涂武生、白烨、董学文、解志熙、熊元义等40余位专家学者先后发言，深切缅怀陈涌先生，并探讨马克思主义文艺理论与批评的历史和未来。

10月24—25日，中国中外文艺理论学会第十二届年会暨"当代中国文论话语体系建构"学术研讨会在武汉召开。

11月28日，由中央党校文史部、中国社会科学院文学研究所联合主办的"追寻当代中国文艺道路——学习习近平总书记文艺工作座谈会重要讲话"学术研讨会在京召开。

12月1—2日，由北京市文联主办，北京市文联研究部、北京文艺评论家协会承办的"全媒体时代的文艺价值重构：2015·北京文艺论坛"在京召开。论坛上，专家们围绕全媒体背景下文艺价值重构的艺术尺度、全媒体时代的写作与批评等诸多理论问题展开了深入研讨。

12月22日，《文汇报》推出"海上观潮"栏目，系《文汇报》新推出的文艺评论系列专版。该栏目旨在通过文学批评实践，激发文学理论的现实性与当下性，增强文学批评的战斗性与有效性，以期推动文艺理论和批评的建设和当代文艺的繁荣与发展。

2016年

1月27日，由《光明日报》和《文艺报》共同主办的"加强与改进文艺批评"专题研讨会在京召开。

2月27日，《文艺报》与《人民日报》文艺部在京联合召开研讨会，专题研讨在新的时代如何在文艺创作中"弘扬现实主义精神"。

3月28日，《中国文学批评》创刊一周年座谈会在京举行。会议主题为"融合理论与批评，发展文学学术研究"。与会学者围绕当代中国文学批评中理论与批评应该关注的问题、《中国文学批评》创刊一年来的成绩与不足、如何进一步办好该刊等话题展开讨论。

4月4日，曹文轩荣获国际安徒生奖。

4月16日，《文艺报》在京召开"传承和弘扬中华美学精神"研讨会。与会专家学者们围绕"中华美学精神的历史发展与内涵""中华文化传统与当代表达""当代文艺创作中如何体现中华美学精神""如何在全球化时代坚守中华文化立场"等议题展开热烈讨论。

5月17日,习近平在哲学社会科学工作座谈会上发表重要讲话,要求坚持马克思主义在我国哲学社会科学领域的指导地位,加快构建中国特色的哲学社会科学,在指导思想、学科体系、学术体系、话语体系等方面充分体现中国特色、中国风格、中国气派。

7月9日,中国社会科学院2016年马克思主义文艺理论论坛暨"当代西方文论辨识——以马克思主义的立场、观点和方法"学术研讨会在山东威海召开。来自中国社会科学院、北京大学、中国人民大学、南京大学、四川大学等全国各地科研院所和高校的马克思主义文艺理论家及文学批评家30余人与会并围绕当代西方文论的相关议题进行深入研讨。

8月19—22日,由中国中外文艺理论学会主办,江苏师范大学文学院、汉文化研究院承办的中国中外文艺理论学会第十三届年会暨"文艺理论:传统与现代"学术研讨会在江苏徐州召开。

9月9日,中国艺术研究院马克思主义文艺理论研究所建所暨《文艺理论与批评》创刊30周年纪念探讨会在京举行。

10月19日,由中华美学学会主办,扬州大学文学院等多家单位承办的"面向当代的中国美学"国际学术研讨会在扬州会议中心隆重举办。

10月29日,"文化诗学与童庆炳先生学术思想研讨会"在福建省龙岩市连城县举行。该研讨会旨在进一步总结童庆炳的学术思想及其对中国当代文艺理论的贡献,充分讨论文化诗学的理论与实践在文艺学领域所取得的成就。

11月12日,中国中外文艺理论学会新媒介文论分会第四届年会暨"新媒介文化文艺批评与理论建设"学术研讨会在杭州举行。与会专家学者紧紧围绕"新媒介文艺理论、文艺批评、文艺史研究""网络文学作家与作品研究""新媒介'粉丝现象'和'泛娱乐化'研究""新媒介与微文化研究"等议题展开了热烈讨论。

11月30日,习近平在中国文联十大、中国作协九大开幕式上发表重要讲话,号召广大文艺工作者要牢记使命、牢记职责,不忘初心、继续前进,同党和人民一道,努力铸就中华民族伟大复兴时代的文艺高峰。

2017 年

3月27日，由中国社会科学杂志社主办的"深化理论与批评，回应当代需求——《中国文学批评》创刊两周年座谈会"在京举行。与会学者围绕当代中国文学批评中应该关注的重大问题以及《中国文学批评》创刊两周年来的学术影响及办刊特色等展开了讨论。

5月16日，中共中央印发《关于加快构建中国特色哲学社会科学的意见》。

6月×日，张江《公共阐释论纲》在《学术研究》第6期发表，在学界引起强烈反响。

8月19—20日，中国中外文艺理论学会第十四届年会暨"当代中国文论的创新发展"学术研讨会在沈阳召开。会议围绕"文论学科体系、学术体系、话语体系的当代构建""中国传统文论的创新转化""中西文论的交流互鉴""文学批评的使命与创新""当代文艺理论热点问题研究""文学现象与作家作品研究"等议题进行了分组讨论，并分别就"认知诗学的创新探索及本土化"与"文学阐释与当代文学理论建构"两个议题举办了两场圆桌论坛。

9月16日，由中国社会科学院马克思主义理论学科建设与理论研究工程领导小组主办、中国社会科学院文学研究所和兰州大学文学院合作承办的中国社会科学院第二届马克思主义文艺理论青年论坛暨"延安文艺与当代文艺发展"学术研讨会在兰州大学举行。会议期间各位学者围绕"延安文艺的主要特征及其贡献""现实主义创作方法研究""红色经典形成的理论探讨""对革命文艺的评价与评论""作家、理论家的个案研究"等议题展开研讨。

10月21—22日，由中华美学学会与中南民族大学联合主办、中南民族大学文学与新闻传播学院承办的"中华美学的传承与创新"国际学术研讨会暨中华美学学会2017年学术年会召开。

2018 年

6月13日上午，由中国社会科学院文学研究所和中国社会科学出版社联合举办的"杜书瀛《文学是什么》新书发布会"召开。

6月23日,"'百年学案'南北论坛"第二届学术研讨会在苏州召开。

6月24—26日,由扬州大学、中国中外文艺理论学会、韩国文学理论学会、江苏省社科联联合主办,扬州大学文学院承办的"1978—2018:中国文论研究的回顾与前瞻"国际学术研讨会在扬州召开。

7月13—16日,中国社会科学院第三届马克思主义文艺理论青年论坛暨"文艺批评与当下文艺创作的关系"学术研讨会在山东大学(威海)召开。

7月25—27日,第五届"当代中国文论:反思与重建"高端学术论坛在哈尔滨举行。会议由黑龙江大学文学院承办,来自文艺理论与文学批评界的多位专家围绕"阐释视域中的当代文艺理论与文学批评"的主题进行了深入讨论。

10月15日,"改革开放40年来中国文艺评论的回顾与前瞻"暨《中国文艺评论》创刊三周年座谈会在京召开。

10月20—21日,由北京师范大学文艺学研究中心主办的第二届全国"文艺学新问题与文论教学"学术研讨会在京举行,来自全国各地老中青三代学者就文艺学教学与研究的一些具体问题展开讨论,对文艺学学科建设、中西文论关系、理论与生活的关系等诸多问题提出了许多新看法和新观点。

10月20—21日,中华美学学会2018年年会暨"改革开放与当代美学的发展"全国学术研讨会在济南召开。此次会议主要围绕"1.八十年代美学热的反思;2.中华美学传统与当代美学的创新;3.西方美学与当代中国美学发展;4.中国当代美学与艺术的关键词;5.中国当代美学与艺术的关系"等议题展开。

11月1—4日,中国文艺理论学会第十四届年会暨"'五四'文学经验与现代文论的中国建构"全国学术研讨会在北京大学召开。本次会议分别围绕"中国当代文论""'五四'与中国现代文论的发生与转型""马克思主义与西方文论""古典文论""美学与艺术"等相关具体议题展开讨论。本次会议,中国文艺理论学会完成换届。

11月16—18日,"当代文艺理论建设暨王元骧教授从教60周年学术讨论会"在浙江杭州举行。中国社会科学杂志社总编辑、中国文学批评研究会会长张江，浙江大学副校长何莲珍，中国中外文论学会会长高建平，中国文艺理论学会会长南帆在开幕式上致辞，对王元骧在文艺理论建设过程中做出的重要贡献表达了敬意和感谢。

11月23—25日，"新时代文艺理论的创新"学术研讨会暨中国中外文艺理论学会第十五届年会在深圳大学举行。此次会议分设"新时代文艺理论创新的学术条件与社会基础""中国传统文论与新时代文艺理论创新的关系""国际文论学术对话与新时代文艺理论创新的关系""新时代文论对20世纪中国文论的继承和发展""中国文论'走出去'的有利条件和困难""怎样建立中国文论话语体系""外国学者专场""文化产业与文化创新专场""'中国文学理论与批评'丛书发布与研讨"9个分会场。此外，此次会议还完成了中外文艺理论学会的换届工作，高建平再度当选会长。

（丁国旗　安　静　李圣传）

附录二

香港、澳门、台湾文学理论大事记
（1949—2018）

说　明

1. 大事记从 1949 年 7 月至 2018 年 12 月止。

2. 在编选大事记过程中，参考了黄继持、卢玮銮、郑树森主编的《香港文学大事年表》，古远清的《香港当代文学批评大事记》《台湾当代文学理论批评大事记》，张健主编的《中国当代文学编年史·港澳台文学卷》，刘登翰等的《台湾文学史·台湾文学大事记》（下），特此致谢。

1949 年

7 月 1 日，司马文森、谷柳和邵荃麟等在港文艺工作者，向在北京举行的中华全国文学艺术工作者第一次代表大会致贺电。《华商报》推出"庆祝全国文工代表大会开幕特辑"。

9 月 x 日，台湾《公论报》创办纯文艺周刊，何欣（江森）主持，介绍台湾本省文学、译介英美文学。

10 月 19 日，《大公报》《星岛日报》刊载纪念鲁迅逝世 13 周年特辑。

11 月 x 日，刘芝明评论集《清算萧军的反动思想》在香港出版，同月，司马文森编《文艺生活选集》之第三《人民作家印象记》和第四辑《创作经验》在香港智源书店出版。

11 月 x 日，胡适、雷震等推动的《自由中国》在台北创刊。

12月×日，司马文森出版编著的《文艺学习讲话》在香港智源书店出版。

1950年

3月1日，台湾成立"中华文艺奖金委员会"，由张道藩任主任委员，征稿范围包括诗歌、曲谱、小说、话剧、平剧、文艺理论、漫画、木刻等。

3月28日，香港教师会举办学术讲座，罗香林主讲《香港人士给予中国新文化运动之贡献与影响》。

3月×日，于逢在香港求实出版社出版《论〈虾球传〉及其他》。

5月×日，"中国文艺协会"在台北成立，创办《文艺创作》；12月，文协以"文艺到军中"的口号推动军中写作，培养军中作家。

9月4—20日，曹聚仁在香港《星岛日报》撰写《南来篇》专栏，称其"从光明中来"，引发了一场长达5个月的激烈笔战。"左派"文人聂绀弩、冯英子和胡希明，以及"右派"文人李焰生、徐道邻和何永等均撰文对曹聚仁展开不同层面的批判。

9月26日，司马文森代表香港在"华南文学艺术工作第一届代表大会"上汇报香港文艺工作情况。同行与会者，尚有陈君葆、洪道、林焕平、马国亮和苏怡等。

10月19日，香港《大公报》《文汇报》刊载纪念鲁迅逝世14周年特辑。

10月27日，香港中英学会举办讲座，徐訏主讲《中国小说的传统及趋势》。

11月27—12月18日，香港英国文化委员会举行"讲诗周"活动，邀请皮尔逊担任主讲人，讲题分别是《诗与艺术》《诗之涵意》《诗之文字》和《悲剧的性质》。

1951年

3月24日，香港教师会中文部举办"国文教学问题"座谈会。与会者包括曹聚仁、陈君葆、马鉴和谢扶雅等。

5月×日，黄绳在香港求实出版社出版了《文艺与工农》。

11月15日，《星岛周报》创刊。因刊载孙伏园《鲁迅先生的小说》，执行编委刘以鬯遭到了指责。

11月×日，覃子豪、钟鼎文、夏菁等在台湾创办《新诗周刊》（《自立晚报》副刊），为大陆赴台诗人的第一家纯诗刊物，以抒情为主旨，富于东方情调。

12月×日，《台湾风物》季刊创刊。

1952年

2月6—27日，香港英国文化委员会举办"英国文学讲座"，谭秀文主讲《剧作家》，赖贻恩主讲《散文作家》，李察哈利斯主讲《小说家》，约翰丹逊主讲《诗人》。

2月29日，香港中英学会举办"中国文化讲坛"，陈君葆主讲《鲁迅》。

3月×日，《中国文艺》在台湾创刊。发行人唐晓风，社长唐贤龙，由中国文艺杂志社出版。

5月5日，香港《大公报》督印人费彝民、总编辑李宗瀛被控刊载"政治煽动性"文字，《大公报》被香港政府裁判停刊6个月。

5月×日，吕媞把香港《自然日报》上发表的与曹聚仁争论的文章辑出16篇，编成《与曹聚仁论战》出版。

6月30日，"香港高等法院合议庭"宣布《大公报》的停刊时间由原来的6个月减至已执行天数，即1952年5月6日至1952年5月17日。

6月×日，曹聚仁在香港出版《到新文艺之路》创垦版。

6月×日，梁实秋在台湾《新生报》发表《文艺的重要性》。

7月11日，香港中应学会举办讲座，姚克主讲《近五十年来中国戏剧的演变》。

8月×日，《诗志》在台北创刊。这是台湾地区当代第一家杂志型诗刊。

8月15日—9月8日，香港中英学会举办"暑期戏剧讲座"，胡春冰、马鉴主讲《戏剧的欣赏》，姚克主讲《中国戏剧源流》《中国舞台变迁史》，柳存仁主讲《现代中国戏剧概观》，黄凝霖主讲《表演术的理论与实践》，陈有后主讲《化装的艺术》，谭国始主讲《香港剧运之理论与实践》。

11月16日，新亚书院举办学术讲座，罗香林发表题为《近百年来之香港文学》的演讲。

1953年

1月×日，《文艺列车》在台湾创刊。

2月23日，香港大学中文学会与香港中英学会中文戏剧组联合举办"纯洁戏剧讲座"，胡春冰、马鉴主讲《戏剧与中国文化》。

2月×日，纪弦在台湾成立"现代诗社"，创办《现代诗》季刊。

5月24日，香港新亚书院举办文化讲座，杨宗翰主讲《西方文学中之悲剧理论》。

7月23日，香港联青社举行午餐例会，姚克主讲《中国戏剧与电影》。

8月4—14日，香港中英学会中文戏剧组与香港青年会联合主办"暑期戏剧讲座"，胡春冰主讲《中国戏剧的特质》，马鉴主讲《中国戏剧在世界之地位》，冯明之和姚克分别主讲《中国现代戏剧》。

8月×日，"中国青年写作协会"成立。这是一个受官方影响的青年写作组织，刘心皇、柏杨、冯放民、郑愁予等人先后担任总干事。

11月14日，蒋介石发表《民生主义育乐两篇补述》，其中谈到文艺问题。

1954年

1月×日，《文艺月刊》在台湾创刊。

2月×日，《皇冠》杂志在台北创刊，发行人吴照轩，主编平鑫涛。

3月×日，"蓝星诗社"在台湾成立，成员钟鼎文、覃子豪、邓禹平、夏菁、余光中等，发行《蓝星》周刊。

3月×日，台湾《幼狮文艺》创刊，发行人胡轨，社长陈康顺，总编辑痖弦，主编段彩华。

8月×日，台湾"中国文艺协会"发起"文化清洁运动"，要求清除赤色、黄色和黑色的毒。

10月×日，洛夫、痖弦、张默等在高雄成立"创世纪"诗社，发行诗刊《创世纪》。洛夫发表《建立"新民族诗型"刍议》，提出"新民族诗型"主张。

是年，台湾《文坛》杂志提倡"战斗文艺"，李文等作家提出"自由文学"，以相抗衡。东方既白（徐訏）出版《在文艺思想与文化政策中》。

是年，在台湾出版的重要的文艺理论著作有：王集丛的《中国文艺问题》、李辰冬的《文艺新论》、梁宗之的《小说概论》等。

1955年

1月×日，《新新文艺》在台湾创刊。

4月×日，李文在香港亚洲出版社出版《当代中国自由文艺》。

4月×日，台湾《文艺月报》发表苏雪林的《此时此地文艺的战斗性》、王集丛的《怎样展开战斗文艺运动》。

5月×日，曹聚仁在香港出版《文坛五十年》。

5月×日，"中国妇女写作协会"在台湾成立。

7月×日，冯瑜宁（梁羽生）出版《文艺杂谈》。

8月×日，王无邪、叶维廉和昆南合作创办《诗朵》，推介西方现代主义理论和发表现代主义文学作品，被视为香港现代主义思潮的先声。

9月×日，丁淼、赵聪在香港分别出版了《中共工农兵文艺》《中共的文艺工作》。

11月1—4日，香港中英学会中文戏剧组主办"今日英国戏剧特别讲座"，李援华主讲《伦敦剧坛近况》《漫谈莎士比亚》。

12月×日，香港作家慕容羽军出版《论诗》。

1956年

1月12日，尚方在《香港时报》发表《说美元与美援文化》，首次使用"美元文化"一词。

1月15日，由纪弦创导的"现代派"在台北召开第一次年会，提出"领导新诗的再革命，推动新诗的现代化"口号。

1月×日，香港《海澜》仿效台湾发起"文艺清洁运动"；宣子出版《谈当前文艺》。

3月17日，香港大学中文学会举办学术讲座，杨宗翰主讲《比较文学的一个问题：题材与题旨》。

3月18日，《文艺新潮》创刊，推介西方现代主义理论和发表现代主义文学作品，对台湾现代主义运动产生推动作用。

4月×日，钟理和《笠山农场》获台湾"中华文艺奖金委员会"长篇小说第二奖。

7月×日，孙旗的《论中国文艺的方向》在香港亚洲出版社出版。

8月3日，香港新雷诗坛举办诗学讲座，赵滋藩主讲《新诗写作的问题》。

8月28日，饶宗颐和罗香林代表香港参加在法国巴黎举行的世界文学大会。

8月×日，曹聚仁在香港出版《鲁迅评传》上册。

9月×日，《文学杂志》在台湾创刊。发行人刘守宜，主编夏济安。

10月×日，马彬（南宫搏）《转型期的知识分子》在香港亚洲出版社出版。

1957年

1月2日，香港联合国港协会举办讲座，徐訏主讲《谈个人主义与自由主义》。

2月15日，香港青年综合性报纸《中国学生周报》刊载文章，探讨应不应该阅读武侠小说。

3月1日，香港中英学会中国文化组举办讲座，叶灵凤主讲《中国现代女作家萧红》。

4月×日，钟肇政联络文友，在台湾以油印方式编印《文友通讯》，共发行16期。

7月×日，新加坡作家力匡在香港出版诗论集《谈诗创作》。

8月×日，高伯雨《读小说札记》在香港上海书局出版。

8月×日，《蓝星诗选》季刊在台湾创刊。覃子豪发表《新诗向何处去》，提出"六大原则"反驳纪弦。

11月×日，《人间世》在台湾创刊。

11月×日，《文星》杂志月刊在台湾创刊，发行人叶明勋，社长萧孟能。

12月×日，国际笔会香港中国笔会要求亚洲作家会议探讨大陆缺乏"文学自由"问题。

是年，东方既白（徐訏）《回到个人主义与自由主义》在香港亚洲出版社出版，林莽（李辉英）《中国新文学廿年》在香港世界出版社出版。

1958年

1月18日，香港孟氏教育基金会举办学术讲座，钱穆主讲《中国文学与中国文化》。

1月×日，谢康《文艺论集》在香港亚洲出版社出版。

1月×日，覃子豪《诗的解剖》在台湾出版。

2月×日，《蓝星诗页》创刊。

3月6日，香港国际联青社举行午餐例会，刘若愚主讲《英译之中国文学》。

3月×日，赵聪在香港出版《大陆文坛风景画》。

4月×日，余光中在台湾《文星》上发表《论新诗的大众化》。

10月19日，香港文艺界举行"纪念鲁迅、学习鲁迅"座谈会，叶灵凤、夏果、泰西宁、阮朗、金尧如、梁羽生、郑辛雄和陈君葆等约50人与会。

12月12日，王无邪、叶维廉、昆南和李英豪等在香港创办"现代文学美术协会"，重点探讨世界文学及美术的各种流派。

1959年

1月×日，亚洲诗坛于台北成立，集合中、日、韩、越四国诗人；10月，创办《亚洲文学》。

2月1日，香港现代文学美术协会举办题为"我们新一代之展望"的座谈会。

4月×日，黄蒙田《美术杂记》在香港上海书局出版。

4月×日，台湾《创世纪》扩版，反省之前的"新民族诗型"主张，转而提倡诗的世界性、超现实性、独创性和纯粹性。

5月1日，《新思潮》在香港创刊，由现代文学美术协会主编。

5月×日，《笔汇》在台湾创刊，尉天骢任主编，鼓吹"文艺的现代化"。

7月15日，黄天石、雷啸岑和邢纪章赴德国参加国际笔会年会，黄天石发表题为《科学时代的想像文艺》的演讲。

10月×日，周鲸文的《我为历史作证》在香港出版。

本年度，夏济安编《诗论》由台湾文学杂志社出版。

1960年

1月×日，《作品》杂志在台湾创刊，发行人吴竹铭，主编张君毂。

2月15日，刘以鬯开始主编《香港时报》副刊《浅水湾》，以推介严肃文学为办刊宗旨。

3月×日，《现代文学》双月刊创刊，发行人白先勇，主编王文兴、陈若曦等。

4月26日，家明在《浅水湾》副刊发表《香港文化的危机》，指出"香港文化"背负上了"神怪武侠与黄色小说的世界"这一负面内涵。

4月×日，《台湾青年》在东京创刊。

8月15—17日，香港教师会中文部与中英学会中文戏剧组联合举办"暑期戏剧讲座"，胡春冰主讲《世界戏剧趋势》、熊式一主讲《剧本之写作》。

9月×日，台湾发生《自由中国》弹压事件，杂志社社长雷震在筹设新党期间，涉嫌叛乱被判十年。

11月15日，忆君在《浅水湾》副刊发表《谈战斗文艺》，希望香港作家创作"反共抗俄"的战斗作品。

12月3日，香港新亚书院中文学会举办学术讲座，钱穆主讲《中国文学中之散文小品》。

1961 年

1月10日，由余光中英译的《中国新诗选》由台北新闻处出版，收24家54首。此为台湾第一部译成外文的现代诗选。

2月3日，香港联合书院中国语文学会举办学术讲座，高明主讲《中国文字与中国文学》。

6月×日，《蓝星》季刊在台湾创刊，蓝星诗社印行。

9月8日，香港《中国学生周报》发表荻风《所谓武侠小说驳议》，指出武侠小说并非文学作品。

1962 年

3月×日，《新文艺》由台湾新中国出版社印行。此刊原名《军中文摘》，后改《军中文艺》，再改《革命文艺》，第72期改名《新文艺》。

4月27日，香港大专学生公社举办戏剧专题讲座，李援华主讲《剧本的创作与改编》。

5月×日，《野火》诗刊在台湾创刊。

6月×日，《传记文学》在台北创刊，发行人刘绍唐。

7月×日，史明《台湾人四百年史》日文版于东京出版。

×月×日，香港《文艺季》创刊。在《发刊词》中，慕容羽军希望创作者排除政治干扰，以个人来创作纯文学作品。

8月20日，香港现代文学美术协会主办首届文艺沙龙，李英豪、昆南等参加。

8月×日，《葡萄园》诗刊在台湾创刊。发行人王在军，主编陈敏华。

11月15日，香港大专学生公社举办学术讲座，郑水心主讲《新旧文学激荡中的自拔》。

1963 年

1月×日，郭良蕙《心锁》遭台湾当局查禁。

2月16—23日，香港童友会戏剧教育委员会举办系列戏剧知识讲座，熊式一主讲《中西戏剧之比较》，姚克主讲《对中国戏剧的认识》。

3月1日，孟嘉、昆南在香港创办《好望角》，推介现代新思潮新思想。

5月5日，香港大专学生公社学术研究会举办学术讲座，郑骞主讲《谈读诗与作诗》。

6月25日，香港海洋诗社举办"诗人节"庆祝大会，何中一主讲《新诗何去何从》，秦孟嘉主讲《香港诗坛鸟瞰》。

×月×日，亚非士在《文艺季》第2期发表文章指出，1960年是"美元文化崩溃，独立思想抬头的标志"。

8月×日，《中华杂志》在台湾创刊，主编胡秋原。

9月×日，《文星丛刊》在台湾出版。

10月×日，徐訏评论集《怀璧集》在正文出版社出版。

10月×日，《文艺沙龙》在台湾创刊。

1964年

1月31日，陈蠧开始在香港《中国学生周报》连载现代作家论文章，论及对象包括鲁迅、巴金、沈从文、老舍、茅盾、张天翼、丁玲、萧军、萧红和叶绍钧。

1月×日，周鲸文评论集《击剑集》在香港出版。

1月×日，台湾禁止日本电影上映。

2月29日，香港孟氏教育基金会举办学术讲座，黄伯飞主讲《诗国门外拾》。

3月×日，"笠诗社"在台湾成立；6月，陈千武等创办《笠诗刊》。

4月×日，吴浊流创办《台湾文艺》。

6月20日，香港晨风文社举办"晨风文艺讲座"，徐速主讲《文艺的真善美》。

6月×日，王诗琅《日据时代的台湾文学》出版。

6月×日，赵聪和曹聚仁在香港分别出版评论集《五四文坛点滴》《小说新语》。

7月8日，香港维多利亚联青社与中华基督教青年会联合举办第2期"文艺丛谈"系列讲座，熊式一主讲《中国戏剧》。

8月19—21日，香港正文出版社举行"暑期写作座谈会"，孙述宇主讲《西洋文学》，韦陀主讲《关于散文》，王敬羲主讲《小说写作漫谈》，思果主讲《新诗的前途》，杨望江主讲《儿童文学》。

11月26—30日，赵滋蕃在台湾《中华日报》连载《港九文艺战斗15年》。

12月9日，香港大学中文学会举办"文艺讲座"，李辉英主讲《小说写作漫谈》。

1965年

1月9日—3月27日，香港维多利亚联青社与中青社联合主办"文艺纵谈"，金庸、李辉英、林仁超、罗锦堂和慕容羽军等人参加会议，针对小说和新诗创作技巧进行了讨论。

4月3日，香港荃湾社区文艺组邀请"晨风文社"举办"香港青年文艺的发展"主题文艺座谈会。

4月×日，《小说创作》在台湾创刊。

7月23日，《中国学生周报》推出"10年来香港学生文运的展望与回顾专辑"。

7月×日，香港作家协会成立，Dr. E. Wilson、赖经纶任会长，方芦荻、马觉等任常务委员。

9月5日，香港作家协会举办首次文学讲座，方芦荻主讲《从现代艺术谈到现代诗》。

10月×日，钟肇政主编的台湾《本省籍作家作品选集》（10册）出版。

1966年

2月17日，国际笔会香港中国笔会举办学术讲座，林语堂主讲《国语的将来》。

3月17日，香港大学中文学会举办学术讲座，徐訏主讲《文艺中的两种态度——现实主义与非现实主义》。

3月×日，《明道文艺》在台湾创刊。

4月30日，国际笔会香港中国笔会举办学术讲座，罗锦堂主讲《小说观念的转变》。

4月×日，《台湾文艺》第一届台湾文学奖颁奖，获奖作家为钟肇政、钟铁民、七等生等。

4月×日，丁望在香港《明报月刊》第4期发表《中共为什么要清算田汉》。

7月×日，侣伦发表《香港新文化滋长期琐议》，勾勒了20—30年代香港文坛的发展状况。

8月20日，香港风雨文社举办文艺讲座，冯明之主讲《中西文学的交流》。

9月10日，香港文化、教育、新闻和影剧各界人士，包括周鲸文、易君左和邹文怀等1300余人，发表宣言反对"文化大革命"。

9月×日，《书目季刊》在台湾创刊。

10月×日，《文学季刊》在台湾创刊，主编尉天骢。

1967年

1月×日，《纯文学》月刊在台湾创刊，由林海音主编。

2月3日，香港《中国学生周报》推出"老舍作品介绍专辑"。

4月29日，国际笔会香港中国笔会举办学术讲座，胡菊人主讲《文学与我们的时代》。

4月×日，潘重规以香港新亚书院选读"《红楼梦》研究"的学生，组成《红楼梦》研究小组，开始出版《红楼梦研究专刊》，以索隐派观点讨论《红楼梦》的版本、作者、主旨、语法和内容。至1973年7月，共出版十辑。

5月27日，国际笔会香港中国笔会举办学术讲座，徐复观主讲《文学创作的若干基本问题》。

7月×日，"中华文化复兴运动委员会"在台湾成立。

10月25日，逾百名香港左翼文艺工作者举行座谈会，指出要贯彻执行毛泽东的文艺路线，要与工农兵结合，创作和演出反映工农群众战斗生活的文艺作品。

10月×日，香港《大公报》《文汇报》刊载鲁迅逝世31周年纪念文章。其中，孟晋的《纪念鲁迅与砸烂港英的黑教育》受大陆极"左"思潮影响，显露出鲜明的"文化大革命"思维。

1968年

1月×日，香港《明报月刊》发表丁望的《北京对中国左翼文化界的批评》。

1月×日，《大学杂志》在台湾创刊。

2月23日，香港《盘古》发表古苍梧《请走出文字的迷宫》，批判台湾现代诗。

2月28日，香港《盘古》推出"近年港台现代诗的回顾"座谈会文章，围绕"诗的交通"和"诗的历史任务"，检讨港台两地新诗存在的问题。

2月×日，姚一苇《艺术的奥秘》在台北出版。

3月×日，"中华文化复兴委员会"创办《中华文化复兴》月刊。

6月×日，国际笔会香港中国笔会举办学术讲座，黄继持主讲《文艺与生命情意》。

7月×日，香港《当代文艺》发表罗香林《中国自由文艺的理则》，并推出《警惕文艺批评的歪风》，批判"香港是文化沙漠"这一论断。

8月23日，香港《中国学生周报》发表振明《解剖〈酒徒〉》，指出刘以鬯的长篇小说《酒徒》"是中国第一部意识流小说"。

8月31日，国际笔会香港中国笔会举办学术讲座，李辉英主讲《中国新文学运动的第一个十年》。

8月×日，香港《当代文艺》推出"知识分子笔战"特辑，刊载胡菊人《再看胡适》及其相关论争文章。

1969年

3月×日，香港《明报月刊》发表徐訏《作家的生活与"潜能"》，强调生活对作家创作发挥着决定性作用。《当代文艺》发表徐速《文艺概念，岂容混淆》，指出"新派武侠""绝对不是文学作品"。

3月×日，洛夫、张默等策划的《中国现代诗论选》在台湾出版，后引发争议。

4月26日，香港基督教大专学生公社举行今日文艺路向的商榷座谈会。

5月23日，香港《中国学生周报》发表游之夏（黄维樑）《预言小说的死亡》。

6月×日，香港《当代文艺》发表林筑（蔡炎培）诗歌《晓镜——寄商隐》。《万人杂志》发表宋逸民《"密码派"诗文今昔观》，称之为"标准密码派的新诗"。

6月×日，《中华诗学》在台湾创刊。

7月×日，《文艺月刊》在台湾创刊。发行人曹敏，主编吴东权。

7月×日，香港《当代文艺》刊发林筑《〈晓镜〉的创作动机》，并发表徐速《为"密码"辩诬并泛论现代诗的特性及前途》，反驳宋逸民的观点。

7月10日，香港《万人杂志》刊载宋逸民《〈为"密码辩诬"〉的辩诬》。

9月×日，香港《当代文艺》发表徐速《为结束诗战告读者》。

1970年

1月×日，颜元叔《文学批评散论》《文学的玄思》在台湾出版。

4月×日，《台湾文艺》主办第一届吴浊流文学奖。

6月×日，香港《珠海学报》发表曹思健《屈大均澳门诗考释》。

7月3日，香港《中国学生周报》发表《我们亟需严肃的书评和文学批评》，指出香港不似台湾那样出现批评大家，更尚未形成文学批评界。

10月×日，吴浊流《无花果》在台湾出版，后遭查禁。

1971年

1月×日，"龙族"诗社在台湾成立。3月，《龙族》诗刊创刊。

3月12日，香港《南北极》开始发表胡菊人《评老舍》《再评老舍》诸文，批判老舍作品的艺术性，引发争鸣。

3月×日，《中华文艺》在台湾创刊，社长司马中原，主编夏楚、张默，发行人尹雪曼。

4月×日，白先勇《台北人》在台湾晨钟出版社出版。

7月×日，台湾吴浊流新诗奖成立。

8月×日，《台湾时报》创刊。

10月29日，香港《中国学生周报》推出"中国22年来文学发展"系列文章，讨论新中国成立以来文学的发展状况。

12月16日，香港《南北极》发表一夫《关于〈骆驼祥子〉的批评问题》，批判胡菊人、刘绍铭对老舍《骆驼祥子》的解读。

12月×日，香港《明报月刊》发表王世禄（徐复观）《由潘重规先生"红楼梦的发端"略论学问的研究态度》，反对潘重规及其小组的研究路径。

本年度，尉天骢《文学札记》、王集丛《民族文艺与时代精神》、王梦鸥《文艺美学》出版。《夏济安选集》在台北出版。

1972年

1月×日，《中国现代文学大系（8册）》在台湾巨人出版社出版，该书系旨在展现1950年—1970年台湾现代文学成就。

2月×日，香港《明报月刊》刊出《红楼梦》研究小组成员汪立颖的《谁"停留在猜谜的阶段"？》，对王世禄文《由潘重规先生"红楼梦的发端"略论学问的研究态度》一文进行反击，赵冈撰文要求作者以真名实姓示人。

2月×日，关杰明在台湾《中国时报》发表《中国现代诗人的困境》，引发现代诗论战。

4月×日，香港《明报月刊》刊登胡菊人《评郭沫若的杜甫观》，反驳郭沫若对杜甫的阶级分析。同期发表徐复观《敬答中文大学红楼梦研究小组汪立颖女士》一文。

5月×日，香港《当代文艺》展开越南华文文学的讨论。

6月×日，台湾具有学术性的杂志《中外文学》创刊，社长胡耀恒，主编张汉良，发行人侯健。

7月15日，香港《盘古》杂志发表《谁避重就轻？谁颠倒了事实？》，从文艺服从于政治这一视角出发，论及中国大陆、台湾和香港20年来的文学创作；推出"现代中国文艺特辑"，讨论了资本主义社会与社会主义社会的艺术区别，以及"文化大革命"样板戏等问题。

8月20日，香港《盘古》杂志发表谢基民《困兽之斗的港台文学》，《中国学生周报》发起挖掘30—40年代文艺宝藏运动。

9月1日，香港《中国学生周报》发表温健骝、古兆申、黄俊东和也斯等人的"香港文学问题讨论"文章。

9月×日，以文学评论为主的《书评书目》在台湾创刊。

12月12日，香港《东西风》推出台湾"《中国现代文学大系》汇评"文章，刘绍铭和司马长风等人参与讨论。

12月13日，香港《明报》开始连载胡菊人《鲁迅在30年代的一段生活》，指责鲁迅有汉奸之嫌。

1973年

1月31日—4月19日，香港《文汇报》发表张向天的鲁迅评论文章，严厉驳斥胡菊人对鲁迅的评价。

1—10月，香港《东西方》开始发表一丁研究鲁迅的系列文章，反驳胡菊人的论断。

2月1日，香港《盘古》发表梁志无《武侠小说派的反文艺论》。

8月×日，唐文标在台湾连续发表《什么时代什么地方什么人》《诗的没落》《僵毙的现代诗》等文，掀起"唐文标事件"。

8月×日，《文季》季刊在台湾创刊，发行人陈达弘，召集人何欣，主编尉天骢。

9月×日，香港《当代文艺》发表徐速《欣闻台湾开放30年代文艺》，呼吁台湾当局彻底开放30年代文艺作品。

10月×日，杨逵重归文坛，日据时期台湾文学重受关注。

是年，李德超在香港珠海学院完成硕士学位论文《中国文学在澳门之发展》，系首篇以澳门文学为题的高等学位论文。

1974 年

2月1日，香港《盘古》刊出唐昔文《从林彪的文艺观谈到文艺的灵感说》。

4月1日，香港《盘古》推出"批林批孔专辑"。

4月×日，林曼叔在香港新源出版社出版《评郭沫若的〈李白与杜甫〉》，批评郭沫若的"机械的阶级论"。

6月×日，《香港中文大学学报》发表余英时《〈红楼梦〉的两个世界》，以文学批评研究方法剖析《红楼梦》。《中华月报》刊登余英时《关于〈红楼梦〉的作者和思想问题》，对潘重规《红楼梦新解》提出商榷。

6月×日，台湾大学哲学系事件。

8月×日，林载爵在台湾《文季》上发表《日据时代台湾文学的回顾》。

10月×日，香港《中华月报》发表潘重规《"关于〈红楼梦〉的作者和思想问题"答余英时博士》。

10月×日，《大学杂志》举办"日据时代的台湾文学与抗日运动"座谈会。

1975 年

1月×日，司马长风《中国新文学史》上卷在香港昭明出版社出版。

3月29日，香港中国笔会举行文艺座谈会，黄思聘发表《20年来香港的新文学》的主题报告。

4月×日，徐速撰写《向笔会"文艺座谈会"进一言》，指出香港中国笔会文艺座谈会虽然论域广泛，诸如香港新旧文学、大陆文学和星马文学，但却忽略了香港的本地文学。

5月×日，《文学评论》半年刊创刊，台湾书评书目社出版。姚一苇、侯健、杨牧、叶维廉、叶庆炳为编委。

7—8月，香港大学文社主办"香港文学40年文学史学习班"，邀请黄俊东、戴天、蔡炎培、许定铭、吴萱仁、罗卡和胡菊人等担任授课人。

8月×日，香港《盘古》推出"余光中是爱国诗人吗？"的讨论。

9月7—10日，香港《新晚报》连续发表丝韦（罗孚）的系列杂文，批判余光中的"认真的游戏"之说。

10月×日，梁秉钧在香港中文大学校外课程部讲授"30年来的香港文学"。

10月×日，香港《当代文艺》刊登关于现代诗论战的相关文章。

10月×日，张良泽在台湾《中央日报》发表《不屈的文学魂——论杨逵兼谈日据时代的台湾文艺》。

10月×日，许南村（陈映真）发表《试论陈映真》；陈映真《将军族》发表，后遭查禁。

11月×日，香港《明报月刊》发表黄维樑《诗：不朽之盛事——析余光中〈白玉苦瓜〉并试论诗人之成就》。

12月×日，香港《明报月刊》刊出余光中《评戴望舒的诗》，质疑戴望舒在中国现代诗坛上的地位。

1976年

1月×日，香港《明报月刊》刊出日本学者竹内实的《中国的1930年代与鲁迅》，与胡菊人展开商榷。同时，该刊还推出"台湾文学特辑"，其中，刘绍铭撰有《十年来的台湾小说（1965—1975）——兼论王文兴的〈家变〉》。

2月×日，香港《当代文艺》推出"现代诗又起论战"专辑，转载了曾幼川、曹懋绩的批余文章以及黄南翔反批评文章。

2月×日，夏志清在台湾《中国时报》发表《追念钱锺书先生——兼谈中国古典文学研究之新趋向》。

3月×日，颜元叔在《中国时报》发表《印象主义的复辟》。

3月×日，司马长风《中国新文学史》中卷在香港昭明出版社出版。

3月×日，《明道文艺》在台中创刊，发行人汪广平，主编陈宪仁。

4月×日，香港《当代文艺》策划余光中《白玉苦瓜》研讨专辑。

4月×日，欧阳子《王谢堂前的燕子——〈台北人〉的研析与索隐》出版。

4—5月，香港《大任》刊出寒山碧《试论戴望舒和他的诗》，与余光中展开对话。《新亚学生报》刊出余光中《文艺应否为政治服务》。

6月×日，香港《明报月刊》刊登赵冈《假作真时真亦假——〈红楼梦〉的两个世界》，反驳余英时的研究方法。

7月×日，香港《当代文艺》刊出余好问改写余光中《白玉苦瓜》的文章，引起争鸣。

12月×日，高全之《当代中国小说论评》在台湾幼狮出版社出版。

本年度，王梦鸥《文艺美学》在台北出版。

1977年

2—5月，香港《明报月刊》连载余英时《"眼前无路想回头"——再论〈红楼梦〉的两个世界兼答赵冈兄》，回应赵冈的质疑。

3月×日，《小说新潮》在台湾创刊，主编周浩正。

×月×日，台湾乡土文学论战发生。

5月×日，叶石涛在《夏潮》第14期发表《台湾乡土文学史导论》。

6月×日，许南村（陈映真）在《台湾文艺》发表《"乡土文学"的盲点》。

8月×日，彭歌在《联合报》发表《不谈人性，何有文学？》。

10月×日，徐复观在《中华杂志》发表《评台北有关"乡土文学"之争》。

8月20日，台湾《联合报》刊登余光中《狼来了》，引发台湾乡土文学作家的抨击。

8月×日，台湾《现代文学》刊载夏志清《现代中国文学史四种合评》，论及司马长风已出版的《中国新文学史》上、中卷。

10月10日，台湾《现代文学》刊出林以亮《详批朱著〈文艺心理学〉》，并刊登司马长风《答复夏志清的批评》。

1978年

1月×日，香港《号外》刊出冯伟才《再见林以亮》，驳斥林以亮对朱光潜《文艺心理学》一书的批评。香港比较文学学会成立。

2月25日，《时代青年》推出"10年来的香港文坛"专辑。

3月18日，香港歌德文化中心及《明报月刊》联合举办"作家的社会责任"研讨会，法国根塞·葛拉斯与中国刘以鬯、徐訏、戴天、余光中、也斯和李国威等人，就作家的社会使命和社会对作家的责任展开了对话。

4月×日，尉天骢编《乡土文学讨论集》由台湾夏潮杂志社印行。

4月×日，日本"台湾近现代史研究会"成立，创刊《台湾近现代史研究》，以立教大学戴国辉为核心，成员有松永正义、春山明哲、金子文夫、河原功、若林正丈等。

6月×日，香港《当代文艺》推出社论《评"作家的社会责任"研讨会》。

7—8月，香港《南北极》刊出茅伦和郭亦洞为余光中辩护的文章。

9月×日，白先勇文集《蓦然回首》《梁实秋论文学》出版。

10月1日，香港《文化新潮》创刊号刊登冯伟才《刘以鬯与作家的社会责任》。

10月×日，香港《明报》"集思录"专栏刊载胡菊人文章，与冯伟才商榷社会对作家的责任问题。

11月×日，《七十年代》刊出《什么样的乡愁》，批判余光中。

12月15日，香港《文化新潮》刊载多篇评论文章，包括杜国贤《谁之过？——不要再骂胡菊人了》、海奇《"白玉矮瓜"及其他——诗人余黑西》。其中，程思己《从现实到非现实》，认为"艺术不能反映现实，它只能显示什么不是现实"。

12月×日，司马长风《中国新文学史》下卷在香港昭明出版社出版。

1979年

1月15日，香港《文化新潮》刊登区文浩与程思己的商榷的文章《从"非现实"到"现实"》。

3月×日，钟肇政《浊流三部曲》在台湾获第二届吴三连文学奖。

3月×日，李南衡主编《日据下台湾新文学全集》（5册）出版。

4月5日，香港《明报》刊出胡菊人《白先勇的文字》，强调写"纯纯净净的中文"，反对西化文字的侵扰。

4月15日，香港《文化新潮》刊载欧阳化与胡菊人的商榷文章《胡菊人的文字》。

5月15日，香港《文化新潮》推出"五四新文化特辑"，包括程思己《朱光潜的新马克思主义美学架构》和甘速章《关于现实主义的一些（持续的）探索》。

5月×日，香港《争鸣》杂志刊登璧华《杂文和文艺民主》，引发日本栗栖继和竹内实的争议。

6月20日，香港《文化新潮》刊载程思己《矛盾，你的名字是陈冠中》和林贫道《马克思主义文化理论系统的批判和整理》，对马克思主义文艺理论研究提出批评。

6月×日，《八十年代》在台湾创刊。

6月×日，香港中文大学文社主办"检察台湾，展望香港"生活营，营上对此前的"作家的社会责任座谈会"纪要提出尖锐批评。

6月×日，钟肇政在《联合报》发表《日据时期台湾文学的盲点——对"皇民文学"的一个考察》。

6月×日，《美丽岛》杂志社在台北成立。

7月×日，确定许信良为《美丽岛》社长，张俊宏为总编辑，施明德为总经理。

8月26日，香港大学文社举办"香港文坛展望"座谈会。

9月1日，《八方》创刊号举办"香港有没有文学"笔谈会。

9月2日、9日，香港《文汇报》发表刘以鬯《小说会不会死亡?》。

10月×日，《明报月刊》举办香港、台湾、留美和大陆来港作家座谈会，探讨中国文学的前途，和大陆有无文学及其属性。

11月×日，第一届中文文学周研讨会在香港市政局大会堂召开。胡菊人、刘以鬯、白先勇、思果和余光中，围绕"文学的主题及其表现"展开讨论。

11月10日，香港《东西方》发表冯伟才《也谈现实主义——就文学主题及其表现与白先勇、胡菊人先生商榷》，对中文文学周上白先勇和胡菊人的观点进行反驳。

12月×日，美丽岛事件。

是年，《开卷》刊载武侠小说专论文章，包括梁羽生《从文艺观点看武侠小说》、林真《为武侠小说呼冤》和东瑞《也来小议》。

1980 年

3月×日，香港《明报月刊》发表徐訏《文艺大众化问题——现代中国文学的课题之一》。

4月×日，美丽岛事件判决。

4月×日，彭瑞金《泥土的香味》在台湾出版。

5月×日，香港《明报月刊》刊登陈冠中《马克思主义文学理论再评价》。

5月×日，《台静农短篇小说选》在台北远景出版社出版。

6月19日，台北《中国时报》发表梁锡华《风暴之眼》，为梁实秋"与抗战无关"翻案。

6月×日，香港《七十年代》杂志发表李怡《文艺新作中所反映的中国现实》，后受到北京《文艺研究》《文艺报》《人民日报》等报刊的批评。

7月×日，香港《明报月刊》刊登陈若曦《迟开的写实主义花朵》，认为30年来台湾文学成就高于大陆地区。《开卷》发表叶积奇《一本所谓经典之作》，质疑夏志清《中国现代小说史》。

8月×日，香港第二届中文文学周研讨会召开。胡菊人、余光中、黄维樑、赵令扬和柳存仁，就"文学的欣赏及批评的角度"进行研讨。

8月×日，《现代文学》在台湾复刊。

9月14日，《新晚报·星海》主办"香港文学30年"座谈会。

9月15日，香港《八方》推出"现实主义与现代主义问题专辑"。

9月×日，《开卷》发表香港大学学生关于巴金《随想录》的批评文章，认为巴金"这些所谓'暴露文学'，也是受指挥的文学"。对此，巴金在《〈随想录〉合订本新记》予以批驳。

11月1日，《新晚报·星海》邀请粤港作家举办"香港文学的出路"座谈会。

11月×日，香港《七十年代》发表《文学与政治、小说与人生——

海内外作家关于中国大陆文艺状况的一次意见交锋》。

12月×日，香港《明报月刊》刊登文章讨论毛泽东文艺思想。其中，陈炳良《论毛泽东〈在延安文艺座谈会上的讲话〉》认为其"只是一片文艺政策宣言，而不是一篇文艺理论"；黄继持《毛泽东文艺思想浅析》则认为应将其"合理成分揭示出来，作为建立社会主义文学的基石之一"。

1981 年

1月×日，詹宏志《两种文学的心灵》刊于台湾《书评书目》，引用"边疆文学"一词，引发"边疆文学"论战。

1月×日，痖弦《中国新诗研究》在台北洪范书店出版。

5月×日，刘绍铭的《唐人街的小说世界》、吴丰兴《中国大陆的伤痕文学》在台湾出版。

6月×日，香港《明报月刊》发表徐速《纪念徐訏》，引发秦少峰、李燕和寒山碧等人的辩论和澄清。

7月×日，洛夫《孤寂中的回响》在台北东大出版公司出版。

8月×日，香港第三届中文文学周研讨会召开。此次研讨会的主题是"新文学的几个问题"。胡菊人、黄维樑、李家树和葛浩文讨论了欧阳子、萧红等人的文学创作。

9月15日，香港《八方》发表古苍梧、林年同和黄继持的《现实主义的再评价——从1949年以后中国电影剧本编写看当前中国文艺创作的问题》，认为社会主义现实主义已变成"脱离现实，甚至反现实的政治实用主义"。

9月×日，香港《抖擞》推出"鲁迅诞生100周年纪念专号"。

9月×日，"李敖千秋评论丛书"开始出版，每月1期。

12月20—22日，香港中文大学主办中国现代文学研讨会。

1982 年

1月×日，日本"台湾文学研究会"成立，以天理大学冢本照和为核心，成员有今里祯、美船清、下村作次郎、中岛利郎等。

1月×日，《文学界》创刊，发行人郑炯明，主编叶石涛。

2月×日，《新火》推出"香港文学专探"。其中，君平发表《香港文学本土化运动》一文。

3月5—14日，香港《财经日报》发表冯伟才《香港文学本土化运动和左右翼文坛考察》。

3月×日，中西比较文学会议在香港中文大学举办。《文艺》创刊号发表《文艺座谈会：中国文艺园地的展望》。

5月28—31日，"中国当代文学：现代主义的新形式研讨会"在美国圣若望大学举行。李怡《中国为什么对文艺如此敏感》和璧华《中国新写实主义的回顾与前瞻》两文，引发内地学者王梦、黄秋耘和乐黛云的激烈回应。

8月×日，香港第四届中文文学周研讨会召开。与会者以"中国文学的传统与现代"为题展开讨论。

9月×日，香港《明报月刊》发表刘绍铭《潮流与点滴——写实主义的两种类型》。《文艺》刊登余光中、黄维樑等人《中国新诗：诗风检讨、作品评析》。

12月×日，第二届文学理论国际会议在香港大学召开，重点讨论重写欧美文学史。

本年度，"政治小说""政治诗"在台湾正式登场。

1983年

2月×日，香港《明报月刊》发表叶洪生《闲话一甲子的武侠小说》，称赞今用"'一统江湖'总结武侠时代"。《当代文艺》发表黄维樑《生气勃勃：1982年的香港文学》，并开始发表"香港作家"定义的讨论文章。

3月×日，香港《当代文艺》发表一丁《对黄维樑先生异议》，不赞成其把小专栏纳入文学的行列。

4月×日，《文季》在台湾复刊，该刊认为"台湾文学"是"在台湾的中国文学"，倡导"第三世界文学论"，与强调文学自主性的《台湾文艺》形成鲜明对照。

7月×日,《文讯》创刊,由国民党中央文化工作会创办。

7月×日,周英雄《结构主义与中国文学》在台湾东大图书公司出版。

8月×日,香港第五届中文文学周研讨会举行。黄维樑、卢玮銮、刘以鬯、倪匡、梁秉钧、黄国彬和冯禄德就"香港中文文学的发展"展开多层面讨论。

9月×日,《文艺》举办"香港文艺期刊在文坛扮演的角色"笔谈会。

11月6日,胡志伟和李默发起香港十大文学社团圆桌会议,探讨未来十年香港文学的发展,呼吁香港政府去除轻文重艺的偏见,为健康的文学活动提供足够资源。

12月×日,何欣《当代台湾作家论》、林双不《小说运动场》、侯健《中国小说比较研究》出版。

本年度,连横《台湾通史》在北京出版。蔡源煌《文学的信念》、柯庆明《文艺美综论》、黄宣范《语言哲学》、叶维廉《比较诗学》在台北出版。

1984 年

1月1—21日,香港《大公报》发表林长风关于台湾乡土文学论争的系列文章。

1月×日,香港《明报月刊》推出"神雕侠侣专辑"笔谈文章。

"中国意识/台湾意识"论争爆发。1月,宋冬阳(陈芳明)在《台湾文艺》发表《现阶段台湾文学本土化的问题》。陈映真在《文季》发表《中国与第三世界文学之比较》。

3月29日,澳门日报社主办港澳作家座谈会。韩牧提出建立"澳门文学形象"的问题,引起广泛关注。

4月5日,香港中文大学文社举办"1997的启示——中国、香港文学的出路"座谈会。

4月×日,台湾《文季》发表陈炳良《鲁迅与共产主义》。

7月×日,香港《八方》推出"后现代主义特辑"。

8月×日,香港第六届中文文学周研讨会召开。余光中、张系国和严沁等人重点探讨了海外华人作家及其作品。

9月×日,香港《明报月刊》推出"武侠笔汇"特辑。

9月×日,王晓波《殖民地伤痕与台湾文学——敬答张良泽先生》、张良泽《战前在台湾的日本文学——以西川满为例,兼致王晓波先生》在台湾《文季》发表。

11月×日,《联合文学》在台北创刊。

1985年

1月5日,《香港文学》创刊。刘以鬯任总编。

4月27—30日,首届香港文学研讨会在香港大学召开。来自内地、香港和台湾的学者共提交论文13篇,对香港文学史、文体写作及其与西方文学之关系进行研讨。

7月×日,《香港文艺》推出"1997与香港文艺"专辑。

8月×日,香港第七届中文文学周研讨会举行。聂华苓、卢玮銮、陈耀南、梁秉钧和梁锡华,以"青年与文学创作"为题展开讨论。

9月×日,廖炳惠《解构批评论集》《马森戏剧论集》在台北东大图书公司出版。

11月27日,"1997与香港文学座谈会"在香港浸会学院举行。王仁芸、璧华和何良懋探讨了70年代以来的香港文学及大陆文艺政策问题。

11月×日,《文学家》在台湾创刊,总编辑林文义。

11月×日,报告文学杂志《人间》在台湾创刊,主编陈映真。

本年度,龚鹏程《文学散步》在台北出版。叶石涛《台湾文学史大纲》在《文学界集刊》发表。

1986年

1月3—6日,澳门文学座谈会在澳门日报社举行。来自内地、香港和澳门等地的20余位学者,以澳门文学形象为中心,探讨了澳门文学与香港文学、中国文学之间的关系,以及澳门散文、小说、戏剧和诗歌的创作状况。这是澳门史上第一次召开澳门文学研究会议。

1月5日,《香港文学》推出"香港文学丛谈——香港文学的过去与现在"专辑。

3月×日,"笠"诗社举行"台湾诗人选集"出版酒会,出版30册诗集。

5月×日,《当代》月刊在台湾创刊。

6月×日,《台湾文化》季刊创刊,发行人柯旗化。

6月×日,王德威《从刘鹗到王祯和》在台北时报文化出版企业有限公司出版。

8月×日,第八届中文文学周研讨会在香港市政局大会堂举行。

9月11日,香港文学研究会成立。刘以鬯任会长。

11月×日,香港中文大学香港文学研究室成立。黄维樑为负责人。

本年度,龚鹏程《诗史本色与妙悟》在台北学生书局出版。

1987年

1月×日,澳门笔会成立。

2月×日,叶石涛《台湾文学史纲》在台北出版。

2月×日,郑明娳《现代散文类型论》在台湾大安出版社出版。

7月23—25日,香港中华文化促进中心举办40年代港穗文学活动研讨会。华嘉、陈颂声、赵令扬和卢玮銮等人与会研讨。

8月×日,第九届中文文学周研讨会在香港市政局大会堂召开。

9月×日,《台北评论》创刊。

9月×日,拓拔斯短篇小说集《最后的猎人》在台中晨星出版社出版。

10月×日,柯庆明《现代中国文学批评述论》在台湾大安出版社出版。

11月10日,香港作家协会成立。倪匡任会长。

12月10日,第五届国际文学理论研讨会在香港中文大学举行,以"中国当代文学与现代主义"为主题。

12月28—30日,国际中国武侠小说研讨会在香港中文大学召开。

1988年

1月31日,香港作家联谊会(后改名为香港作家联会)成立。曾敏之任会长。

1月×日,台湾当局解除"报禁"。

6月×日，罗青《录影诗学》在台湾书林书店出版。

7月3日，澳门文化研讨会在澳门召开。140余位文化界人士，就澳门的文学、音乐、舞台和戏剧的现状和未来展开讨论。

8月4—6日，陈映真的文学创作与文化评论国际研讨会在香港大学召开。此次会议由香港大学亚洲中心主办，美国芝加哥大学远东中心协办。陈映真、叶石涛、黄继持、刘宾雁、许达然和洪铭水等人与会研讨。

8月×日，第十届中文文学周研讨会在香港市政局大会堂召开，以"中文文学在香港——回顾与前瞻"为主题。

10月×日，日本丸山升在北京大学发表学术演讲时，批评陈炳良《鲁迅与共产主义》一文。

11月3—5日，现当代文学研讨会在香港大学召开。来自内地、香港、台湾和美国的15位学者，共提交学术论文13篇。

11月×日，李正治主编的《政府迁台以来文学研究理论及方法之探索》在台北学生书局出版。

12月4—8日，香港文学国际研讨会在香港中文大学召开。来自中国内地、中国香港、中国台湾、新加坡、美国和加拿大等地区的70余位学者，围绕"1949年以后的香港文学"进行了热烈讨论。

12月17日，香港《文汇报》发表彦火《一次检阅》，大力肯定香港文学国际研讨会的成绩。

本年度，《陈映真作品集》、吕正惠《小说与社会》在台北出版。

1989年

1月6—12日，《文化焦点》试刊号刊载洛枫和戴天等人批评和讥讽香港文学国际研讨会的文章。

1月19日，香港中华文化促进中心举办文学创作、文化反思研讨会。罗贵祥《少数文学——香港作者的"身份认同"与大陆的"寻根"》引发争议。

《原报》在台湾创刊，为台湾岛原住民主持的首份报纸。

2月17日，香港《文化焦点》创刊号发表冯伟才《香港文学与"少数文学"》。

2月×日，香港比较文学学会主办"都市·香港·文化研讨会"。

2月×日，台湾笔会举办"二二八文学会议"。

3月24—25日，香港儿童协会与香港作家联谊会合办儿童文学研讨会。

4月×日，蔡源煌《海峡两岸小说的风貌》在台北雅典出版社出版。

5月×日，施叔青《对谈录：面对当代大陆文学心灵》由台湾时报文化出版公司出版。

7月×日，陈信元《从台湾看大陆当代文学》由台北业强出版社出版。

8月×日，古继堂《台湾新诗发展史》、《台湾小说发展史》在台湾出版。

10月×日，台湾出版《鲁迅作品全集》（21卷）。

1990年

1月×日，台北《文讯》发表陈炳良《关于鲁迅研究问题答丸山升教授》。

3月21—23日，第二届现当代文学研讨会在香港大学召开。

4月×日，施淑《理想主义者的剪影》在台北新地出版社出版。

6月×日，《台湾文学观察杂志》创刊。焦桐《台湾战后初期的戏剧》出版。

9月9日，香港作家协会发生分裂，两派公开骂战。后胡菊人、黄维樑和李默等32人发布退会启事。

10月1日，国学大师钱穆先生追悼会在香港中文大学举行。中外学者及文教界300余人参加。

12月×日，林耀德、孟樊主编《世纪末偏航——80年代台湾文论》由时报文化出版企业公司出版。

本年度，岭南学院现代中文文学研究中心成立，梁锡华任主任。台湾原住民文化运动刊物《猎人文化》创刊。

1991年

4月4日，《星岛日报》发表台湾张放《台北人看香港》，指出"香港是没有文艺的"。

4月×日，彭瑞金《台湾新文学运动四十年》出版。

5月25日，话剧座谈会在澳门东亚大学举行。王强、周树利、梯亚、陈伟新、胡晓风和穆凡中等人，就话剧的功用、中国话剧的发展及其对澳门话剧的影响展开讨论。

5月×日，李瑞腾《台湾文学风貌》在台北出版。

6月1日，岭南学院现代中文文学研究中心举办雅与俗：香港文化和通俗文化座谈会。

7月1—4日，香港作家联谊会、《香港文学》杂志社等举办世界华文文学研讨会。

10月23日，香港作家联会举行讨论，澄清张放对香港文艺的误解。

11月3日，岭南学院主办"文学的将来及华文文学的前途"讨论会。

本年度，王德威《阅读当代小说：台湾，大陆，香港，海外》在台北远流出版公司出版。

1992年

3月×日，马森在《联合文学》发表《"台湾文学"的中国结与台湾结——以小说为例》。

4月9—11日，第三届现当代文学研讨会在岭南学院召开。

4月×日，尉天骢《第二次世界大战后台湾的社会与文学》出版。

10月28—31日，第二届国际赋学研讨会在香港中文大学召开。

1993年

1月×日，刘登翰等主编《台湾文学史》在福州出版。

3月×日，香港政府布政司署文康广播科提出《艺术政策检讨报告》。

5月24—26日，《星岛日报》连载也斯《艺术政策》一文，尖锐批评香港政府的艺术政策。

5月27—30日，两岸暨港澳文学交流研讨会在香港中文大学举行。来自内地、香港和台湾三地的20余位学者，就"中华文学的现在与未来"展开交流和对话。

6月4日，从20世纪到21世纪——个人创作生涯的回顾与前瞻座谈会在香港岭南学院举行。

6月8—10日，魏晋南北朝文学国际研讨会在香港中文大学召开。

6月23—24日，岭南学院和暨南大学联合举办华文文学研究机构联席会议。

6月×日，《现代中文文学评论》在岭南学院创刊。梁锡华任主编。

10月×日，井东襄《大战中台湾的文学》在日本出版。

12月1日，当代华文戏剧创作国际研讨会在香港中文大学举行。

12月×日，前卫出版社出齐《台湾作家全集》五十册。

1994年

1月29日，文化、教育界人士辩论香港艺术政策问题。

4月×日，香港政府成立艺术发展局。

5月×日，香港市政局作家留驻计划开始实施，刘以鬯在市政局图书馆任驻局作家，负责《香港文学作家传略》编写工作。

6月×日，赖和纪念馆编《赖和研究资料汇编》由敦化立文化中心出版。

10月25日，查良铮（金庸）获颁北京大学名誉教授称号。严家炎指出，金庸的艺术实践"使近代武侠小说第一次进入文学的宫殿，这是另一场文学革命"，引发争议。

10月×日，文建会与新竹清华大学合办"赖和及其同时代作家——日据时期台湾文学国际学术研讨会"。

12月10日，岭南学院举办"南来作家座谈会——从回国到南下香港"。

12月28—30日，第三届当代新儒学国际会议在香港中文大学举行。王邦雄、刘述先、金观涛、李泽厚和杜维明等学者共提交66篇学术论文。

12月×日，黄英哲编《台湾文学研究在日本》出版。

1995年

1月×日，垂水千惠《台湾的日语文学：日治时期的作家们》在日本出版。

3月4日，香港文学研究座谈会在岭南学院举行。

4月13—16日，岭南学院与暨南大学合办现当代杂文小品文国际研讨会。

6月×日，《香港文艺》创刊。

6月×日，岛田谨二《华丽岛文学志：日本诗人的台湾经验》在日本出版。

10月×日，下村作次郎等编《苏醒的台湾文学——日本统治期的作家与作品》在日本出版。

12月21日，《文艺报》举办"严肃文学、流行文学的争执中，看香港文学走向"专题座谈会。胡菊人、高行健、张灼祥、钟伟民、马建、李默和何良懋等人与会。

是年，中国小说与宗教国际学术研讨会在香港浸会大学举行。

1996年

4月×日，冈崎郁子《台湾文学：异端的系谱》在日本出版。

5月×日，陈万益《于无声处听惊雷》、宋泽莱《血色蝙蝠降临的城市》、林载爵《台湾文学的两种精神》出版。

7月×日，林瑞明《台湾文学的历史考察》《台湾文学的本土观察》出版。

11月×日，台北《联合报》主办"吕赫若文学研讨会"。

巴苏亚·博伊哲努（浦忠成）《台湾原住民的口传文学》在台北出版。

林央敏《台语文学运动史论》在台北出版。

1997年

1月5日，第一届香港文学节研讨会在香港公共图书馆举行。

7月1日，香港正式回归祖国，标志着香港社会政治、经济和文化进入了一个新的历史时期。

9月×日，中岛利郎编《台湾新文学与鲁迅》在日本出版。

10月×日，文建会筹办、春风文教基金会主办的"青春时代的台湾——乡土文学论战二十周年回顾研讨会"于敦南诚品举行。

11月×日，台湾社会学研究会、人间出版社、夏潮联合会主办"回顾与再思——乡土文学论战廿年讨论会"。

11月×日，河原功《台湾新文学运动的展开：与日本文学的接点》在日本出版。

12月18—19日，澳门文学的历史、现状与发展学术研讨会在澳门大学举行。逾40位来自澳门、香港和内地的知名学者，对澳门各体文学创作、澳门土生文学和澳门文学及批评特色进行深入探讨。

是年，中国诗歌与宗教国际学术研讨会在香港浸会大学召开。龚鹏程《台湾文学在台湾》、许俊雅《台湾文学论：从现代到当代》在台北出版。

1998年

2月×日，《张深切全集》由台北文经出版社出版。

5月×日，日本台湾学会创立。

5月×日，藤井省三《台湾文学这一百年》在日本出版。

6月11—13日，"现代文学研讨会——中国现代文学研究方法与评论问题"在香港中文大学召开。

12月21—23日，澳门近代文学学会举办"中国近代文学与海外"国际研讨会，邓景滨、陈业东、黄坤尧、彭海铃、郭延礼和黄霖等20余位学者，讨论了近代中外文学关系，并探讨了澳门近代文学的发展状况。

12月×日，由静宜大学中文系、台杏文教基金会、《台湾日报》副刊、文学台湾基金会共同主办"第一届台湾文学学术研讨会——殖民经验与台湾文学"。

是年，第二届香港文学节研讨会在香港公共图书馆召开；中国作家与宗教国际学术研讨会在香港浸会大学举行。

1999年

3月×日，文建会与《联合报》举办"台湾文学经典研讨会"，引起关于台湾文学经典的论争。

10月10—11日，柏杨思想与文学国际学术探讨会在香港大学召开。唐德刚、向阳、黎活仁和李瑞腾等学者，探讨了柏杨文学创作的特色以及柏杨与战后台湾文学史之关系。

12月1—11日，第三届香港文学节研讨会召开。卢玮銮、慕容羽军、罗孚、刘以鬯、陈炳良、黄维樑、叶维廉等20余位学者参会，围绕"本世纪香港文学回顾""香港文学的市场空间""香港的纯文学与流行文学"以及"香港文学的未来发展"进行讨论。

12月20日，澳门正式回归祖国，这标志着澳门政治、经济和文化迈进了一个新的时代。

本年度，巴苏亚·博伊哲努（浦忠成）《原住民的神话与文学》在台北出版。

2000年

5月25—27日，"屈原研究国际研讨会"在香港中文大学召开。

7月×日，"中华词学国际学术研讨会"在澳门大学召开。逾30名来自海峡两岸四地的知名学者，就中国词学理论、词史和词学史等话题进行研讨。

10月24—25日，"张爱玲与现代中文国际研讨会"在香港岭南大学举行。夏志清、郑树森、王德威、梁秉钧和刘再复等人，探讨了"张爱玲研究的历史回顾""张爱玲的小说与电影""张爱玲在中国现代中文文学史上的地位与影响"和"张爱玲与我"等话题。

10月×日，澳门中华诗词学会举办"中国古典诗歌研究与吟赏国际研讨会"，刘再复、唐浩明、黄曼君、郑培凯和李元洛对相关话题展开阐述。

12月2日，澳门笔会和《澳门日报》主办"千禧澳门文学研讨会"，邀请全国各地作家学者，如饶芃子、刘登翰、郑炜明、黄文辉和李冠鼎等，剖析评论80年代后期的澳门文学作品。

是年，陈光兴主编《文化研究在台湾》在台北出版。张光正编《张我军全集》出版。林建国《方修论》发表于《中外文学》第4期上。

2001年

1月14日，澳门市政局、澳门戏剧协会举办澳门小剧场探索研讨会。

8月×日，香港当代作家协会成立。

10月13日，澳门社会科学学会、全国汉民族学会主办澳门文化、汉文化、中华文化与21世纪全国中国文化学术研讨会。

本年度，张诵圣《文学场域的变迁——当代台湾小说论》在台北出版。王润华《华文后殖民文学：中国、东南亚的个案研究》在北京出版。

2002 年

3月×日，《叶荣钟全集》在台北出版。

×月×日，横地刚《南天之虹》在台北出版。

×月×日，陈芳明《后殖民台湾：文学史论及其周边》在台北出版。

6月29日，第四届香港文学节研讨会召开。奚密、许子东、骆以军、梁秉钧、王建元等人与会，就"都市文学""新人类、新作家、新世纪"和"香港文学新与旧：歌词创作"展开探讨。

5月28—30日，唐代文学与宗教国际学术研讨会在香港浸会大学举行。李丰楙、小南一郎、项楚和孙昌武分别作主题发言，葛兆光、张宏生、韩理洲、龚鹏程、邓国光、邓昭祺和刘楚华等近70位学者参会宣读论文。

12月×日，藤井省三等《台湾的"大东亚战争"》在日本出版。

2003 年

1月×日，《文讯》由党营刊物变为民办杂志，国民党停止经费注入，转由"财团法人台湾文学发展基金会"支持。

×月×日，张锦忠《南洋论述：马华文学与文化属性》在台北出版。

×月×日，陈映真《警戒第二轮台湾"皇民文学"运动的图谋——读藤井省三〈百年来的台湾文学〉：批评的笔记（一）》发表于《人间思想与创作丛刊》。

3月30日，香港中央图书馆举行散文今昔文学座谈会。

12月×日，汉魏六朝文学与宗教国际学术研讨会在香港浸会大学召开。周勋初、兴膳宏和张少康进行主题演讲，许结、韦金满、邝龚子、刘卫林、刘燕萍、董乃斌和佐野诚子等学者参与讨论。

2004 年

7月3—4日，第五届香港文学节研讨会召开。朱浦生、黄子平、潘步钊、郑培凯、文洁华、李怡、陈丹燕、黄子程、王安忆、黄碧云、刘绍铭、颜纯钩参会，论及"教育与人生理念""社会现实与关怀"和"文学艺术与生活"诸话题。

7月12日，"十年建树（1993—2003）：华文戏剧作品研讨会"在香港召开。

8月28日，第一届香港旧体文学研讨会在香港理工大学举行。何文汇、邝建行、黄坤尧和邓昭祺等人参与研讨。

11月25日，21世纪中华文化世界论坛国际学术研讨会：中西汇通与文化创新在澳门举行。许嘉璐、乐黛云、王岳川、施议对、黄晓峰、邓骏捷等数十位专家学者与会研讨。

本年度，陈大为、钟怡雯、胡金伦主编《赤道回声：马华文学读本Ⅱ》、横地刚《文学二二八》、藤井省三《台湾文学这一百年》等在台北出版。

2005 年

7月23日，21世纪的华人文学座谈会在香港会展中心举行。黄子平、葛红兵、尉天骢和黎紫书等担任主讲人。

12月28日，近现代中国文学的学科视野研讨会在香港浸会大学召开。李欧梵、王德威、王晓明、陈思和和黄子平等学者提交论文参与讨论。

本年度，巴苏亚·博伊哲努（浦忠成）《从部落出发：思考原住民族的未来》、朱双一《台湾文学思潮与渊源》在台北出版。

2006 年

2月25日，香港城市大学与香港艺术发展局合办首届城市文学节。白先勇、陈冠中、刘再复、张大春、叶辉、郑愁予和黄子平等学者，围绕"城市·文学·意象"展开座谈和交流。

7月8—15日，第六届香港文学节研讨会召开。王良和、陈智德、张咏梅、叶维廉、王宏志、郑培凯、陈子善、钟玲和吴宏一等人与会研讨，论题包括"香港文学的本土意识""香港文学的跨地域性"和"两岸三地文学及海外华文文学：独特性与共同性"。

8月18日，澳门比较文学学会、澳门大学联合主办澳门的文化生态与人文精神学术研讨会。

10月29—30日，张爱玲逝世十周年纪念国际学术探讨会在香港浸会大学举行。李欧梵、陈子善、许鞍华和严浩等学者，以"张爱玲的文学、电影与舞台"为主题进行深入研讨。

11月24—25日，世界华文旅游文学国际学术研讨会在香港中文大学召开。

11月29日—12月1日，香港艺术发展局主办二十世纪中国文学的回顾与二十一世纪的展望国际学术研讨会。数十位来自内地、香港和台湾等地区的学者、作家与会讨论，论题包括宏观回顾、新诗讨论、文学思潮、香港与内地文学和人文研究及21世纪展望等。

12月7日，澳门基金会主办首届澳门人文社会科学大会——澳门人文社会科学：回顾与前瞻，涉及对澳门文学的探讨。

本年度，陈光兴《去帝国》在台北出版。

2007年

1月4—6日，历史与记忆——中国现代文学国际研讨会在香港中文大学召开。王德威和陈平原在开幕式作专题演讲。

1月15—21日，华文戏剧百周年学术研讨会在香港中文大学举行。来自中国内地、中国香港、中国澳门、中国台湾、日本、韩国、马来西亚、新加坡、美国和英国等地的70余位专家学者，探讨了华文戏剧百年发展史、中外戏剧交流史、剧场美学、戏曲与现代戏剧关系，以及戏曲研究与戏剧教育等话题。

8月×日，台湾学者吕正惠《三十年后反思"乡土文学"运动》刊于《读书》。

9月30—31日，第二届香港旧体文学国际研讨会在香港中文大学召开。何文汇、陈永正、钱念孙、李庆和高亦涵等近70位学者，针对"当代文体的考察""现代诗学研究""现代词学研究"和"现代诗词研究"等议题展开讨论。

12月20—22日，香港岭南大学人文学科研究中心举办香港文学的定位、论题及发展研讨会。来自中国内地、中国香港、中国台湾和日本等地的30多位学者宣读论文，讨论香港文学的定位、研究方法、报刊研究、诗与翻译和文学教育及推广等问题。

是年，中国戏剧与宗教学术研讨会在香港浸会大学召开。王德威《后遗民写作》、张锦忠、黄锦树《重写台湾文学史》在台北出版。

2008年

1月3—5日，重读经典：中国传统小说与戏曲国际学术研讨会在香港中文大学召开。

1月26—27日，中国文学国际会议暨第四届青年学者"中国文学与韩中比较视野"国际学术研讨会在香港中文大学召开。

4月28—30日，腾飞岁月——1949年以来的香港文学研讨在香港大学召开。

6月13日，文学史视野中的"大众传媒"研讨会在香港中文大学举行。陈平原、王德威和张隆溪等20余位学者，重点探讨了现代文学的生产传播与大众传播之间的关系。

7月5—12日，第七届香港文学节研讨会召开。朱耀伟、马国明、胡燕青、阮庆岳、王安忆、陈智德、潘国灵、谢晓虹和廖伟棠等人，讨论了"香港空间：回忆与想象""城市空间：建筑与文学"等论话题。

是年，陈若曦《坚持·无悔：陈若曦七十自述》由台湾九歌出版社出版。

2009年

1月×日，朱寿桐在《暨南学报》《学术研究》发表《汉语新文学：作为一种概念的学术优势》《"汉语新文学"概念建构的理论意义与实践价值》两文，倡导汉语新文学理念。

12月7—9日，第二届中华词学国际学术研讨会在澳门大学召开。施议对、邓国光、郝雨凡、徐培钧、朱惠国和朱丽霞等 60 余名学者，围绕词学研究的回顾与展望、词学研究的视野与领域以及词学研究的溯源和交流三大议题展开讨论和交流。

是年，巴苏亚·博伊哲努（浦忠成）《台湾原住民族文学史纲》、游胜冠《台湾文学本土论的兴起与发展》在台北出版。

2010 年

5 月 28—29 日，"诠释、比较与建构：中国古代文学理论国际学术研讨会"在香港中文大学召开。此次会议共邀请海内外学者多达 150 位。其中，袁行霈、孙康宜、田仲一成、吴宏一、张少康和葛晓音作主题演讲，从不同角度阐发中国古代文论的发展面貌；陈平原、张隆溪、吕正惠、黄霖、陈国球和蔡宗齐，就中国文学批评研究的中西与古今问题，展开圆桌座谈。

6 月 25 日，"中西与新旧——香港文学的交会学术研讨会"在香港中文大学举办。黄维樑、王良和和陈德锦等近 50 位学者，就香港旧体诗文中西互渗、新旧交融的特质展开研讨。

7 月 3—4 日，香港文学的文化意蕴——第八届香港文学节研讨会召开。陈智德、熊志琴、陈少红、黄淑娴、董启章和潘国灵等人与会，讨论议题包含"传统与现代之间——文学形态的变迁""文学场域的渗透和跨越"和"文学作品中的城市质感"。

9 月 29—30 日，"传奇·性别·系谱：张爱玲诞辰九十周年国际学术研讨会"在香港浸会大学召开。近 80 位来自中国内地、中国香港、中国澳门、中国台湾、新加坡、马来西亚、日本、韩国、美国和英国等地区的知名学者，探究了张爱玲在文学、电影、学术和文化等诸多方面的成就。

12 月 4—5 日，中国诗歌传统与文本研究国际论坛在香港浸会大学举行。来自中国内地、中国香港、中国澳门、中国台湾、新加坡、日本、德国和美国等地的 20 位学者，就中国古代重要作家、作品和命题展开深入的理论探讨。

12 月 17—18 日，（香港）都市想象与文化记忆国际学术研讨会在香港中文大学和香港教育学院举行。李欧梵、王德威等学者探讨了晚清以来香港的文化生产、社会生活、建筑风格、语言变迁、媒介生态和都市体验等诸多问题。

是年，陈光兴《陈映真的第三世界——狂人/疯子/精神病篇》刊于《台湾社会研究季刊》。李有成、张锦忠主编《离散与家国想象：文学与文化研究集稿》在台北出版。吕正惠《战后台湾文学经验》在北京出版。

2011 年

3月23—24日，东亚比较研究的新视野：台港文学交流工作坊在香港中文大学举行。何志华和陈万益分别代表香港和台湾致辞，王惠珍、谢世宗和王钰婷，何杏枫、危令敦和樊善标分别探讨了台湾和香港文学的发展特色。

4月27—28日，东方诗话学第七届国际学术研讨会在香港大学召开。

5月9—10日，宋元文学与宗教国际学术研讨会在香港浸会大学召开。来自中国内地、中国香港、中国台湾、日本、韩国和美国等地的28位学者与会讨论。

11月25日，澳门文艺评论家协会成立。朱寿桐任协会主席。

12月15—17日，"百般滋味话珍馐：中国饮食与文学国际研讨会"在香港大学召开。

是年，赵刚《求索：陈映真的文学之路》、陈芳明《台湾新文学史》在台北出版。

2012 年

7月7—8日，香港文学的情感书写——第九届香港文学节研讨会召开。吴美筠、陈国球、朱少璋、陈敢权、葛亮和罗展凤等人参会，研讨议题包括"香港文学与抒情传统""情感与形式"和"虚拟的人事，真实的情感"。

是年，刘小新《阐释台湾的焦虑》、游胜冠《殖民主义与文化抗争：日据时期台湾解殖文学》、黄锦树《章太炎语言文字之学的知识（精神）系谱》在台北出版。

2013 年

11月1—2日，岭南大学汉学国际研讨会暨《岭南学报》复刊工作会议在岭南大学举行。袁行霈发表了《中华文明的时地观》主题演讲，逾40位学者参会宣读论文。

11月1—3日，清华简与《诗经》研究国际论坛在香港浸会大学召开。来自中国内地、中国香港、中国台湾、日本、美国、德国和英国共45位学者参会讨论。

是年，《澳门日报》文学副刊《镜海》推出"澳门文艺评论组合"栏目，大规模发表澳门文学评论文章。史书美《视觉与认同：跨太平洋华语语系表述·呈现》在台北出版。

2014 年

5月27—28日，"今古奇观：中国文学中的古典与现代国际学术研讨会"在香港中文大学召开。曾永义、赵园、奚密和金文京在大会上作主题演讲。

6月6—7日，第六届两岸四地当代诗学论坛在岭南大学召开。来自内地、香港、澳门和台湾的知名学者参加此次会议，并对"诗人和诗刊研究""中生代诗人研究"和"香港诗歌"进行研讨。

7月5—6日，文学与记忆——第十届香港文学节研讨会召开。唐睿、许定铭、葛亮、游静、区仲桃和黄念欣等人，围绕"个人阅读史：记忆的回访与再现""寻找城市的文学记忆"和"书页上的美味记忆"展开讨论。

12月17日，中国诗学研究前沿国际论坛在香港中文大学召开。来自中国内地、中国香港、中国台湾、日本和美国等地的20余位学者，探究了从先秦《诗经》《楚辞》，以至民国各个历史时段的诗学问题。

是年，王德威《现当代文学新论：义理·伦理·地理》在北京出版。

2015 年

1月24日，"从《香港文学》看世界华文文学研讨会"在香港举行。

赵稀方、黄锦树、钟玲、许子东、凌逾、黄维樑、蔡益怀、李瑞腾、陈国球、苏伟贞、刘登翰、曹惠民、袁勇麟和刘俊等人与会研讨。

3月20—21日，《岭南学报》复刊学术会议之三在岭南大学召开。近40位来自两岸三地的知名学者，以"明清文学与文论"为讨论重点，以此祝贺《岭南学报》复刊号发布。

6月4—5日，"风雅传承：民初以来旧体文学国际学术研讨会"在香港中文大学召开。近50位来自中国内地、中国香港、中国台湾和新加坡的学者参会讨论，其中，吴宏一、陈永正、杨松年和龚鹏程作大会主题演讲。

7月31—8月1日，"战后香港、台湾、马华文学场域的形成与变迁国际学术研讨会"在香港中文大学举办。此次会议由香港中文大学中文系香港文学研究中心主办，台湾国立成功大学台湾文学系和马来西亚拉曼大学中华研究联合协办。

12月5—7日，《香港文学》和《广州文艺》在广州联合举办"穗港文学交流研讨会暨穗港期刊交流座谈会"。李鹏程、陶然、蒋述卓、童慧、王干、谢有顺、温远辉、鲍十、蔡益怀、周洁茹和周蜜蜜等50余人与会，重点探讨了"都市文学里的中国时尚""穗港文学期刊现状""文学期刊向何处去""怎样看待本土文学的生存环境"等议题。

是年，张诵圣《现代主义·当代台湾：文学典范的轨迹》在台北出版。曹惠民、司方维《台湾文学研究35年：1979—2013》在镇江出版。朱立立《阅读华文离散叙事》在北京出版。

2016年

1月23日，"抒情"与"诗艺"：中国文学批评研讨会在香港中文大学召开。近20位来自两岸三地的知名学者，就中国文学抒情传统和中国诗歌技艺进行交流和讨论。

2月×日，陈国球、林曼叔和陈智德主编《香港文学大系一九一九—一九四九》评论卷（2卷）和文学史料卷（1卷）出版，收录了1919—1949年间香港地区出版的文学评论和文学史述资料。

6月17—18日，"沧海观澜——古典文学体式与研究方法学术研讨会"在香港中文大学召开。严志雄，潘美月和张高评分别作学术演讲和主题演讲。此次会议论题包括文学文献、古典韵文、古典叙事和风骚传统等。

6月24日，郑观应与近代中国学术研讨会在澳门旅游学院召开。来自中山、澳门的20余位学者发表论文探讨了郑观应的生平、思想、著述、家庭教育和社会角色。

7月2—3日，"与文学碰面——第十一届香港文学节研讨会"召开。唐睿、张咏梅、关诗佩和潘步钊等人，围绕"书写城市的虚实轨迹""文学里的原乡与他乡"和"文学的女性书写"等论题展开讨论。

7月，《香港文学大系一九一九——一九四九》导言集出版，会聚了陈智德、樊善标、危令敦、谢晓虹、黄念欣、卢伟力、陈国球、林曼叔、程中山、黄仲鸣和霍玉英等人，对1919—1949年香港各体文学的考察文章。

9月29—30日，《岭南学报》复刊国际研讨会之四在香港岭南大学召开。逾30位来自内地和香港的知名学者，围绕"现代与古典文学的相互穿越：故事新编与理论重建"进行深入探讨。

9月×日，陶然主编《繁荣落尽见真淳——〈香港文学〉笔记选》出版，精选《香港文学》2012年7月至2015年12月共56篇评论文章。

11月28—29日，第八届两岸四地当代诗学论坛——百年汉语新诗与港澳台中生代诗歌学术研讨会在澳门大学召开。近40位来自海峡两岸暨港澳地区的专家学者，就"汉语新诗的百年传统""澳门诗歌的历史与现状""台港澳与内地中生代新诗"以及"傅天虹诗歌创作"进行探讨。

12月8—9日，"疾病志——中国现当代文学与电影国际学术研讨会"在香港浸会大学召开，蔡元丰、林幸谦、葛亮和黄子平等人重点探讨了中西疾病文学、医病对话、性别疾病和疾病隐喻等论题。

是年，王德威《华夷风》在台北出版。

2017年

5月17—18日，"第二届沧海观澜——古典文学体式与研究方法学术研讨会"在香港中文大学举行。沈培、吴璵和周建渝作大会主题演讲，此次会议论题包括诗学方法、文学体式、明清文学和文学文献等。

6月×日，《文学评论》推出"《香港文学大系一九一九——一九四九》

评论"专辑,潘步钊、李薇婷、马辉洪和区仲桃等人,探讨《香港文学大系》的编辑眼光、各卷特色和香港视角,呼吁港人全面书写香港文学史。

7月×日,《香港文学》设立"当代香港文学作品评论"专辑,陈国球、蔡益怀和郑政恒就20年来香港文学的发展各抒己见。

9月×日,《香港文学》推出"文学评论"专辑,黄维樑发表《比较文学与〈文心雕龙〉——改革开放以来香港内地文学理论界交流互动述说》。

2018年

1月26—27日,中国语言文学研究的新动态与课题国际学术研讨会在香港大学召开。此次会议由香港大学和韩国高丽大学联合主办。来自中国内地、中国香港、中国台湾、澳门和韩国地区的20余位学者,就中国语言和文学研究的历史和未来进行深入探讨。

1月×日,周洁茹担任《香港文学》杂志执行总编。

2月×日,《香港文学》推出"评论专辑",蔡益怀、郑政恒和冯伟才等人对《香港文学选集》(第五辑)展开研讨。

3月16—17日,《岭南学报》复刊学术会议之六在香港岭南大学召开。蔡宗齐、胡可先、汪春泓、张健和张新科等20余位学者,围绕"文章学理论与评点实践"和"《史记》《汉书》研究"两大议题展开研讨。

5月15—16日,"钱谦益暨其师友门生诗文国际研讨会"在香港中文大学举行。罗时进作《明清诗文研究的文学社会学路径》专题演讲。来自中国内地、中国香港、中国台湾和日本等地的20余位学者,探究了明清时期以钱谦益为中心的诗文创作面貌。

6月6—7日,"第三届沧海观澜——古典文学体式与研究方法学术研讨会"在香港中文大学举行。杨明和陆润棠分别作开幕、闭幕演讲。此次论题有文学文献、明清文学、文学理论、文学体式和唐宋文学等。

7月7—8日,"文学与人生——第十二届香港文学节研讨会"举行。陈智德、黄念欣、梁慕灵、韩丽珠、李婉薇和陈丽芬等人,就"文学的疾病书写""文学行旅的流转人生"和"文学的成长叙事"进行研讨。

7月×日,《香港文学》推出"悼念华语文坛泰斗刘以鬯先生"特辑,小思、陈国球、黄淑娴、蔡益怀和邵栋等人,对刘以鬯及其与香港现代主义文学之关系进行剖析。

9月7—8日,"风雅传承:第二届民初以来旧体文学国际学术研讨会"在香港中文大学举行。吴宏一、陈永正、邝建行作主题发言,李庆、林立、陈炜舜等近60位学者,围绕相关论题展开深入研讨。

11月10—11日,"中国传统的创造性转化:中国文学国际研讨会"在香港恒生管理学院举行。康达维、李欧梵、彭玉平等近50位来自中国内地、中国香港、中国台湾和美国的知名学者,从当代视野出发,重释中国文学及文化经典;以古为今用为契入,开展中国文学与文化思考的跨时代对话。

12月5日,第三届海峡两岸及港澳华文文学讲座在香港中文大学召开。逾10位来自中国内地、中国香港、中国澳门、中国台湾、日本和韩国的学者,共同探讨了巴金的经典作品,并纪念其《随想录》创作完成30周年。

12月8—9日,中国诗学研究新视野国际学术研讨会在香港浸会大学举行。逾40位来自内地、香港、澳门、台湾、日本和美国的学者,就中国古典诗学的重要命题和经典文本展开深入讨论。

是年,柳书琴主编《东亚文学场——台湾、朝鲜、满洲的殖民主义与文化交涉》在台北出版。

(蒋述卓　张重岗)

后　　记

这部《当代中国文艺理论研究（1949—2019）》著作在众多朋友的帮助之下，终于完成了。在过去的几十年里，我研究过中国古代美学，也写作和翻译了一些西方美学和文学理论方面的书籍和文章。

长期以来，学术界一向认为，研究古代和西方的学问，才是真学问，而且是离我们的生活越远，学问就越大。顶了天的，是一些绝学。原因在于，那要克服语言、时代和文化的障碍。研究中国古代，必须要有古文水平和能力，从古代典籍的阅读，到版本目录的知识，再到长期从事古典研究的经验，经过多年的磨炼，在某一时段、某一类型材料的研究上有所成就。研究西学，首先要过语言关，外语能力越强越好，懂的语言越多越好。不懂外文而仅借助翻译研究西学，与不能读古文而借助白话翻译研究中国古代的学问一样，会做得浅薄可笑。不仅如此，还要有西学的见识、修养，对西方文化的了解，对所从事学科的长期训练。这一切，都是正确的。但是，在一切学问中，最难做的还是人们生活在其中的当代学问。

当代的研究要有语言功夫，但关键还不在语言；要有资料功夫，但不能堆砌资料；要知识丰富，不可罗列知识。这种研究需要对现实人生发言。历史是纷繁复杂的，但当下的现实常常更加复杂。历史是重要的，但当下所面临的问题更加重要。许多历史著作，都有一个特点：不写到当代，而是与现实保持一段距离。为这种做法辩护的人，可以说，历史要与现实保持一段距离，让历史有所沉淀，从而具有客观性。苏轼诗云："不识庐山真面目，只缘身在此山中。"但是，现实需要我们去研究，身在此山中之时，研究起来更难。但是，我们也不能闲着，再难也得去做。任何一个国家的当代文学的研究，都应该是文学研究的主体。同样，任何一个国家文学理论研究的主攻方向，都应该是当代文学理论。历史研究要为当代服务，历史上的文学理论研究，也要服务于当代文学理论的建构。这一点，是我过去所欠缺的，也是多年来我一直想弥补的。

这部厚书是许多人合作的结果。他们的分工如下：

当代中国文艺理论 70 年的分期及发展历程（代序）　　高建平

第一章　论"文学理论"　高建平

第二章　新中国文学理论建构初期的话语资源　泓　峻

第三章　胡风文艺思想的讨论与批判　孟　远　周兴杰

第四章　"黑八论"批判及反思　张永青　张爱武

第五章　"文化大革命"时期的文学理论　吴子林

第六章　关于文学艺术批评标准的讨论　张　冰

第七章　"形象思维"的发展、终结与变容　高建平

第八章　人性、人道主义问题大讨论　李世涛

第九章　主体性的超越与局限　杜书瀛　张婷婷

第十章　文学本体论研究的理论思考　范玉刚

第十一章　文艺与意识形态　李世涛　刘方喜

第十二章　科学方法论在文学研究领域的历险　刘顺利　安　静

第十三章　文学人类学及其在中国的发展　叶舒宪　谭　佳

第十四章　文艺与政治、经济关系的重组与文论范式的转型　刘方喜

第十五章　"后"语境中的文学理论研究　段吉方

第十六章　"古代文论的现代转换"：来源、内容与反思　吕双伟

第十七章　"文化研究"热的孕育和发展　周兴杰

第十八章　新媒介时代的文学理论　陈定家

第十九章　马克思主义文艺理论研究的当代发展　丁国旗

第二十章　新中国文艺政策的建构、演变和发展　包明德　周晓风　范玉刚

第二十一章　中国当代美学的发展与文学理论研究　高建平

第二十二章　外国文学理论的译介与中国文学理论的建构　李媛媛

第二十三章　文学理论教学与教材建设　孟登迎

第二十四章　台湾当代文学思潮　黎湘萍　张重岗

第二十五章　香港、澳门中国文学理论与评论　周建增　蒋述卓

第二十六章　当代中国文论话语体系建设的历史、演变及路径　李圣传

第二十七章　中华人民共和国成立以来文艺人民观的发展　赵炎秋

结语　资源分层、内外循环、理论何为——中国文论70年三题　高建平

书的最后，附有两份70年文学理论发展情况的大事记：

附录一：中国大陆文学理论大事记（1949—2018），由丁国旗、安静、李圣传合作完成。

附录二：香港、澳门、台湾文学理论大事记（1949—2018），其中香港和澳门部分由蒋述卓完成，台湾部分由张重岗完成。

采用这种多人合作的方法写书，目的是博采众长。这部书原本是十年前为纪念共和国成立60周年而作。当时，我先对全书的基本框架作了一个构想，邀请了部分课题参加者在一道讨论了一整天，形成了初步分工。此后，又根据需要，邀请更多的专家，参加写作，共同按照一个体例来写作。在两年多的写作过程中，参加写作的各位专家多次以各种方式进行商讨，或开大会，或开小会，或个别沟通，对一些学术和分工问题进行研讨。成稿以后，我又通读书稿，需要作变动的地方，再与作者联系。许多参加写作的学者，都是相关问题的专家，他们的见解，对我有很大的启发。当时的这本书，以《当代中国文艺理论研究（1949—2009）》书名出版。

此后，该书补充了"台湾当代文学思潮""古代文论的现代转换"等几个部分，并在全面修改基础上，以《当代中国文论热点研究》的书名再版。

这一次的修订，则更为彻底，增加了论"香港澳门文学理论""当代中国文论话语体系建设""人民观"等章，其余各章都作了全面修改和补充。我自己也新写了"前言""结语"，以及对"文学理论"作出专论。

在编辑过程中，张冰几次阅读全书校样，出版社的郭晓鸿女士对本书

的编辑付出了大量的劳动，在此一并表示感谢。

组织一些专门研究者，以专题为纲来写当代文学理论，这在国内文学理论界，还是一个新的做法，对于我们来说，也是一个尝试。这种安排，可以直接面对问题的论争焦点，深入问题的内部。每一次文学理论的讨论，都与当时的国际国内的大环境，与政治文化的大风气相关，这一点，过去的各种当代文学理论著作，都已经作了很好的揭示。但是，每一次的文学理论论争，都有着自身的问题发端、逻辑理路，也与具体参与者的个人背景，理论上的创造力，对各种理论资源的运用，有着密切的关系。通过深入细节来看历史，就会使研究有说服力，也有趣味。这是这本书努力要向读者提供的。有专论，却不是专题史，将专论穿插放在总论之中，有分有合，从不同侧面，不同维度来讲述这过去的70年，这是我们的立意所在。

当然，由于我们的能力有限，知识上也有盲点，许多地方还不尽如人意，在学界方家眼中，可能问题更多，还希望学界同行和读者多多批评指正。研究当代，服务当代，我们的这个宗旨不会改变。在学界各位朋友的帮助下，希望我们能在此基础上，继续往前走，拿出更好的研究成果。

高建平

2019年6月3日